TERRA DAS MARÉS

CB040909

Obras da autora publicadas pela Editora Record

Tudors

A irmã de Ana Bolena
O amante da virgem
A princesa leal
A herança de Ana Bolena
O bobo da rainha
A outra rainha
A rainha domada
Três irmãs, três rainhas
A última Tudor

Guerra dos Primos

A rainha branca
A rainha vermelha
A senhora das águas
A filha do Fazedor de Reis
A princesa branca
A maldição do rei

Fairmile

Terra das marés

Terra virgem

PHILIPPA GREGORY

TERRA DAS MARÉS

Tradução
José Roberto O'Shea

1ª edição

EDITORA RECORD
RIO DE JANEIRO • SÃO PAULO
2022

CIP-BRASIL. CATALOGAÇÃO NA PUBLICAÇÃO
SINDICATO NACIONAL DOS EDITORES DE LIVROS, RJ

G833t Gregory, Philippa, 1954-
Terra das marés / Philippa Gregory; tradução de José Roberto O'Shea. – 1. ed. – Rio de Janeiro: Record, 2022.

Tradução de: Tidelands
Continua com: Dark Tides
ISBN 978-65-5587-443-3

1. Ficção inglesa. I. O'Shea, José Roberto. II. Título.

22-76960 CDD: 823
CDU: 82-3(410)

Gabriela Faray Ferreira Lopes – Bibliotecária – CRB-7/6643

Copyright © 2019 by Levon Publishing Ltd.

Copyright da tradução © 2022 by Editora Record

Publicado mediante acordo com a editora original, Atria Books, uma divisão da Simon & Schuster, Inc.

Texto revisado segundo o novo Acordo Ortográfico da Língua Portuguesa.

Todos os direitos reservados. Proibida a reprodução, no todo ou em parte, através de quaisquer meios. Os direitos morais da autora foram assegurados.

Direitos exclusivos de publicação em língua portuguesa somente para o Brasil adquiridos pela
EDITORA RECORD LTDA.
Rua Argentina, 171 – Rio de Janeiro, RJ – 20921-380 – Tel.: (21) 2585-2000,
que se reserva a propriedade literária desta tradução.

Impresso no Brasil

ISBN 978-65-5587-443-3

CÓPIA NÃO AUTORIZADA É CRIME
ABDR
ASSOCIAÇÃO BRASILEIRA DE DIREITOS REPROGRÁFICOS
RESPEITE O DIREITO AUTORAL
EDITORA AFILIADA

Seja um leitor preferencial Record.
Cadastre-se no site www.record.com.br
e receba informações sobre nossos lançamentos e nossas promoções.

Atendimento e venda direta ao leitor:
sac@record.com.br

Para Anthony

TERRA DAS MARÉS, SUSSEX, VÉSPERA DO SOLSTÍCIO DE VERÃO, JUNHO DE 1648

A igreja era cinza contra um céu cinza mais claro; a torre do sino, escura contra nuvens mais escuras. A jovem ouvia a tênue agitação do cascalho, enquanto a maré subia, sussurrando pelos lodaçais, avançando pela praia com um leve chiado.

Era o auge do verão, véspera do solstício, o ápice do ano, e, embora a noite estivesse quente, ela sentiu um calafrio, pois fora até lá para encontrar um fantasma. Nesta noite os mortos perambulavam, nesta noite e nos dias de seus santos; mas ela achava que o marido violento e beberrão não estivesse sob a guarda de santo algum. Não conseguia imaginar que olhos angelicais pairassem sobre as imprevisíveis idas e vindas dele, do mar à taverna. Não sabia se ele tinha fugido, morrido, ou se fora recrutado como marinheiro da frota traidora que se voltara contra o rei e agora navegava sob a bandeira rebelde do Parlamento. Se o visse ali, teria certeza de que estava morto, então poderia se declarar viúva e se considerar livre. Não tinha dúvida de que, se ele tivesse se afogado, seu fantasma haveria de aparecer, pingando água em meio à névoa do cemitério, nesta noite branca no auge do verão, quando a luminosidade macilenta do oeste indicava que o sol se recusava a se pôr. Tudo estava fora de hora e lugar nesta véspera do solstício com lua cheia. O sol içado, o trono roubado, o mundo revirado: um rei preso, rebeldes no poder e uma lua lívida, branca feito uma caveira em meio a bandeiras de nuvens cinzentas desfraldadas.

Pensou que, se encontrasse o fantasma do marido vagando qual um nevoeiro marinho entre os teixos escuros, seria seu momento de maior felicidade desde a infância. Se ele tivesse se afogado, ela estaria livre. Se ele estivesse entre os mortos-vivos, decerto ela o encontraria, pois tinha o dom da clarividência, como a mãe, como a avó, remontando a gerações, atravessando todas as mulheres de sua família, que sempre viveram ali, na terra das marés da costa saxônica.

O pórtico da igreja tinha de cada lado da entrada velhos bancos de madeira feitos de tábuas empenadas retiradas de navios. Ela apertou o xale nos ombros e se sentou, esperando até que a lua, oculta de vez em quando por nuvens inconstantes, atingisse a altura da meia-noite acima do telhado da igreja. Ela se recostou nas pedras frias. Tinha 27 anos e se sentia exaurida feito uma mulher de 60. Seus olhos se fecharam; começou a cochilar.

O rangido do portão do cemitério e passos rápidos na trilha de cascalho a despertaram de pronto, e ela se levantou. Não imaginara que o fantasma do marido fosse chegar cedo — em vida, o homem estava sempre atrasado —, mas, se estivesse ali, ela precisava lhe falar. Prendendo a respiração, a jovem saiu do pórtico da igreja, preparando-se para enfrentar qualquer espectro que se aproximasse, emergindo do breu do cemitério, trazido pelo sussurro do mar que avançava. Ela sentia a maresia no ar, sentia que ele se acercava, talvez todo encharcado, talvez arrastando algas — e, então, um jovem surgiu da quina do pórtico, recuou ao se deparar com seu rosto pálido e gritou:

— Valha-me Deus! Você é desta Terra ou do outro mundo? Fale!

O choque foi tão grande que, por um instante, ela não disse nada. Ficou bem parada e o encarou, como se pudesse enxergar através dele, os olhos semicerrados, tentando ver além da visão terrena. Talvez fosse um morto-vivo: um afogado, um enforcado, vagando naquela noite, que a eles pertencia, sob a lua do solstício, que também a eles pertencia. Era belo, parecia um príncipe encantado de um conto de fadas, com uma cabeleira longa e preta presa e olhos castanhos num rosto alvo. Ela cruzou os dedos às costas no sinal da cruz, sua única defesa para não ser seduzida ou levada e ter o coração partido por aquele jovem lorde do outro reino, do outro mundo.

— Fale! — Ele estava ofegante. — Quem é? O que é? Uma visão?

— Não, não! — retrucou ela. — Sou uma mulher, uma mulher mortal, irmã do balseiro, viúva de Zachary, o pescador desaparecido.

Muito tempo depois, ela lembraria que a primeira coisa que lhe disse foi que era uma mulher mortal, uma mulher casada, uma viúva ancorada neste mundo pelo poder de um homem.

— Quem? O quê? — indagou ele. Era um estranho: aqueles nomes não lhe diziam nada, embora qualquer pessoa da terra das marés fosse reconhecê-los de imediato.

— Quem é o senhor? — Sabia que era um cavalheiro pelo belo corte da jaqueta escura e pelo laço no pescoço. — O que faz aqui, senhor? — Procurou atrás dele os criados, a escolta.

O cemitério vazio se estendia na penumbra misteriosa até um muro baixo de pedra lascada que reluzia à sombra do luar, como se as lascas tivessem sido lavadas e deixadas úmidas. As árvores, com suas copas densas, inclinavam-se, lançando uma sombra escura no solo escuro. Não havia nada para ver, exceto a luz da lua projetando a sombra das lápides na relva irregular e aparada com foice, e nada para ouvir, exceto o suspiro suave da maré subindo sob uma lua cheia.

— Não posso ser visto — murmurou ele.

— Não tem ninguém aqui para ver o senhor.

Ela dispensou seu medo de maneira tão abrupta que o fez olhar novamente para o rosto oval da mulher, para seus olhos cinza-escuros: era tão bela quanto uma imagem da madona, mas desenxabida na meia-luz espectral, com aquele pano esfarrapado escondendo o cabelo, sem forma naquelas roupas maltrapilhas.

— O que você está fazendo aqui a esta hora da noite? — perguntou ele, desconfiado.

— Vim orar. — Ela não diria àquele estranho que era de conhecimento geral que uma viúva encontraria o marido morto se esperasse por ele no cemitério da igreja na véspera do solstício de verão.

— Orar? — repetiu ele. — Deus a abençoe por esse pensamento. Vamos entrar, então. Oremos juntos.

Ele girou a pesada maçaneta em formato de argola e firmou a barra quando esta se ergueu do outro lado, para não fazer barulho. Então, entrou na igreja silenciosa, furtivo feito um ladrão. Ela hesitou, mas ele aguardou, segurando a porta aberta, sem dizer mais uma palavra, e ela teve de segui-lo. Quando ele fechou a porta, restou apenas a luz fraca dos velhos vitrais, em ouro e bronze no piso de pedra. O som da maré enchente ficou lá fora.

— Deixe a porta aberta — disse ela, nervosa. — Está muito escuro aqui.

Ele abriu uma fresta, e uma nesga do pálido luar correu pela nave até os pés dos dois.

— Por que o senhor veio para cá? — perguntou ela. — O senhor é um cavalheiro de Londres?

Era a única explicação para o colarinho limpo e as belas botas de couro, para o pequeno alforje que carregava e a inteligência afável estampada no rosto.

— Não posso dizer.

Ela imaginou que ele fosse um daqueles agentes que viajam pelo reino buscando recrutas para o Parlamento ou para o rei, exceto pelo fato de que ninguém vinha à ilha de Sealsea e ele estava sozinho, sem companheiros, até mesmo sem cavalos, como se tivesse caído do céu, qual um senhor da tempestade, baixado das nuvens para fazer mal aos mortais, pronto para desaparecer num vendaval de verão.

— O senhor lida com contrabando?

A risadinha dele, interrompida quando ouviu a própria voz ecoar sinistramente na igreja vazia, foi uma resposta negativa.

— Então, por quê?

— Você não pode contar a ninguém que me viu.

— Nem o senhor, que me viu — respondeu ela.

— Sabe guardar segredo?

O suspiro que ela deu formou uma nuvenzinha no ar frio e úmido.

— Deus sabe que guardo muitos.

Ele hesitou, como se não soubesse se ousava ou não confiar nela.

— Professa a nova fé? — perguntou ele.

— Desconheço os acertos e os erros da nova fé — disse ela com cautela. — Oro conforme o pastor manda.

— Eu professo a antiga fé, a verdadeira fé — confessou ele num sussurro. — Fui chamado aqui, mas as pessoas que vim encontrar estão fora, e a casa onde eu estaria em segurança está fechada e às escuras. Tenho de me esconder em algum lugar hoje à noite, e, se não conseguir me encontrar com eles, preciso arrumar um jeito de voltar a Londres.

Alinor o encarou como se ele fosse deveras um senhor das fadas e um perigo para qualquer mulher mortal.

— O senhor diria que é um padre?

Ele fez que sim, como se não confiasse em palavras.

— Foi enviado da França para celebrar cultos hereges com os papistas?

Ele fez careta.

— Nossos inimigos diriam isso. Eu diria que sirvo aos verdadeiros fiéis na Inglaterra, e sou leal ao rei ungido.

Ela balançou a cabeça, sem entender. A guerra civil só alcançara Chichester, dez quilômetros ao norte, quando a cidade se rendeu a um sofrido cerco imposto pelas forças do Parlamento.

— Eles entregaram todos os papistas quando Chichester caiu — advertiu ela. — Até o bispo fugiu. Estão todos com o Parlamento por aqui.

— Mas não você?

Ela deu de ombros.

— Ninguém nunca fez nada por mim nem pelos meus. Mas meu irmão esteve no exército e é muito leal ao Parlamento.

— Mas você não vai me entregar?

Ela hesitou.

— O senhor jura que não é francês?

— Sou inglês, nascido e criado na Inglaterra. E leal ao meu reino.

— Mas espionando para o rei?

— Sou leal ao ungido rei Carlos — disse ele —, como todo inglês deveria ser.

Ela balançou a cabeça, como se palavras bonitas não significassem nada. O rei havia sido expulso do trono, seu domínio, reduzido à própria casa, seu palácio agora era o pequeno Castelo de Carisbrooke, na ilha de

Wight. Alinor não conhecia ninguém que declarasse lealdade a tal rei, que trouxera guerra ao seu reino por seis longos anos.

— O senhor ia ficar no Priorado?

— Não posso dizer quem teria me escondido. É um segredo que não me cabe revelar.

Ela ficou um tanto impaciente com aquele excesso de discrição. A comunidade da ilha de Sealsea era pequena, não mais que uma centena de famílias; ela conhecia todos os moradores. Era óbvio que apenas o senhor de terras teria oferecido esconderijo para um sacerdote papista e espião monarquista. Só mesmo o Priorado, a única mansão da ilha, contava com uma cama e lençóis dignos de um cavalheiro como aquele. Só mesmo o senhor de terras, Sir William Peachey, sonharia em apoiar o rei derrotado. Todos os seus arrendatários defendiam o Parlamento e o fim da tributação esmagadora imposta pelo rei e pelos lordes. E ela pensou que era típico de Sir William fazer um convite tão arriscado e depois, com displicência, não honrá-lo, deixando o convidado secreto em perigo mortal. Se aquele jovem fosse pego por homens do Parlamento, seria enforcado como espião.

— Alguém sabe que o senhor está aqui?

Ele negou com a cabeça.

— Fui até a casa aonde me disseram que fosse, a casa onde eu ficaria em segurança, e estava tudo escuro e trancado. Disseram-me que batesse à porta do jardim, com uma batida especial, mas ninguém apareceu. Vi a torre do sino acima das árvores, então vim até aqui para aguardar na esperança de que, se meus anfitriões estiverem dormindo agora, responderão mais tarde. Eu não sabia para onde ir. Não conheço este lugar. Cheguei de barco, com a maré, e tudo parecia uma vastidão de mar e lama, quilômetro após quilômetro. Não tenho nem um mapa!

— Ah, não existe mapa — disse ela.

Ele ficou perplexo.

— Não existe mapa? Por que a região não foi mapeada?

— Esta é a terra das marés — disse ela. — O banco de cascalho diante do porto, e o próprio porto, mudam a cada tempestade. O povo de Chichester chama isso aqui de "Porto Vagante". O mar invade os campos e ocupa a terra. Os canais enchem e formam novos lagos. É impossível mensurar porque nunca fica do mesmo jeito por tempo suficiente. É a terra das marés: metade água, metade terra, tudo imprestável, daqui até New Forest a oeste e as falésias brancas a leste.

— O pastor desta igreja é um dos novos homens?

— Ele está aqui há anos e faz o que mandam; agora recebe ordens do novo Parlamento. Ainda não caiou de branco as paredes nem quebrou os vitrais. Mas retirou as imagens, mantém o altar no centro da nave e ora em inglês. Ele diz que o bom rei Henrique nos libertou de Roma, cem anos atrás, e que o rei Carlos quer nos devolver para Roma, mas não pode. Foi derrotado. Está arruinado, e o Parlamento ganhou a guerra contra o rei.

O rosto do estranho ficou sombrio de raiva.

— Eles não venceram — afirmou ele. — Nunca vencerão. Não podem vencer. A guerra ainda não acabou.

Ela ficou calada. Achava que já fazia tempo que o rei fora derrotado, aprisionado, a esposa, foragida na França, deixando duas crianças para trás, e o filho, o príncipe, levado para a Holanda.

— Sim, senhor.

— Ele me denunciaria, esse pastor?

— Acho que seria obrigado.

— Há alguém aqui da antiga fé? Escondido? Nesta ilha?

Ela abriu as mãos, como se lhe exibisse sua ignorância. Ele viu que as palmas estavam arranhadas e marcadas pelas carapaças de lagostas e caranguejos e pelos fios ásperos das redes de pesca.

— Não sei o que as pessoas guardam no coração — disse ela. — Havia muitos defensores do rei em Chichester, alguns eram papistas; mas foram mortos, ou fugiram. Não conheço ninguém, além de uma ou duas senhoras que se lembram da antiga fé. A maioria do povo é como meu irmão: devota à nova fé. Meu irmão lutou no Novo Exército sob o comando do general. General Cromwell é o nome dele. O senhor já ouviu falar dele?

— Sim, já ouvi falar dele — disse ele, sisudo. Fez uma pausa, refletindo. — Eu consigo chegar a Chichester ainda esta noite?

Ela balançou a cabeça.

— A maré está subindo agora, e, como é solstício de verão, vai subir muito. O senhor só vai conseguir atravessar o alagadiço e chegar à estrada de Chichester pela manhã, e aí será visto. O barco não voltará para buscar o senhor?

— Não.

— Então, o senhor terá de se esconder até a maré baixa, amanhã no fim da tarde, e atravessar o alagadiço no crepúsculo. Não poderá pegar a balsa. Meu irmão é o balseiro, e ele prenderia o senhor na mesma hora.

— Como ele saberia que sou monarquista?

Um sorriso iluminou o rosto da mulher.

— Ninguém se parece com o senhor na ilha de Sealsea! Nem mesmo Sir William é tão refinado.

Ele corou.

— Bem, se eu tiver de ficar na ilha, onde posso me esconder?

Ela refletiu por um instante.

— O senhor pode ficar na cabana de pesca de meu marido até amanhã à noite — ofereceu ela. — É o único lugar que me ocorre. Não está em bom estado. Ele guardava as redes e as panelas lá. Mas faz meses que ele sumiu, e ninguém vai lá agora. Posso levar comida e água para o senhor de manhã. E, quando o dia clarear, talvez o senhor possa ir até o Priorado, que fica logo adiante. O senhor pode ir de manhã, escondido, e pedir para ver o encarregado. Sua Senhoria está fora, mas talvez o encarregado deixe o senhor entrar. Não sei. Não tenho como dizer no que eles acreditam. Não sei.

Ele inclinou a cabeça em sinal de agradecimento.

— Deus a abençoe — disse ele. — Acho que Deus deve tê-la enviado para ser minha salvadora.

— Primeiro, eu mostro a cabana de pesca, depois pode me abençoar por eu deixar o senhor dormir lá — disse ela. — Não é para gente como o senhor. Fede a peixe podre.

— Não tenho opção — disse ele simplesmente. — Você é minha salvadora. Vamos orar juntos?

— Não — disse ela sem rodeios. — É melhor o senhor se esconder logo. Acho que ninguém virá aqui a esta hora da noite, mas nunca se sabe. Tem gente que se considera muito devota. Podem vir orar ao amanhecer.

— Você veio aqui orar — lembrou ele. — É uma beata? É uma devota?

Ela enrubesceu diante da própria mentira.

— Não vim, não — admitiu ela.

— Então, para quê?

— Não importa.

Ele ignorou o constrangimento da mulher, supondo que ela tivesse vindo encontrar um amante de algum casinho de amor sórdido.

— Onde ficam a cabana de pesca e sua casa?

— No alto do porto, perto da casa da balsa, do outro lado do estuário do moinho.

— Estuário?

— O Grande Estuário — disse ela. — O rio que deságua na cabeceira do porto. Ele se move com a maré, subindo e descendo, mas nunca fica seco. Está cheio agora. Foi um verão muito chuvoso; faz semanas que o alagadiço não seca.

— A balsa de seu irmão faz a travessia do estuário quando a maré está cheia?

— E na maré baixa tem a trilha do alagadiço, que as pessoas atravessam a pé.

— Não quero que você se arrisque. Eu encontro o caminho, se me apontar a direção. Não precisa me levar.

— O senhor não encontrará, não. O porto é como um labirinto de trilhas, e existem valas e canais profundos — explicou ela. — O mar sobe mais rápido que um cavalo trotando e se espalha pela terra mais depressa que um homem é capaz de correr. O senhor pode ficar preso na lama, ou isolado numa trilha, ou encurralado pela água. Tem areia movediça que só dá para ver quando o pé afunda, e aí não dá mais para sair. Só mesmo nós que nascemos e fomos criados aqui atravessamos o lodaçal. Terei de levar o senhor.

Ele assentiu.

— Deus vai abençoá-la por isso. Ele deve tê-la enviado para me guiar.

Ela pareceu hesitante, como se Deus não tivesse sido generoso com bênçãos em sua vida.

— Vamos agora? Levará um tempo para chegarmos lá.

— Vamos — decidiu ele. — Como devo chamá-la? Sou o padre James.

Ela recuou diante do título sacerdotal.

— Não posso chamar o senhor assim! Seria o mesmo que me entregar para os juízes e ser presa imediatamente! Qual é seu nome verdadeiro?

— Pode me chamar de James.

Ela deu de ombros, como se a discrição dele a ofendesse.

— Eu uso o sobrenome de meu marido — respondeu ela. — As pessoas me chamam de Sra. Reekie.

— Como devo chamá-la?

— Assim mesmo — disse ela, irritada. — Se o senhor não me diz seu nome verdadeiro, por que vou dizer o meu?

Ela desviou o olhar do rosto surpreso dele e ensaiou sair da igreja, esperando pacientemente enquanto ele se curvava diante do altar, apoiando um joelho no chão e tocando o solo com uma das mãos. Ouviu-o murmurar uma prece por sua própria segurança e pela dela, e por todos aqueles que naquela noite serviam à verdadeira fé na Inglaterra, pelo rei em seu cruel cativeiro e pelo príncipe no exterior.

— Meu marido está desaparecido — comentou, quando ele se juntou a ela à porta. — Faz mais de meio ano que ele se foi.

— Deus o abençoe e guarde a ti — disse ele, fazendo o sinal da cruz sobre a cabeça dela.

Ela nunca tinha visto o gesto antes, e não sabia que deveria inclinar a cabeça e se benzer. Publicamente, ninguém fazia o sinal da cruz na Inglaterra havia quase cem anos. As pessoas perderam o hábito, e quem ainda era católico tomava o cuidado de manter oculta sua fé.

— Obrigada — disse ela, sem jeito.

— Você tem filhos?

Ela abriu a pesada porta do pórtico, olhou para fora, a fim de se certificar de que o cemitério estava deserto, então o chamou para segui-la.

Andaram um atrás do outro entre túmulos cujas lápides estavam tão cobertas de musgo e líquen que apenas algumas letras podiam ser vistas.

— Dois ainda vivos — disse ela, por cima do ombro. — Agradeço a Deus por eles. Minha filha tem 13 anos, e meu filho, 12.

— E o menino pesca no lugar do pai dele?

— O barco também está desaparecido — disse ela, como se essa fosse a maior perda. — Então, só podemos pescar com linha, da praia mesmo.

— Nosso Senhor chamou um pescador, antes de chamar qualquer outra pessoa — disse ele, gentilmente.

— É — disse ela. — Mas pelo menos ele deixou o barco.

Ele deu risada diante da irreverência dela, que se virou e riu também, e ele viu, mais uma vez, o calor radiante de seu sorriso. Era tão potente e luminoso que sentiu vontade de pegar a mão dela e mantê-la sorrindo.

— O barco é muito importante, o senhor sabe.

— Eu sei — disse ele, segurando as correias do alforje nos ombros para manter as mãos longe de qualquer tentação. — Como você sobrevive sem o barco e o marido?

— Mal — disse ela resumidamente.

Ao chegar à mureta de pedra lascada no limite do cemitério, ela levantou a saia marrom e o avental de cânhamo e passou as pernas para o outro lado, ágil feito um menino. Ele a seguiu e se viu na praia, num caminho que não era mais largo que uma trilha de ovelhas, com sebes de espinheiros de ambos os lados que se fechavam acima, de modo que os dois estavam escondidos num túnel de folhas espessas e galhos pontiagudos e retorcidos. Seguindo à frente dele, ela baixou a cabeça e envolveu os cotovelos no xale, marchando em seus tamancos de madeira, avançando pelo curso irregular da trilha estreita. O som do mar ficou um pouco mais alto quando ela desceu um barranco, e logo se viram num descampado, iluminados pela lua intermitente no céu pálido, numa praia de cascalho branco. Atrás deles, o barranco era encimado por um grande carvalho cujas raízes serpenteavam pela lama, os galhos inclinados para baixo em direção à praia. Mais à frente ficava o pântano: água parada, bancos de areia, piscinas formadas pela maré, lama, ilhas de junco e um canal largo e sinuoso com riachos assoreados borbulhando e batendo na lama, fluindo em pequenas ondas que se quebravam aos seus pés.

— O Lodo Catingoso — anunciou ela.

— Você não disse que o nome era Porto Vagante?

— É assim que chamam lá em Chichester, porque vagueia. Eles nunca sabem onde estão as ilhas, nunca sabem onde ficam os recifes; os rios trocam de leito a cada tempestade. Mas nós, que vivemos aqui e conhecemos as mudanças, que alteramos nossos caminhos em obediência aos seus caprichos, que odiamos isso aqui como quem odeia um capataz cruel, chamamos de Lodo Catingoso.

— Só por causa do lodo?

— Por causa da lama: catinguenta e traiçoeira — disse ela. — Se a pessoa pisar em falso, a lama a agarra e prende até o mar subir e afogar a coitada, perdida. Se a pessoa escapar, vai feder pelo resto da vida.

— Você sempre morou aqui? — indagou ele, perguntando-se a respeito da amargura contida na voz dela.

— Ah, sim — disse ela. — Estou presa no lodo. Oprimida, como inquilina, por um lorde negligente e não posso ir embora. Sou esposa de um homem desaparecido e não posso me casar, e sou irmã do balseiro e ele nunca vai me levar para o continente e me libertar.

— Todo esse litoral é assim? — perguntou ele, pensando em seu próprio desembarque, quando o capitão os guiara no escuro, passando por recifes e baixios. — Tudo tão incerto?

— É a terra das marés — confirmou ela. — Nem mar nem praia. Nem molhado nem seco, e ninguém vai embora nunca.

— Você poderia partir. Eu terei um barco — disse ele, precipitadamente. — Quando acabar meu trabalho aqui, voltarei para a França. Eu poderia lhe dar uma carona.

Ela se virou e olhou para ele e, mais uma vez, surpreendeu-o, desta vez pelo ar grave.

— Deus sabe o quanto eu gostaria. Mas não posso abandonar meus filhos. E, além disso, tenho pavor de águas profundas.

Ela seguiu na frente dele, com passadas que faziam ranger o cascalho da praia, que serpenteava entre o barranco e a lama, onde a água escorria para o interior. Uma gaivota saiu do ninho e girou no ar diante deles, emitindo um grasnado sobrenatural, e ele seguiu a sombra da mulher no cascalho, na lama e nos galhos trazidos pelo mar, ouvindo um chiado constante, pois o mar, em algum ponto na escuridão, à direita, chegava cada vez mais perto, inundando os bancos de lama, afogando os juncos, avançando sem parar.

Ela subiu outro barranco, alcançando uma trilha mais alta, acima da marca da maré, e ele a seguiu entre arbustos de tojo nos quais as flores noturnas pareciam drenadas de sua cor, refletindo prata, em vez de ouro, mas ainda exalando seu aroma de mel. Uma coruja piou ali perto, e ele se assustou ao vê-la, escura na escuridão, alçando voo com asas grandes e silenciosas.

Andaram por bastante tempo, até que o alforje em suas costas ficou pesado, e ele sentiu como se estivesse num sonho, seguindo os saltos de madeira dos tamancos dela, a barra suja de sua saia, por um mundo que tinha perdido tanto significado quanto cor, por uma trilha sinuosa e desolada. Ele se animou e murmurou uma ave-maria, lembrando a si mesmo que era uma honra se encarregar da palavra de Deus, dos apetrechos preciosos da missa e do resgate de um rei; era uma satisfação padecer na trilha lodosa de um litoral não mapeado.

O mar penetrava a terra como se não conhecesse limites. Ele via a água se arrastando pela madeira trazida pela maré e pela palha no cascalho abaixo deles, e, do outro lado do barranco, valas e piscinas enchiam e fluíam terra adentro, como se naquele lugar, conforme ela dissera, não fosse nem mar nem praia, mas a própria terra que corresse e fluísse com a maré. Ele se deu conta de que havia algum tempo que ouvia um estranho sibilar acima do barulho da água corrente, algo semelhante à fervura de uma panela gigantesca, como o chiado de uma chaleira.

— O que é isso? Que barulho é esse? — sussurrou ele, detendo-a e tocando seu ombro. — Está ouvindo? Um barulho medonho! Estranho, como se a água estivesse fervendo.

Ela parou, sem medo, e apontou para o meio da correnteza.

— Ah, aquilo. Veja... Ali, bem ali, no lodo. Está vendo aquelas bolhas?

— Não estou vendo nada além de ondas. Valha-me Deus! O que é aquilo? É o barulho de uma fonte?

— É o poço sibilante — disse ela.

Ele ficou mais que assustado.

— Como assim? O que é aquilo?

— Ninguém sabe — disse ela, com indiferença. — Um lugar no meio do lodo onde o mar ferve na maré enchente. Acontece em toda maré alta, daí não prestamos mais atenção. Às vezes, um estranho se interessa. Um homem disse a meu irmão que provavelmente é uma caverna embaixo do lodo e que as bolhas jorram para fora quando o mar enche a caverna. Mas ninguém sabe. Ninguém nunca viu.

— Soa como uma panela fervilhando! — Ele ficou horrorizado com a esquisitice do ruído. — Como se fosse o inferno fervendo!

— É, acho que dá medo mesmo. — Ela não tinha interesse pela questão.

— Como fica quando o mar recua? — perguntou ele, curioso. — O solo fica quente?

— Ninguém vê quando a maré está baixa — repetiu ela pacientemente. — Não dá para ir até lá. A pessoa afundaria e ficaria presa no lodo até se afogar na maré seguinte. Talvez seja uma caverna... e a pessoa caia lá dentro. Quem sabe? Talvez exista mesmo uma caverna que contém o mar, as águas que correm por baixo do mundo. Talvez seja o fim do mundo, escondido no Lodo Catingoso, e a gente tem morado na porta do inferno todos esses anos.

— Mas e o barulho?

— Dá para passar de barco por lá — observou ela. — Borbulha feito um caldeirão e chia bem alto. Às vezes, tão alto que a gente ouve lá do cemitério da igreja, na calada da noite.

— Dá para chegar perto de barco?

— Bem, eu não iria até lá — esclareceu ela. — Mas é possível, se a pessoa não tiver mais nada para fazer.

Ele deduziu que nunca houve um dia sequer na vida dela em que não tivesse o que fazer.

Ela se virou e seguiu em frente. Não tinha o menor interesse naquele assobio ameaçador, que ficou mais audível quando o barranco fez uma curva em direção ao porto, e menos à medida que se afastaram.

— Você já frequentou a escola? — perguntou ele, tentando imaginar a vida daquela mulher, residindo naquela paisagem desolada, tão ignorante quanto uma flor. Ele apertou o passo e andou ao lado dela, visto que a trilha se alargara.

— Por uns anos. Sei ler e escrever. Usando o livro de receitas, minha mãe me ensinou a trabalhar com ervas e me passou seus conhecimentos.

— Ela era cozinheira?

— Herbalista. Curandeira. Eu faço o trabalho dela agora.

— Alguém já falou com você sobre a antiga fé? Alguém lhe ensinou as orações?

Ela deu de ombros.

— Minha avó preferia os modos antigos. Quando eu era menina, às vezes um padre viajante vinha ao vilarejo e ouvia confissões em segredo. Algumas pessoas mais velhas rezam as orações antigas.

— Quando chegarmos à cabana, eu gostaria de rezar com você.

Ele viu o fantasma do sorriso dela.

— É melhor o senhor rezar por um desjejum — disse ela. — A gente não come muito bem por aqui.

O caminho se estreitou, e eles voltaram a prosseguir um atrás do outro, os espinhos se acercando em ambos os lados. Em algum lugar distante no bosque, à esquerda, ele ouvia o gorjeio penetrante de um rouxinol, cantando para o céu pálido.

Deu-se conta de que nunca tinha viajado por uma paisagem tão insólita, em companhia tão estranha. Seguira sua vocação por toda a Inglaterra, indo de uma casa rica a outra, ouvindo confissões e celebrando missas, geralmente às escondidas, mas sempre com conforto. Sua boa aparência sempre o ajudou. Tinha sido mimado pelas damas mais ricas do reino, e era respeitado por seus pais e irmãos por arriscar a vida em prol da fé. Mais de uma bela jovem havia caído de joelhos e confessado ter sonhos perturbadores com ele. O desejo delas jamais o abalara. Tinha feito votos a Deus e jamais se desviara. Era um jovem de apenas 22 anos; aprazia-se em testar suas convicções fervorosas e sua própria retidão.

Fora prometido à Igreja já na infância; seus preceptores o treinaram e o inspiraram, e depois o enviaram ao mundo para viajar em segredo, encontrando-se com monarquistas e compartilhando seus planos, indo de um palácio sitiado a outro, levando consigo o ouro da rainha exilada, os planos do monarca detido, as promessas do príncipe. Estivera em locais perigosos e assustadores — dormira em refúgios de padres, escondera-se em porões, rezara missas em sótãos e estábulos —, mas jamais passara um dia inteiro sem refúgio, sozinho numa costa não mapeada, tampouco seguira os passos de uma mulher comum que carregava em suas mãos ásperas a segurança dele.

James tocou o crucifixo de ouro que usava embaixo da camisa de cambraia de linho e apalpou seu contorno estranho. Por superstição, olhou de relance para o lodo sob os pés da mulher, para ter certeza de que ela deixava pegadas, como qualquer mortal. Embora pudesse enxergar o rastro sulcado dos tamancos de madeira, benzeu-se, pensando que talvez ela fosse algum guia sobrenatural proveniente de uma terra ímpia, e, se não fosse pelo poder de sua fé, ele haveria de se sentir deveras perdido, perambulando pelo mundo dos elementos antigos: água, terra e ar.

Seguiram em frente, durante uma hora talvez, em silêncio, até que ela virou bruscamente à esquerda e subiu o barranco do porto; então, ele avistou, sombrio e no céu escuro, um casebre caindo aos pedaços, paredes feitas de madeira trazida pelo mar e fixada com lama seca, um telhado feito de junco do pântano. Parecia os escombros de um naufrágio trazidos pela preamar. Ela empurrou a porta mal fixada, que rangeu ao se abrir.

— Eis a cabana de pesca — anunciou ela.

Estava escuro como breu, a única luz era o luar, que entrava em nesgas através de frestas nas paredes.

— Você tem uma vela?

— Só lá em casa. O senhor não pode acender luz aqui. Veriam do moinho, do outro lado do alagadiço. O senhor terá de ficar no escuro, mas logo amanhecerá, e trarei comida e um pouco de cerveja.

— Sua casa fica perto? — Sentia-se apreensivo por ter de ficar ali, sozinho e na escuridão.

— Logo adiante no barranco. E o dia já vai clarear — garantiu ela. — Volto assim que puder. Preciso acender o fogo e buscar água. Tenho de acordar meus filhos e dar comida para eles. Depois que eles saírem, eu volto. O senhor pode se sentar aqui, em cima destas redes, e pode dormir.

Ela pegou a mão dele. Ele sentiu a aspereza daquela palma surrada, puxando-o, para que ele se abaixasse; então, ela esfregou a mão dele no cordame tosco de um monte de redes.

— Aqui — disse ela. — Nestas redes velhas. Não é digno do senhor, mas não sei de outro lugar aonde o senhor possa ir.

— Claro que é digno de mim — afirmou ele com uma voz ansiosa e não muito convincente. — Não sei o que teria feito se não tivesse encontrado você. Teria dormido no bosque, e seria carregado pelas águas sibilantes.

Ele tentou rir; ela, não.

— Se o senhor ouvir alguém chegando, ou se alguém tentar abrir a porta, é só quebrar a parede dos fundos com um pontapé. Estamos na beira da valeta; o senhor pode rolar para dentro dela e se esconder. Se correr para a direita pelo barranco vai dar na balsa e no alagadiço; para a esquerda é a direção do bosque. Mas ninguém nunca vem aqui, ninguém vai aparecer por aqui.

Ele fez que sim, mas, na escuridão, ela não pôde enxergá-lo.

— Sei que o local não é adequado — disse ela, constrangida.

— Sou grato pela cabana. Sou grato a você — disse ele.

Ele percebeu que ainda segurava a mão dela e a levou aos lábios. Ela afastou a mão de pronto, e ele corou na escuridão pela tolice em demonstrar uma cortesia que ela não era capaz de assimilar. As damas ricas das casas seguras estavam habituadas a serem beijadas. Estendiam-lhe as mãos alvas e erguiam os leques à altura dos olhos, para esconder o rubor. Às vezes, ajoelhavam-se, num farfalhar de seda, beijavam-lhe a mão e seguravam-na de encontro às faces úmidas, em penitência por algum pecadilho.

— Perdoe-me — tentou explicar. — Só queria dizer que reconheço o valor desta boa ação. Deus há de lembrar o que fez por mim.

— Trarei um pouco de mingau para o senhor — disse ela de modo brusco. Ele a ouviu recuando para a porta e viu a nesga do luar quando a porta se abriu. — Não tenho muito.

— Só se tiver um pouco sobrando — disse ele, sabendo que não haveria comida de sobra na casa dela. Ela deixaria de comer para alimentá-lo.

Ela fechou a porta, em silêncio, e ele tateou a pilha de redes, espalhando-as um pouco. O fedor de peixe podre e lodo sujo do porto recendeu junto ao zumbido de moscas sonolentas. Ele trincou os dentes, contendo a repulsa, e sentou-se. Sem tirar as botas, ergueu os pés e se enrolou na capa, certo de que haveria ratos. Constatou que, embora estivesse absolutamente exausto, não conseguiria se deitar nas redes fétidas. Repreendeu a si mesmo por ser um tolo, um padre inepto e desprovido de sabedoria ou experiência, um rapazinho tolo enviado para fazer um trabalho importante em tempos grandiosos. Receava falhar, sobretudo agora, quando tanta coisa dependia dele. Tinha confissões a ouvir e segredos a guardar, e tinha em mente um plano para libertar o rei. Receava não ter nem a coragem nem a determinação de levar o plano a termo, e estava prestes a rezar para ser um emissário com brio, um espião eficaz, quando percebeu seu engano: não estava com medo de falhar, estava com um medo infantil, um medo de tudo, dos ratos na cabana de pesca, do poço sibilante lá fora, e, em algum lugar mais além, tinha medo dos exércitos vingativos de Cromwell e do olhar sombrio do tirano.

Sentou-se na escuridão e esperou.

Alinor hesitou fora da cabana, ouvindo o movimento dele lá dentro, no escuro, como se fosse um animal estranho capturado por ela. Quando ele ficou quieto, ela se virou e correu pelo barranco até seu próprio casebre, de frente para o alagadiço, uma construção de um andar com telhado de junco no meio de um canteirinho de ervas com cerca feita de madeira trazida pelo mar.

Dentro do casebre, tudo estava como ela havia deixado: as brasas na lareira embaixo de uma tampa de argila, as runas desenhadas nas cinzas para impedir faíscas, o filho e a filha na cama num canto do cômodo, a panela de mingau ao lado do fogo, tampada, para manter os ratos longe, e as galinhas empoleiradas no canto, que cacarejaram sonolentas quando o ar frio, cheirando a lodo e salmoura, soprou com a entrada dela.

Ela pegou um balde na lareira e saiu pela praia, onde a maré alta chegava ao lodo e ao junco. Com passos curtos, subiu o barranco e desceu do outro lado, chegando à profunda lagoinha de água potável. Segurou-se numa estaca velha para encher o balde, depois transportou a carga instável até o casebre. Encheu uma tigela com água e a colocou na mesa, tirou a capa e lavou o rosto e as mãos, valendo-se do sabonete caseiro, cinzento e gorduroso, esfregando os dedos com bastante cuidado, dolorosamente ciente de que o padre os levara aos lábios e teria sentido o cheiro de toda uma vida de peixe, fumaça, suor e sujeira.

Secou as mãos com um retalho de linho e sentou-se, por um instante, olhando pela porta aberta, onde o céu — pálido durante toda aquela noite branca — clareava cada vez mais. Perguntava-se por que — visto que não havia encontrado fantasma nenhum — se sentia tão enfeitiçada.

Balançou a cabeça, como se quisesse regressar de terras sombrias, levantou-se da banqueta e se ajoelhou diante do fogo, usando um trapo para levantar a tampa de argila que cobria as brasas. Com as costas da outra mão, apagou as runas à prova de faísca, desenhadas nas cinzas frias. Alimentou com gravetos o pontinho incandescente no meio das cinzas e acrescentou mais madeira trazida pelo mar, e, quando o fogo pegou, pôs a panela de ferro com três pés sobre o calor, adicionou água do balde e mexeu a aveia que estava de molho lá dentro, trazendo-a lentamente à fervura.

O filho e a filha, deitados na mesma cama, dormiam aos sons do preparo. Precisou acordá-los, tocando-lhes o ombro. A filha sorriu enquanto dormia e se virou para a parede de madeira tosca, mas o filho sentou-se e perguntou:

— Já é de manhã?

Ela se abaixou para abraçá-lo, aninhando o rosto no calor do pescoço dele. Ele cheirava a si mesmo, doce feito um cachorrinho.

— Já — disse ela. — Hora de levantar.

— Papai está em casa?

— Não — disse ela categoricamente. A eterna pergunta já não lhe causava uma pontada de tristeza. — Hoje não. Vista-se.

Obediente, Rob sentou-se na beira do colchão e vestiu a jaqueta por cima da camisola de linho. Então, colocou os calções e os amarrou, com fitas, à jaqueta. Naquele dia trabalharia de pernas de fora e pés descalços. Serviria de espantalho na Fazenda do Moinho, depois da escola matinal. Sentou-se à mesa, e ela lhe serviu mingau numa tigela.

— Sem toucinho defumado? — perguntou ele.

— Hoje não.

Ele pegou a colher e começou a comer, soprando cada colherada e sorvendo com bastante barulho. Ela serviu uma caneca de cerveja de mesa; não se bebia água no Lodo Catingoso. Então, ela se virou para a cama, sentou-se na beirada e tocou no ombro da filha.

Alys se virou e abriu os olhos azul-escuros, encarando a mãe como se ela fizesse parte de um sonho assustador.

— A senhora saiu? — perguntou ela.

Alinor ficou surpresa.

— Pensei que você estivesse dormindo.

— Ouvi a senhora entrar. — A menina suspirou, como se estivesse prestes a dormir de novo. — No meu sonho.

— O que foi que você sonhou?

— Sonhei que a senhora tinha encontrado um gato no adro da igreja.

As duas tratavam a conversa com seriedade.

— De que cor?

— Preto — disse a menina.

— O que aconteceu?

— Nada. Só isso. A senhora ficou na frente dele, e ele viu a senhora.

Alinor pensou na cena, esboçada em sua percepção de vidente.

— Ele me viu?

— Ele viu a senhora, viu tudo.

Alinor aquiesceu.

— Não comente sobre isso — disse ela.

A menina sorriu.

— Claro que não.

Ela jogou as cobertas para o lado e se levantou; de pé, chegava à altura do ombro da mãe, o cabelo loiro preso numa trança que corria pelas costas, a pele alva qual a de um saxão. Virou-se para a pilha de roupas ao pé da cama e colocou a saia de lã feltrada, com crostas de lama seca na bainha, e uma camisa remendada. Sentou-se na banqueta à mesa para lavar o rosto e as mãos e, em seguida, levou a tigela até a porta e a esvaziou por cima das ervas.

Alinor levou sua banqueta para perto dos filhos e juntou as mãos.

— Pai, nós Lhe agradecemos o pão de cada dia — disse, com serenidade. — Livrai-nos do pecado para todo o sempre. Amém.

— Amém — disseram os filhos em coro, e Alinor serviu a filha e a si mesma, deixando uma porção na panela.

— Posso comer esse restinho? — perguntou Rob.

— Não — disse Alinor.

Ele afastou a banqueta da mesa e se ajoelhou no chão, pedindo a bênção. Ela tocou-lhe os cachos embaraçados e disse:

— Deus te abençoe, meu filho.

Sem dizer mais nada, ele tirou o gorro de um gancho atrás da porta, enfiou-o na cabeça e abriu a porta. O som de gaivotas grasnando e o ar salgado da manhã jorraram para o cômodo escuro. Ele saiu, batendo a porta.

— Ele vai chegar cedo na escola — comentou Alys. — Vai ficar chutando bola na porta da igreja de novo.

— Eu sei — respondeu Alinor.

— A senhora está estranha — disse a menina. — Diferente.

Alinor virou o rosto para a filha e sorriu.

— Como assim? — disse ela. — Sou a mesma de ontem.

Alys viu dissimulação na maneira como os cílios da mãe lhe escondiam o olhar.

— A senhora está do jeito que estava em meu sonho. Aonde a senhora foi?

Alinor recolheu as tigelas vazias e as empilhou na mesa.

— À igreja, rezar por seu pai.

A menina assentiu. Sabia muito bem que era o solstício de verão.

— E a senhora o viu? — perguntou ela em voz baixa.

Alinor balançou a cabeça.

— Não.

— Então, será que ele ainda está vivo? Se a senhora não o viu, então ele não morreu. Ele ainda pode voltar para casa.

— Ou talvez eu não seja vidente.

— Pode ser. Talvez a senhora tenha mesmo encontrado um gato preto, e ele tenha mesmo visto a senhora.

Alinor sorriu.

— Não comente sobre isso — lembrou ela à filha. Pensou no padre, esperando pelo mingau na cabana de pesca. Gostaria de saber se ele realmente a vira, qual o gato preto no sonho da filha.

A menina passou os dedos pela farta cabeleira loira, afastou do rosto alguns fios e enfiou a touca sobre a trança dourada. Em seguida, sentou-se para calçar as botas.

— Quisera Deus que a gente soubesse... — disse ela, irritada. — Não sinto saudade dele, mas gostaria de saber se posso parar de procurar. E não é justo com Rob.

— Eu sei — disse Alinor. — Toda vez que a maré traz um barco ao cais do moinho, peço notícias dele, mas não dizem nada.

A menina levantou uma bota e enfiou um dedo no buraco da sola.

— Sinto muito, mãe, mas preciso de botas novas. Estas estão furadas no bico e na sola.

Alinor olhou para a parte superior da bota e para a sola remendada.

— Da próxima vez que eu tiver dinheiro, da próxima vez que eu for ao mercado — prometeu ela.

— Antes do inverno, pelo menos. — A menina calçou as botas surradas. — Talvez eu traga um coelho para casa hoje à noite. Montei uma armadilha ontem.

— Não nos campos de Sir William, certo?

— Não aonde o guarda-caça costuma ir — disse ela, travessa.

— Traga o coelho que eu preparo o cozido — prometeu Alinor, pensando em mais uma boca para alimentar, caso o padre não fosse embora antes da maré vazante, à noite.

A menina se ajoelhou diante da mãe, e Alinor colocou a mão na nuca da filha.

— Deus te abençoe e te proteja — disse ela, pensando na beleza jovem da filha e no moleiro e em seus empregados, que a observavam enquanto ela atravessava o campo e faziam piadas sobre o marido que ela teria em alguns anos.

A menina sorriu para a mãe, como se conhecesse seus medos.

— Eu sei me defender — disse ela, com ternura, e saiu, enxotando as galinhas porta afora e pelo portão, para que pudessem ciscar pela trilha até a praia.

Alinor esperou até ouvir o rangido dos passos no cascalho diminuir, enquanto a filha andava pela costa até o ponto onde a balsa atravessava o estuário. Foi só quando já não ouvia nada lá fora exceto o grasnado das aves marinhas que Alinor despejou o mingau quente na tigela sobressalente, a tigela do marido desaparecido, pegou a colher de pau entalhada e a caneca de madeira que pertenciam a ele, encheu a caneca com cerveja de mesa e seguiu pelo barranco, levando tudo até a cabana.

Bateu à porta e entrou, abaixando a cabeça para se esquivar do lintel torto. Ele estava dormindo, esparramado nas redes, em cima da capa de lã, seu lindo cabelo encaracolado caído pelo rosto. Ela observou a brancura da pele, a linha alongada e escura dos cílios, a força adormecida do corpo, o tórax e os braços, e o comprimento das pernas nas botas caras de montaria. Qualquer pessoa veria logo que se tratava de um estranho, um forasteiro naquela ilha empobrecida na costa sul da Inglaterra. Um olhar de relance diria a qualquer pessoa que ele era um nobre. Estava tão deslocado, esparramado naquelas redes fedorentas, naquela cabana caindo aos pedaços, quanto ela estaria entre as sedas e os perfumes da corte real, nos velhos tempos, quando o rei tinha uma corte em Londres.

Pensou que seria desrespeitoso acordá-lo, mas a tigela que esfriava em sua mão lembrou-lhe que, se deixasse o mingau ali e ele acordasse e o encontrasse frio e talhado, haveria de sentir nojo. Então, abaixou-se, colocou a caneca de cerveja no chão e gentilmente sacudiu o bico de uma das botas.

No mesmo instante, os cílios dele tremeram, ele abriu os olhos e se levantou de pronto.

— Ah! Sra. Reekie! — disse ele.

Ela estendeu a tigela e a caneca.

— Mingau — disse ela. — Sei que não está à altura do senhor.

— Vem de você e vem de Deus, e fico grato — respondeu ele.

Em seguida, colocou a tigela, a colher e a caneca no chão, ajoelhou-se e murmurou uma longa prece em latim. Alinor, sem saber o que fazer, inclinou a cabeça e sussurrou "Amém" quando ele terminou, embora tivesse sido informada pelo pastor — todos tinham sido informados — que Deus não falava latim, que Deus falava inglês e deveria ser invocado em inglês, e que tudo mais era uma farsa, uma heresia e um deboche papista da verdade da Palavra.

Ele sentou-se de pernas cruzadas nas redes, como se o cordame não estivesse empesteado de insetos, e comeu o mingau feito um homem faminto. Raspou a tigela de madeira com a colher de pau e esvaziou a caneca de cerveja.

— Sinto muito, mas acabou — disse ela, sem jeito. — Mas trarei um caldo de peixe, se o senhor ainda estiver aqui na hora do almoço.

— Estava muito bom. Eu estava com fome — disse ele. — Sou grato a você por compartilhar sua comida. Espero que não tenha deixado de comer para me alimentar.

Com uma breve pontada de culpa, ela pensou no filho, que teria comido mais naquela manhã.

— Não — disse ela. — E talvez minha filha traga um pouco de carne para o almoço.

Ele semicerrou os olhos, como se tentasse visualizar um calendário e verificar se havia algum dia santo ou algum jejum que devesse observar. E sorriu.

— É Dia de São João. Terei prazer em comer bem, mas, se houver pouco, imploro que guarde para si e para seus filhos. Você faz um grande serviço para mim e para Deus me escondendo aqui. Não quero que passe fome. Já estou acostumado.

O rosto dela se iluminou enquanto ria, e ele ficou novamente abalado com aquela súbita transformação.

— Aposto que estou mais acostumada que o senhor!

Ele teve de se conter para não tocar naquela face sorridente.

— Tem razão — admitiu ele. — No meu caso, o jejum é uma opção; faz parte de minha fé.

— Pensei em levar o senhor até o Priorado hoje de manhã — ofereceu ela. — Caso o senhor queira falar com o encarregado e ver se ele permite sua entrada.

— Ficarei feliz com sua ajuda. Ficarei feliz se puder encontrar o encarregado. A volta é pelo mesmo caminho que viemos?

— É — disse ela.

— Então, já conheço o caminho. Vou sozinho. Não quero colocá-la em perigo.

— É o lodo — lembrou ela. — Preciso guiar o senhor. Posso seguir bem adiante, para não sermos vistos andando juntos.

Ele assentiu.

— Você precisa manter distância.

— Muito bem.

Ficaram calados por um instante.

— Você não vai sentar? — convidou-a. — Para conversar comigo.

Ela hesitou.

— Tenho trabalho a fazer.

— Só um instante?

Ele se surpreendeu ao buscar a companhia dela quando deveria aproveitar a solidão para rezar.

Ela sentou-se no chão, enfiando os pés embaixo da lã grosseira da saia. A cabana estava escura, cheirando a sal e algas, com um toque fétido do lodo azedo do alagadiço. O chão era de terra batida, as redes se amontoavam, largadas, umas em cima das outras, e as armadilhas de lagosta apodreciam com sua carga de algas e conchas velhas.

— O que você estaria fazendo se eu não estivesse atrasando seu trabalho? — perguntou ele.

— Hoje de manhã eu capinaria o canteiro, limparia a casa, colheria ervas, para secar ou destilar, e provavelmente fiaria. À tarde vou até a casa de meu irmão, perto da balsa, para começar a colheita de cevada para nossa cerveja. Farei pão com o fermento. Às vezes, trabalho na Fazenda do Moinho, na leiteria ou na padaria, ou capino, aro a terra ou colho, dependendo da estação. — Ela deu de ombros. Era óbvio que havia tarefas demais para ela listar. — Como é solstício de verão, colherei ervas novamente à noite, as de meu próprio canteiro e as que cultivo na casa de meu irmão, e destilarei na destilaria dele. Às vezes, alguém manda me chamar, para um parto ou por causa de alguma doença. Vou à igreja algumas noites. É bom ficar lá sentada, mesmo que só por um momento.

— Você deve se sentir sozinha, não?

— Não, mas sinto saudade de minha mãe — admitiu ela.

— Você não sente saudade de seu marido?

— Fico feliz por ter me livrado dele — disse ela, simples e direta. — Só lamento a perda do barco.

— Ele era cruel com você? — perguntou ele, e manteve as mãos no colo, controlando-se para não cobrir a mão dela com a sua. Imaginou que o sujeito fosse um monstro, para magoar uma mulher como aquela. E o que o pastor da igreja estava fazendo, o que o irmão dela estava fazendo, se não a protegiam?

Mas ela fez que não com a cabeça.

— Não era pior que muitos. Nunca reclamei. Mas comia demais, e dava muito trabalho. Era cansativo ser esposa dele, enfadonho. Mas sem ele temos pouco dinheiro, e poucos meios de ganhar dinheiro, e nenhum meio de poupar. Eu me preocupo com minha menina, que trabalha todos os dias na Fazenda do Moinho, bonita como ela é. Ela tem de se casar em dois ou três anos, e onde vou arrumar um dote eu não sei. E me preocupo com meu menino, que está crescendo e não tem nem mesmo o barco de pesca do pai para herdar. Ele vai ficar com a balsa, depois de meu irmão, acho, mas não será por muitos anos, e é uma vida difícil. Não sei o que será deles dois. — Ela balançou a cabeça, como se a questão a intrigasse com frequência. — Nem de mim. Que Deus nos livre da mendicância.

— Vocês não podem mendigar — disse ele, chocado. — Vocês não podem ser reduzidos a mendicantes.

— Bem, a gente pega emprestado — admitiu ela, e ele viu, pelo fantasma de seu sorriso, que ela queria dizer que caçavam nas terras de Sir William.

— Deus não proíbe empréstimos, se forem apenas coelhos — disse ele, e foi recompensado por um olhar travesso. — Mas vocês precisam ser cautelosos...

— E somos — disse ela. — E Sir William só se preocupa com os cervos e os faisões. Talvez a gente consiga comprar um barco. Talvez os tempos melhorem.

— Você não tem alguém que possa ocupar o lugar de seu marido? — perguntou ele, pensando que ela estivesse esperando algum homem na igreja na véspera do solstício de verão.

Ficou espantado com o desdém dela quando ela virou a cabeça. Conhecera duquesas menos altivas.

— Não vou me casar de novo.

— Nem mesmo por um barco? — Ele sorriu.

— Ninguém que tenha um barco vai me querer com dois filhos — observou ela. — Três bocas para dar de comer.

— Sua filha é como você? — perguntou ele, pensando que deveria ser tão bela quanto a princesa de um conto de fadas, uma princesa disfarçada.

— Na verdade, não — respondeu ela com um sorriso. — Ela tem ambições maiores; ela ouve o tio, pensa que qualquer um pode ser qualquer coisa, que o mundo está à disposição dela, que tudo mudou. É ferrenha defensora do Parlamento e do povo. Não a culpo. Tenho de esperar o melhor para ela e para Rob.

— É o seu filho?

O rosto dela se aqueceu diante do nome.

— Ele nasceu para ser curandeiro. Herdou o dom de minha mãe. Desde quando era bebê, ele ficava no canteiro de ervas comigo, aprendendo os nomes e a potência das ervas. E ensinei a ele como as ervas são usadas, e às vezes ele me acompanha, quando visito alguém doente, ou um morto. Se pelo menos eu pudesse mantê-lo na escola, para ele aprender com os livros! Um homem habilidoso e instruído pode ganhar um bom dinheiro com gente rica, talvez em alguma cidade. — Ela deu de ombros. — Aqui, não. Sou paga em comida e algumas moedas pelas ervas, e meus pacientes são todos pobres. A única nobreza mora no Priorado. Eu cuidei da esposa de Sua Senhoria antes de ela morrer, e cuidei do filho dela há alguns meses. Duas vezes por ano vou até a despensa deles, para reabastecer e limpar tudo, mas, quando Sua Senhoria adoece, manda chamar o médico de Chichester.

— Você é uma mulher habilidosa? — perguntou ele. — O que sabe fazer?

— Só ervas e curas — respondeu ela com cautela. Imaginava que ele nada soubesse das diversas e delicadas gradações existentes entre curandeiros que usavam curas naturais e aqueles que se baseavam nas artes das trevas e podiam fazer adoecer todo um vilarejo. — Sou parteira. Eu tinha minha licença, no tempo em que o bispo morava no palácio e podia conceder licenças, antes de ser expulso e fugir. Sei arrancar dente e consertar osso, curar ferida e úlcera, mas não faço nada além disso. Sou curandeira e encontro coisas perdidas.

— Você me encontrou — disse ele.

— O senhor estava perdido?

— Acho que a Inglaterra é que está perdida — disse ele com seriedade. — Não podemos tirar nosso rei do trono, não podemos adorar a Deus do jeito que for. Não podemos colocar o Parlamento acima de tudo. Não podemos fazer guerra contra um rei designado por Deus para nos governar.

— Não entendo dessas coisas.

Ele hesitou.

— Você disse ontem à noite que seu irmão é defensor do Parlamento?

— Ele fugiu para lutar e teria ficado no Novo Exército Modelo, mas, quando meu pai morreu, ele teve de voltar para casa para garantir o direito à balsa. Há várias gerações, nossa família tem direito à balsa, e somos inquilinos da casa da balsa.

— É a única maneira de atravessar para o continente? A barcaça de seu irmão?

— Não é uma barcaça — corrigiu ela. — Está mais para uma balsa amarrada a uma corda, que atravessa o Grande Estuário — disse ela. — O Grande Estuário fica entre a ilha de Scalsca e o continente. Não é profundo; dá para atravessar a pé na maré baixa. Tem um caminho de pedra no alagadiço, para ninguém ficar preso na lama. Meu irmão cuida do caminho e atravessa gente que não quer molhar os pés e mulheres que vão para o mercado, levando novelos de lã e mercadorias, e na maré alta ele transporta carroças, ou Sir William, que embarca seus cavalos e a carruagem na balsa quando a água sobe muito.

— Ele rema até o outro lado?

Ela fez que não com a cabeça.

— Ele puxa uma corda. É uma balsa grande, feito uma ponte flutuante; cabe até uma carroça. Na maré média, a corrente é muito forte. A balsa fica enganchada na frente e atrás por uma corda, para ele não ser arrastado para dentro do lodo e para o mar aberto.

Ele notou que ela empalideceu ao pensar nisso.

— Você sempre teve medo da água? — perguntou ele, curioso. — Mesmo morando aqui no litoral?

— Filha de balseiro e mulher de pescador. — Ela sorriu. — Sei muito bem que é tolice, mas sempre tive pavor da água.

— Então, como pescará quando conseguir o barco? — perguntou ele.

Ela sorriu e deu de ombros, levantando-se e recolhendo a tigela e a caneca.

— Terei de criar coragem — disse ela. — Sei remar e jogar a rede, e meus filhos podem me ajudar. Nunca sairei para alto-mar. Ficarei dentro da barra do porto. E então, se o lado do senhor vencer, e o rei voltar a ser rei e a Igreja se tornar papista, posso vender peixe no mercado e de porta em porta, nos dias de jejum.

— Quando eu voltar para casa, enviarei dinheiro para você comprar um barco — prometeu ele.

Ela sorriu, como se fosse brincadeira.

— Onde fica sua casa?

Ele hesitou, mas queria lhe confiar a verdade.

— Moro em meu colégio, na França — disse ele. — Minha família me enviou para um colégio inglês, em Douai, quando eu era um menino de 12 anos, e foi lá que fiz meus votos sacerdotais. Quando a guerra começou, eles ficaram aliviados por eu estar longe do tumulto. Meu pai lutou contra o Parlamento e foi derrotado, ferido em Naseby. Agora, ele e minha mãe estão no exílio, com a rainha, em Paris, e eu sou padre seminarista e jurei vir à Inglaterra para trazer as pessoas de volta à verdadeira fé.

— Não é muito perigoso vir para a Inglaterra?

Ele hesitou. Havia uma sentença de morte por espionagem e uma por heresia. O colégio dele se orgulhava de seu histórico de mártires e mantinha velas acesas diante de uma parede onde constavam seus nomes entalhados. Quando jovem, ele ansiava por ser um dos santos mártires.

— Meu colégio já enviou muitos mártires à Inglaterra, desde que o rei Henrique se voltou contra a verdadeira Igreja. A Igreja mudou, apesar do desejo das pessoas, mais de cem anos atrás; mas nós nunca mudamos. Sigo por onde muitos santos pisaram. — Ele sorriu diante do olhar surpreso que ela lhe dirigiu. — Na verdade, a opção foi minha. E há muitas casas seguras e muitos amigos para me ajudar. Posso atravessar o reino e nunca sair de propriedades católicas. Posso rezar em capelas consagradas e secretas toda noite. Agora o Parlamento foi longe demais contra o rei, e o exército foi mais longe ainda. Agora é nossa oportunidade. No reino inteiro, cidades e vilarejos estão se declarando em favor do rei e dizendo que o querem de volta ao trono. As pessoas querem paz e querem ser livres para praticar sua fé.

— Enquanto isso o senhor não vai voltar para seu colégio? — perguntou ela, incerta, pensando que tal dia nunca chegaria.

— Não. Existe algo, algo grandioso, que preciso fazer antes de voltar para casa. — Ele resistiu à tentação de revelar mais.

Ela adivinhou imediatamente.

— O senhor não está indo para a ilha de Wight? — sussurrou ela. — Não está indo ao encontro do rei?

O silêncio dele provou que ela estava certa.

— Então, você entende por que não deve ser vista comigo — disse ele. — E eu jamais admitirei que a conheci, que você me escondeu. Aconteça o que acontecer comigo, jamais trairei você.

Ela assentiu com ar grave.

— Se o senhor quiser ir até o Priorado, precisamos atravessar o alagadiço enquanto a maré está baixa. Podemos falar com o encarregado enquanto ele faz o desjejum, e, se ele não quiser abrigar o senhor, ainda vai dar tempo de a gente voltar antes que a maré suba demais.

Ele se levantou do assento nas redes, passou as mãos na jaqueta para limpá-la e jogou a capa nos ombros.

— Vamos atravessar o alagadiço?

Ela aquiesceu de novo.

— É provável que a gente não encontre ninguém. Quase ninguém vem aqui. Quando chegarmos ao Priorado, estaremos numa alameda de arbustos. Se o senhor se deparar com alguém, pode pular do barranco, entrar na valeta e se esconder. Se precisar correr, é só seguir a valeta para o interior. O senhor pode se esconder no bosque.

— E o que você vai fazer?

— Vou dizer que não vi o senhor me seguindo. Que eu estava indo até a praia procurar ovos de andorinha-do-mar. — Ela se virou e abriu a porta. — Espere aqui.

De repente, como uma canhoneada no ar parado, ouviu-se um estrondo, água caindo e, em seguida, outro estrondo terrível.

— O que foi isso? — indagou ele, dando um salto, já com a mão em sua preciosa carga.

— É só o moinho — disse ela com calma. — Abriram o fluxo da corrente, e agora as pedras estão moendo. É barulhento num dia calmo.

Ele a seguiu, adentrando o brilho da manhã. Os bancos de lama e as piscinas de água salobra reluziam qual prata manchada, estendendo-se até o horizonte, deslumbrantes e estranhas. A moagem e o tinido continuaram, como se alguém estivesse abrindo os portões de ferro do inferno, raspando-os num pavimento de pedra.

— É tão barulhento! — disse ele.

— A gente se acostuma.

Ela o conduziu banco de lama abaixo até um pequeno trecho de cascalho que avançava pelo lodo e depois desaparecia no leito raso de um rio. Ele andava ao lado dela, com o alforje às costas, os saltos das botas de montaria afundando e saindo da lama com um desagradável ruído de sucção. De repente, correu muita água na vala ao lado dele, o que o fez dar um pulo.

Ela riu.

— Essa é a valeta por onde corre a água que move o moinho.

— Tudo aqui é muito estranho — disse ele, envergonhado por ter se assustado com a água, que agora fluía ao lado deles, numa paisagem que, não fosse isso, estaria absolutamente quieta. — Minha casa fica no norte, colinas altas, região montanhosa, é muito seco... Isto aqui é como uma terra estrangeira para mim, como os Países Baixos.

— O moleiro abre as comportas na barragem do moinho, de modo que a água entra e gira a roda — explicou Alinor. — E depois a água corre para o mar.

— Em toda maré baixa? — perguntou ele, observando a corrente ao lado.

— Ele não mói em todas as marés — disse ela. — A demanda por farinha não é muito grande. Mas ele armazena e manda trigo para Londres, quando o preço está bom.

Ele detectou o ressentimento na voz dela.

— Você quer dizer que ele é um especulador? Compra grão barato e vende a preços de Londres?

— Ele não é pior que ninguém — disse ela. — Mas é duro ver o graneleiro zarpando de vento em popa, quando não se tem dinheiro nem para um pão e não se ganha o suficiente para comprar farinha.

— Sua Senhoria não define o preço do pão? Pois deveria.

Ela deu de ombros. Um bom senhor de terras fixaria o preço e cuidaria para que o moleiro não levasse mais que uma concha de grãos como pagamento.

— Sir William nem sempre está aqui. Ele fica em Londres. É provável que nem saiba.

A trilha que ela seguia era invisível para ele e se afastava da valeta do moinho, até o ponto mais elevado de uma ilhota de cascalho, e depois outra, em meio a um descampado de lama. A água do porto gorgolejava e recuava ao redor deles, o tempo todo. Às vezes, andavam pelo chão firme de um trecho de cascalho, com uma piscina profunda no lado do mar, onde ele via cardumes de peixinhos isolados pela água vazante; outras vezes, andavam na areia ondulada pela maré que recuava, e ele se lembrava do perigo da areia movediça e pisava nas pegadas dela. Muitas vezes, achava que ela não saberia contornar as correntes profundas que atravessavam o alagadiço sempre idêntico. Mas ela virava para um lado, depois para outro, seguindo seu caminho, às vezes acompanhando os sulcos deixados pelo mar, às vezes os bancos de junco, às vezes a margem irregular, onde escoras submersas e quebra-mares quase enterrados na lama indicavam que alguém havia construído um dique e tentado proteger a terra, mas depois voltara a perdê-la para o mar indiferente.

Quando ela se dirigiu para o interior, depois de mais de uma hora de caminhada, eles entraram numa alameda coberta por árvores ladeada por espinheiros. Ele tomou o cuidado de se manter longe o suficiente, para que pudesse se esconder assim que visse alguém ou que a ouvisse exclamar um cumprimento, mas perto o suficiente para poder segui-la, enquanto ela avançava pela trilha sinuosa que os conduzia em direção aos imponentes telhados do Priorado, visíveis acima das árvores frondosas. Galhos de espinheiros atravessavam a trilha, agarrando-se nas mangas da jaqueta dele. Aquela trilha raramente era utilizada: os lavradores preferiam a estrada, e, quando o rei ocupava seu trono e Sir William contava com a proteção real, os ilustres visitantes conduziam suas carruagens, vindos do continente, através do alagadiço na maré baixa e entravam pelos belos portões até a porta dupla, onde uma fileira de criados usando libré se curvava quando as portas da carruagem se abriam. Mas os criados de libré tinham fugido para lutar pelo Novo Exército Modelo, e não havia visitantes ilustres desde o início da guerra, quando Sir William se uniu ao lado perdedor.

As árvores deram lugar a um prado com uma cerca desleixada de feno mal ceifado, e os dois atravessaram rápido o campo aberto para chegar ao abrigo fornecido pelo muro alto, feito de pedras lascadas e tijolos vermelhos. Alinor parou, a mão pousada na argola da porta de madeira.

— Este é seu refúgio? O senhor era esperado? Devo informar seu nome ao encarregado?

— Eu queria mesmo chegar aqui — admitiu James. — Sir William falou que me encontraria aqui. Mas não sei o que ele disse ao encarregado. Não sei se é seguro, para você, entrar e mencionar meu nome. Talvez eu deva entrar sozinho.

— É mais seguro o senhor ficar aqui. Posso dizer que encontrei o senhor por acaso e o trouxe à presença dele. Espere aqui. — Ela indicou uma pilha de feno, montada sem o menor zelo com capim de baixa qualidade colhido no prado à beira-mar. — Fique ali atrás e de olho vivo. Se eu não voltar dentro de uma hora, então algo deu errado, e é melhor o senhor fugir. Volte pela costa; siga pelo barranco. O senhor pode se esconder até que a maré esteja baixa, esta noite, e seguir pelo caminho elevado do alagadiço ao anoitecer.

— Que Deus a proteja — disse ele, nervoso. — Não me agrada fazer você correr perigo. Sua Senhoria me garantiu que eu estaria em segurança aqui. Só não sei se ele terá avisado ao encarregado.

— Se ele me mandar enganar o senhor, se for uma armadilha para prender o senhor, tiro meu avental como sinal — disse ela. — Quando eu voltar, se eu estiver trazendo o avental na mão, saia correndo.

Ela estava pálida de medo, os lábios intensamente comprimidos. Então, sem dizer mais nada, virou-se e cruzou a porta que havia no muro, entrando na horta. Passou pelos belos canteiros de ervas e legumes, chegou à cozinha do Priorado, tirou os tamancos de madeira e bateu à porta.

A cozinheira abriu a metade superior da porta, sorriu ao ver que era Alinor e disse:

— Hoje não preciso de nada, senhora. Sua Senhoria só vai chegar amanhã, e não faço torta de enguia para mais ninguém.

— Vim falar com o Sr. Tudeley — disse Alinor. — É sobre meu menino.

— Não tem trabalho disse a cozinheira sem rodeios, levantando a tampa de um panelão e mexendo o conteúdo. — Não do jeito que o mundo está, e ninguém sabe o que vai acontecer, e nada de bom está acontecendo, o rei ausente, e o Parlamento em pé de guerra, e nosso mestre para cima e para baixo, indo para Londres todo dia da semana, tentando levar ao Parlamento um pingo de sensatez, e ninguém ouvindo ninguém além do próprio diabo.

— Eu sei — disse Alinor, seguindo-a pela cozinha quente. — Mas ainda assim preciso falar com ele. — Ela sentiu uma pontada de fome com a lufada de caldo de carne. Apertou os lábios, contendo a água na boca.

A cozinheira desviou a cabeça do panelão, enxugou no avental o rosto suado e gritou para alguém dentro de casa, para saber se o Sr. Tudeley poderia falar com a Sra. Reekie. Alinor esperou à porta e ouviu os criados perguntando se ela deveria ser admitida; em seguida, um lacaio apareceu na cozinha e disse:

— Pode entrar, senhora.

Alinor seguiu o rapaz pelo corredor, passando pela despensa, até uma porta de painéis de madeira que dava acesso à saleta do encarregado. O lacaio abriu a porta e Alinor entrou. O Sr. Tudeley estava sentado à mesa giratória, que usava para registrar as cobranças, cercado de papéis.

— Sra. Reekie — disse ele, mal desviando o olhar do trabalho. — A senhora quer falar comigo?

Alinor fez reverência.

— Bom dia, senhor — disse ela. — Quero. Quero, sim.

O lacaio se retirou, fechando a porta, e o encarregado aguardou, na expectativa de que ela fosse pedir dispensa do arrendamento naquele trimestre. Todos sabiam que a Sra. Reekie e os filhos estavam na penúria; ninguém tinha muita simpatia pela esposa abandonada de um bêbado.

— Eu estava na igreja ontem à noite e encontrei um homem que me disse que se chama James — disse ela, o medo fazendo com que falasse rápido. — Padre James. Eu o trouxe aqui. Ele está esperando atrás do monte de feno, ali no prado.

— A senhora o trouxe para ser preso, um padre que se recusa a aceitar a Igreja anglicana? — perguntou o Sr. Tudeley friamente, olhando por cima dos dedos unidos pelas pontas.

Alinor engoliu em seco, o rosto petrificado.

— Como quiser, senhor. Não sei dos erros nem dos acertos dessas coisas. Ele disse que queria ser trazido aqui, então o trouxe, porque ninguém é mais sábio que o senhor. Se ele for amigo de Sua Senhoria, tenho de obedecer; se for inimigo, estou denunciando-o ao senhor.

O Sr. Tudeley sorriu diante de sua ansiedade lívida.

— A senhora, então, não está agindo por princípio? Não se uniu ao partido de seu irmão, Sra. Reekie? Não se tornou uma dessas pregadoras profetisas? A senhora não quer vê-lo queimado por heresia? Enforcado e esquartejado por traição?

— Não desejo mal a ninguém — disse Alinor às pressas. — E acredito no que o milorde acreditar. No que Sir William achar certo. Não me cabe julgar. Eu o trouxe para o senhor fazer a coisa certa, Sr. Tudeley. Eu o trouxe para o senhor julgar.

A seriedade pálida da mulher o tranquilizou. Ele se levantou.

— A senhora fez muito bem. — Ele enfiou a mão no bolso e retirou um punhado de moedas. Contou doze, um xelim de cobre, dois dias de pagamento para uma criada de fazenda, como Alys. — Isto é para a senhora — disse ele. — Por servir a Sua Senhoria, embora não soubesse, e ainda não saiba, o que ele deseja. Por ser uma boa serva na mais completa ignorância. — Ele deu uma risadinha. — Por fazer a coisa certa, embora não saiba o que faz, inocente feito um passarinho!

Alinor não conseguia tirar os olhos da pilha de moedas.

Ele enfiou a mão na gaveta, pegou uma bolsinha, desfez o laço, retirou uma moedinha de prata e a colocou ao lado da pilha.

— E veja só — disse ele. — Um xelim de prata. Para comprar seu silêncio. A senhora é uma mulher pobre, mas não é tola, nem fuxiqueira. Nem uma palavra sobre esse assunto, senhora. A questão não poderia ser mais importante. Ainda estamos em guerra, e ninguém sabe quem será vitorioso. Se alguém tocar nesse assunto, a senhora é que levará a pior. Eu, não, pois vou negar tudo, e ninguém aceitará sua palavra contra a minha. Nem Sua Senhoria, que sequer está aqui. Nem o homem que espera no monte de feno, pois ele estará longe, com a ligeireza de uma lebre que corre dos cães. A senhora é que será atirada na água, pela falsa fé, pelo falso ato, pelo falso testemunho. A senhora é que será chamada de espiã, de traidora ou, pelo menos, de fuxiqueira. A senhora é que será jogada no estuário, com suas saias afundando e o mar subindo. Fui claro?

— Foi — murmurou Alinor, com um aperto de medo na garganta. — Deus permita que isso nunca aconteça. Juro que não falarei nada. Não, senhor!

— Então, vamos dizer que a senhora me procurou hoje para ver se eu tinha trabalho para seu filho, e eu disse que vocês dois poderiam capinar o canteiro de ervas, colher as ervas que precisam secar neste verão e arrumar a despensa. E vamos oferecer a ele e à senhora o pagamento de sempre: seis moedas por dia para cada um. A senhora gastará estas moedas com cuidado, uma de cada vez, e nunca contará a ninguém de onde elas vieram, e guardará o xelim e nunca dirá que veio de mim.

— Sim, senhor — repetiu ela.

Ele fez que sim.

— E eu vou dispensar seu arrendamento neste trimestre.

Ele girou a mesa sobre seu eixo central, até a gavetinha da letra "R". Em seguida, pegou o livro de registros relativos ao arrendamento de Alinor e fez uma marcação ao lado do nome dela.

— Pronto.

— Obrigada — disse Alinor, mais uma vez, ofegante de alívio. — Que Deus o abençoe.

— A senhora pode ir agora. Diga ao homem que está lá fora, no prado, que entre, em silêncio, pela porta que os arrendatários usam no dia de pagar o arrendamento. Entendido? Diga a ele que tome cuidado para que ninguém o veja. E nós dois jamais tocaremos neste assunto. E a senhora nunca vai falar disso com quem quer que seja.

— Sim, senhor — disse ela pela última vez; em seguida, pegou o dinheiro tão rápido quanto um ladrão, enfiou as moedas nos bolsos e deixou o recinto, calada e depressa.

Ela se retirou pela porta lateral, que era utilizada nos dias de pagamento do arrendamento, para ter certeza de que estaria destrancada quando ele entrasse, e saiu pela horta, para pegar seus tamancos; depois, atravessou o portão e foi até o prado. Qualquer pessoa que a visse pensaria que estava apenas tomando o caminho mais direto de volta para casa, na extremidade do porto. Padre James, observando de trás do monte de feno, viu quando ela saiu pela portinha de madeira no muro de pedra, andando com passos leves, a cabeça erguida, o avental amarrado na cintura, a saia roçando a relva aparada, liberando assim o aroma de feno e flores secas do prado. Assim que a viu, quando reparou na graça natural daqueles passos, ele soube que estava em segurança. Nenhum Judas andaria daquele jeito. Era tão luminosa quanto uma santa num vitral.

— Estou aqui — disse ele, quando ela contornou a pilha de feno.

— O senhor pode entrar — disse ela, ofegante. — Está seguro. Entre por aquela porta no muro, de onde saí, e siga à esquerda pela horta. Tem uma portinha de acesso à casa, é preta e de carvalho, ao lado, à esquerda. Entre por ela. A porta está destrancada. A saleta do encarregado fica a apenas dois passos, seguindo pelo corredor à direita. A janela dele tem vista para a horta. Ele está aguardando o senhor. O nome dele é Sr. Tudeley.

— Ele não... Ele não... Você não está sob as ordens dele agora?

Ela balançou a cabeça.

— Ele me pagou — disse ela, tremendo de alívio — por ter trazido o senhor. Ele está do seu lado. E pagou por meu silêncio. Fiquei rica depois que conheci o senhor.

Ele pegou as mãos dela.

— E eu, depois que a conheci — disse ele.

Por um instante ficaram de mãos dadas, então ele a soltou.

— Deus a abençoe e a ajude a prosperar — disse ele formalmente. — Rezarei por você, e vou lhe enviar dinheiro quando voltar à França.

— O senhor não me deve nada — disse ela. — E o Sr. Tudeley já me deu dois xelins. Imagine, dois xelins!

Ele pensou no seminário, nas peças de ouro no altar, no brilho de diamantes e rubis nos santuários, no crucifixo de ouro que pendia da corrente de ouro em seu pescoço. Naquela mesma noite, jantaria com talheres de prata e dormiria em roupas de cama melhores, enquanto alguém lavava sua camisa e polia suas botas. Amanhã, ou no outro dia, encontraria Sir William e alugariam um barco e subornariam homens com a fortuna que ele carregava. Enquanto isso, aquela mulher comemorava o fato de ter ganhado dois xelins.

— Rezarei por você. — Ele hesitou. — Que nome devo mencionar em minhas orações?

Ela sorriu.

— Alinor. Alinor Reekie.

Ele assentiu. Não conseguia pensar em nada para detê-la, mas percebeu que não queria que ela se fosse.

— Rezarei por você. Para que consiga seu barco.

— Talvez consiga mesmo — disse ela.

Falaram juntos, e interromperam um ao outro.

— O senhor nunca...?

— Se eu voltar aqui...

— Não espero voltar aqui — admitiu ele. — Tenho de ir para onde sou enviado.

— Não esperarei pelo senhor — garantiu ela. — Sei que isso aqui não é lugar para o senhor.

— Você é... — começou ele, mas ainda não havia nada mais que pudesse dizer.

— O quê? — perguntou ela.

Surgiu um ligeiro rubor no pescoço dela, logo acima da gola do vestido tosco e humilde.

— Eu não sabia... — balbuciou ele.

— O quê? — perguntou ela, em voz baixa. — O que o senhor não sabia?

— Eu não sabia que poderia haver uma mulher como você num lugar como esse.

Um sorriso apareceu lentamente naqueles olhos cinza-escuros, então os lábios se curvaram e o rubor subiu até suas bochechas.

— Adeus — disse ela abruptamente, como se não quisesse ouvir mais nenhuma palavra, e se virou e atravessou o prado, em direção ao mar, onde a maré subia, formando uma linha escura contra um céu nublado.

A satisfação pelas palavras dele — "uma mulher como você num lugar como esse" — durou vários dias, enquanto ela fazia seu trabalho no calor do verão: capinando a horta, cortando ervas e secando-as na despensa da casa da balsa, andando até o vilarejo de Sealsea para ver a esposa de um fazendeiro que estava grávida do primeiro filho, cujo nascimento ocorreria após a colheita. O marido, o fazendeiro Johnson, era rico, proprietário de terras, além de arrendar parte das terras senhoriais, e tinha pago a Alinor um xelim adiantado para que visitasse sua esposa todo domingo e lhe prometera outro para fazer o parto. Ela amarrou os dois xelins de prata num trapo e os escondeu debaixo de uma pedra da lareira. "Uma mulher como você num lugar como esse" ressoava em sua mente durante as longas horas de luz dos dias de verão. Ela pensou que, depois que juntasse três xelins, falaria com o irmão sobre a compra de um barco. "Uma mulher como você num lugar como esse."

Ela repetiu as palavras tantas vezes para si mesma que chegaram a perder o significado. Como assim uma mulher "como ela"? O que havia com aquele lugar, para que o fato de ela morar ali lhe parecesse incongruente? Será que ele quis dizer que o lugar era bom, e ela, inadequada? Mas, então, lembrou-se daquele olhar castanho fixado na gola de seu vestido, do calor nos olhos dele, e soube exatamente o que ele quis dizer e sentiu mais uma vez a alegria causada por aquelas palavras.

Nunca lhe ocorreu que tais palavras tivessem sido arrancadas à força, que era pecado, para ele, expressá-las, até mesmo pensá-las. Ela havia sido batizada numa igreja onde os pastores podiam se casar: havia cem anos que padres celibatários e mosteiros não existiam na Inglaterra. Ela não entendia que, para ele, era pecado olhar para uma mulher, quanto mais sussurrar desejos. Ela ouviu aquelas palavras arrancadas à força como se ele não pudesse deixar de pronunciá-las, mas não fazia ideia de que ele teria de confessá-las quando retornasse ao mosteiro; teria de dizer a seu confessor que cometera um pecado mortal: a luxúria.

Quanto a ela, não sabia bem o que estava sentindo. Tinha se casado cedo e dado à luz duas crianças, não sentindo nada além de dor. Não sabia por que murmurava as palavras dele como se fossem uma invocação, por que aquelas palavras ficavam em sua mente como se fossem a frase de uma canção entoada para ela sem parar.

Seu filho, Rob, voltou do trabalho de espantalho com três moedas pelo dia de labuta, e a filha, Alys, contribuiu com uma semana de salário: dois xelins e seis moedas. Ambos entregaram seus ganhos sem reclamar, sabendo que a família precisava pagar por várias mercadorias: lã para fiação; manteiga e queijo, pois não possuíam uma vaca; toucinho defumado e banha, pois não possuíam um porco; além de uma taxa para assar pão no forno do moinho; uma taxa ao moleiro para moer um saco de trigo; uma taxa ao Priorado pelo direito de coletar madeira trazida pelo mar e ovos de andorinha-do-mar na praia; e uma multa por não terem cavado valas no porto na primavera passada. E ainda havia o arrendamento, no próximo vencimento, os dízimos mensais da Igreja e novas solas para as botas de Alys.

— Comprarei um barco — disse aos filhos. — Se puder.

TERRA DAS MARÉS, DOMINGO, JULHO DE 1648

No primeiro domingo de julho, toda a paróquia compareceu à igreja e ficou olhando para as paredes caiadas enquanto o pastor orava com as palavras austeras que eram tudo o que restava do Livro de Orações desde que o Parlamento o revisou. Ele pregou por mais de duas horas, para que todos se tornassem santos e testemunhas do advento do Senhor. Disse que o rei, no Castelo de Carisbrooke, na ilha de Wight, estava mortificado por seus pecados, e que Deus dobraria seu coração obstinado, obrigando-o a se submeter a um Parlamento de santos. Todos podiam ter certeza de que Deus jamais permitiria que os escoceses marchassem para o sul — embora o rei perverso os tivesse convocado e os escoceses estivessem se reunindo, naquele exato instante, para saquear e pilhar cidades inglesas inocentes. Deus os impediria, e Deus golpearia em especial os irlandeses, se estes também invadissem em apoio ao rei. Os paroquianos não precisavam temer. Alinor, contemplando com discrição a fisionomia das pessoas próximas, notou que tal garantia os deixava particularmente inseguros. Eram pessoas simples: quando alguém lhes dizia que não tinham nada a temer, sabiam que haveria encrenca na certa.

Era verdade, o pastor lhes disse, "verdade absoluta", que traidores estavam pegando em armas por todo o reino, levantes monarquistas ocorriam em todos os condados e dois exércitos estrangeiros estavam invadindo; mas o exército devoto do Parlamento os derrotaria, os monarquistas não poderiam vencer homens sérios, homens bons, homens santos. Não haveria mais papistas na corte. O rei imploraria perdão e seria restaurado, e sua rainha papista aprenderia a ser uma verdadeira fiel e seria proibida de importar padres hereges. Sua capela, que tinha sido o centro da heresia e da desordem, haveria de ser fechada, e o rei se afastaria de suas tentações e aceitaria o comando de conselheiros honestos. A família real voltaria a se reunir, como convém a uma família devota. O pai comandando a mãe e os filhos, os filhos obedecendo-lhe; o pequeno príncipe e a princesa, abandonados pelos pais, aos pais seriam devolvidos. Nada poderia impedir tais acontecimentos, prometeu o pastor, apesar das más notícias provenientes de Essex e de Kent, onde traidores monarquistas estavam tomando cidades em nome do rei. Para piorar, toda a frota naval se unira ao rei, e agora o príncipe real estava no comando dos navios e invadiria a Inglaterra, valendo-se da marinha da própria Inglaterra. Porém, apesar de tudo isso, apesar dessas perspectivas cada vez mais negativas, os verdadeiros fiéis prevaleceriam. A batalha fora travada e vencida, o rei havia sido derrotado e precisava internalizar esta derrota. A honra o obrigava a se render.

Alinor estava ciente da presença de Sir William Peachey, recém-chegado de Londres, onde estivera demonstrando sua nova devoção ao Parlamento, sentado em sua cadeira alta, muito quieto e atento, à frente da família e dos serviçais. Em nenhum momento ele balançou a cabeça, nenhuma expressão sombria cruzou seu rosto cansado, ele mal piscou. Ela o teria considerado um defensor do Parlamento, de corpo e alma, de tão quieto que ficou enquanto a vitória do Parlamento era prevista como vontade de Deus.

O pastor recitou a oração final e lembrou aos presentes: não haveria mais folguedos no terreno da igreja, não haveria mais domingos de banquetes ou esportes. Agora, o sábado era dia santo, e santo significava comedimento e reflexão — nada de cervejadas e danças em dias santos. O mau comportamento de qualquer paroquiano deveria ser informado aos guardiões da igreja. As mulheres, em especial, deveriam ser obedientes e permanecer caladas. Uma vitória devota exigia um povo devoto. Eram todos soldados do Novo Exército Modelo agora, todos marchavam juntos para a terra prometida.

Depois que saíram da igreja, indolentes de tanto tédio, o Sr. Tudeley, o encarregado, posicionou-se atrás de Sir William, no portão do cemitério, e identificou os arrendatários que passavam fazendo mesuras e reverências. Alinor esperou sua vez, seguida pelos filhos. Na condição de esposa abandonada que vivia à beira do alagadiço, à beira da pobreza, ela ficava atrás de quase todo mundo. Fez uma mesura ao lorde e ao encarregado, em silêncio. Sua Senhoria a olhou de cima a baixo, sem sorrir, meneou a cabeça e desviou o olhar, mas o Sr. Tudeley a chamou com um dedo torto.

— Sir William nomeará um capelão para servir na capela particular da família e ser preceptor do filho dele — disse ele, dirigindo-se a ela.

Alinor manteve os olhos no chão, sem dizer nada.

— Seu menino tem a idade do mestre Walter Peachey, não tem?

— É um pouco mais novo — disse ela, movendo a mão para indicar o filho, de pé e imóvel atrás dela.

— Que trabalho ele sabe fazer, além de ajudar a senhora com as ervas?

Ela respondeu com calma, escondendo a surpresa diante do repentino interesse em Rob.

— Ele vai à escola de manhã, e depois da escola trabalha na Fazenda do Moinho, enxotando pássaros e capinando. É um menino esperto. Sabe ler e escrever. E me acompanhará semana que vem para trabalhar na despensa do Priorado, conforme o senhor mandou, e é ele quem escreverá os rótulos nas garrafas. Ele sabe o nome das ervas em inglês e latim, e escreve certo.

— Já se meteu em alguma encrenca?

Alinor negou com a cabeça.

— Ele trabalhará como criado da casa — anunciou o Sr. Tudeley. — Estudará com mestre Walter e será seu criado pessoal e companheiro aqui no Priorado até mestre Walter ir para Cambridge. Receberá quinze xelins por trimestre, sendo cinco xelins adiantados.

Alinor mal conseguia respirar.

— O preceptor solicitou um companheiro para mestre Walter — prosseguiu ele com polidez. — Sugeri seu menino. Trata-se de um favor de Sua Senhoria, para ajudar a senhora, pois seu marido está desaparecido. Isso é o que dá servir a um bom senhor de terras. Lembre-se disso.

Ela fez uma profunda mesura.

— Fico muito grata.

Ele lhe dirigiu um olhar severo.

— Se alguém perguntar, a senhora diga que Sua Senhoria é generosa com arrendatários pobres.

Ela fez mais uma mesura.

— Sim, senhor. Eu sei, senhor.

Ela se virou e foi até o portão do cemitério, ladeada por Alys e Rob. As duas mulheres, mãe e filha, mantinham os olhos no chão, e a cabeça, coberta por uma touca branca, curvada: a imagem da obediência submissa.

— Então, ele não sabe do coelho — disse Alys com satisfação.

TERRA DAS MARÉS, JULHO DE 1648

Rob não tinha roupas adequadas para usar no Priorado e teimou, resistindo aos preparativos, que não queria trabalhar para o filho e herdeiro dos Peachey. Disse que não conhecia o menino e que não poderiam brincar juntos, pois como poderia um filho da família Peachey brincar de briga, ou de corrida de sapo, com o filho de um pescador? Mas, quando sua mãe falou da comida que ele comeria no grande salão, do adiantamento de cinco xelins e que o dinheiro daria para pagar o arrendamento do próximo trimestre, comprar um barco para a família e tirá-los da pobreza que sempre tentava engoli-los feito a correnteza de uma onda, ele parou de reclamar e foi até a casa da balsa, depois do almoço, para pedir emprestado uma jaqueta que pertencera ao pai de Alinor e um par de botas velhas de Ned.

Ned voltou com o sobrinho na maré baixa, acompanhado por seu cachorro, um cão de caça cujo pelo era de um tom ruivo brilhante, trotando atrás deles.

— Irmã — disse ele, dando um leve beijo na testa de Alinor.

— Irmão — respondeu ela.

Ela lhe serviu uma caneca de cerveja de mesa, e ele bebeu sentado no banco diante da porta, de costas para a parede do casebre com vista para o porto; seu cão, Ruivo, sentou-se aos seus pés, cobiçando as galinhas que ciscavam na espuma, na linha da água.

— Trouxe um daqueles presentinhos que você tanto gosta.

Ele enfiou a mão no bolso da jaqueta, tirando um disquinho de metal, quase amorfo e oxidado.

— Ah, obrigada, Ned — disse ela com satisfação. — Onde foi que você achou?

— Na lagoa atrás da casa. Está tudo tão encharcado; acho que deve ter transbordado da valeta. Chamou minha atenção. Como é que alguém perde uma moeda na margem de uma lagoa?

— Faz muito tempo — disse ela, manuseando a moedinha. — Faz a gente se perguntar o que a pessoa estaria fazendo lá, não é? Tantos anos atrás. Na margem, com esta moeda na mão. Talvez ela tenha jogado a moeda e feito um pedido.

Era uma moeda da época do reino saxão, quando os saxões dominaram a terra das marés, avançando pelos barrancos de junco e lodo em seus dracares, estabelecendo suas fazendolas nas ilhas. Alinor colecionava aquelas moedas desde a infância e as guardava em sua caixinha de tesouros. Sua mãe costumava rir dela, uma avarenta com seu ouro de tolo, mas elogiava sua visão afiada e dizia que ficasse alerta, pois algum dia poderia encontrar uma moeda de valor. Apenas uma vez, Alinor achou uma antiga moeda de prata, e eles a levaram para ser avaliada e pesada em Chichester. O ourives ofereceu seis moedas pelo achado, uma fortuna para a garotinha. Todas as outras moedas de sua coleção eram de bronze ou prata esmaltada, e o precioso metal sofrera erosão e desaparecera ao longo dos anos. Mas ela não as guardava pelo valor. Ela as apreciava pela antiguidade, por pertencerem a um tempo esquecido, a pessoas que já não eram lembradas, moedas com símbolos e formas estranhas gravados que, de tão gastos, quase não eram visíveis.

O povo da ilha de Sealsea chamava tais moedas de "ouro de fada" e contava histórias sobre tesouros com moedas de valor incalculável e sobre cavaleiros das trevas que os protegiam e cegavam qualquer ladrão e selavam suas pálpebras com prata derretida, mas todos sabiam que tais moedas eram apenas refugo do oceano: trazidas e levadas pelo mar, encontradas na lama à beira da água, desprovidas de valor.

— Por que Sua Senhoria empregaria Rob? — perguntou Ned, enquanto Alinor cuspia na moedinha, esfregava-a na barra do vestido, segurava-a contra o sol poente e tentava decifrar a insígnia borrada. — Por que ele vai pagar tão bem?

— Isto aqui parece um leão — disse ela, admirando o pequeno símbolo. — Parece mesmo. Você acha que é uma moeda da velha Inglaterra?

— Sim, talvez. Mas por que Rob?

— Por que não? — indagou ela. — Você não lembra que eu curei mestre Walter quando ele teve crupe em maio? Rob me acompanhou naquela ocasião. Ele colheu ervas no canteiro e me ajudou na despensa. Estivemos lá algumas vezes, desde a morte da esposa de Sua Senhoria. E vamos lá amanhã, para colher e secar ervas. O Sr. Tudeley falou que é para nos ajudar, por causa do sumiço de Zachary.

— A ajuda deles chega tarde. Ele se foi há mais de seis meses.

Ela deu de ombros.

— Eles não contam os dias como nós.

— Eles não contam nada — disse ele, ressentido.

— Eu sei, mas, se Rob puder ganhar um bom dinheiro e, ao mesmo tempo, receber uma formação, talvez possa se sair melhor que o pai dele. Quem sabe não consegue até ir embora daqui, talvez até ir para Chichester.

— Se não o levarem para o pecado. Sir William era defensor da causa do rei, não do Parlamento. Ele pode até ter se rendido e implorado perdão, mas não pertence ao novo Parlamento e não foi recrutado pelo Novo Exército Modelo. O certo seria ele reunir os homens e marchar para o norte contra os escoceses. Se a promessa que fez ao Parlamento foi pra valer, agora é o momento de prová-la. Mas duvido que a família dele seja devota.

Alinor olhou de relance para o irmão, com sua cabeleira castanha e ombros atarracados. Ele se ressentia por ter sido chamado do exército exatamente quando estavam vencendo, forçado a voltar para casa e operar a balsa sobre um estuário lodoso, depois de ter conseguido sair da ilha, pensando que o mundo estava mudando para sempre e que ele fazia parte da mudança.

— Você sempre será um modelo para Rob — garantiu ela. — Ele não esquecerá seus ensinamentos. Ele sabe de onde nós viemos e em que acreditamos.

— Em que você acredita? — desafiou ele. — Eu não sei em que você acredita.

O olhar dela se afastou dele.

— Ah, eu sou como nossa mãe e nossa avó, Ned. Nem sempre entendo; mas, às vezes, sinto...

— Ele nunca será um homem do exército — disse Ned, pesaroso. — Nunca servirá sob o comando de Cromwell. Ele perdeu a oportunidade. E agora você deixará que ele trabalhe para um lorde monarquista...

— Sua Senhoria foi perdoada e pagou a multa por apoiar o rei — disse ela, afastando da mente, com determinação, a lembrança do padre entrando no Priorado, confiante de que era uma casa segura para um papista, um espião da monarquia. — Rob saiu a você. Ele não esquecerá o que é certo. E Sir William servirá num Parlamento devoto, por mais que sinta falta dos velhos tempos. Está tudo acabado para o rei e seus lordes. Você mesmo me disse isso.

— Não confio nele nem em nenhum dos que pediram perdão e receberam suas terras de volta, como se nada tivesse acontecido, quando centenas de homens bons nunca mais voltarão para casa. Eu teria mandado Rob para o exército; eu o teria feito marchar para a guerra, do lado que defende Deus. Se fosse meu filho, eu o mandava agora mesmo se juntar à minha velha tropa. Ainda é possível que os escoceses avancem sobre nós. Dizem que os irlandeses estão chegando.

— Mas não é certo que a guerra acabou?

— Não até que o rei assine um tratado de paz e seja sincero.

— Ned, eu não posso deixar meu menino ir embora — disse ela, desculpando-se.

— Nem mesmo para servir ao Senhor?

— Ele é tudo o que tenho.

— E agora, se ele vai usar a libré dos Peachey, ele nem vai mais ficar com a balsa depois que eu morrer — disse ele, magoado. — Então, voltei para manter a balsa e a casa na família por nada.

— Talvez você ainda tenha um filho — disse ela, com ternura, embora ele fosse viúvo e já estivesse com 30 anos.

Ele deu de ombros.

— Eu não. Nós, balseiros, não somos bons maridos.

— Ah, que Deus a tenha — disse Alinor em voz baixa. A jovem esposa de Ned, Mary, morreu no parto; Alinor não conseguiu salvá-la. — Que Deus tenha misericórdia de mim por não ter...

— Já faz muito tempo — disse ele, menosprezando a dor. — Mas não quero outra esposa, para vê-la passar por tudo aquilo.

— Talvez outra esposa não...

— Então, Rob tem de ser meu herdeiro e ficar com a balsa!

— Isso ainda pode acontecer! Ele não vai servir os Peachey para sempre. É só até mestre Walter ir para Cambridge. Mas até mesmo poucos meses numa sala de aula serão úteis para o resto da vida dele. Ele vai poder ir para qualquer lugar, para qualquer família, em qualquer região da Inglaterra. É melhor para ele que ficar preso aqui.

— Mas você e eu ainda estamos presos aqui!

Ela franziu o cenho diante daquele tom amargo e colocou a mão sobre a dele.

— Eu nunca esperei nada melhor; não tenho esperança de sair daqui. Mas agora, com o pagamento de Rob, poderei comprar um barco de pesca e começar a guardar algum dinheiro para o dote de Alys. E só porque estamos presos aqui não significa que não podemos sonhar com algo melhor para nosso menino.

— Pode ser — disse ele de má vontade. — Mas sonhe para Alys também. Aquela menina tem grandes esperanças! Ela vai vencer no mundo.

— Talvez — disse Alinor, preocupada —, mas o mundo não é bom com meninas esperançosas.

Ficaram em silêncio por um instante. Ruivo, o cachorro, olhou para os dois, como se se perguntasse se alguém jogaria algo na água para ele buscar.

— Você nunca pensou assim antes de ir embora — observou ela. — Você nunca dizia "preso aqui" naquela época.

— Não. Porque naquela época eu não sabia que havia um mundo ao norte de Chichester. Mas, quando estava com o exército, em Naseby, conversei com outros homens... homens que tinham vindo de todo canto, de todo o reino, todos unidos para lutar pelo que acreditávamos, sabendo que

Deus estava nos guiando, sabendo que aquele era o momento. Então, aquilo me fez pensar. Por que o rei tem de ser dono de todas as terras, de cada hectare, enquanto você e eu ficamos empoleirados num pontal de cascalho no meio do lodo? Por que os Peachey têm de ser donos dos campos e das florestas? Todas as terras não deveriam pertencer ao povo? Todo inglês não deveria ter o próprio terreno para cultivar o próprio alimento, para ninguém morrer de fome num reino rico?

— É isso que falam no exército? — perguntou ela, curiosa.

— É exatamente por isso que estão lutando — disse ele. — O debate que começou com os ricos de Londres reclamando dos impostos se tornou o rugido dos pobres da Inglaterra, perguntando: o que é certo? E nós? Se o rei não deve ser dono de tudo, então isso também se aplica aos lordes e aos bispos. Se o rei não deve ser dono de tudo, então todo inglês deve ter sua própria horta e o direito de pescar nos rios.

Ele a surpreendeu com sua veemência.

— Você nunca falou disso antes.

— Meu sobrinho nunca foi aprendiz a serviço de um lorde monarquista antes! — exclamou ele, furioso. — Com o rei preso, mas conspirando como se nunca tivesse perdido uma batalha, e monarquistas em armas por todo o reino, os escoceses se aproximando de nós, os irlandeses recrutando tropas! Você ouviu as notícias de Essex?

Ela fez que não com a cabeça.

— Só o que o pastor falou.

— Eles se declararam pelo rei, aqueles tolos. O exército teve de marchar contra Colchester e cercar os monarquistas.

Ela pareceu horrorizada.

— Não me diga que a luta recomeçou?

— E os navios que apoiavam o Parlamento passaram para o lado do rei. Perdemos a nau capitânia do almirante e seis outros barcos.

— O que eles vão fazer? Vão atacar Londres?

— Quem sabe o que eles vão fazer, aqueles traidores? Trazer os irlandeses a bordo? Resgatar o rei na ilha de Wight?

— Ai, irmão, não me diga que é guerra? De novo, não.

— Vai ser guerra para sempre, até que o rei concorde em fazer a paz e mantenha a palavra — previu Ned. — Ele diz uma coisa ao Parlamento e depois convoca os escoceses e os irlandeses. Até os galeses. O exército deveria prender o rei, forçá-lo a jurar paz e depois obrigá-lo a cumprir com a palavra.

— Mas ele não está preso no Castelo de Carisbrooke?

Ned balançou a cabeça, enojado.

— Ele mantém uma corte, como se estivesse no Palácio de Whitehall. Percorre a ilha toda de carruagem, visitando lordes e damas como se tivesse recém-chegado ao trono. Dizem que é bem-vindo aonde quer que vá. Não para de escrever cartas e planejar a fuga. Agradeço ao Senhor que o comandante do castelo é Robert Hammond. É um bom homem. Conheço-o pessoalmente; ele tinha uma tropa em nosso exército. Pelo menos, é possível confiar que ele vai vigiar o rei e, no fim das contas, juro que vamos levar o rei a julgamento por fazer guerra contra o próprio povo.

— Qual será a acusação? Não foi o Parlamento que se rebelou contra o rei?

— Foi ele quem primeiro ergueu seu estandarte. Apontou armas para aprendizes e trabalhadores comuns. Armou seus lordes e cedeu cavalos para nos atacar. Ele se voltou contra nós. Você está alistando seu menino no lado errado, irmã. Ninguém vai gostar de um monarquista no fim deste verão, quando todos eles estarão derrotados.

— Eu não o quero de lado nenhum — disse ela, nervosa. — Só o quero num bom lugar, e minha filha com um dote, e um barco de pesca para ganhar a vida.

Ele se acalmou e tomou um bom gole de cerveja. Ruivo apoiou o focinho macio no joelho do dono.

— Ah, eu posso falar. Falar é tudo o que faço agora. Depois de tanto marchar, orar e lutar, eu voltei para casa, para a balsa, assim que nosso pai morreu. Eu estava do lado vencedor, de coração, e agora carrego um lorde monarquista para lá e para cá toda vez que ele chama a balsa. E ele nunca me paga uma moeda sequer, porque a balsa é dele, e sou seu arrendatário, e ele deve achar que a água do alagadiço também é dele, a lama embaixo do lodo e o mar além.

— Você tinha de voltar para casa. — Ela queria confortá-lo, seu único irmão e único vizinho. — E nós teríamos perdido a balsa se você não tivesse voltado, e a casa, e nosso sustento com ela. Muita gente gostaria de tomar o lugar de nosso pai. Só em Sealsea eram dezenas de pessoas. Elas fariam fila nos portões do Priorado, implorando pelo direito à balsa. Você garantiu a balsa para nós, assim como nossa casa. E, depois que Zachary sumiu, eu seria uma pedinte sem casa. A gente come de sua comida, e bebe de sua cerveja.

— Ah, a casa também é sua, não só minha. Eu nem quero a casa. Minhas tropas estão marchando para o norte, contra os escoceses, e eu não estou lá. Eu me sinto um covarde.

— Você não é covarde — disse ela, bruscamente. — É preciso coragem para fazer a coisa certa. E foi certo voltar e manter a casa e a balsa na família. Onde nós estaríamos agora, se tivéssemos perdido tudo?

— Estaríamos dependendo de você — disse ele, com um sorriso irônico. — De você e de seu barco novo. Mas eu voltei para casa e ficamos com a balsa, e você não precisa levar um barco para o mar, se puder evitar. Eu sei que é a última coisa que você quer fazer, uma mulher como você.

Ela ouviu o eco das palavras: "uma mulher como você num lugar como esse"; e ele se surpreendeu ao ver o rosto dela se iluminar de um jeito que nunca tinha visto, não desde a infância dos dois.

— Você diz que tudo no mundo mudou — disse ela, e não parecia assustada. — Talvez eu mude também.

TERRA DAS MARÉS, JULHO DE 1648

Alinor foi com o filho pela trilha à beira-mar até o Priorado, passando por uma nuvem de mosquitos e pernilongos que esvoaçavam quando eles pisavam em pedaços de madeira e juncos secos espalhados na marca da preamar. A maré estava enchendo; quando se dirigiram para o interior, ainda conseguiam ouvir o borbulhar do poço sibilante, longe das águas que subiam, através dos campos do Priorado, onde os montes de feno estavam tão claros quanto palha ao sol no fim do verão.

— Você vai voltar para casa no Dia de São Miguel Arcanjo, e eu vou ver você todo domingo na igreja.

Ele estava lívido de medo.

— Eu sei — disse ele brevemente. — A senhora já falou isso uma dezena de vezes.

— Vou até lá na cozinha, saber de você, na sexta. Pode falar com a cozinheira se quiser me ver antes disso; ela me avisa.

— A senhora já disse isso.

Ela assentiu.

— Se você não quiser ir de verdade, não precisa. A gente dá um jeito.

— Já disse que vou.

Ela girou a maçaneta da porta de madeira no muro de pedra lascada e, de repente, lembrou-se de quando deixou o padre James escondido atrás do monte de feno enquanto falava com o Sr. Tudeley. O metal da maçaneta estava quente ao sol, as tábuas da porta estavam secas ao toque dela, exatamente como naquele dia, no mês anterior. Sentiu que era errado pensar naquele momento, naquele homem, enquanto enviava o filho para o serviço.

— Vamos lá — disse ela, encorajando-o com um sorriso e esquecendo o dia em que um padre olhou para ela com desejo e disse: "uma mulher como você".

Passaram pela horta e chegaram à porta da cozinha. Diante de uma mesa na qual sovava uma enorme bola de massa, com farinha até os cotovelos, a cozinheira olhou para eles.

— Você é esperado — disse ela, e olhou Rob de cima a baixo. — Bom rapaz — disse ela. — Cuide de seus modos aqui, e esta será uma baita oportunidade para você.

Ele tirou o gorro.

— Sim, senhora.

— Diga "Sim, Sra. Wheatley" — corrigiu a cozinheira.

— Sim, Sra. Wheatley — repetiu ele.

— Stuart vai levá-lo até lá em cima — disse ela, virando a cabeça e gritando para o corredor: — Cadê esse homem?

Stuart apareceu à porta, um sujeito magro, usando a libré dos Peachey e sapatos surrados.

— Olha só seu estado! — repreendeu-o a cozinheira, desalentada. — Leve o menino da Sra. Reekie até o Sr. Tudeley. Ele está esperando o menino. Na sala dele. E depois volte direto aqui. Você tem de descer com os pratos.

Ele assentiu para Rob e se virou para a porta que levava à sala do encarregado.

— Espere! Venha se despedir de mim.

Alinor interceptou o filho, que já seguia em frente, obedientemente, sem se dirigir a ela.

Ele se virou, o semblante pálido e tenso, e caiu de joelhos. Ela pôs a mão nos cabelos encaracolados do menino, dando-lhe a bênção, então se inclinou e o beijou.

— Seja um bom menino — disse ela meio sem jeito. Não tinha palavras suficientes para dizer o quanto o amava, o quanto lhe desagradava deixá-lo ali. — Que Deus o abençoe, filho. Vejo você na igreja no domingo.

Ele se levantou, as faces coradas de acanhamento diante da emoção expressa na voz dela, mas ansioso por disfarçar os próprios sentimentos, e pegou a sacolinha com seus pertences. Eram quase nada: uma muda de roupa, uma colher e uma faca. Então, seguiu Stuart pela porta.

A Sra. Wheatley riu de Alinor, que lutava para conter as lágrimas ao ver o filho sair.

— Ora! Deixe disso! — falou ela com amabilidade. — Ele não está indo para o mar, para lutar contra o príncipe. Ele não está no exército, marchando para o norte selvagem para combater os escoceses.

— Agradeço a Deus isso.

A Sra. Wheatley colocou a massa numa tigela e a cobriu com um pano, diante de uma janela, para crescer ao sol.

— Não vai aceitar uma caneca de cerveja de mesa antes de ir embora? — perguntou ela. — Para pôr um sorriso de volta nesse rosto bonito?

— Obrigada — disse Alinor, sentando-se no banco à mesa. — Posso vir no fim de semana, para saber como ele está?

— Sim, e pode me trazer um pouco de funcho.

— Trago, sim. E, Sra. Wheatley, a senhora fica de olho nele?

A cozinheira fez que sim.

— É uma baita oportunidade para o rapaz.

— Eu sei. Mas a senhora manda me chamar se ele não der certo? Se houver o menor sinal de algum problema?

— O que poderia acontecer? Ele vai receber educação de graça, com um preceptor particular em vez de frequentar a escola matinal, além de casa e comida, e ainda vai ser pago, e tudo o que ele precisa fazer é aturar o jovem mestre.

— Ele é difícil? Eu o conheci no ano passado, quando estava doente, e parecia um cordeirinho...

— Ele é um Peachey — foi tudo o que a cozinheira disse. — É o próximo lorde. Nasceu para ser difícil. Mas não é cruel. Seu menino teve sorte, com certeza.

Ouviram passos no corredor de pedra que dava acesso à cozinha, e a Sra. Wheatley se calou prontamente, pegando uma jarra de soro de leite e despejando o conteúdo dentro de uma tigela. O Sr. Tudeley enfiou a cabeça pelo vão da porta.

— Ah, achei que talvez ainda a encontrasse aqui, Sra. Reekie. Isto aqui é pelo primeiro trimestre de seu filho.

Alinor pegou a bolsinha, pesada com cinco xelins, e a enfiou no bolso do avental.

— Obrigada — disse ela. — E muito obrigada pela oportunidade que está sendo dada a Rob...

O Sr. Tudeley dispensou o agradecimento com um gesto e se retirou. A Sra. Wheatley assentiu para Alinor.

— Não é mais do que merece — disse ela, com firmeza —, com dois filhos pequenos para criar e o marido sumido. E Rob é um bom garoto, tenho certeza. Vou ficar de olho nele, não se preocupe.

— É, eu sei — concordou Alinor, ainda relutante em sair.

Ela fez uma mesura para a Sra. Wheatley e saiu da cozinha pela porta que dava para a horta, então a atravessou, olhando para trás, para as janelas do casarão alto, caso o filho estivesse espiando. Não havia ninguém lá. O vidro das janelas com estrutura de metal refletia o brilho do sol no alto do céu de meio-dia. Ela não conseguia ver nada. Mas ergueu uma das mãos, caso ele estivesse olhando, e se virou para ir embora. Era como se estivesse deixando uma parte sua para trás.

Na sexta-feira de manhã, Alinor deixou uma Alys sonolenta na cama quentinha e saiu à luz da alvorada para colher funcho na praia de cascalho, enquanto a erva ainda estava fresca, úmida e salgada com a agitação do mar. A maré estava vazante. Via ondinhas quebrando no banco de areia bem longe mar adentro, e o horizonte era uma linha gloriosa de ouro, com nuvens baixas que captavam a luz do sol nascente. Passarinhos corriam de um lado para o outro na água rasa, às vezes afastando-se, em bando, para se deterem alguns metros adiante na praia. Às seis horas pelo relógio do estábulo, ela bateu à porta da cozinha do Priorado e, quando Stuart a abriu, com as mãos sujas de cinzas da lareira, ela entrou e colocou a cesta no aparador.

— Ah, é você — disse a Sra. Wheatley, corada por causa do calor do forno, no qual introduzia pãezinhos com uma longa pá de madeira.

Ela fechou a porta do forno, protegendo a mão com um pano de lã grossa, e veio olhar a cesta, afastando as folhas verdes e frescas que estavam por cima para se certificar de que a colheita por baixo era igualmente boa.

— Duas moedas? — ofereceu ela.

— Com certeza — disse Alinor, satisfeita, embora fosse pouco.

— Você quer ver seu filho, não é? — adivinhou a cozinheira. — Pode me acompanhar à capela para as orações matinais. Vai vê-lo lá.

Alinor sacudiu o xale molhado do lado de fora da porta e o pendurou num gancho, depois puxou a touca sobre as madeixas loiras.

— Se for possível... — disse ela.

— Eu sabia que você estaria desesperada para vê-lo — disse a cozinheira com astúcia. — Mas ele está bem. Não está triste. Sempre come bem e não recusa comida.

Stuart deu uma risadinha.

— Aquele lá não recusa mesmo!

— Perguntei alguma coisa? — indagou a cozinheira, e Stuart baixou a cabeça e saiu para abastecer o cesto de lenha, quando uma sineta no corredor soou três vezes.

— Podemos ir agora — disse a Sra. Wheatley, lavando as mãos na torneira da pia e secando-as num pano amarrado à cintura. Tirou o avental manchado, revelando outro limpo por baixo, e saiu da cozinha, seguida por Alinor.

As duas mulheres seguiram pelo corredor com piso de pedra em direção ao hall de entrada. Três leiteiras esperavam diante da porta de madeira entalhada da capela particular da família Peachey, perfiladas ao longo da parede e em silêncio. Alinor e a Sra. Wheatley se juntaram a elas. O criado pessoal de Sua Senhoria, Stuart, outro lacaio, dois cavalariços e dois jardineiros se posicionaram na parede oposta.

Alinor ouviu a família Peachey descendo a grande escadaria de madeira. Primeiro, Sua Senhoria, magnífico em veludo vermelho-escuro com um belo rufo de renda, chapéu de copa alta na cabeça, bengala na mão, vestido com excesso de sofisticação para uma manhã no campo, para comparecer à sua capela particular. Sem expressar curiosidade, os olhos dele correram pela criadagem da casa e do estábulo; sequer percebeu a presença de Alinor. Atrás dele vinha o filho, vestido de maneira mais simples, de calções e jaqueta sobre uma camisa de linho com um fino colarinho branco. Não usava chapéu, e o cabelo castanho-claro estava bem penteado, caindo sobre os ombros. Reconheceu Alinor, que cuidara dele em duas doenças, e sorriu para ela, virando-se para falar com o menino que o seguira escada abaixo. Era Rob. Alinor o reconheceria num piscar de olhos, seu filho amado, mas ele estava transformado. Trajava um velho conjunto verde-escuro que pertencera a Walter, com colarinho de linho branco, limpo e com acabamento de renda, calções brancos de lã até os joelhos e sapatos pretos com fivelas. Tudo era um tanto pequeno para suas pernas longas e seu corpo que não parava de crescer, as mangas da jaqueta mostravam os pulsos ossudos, os calções estavam um tanto curtos; mas ele em nada se parecia com o garoto pouco asseado que saía do casebre próximo ao alagadiço para brincar descalço no terreno da igreja antes da escola.

Quando viu a mãe, ele exibiu o sorriso radiante de sempre, e o rosto de Alinor brilhou em resposta. Com uma discreta elevação dos ombros, ele exibiu a jaqueta e o colarinho de renda branca, e Alinor assentiu, exprimindo uma admiração silenciosa. Quando Sir William chegou ao pé da escadaria, o Sr. Tudeley, o encarregado, deu um passo à frente, cumprimentando Sua Senhoria, e Rob se aproximou da mãe, ajoelhou-se para a bênção, e, em seguida, deu um pulo e a abraçou com força.

— Eu sabia que a senhora viria — sussurrou ele, dando uma risadinha. — Eu sabia.

— Eu tinha de ver você. Não pude esperar até domingo. Está tudo bem?

— Tudo bem — disse ele. — Tudo muito bem.

Ele a soltou e voltou ao seu posto no cortejo dos Peachey. Sua Senhoria seguiu pelo corredor, os sapatos de salto alto estalando no piso de pedra, a bengala enfeitada com fitas batendo em contraponto às passadas imponentes em direção às portas da capela, seguido pelo filho, pelo Sr. Tudeley e por Rob. Os criados faziam reverências e mesuras conforme Sua

Senhoria passava, então seguiram, de acordo com um rígido código de precedência, enquanto as portas duplas da capela eram abertas para eles, e bem ali, na entrada, curvando-se em reverência à Sua Senhoria, num terno preto e com o austero colarinho branco de um pregador reformado, estava o padre James.

Finda a reverência, ele foi à frente da família Peachey, passando dos bancos ornados da capela e se posicionando detrás da singela mesa de comunhão, transversal à nave da capela. Não havia nada na mesa, exceto uma Bíblia em inglês e o Livro de Orações aprovado pelo Parlamento, aberto na página do culto matinal. Não havia nada que o expusesse como sacerdote da Igreja católica romana: nem paramentos, nem velas, nem incenso, nem ostensório exibindo a hóstia consagrada. A capela estava tão vazia e despojada quanto qualquer outra no reino. Oliver Cromwell poderia orar no banco dos Peachey sem peso na consciência.

Sua Senhoria ocupou seu assento de sempre, o filho ao lado, Rob um pouco mais adiante, e os demais residentes se reuniram atrás deles. Alinor, de pé ao lado da cozinheira, alguns bancos atrás de Sir William, não conseguia desviar os olhos do padre James, quando ele inclinou a cabeleira castanho-escura e leu a oração inicial. Em seguida, ergueu a cabeça e, pela primeira vez, a viu.

Sua expressão mudou de imediato. Ela sabia que seu próprio semblante estava paralisado. Vê-lo depois de pensar nele com um prazer tão contido e por tanto tempo lhe causou um choque quase físico. Achava que nunca mais se encontrariam; mas ali estava ele, sob o mesmo teto que o filho dela, a poucos quilômetros de sua casa. Alinor baixou a cabeça e repetiu as novas orações devidamente. Ela o observava enquanto ele prosseguia com calma e confiança pelas fases do culto, desde a oração inicial até a declaração de fé.

Quando ergueu os olhos do Livro de Orações e seus olhares voltaram a se cruzar, ele parecia concentrado apenas nas palavras do culto. Agiu como se não reconhecesse Alinor, e ela manteve a cabeça baixa, tentando não observá-lo, perguntando-se se ele teria conseguido um posto para Rob junto à família Peachey como um grande favor a ela, ou se teria exposto seu filho a um grave perigo: numa casa monarquista, com um sacerdote que se recusava a aceitar a Igreja anglicana.

A família recebeu a comunhão em estrita ordem de precedência, apenas pão, sem vinho, na mesa de madeira lisa, situada no meio da nave da capela, qual uma mesa de jantar de homens comuns. Sir William foi o primeiro, seguido pelo filho e pelo encarregado. Alinor sorriu ao ver o filho seguir o encarregado. Na condição de companheiro do jovem lorde, ele tinha precedência sobre toda a criadagem. Alinor seguiu a Sra. Wheatley e se viu diante do padre James, suas mãos em concha para receber o pão sagrado das mãos firmes do sacerdote. Engoliu o pão e disse "Amém" com clareza antes de se afastar. A mãe de Alinor sempre foi uma observadora atenta do ritual litúrgico da Igreja. Uma curandeira deve sempre deixar claro que engoliu o pão, e não o guardou para uso em curas operadas por magia. Alinor quase podia ouvir a voz da mãe quando voltou a se posicionar atrás do banco da família Peachey: "Cuidado. Nunca dê motivos para o povo questioná-la. Você precisa fazer tudo às claras, sempre."

Alinor se ajoelhou e cobriu o rosto com as mãos. Depois de amparar um papista, levá-lo a um esconderijo monarquista, colocar o filho a serviço de um lorde monarquista e mentir para o irmão, receava estar longe de agir às claras.

A Sra. Wheatley a cutucou.

— Amém — disse ela, em voz alta.

— Amém. — Alinor se levantou, fazendo coro.

Foi a oração final, que os liberou. Sir William se pôs de pé, lembrando-se de não se curvar diante do antigo altar de pedra, que permanecia ignorado, desprovido de todo e qualquer ouro e prata, sob a janela oriental da capela. Sua Senhoria deu as costas ao solo consagrado, como se não fosse o antigo sacrário da família, e puxou a fila da saída. Todos o seguiram. Apenas o padre permaneceu na capela, com a cabeça inclinada, numa oração silenciosa naquele recinto caiado de branco.

— Agora vou fazer meu desjejum. — Rob apareceu ao lado da mãe, enquanto os criados se dispersavam, cada qual seguindo para seu trabalho. Prontamente, Alinor o abraçou e lhe beijou o morno cocuruto.

— Está tudo bem? — perguntou ela rapidamente. — Está sendo bem tratado?

— Sim, sim — disse ele. — Eu como carne de manhã, e presunto, se quiser.

— Então, vai — concordou ela. — Eu o vejo na igreja no domingo.

Um sorriso breve e ele se foi, correndo atrás de Walter. Quando alcançou o menino, esbarrou propositalmente nele, e o garoto nascido nobre o empurrou também, como se ambos fossem crianças do vilarejo, brincando no terreno da igreja. Alinor, assistindo à cena, constatou que o filho estava feliz e que a companhia do filho do senhor de terras constituía uma verdadeira amizade.

A Sra. Wheatley voltou para a cozinha, pegou a pá e retirou do forno os pães recém-assados. Ofereceu um a Alinor, que o enfiou no bolso do avental, sentindo o calor do pão no quadril.

— Obrigada — disse Alinor, grata por muito mais que o pão.

A Sra. Wheatley aquiesceu.

— Eu sabia que ia sentir falta dele. Mas, como viu, ele está muito bem, e mestre Walter é um bom menino. Não existe maldade nele.

Por impulso, Alinor beijou a face da mulher mais velha.

— Obrigada — repetiu ela e pegou a cesta, retirou as folhas de funcho, guardou-as na despensa e saiu pela porta da cozinha, atravessando a horta. Vagando pelas trilhas, fingindo olhar para as ervas que cresciam no fim do viçoso verão, ela chegou ao portão de acesso ao charco salobro. Foi só naquele momento, quando tocou na trava do portão, virou-se e viu o padre James saindo da casa, que admitiu para si mesma que tinha se demorado na esperança de que ele fosse atrás dela.

Percebeu que estava enrubescendo e com calor e, pior, que não tinha nada a dizer. Lembrou-se de que não deveria se referir à primeira vez que se encontraram. Tratava-se de um segredo de grande importância. Mas, se não se referisse àquele encontro, como poderia dizer algo a ele?

Deveria cumprimentá-lo com deferência, como se ele fosse um estranho, um convidado do lorde, um clérigo. Mas, se fossem estranhos, ele não estaria avançando pelos canteiros de ervas em direção a ela, com seu belo rosto iluminado de alegria por vê-la. Ela sequer sabia como chamá-lo, mas ele chegou tão ligeiro e envolveu as mãos dela num cumprimento tão cálido que ela não conseguiu dizer nada além de "Ah".

— Ah — disse ela.

— Eu sabia que haveria de vê-la de novo — disse ele, falando depressa.

— Eu... — Ela recolheu as mãos, e ele as soltou imediatamente.

— Sir William me contratou como capelão. Finjo ser pastor da religião reformada. Ninguém na casa, exceto o Sr. Tudeley, sabe a verdade. Seu menino não sabe. Ele não assiste à missa, nem Walter. A missa é completamente secreta, celebrada apenas à noite, quando os criados estão dormindo. Ele não corre nenhum perigo. Ele não sabe o que eu sou — disse ele às pressas.

— E não deve saber — foi tudo o que ela pôde dizer. — Ele foi criado como... e o tio serviu sob o comando do próprio Cromwell. Ele não deve...

— Eu sei. O Sr. Tudeley nos alertou quando eu disse que gostaria que Robert estudasse com Walter.

— O senhor contratou Rob por minha causa?

— Eu lhe devo muito — disse ele. — Você me acolheu e me escondeu, e garantiu minha segurança.

Ela assentiu diante de seu tom formal. Ele falou como se ela fosse uma fiel — moralmente obrigada a ajudar um padre —, como se jamais houvesse ocorrido determinado momento no alagadiço, como se ele jamais tivesse dito: "uma mulher como você".

— Não foi nada — respondeu ela, igualmente fria. — Era meu dever para com Sir William. Sei que não devo comentar sobre isso.

— E, além do mais... — disse ele.

— Além do mais?

Agora foi a vez de ele ficar sem palavras.

— Queria... Quero... Queria fazer algo que a ajudasse. Eu poderia ter enviado dinheiro, mas achei que isso seria melhor.

— Foi gentil de sua parte, senhor. Mas não preciso de nada.

— Porque eu... — Ele mesmo se interrompeu.

— Porque o senhor...?

Ele respirou fundo.

— Nunca conheci uma mulher como você.

— Uma mulher como você num lugar como esse. — Ela citou as palavras que ele próprio havia pronunciado.

Ele enrubesceu.

— Uma coisa muito tola a se dizer.

— Não! Eu fiquei tão feliz! Aquilo significou...

— Não que eu ache que haja algo errado com a ilha de Sealsea.

— É um lugar muito pobre — disse ela com simplicidade. — Deve parecer muito pobre para o senhor, que está acostumado a lugares bem melhores. Mais refinados.

— Nunca conheci uma mulher mais refinada que você!

Ambos ficaram em choque com a súbita honestidade dele. Era como se ambos ouvissem as palavras e precisassem se separar, em silêncio, para refletir sobre o que elas significavam.

— É melhor eu ir — disse ela, a mão na trava, mas sem se mexer.

— Sim — disse ele. — Você já tem condições de comprar o barco de pesca?

Ele a observou sorrir, então ela ergueu os olhos para encontrar os dele.

— Comprarei na semana que vem — disse ela com singela gratidão. — Vou com meu irmão ver um velho escaler em Dell Quay.

— Você voltará de escaler?

— Ah, não. Não vamos dar a volta na ilha por mar. Eu não me atreveria. Vamos pedir emprestada uma carroça do moinho e trazer o escaler pelas vielas. É pertinho por terra, oito quilômetros.

— E você vai ter coragem de levá-lo para a água?

— Preciso criar coragem — disse ela com firmeza. — Tenho de criar coragem.

— Você me convida para dar uma volta? Posso levar os meninos. Seu filho deve saber pescar... Ele pode ensinar a Walter.

Juntos, avaliaram a proposta e imaginaram o próximo passo.

— Não vejo por que não — disse ela, falando devagar, imaginando o que os criados pensariam, o que diriam no moinho se vissem o barco na água com os quatro a bordo. — Sir William deixaria mestre Walter sair num simples bote?

— Por que não? E Robert pode nos guiar até sua casa. Não haveria nada de errado nisso.

— Nada de errado — concordou ela.

Era estranho que suas últimas palavras, enquanto ela fazia uma mesura e atravessava a porta em direção ao alagadiço, fossem que não haveria nada de errado. Ambos sabiam que era errado: Alinor não deveria esperar que o filho o levasse até ela, e James sabia muito bem que não deveria se encontrar com ela novamente.

TERRA DAS MARÉS, AGOSTO DE 1648

Rob levou o capelão e o jovem Walter até o casebre pela trilha da costa, no calor da tarde, pulando feito um cabrito nas poças salobras e subindo e descendo, da praia ao barranco, das moitas de junco à terra seca. Walter, com elegantes sapatos de fivela, escorregava e deslizava atrás dele, reclamando do lodo e da maré que subia. Padre James seguia atrás. A maré avançava, aproximando-se cada vez mais, vindo pela praia com tamanha rapidez que eles foram obrigados a subir e pegar a trilha do barranco, quando chegaram perto do casebre. Dava para ouvir o chiado da água que borbulhava no poço sibilante.

Rob exultou ao ver o escaler, atracado na ponta do cais precário em frente ao casebre da mãe, e Alinor se aproximando, sorrindo, com uma touca alva que escondia a trança de seu cabelo dourado e um avental limpo na cintura. Rob correu, ajoelhou-se para a bênção e depois deu um pulo, para beijá-la.

— A senhora se lembra de mestre Walter — disse ele. — E este é nosso preceptor, nosso capelão, o Sr. Summer.

Alinor fez reverência para Walter.

— Como vai, senhor? — perguntou ela. — O senhor me parece bem melhor que na primavera.

— Estou bem — disse ele. — Meu pai diz que sou forte feito um boi.

Alinor fez uma leve mesura ao padre James, mas ele deu um passo à frente, pegou a mão dela e se curvou, como se ela pertencesse à sua classe social.

— É um prazer conhecê-la — disse ele. — Seu filho me falou muito sobre a senhora, e admiro seu trabalho na despensa do Priorado.

— Ah, é um trabalho há muito negligenciado — disse Alinor. — Fizemos pouco desde a morte de Lady Peachey.

Ela olhou de relance para Walter ao mencionar a morte da mãe do menino, mas ele e Rob já desciam pelo pequeno cais até onde o escaler balançava nas águas profundas do canal, batendo nas estacas de madeira apodrecida, enquanto a maré subia.

— Você já saiu com o barco? Encontrou coragem? — perguntou o padre James em voz baixa.

— Meu irmão me levou na primeira vez. Eu não saía de barco desde que Zachary desapareceu.

— Seu marido?

— Eu costumava remar quando ele pescava lagosta.

— E você acha que conseguirá sair de barco sozinha?

— Acho — disse ela, engolindo o medo para que a voz soasse firme. — Desde que a água não seja muito profunda, nem a correnteza da maré muito forte.

Ele quase deu risada daquela expressão tão determinada.

— Ah, Sra. Reekie, até eu posso ver que a senhora não nasceu para o mar.

— Não mesmo — disse ela, sorrindo para ele. — Mas sei que posso sair com o barco e pescar cavala, e posso tarrafear, e posso remar até as ilhas onde as gaivotas fazem ninho e recolher os ovos, então já estou pronta para viver melhor que antes. Tenho de ser corajosa. É uma grande oportunidade para mim e para meus filhos. Nunca vou sair do porto, nunca vou para alto-mar, mas esse é nosso meio de vida. Todos nesta ilha são pescadores. Eu também tenho de ser! E, se tiver a sorte de pegar um salmão e vender para Sir William... bem, então, pagarei pelo barco com um dia de trabalho.

— Mas você não comprou o barco com o dinheiro de um dia de trabalho? — disse ele, de brincadeira.

Os olhos dela se agitaram imediatamente.

— Foi *mesmo* um peixe grande — disse ela em tom de troça, fazendo com que ele risse.

Chegaram ao degrau de acesso ao cais e, sem pensar, ele colocou a mão embaixo do braço dela para ajudá-la, como se ela fosse uma dama e ele a estivesse cortejando. Ela sentiu o calor da mão dele em seu braço e não se afastou, mas ambos mantiveram o olhar nos pés, até que ela subiu no degrau e ele retirou a mão.

— As linhas de pesca estão dentro do barco — disse ela aos meninos. — E a isca.

Rob saltou do cais precário para o barco com facilidade, então o segurou para Walter, pois o escaler balançava. James hesitou e olhou para Alinor.

— Você não vai embarcar? — perguntou ele, oferecendo-lhe a mão.

Ela sentou-se nas tábuas do cais para poder embarcar sem ajuda e se acomodou na banqueta central. James desamarrou o cabo, embarcou e sentou-se ao lado de Alinor, pegando um dos remos.

— Vamos remar juntos, enquanto os meninos pescam? — sugeriu ele.

Ela fez que sim e desviou o rosto, mas ele a viu enrubescer, pois estavam ombro a ombro, movendo-se juntos, cada um manejando seu remo com leveza, movendo-se ritmadamente, enquanto o barco se afastava da margem e entrava no canal. A água do porto estava calma, embora pudessem ouvir o fervilhar do poço sibilante no centro das águas profundas. A maré estava enchendo, a correnteza fluía rapidamente, mas eles remaram com facilidade até o meio do canal, depois deixaram o barco parado, enquanto os meninos preparavam seus anzóis com minhocas e os jogavam na água.

— Que nojo! — exclamou Walter, fascinado. — Onde vocês conseguem as minhocas?

— Eu cavei essas minhocas para você. — Alinor sorriu para ele. — E, se quiser pescar de novo, você mesmo pode cavar e achar suas minhocas. Por mais nojentas que sejam.

O barquinho balançava enquanto a maré o empurrava de volta à praia, mas Alinor e James o mantinham firme.

— Aquela é a casa da balsa? — perguntou James a ela, apontando para um casebre baixo, no outro extremo do porto.

— Sim, é a casa de minha família, onde meu irmão vive agora como balseiro. Lá está o cais, e a balsa fica atracada do outro lado. E está vendo aquilo lá? Do outro lado do estuário, no continente, aquilo é o depósito de grãos no cais, e o moinho e a casa do moleiro.

— Ele vai moer hoje?

— Não, ele só mói na vazante. A maré sobe e enche a barragem do moinho, e na vazante ele abre a comporta, a água corre pela valeta e gira a roda. Vai moer na vazante da tarde. Eu estive na leiteria do moinho hoje, batendo manteiga. Alys, minha filha, vai lá todo dia; ela trabalha na casa do moleiro, no moinho e na fazendola.

— Um peixe beliscou meu anzol! — disse Rob, de repente. Ele puxou a linha e havia uma cavala, com escamas brilhantes, se retorcendo. Com confiança, ele desengatou o peixe do anzol e o jogou no cesto de junco no fundo do barco.

— Peixe é assim? — indagou Walter, espiando. — Só vi peixe cozido.

— E deve ter mais — assegurou Alinor. — Eles andam juntos, como uma gangue de maus elementos. Mexa sua linha para cima e para baixo, mestre Walter.

James a observou firmando o remo para manter o barco estável e copiou a ação, de modo que a correnteza não os arrastasse até o canal profundo que fluía em direção à casa da balsa.

— Agora o senhor pode avistar a balsa de meu irmão — disse ela, apontando para o canal diante deles e para o grande barco atracado diante da casa da balsa. — E mais adiante, no canal, fica o alagadiço. Ele agora está submerso, então só se pode ver o caminho de pedras que dá acesso à área.

James avistou o redemoinho e a correnteza, enquanto o rio que fluía pela lateral da casa da balsa desaguava no mar.

— É muito profundo?

— Sobe mais de um metro e oitenta, e sobe depressa. Todo mundo consegue atravessar no ponto mais baixo, e as pessoas atravessam a cavalo ou a pé. Mas, na maré alta, todos pegam a balsa, ou dão a volta por terra. É preciso desencilhar os cavalos, atravessar com eles na balsa até o outro lado e, em seguida, levar a carruagem separadamente; por isso, dá muito trabalho.

— Estou surpreso que Sua Senhoria não construa uma ponte.

Ela balançou a cabeça, e uma madeixa de cabelo dourado se desprendeu da touca modesta.

— O terreno não é bom para construções — disse ela. — É tudo areia até ali no cais do moinho. E o lodo se move a cada tempestade. O alagadiço desaparece a cada maré de primavera, ou nas tempestades de inverno. O pai de mestre Walter cuida o tempo todo da manutenção do alagadiço, não é, senhor? Jamais conseguiríamos manter uma ponte de pé. É tudo areia e lodo.

— Então, seu irmão é o guardião da ilha? — comentou James. — Como o guardião na ponte levadiça de um castelo.

Ela sorriu.

— É. E nosso pai antes dele, e o pai de nosso pai.

— Desde quando?

— Desde o Dilúvio, eu acho — disse ela com irreverência, então exclamou: — Ah! Desculpe-me...

— Você não me ofende. — Ele riu. — É uma honra ter uma filha de Noé como minha remadora.

— Acho que peguei um! — exclamou Walter. — É um puxão?

— Isso mesmo — confirmou Alinor. — Puxe a linha, devagar, devagar, e traga o peixe para o barco.

Ele puxou com muita força, e o peixe saiu voando da água, quase acertando o rosto de Alinor.

— Cuidado! — disse padre James, pegando a linha e segurando-a longe de Alinor enquanto o menino estendia a mão para agarrar o peixe e recuava em seguida, pois ele se contorcia no anzol.

— Não consigo...

— Se o senhor quiser comer o peixe, tem de pegar — aconselhou Alinor.

O preceptor riu.

— Ela tem razão. Pegue o peixe, Walter, e o solte do anzol.

Fazendo careta, o menino livrou o peixe do anzol, assustando-se quando ele escapou de sua mão e caiu dentro do cesto, enquanto Rob exclamava:

— Outro! Peguei outro!

Estavam no meio de um cardume, e, assim que substituíam a isca nos anzóis, fisgavam mais um peixe na água. James e Alinor mantinham o barco no meio do canal enquanto os meninos pescavam com exclamações a cada captura e contando os peixes à medida que o cesto enchia, até Alinor dizer:

— Já basta, isto é tudo que vocês conseguem comer hoje, e o máximo que consigo secar.

— Você não vende peixe fresco? — perguntou James a ela.

— Quando meu marido pegava muitos peixes numa sexta, eu os levava para o mercado de sábado em Chichester, mas são duas horas indo e duas horas voltando. Não dá para vender peixe no vilarejo de Sealsea, porque todo mundo pesca, embora, às vezes, eu venda peixe no moinho. As esposas de fazendeiros compram peixe quando vêm moer trigo, ou, se chega um graneleiro, eles compram alguns. Eu seco ou salgo os peixes para vender.

— Vamos remar de volta?

— A gente pode ir até o poço sibilante? — perguntou Rob a ela. — Walter nunca viu o poço.

Alinor balançou a cabeça, e ela e James sincronizaram as remadas e retornaram ao cais. Ela suspendeu o remo e estendeu a mão para as tábuas do cais para puxar o barco, enquanto Rob se levantou para prender o cabo na velha estaca do ancoradouro.

— Vocês terão de esperar até conseguirem remar sozinhos até lá no poço — disse ela a Walter.

— Por que a senhora não vai lá, Sra. Reekie? — perguntou Walter.

Ela firmou o barco, enquanto os meninos desembarcavam, e padre James os seguiu. Então, ela se levantou e lhes entregou o cesto de peixes, equilibrando-se com facilidade no balanço do barco.

— Eu sou uma boba e tenho pavor de águas profundas — disse ela.

Padre James ofereceu a mão para ajudá-la a subir no cais e ela aceitou.

— Mas a senhora passou a vida toda na água — observou Walter.

— A vida toda no alagadiço — corrigiu ela. — Na terra das marés: nem terra nem mar, molhado e seco duas vezes por dia, nunca muito tempo embaixo da água, mas nunca totalmente seco. Nunca saio para o mar; não vou nem até a parte mais funda do porto. Meu trabalho sempre foi na terra, com plantas, ervas e flores. E faz pouco tempo que sou dona de um barco, graças ao seu pai, que empregou Rob.

Rob amarrou o barco com folga, para que ele pudesse baixar com a maré.

— E agora, posso assar os peixes para vocês? — perguntou ela aos meninos.

— A gente pode assar numa fogueira, com gravetos? — implorou Rob.

— Ah, tudo bem. — Ela sorriu, e James pôde ver o amor que ela sentia pelo filho. Ela se virou para ele. — O senhor vai comer com os meninos?

— Se eu puder — disse ele. — Vamos todos cear juntos?

— Talvez o senhor não queira. Rob quer comer feito um selvagem, em volta de uma fogueira.

Ele teve de se conter para não ajeitar atrás da orelha dela a mecha de cabelo caída.

— Sejamos selvagens. — Ele sorriu.

Rob e Walter cataram galhos e madeira espalhados pela praia e Alinor trouxe brasas do fogo já meio apagado no casebre. James, indo ajudá-la, correu os olhos pelo único ambiente, viu a cama que ela compartilhava com a filha, as banquetas em que se sentavam, a mesa em que comiam. Era um casebre típico de uma família trabalhadora e pobre, e ele ficou impressionado com o tanto que aquela penúria sombria contrastava com o aroma penetrante e doce do lugar. O cômodo recendia a alfazema e manjericão, à semelhança da despensa do Priorado. Geralmente, um casebre como aquele fedia a comida estragada e excremento, ao odor forte de gente que dormia sem banho e vestida em roupas de trabalho, mas ali o ar salgado soprava pela porta aberta e o local recendia a relva e ervas secas. Num canto, cordinhas pendiam amarradas de viga em viga, enfeitadas com ramos de ervas. Abaixo das ervas, um armário de canto continha uma coleção de frascos de vidro, e de cada lado prateleiras exibiam bandejas de metal cheias de cera perfumada.

— Sua despensa? — perguntou ele.

Ela deu de ombros.

— Meu cantinho. Tenho mais espaço na casa da balsa. Uso a despensa de minha mãe lá, como fazia quando ela estava viva. Esse canto é só para ervas de meu canteiro, enquanto estão frescas.

A pedido dela, James cortou um pão que estava guardado embaixo de uma panela virada, em cima da mesa, e levou quatro fatias para servir como base para os peixes. O foguinho já ardia intensamente.

— Sua filha chegará a tempo de comer conosco? — perguntou ele.

— Não, ela trabalha até tarde no verão — respondeu Alinor. — Só voltará ao pôr do sol. Vou assar uma cavala e guardar para ela.

Alinor abriu e limpou cada peixe, jogando as entranhas num pote, para uso posterior como isca, mas preservando as cabeças e as caudas. Então, entregou os peixes limpos a Rob, que os enfiou em espetos e os distribuiu a cada um. Alinor foi até o casebre, para lavar as escamas e o sangue das mãos, e voltou com quatro canecas de cerveja de mesa. Rob notou que ela ofereceu a caneca de seu pai desaparecido a James, mas não fez nenhum comentário.

Quando a pele do peixe estava chamuscada e crocante, e a carne, suculenta e quentinha, Alinor disse aos meninos:

— Está pronto. Podem comer.

Walter mordiscou seu peixe preso no espeto tostado, mas Rob colocou o dele entre dois pedaços de pão e deu mordidas gulosas. Quando todos terminaram de comer, sentaram-se em silêncio, olhando para o fogo, enquanto o sol se punha no horizonte e a maré parecia imóvel, batendo no cais, mas não mais subindo. As galinhas vieram correndo da praia em direção a Alinor, confiantes de que seriam bem-vindas e na expectativa de receber migalhas de pão. Ela cumprimentou cada uma pelo nome e deu um pedacinho de pão; elas ciscaram em volta dos pés de Alinor e cacarejaram baixinho.

— A gente precisa ir embora — disse Rob. Ele olhou para a mãe e ficou surpreso ao vê-la desviar o olhar para o preceptor.

— Ah, é mesmo?

James se levantou, parecendo um tanto confuso. As galinhas se afastaram do estranho; mas ele não prestou atenção nelas.

— Sim, sim, acho que sim. O sol já está se pondo. Precisamos ir.

— Eu levo vocês de volta até o Priorado — ofereceu ela.

James queria concordar, mas não havia razão para que ela os levasse, pois Rob conhecia o caminho.

— Eu conheço o caminho — disse Rob, intrigado.

Sem pressa, ela se levantou do assento à beira do fogo, e o filho foi ao seu encontro. Ela o abraçou e, quando ele se ajoelhou para a bênção, ela pôs a mão na cabeça dele, murmurou uma prece, inclinou-se e o beijou. Em seguida, fez uma leve mesura para Walter.

— Que bom que o senhor veio — disse a ele. — Pode vir quando quiser, em respeito à sua mãe e ao senhor também.

Ele corou.

— Obrigado — disse ele, meio sem jeito, pois ela era arrendatária da família Peachey e os peixes, a rigor, pertenciam a ele. — Rob e eu voltaremos.

Os dois começaram o caminho de volta para casa, lado a lado, num silêncio amigável. Alinor ficou a sós com James.

— O senhor vai voltar? — indagou ela, num tom cuidadosamente neutro.

— Vou — respondeu depressa. — Sim. Eu quero... Eu quero muito... Posso voltar? Posso voltar agora, depois que levar os meninos para casa?

Ela ficou meio zonza, como se o mundo estivesse girando rápido demais ao seu redor. Ergueu os olhos e se sentiu abalada pelo desejo, quando os olhos castanhos dele encontraram seu olhar cinza-escuro.

— O senhor não conseguirá atravessar o alagadiço sozinho.

— Dou a volta pelo caminho mais longo. Sigo pela trilha — disse ele.

— Sim, o senhor pode voltar hoje à noite — concordou ela, e, como se quisesse negar as próprias palavras, deu-lhe as costas, pisoteou as brasas para que o local ficasse escuro e frio e seguiu pelo barranco em direção ao casebre sem olhar para ele.

A lua crescente amarela conferia à água do lodo um brilho desbotado, e à terra, um tom escuro e manchado, quando James deixou o caminho de acesso à casa da balsa, passou na calada pelo quintal da casa de Ned e, então, seguindo pelo barranco à beira-mar, deu uma corridinha até o casebre de Alinor. Ele havia deixado os meninos na sala de aula, após as orações noturnas, com instruções de lerem, concluírem alguns exercícios de matemática e irem dormir por conta própria. James não sabia o que o esperava. Não sabia se encontraria Alinor sozinha, ou se a filha estaria em casa. Caso a encontrasse sozinha, não sabia o que deveria dizer, nem o que fazer, nem o que ela permitiria. Não conseguia entender como se atrevera a pedir para voltar, nem por que ela consentira. Sabia que não podia quebrar seu voto de celibato. Tinha jurado se dedicar à Igreja; não podia considerar uma mulher sua amante; não deveria sequer ficar a sós com uma mulher fora do confessionário. Mas, ao mesmo tempo, sabia que não aguentaria ficar longe dali.

Enquanto andava pela trilha que saía da casa do irmão dela, esquivando-se por baixo dos galhos do espinheiro, a preamar já chegando ao barranco, ele não pensou no que estava fazendo, apenas que seria incapaz de tomar qualquer outra atitude além de ir ao encontro dela. Pensou que era um tolo por sair correndo pela noite para ver uma mulher que era uma simples aldeã, uma mulher pobre, uma mulher bem abaixo dele aos olhos do mundo. Mas sabia que era incapaz de se conter, e se regozijava com a sensação da própria vulnerabilidade. Prometido a Deus, engajado numa conspiração em prol do rei da Inglaterra, não deveria ter tempo para se apaixonar. Mas, enquanto corria, sabia muito bem que era isso que estava acontecendo: estava se apaixonando. Não pôde deixar de sentir um ímpeto de alegria ao reconhecer que estava se apaixonando perdidamente por uma mulher, como se ele fosse o cavaleiro fantasioso de um poema, e ela, a mais digna das damas de um castelo.

Ela o aguardava. Quando ele avistou aquela silhueta esbelta na ponta do cais precário de madeira, o vestido cinza contra as águas cinza, a touca branca e clara contra o céu noturno, teve certeza de que ela fora até a ponta do cais para observar a trilha do barranco e vê-lo vindo em sua direção. Em vez disso, ela o viu correndo, qual um amante para sua amada.

James passou a andar ao vê-la vindo pelo cais, pisando com cuidado nas tábuas podres, de modo que, quando ele chegou ao ponto onde os degraus encontravam a ribanceira e estendeu a mão para ajudá-la, os dois uniram as mãos antes mesmo de dizerem uma palavra.

Ao sentir o toque da mão dela, aquela palma áspera e arranhada, ele não se conteve: puxou-a para perto e colocou a mão em sua cintura, sentindo o calor do corpo dela através do tecido simples. Ela não resistiu, entrou no círculo de seu abraço e ergueu o rosto. Em silêncio, trocaram um olhar, e depois, como se a troca de olhares fosse uma troca de votos, ele baixou a cabeça e suas bocas se encontraram.

Ela estava desejosa. Anos depois, ele se lembraria disso, como se o fato o absolvesse da culpa. Ela queria ser amada, queria ser amada por ele.

O beijo dela era doce. Foi a primeira vez na vida que ele beijou uma mulher, e sentiu o desejo correr pelo corpo, como se os joelhos lhe falhassem. E a sentiu se render, como se ela também experimentasse uma onda atravessando seu ser, tão irresistível quanto o fluxo da maré.

— Eu não deveria fazer isso — disse ela, quando parou para respirar. — Nem sei se meu marido está vivo ou morto.

— Eu não deveria fazer isso — disse ele, estranhando as palavras em sua boca, como se não tivesse o dom da fala, mas apenas o poder do toque. — Sou um padre ordenado.

Ela não se afastou, não tirou os olhos daquele rosto, daquela boca, daquele olhar castanho.

— Beije-me mais uma vez — disse ela, em voz baixa, e ele a beijou.

Ficaram abraçados, o corpo dele de encontro ao dela, seus lábios nos dela, seus braços a apertando, então ela se afastou um pouco, e imediatamente ele a soltou. Em silêncio, a meio passo de distância, esperaram para ver se voltariam a se aproximar, se ele pegaria sua mão e a levaria para o casebre, para fazer amor na cama do marido desaparecido. Ela balançou a cabeça, como se ele tivesse pronunciado palavras de desejo em voz alta, mas não falou nada.

— Voltarei para você no mês que vem, à noite, neste mesmo horário — disse ele, como se um mês de intervalo lhe ensinasse o que fazer e o que dizer a ela, visto que naquele dia estavam atordoados pela proximidade um do outro.

— No mês que vem? — perguntou ela, como se fosse um ano. — Só daqui a um mês?

— Preciso ir embora amanhã — disse ele.

Ela fez um leve gesto, como se fosse pegar-lhe a mão e detê-lo.

— Voltará para a França?

— Não, não. Mas tenho uma missão... Fiz um juramento... Eu vou, mas volto.

Ela adivinhou imediatamente que se tratava do assunto secreto da Igreja dele e do rei preso na ilha de Wight.

— Envolve perigo? Você correrá perigo?

— Sim — admitiu ele. — Mas espero voltar para você dentro de um mês.

Ela deu mais atenção à promessa de amor que ao significado da frase, como sempre faz uma mulher apaixonada.

— Para mim, aqui — repetiu ela.

— Sem falta.

— Você não pode se recusar a ir? — indagou ela. — Não pode dizer que mudou de ideia?

Ele sorriu.

— Mas eu não mudei de ideia — disse ele. — Continuo pensando o mesmo em relação a tudo, e não posso desonrar minha palavra. Homens dependem de mim; um grande homem depende de mim. Nada mudou... exceto...

Ela ficou calada, esperando que ele dissesse o que tinha mudado.

— Meu coração — disse ele.

TERRA DAS MARÉS, AGOSTO DE 1648

Alinor trabalhou como sempre nas semanas seguintes do verão, com tempestades e ondas de calor súbitas que produziam no alagadiço uma névoa capaz de criar miragens de palácios, ruas e armazéns. As visões a fizeram pensar no que James estaria vendo, se visitava edifícios imponentes ou caminhava por belas ruas, bem maiores e mais limpas que as de Chichester, mais grandiosas que qualquer coisa que ela vira na vida, se portões de palácios eram abertos para ele, se haveria portas de jardins que davam acesso a mansões.

Ela foi até o mercado de Chichester e, numa barraca de roupas de segunda mão, comprou um par de botas para Alys pouco usadas e solas boas, que manteriam os pés da menina aquecidos e secos no próximo outono e inverno. Comprou combinações de linho e toucas para as duas e um novo camisolão de linho para Alys. E comprou uma fita para enfeitar o camisolão, já que Alys tinha poucos mimos. Estava demasiado quente para imaginar que o inverno chegaria, mas roupas de segunda mão ficavam mais em conta em agosto, então Alinor comprou para a filha um xale de inverno e uma capa de tecido encerado que a manteria seca quando ela precisasse pegar a balsa para trabalhar no moinho, ou mesmo realizar qualquer atividade ao ar livre.

Alinor compareceu à igreja e viu Rob, colheu frutas no jardim da casa da balsa e trabalhou na produção de laticínios na Fazenda do Moinho. Entregou novelos de lã fiada ao vendedor de lã e recebeu, como pagamento, dinheiro e um fardo de lã bruta para fiar. Passou seus dias de olhos baixos, comportamento recatado, como se não estivesse queimando por dentro, com a touca branca sobre a fronte febril, o vestido cinza justo feito um abraço em volta da cintura. Na virada de uma maré, saiu com o barco pelo remanso e armou quatro armadilhas de lagosta, controlando o medo, embora o barco balançasse quando ela se inclinava na lateral. No dia seguinte, recolheu as armadilhas, mal aguentando o peso da armação e da corda, e havia duas lagostas imensas. Repôs as iscas, os peixes fedorentos, jogou as armadilhas no mar, remou até o cais do moinho com suas capturas e as vendeu para duas esposas de agricultores por quatro moedas cada.

— Você está com uma boa aparência — disse a Sra. Miller, olhando para o rosto corado e sorridente de Alinor, que logo embolsou as moedas.

— Não mudei nada — disse Alinor, embora seu coração estivesse disparado.

— Não sei como você aguenta trabalhar. — A Sra. Miller correu os olhos, com desdém, da bainha encharcada de Alinor até o pote de isca fedorenta. — Ainda mais esse tipo de trabalho. Neste calor.

— Ah — disse Alinor, como se não houvesse notado.

Ela foi até a colmeia e viu as abelhas entrando e saindo pela portinha do alveário, focadas em seu objetivo.

— Algo aconteceu comigo — disse ela às abelhas. — Algo muito importante.

Ela ouviu o cálido e reconfortante zumbido da colmeia, como se o enxame concordasse que esse algo era importante para as abelhas também; mas Alinor não falou do que se tratava. De joelhos, manejando uma pequena enxada, com o sol quente nas costas, arrancou as ervas daninhas da horta. Subitamente tonta, levantou-se, com as mãos vazias, como se estivesse sonâmbula, e se lembrou da manhã em que olhara pela porta do casebre, contemplara a brancura sobrenatural do céu e achara que estava sob efeito de algum encantamento.

O trigo nos campos à beira do porto era um mar ondulado de ouro, pronto para a colheita, o moleiro cada vez mais temeroso de uma tempestade de verão naquele ano de temporais terríveis. Por fim, a Sra. Miller determinou o início da colheita, e todos os aldeões pobres das proximidades foram convocados à Fazenda do Moinho para o trabalho.

Alys integrava um dos grupos que seguiam os ceifeiros, catando o trigo cortado, amarrando-o em feixes e colocando-o na carroça. Era um trabalho pesado, e, quando a jovem voltava para casa, seus braços estavam arranhados pelas hastes e as costas doíam de tanto se curvar, erguer os feixes e jogá-los dentro da carroça. Trabalhava desde o amanhecer — eram longos os dias de colheita —, e seu rosto ficava lívido de exaustão. Pelas horas extras, recebia um pão de trigo assado no grande forno do moinho, na fornada da colheita: um pão para cada ceifeiro e amarrador, além do pagamento diário. Era um luxo de que a família Reekie só desfrutava na época da colheita. No restante do ano assava o próprio pão tosco, com uma mistura de grãos.

Alinor banhou os braços e o rosto de Alys com água de sabugueiro. Serviu-lhe uma sopa de urtiga, para aliviar a rigidez nas costas e nos braços. Alys tomou a sopa e comeu o pão em silêncio.

— Estou bem — disse ela assim que terminou, afastando a banqueta da mesa e dirigindo-se à cama, enquanto tirava a saia e a blusa imundas. — Ruim como sempre. Eu esqueço como esse trabalho é cruel. Os trigais parecem não ter fim.

— Logo vai acabar — lembrou Alinor, pegando as tigelas. — Vou lavar seu vestido e sua roupa íntima agora à noite. Você pode usar a veste nova amanhã.

— Juro que no ano que vem não farei isso — disse Alys, enquanto se deitava, já quase dormindo. — Juro que no ano que vem vou trabalhar em algum outro lugar: um trabalho limpo, um trabalho fácil. Dentro de casa. A senhora sabe que eu venderia minha alma por um emprego dentro de casa.

— Espero que você consiga — disse Alinor gentilmente, embora não imaginasse que tipo de trabalho Alys poderia encontrar que lhe pagasse o suficiente para viver.

— E aquela Jane Miller... — começou Alys, tão sonolenta que mal conseguia falar.

— Jane?

— Fica de olho nos rapazes que trabalham para o moleiro, só porque o pai é dono do moinho. Dando risadinhas com Richard Stoney. Ela é uma idiota de cara lavada... Tenho vontade de empurrá-la dentro do lago do moinho.

Alinor sorriu.

— Durma com um pensamento agradável — aconselhou ela. — E tenha bons sonhos.

— Eu vou — murmurou Alys. — Esse pensamento é agradável.

Alinor levou a bacia para fora e, enquanto torcia a saia e a camisa de linho grosso e as estendia para secar sobre o alecrim, avistou o irmão, Ned, vindo pelo alagadiço com passos cautelosos do barranco de cascalho à areia seca pelo atalho secreto que ligava a casa da balsa ao casebre. Trazia meio queijo — pagamento por ter transportado uma carroça na ida e na volta até o mercado de Chichester. Os dois sentaram-se juntos fora do casebre no banco que ficava de frente para o alagadiço, enquanto a maré vazava cada vez mais, até que ao redor deles havia apenas terra seca, e a água era uma linha prateada no horizonte, no banco de areia do porto. Ele a observava enquanto ela comia um pedacinho de queijo.

— Você está doente? — perguntou ele. — Será malária?

Todas as pessoas que viviam à beira do alagadiço eram acometidas de febres três ou quatro vezes por ano. Estavam habituadas aos calafrios e suores que duravam cerca de uma semana e depois passavam. Alinor dava a seus pacientes xarope de salgueiro com hortelã, para combater a febre, e cultivava malmequeres e alfazema nas portas e nas janelas do casebre, para espantar os insetos que transmitiam a doença com sua picada.

— Não, está tudo bem comigo — disse ela, embora o rubor nas faces e o brilho nos olhos indicassem o contrário.

Do outro lado do quilômetro e meio de lodo, eles ouviram o guincho da eclusa, abrindo o fluxo da barragem do moinho e, em seguida, o rugido da água vertendo pela valeta. Ouviram a roda estalar e girar, e o barulho das pedras de moagem. Em seguida, a água correu pelo canal seco no lodo, provocando uma inundação repentina e profunda.

— Teve notícias de Zachary? — perguntou Ned, pensando que, talvez, ela soubesse algo do marido desaparecido. — Você parece febril.

— Não — disse ela, dando um sorriso e olhando nos olhos dele. — Não. Nada. Eu sou assim mesmo! Cheia de ansiedade: estou com a febre da primavera na estação errada. Contos da Cantuária depois do solstício de verão! Deve ser porque Rob saiu de casa, porque já posso começar a economizar para o dote de Alys e porque agora tenho meu próprio barco. Sinto como se fosse jovem e livre outra vez e pudesse ir a qualquer lugar ou fazer qualquer coisa.

Ele assentiu, atribuindo a fala apressada e o brilho no olhar à selvagem natureza feminina, sempre um perigo, mesmo nas mulheres mais dignas. Elas não conseguiam se conter. Eram qual andorinhas que voam em círculos, sem parar, felizes em seus voos rasantes e mergulhos no estuário do moinho, flertando com o ar quente, construindo ninhos perfeitos em telhados e celeiros: selvagens e mansas ao mesmo tempo, perto no verão, longe no inverno, perfeitamente inconstantes. Ele achava que sua linda irmã era qual uma andorinha e que jamais deveria ter sido amarrada a um lugar. Com certeza, jamais deveria ter sido dada em casamento a um homem que provavelmente tinha se afogado em águas profundas e estava apodrecendo sob cracas no fundo do mar.

Mas, para ela, nunca houve opção: era mulher e tinha de se casar, como toda e qualquer mulher, e era uma mulher pobre que jamais iria a lugar nenhum, por mais corado que estivesse seu rosto e por mais ávida que se mostrasse. A mãe deles, sabendo que sua própria morte era iminente, insistira para que Alinor se casasse, na esperança de deixá-la segura, sem saber que o próprio Zachary era errante, não mais confiável que a linha do litoral, vagante feito a terra das marés.

— Você nunca vai conseguir casar Alys se ela herdar sua natureza selvagem — disse ele em tom severo.

— Ah, ela é uma boa menina — disse Alinor imediatamente em defesa da filha que dormia no casebre. — Ela trabalha duro, Ned. Ela quer uma vida melhor, e você não pode culpar Alys por isso! E... sabe... eu apenas sonho.

— Sonhos não servem de nada — decretou ele. — Mudando de assunto, o que está achando do barco?

O sorriso que ela lhe ofereceu era tão deslumbrante que não poderia ter nada a ver com o barco.

— Rob veio do Priorado, duas semanas atrás, com mestre Walter e o preceptor, e a gente saiu para pescar.

Ele não via nisso nada que parecesse um mundo se abrindo diante de uma mulher.

— Pegaram muita coisa?

— Pegamos. — Ela apontou para o barranco. — Acendemos um fogo. E comemos juntos. Foi bem ali... — Ela sorriu.

Para Ned, a alegria dela era um mistério. Ele terminou a caneca de cerveja e se levantou com um grunhido, uma pontada de dor causada pelo reumatismo que entortava suas articulações, pois desde a infância puxava a corda molhada da balsa e trabalhava debaixo de sol ou chuva, em toda maré alta.

— Não seja tola — advertiu-a, pouco à vontade ao pensar nos sonhos dela e no brilho em seus olhos. — Não esqueça onde você está, quem você é. Aqui nada muda a não ser as águas. O restante do reino pode enlouquecer, virar de cabeça para baixo, mas aqui só o mar muda todo dia, e só o lodo vai para onde quer.

O estrondo do moinho, tão assustador quanto um trovão atravessando um terreno plano e encharcado, deu ênfase à advertência.

— Eu sei — tranquilizou-o. — Eu sei. Não há esperança; nada acontece por aqui.

Mas o brilho no rosto dela negava suas palavras.

— Se seu filho trabalhasse por mim na balsa até o fim do verão, eu poderia me apresentar como voluntário diante de Oliver Cromwell, no norte — disse Ned. — Dizem que os homens dele estão marchando contra os escoceses. Uma marcha difícil, desde Gales, uma longa marcha. Ele precisará de homens que sabem o que estão fazendo. O general Lambert está mantendo os escoceses encurralados, mas não pode lutar sozinho.

— Rob não pode ficar com a balsa — disse ela, prontamente. — Ele está comprometido com o Priorado até Walter ir para Cambridge.

— O preceptor não foi embora?

— Ele já vai voltar, Rob me disse. O preceptor deixou tarefas escolares para eles.

— Eu daria um dedo para estar na estrada com minha tropa, para estar ao lado de meus irmãos em mais uma batalha, para derrotar os inimigos do reino e levar o rei à justiça — disse Ned. — O rei Carlos precisa ser responsabilizado. Ele convocou os galeses para se insurgirem contra nós, e agora convocou os escoceses para cair em cima da gente. Sabe Deus o que ele terá prometido aos irlandeses! Ele joga todos contra nós, contra nós ingleses, seu próprio povo. Ele precisa ser aniquilado de uma vez por todas.

Alinor comprimiu os lábios, contrariada.

— Eu sei lá — disse ela. — Não posso falar mal dele.

— Dele?

— Do pobre do rei.

— Então, você não entende nada — disse ele com um desprezo fraterno. — Você pode entender bem de suas flores, de suas ervas, de suas curas, mas é uma tola se não sabe que Carlos é um sanguinário e que não trouxe nada além de sofrimento para nós. Ele nunca fala sério quando afirma que quer a paz. Nunca aceita que foi derrotado quando a própria espada lhe é arrancada da mão. Ele precisa parar! Juro por Deus que acho que nunca conseguiremos fazer com que ele pare.

Ela se levantou quando ele se exaltou.

— Eu sei, eu sei — disse ela, acalmando-o. — É só que eu não quero que Rob vá para a guerra, ou que Alys fique presa num reino em guerra. Não quero que você vá embora de novo, e é claro que nem sei por onde Zachary anda. — Ela sentiu que lágrimas lhe ardiam nos olhos. — Tem homens bons correndo perigo, indo ao encontro do perigo... — Ela parou de falar, sem querer mencionar James e a conspiração secreta que sabia que o afastava dela. — Não sei o que pedir em minhas preces — disse ela, num ímpeto de sinceridade. — Nem sei o que desejar, a não ser a paz... e que tudo isso acabe... e que eu me veja livre...

— Ah — disse ele, a raiva se esvaindo ao ver as lágrimas dela. — Ah, você reza pela paz; você está certa. E não há por que temer. O coronel Hammond manterá o rei preso em Carisbrooke. O Parlamento e o exército chegarão a um acordo quanto ao que deve ser feito com o rei, e, mesmo que o Parlamento seja tolo a ponto de chegar a um acordo, não permitirão mais que ele recrute tropas para derramar nosso sangue. Já derrotamos o rei, provavelmente já derrotamos também os escoceses, e neste momento a notícia do desfecho da batalha deve estar correndo para o sul. Vai ver que tudo já acabou e que o tolo sou eu, querendo marchar para o norte, pensando em voltar aos dias em que eu estava entre meus camaradas, liderado por Cromwell e comandado por Deus. É provável que tudo já esteja resolvido.

— É — disse ela. — Posso rezar para que tudo já tenha acabado.

Alys demorou a acordar, seus braços e suas costas doíam. Como desjejum, as duas comeram o resto do pão com o queijo trazido por Ned.

— Que delícia! — Alys catou cada migalha. — Acho que vou me casar com o moleiro e comer pão de trigo todos os dias de minha vida.

— Você terá de se livrar da Sra. Miller — ressaltou a mãe. — E acho que descobrirá que ela não vai liberar o caminho para você.

— Como eu gostaria de me livrar dela! — comentou Alys. — Eu deveria empurrar os dois, ela e o marido imprestável, de cima do cais, me casar com o filho deles e herdar o moinho.

O filho do moleiro era um menino de 6 anos chamado Peter. Alinor o trouxera ao mundo.

— E Jane poderia ser sua cunhada. — Alinor sorriu. — Seria uma casa feliz.

— Eu arrumaria um casamento para ela, em algum lugar — afirmou Alys. — Mas ninguém ia querer se casar com ela.

— Ai, pobre coitada — disse Alinor. — Não seja cruel, Alys. Mudando de assunto, eles já estão terminando a colheita?

— Quase, só falta um campo. Passei o dia todo amarrando e empilhando. A senhora vai lá hoje à tarde para catar o restolho?

— Vou, e levo seu almoço — prometeu Alinor.

Alys baixou a cabeça em agradecimento e se levantou da mesa.

— É estranho Rob não estar aqui — comentou ela. — A senhora não passa o dia se sentindo sozinha?

— Fico tão ocupada que não tenho tempo para me sentir sozinha.

— Porque parece que a senhora está esperando alguma coisa.

— O quê?

— Sei lá. Passos?

Envergonhada, Alinor se lembrou de ter visto James correr pela trilha do barranco à beira-mar, pulando as poças molhadas, feito um rapazinho que corre para a amada.

— Não estou esperando ninguém — mentiu ela.

— Eu não disse que seria alguém; eu disse que seria alguma coisa.

— Eu sei.

— Eu achava que a senhora não sentia mais falta de meu pai — falou a menina, com meiguice. — Nós não sentimos... Rob e eu. A senhora não precisa se preocupar conosco.

— Eu não me preocupo — disse Alinor, sucinta.

— Às vezes, a senhora não gostaria que tudo fosse diferente? Não se sente farta de tudo? Não estou falando do rei e do Parlamento, porque pouco me importo com eles, mas algo diferente para nós. Algo concreto, que não fosse só pregação.

— Eu gostaria de poder prever seu futuro — respondeu Alinor, séria. — Sei que você não deveria ficar presa aqui, neste alagadiço, sem chance de se casar com alguém que não seja um lavrador ou um pescador e sem nenhuma chance de ganhar mais que algumas moedas. Mas eu não tenho dinheiro para você ser aprendiz de algum ofício, e não sei onde você poderia trabalhar como criada. E não acho bom que você seja criada... eu teria receio de ver você trabalhando como criada.

Alys riu.

— Nisso a senhora tem toda razão! Eu não quero ser criada de ninguém. Nem de marido, nem de mestre.

— Alys, eu desejo muito mais para você.

— A senhora deseja mais! — exclamou a jovem. — Bom Deus! Eu rezo de joelhos pedindo mais! Depois de toda essa guerra e de toda essa gritaria, e de todo esse bate-boca entre os homens, será que a única esperança para uma mulher é ter um marido que seja pouco melhor que um animal, ou que ganhe mais de seis moedas por dia? E o novo mundo do tio Ned? E terras para todo mundo?

Alinor olhou para a filha, cuja fisionomia brilhava.

— Eu sei — disse ela. — Fala-se muito, mas não existe novo mundo para gente feito você e eu.

— A senhora quer dizer para mulheres — retrucou Alys de repente. — Pobres mulheres. Nada muda para a gente.

Alinor notou a amargura na voz da filha e se sentiu culpada por tê-la trazido àquele mundo que favorecia os homens.

— É verdade — disse ela.

A jovem se ajoelhou para a bênção da mãe, e Alinor se inclinou e beijou a touca limpa e branca da filha. Alys se levantou e saiu. Alinor continuou à mesa, de frente para um canto do cômodo, para o local onde guardava ervas e óleos e a caixinha de madeira com seu tesouro. A caixa continha o livro de receitas medicinais que pertencera à mãe, o acordo de arrendamento do casebre firmado entre seu marido desaparecido e o Sr. Tudeley e uma bolsinha de couro vermelho com moedas antigas e sem valor. Parecia pouco por uma vida inteira de trabalho árduo. Então, ela murmurou consigo mesma "uma mulher como você num lugar como esse", levantou-se, pegou a cesta e uma faquinha e saiu para cortar ervas enquanto ainda estavam molhadas de orvalho.

Foi um amanhecer fresco, com fiapos de uma névoa cinzenta estendidos pelos canais no alagadiço, derretendo as fronteiras entre terra, mar e ar. Alinor tremia no frio da manhã e envolveu a cabeça com um xale enquanto enxotava as galinhas para fora do casebre, em direção à praia. Contemplou o porto depois do jardinzinho, onde a água recuava, escoando das piscinas através dos canais que vazavam rapidamente, deixando grandes áreas de lodo molhado, bancos de areia e tufos de junco. Enquanto a maré recuava para o mar, os pássaros do porto, como pilritos e seixoeiras, a perseguiam, entrando e saindo da água, com suas pernas compridas, subitamente alçando voo, com seus gorjeios trinados, e voltando em seguida, nervosos, correndo para lá e para cá. Na entrada do porto, Alinor avistava o plano cinzento e achatado do mar e a linha azul do horizonte longínquo. Do outro lado do alagadiço vinha a barulheira da roda do moinho girando. Se James já tivesse partido para a França a caminho de casa, a travessia seria calma. Se tivesse ido ao encontro do rei no Castelo de Carisbrooke, poderia navegar de volta ao porto de Sealsea em três ou quatro horas. Se tivesse ido ao encontro do príncipe de Gales no mar, com seus navios, poderia ter ido e voltado no mesmo dia. Visto que ela não sabia para onde ele tinha ido, não adiantava ficar olhando para o horizonte escuro, à espera de sua vela. Na condição de mulher de pescador, sabia disso muito bem, mas ainda assim procurava por ele.

Seria mais um dia quente depois que a névoa se dissipasse. Ele dissera que voltaria dentro de um mês, mas ela não o conhecia bem e não sabia se era o tipo de jovem que se lembrava de promessas feitas a uma mulher, sobretudo a uma mulher pobre e sem importância. Será que estaria em perigo, impedido de decidir quando partir ou ficar? Ou seria o tipo de homem descuidado com as palavras, como são os homens, e não contava os dias como ela os contava? Ou talvez o beijo não tivesse significado nada, assim como as palavras.

Deu as costas ao porto e se inclinou sobre os canteiros de ervas, colhendo as que abriam suas folhas frescas, amarrando as folhas em raminhos e jogando-os dentro da cesta. Depois de colher um canteiro, dirigiu-se a outro, até ter colhido tudo o que estava fresco; em seguida, voltou para casa e amarrou os ramos em cordinhas que pendiam entre vigas. Os raminhos secos ela retirou das cordinhas e guardou em caixinhas de madeira, cada uma rotulada com a letra caprichada de Rob, com o nome da erva, às vezes o nome em latim, às vezes os nomes antigos que sua mãe lhe ensinara: consolo-de-vista, amor-perfeito e cocleária.

Limpou os pratos de madeira, jogando as migalhas diante da porta da frente, e sentiu o ar mais cálido. O sol dispersava a névoa. Alinor observou os passarinhos pousarem para se alimentar — o tordo que habitava o jardim durante o ano inteiro e um casal de melros que construíra um ninho e criava os filhotes no espinheiro junto aos fundos do casebre. Com o restante da água limpa, lavou as duas canecas usadas no desjejum com Alys, depois despejou a água da tigela nas plantas ao lado da porta. Então, pegou o balde vazio e foi até a lagoinha, no lado interno do barranco, e se agarrou à velha estaca, enquanto baixava o balde na água potável. Carregou pelos degraus o balde que sacolejava e derramava água, colocou-o no chão ao lado da porta aberta e, com uma concha, encheu a panela de ferro que ficava em cima das brasas incandescentes. Pegou um dos raminhos de ervas frescas e o colocou para ferver na panela. A receita de sua mãe pedia mel, e ela acrescentou uma colherada bem medida, retirando o mel de dentro do pote onde o favo era guardado. Enquanto a mistura fervia, saiu com uma sacola, um velho saco de farinha do moinho, para catar madeira trazida pelo mar. Andou pela linha da maré alta, pegando gravetos para acender o fogo e pedaços maiores de madeira. Depois de encher a sacola, suspendeu-a nas costas e voltou para o casebre.

A água que fervia na panela já havia quase evaporado, e as ervas estavam reduzidas a uma pasta verde-escura no fundo. Alinor espalhou a pasta numa bandeja e a colocou para secar na mesa, cobrindo tudo com um retalho de musselina limpa, para afastar as moscas.

O sol subia em meio a nuvens pesadas de chuva, e estava esquentando. Alinor pôs na cabeça o chapéu de trabalho, com a aba larga sobre o rosto e uma pala de linho sobre a nuca, para proteger do brilho perigoso do sol da manhã, e voltou para a horta adjacente ao casebre, onde cultivava vegetais: ervilha, feijão e repolho. Enquanto cavava as raízes profundas e resistentes de uma moita de labaça, as galinhas a viram e vieram correndo da praia. Ciscaram o terreno, em solidariedade, à procura de minhocas e pequenos insetos na terra revirada, cacarejando contentes para Alinor, e ela as repreendeu com ternura.

— Podem voltar para a praia; não cisquem minhas plantas.

Uma galinha pegou uma minhoquinha e emitiu um grunhido engraçado de satisfação. Alinor, sozinha sob o céu arqueado e com o porto vazio à frente, riu como se estivesse entre amigas.

— Estava gostosa, Sra. Castanha? — perguntou ela. — Saborosa?

Alinor trabalhou a manhã inteira e, quando o sol começou a baixar, lentamente, depois do meio-dia, ela entrou em casa, cortou quatro fatias de pão de centeio, pegou dois peixes defumados no suporte acima da lareira, uma jarra de cerveja de mesa no canto fresco e úmido e colocou tudo dentro de uma sacolinha para comer com Alys, antes de começarem a catar o restolho da colheita.

A maré estava subindo, e só se ouvia o silvo discreto do poço sibilante enquanto Alinor andava pelo barranco até a casa do irmão, onde o encontrou colhendo ameixas.

— Vai querer um pouco?

— Posso levar algumas para o almoço de Alys. Amanhã eu volto e colho mais, para preparar conservas ou secar.

— É uma boa safra. Olha só os galhos!

Admiraram a árvore, os galhos curvados sob o peso da fruta roxa. Alinor comeu uma.

— Doce — disse ela. — Muito boa.

— Está indo para o moinho catar o restolho da colheita?

Ela fez que sim, olhando para a balsa, que balançava enquanto a maré alta entrava pela foz do rio.

— Eu levo você para o outro lado — ofereceu ele, e seguiu adiante, descendo a escada até a balsa, atracada a uma estaca, retesando a corda e deslizando na maré. Ele desamarrou a balsa e a fixou ao cabo suspenso, que se estendia de um lado do turbilhão de águas profundas ao outro.

— A correnteza está forte — observou Alinor.

— Tem sido um verão chuvoso — disse ele. — Nunca vi o estuário tão cheio nessa época de colheita. Vamos. — Ela entrou na balsa e se segurou à balaustrada fixada dos dois lados da embarcação. Ele sorriu do medo dela. — Ainda apavorada? A filha do balseiro?

Ela deu de ombros, desdenhando seu próprio medo.

— Pois é. Voltarei para casa a pé, pelo alagadiço.

— Você molhará os pés — alertou ele. — Vai ter maré alta até o anoitecer hoje.

— Segure firme essa corda — implorou ela, enquanto a correnteza puxava a balsa para dentro do estuário, o cabo suspenso se esticava cada vez mais, e a balsa balançava.

Alternando as mãos, Ned puxou a balsa pelo estuário, cujas águas fluíam rapidamente. Chegaram depressa ao outro lado, e ela pulou fora da balsa e subiu a escada até a segurança da terra seca antes mesmo de ele acabar de atracar.

— Vejo você hoje à noite — disse ele. — É melhor você atravessar de balsa. Não tem sentido ficar encharcada.

— Obrigada — respondeu ela, então seguiu a trilha pela praia até o moinho e o celeiro, que ficavam ao lado do cais de pedra onde batiam as águas profundas.

Para variar, estava tudo tranquilo no moinho. A roda estava parada; não havia correnteza na valeta. A barragem enchia em silêncio, com as comportas abertas pelas águas que entravam, ondinhas quebrando no dique, e o nível da água subindo constantemente. Dentro do moinho, as grandes pedras de trituração jaziam separadas, e as engrenagens de cerejeira, desarmadas. O moleiro ensacava farinha, e dois rapazes carregavam as sacas até o cais, tudo pronto para a preamar, quando chegariam os navios dos vendedores de grãos.

— Bom dia, Sr. Miller — saudou Alinor ao entrar.

Ele estava branco qual um fantasma, dos cabelos enfarinhados até a bainha do avental branco. Mas o sorriso era caloroso.

— Bom dia, Sra. Reekie! A senhora veio catar o que restou da colheita?

— Vim, e trouxe o almoço de Alys.

— Ela é uma moça de sorte por ter uma mãe como a senhora. A senhora não vem à festa da colheita? Que tal um baile, a senhora e eu?

Alinor sorriu da velha piada.

— O senhor sabe que não danço. Mas é claro que venho.

Ela acenou, atravessou o pátio entre o moinho e a casa, saiu pelo portão ao norte e seguiu para os campos. Os trigais pareciam ter sido tosquiados, e fardos pontilhavam o terreno ceifado. No momento em que Alinor passou pelo portão aberto, um bando de gralhas alçou voo diante dela, uma após a outra, feito um rosário de contas pretas.

Alys estava na fileira das amarradoras, trabalhando junto a outras mulheres, seguindo o grupo de ceifeiros. A maioria dos homens estava sem camisa, as costas empoladas pelo sol, mas outros, os devotos, alguns deles puritanos, usavam a camisa enfiada nos calções e amarrada ao pescoço suado. Os homens trabalhavam numa fileira transversal ao campo, num ritmo bastante puxado: agarravam um punhado de hastes de trigo, curvavam-se e cortavam as hastes com a foice, levantavam-se e atiravam o feixe para trás. Alys e as outras mulheres os seguiam, juntando em braçadas as hastes cortadas, amarrando-as com uma haste torcida e empilhando-as para serem transportadas até a carroça. De vez em quando, a Sra. Miller ou a filha, Jane, saía de dentro de casa, atravessava o pátio e parava no portão, com uma das mãos protegendo os olhos, vigiando e cuidando para que os ceifeiros estivessem fazendo seu devido trabalho, sem deixar trigo intacto para as catadoras.

Pálida de exaustão, com as mãos e os braços arranhados pelos fardos, o avental imundo, o cabelo solto debaixo da touca de trabalho, Alys andava em fileira junto às outras mulheres, curvando-se, colhendo o trigo ceifado, levantando-se, amarrando o trigo, empilhando-o e voltando a se curvar. Trabalhava ao lado de mulheres da ilha de Sealsea que conhecia desde que era criança, mas também havia trabalhadoras diaristas que vinham do interior, e meia dúzia de mulheres eram migrantes, um grupo que trabalhava na colheita, de fazenda em fazenda, durante todo o verão. Estas eram pagas pelo serviço como um todo, e não por dia, e estabeleciam um ritmo exaustivo que Alys tinha de seguir: era difícil acompanhá-las.

Alinor esperou no portão e se juntou à meia dúzia de outras mulheres que tinham o direito de catar o restolho dos trigais do moinho. Ficaram reunidas, comentando a fartura da safra e o calor do dia, até que Jane fez soar o sino no pátio do moinho e todos no campo trocaram a labuta pela sombra da sebe e o descanso do almoço. As catadoras entraram no trigal, algumas para se encontrar com maridos ou filhos durante o almoço.

Alinor atravessou o campo ceifado e, sem dizer nada, estendeu a jarra de cerveja para a filha. Alys bebeu com avidez.

— Trabalho seco — disse Alinor, olhando para a bela filha com preocupação.

— Trabalho imundo — disse a jovem, exausta.

— Está quase no fim — prometeu a mãe. — Venha sentar um pouco.

Os homens formaram um grupo, compartilhando garrafas de cerveja e comendo o almoço trazido de casa. As mulheres se reuniram não muito longe. Uma mulher desamarrou um bebê que levava às costas e o levou ao peito. Alinor sorriu para ela. Era uma das crianças que trouxera ao mundo na primavera.

— Ele está se alimentando bem? — perguntou ela.

— Graças a Deus, está, sim — respondeu a mulher. — E ainda cito a senhora em minhas orações, por ter vindo me acudir. A senhora quer vê-lo?

Alinor pegou o bebê nos braços e delicadamente encostou os lábios na cabecinha morna, maravilhada com o calor do crânio e as mãozinhas gorduchas.

Ninguém falou nada enquanto todas bebiam e faziam sua primeira refeição desde o desjejum. Depois que Alys comeu as grossas fatias de pão e o último peixe defumado, Alinor devolveu o bebê à jovem mãe, e ela e Alys compartilharam as ameixas da ameixeira de Ned.

— Estou surpresa de ver a senhora comendo frutas ao sol, Sra. Reekie — observou uma das mulheres. — A senhora não tem medo de sentir cólica?

— Estas ameixas são do jardim de meu irmão. Nós as comemos todo verão e nunca passamos mal — explicou Alinor.

— Eu nunca comeria fruta com seiva — declarou uma das mulheres mais velhas.

— Costumo cozinhar a maioria delas — concordou Alinor. — E preparo conservas, faço geleia e seco muitas frutas.

— Vou comprar dois potes de suas ameixas cozidas — disse uma das mulheres. — E um pote de ameixas secas. A gente comeu suas groselhas secas no Natal, e todo mundo queria mais. Qual vai ser o preço este ano?

Alinor sorriu.

— Duas moedas o pote, tanto da ameixa quanto da groselha. Eu levo os potes para a senhora, com prazer — disse ela. — A safra de groselha este ano também foi boa.

— Vou querer meio quilo de cada — disse outra mulher.

As mulheres esticaram as pernas cansadas. Algumas se deitaram no restolho, que espetava.

— Cansada? — perguntou Alinor à filha em voz baixa.

— Farta disso — disse a jovem, irritada.

O sino, avisando que o tempo de descanso havia terminado, soou no pátio do moinho. A Sra. Miller era rigorosa no controle do tempo. Os homens se levantaram, limparam as foices e seguiram para o pátio. Trariam a carroça, carregariam os fardos e a conduziriam ao celeiro, onde o trigo seria debulhado.

Alinor entregou para Alys uma sacola com uma alça a tiracolo. As mulheres que detinham o direito de catar sobras nos trigais do moinho formaram uma fileira. Tomaram o cuidado de se espalhar de maneira justa, para que nenhuma ficasse com uma faixa mais larga que a outra, e observaram atentamente a fileira, para verificar se ninguém estava levando vantagem. Mães e filhas, como Alinor e Alys, cuidavam para manter entre si uma boa distância, no intuito de cobrirem a maior área possível. A fileira avançou.

Exaustas, as mulheres que haviam trabalhado o dia todo para o moleiro agora trabalhavam por conta própria, curvando-se para catar qualquer espiga de trigo caída e até mesmo qualquer grão. Em algumas faixas, um ceifador inexperiente teria deixado de cortar uma haste ou a teria esmagado com os pés, e ali as catadoras obtinham punhados de grãos. Lentamente, avançavam qual uma linha de infantaria através de um campo de batalha, nunca se precipitando, contendo a vanguarda, mantendo o espaço que as separava uma da outra. Alinor, de olhos fixos no solo, curvava-se e catava, curvava-se e catava, e ficou um tanto surpresa quando chegou à moita de espinheiro no limite do campo e percebeu que haviam terminado. Sua sacola estava cheia de espigas de trigo maduras e claras.

— Ida e volta! — declarou uma das mulheres mais velhas.

Alys resmungou, ressentida, mas Alinor fez que sim. Nada poderia ser desperdiçado, nada poderia ser perdido.

— Ida e volta — concordou ela.

As mulheres alteraram a composição da fileira, além de mudarem de direção, de modo que as que estavam perto da cerca, à esquerda, e as que estavam na extrema direita agora passaram para o centro, a fim de que ninguém percorresse duas vezes a mesma parte do campo. Novamente, avançaram, os olhos no solo, as mãos agarrando espigas de trigo, catando até grãos, enfiando tudo nas sacolas, algumas enchendo até os bolsos dos aventais. Foi só quando chegaram de novo à cerca no limite do trigal que se levantaram e olharam em volta.

O sol estava baixo no céu, afundando entre nuvens douradas e rosa. Alinor olhou para a sacola pesada de Alys e para sua própria sacola.

— Bom — foi tudo o que ela disse.

Foram juntas até o pátio do moinho. A Sra. Miller levara a balança até o pátio, com o propósito de pesar o trigo das catadoras e registrar o peso numa vareta. Alinor e Alys despejaram o conteúdo de suas sacolas na balança e retiraram os poucos talos. A Sra. Miller colocou os pesos na balança e disse, com certa relutância:

— Um quilo e meio.

A filha, Jane, marcou a vareta com um sulco largo numa das pontas e meio sulco na outra, então rachou a vareta ao meio, com uma machadinha. Alinor pegou a metade que lhe cabia, com uma palavra de agradecimento, e a colocou dentro da sacola. Jane Miller jogou a outra metade dentro da caixa de registros, como prova da quantidade que as mulheres Reekie deveriam receber em farinha quando o trigo fosse moído.

— Traga um pouco daquele seu tônico, quando vier amanhã para a festa da colheita — disse a Sra. Miller a Alinor, enquanto se virava para pesar a carga de outra catadora. — Minhas costas estão pegando fogo de ficar me curvando desse jeito o dia todo.

Alinor aquiesceu.

— Venho catar hoje à tarde. Trago a poção — disse ela.

A maré no porto estava baixa, a barragem do moinho quase transbordava, as comportas se esbarravam suavemente, fechadas pelo peso escuro da água na lagoa profunda. Enquanto as mulheres cansadas seguiam para o portão branco do pátio, um dos rapazes que trabalhavam para o moleiro deu a volta pela murada da barragem, equilibrando-se feito um acrobata nas comportas, a água escura formando ondinhas abaixo dele. Ele se dirigiu a Alys.

— Boa noite! Até amanhã! — gritou com ousadia.

Todos os sinais de cansaço desapareceram na hora. Alys parecia uma princesa ouvindo uma saudação. Não respondeu, mas inclinou a cabeça, sorriu discretamente e seguiu em frente. Alinor, olhando para ela, viu a filha cansada se transformar.

— Quem é ele? — perguntou Alinor, apertando o passo para alcançá-la.

— Ele quem?

— Aquele rapaz.

— Ah, acho que é o filho do fazendeiro Stoney, Richard — disse ela.

— Do fazendeiro Stoney, lá de Birdham?

— Isso mesmo.

— Rapaz bonito — observou Alinor.

— Não reparei — disse Alys com imensa dignidade.

— Muito bem — respondeu a mãe, escondendo um sorriso. — Mas eu reparei, e vou falar para você: é um belo rapazote. É filho único, não é?

— Ah, pelo amor de Deus! — exclamou Alys, e seguiu na frente da mãe, pela trilha da balsa, de modo que, quando Alinor a alcançou, Alys já estava de pé ao lado do tio Ned, dentro da balsa, segurando a corda com uma das mãos, à espera da mãe.

Alinor se deteve no barranco, pois algumas das outras mulheres e alguns ceifeiros passaram correndo por ela, a fim de ocuparem seus lugares na balsa e voltarem para suas casas na ilha de Sealsea. Alys percorreu os passageiros, coletando moedas de cobre e cobrando de quem devia a Ned. Depois que a balsa estava cheia e pronta para partir, Alinor desceu da margem e se agarrou com firmeza na lateral da embarcação, e foi a primeira a sair quando chegaram do outro lado. As mulheres riram dela.

— Ela não conseguiria arrumar pessoas para pegar a balsa com você! — disseram, provocando Ned. — Ninguém embarcaria em sua balsa se visse a cara de sua irmã!

Alinor ergueu a mão, dispensando a velha piada.

— Amanhã venho colher ameixa, antes de sair para catar restolho — disse ela a Ned.

Ele assentiu.

— Estou sempre aqui — disse ele. — O Senhor sabe que estou sempre aqui.

Alys e Alinor realizaram suas tarefas no casebre sombrio num silêncio cansado. Alys abriu a porta para as galinhas que cacarejavam ternamente, e as aves correram para o canto do casebre, onde costumavam se empoleirar. As duas beberam uma caneca de cerveja de mesa cada, depois Alinor lavou o rosto e as mãos numa tigela de água, e Alys a seguiu, usando a mesma água e esvaziando a tigela em cima das moitas de alfazema e calêndula ao lado da porta. Então, ajoelhou-se diante da mãe, enquanto Alinor penteava seu cabelo loiro e fazia uma trança para passar a noite, descansando a mão na cabeça da filha para uma bênção. Ainda de joelhos, Alys se virou para a cama e fez suas preces, entocada feito uma toupeira.

— Bons sonhos — disse Alinor com ternura, e percebeu o sorriso que a filha escondia.

Alinor torceu as próprias madeixas fartas, formando um coque, e as arrumou embaixo da touca de dormir, deixou a jaqueta e a veste na banqueta e se enfiou na cama de camisolão de linho. Ficaram deitadas, lado a lado.

— Estou morta de cansaço — comentou Alys, e pegou no sono imediatamente, como se fosse uma criança.

Alinor permaneceu em silêncio, de olhos bem abertos na escuridão. Talvez amanhã ele voltasse. Ou talvez depois de amanhã. Então, adormeceu também.

Logo depois da meia-noite, ela acordou assustada com fortes batidas à porta. Seu primeiro pensamento receoso foi que o marido, Zachary, tivesse voltado para casa e esmurrava a porta numa fúria bêbada, como costumava fazer. Então, quando pulou da cama, foi até a porta e abriu o ferrolho, pensou, confusa e sonolenta, que a guerra recomeçara e os soldados do exército ou da cavalaria real a estivessem arrombando. Seu último pensamento, no instante em que abriu a porta, foi que James teria vindo buscá-la; mas ali, na soleira, estava o fazendeiro Johnson, de Sealsea.

— Graças a Deus a senhora está aqui. É a Peg — disse ele, direto ao ponto. — A senhora precisa vir logo, Sra. Reekie. A hora dela chegou cedo, eu acho. A gente precisa da senhora agora mesmo. Eu vim o mais rápido que pude. Venha agora! A senhora pode vir agora?

Os sonhos e os receios dela desapareceram prontamente.

— Fazendeiro Johnson?

— Eu tenho uma sela de garupa em meu cavalo à nossa espera lá na casa da balsa. Venha! Por favor, venha!

— Um instante.

Ela fechou a porta diante dele e, na escuridão, vestiu a saia e a jaqueta que estavam na banqueta. Encontrou a touca e a colocou.

— O que que aconteceu? — perguntou Alys, sonolenta, deitada na cama.

— O bebê da Sra. Johnson chegou antes da hora — disse Alinor, enfiando os pés nas botas.

— A senhora quer que eu vá junto?

— Não, você trabalhará de manhã. Se tudo correr bem, Deus queira, eu encontro você na cata do restolho e na festa da colheita. Se eu tiver de pernoitar lá, você dorme na casa da balsa.

Na escuridão, Alys fez que sim, virou-se e voltou a dormir imediatamente. Alinor pegou a sacola, uma caixa de ervas secas e alguns frascos que estavam no armário e saiu para o ar fresco da noite. A maré estava enchendo, escoando pelo lodo e subindo o barranco da margem, em direção ao casebre e à jovem adormecida.

— Depressa — disse o fazendeiro Johnson. — Qual é o caminho mais seguro?

— Siga-me — disse Alinor, e foi à frente, com passos firmes pelo alto do barranco, as marolas quebrando na escuridão abaixo deles, até ver a casa da balsa, a casa de sua família, qual uma massa sombria no horizonte. O irmão dela, acordado pelo galope do fazendeiro Johnson estrada acima, segurava uma lamparina para que os dois pudessem dar a volta pela frente da casa e pelo estuário e alcançassem a estrada; em seguida, ele conduziu o cavalo do fazendeiro até o bloco de montaria, feito de pedra e posicionado na trilha de acesso ao vilarejo de Sealsea.

O fazendeiro Johnson subiu na sela, e Alinor pisou no bloco de montaria e se sentou atrás ele, apoiando os pés no estribo e as costas na sela.

— Segure firme — disse o irmão; ela assentiu e se agarrou ao cinto largo do fazendeiro.

— Tome conta de Alys de manhã — disse ela. — Ela vai trabalhar no moinho amanhã. Certifique-se de que ela coma alguma coisa antes de sair.

— Sim. Que Deus abençoe você e seu trabalho caridoso.

O fazendeiro estalou a língua para seu grande cavalo, e o animal se pôs em passo e depois num trote desajeitado. Alinor segurou firme, uma das mãos no cinto dele, a outra segurando a sacola contendo ervas e frascos preciosos que tilintavam em seu colo. A trilha de lama até o vilarejo de Sealsea era cheia de buracos e poças, mas eles se mantiveram na beira gramada, e, à medida que o céu clareava, passaram a enxergar melhor o caminho à frente. Depois de três quilômetros, o cavalo reconheceu sua casa, voltou a passo e entrou pelo portão da fazenda. De longe, os dois avistaram luzes em movimento nas janelas do andar de baixo dos criados andando de um lado para o outro. Alinor sentiu a já familiar agitação diante do que a aguardava: a ansiedade por se deparar com alguma complicação no parto, a confiança na vocação que herdara da mãe, no ofício que aprendera sozinha, que nascera para desempenhar. Era a sensação reveladora de se ver no portal entre a vida e a morte e não sentir medo.

O fazendeiro parou o cavalo e se virou na sela, segurando a sacola de medicamentos de Alinor enquanto ela desmontava, apoiando-se no bloco de montaria; então, entregou-lhe a sacola preciosa e desmontou também.

— Por aqui, por aqui — disse ele, deixando o cavalo solto diante da porta.

Apressou Alinor para dentro de casa.

— A Sra. Reekie está aqui — disse o fazendeiro a uma mulher mais velha, que Alinor reconheceu como mãe dele.

— Finalmente! — respondeu ela com rispidez. — Vocês demoraram!

— Bom dia, Sra. Johnson — disse Alinor, educada. — Como está Margaret?

— Mal — disse a mulher. — Ela não consegue se sentar, nem quer se deitar. Está se cansando, andando de um lado para o outro.

— Pelo amor de Deus! — gritou o fazendeiro Johnson. — Por que a senhora não fez com que ela descansasse? Sra. Reekie, faça com que ela descanse!

— Quero examiná-la — disse Alinor com serenidade. — Fazendeiro Johnson, o senhor pede a eles que tragam um pouco de água fervida numa tigela? E sabão e panos de linho? E um pouco de cerveja morna para ela beber? E o senhor pode mandar aquecer um pouco de vinho?

— Vou buscar, vou buscar tudo! — garantiu ele. — Água fervida numa tigela, e cerveja morna e vinho morno. Vou buscar tudo.

Ele correu para a cozinha da fazenda, vociferando com os criados, enquanto sua mãe conduzia Alinor pela escada de madeira até o quarto principal.

O quarto estava quente demais, sufocante; um fogo ardia em toras amontoadas na lareira, e as janelas estavam fechadas e cobertas com tapeçarias. No meio do quarto, com a mão agarrada à cabeceira da cama, estava Margaret Johnson, lívida, vestindo uma camisola manchada. A mãe dela a puxava pela mão inutilmente, pedindo-lhe que se deitasse e descansasse, pois era certo que o parto poderia se estender por alguns dias, e ela morreria de exaustão antes que o bebê nascesse, ou de inanição durante o parto.

— Alinor — disse ela com um leve suspiro, quando Alinor entrou.

— Então, Margaret, como você está? — disse Alinor gentilmente.

— Minha bolsa já rompeu, mas agora não está acontecendo nada — disse ela. — E estou sentindo muito calor e muita dor. Acho que estou com febre... Pode ser uma febre? E estou com falta de ar.

— Você pode estar com febre, sim — disse Alinor, observando a bagunça no quarto e o pânico mal disfarçado das duas mulheres mais velhas, enquanto uma criada acrescentava mais uma tora ao fogo. — Mas está quente demais aqui dentro, e você vai sentir falta de ar se ficar andando e falando.

— Eu já falei isso para ela — confirmou a mãe —, mas ela não ouve ninguém, e queríamos mandar chamar a senhora horas atrás, mas a Sra. Johnson não deixou, e agora ela está exausta...

— A senhora tem alfazema no jardim? — Alinor se virou para a mãe do fazendeiro Johnson. — Pode colher uns brotos para eu jogar aqui no chão? — Então, virou-se para a mãe de Margaret. — A senhora pode ver se já estão trazendo a água que pedi?

— Esta casa está uma bagunça — respondeu a mulher. — Aposto que deixaram o fogo da cozinha apagar, e não tem mais nada lá.

— Eu não tenho a menor ideia de por que eles não seriam capazes de lidar com o nascimento de um único bebê — disse a Sra. Johnson com rispidez. — Pari dez nesta mesma cama. Um nasceu morto, e outro, prematuro...

Alinor conduziu as duas mulheres para fora do quarto antes que a Sra. Johnson pudesse contar outras histórias horripilantes e, de repente, instalou-se um silêncio, interrompido apenas pelo estalar de madeira nova queimando na lareira.

— Está quente demais — observou Alinor. — Não coloque outra tora.

A criada recuou, enquanto Alinor recolhia uma tapeçaria e abria a janela.

— Ar da noite? — disse Margaret com medo.

Alinor repôs a tapeçaria, para ninguém ver que a janela estava aberta; mas uma brisa fresca entrou no quarto, e Margaret suspirou de alívio.

— Os espíritos vão entrar — murmurou a criada. — Não deixe os espíritos entrarem!

— Não, eles não entrarão — afirmou Alinor. — Vamos vestir uma camisola limpinha?

A mãe de Margaret surgiu à porta com uma tigela de água.

— Obrigada — disse Alinor, pegando a tigela ali mesmo e dispensando a mulher. — E a cerveja morna?

— Uma caneca cairia bem para todas nós — concordou a mulher, e voltou à cozinha; Alinor fechou a porta.

— Por que você não se senta e me deixa lavar seu rosto e suas mãos? — sugeriu Alinor.

Margaret protestou, embora timidamente, dizendo que a lavagem talvez fosse arriscada em sua condição, mas viu Alinor adicionar um pouco de óleo de alfazema à água morna. Um aroma forte e limpo encheu o quarto, e Alinor massageou levemente as têmporas e a nuca de Margaret com água morna e óleo, lavou suas mãos, esfregando-as com delicadeza com o óleo, e depois lavou as próprias mãos.

Margaret suspirou, então colocou as mãos na enorme barriga e gemeu.

— Sinto como se minhas tripas estivessem se revirando.

— É assim mesmo — disse Alinor com satisfação.

— Não quero ficar deitada nesta cama — protestou Margaret.

— Se você não quer... — disse Alinor com amabilidade. — Pode ficar de pé, ou sentada, ou ajoelhada, como quiser. Mas vamos ficar quietas e calmas.

— Preciso ficar andando. Estou muito nervosa!

— Ande daqui a pouco — sugeriu Alinor. — Mas fique parada por enquanto, pois já vão trazer um pouco de cerveja para você.

— Será que ainda vai demorar muito? — indagou Margaret, ansiosa. — Vai ser uma tortura?

— Ah, não — disse Alinor. — Pense numa galinha botando um ovo. Pode até ser bastante fácil.

Margaret, que fora amedrontada pelas mulheres mais velhas, olhou incrédula para a jovem parteira e contemplou seu sorriso confiante.

— Fácil? — indagou ela.

— Pode até ser — disse Alinor, sorrindo. — Talvez.

Não foi tão fácil quanto uma galinha botando um ovo, tampouco foi uma tortura, e Margaret não viu os portões do Paraíso se abrindo para ela, ao contrário do que a sogra previra com tamanha confiança. Ela deu à luz um menino, como o marido desejava em segredo, e Alinor, recebendo em suas mãos firmes o milagre do bebê sujo de sangue, quentinho e se debatendo, envolveu-o num pano de linho limpo e o colocou no peito da mãe.

— Está tudo bem com ele? — sussurrou Margaret, enquanto as outras mulheres na sala, isto é, as duas mães e três amigas que chegaram para lhes fazer companhia, bebiam uma caneca de cerveja, brindando à saúde da mãe e do bebê.

— Ele é perfeito — disse Alinor, cortando e amarrando o cordão umbilical. — Você se saiu muito bem.

— A senhora não vai batizá-lo?

— Não, ele não corre perigo, e os novos clérigos não gostam que a parteira faça isso. — Calma e zelosamente, ela lavou as partes íntimas de Margaret e as atou com musgo. — Volto mais tarde, ainda hoje, e todos os dias, durante uma semana, trazendo musgo fresco — prometeu Alinor.

— E a senhora poderá ficar — insistiu a jovem. — Para me ajudar a cuidar dele?

— Vou. — Alinor sorriu. — Enquanto quiser minha companhia. Mas você verá que, logo, logo, não vai querer ninguém interferindo. Ele vai gostar mais de você que de qualquer outra pessoa.

A jovem esposa parecia dividida entre medo e amor.

— Vai mesmo? Ele não vai preferir... — Seus olhos deslizaram para a sogra dominadora. — ... alguém que sabe o que fazer? Melhor que eu?

— Você descobrirá que ele é todo seu — previu Alinor com confiança. — Para ele, não haverá ninguém melhor que você. E vocês dois descobrirão juntos o que mais gostam de fazer.

— Posso ver meu filho? Posso vê-lo? — foi o grito que se ouviu do outro lado da porta do quarto.

O fazendeiro Johnson não poderia entrar no quarto, nem ver a esposa durante quatro semanas, mas sua mãe levou o filho para ele. Era possível ouvir as exclamações, as bênçãos e as palavras de amor à jovem esposa, então a Sra. Johnson trouxe o bebê de volta ao quarto.

— Ele não quer que o bebê seja batizado na igreja — disse ela a Alinor com uma pontada de choque na voz. — Diz que é um ritual papista, e que um pai temente a Deus dá nome ao próprio filho dentro de casa. O que a senhora acha disso, Sra. Reekie?

Alinor balançou a cabeça, recusando-se a se envolver no novo debate.

— Não sei o que há de certo ou errado nessas questões.

— E ele diz que ela não deve ir à igreja — disse a mãe de Margaret, indicando com um aceno de cabeça a filha, que já cochilava. — Como isso pode estar certo?

Alinor se manteve calada: as novas seitas religiosas estavam decididas a se livrar de todo e qualquer ritual, a acabar com toda e qualquer tradição que não fosse mencionada na Bíblia.

— Ele é um homem devoto — disse ela, diplomática. — Deve saber o que é certo.

— Ele diz que tem orado por essa questão — afirmou a mãe de Margaret, fungando. — E então, minha menina vai sair da cama e seguir com o trabalho, sem uma bênção? Que tal agradecer por escapar da morte e do perigo?

— Todos podemos agradecer por ela ter tido um bom parto — disse Alinor. — Na igreja ou fora dela.

— Devemos agradecer à senhora também — disse a idosa. — A senhora herdou todos os dons de sua mãe. Tem um jeito com a mulher na hora do parto que parece magia.

Era uma palavra perigosa, mesmo como elogio. As mulheres mais velhas se viraram e olharam para Alinor esperando ver o que ela admitiria.

— Magia não existe — insistiu Alinor. — Não é magia. Não diga uma coisa dessas! É só confiar no Senhor e ter feito muitos partos.

— E, no entanto, a senhora não tem licença do bispo?

— Eu tinha uma licença, é claro; mas Sua Graça não é vista em seu palácio em Chichester há meses, desde o cerco. Já perguntei várias e várias vezes, mas ninguém sabe como uma parteira consegue a licença agora.

As duas mulheres mais velhas menearam a cabeça.

— Bem, alguém tem de dar uma licença para a senhora, porque nenhuma mulher na ilha de Sealsea aceitaria o serviço de outra pessoa —

declarou a Sra. Johnson. — Embora tenha sido uma pena o que aconteceu com sua cunhada — acrescentou.

Uma antiga pontada de dor abalou Alinor.

— Pois é — concordou ela. — Certas coisas são misteriosas. É a vontade de Deus, não a nossa. Estou tão feliz que Margaret tenha tido um bom parto!

— E um homem atuar no parto é simplesmente pecaminoso. Que mulher sem vergonha haveria de querer um homem numa hora como esta?

— Estou feliz que tudo tenha corrido tão bem — disse Alinor, juntando seus pertences: a faca afiada para cortar o cordão, o fio limpo para amarrá-lo, os óleos nos frascos, a tintura de arnica e a erva-de-são-joão, para os hematomas e a dor. — Volto hoje à tarde.

— Vem de manhã? — ecoou da cama a voz sonolenta de Margaret.

— Já é de manhã — disse Alinor, levantando o canto da tapeçaria e vendo a luz perolada do dia de verão. — Sua primeira manhã como mãe. A primeira alvorada de seu bebê.

— Você verá muitas outras alvoradas — previu a sogra, soturna. — Todos os bebês de nossa família acordam cedo.

A jovem esposa estava sonolenta no travesseiro, na melhor cama da casa.

— Não se atrase. — Ela abriu os olhos e sorriu para Alinor. — Espero a senhora hoje à tarde.

— Não vou me atrasar — prometeu Alinor. — Pode contar comigo.

O fazendeiro Johnson a despachou sob a luz clara do amanhecer, na garupa do cavalariço, para a casa da balsa. Alinor sentava-se empertigada no cavalo de arado, sob uma diminuta lua crescente qual uma moeda de prata cortada no céu límpido, a água subindo no estuário, quando avistou uma figura do outro lado. Cavalgava pela estrada para a balsa. Reconheceu-o de imediato: James Summer, o homem que ela amava, voltara para vê-la, conforme prometido, dentro de um mês.

Alinor desmontou do cavalo do fazendeiro, agradeceu ao cavalariço e ficou vendo o irmão puxar a balsa pela água, mão sobre mão operando o cabo suspenso. Viu James conduzir o cavalo barranco abaixo e notou os passos nervosos do animal ao embarcar na balsa sacolejante. Os dois homens completaram a travessia em silêncio e seguiram um de cada lado do cavalo, guiando-o para fora da balsa e subindo pelo barranco pavimentado de pedra, agora no litoral da ilha.

— Ele já deveria saber a esta altura, já fez isso uma dezena de vezes — comentou Ned com James, dando um tapinha no cavalo. — Já vi cavalo se acostumar com tiro de canhão e de mosquete de um dia para o outro. Ele é um cavalo da ilha e já conhece a balsa, está só brincando com o senhor.

— Você viu a cavalaria em ação na guerra? — perguntou James. Ele se virou e ofereceu a Alinor um sorriso só para ela, protegido pela aba do chapéu. — Bom dia para a senhora, Sra. Reekie. A senhora acordou tão cedo?

— Vi, sim. Em Marston Moor — disse Ned, mencionando a primeira grande vitória de Oliver Cromwell. — Ficou tudo nas mãos da cavalaria. E muitos de nós nunca tínhamos visto batalhas; só tínhamos treinado resistência a ataques, marchas, retiradas e contra-ataques. Mas os cavalos aguentaram tudo, como se soubessem o que deveriam fazer.

— Foi o que ouvi — disse James, desinteressado.

Ele pagou uma moeda pela travessia só de ida, e Ned enfiou o dinheiro no bolso.

— Acredito que seu senhor tenha lutado do outro lado. — Ned incitou o desconhecido. — Sir William? Do lado perdedor. Deus ordenou a vitória dos devotos, e Sir William estava do lado errado. Naquele dia, ele não foi o senhor de tudo.

James contornou a provocação.

— Eu não o conhecia naquele tempo. Fui nomeado apenas no mês passado, para ser preceptor de Walter e prepará-lo para Cambridge.

— E antes? — perguntou Ned, desconfiado.

— Como assim?

— O que o senhor fazia antes?

— Era preceptor em outra família — mentiu James com facilidade.

— E o senhor é preceptor de meu sobrinho também, não é? Sou tio de Rob e irmão da Sra. Reekie.

— Sou, sim — disse James com satisfação. — E eu sei de você, é claro, Sr. Ferryman. Robert é um jovem inteligente, muito perspicaz. Quando mestre Walter for para a universidade, acho que Robert poderia se tornar aprendiz, talvez como auxiliar de algum médico. Ele sabe mais sobre medicamentos, ervas e óleos que eu. É um jovem fora do comum. — Ele sorriu para Alinor, que olhava para os dois.

— Quem sai aos seus não degenera — disse Ned com orgulho. — E ela aprendeu com nossa mãe, e nossa mãe com a mãe dela, e assim por diante.

Perguntando-se sobre o silêncio de Alinor, James sorriu para ela novamente, os olhos buscando seu rosto. Ainda assim, ela não disse nada. Ele não sabia, mas ela estava agradecendo a Deus por revê-lo, maravilhada por ele ter vindo, como disse que viria, consciente da própria alegria diante daquele rosto bonito, da farta cabeleira castanha encaracolada, do belo traço daquela boca. Ele veio como disse que viria, e foi isso o que mais a surpreendeu. Ele manteve a promessa, e o ardente aumento do desejo que ela sentia era gratidão pelo fato de ele ser o homem que ela esperava, de se dispor a amá-la, algo tão natural e irresistível quanto a preamar de verão.

— Ela esteve fora a noite toda, fazendo um parto — falou Ned pela irmã, depois se virou para Alinor. — Está tudo bem? Deus os abençoou na hora do parto?

— Sim, ela teve um menino — respondeu Alinor, voltando a si. — Forte e perfeito. Ela também passa bem. Voltarei lá para uma visita mais tarde.

— E a senhora descansará agora? — perguntou James.

Ela sorriu diante da ingenuidade dele.

— Não, não, claro que não. Tenho trabalho a fazer, no casebre e na horta — disse ela. — E hoje à tarde tenho de vir aqui colher ameixa, tenho de visitar a mãe e o bebê, e depois vou até o moinho, para catar restolho e para a festa da colheita. Sir William vai à festa da colheita?

Imediatamente, ele percebeu que era uma oportunidade para se encontrarem.

— Não sei. Estou a caminho de lá agora. Mas, se Sir William for, irei com ele, e levarei Walter e Robert.

— Eu gostaria de ver Rob — respondeu ela. — Sir William costuma ir à festa da colheita lá no moinho. O moinho é o maior estabelecimento nas terras dele.

— Espero poder comparecer, então. Veremos a senhora por lá?

— Ao pôr do sol — disse Alinor.

— Haverá dança? — perguntou ele, como se fossem um rapaz e uma mocinha, e ele pudesse se curvar diante dela, pegá-la pela mão e levá-la para bailar.

— Depois do banquete — disse ela. — Apenas uma rabeca e as danças da colheita.

Ele não se atreveu a perguntar se poderia dançar com ela.

— Eu gostaria tanto de...

— De quê? — perguntou ela, imediatamente alerta. E pensou na mão dele em sua cintura; pensou nos passos dos dois juntos.

— De ver a senhora na festa da colheita — disse ele, debilmente.

Então dirigiu ao irmão um aceno de cabeça, curvou-se diante dela, subiu no bloco de montaria e cavalgou trilha abaixo, até o Priorado, sem olhar para trás.

— Sujeito bastante agradável, embora seja refinado feito um lorde — disse Ned, medindo as palavras e olhando para a irmã.

O semblante que ela virou para ele estava inexpressivo e sereno.

— Fico muito feliz que ele esteja dando aula para Rob — foi tudo o que ela disse. — É uma oportunidade e tanto.

— Começou a trabalhar, mas foi embora logo na semana seguinte — ressaltou Ned.

— Ele deixou tarefas para os meninos. Rob me disse que eles leem na biblioteca toda manhã, e fazem os exercícios que ele mandou: traduções, matemática, leitura de mapas... todo tipo de exercício.

— Ele é devoto? — pressionou-a Ned.

— Ah, acho que sim. Ele pregou um belo sermão na capela de Sir William, e ficou diante de uma mesa. Não usou o altar em nenhum momento, e todo ouro e prata, e todos os panos bordados tinham sido retirados e guardados. Não havia tapeçarias, nem imagens, nem nada luxuoso. Ele é um dos novos homens.

— Muito bem — disse ele, negando o desconforto que sentia diante do brilho estampado no rosto da irmã e da maneira como o cavalheiro olhara para ela, como se estivesse surpreso ao encontrar uma mulher como ela num lugar como aquele. — Muito bem, eu acho.

Ela fez que sim. Estava absolutamente serena. Ned não conseguiria decifrá-la; não conseguiria ler seus pensamentos.

— Parece amigável demais — disse ele, como se fosse um defeito.

— Não acho. É só o preceptor de Sua Senhoria. Só acompanha mestre Walter, para ver e aprender coisas, e leva Rob junto.

— Homem bonito — comentou Ned.

— Você acha? — perguntou ela, assim como Alys reagira à observação feita por ela sobre o filho do fazendeiro Stoney, no moinho. — Não reparei.

Assim que chegou à Fazenda do Moinho acompanhado de Sir William, de mestre Walter, de Rob e do cavalariço, James Summer constatou que tinha sido um erro ir até lá. Ficou evidente que eles eram os senhores de terra, os proprietários: cavalgando, prontos para serem entretidos pelas celebrações simplórias dos camponeses. Sir William montava seu garanhão, Walter seguia no cavalo caçador do pai, James cavalgava um corcel preto de raça, e até Rob teve direito a montar o belo pônei que costumava puxar a carruagem das mulheres. Todos os quatro em belas montarias, com belos trajes, seguidos pelo cavalariço, cruzaram o portão de ripas brancas e entraram no pátio do moinho como se pertencessem à realeza, condescendentes em observar os costumes do vilarejo, prestigiando os folguedos do povo.

O Sr. Miller, acompanhado pelo filho Peter, veio ao pátio e fez uma reverência ao senhorio. A Sra. Miller saiu esbaforida pela porta da cozinha, livrando-se do avental manchado e tentando parecer uma dama em vez de uma mulher que estivera assando um pernil. Jane surgiu correndo atrás dela, colocando sua melhor touca no cabelo castanho. James ficou desconcertado diante da brancura dos melhores aventais das mulheres da família do moleiro, da rigidez das rendas, dos babados engomados e da falsidade dos sorrisos.

Trabalhadores que se declaravam devotos, e que sabiam muito bem que Sir William tinha ficado do lado do monarca, tiraram seus chapéus relutantemente, saudaram o senhorio com um aceno de cabeça e desviaram o rosto. Desaprovavam o senhorio, a antiga ordem e os velhos hábitos. Para eles, nada de bonequinhas de trigo, nem danças, nem festa da colheita. Mas os que gostavam dos velhos hábitos e de uma bebida, e ansiavam por uma mesa farta, aplaudiam Sir William na esperança de que ele pagasse pela cervejada. As mulheres sorriam e acenavam para Walter e faziam reverência para Sir William. E não tiravam os olhos de James Summer, no alto de seu corcel preto, seu perfil como o dos anjos de pedra esculpida nas igrejas antigas. Alinor respirou fundo e desviou o olhar. Tentou sorrir para o filho, mas sentiu as faces ruborizadas e, constrangida, não conseguia parar de pensar na poeira do campo que ia da barra do vestido rústico até o joelho e nas manchas de suor nas axilas da blusa.

— Sra. Miller — disse Sir William com amabilidade à esposa do moleiro, que caiu como uma saca de trigo em profunda reverência —, aceitarei uma caneca de sua cerveja.

Ela correu de volta para dentro de casa para buscar a melhor caneca de estanho, enquanto o Sr. Miller se deteve ao lado da cabeça do cavalo do senhorio, esperando que Sir William se dignasse a desmontar.

— Boa colheita? — perguntou Sua Senhoria, olhando para o celeiro e para os fardos que esperavam para ser debulhados, o solo bem ceifado.

— Média — disse o moleiro com cautela. Teria de pagar dízimos da colheita ao senhorio e à Igreja. Não havia por que se gabar.

— Vossa Senhoria ficará para o banquete, milorde? — perguntou a Sra. Miller, ofegante, acenando para a filha, para que servisse o primeiro gole de cerveja, e entregando-lhe a preciosa caneca. — Vossa Senhoria, e, claro, mestre Walter e...

O convite foi interrompido quando notou o olhar glamoroso do estranho e quis ser apresentada a ele.

— Este é o Sr. Summer — anunciou Sua Senhoria, dirigindo-se a todos. — Formado em Cambridge, preceptor de meu filho.

Houve uma discreta reação de interesse. O fato de ser de Cambridge sugeria que era devoto. Todos sabiam que o coração da reforma era Cambridge, ao passo que Oxford tinha sido o quartel-general do rei em tempo de guerra. James Summer levou a mão ao chapéu, para agradecer a atenção dos presentes, e tomou o cuidado de não olhar para Alinor. Ela mantinha o olhar para baixo, com toda cautela, fitando as próprias botas empoeiradas e amarradas com um cordão.

— Bem-vindos — disse o moleiro formalmente, superando a própria inquietação quanto ao custo total do banquete por ele oferecido àquela grã-finagem.

Sir William desmontou largando todo o seu peso, e o cavalariço segurou o cavalo. O rapaz que trabalhava para o moleiro, Richard Stoney, adiantou-se, pegou os outros animais e os levou para os estábulos. Rob foi até a mãe e a irmã, entre as mulheres, ajoelhou-se para a bênção de Alinor e depois deu um pulo para abraçá-la.

Alinor o beijou, consciente do próprio rosto suado e das mãos sujas, então fez uma mesura para mestre Walter, Sua Senhoria e o preceptor. James olhou para ela, mas não podia atravessar o pátio e se aproximar enquanto todos olhavam para ele.

— Agora mesmo, estamos trazendo a última carroça — disse a Sra. Miller, satisfeita. — Vossa Senhoria poderá vê-la chegar. Sr. Summer, o senhor já deve saber que cultivamos o melhor trigo de Sussex bem aqui.

— Uma colheita meio fraca — complementou o marido, depressa. — Muita praga este ano, por causa da chuva... uma chuva terrível. E isso foi antes da chegada dos ratos.

— Entendo — disse James, cordial, olhando pelas portas do celeiro.

— E Alys Reekie é a Rainha da Colheita — disse a Sra. Miller a contragosto. — Foi escolhida pelos jovens. Não aceitaram nenhuma outra, embora houvesse moças com mais direito a reivindicar o título, Deus bem sabe.

James, olhando com interesse para a bela jovem, pôde constatar que não teria havido grande disputa pelo título de Rainha da Colheita. Com seus traços harmoniosos e olhos azul-escuros, era, de longe, a mais bela entre as catadoras. Tinham-lhe retirado a modesta touca branca, e o cabelo dourado caía-lhe sobre os ombros. Tinham-lhe vestido uma bata branca bordada por cima das roupas de trabalho e colocado uma coroa de trigo em suas mechas loiras, ouro sobre ouro.

— E Richard Stoney é o Rei da Colheita.

— Todos prontos? — perguntou o Sr. Miller, no momento em que chegava a derradeira carroça.

Enquanto os homens corriam para descarregá-la, Richard Stoney surgiu dos estábulos e recebeu uma coroa de trigo trançado em sua cabeleira de cachos castanhos.

Com toda cerimônia, o Sr. Miller fechou as portas do celeiro. As jovens catadoras, Jane Miller entre elas, e os jovens ceifeiros se perfilaram, como se pretendessem impedir a entrada, e Alys e Richard se dirigiram aos seus lugares, do outro lado do pátio, enquanto os rapazes gritavam e as moças exclamavam o nome de Alys. Sua Senhoria, conhecendo as brincadeiras da colheita, esperou o jovem casal se posicionar lado a lado e gritou:

— Prontos?

— Sim! — respondeu Richard pelos dois.

Sir William gritou:

— Já!

E o jovem casal atravessou correndo o pátio de pedra, em direção às portas do celeiro, esquivando-se e se contorcendo quando os amigos saltavam sobre eles, despejando jarros de água e punhados de palha fina, tentando impedi-los de entrar. O casal abria caminho, empurrando e se desviando, se esquivando e ofegando. Richard pegou a mão de Alys, para afastá-la de um bando de meninos atiçados pelos adultos, até que, finalmente, ambos tocaram na grande argola de ferro pendurada na porta do celeiro, abriram a porta e declararam que a colheita estava sã e salva.

Todos aplaudiram. Alinor percebeu o olhar brilhante trocado pelo jovem casal e o jeito como imediatamente se afastaram um do outro, para voltar à companhia de seus respectivos amigos, Richard, exultante, saltando para os rapazes que haviam trabalhado na colheita, que o empurravam e puxavam sua coroa de trigo, enquanto Alys correu até as moças, corada e rindo. A Sra. Miller serviu a cerveja especial da colheita, a primeira caneca destinada a Sir William, e os sedentos lavradores se reuniram para pegar suas canecas quando Alinor se virou e se deparou com James ao seu lado.

— Sua filha é uma moça muito bonita — observou ele.

— É, sim — disse ela em voz baixa.

Quando se viam na presença de terceiros, era como se tivessem perdido a língua. Queriam tão somente trocar confidências, mas não podiam ser vistos sussurrando.

— Você voltou em segurança de suas viagens? — foi tudo o que ela pôde dizer.

— Sim — disse ele, meio sem jeito. — Voltei, sim. Você visitou de novo aquela jovem mãe? Ela está bem?

— Fui lá hoje à tarde, e voltarei amanhã — confirmou ela. — Gosto de visitar uma jovem mãe com seu bebê recém-nascido, mesmo que ela tenha a própria mãe ao lado.

James estava prestes a perguntar se poderia vê-la no casebre, naquela mesma noite, depois da festa da colheita, mas se conteve. O irmão dela vinha pela trilha depois de descer da balsa e se dirigir ao moinho, com o velho cão, Ruivo, dando voltas ao seu redor.

— Preciso ver você — disse James com urgência. — Não aqui. Não diante de toda essa gente. Sozinhos.

— Eu sei, eu sei — suspirou ela.

— Posso ir até o casebre hoje à noite? — sussurrou ele. Mas, antes que ela pudesse responder, Ned se aproximou e reconheceu James, dando um breve aceno de cabeça.

— Bom dia, senhor — disse Ned bruscamente. — Vejo que o senhor veio visitar os pobres da paróquia. Suponho que o senhor goste dos hábitos antigos: Rei e Rainha da Colheita.

— Desde que as brincadeiras da colheita sejam recatadas. — James tentou se recompor.

Ned se virou para Alinor e indagou:

— Imagino que não vá dançar, certo?

— Não. Mas Alys pode, não pode?

Ned franziu o cenho, prestes a recusar.

— Não pode haver objeção a se dançar na festa da colheita — interrompeu James. — O próprio Oliver Cromwell não se opõe a uma taça de vinho e um divertimento recatado.

— Desde que não sejam danças pagãs — disse Ned com severidade. — E festa da colheita com rei e rainha é pagão e monárquico.

James tentou conter uma risada, mas Ned enrubesceu completamente e parecia zangado.

— A situação de minha irmã é estranha — disse Ned a ele. — O senhor não sabe, Sr. Summers, mas esta ilha é pequena, e ninguém tem outra coisa para fazer senão fuxicar.

— Ninguém fala nada contra mim — argumentou Alinor. — E todos sabem que Alys é sua sobrinha e uma jovem devota. Ela pode dançar com as amigas, irmão; é claro que pode!

— Como você quiser — disse ele, emburrado. — Mas vocês duas têm de ir embora antes que os ceifeiros fiquem bêbados.

— Claro. Você sabe que eu sempre vou embora cedo.

Uma mesa com uma fartura de travessas foi montada sobre cavaletes no pátio do moinho. Sir William se posicionou na cabeceira da mesa, e o moleiro e sua esposa ficaram na outra ponta.

— O senhor dá as graças, Sr. Summer? — convidou ele.

James precisou se afastar de Alinor sem mais uma palavra, ocupou seu lugar e juntou as mãos, para fazer a prece.

Desconfiado, Ned supôs que ouviria qualquer doutrina antiquada, mas James Summer enunciou a prece num inglês simples e compreensível, tão claro e límpido quanto qualquer pregador do exército.

— Amém! — disseram todos, amontoando-se em bancos e banquetas, exceto Sir William, que ocupou a grande cadeira Carver, trazida da casa, à cabeceira da mesa. O moleiro veio sentar-se de um lado de Sir William, e James Summer, do outro. Rob ficou mais abaixo na mesa, de frente para Walter, e a Sra. Miller na outra extremidade, com a filha à direita. Sir William bebeu uma caneca da cerveja do moleiro, mas não ceou. Passado algum tempo, acenou para o cavalariço, pedindo seu cavalo.

— Então, deixo minhas cordiais saudações, e agora devo me retirar — anunciou ele. E olhou para James Summer. — Os meninos podem ficar para a dança, se assim desejarem — disse.

— Eu os levarei para casa em boa hora — prometeu James.

Sir William deu uma piscadela, expressando solidariedade.

Pode permitir que bebam uma ou duas canecas de cerveja e que dancem com uma moça bonita — disse ele. — Talvez até um beijo e uma brincadeira atrás de um palheiro, se os pais não estiverem olhando!

Alguns dos homens próximos riram da sugestão picante, mas a maioria se manteve impassível e calada.

James não se atreveu a olhar para Ned, que fervia de indignação.

— Não, não, eles vão se comportar — disse ele, em tom disciplinar.

Sua Senhoria riu, como se dissesse que não se importava com boa conduta em uma festa da colheita, e subiu no bloco de montaria para esperar por seu cavalo. O cavalariço trouxe o animal até o bloco e o segurou enquanto Sua Senhoria subia na sela, juntava as rédeas e acenava para a família Miller e para os comensais no pátio.

— Boa colheita! — disse ele, e sorriu quando todos ergueram copos e canecas e ecoaram o brinde. Então, virou-se e foi embora, seguido pelo cavalariço.

Alinor sentiu os olhos do irmão.

— Qual é o problema? — indagou ela.

— Faz meu sangue ferver o jeito como ele fala! — exclamou Ned. — Perdeu a guerra, o rei dele está em nosso poder, e ainda assim cavalga por aí como se fosse dono do lugar... porque ele ainda é dono do lugar! Como é possível tudo mudar e nada mudar? Como é que ele se atreve a dizer que mestre Walter pode levar uma moça para trás do palheiro, como se as meninas estivessem à disposição dele! Como se elas fossem tão depravadas quanto a amante daquele bode velho lá em Londres?

— Xiu — disse Alinor, depressa. — Não estrague tudo.

— Já está estragado para mim — disse ele, furioso.

— Por que essa cara feia, Ned? — disse o ferreiro de Birdham. — Achei que ficaria satisfeito com as notícias do norte.

Ned ergueu a cabeça, feito um cão ao ouvir a corneta de caça.

— Não ouvi nenhuma notícia do norte — disse ele. — O que foi que você ouviu?

Vários homens se viraram para o ferreiro.

— E como é que você ficou sabendo? — indagou alguém, desconfiado.

— Porque eu ferrei o cavalo de um sujeito que tinha alguns jornais, e ele me deu um. O *Moderate Intelligencer.* Ele me mostrou e leu para mim. Deu-me um jornal como pagamento — disse ele, brandindo um papel dobrado e mal impresso.

— Leia! — exclamou alguém.

— Eu não sei ler muito bem — confessou ele. — Mas ele falou que tinha notícia boa do Parlamento.

— Eu leio — disse Ned, impaciente. — Dê-me aqui.

Os homens se reuniram; Ned estendeu o jornal sobre a mesa e, ignorando os pratos trazidos da cozinha do moinho, começou a ler.

— *De Warrington, 20 de agosto* — disse ele, lentamente. — *Uma vitória dos devotos.*

— Vitória do exército? — perguntou alguém.

— Deus seja louvado. Esperem, esperem; deixem-me ler primeiro. Isso mesmo. Parece um relato verdadeiro. Alguém relatando o ocorrido no campo de batalha. Diz que Oliver Cromwell se uniu à cavalgada de John Lambert... eles querem dizer a cavalaria... a tempo de pegar os escoceses em Preston e parti-los ao meio. É uma vitória. Deus nos salvou: os escoceses foram derrotados.

— Que Deus nos abençoe: será que estamos seguros?

— Aí diz como foi?

— Muita gente morta?

— Mau tempo, humm humm, escutem... Vou ler...

> *Depois de uma marcha tediosa e exaustiva, enfrentando muitas dificuldades e agruras causadas pela inclemência do tempo e pelas péssimas condições das estradas: o tenente-general Cromwell uniu-se à Brigada do Norte, na quinta-feira, em plena madrugada, e nosso exército marchou para Preston, onde o inimigo se fixara, escoceses e ingleses. O inimigo ficou bastante assustado*

diante da determinação de nossos homens, que se posicionaram numa charneca três quilômetros a leste de Preston. Nossa vã...

— O quê? — indagou uma das catadoras.

— Nossa "vã esperança", nossos homens na frente de batalha, os que enfrentam o maior desafio — explicou Ned, e continuou lendo:

... com altiva coragem, a despeito da precariedade das estradas e das cercas, que muito nos atrapalharam, seguiu avançando, causou muitas baixas entre os inimigos e conquistou-lhes o terreno.

— Eles lutaram sozinhos?

— Desesperadamente — disse Ned de cenho franzido.

Nossa vã enfrentou várias escaramuças e se conduziu com brio, e por volta das quatro horas da tarde, tão logo a largura das vias assim o permitiu, nossa infantaria correu em socorro da vã e entrou no calor da batalha, com extraordinário fervor.

— Em Preston?

— É o que diz.

— Mas não é muito longe, ao sul, para os escoceses chegarem? — perguntou alguém, ansioso. — Não é muito ao sul para eles? Quase em Manchester?

— É — respondeu Ned, severo. — É muito ao sul, um perigo. Todos devemos agradecer a Deus Ele ter enviado o general Cromwell para detê-los lá. Antes que eles se aproximassem ainda mais.

— Ele conseguiu deter os escoceses? Diz aí, com certeza, que ele conseguiu detê-los?

— Vou ler o resto...

A refrega foi sofrida e desesperada; alguns de nossos homens foram feridos e cavalos foram mortos, pois tivemos de avançar de cerca em cerca, todas fortemente protegidas, e de via em via, todas apresentando uma abundância de perigos, bem como briosos...

Ned parou de novo.

— Pelo jeito, as vias estavam encharcadas e as cercas vivas eram espessas, dificultando o avanço do exército, e o inimigo tinha fortificado as cercas contra nós. Mas escutem...

O inimigo cedeu, nossos cavalos os perseguiram pela cidade de Preston e a libertaram.

— Preston? — perguntou alguém, mais uma vez.

— Preston — confirmou Ned.

— Deus nos ajude! — disse uma das mulheres.

Ned continuou lendo.

— É uma vitória — disse ele. — Contra grandes números. Nós os perseguimos até Warrington e os encurralamos com nossas espadas. — O rosto dele brilhava. — É o que diz aqui...

Nosso grito de guerra, a princípio, foi Verdade; no meio da luta, acrescentamos Verdade e Fé. Agimos em defesa da Verdade e agimos compelidos pela Fé.

Ele ergueu a cabeça.

— Quem me dera Deus houvesse permitido minha presença lá. Mas só de receber esta notícia já fico mais perto do Senhor... Verdade e Fé, as palavras de ordem da batalha, com o general Cromwell no comando!

— Sr. Ferryman, eu ficarei grata se o senhor tirar esse jornal sujo de cima de minha mesa — interrompeu-o a Sra. Miller bruscamente. — E se não fizer papel de tolo e estragar a festa da colheita com notícias da guerra. E mande esse seu cão sair de meu pátio.

Nada poderia apagar a alegria estampada no rosto de Ned, mas ele pegou o jornal, conforme ordenado, e disse a Ruivo:

— Vá lá para fora. A notícia é muito boa, para o Parlamento e para o exército — murmurou ele.

— É mais notícia da guerra, e alguns de nós já estão fartos disso — disse ela, contradizendo-o. — Além disso, temos convidados. E talvez sua boa notícia não seja do agrado deles.

Walter corou e pareceu constrangido, mas James Summer se manteve impassível.

— Pelo menos não haverá luta aqui — disse ele com polidez. — Todos os homens bons devem querer a paz. Quem sabe, Sr. Ferryman, não seja melhor o senhor ler o jornal na íntegra, para os interessados, depois do banquete? Eu mesmo gostaria de ficar a par das notícias.

— O senhor já não está a par? — indagou Ned, seco. — Visto que esteve ausente por algumas semanas e acaba de chegar de Chichester? Ninguém mencionou tais notícias para o senhor, ao longo do caminho, de onde quer que o senhor tenha vindo? Eles não sabiam de nada? Fossem quem fossem? Por onde quer que o senhor tenha andado?

— Não, não ouvi nada — mentiu James.

Numa casa amiga, em Southampton, recebera a notícia desastrosa da derrota dos escoceses. Seu anfitrião ficara lívido com o baque: "Os escoceses recuaram. Não o salvarão. Que Deus proteja o rei; que Deus proteja o rei, pois agora acho que ele está perdido."

James amaldiçoara a má sorte de um rei ter recrutado aliados tão pouco confiáveis quanto os escoceses em vez de ordenar o avanço da frota do próprio filho. Comandada por um general competente, a invasão poderia ter alterado o curso da guerra. Mas os melhores generais monarquistas estavam mortos ou dispensados, e o monarca não estava em campo sob seu estandarte, mas na prisão, expedindo uma série de ordens contraditórias.

— Na verdade, vim pelo litoral, e não por Londres — disse James com serenidade, disfarçando seu desagrado. — Eu sabia que o exército tinha marchado para o norte, para confrontar os escoceses, mas a vitória é novidade para mim.

— E não há razão para um cavalheiro dar satisfações a um balseiro — interrompeu a Sra. Miller. — Sr. Summer, Vossa Graça pode fazer a gentileza de trinchar a carne?

Um enorme pernil foi colocado diante de James, na condição de convidado de honra, e ele pegou a faca e fatiou o pernil enquanto o moleiro partia uma torta de carne de caça, a Sra. Miller servia caldo de frango em tigelas de madeira e as distribuía, e Jane, sua filha, dirigia-se à leiteria para buscar mais manteiga.

— Não muito grossas — instruiu a Sra. Miller, mantendo um olho atento às fatias.

— É um pernil dos grandes — disse ele, elogiando a carne.

— O porco foi criado por mim — disse ela. — E terei mais quatro desses pernis defumados na chaminé neste inverno. Orgulho-me muito de minhas carnes.

James lutou para se manter sério. Não se atreveu a olhar para Alinor e constatar se ela ouvira a bravata.

— É uma bela fazenda — disse ele, recompondo-se e passando a travessa, com as fatias cortadas finas.

— Tem gente que vai comer carne hoje, à minha mesa, e só vai comer carne de novo no Natal — disse ela, complacente. — Acredito nos costumes antigos. Salários baixos, mas mesa farta: é assim que se administra uma boa fazenda.

— Tenho certeza de que a senhora sabe do que está falando — concordou ele, ciente de que os honorários seriam baixos.

— Alguns de nossos vizinhos... bem, eu não sei como eles sobrevivem — confidenciou ela. — Sobrevivem do que catam nas cercas vivas, se banqueteando com sementes e ervas, feito pássaros. — Seu olhar invejoso correu pela mesa, até Alinor e a filha.

Ao redor, todos se serviam, passando pão, carne, caldo, legumes cozidos e bebendo cerveja adocicada, especialmente preparada para a colheita.

— Tempos difíceis — disse James, generalizando.

— Veja só a Sra. Reekie, por exemplo...

Apesar de achar que deveria silenciar a mulher fuxiqueira, James não conseguiu evitar se inclinar para perto dela.

— Quase morreu de fome no inverno passado, juro. Batendo à porta aqui do pátio para pedir trabalho, qualquer coisa. Era uma caridade comprar ervas dela. Mas agora, do nada, ela tem um barco, o filho está a serviço do Priorado e a filha está de olho em Richard Stoney, filho único de um fazendeiro, que, com certeza, herdará a fazenda! Como foi que tudo isso aconteceu? Pois o que sei é que o irmão dela não tem nada além da balsa e do que sobrou do soldo que ele ganhou no exército, e o marido sumiu já faz meses.

— Robert é meu pupilo — disse ele com toda a cautela. — É um bom companheiro de mestre Walter e está sendo pago pelos serviços. A Sra. Reekie é querida no Priorado.

— Por quem?! — exclamou ela, como se estivesse insinuando algo. — Quem há de gostar tanto de uma aldeã comum, a ponto de tornar o filho dela, de repente, companheiro de mestre Walter? Dois meses atrás, o menino trabalhava para mim, depois que chegava da escola, como espantalho, e estava feliz com o trabalho. Descalço quase sempre. Então, onde foi que ela conseguiu o dinheiro para comprar um barco, se não podia nem comprar um par de sapatos?

James, embora soubesse muito bem da compra do silêncio de Alinor a respeito da identidade dele, murmurou que talvez ela tivesse algum dinheiro guardado.

— Dinheiro guardado? — bufou ela. — Ela não tem dinheiro guardado nenhum! Eu falo para meu marido: Deus queira que ela não seja um peso para a paróquia, porque somos uma congregação pobre e não podemos sustentar todo mundo, muito menos mulheres que não são nem viúvas nem esposas, com um filho e uma filha para criar. A gente não tem como sustentar uma mulher que pode até ser bonita, mas que não soube segurar o marido dentro de casa.

— Ela tem seu ofício, seu barco e suas ervas — protestou ele. — Tenho certeza de que pode se manter.

— Ela não tem nada com que se manter! — protestou a Sra. Miller. — Não é viúva nem esposa e, quando atravessa o pátio, o trabalho para, como se ela fosse a rainha de Sabá, dançando em minha calçada. Se o marido sumiu, ela deveria se declarar viúva e se casar de novo... se alguém a quiser, devido ao que falam dela. Se ele está vivo, ela deveria trazê-lo de volta para casa. Então, todos saberíamos com o que estamos lidando. Do jeito que a coisa vai, ela não passa de uma preocupação para todo mundo. Nada além de uma preocupação para boas esposas. Quem daria dinheiro para ela comprar um barco? E por quê? É melhor que não tenha sido o Sr. Miller, é tudo o que posso dizer!

James enfim entendeu o motivo daquela desaprovação.

— Ela não pode ser uma preocupação para uma esposa realizada como a senhora — disse ele, com delicadeza. — Não pode haver comparação. Veja o banquete que a senhora nos proporcionou hoje! Veja a posição da senhora no mundo! O respeito que a senhora impõe! A senhora é deveras abençoada. O Sr. Miller deve saber que tem na senhora uma colaboradora enviada pelo céu.

Ela enrubesceu um pouco diante do elogio.

— Não é fácil para mim — ressaltou ela. — Tudo o que tenho, seja respeito ou um pernil defumado, é fruto de meu trabalho. Cada moeda de minhas poucas economias foi ganha com trabalho. Anos de dinheiro guardado. O dote de Jane está prontinho para o primeiro bom marido que quiser. O senhor precisa saber que não sou uma pobre coitada! Mas onde é que a Sra. Reekie consegue dinheiro? O próprio marido jurava que a sorte dela era enfeitiçada; talvez tenha falado a verdade uma vez na vida. Como é que ela pode comprar um barco, se não for com algum ganho suspeito? Direi uma coisa ao senhor: sempre que ela tem algo para vender, meu marido compra uma dúzia... como se ele precisasse de sachês de alfazema!

James deu uma risadinha falsa, como se achasse engraçada a generosidade ressentida dos Miller para com Alinor; e, inadvertidamente, a Sra. Miller também sorriu.

— Ah, pois é — disse ela, recompondo-se. — Ninguém é mais caridosa que eu com nossos vizinhos pobres. Orgulho-me de meu espírito cristão.

James aquiesceu.

— A senhora merece um elogio — afirmou ele. — Uma mulher tão boa quanto a senhora na vizinhança deve demonstrar compaixão por aqueles que têm menos.

— Foi o Sr. Tudeley que escolheu o menino dela para trabalhar para mestre Walter? — Ela baixou a voz. — Imagino que tenha sido ele.

— Eu realmente não sei.

— Mas por que um homem como ele, encarregado das propriedades de Sua Senhoria, daria a um menino como Rob tamanha oportunidade? — Ela dirigiu a James um olhar de esguelha. — Espero e rezo para que ela não tenha ludibriado o Sr. Tudeley. Dizem que ela é capaz de...

James manteve um silêncio desencorajador.

— ... invocar — disse ela: palavra ambígua e esquisita.

— Rob foi escolhido por suas habilidades na despensa — repetiu James. — E porque é um menino muito inteligente.

Ela hesitou.

— Sei que ela é uma boa mulher. Também fui assistida por ela no parto de meu filho. Mas os tempos estão mudando e, se não conseguir uma licença de parteira, o que é que ela fará? Ela pode até ser uma mulher decente agora, mas e no futuro?

James ergueu a cabeça e viu que Alinor os encarava com um olhar sombrio, observando-os, como se pudesse ouvir cada palavra maldosa. Ele não podia sorrir tranquilamente enquanto a Sra. Miller derramava veneno em seu ouvido.

— Sem dúvida, a única razão pela qual ela não consegue uma licença do bispo é porque não há bispos no novo Parlamento, certo?

— Sim, isso é o que ela diz — respondeu a Sra. Miller de má vontade. — Mas todo mundo sabe que ela já perdeu mais de uma pobre mulher, morta em trabalho de parto. A própria cunhada...

— Ela não conseguiria uma licença, se licenças estivessem sendo emitidas?

— Mas não estão! E, portanto, ela não tem licença! E qualquer um pode falar o que quiser contra ela.

— Alguém realmente fala contra ela? — perguntou James. Ele gostaria de ter a coragem de acrescentar: "além de esposas ciumentas e mulheres que não têm nem metade da beleza dela?"

— É natural que falem contra ela. Com os homens tão tolos e ela entrando e saindo das casas enquanto as esposas estão parindo... E ela sempre tão... — Ela parou. Não poderia admitir a beleza luminosa de Alinor. — Desse jeito dela — disse, em tom queixoso.

— Não reparei — disse James com firmeza.

— Não? Mas o senhor não saiu para pescar com ela?

James ficou horrorizado por fazer parte dos fuxicos em torno de Alinor.

— Não, eu levei mestre Walter no barco, com Robert — corrigiu ele. — Ela remou.

— E fez mais que isso — disse ela, de modo rude.

Ele a encarou com frieza no olhar, pensando que deveria calar aquela mulher de uma vez por todas. Ela precisava ser impedida de fuxicar, ou mais cedo ou mais tarde os espiões do Parlamento ficariam sabendo da permanência dele no Priorado e suspeitariam dele, de Sir William e de todo o plantel de conspiradores.

— Ela não fez mais nada.

— Eu sei muito bem que ela assou na praia os peixes que vocês pegaram.

Então, ele tinha sido espionado; mas não tinha como discernir o quanto aquela mulher sabia sobre ele e sua causa.

— Ela preparou os peixes — disse ele com franqueza. — Assim como a Sra. Wheatley cozinha para nós no Priorado. Acho que mestre Walter e eu não haveremos de ser nossos próprios cozinheiros.

Ela recuou diante do desdém de um cavalheiro que silencia uma mulher vulgar.

— Sim, é claro, desculpe-me, é claro, eu entendo.

— Sir William não gostará de fuxicos sobre o companheiro de mestre Walter — disse ele.

Ela assentiu, mas não deixou de acrescentar:

— Mas o senhor entende que ela é uma mulher pobre; não é companhia adequada para o filho do senhorio, nem para o senhor. Como foi que o senhor a conheceu?

— Nós a contratamos quando mestre Walter queria pescar — disse ele, negando-a para proteger seus próprios segredos.

— É que o próprio marido disse que a sorte dela é enfeitiçada, e que os filhos dela nasceram bonitos e sem dor.

— Ele disse isso?

— Nasceram como fadas, em silêncio, e riram na primeira vez que respiraram. Desejo o melhor para ela, coitadinha — disse ela. — Não levo a mal os sachês de alfazema. É uma pena que ela tenha se rebaixado tanto. Mas o senhor precisa se lembrar de que ela é uma aldeã, pouco melhor que uma indigente, e que descende de uma linha de curandeiras.

— Parteiras e herbalistas — corrigiu-a James.

— Sabe-se lá o que elas fazem. E não suporto a filha dela.

Mantendo os olhos baixos para não encarar Alinor, James se serviu de uma fatia de pernil quando a travessa lhe foi devolvida. Não sentia nada além de náusea pelo banquete e repulsa pelos Miller.

— Não, imagino que a senhora não a suporte mesmo.

Assim que a refeição terminou, as mulheres ajudaram a levar os pratos para a cozinha e a limpá-los, enquanto os homens removeram a pesada mesa que estava sobre os cavaletes e arrumaram o pátio para a dança. Dois barris e uma porta improvisaram uma plataforma elevada para os tocadores de rabeca e de tambor, e eles executaram antigas cirandas, homens do lado de fora, mulheres ao centro, dançando lentamente numa direção, depois na direção oposta, puxando de um lado e do outro, até que rapazes e moças se posicionassem diante do parceiro desejado. Alys deu as mãos a Richard Stoney, e eles avançaram por baixo do arco formado por braços erguidos, como se estivessem dançando no dia de seu casamento. Ele era um rapaz esbelto, de cabelo castanho e sorriso alegre, e não tirava os olhos da jovem loira e alta ao seu lado.

Alinor o observou e olhou de relance para a mãe do rapaz, vendo seu olhar de orgulho, e pensou que na próxima semana, ou na seguinte, deveria ir até a fazenda dos Stoney e indagar o que eles esperavam quanto ao dote de uma nora. Richard era filho único, e herdaria a fazenda. Poderiam procurar uma noiva muito mais abastada que Alys, mas não encontrariam uma jovem mais bonita em todo o condado de Sussex. Eram pais compreensivos e, se Alys fosse a escolhida por Richard, talvez aceitassem um pagamento adiantado, agora na ocasião do noivado, e outros pagamentos ao longo dos anos seguintes, à medida que Alinor obtivesse mais ganhos.

James estava preso com os Miller, vendo mestre Walter e Rob participarem da ciranda. Os dançarinos riam e rodopiavam, enquanto a rabeca tocava uma melodia irresistível. Alinor sabia que James jamais conseguiria se libertar dos anfitriões e dançar como seus pupilos. Todos os devotos da nova fé e suas respectivas esposas foram embora assim que o banquete acabou, e qualquer pastor da Igreja reformada não poderia fazer nada além de assistir à primeira dança e depois se retirar. Mas Alinor não conseguia se conter, pensando que talvez James fosse procurá-la. Por um instante, ficou meio zonza, imaginando que ele a pegava pela mão e a conduzia à ciranda. Pensou na onda de inveja que os seguiria, no já conhecido rubor de raiva e ciúme nas faces da Sra. Miller, nas mocinhas da paróquia, que, escondendo a boca com as mãos, trocariam cochichos, comentando que, entre todas as moças que poderia ter escolhido, entre todas as jovens esposas que poderia ter honrado, entre todas as matronas rechonchudas que teriam desmaiado se as tomasse pela mão numa quadrilha — entre todas elas —, ele tinha convidado Alinor Reekie, a alta, esbelta e extremamente bela Alinor Reekie, que haveria de baixar a cabeça, qual uma mulher decente, e depois olharia para cima e sorriria, qual uma mulher apaixonada.

Alinor ficou tão absorta nesse devaneio de triunfo social que se sobressaltou ao ver James parado diante dela. A coincidência entre o devaneio e realidade foi grande demais. Alinor teve certeza de que ele viera convidá-la para dançar, que, apesar de tudo, ele a tomaria pela mão e, ignorando o sussurro de recusa, passaria a mão pela cintura dela, e seus passos combinariam. Ela deixou escapar um leve suspiro de satisfação e deu um passo para perto dele, a mão estendida, os olhos brilhantes, os lábios sorrindo de boas-vindas.

Mas ele foi frio.

— Vou levar mestre Walter e Robert para casa agora — foi tudo o que ele disse.

— Você... não dança? — gaguejou ela.

— Claro que não. — Ele parecia bastante sério. — E você também não.

— Mas eu nunca danço! — protestou ela. — Eu não dançaria mesmo! Eu só pensei... — Ela se aproximou mais um pouco. — Você não vai ficar? — sussurrou. — Só mais um pouco?

Ele franziu o cenho para ela e recuou.

— Não. Certamente não.

Ela ficou espantada.

— O que você tem ouvido sobre mim? — indagou ela. — Sei que estava falando de mim com a Sra. Miller. O que foi que ela disse?

Ele ficou desconcertado por ter sido pego fuxicando como uma das vizinhas maledicentes.

— Nada! Ela não disse nada que eu já não soubesse: que seu marido a abandonou e que você vive em dificuldade financeira.

— Se ela falou que sou indecente, é mentira! — disse ela, furiosa. — Se falou que o marido dela, o Sr. Miller, me favorece, é outra mentira. Só falo com ele no pátio, diante de todo mundo! Todo mundo ouve tudo o que ela fala. O que ela disse que deixou você assim... tão ... tão...

Ele ficou mortificado pelo fato de ela tê-lo surpreendido ouvindo e por ter adivinhado o que estava sendo dito.

— Ela não tem influência sobre mim. Eu não estava prestando atenção. Não tenho interesse em fuxicos do vilarejo.

— Ela teme que eu tenha de ser sustentada pela paróquia, mas ela teme que qualquer pessoa tenha de ser sustentada pela paróquia — disse Alinor, falando depressa. — O marido dela é guardião da igreja: ele tem de arrecadar fundos para cuidar dos pobres. Ela fica apavorada com a ideia de ter de prover aos pobres, às mulheres pobres...

— Acalme-se. O que ela diz não importa...

— Importa! Importa, sim! Importa para mim! Ela pouco se importa com a reputação das pessoas, exceto com a dela, mas, se falou que teme que eu gere um mendigo bastardo, então está me caluniando! — Lágrimas brotaram em seus olhos, e ela engoliu o choro. — Conheço-a desde que eu era menina, e ela nunca foi gentil comigo...

— Xiu! — implorou ele. — Todos estão olhando!

Queria tomá-la nos braços e dizer que não havia vergonha que pudesse tocá-la. Mas, acima de tudo, queria se afastar antes que ela chorasse abertamente. Queria ficar longe daquela mulher, envolvida em rixas inúteis com uma vizinha, chorando em público em plena festa da colheita. Uma pobre mulher de unhas sujas, usando um vestido sujo de lama, a arrendatária mais pobre de seu amigo, talvez a vadia preferida do encarregado do senhor de terras, cercada por vizinhos também pobres, todos o encarando. Somente os jovens os ignoravam, rodopiando na ciranda, Walter Peachey saltitando com a filha de algum desclassificado, como se já não houvesse hierarquia e ordem no mundo, como se a derrota em Preston tivesse aniquilado a devida distância entre mestres e homens, entre cavalheiros e pobretões, bem como a última esperança dos monarquistas.

Era insuportável.

— Pelo amor de Deus, fique quieta!

Ela ficou petrificada diante da blasfêmia dele e lhe lançou um olhar horrorizado sob os cílios molhados.

— Não posso ser vigiado — sussurrou ele com urgência. — Você sabe que não posso ser observado. Tenho de servir à minha causa. Não posso deixar que as pessoas prestem atenção em mim. Já vou indo. Não posso ser visto ao seu lado, ainda mais você neste estado. Todo mundo está olhando para nós. Não posso deixar que você chame atenção para mim.

A expressão dela mudou imediatamente; de súbito, sua beleza se tornou fria e desdenhosa, as lágrimas se congelaram.

— Pode ir — aconselhou ela. — Não me incomodo. Vá de uma vez. Não ligo para sua causa. Gostei de você, e fui uma tola. Mas não farei mais papel de tola.

Sem mais uma palavra, com o desdém de uma rainha ofendida, ela deu meia-volta e se afastou dele; foi até o irmão e deixou James só, irremediavelmente exposto aos olhares curiosos do pátio do moinho, todos se perguntando como Alinor Reekie, a mulher mais pobre da festa da colheita, ousava desprezá-lo: o hóspede mais ilustre.

Ele não conseguia dormir. Virava de um lado para o outro, nos lençóis macios da cama luxuosa, no Priorado, sentindo-se cada vez mais afoito, até aceitar a febre que latejava em seu pulso e o calor sob a pele; então, foi à capela particular, de pés descalços, e deitou-se na pedra fria diante do altar, em posição de penitência: pés juntos e esticados, de bruços, braços abertos, qual um crucificado. Sentia o desejo por ela como se fosse uma dor no estômago. Pressionou com as mãos o piso frio de pedra e imaginou a curva das faces dela cedendo ao seu toque. Pressionou com o pênis duro como ferro o calcário gelado e sentiu um alívio quando o membro encolheu em contato com a pedra fria. Ele era proibido de pensar nela como amante pelos votos que fizera a Deus, ao rei, à conspiração, à sua classe e à sua própria honra. Mas, enquanto o frio penetrava sua pele ardente, ele se deu conta de que era infiel a Deus, ao rei, à conspiração, à sua classe e à sua honra. Só conseguia pensar no brilho dos olhos dela e no rubor de suas faces quando ela afirmou que tinha gostado dele uma vez, mas que não voltaria a ser tola.

Mesmo em meio à ânsia e à angústia, ele sentiu um leve brilho de triunfo por ela ter dito que tinha gostado dele. Ele já sabia — tinha notado quando ela caiu de forma tão espontânea em seus braços naquele cais precário —, mas era um erudito e adorava palavras; e adorou quando ela disse: "Gostei de você."

A coisa deveria parar nesse ponto, pensou ele. Deveria se sentir aliviado por ela ter confessado seu amor e dito que não voltaria a amá-lo. Deveria se sentir grato por ter sido dispensado, mesmo que o orgulho dela fosse despropositado, visto que esquecera a ordem social que a posicionava muito abaixo dele. Uma mulher como Alinor Reekie não podia reclamar do comportamento de um cavalheiro como ele. Mas tanto melhor para ele, nesses tempos perigosos, que ela se afastasse do que se o traísse com um olhar tolo e embevecido. Tanto melhor que ele nunca mais a visse. Ela poderia vir orar no Priorado e se apresentar à mesa da comunhão, mas ele não precisava fazer nada além de servir a comunhão, como pastor da capela particular. Se não a procurasse, os dois nunca mais se encontrariam.

Decerto, ele a veria na Igreja de São Wilfrid, logo na manhã seguinte, pois seria domingo, mas estaria distante, lá na frente, o primeiro logo atrás de Sir William, e ela estaria em seu devido lugar, ao fundo, na galeria, ao lado das outras mulheres pobres, com o leve cheiro de suor e peixe exalando de seus xales úmidos. Ela jamais ousaria se aproximar dele; e ele não a procuraria. Nunca mais falaria com ela em particular e, com o tempo, aquele desejo dolorido passaria. Homens em ambos os lados daquela guerra tinham sido mutilados e estavam aleijados pelo resto da vida, depois de lutar por suas crenças. James pensou que ele próprio — cuja guerra fora tão privilegiada, tão secreta — havia, finalmente, amargado um ferimento tão grave quanto os deles.

Haveria de se recuperar. Sua guerra era em outro lugar: seu dever estava do outro lado do estreito de Solent, com o monarca no Castelo de Carisbrooke. Jamais deveria ter pensado nela. Tinha sido um desatino olhar para ela só porque era linda, e sentir algo por ela só porque se arriscara para ajudá-lo. Ele confessaria o pecado de desejá-la e seria perdoado por ter chegado tão perto da tentação. Deveria tomar a calúnia maldosa da Sra. Miller como um aviso oportuno e orar para que a loucura tivesse acabado e para que aquele mal de amor logo passasse.

— A senhora está tão pálida... Está doente? — perguntou Alys à mãe.

— Foi alguma coisa que comi na casa dos Miller — respondeu Alinor.

— Inveja? Ela serve um prato cheio — sugeriu Alys. — Foi por isso que a senhora foi embora cedo?

Alinor aquiesceu.

— Estou bem agora.

— Mas não foi a festa da colheita mais maravilhosa de todos os tempos? Nem mesmo ela conseguiu estragar a festa. Richard disse...

— Richard disse?

Alys enrubesceu.

— Ele disse que sou bonita feito uma rainha de verdade.

— Pura verdade! Você estava linda, e dançou muito bem.

Alys sorriu.

— E foi bom ver Rob.

— Foi mesmo.

— Elas ficaram loucas pelo preceptor, o Sr. Summer, não foi? Mary não conseguiu nem comer, de tanto que olhava para ele. Jane Miller não conseguiu falar uma palavra.

Alinor deu um sorriso forçado.

— Ele é um cavalheiro bonito. E uma novidade. Você dançou com Richard Stoney de novo, depois que fui embora?

Alys baixou a cabeça.

— Não dancei com mais ninguém. Simplesmente, não consegui. E ele não tirou mais ninguém para dançar. Eu amo Richard, mãe, de verdade.

Alinor inspirou.

— Minha mocinha apaixonada?

— Eu sempre serei sua mocinha, mas amo Richard. E ele me ama.

— Ele disse isso?

A menina corou feito uma rosa rubra.

— Ah, mãe, ele já falou com os pais. Semanas atrás, ele falou com eles. Ele quer se casar comigo! Ele me pediu em casamento ontem à noite, mãe. Ele se comprometeu comigo.

— Ele deveria ter falado comigo, antes de falar com você. Você ainda não tem 14 anos. Eu estava pensando em procurar os pais dele e propor um longo noivado e...

— Ele está me cortejando há semanas — disse a jovem, com orgulho. — Isso é tempo suficiente para eu ter certeza. E gostei dele desde que o vi pela primeira vez. Mas a questão é que eles querem uma moça que traga consigo algumas terras, que tenha mobília, os próprios pratos de estanho, que tenha uma herança. Coisas que nunca terei.

— A gente pode juntar dinheiro — disse Alinor, destemida.

As duas observaram o casebre, os parcos e velhos pertences, os pratos de madeira no armário simplório, a mesa e as banquetas que Alinor herdara da mãe, os raminhos de ervas secas pendurados, a caixinha de madeira que continha a documentação do arrendamento da terra e a bolsa de couro vermelho contendo apenas moedas velhas.

— A gente não tem nada guardado, além de folhas secas e ouro de tolo — ressaltou Alys.

— Posso falar com eles — disse Alinor.

— Meu pai é que deveria ir — disse Alys, ressentida. — Não deveria ser a senhora, sozinha.

— Eu sei — disse Alinor. — Nisso a gente deu azar.

As duas mulheres colocaram capa e tamancos de madeira e começaram a caminhada até a igreja. Atrás delas, pela trilha do barranco, seguia o irmão de Alinor, Ned, com seu cão colado aos calcanhares, e atrás dele alguns lavradores com suas famílias, vindos do interior. As duas esperaram Ned as alcançar e foram ao lado dele, seguindo em fila única quando os espinheiros estreitavam o caminho.

— Você deve estar feliz com as notícias de Preston, Ned — comentou Alinor. — Parece ter sido uma grande vitória.

— Que Deus seja louvado — disse ele. — Porque, se os escoceses tivessem passado por Cromwell, não sei onde haveriam de parar. Poderíamos perder a Inglaterra inteira para eles, e eles devolveriam o rei ao trono. Mas, Deus seja louvado, nós vencemos, eles foram obrigados a recuar, e o rei vai saber que não tem mais amigos no mundo.

— Um rei sem amigos — disse Alinor, pensativa, como se lamentasse por ele.

— Ele nunca teve amigos — disse Ned rispidamente. — Apenas cortesãos e protegidos comprados. Alguns dos homens mais perversos e detestáveis da Inglaterra estão a serviço dele.

Juntos, fizeram uma pausa e olharam para o mar, onde as ondas quebravam brancas na entrada do porto.

— Logo ali — disse Ned, reflexivo. — Imagine, tão perto, só algumas horas de navegação, na ilha de Wight. E ele deve saber agora que não será resgatado por ninguém. A frota do filho não pode atracar, os escoceses estão correndo de volta para Edimburgo, a esposa não consegue recrutar os franceses para o lado dele, os irlandeses não desembarcaram. Ele vai ter de implorar nosso perdão e governar com nossa permissão.

— E se ele for resgatado? — perguntou Alinor.

— Não tem ninguém que possa resgatá-lo e então levá-lo até os navios do filho — decretou o irmão. — Nenhum deles tem coragem ou esperteza para libertá-lo.

— Não existe esperança para ele? — perguntou Alinor, pensando em James Summer, amigo de um rei sem amigos.

— A vã... — respondeu Ned, condenando o rei, ignorante dos pensamentos da irmã. — É, de fato, uma vã esperança.

Entraram no terreno da igreja e andaram em silêncio pela trilha, junto aos túmulos de pais, avós e gerações de balseiros. O pórtico, onde Alinor tinha esperado pelo fantasma do marido, estava enfeitado com feixes reluzentes de milho, embora alguns dos devotos reclamassem que aquilo era paganismo. A velha porta preta da igreja estava aberta. Ruivo, o cachorro de Ned, deitou-se onde sempre se deitava, do lado de fora do pórtico, e colocou para fora a língua rosada. Calados, os moradores do vilarejo se dirigiram aos seus assentos habituais: Ned ficou ao fundo, à esquerda, junto aos homens, atrás das famílias prósperas; Alinor e Alys subiram a escada até a galeria, onde se juntaram às outras mulheres pobres. Ninguém se curvava diante do altar, ninguém fazia mais o sinal da cruz.

Sir William e sua família entraram na igreja; todos os homens tiraram o chapéu, e todas as mulheres fizeram reverência, exceto um ou dois, os mais fervorosos, que se recusavam a reverenciar um senhor mortal. Alinor procurou o filho, viu seu leve sorriso e ignorou o preceptor, cujos olhos castanhos se voltavam para baixo, para as botas bem polidas. Os Peachey ocuparam seus bancos, e o Sr. Miller, guardião da igreja, fechou a porta com exagerada deferência. O pastor da Igreja de São Wilfrid se posicionou atrás da mesa de comunhão, desprovida de ornamentos, e deu início ao novo culto permitido, com uma longa prece extemporânea, agradecendo a Deus por conceder às Suas tropas a vitória contra os escoceses desencaminhados em Lancashire.

O culto foi longo, o sermão, interminável. Alinor e Alys, sentadas nos bancos duros da galeria, nos fundos da igreja, mantiveram a cabeça baixa e esconderam qualquer sinal de impaciência. Sob a aba da touca, Alinor olhou para baixo apenas uma vez, para o banco dos Peachey, e viu a cabeça de James curvada, as mãos cruzadas diante do corpo. Estava ou em profunda oração ou na postura de um homem dissimulando devoção, enquanto a mente transbordava pensamentos hereges e perigosos. Ela sequer se perguntou qual seria o caso. Sentiu que ele se distanciara, como se já houvesse içado velas para algum destino desconhecido, a fim de participar de alguma trama secreta. Ele afirmara — e ela havia acreditado — que sua causa era mais importante que o desejo recém-descoberto. Alinor, abandonada pelo marido, sabia o que era rejeição, acostumada que estava a vir em segundo lugar, terceiro lugar, último lugar. Baixou a cabeça e rezou para que o sofrimento passasse.

No fim do sermão, enquanto os mais devotos da congregação exclamavam "Louvado seja!" e "Graças a Deus!", o pastor avançou para o banco da família Peachey, esperou que Sir William se levantasse e, do alto de sua estatura moral, os dois admoestaram a congregação, um deles representando os poderes temporais; o outro, a autoridade espiritual.

— E neste dia de sabá, que o Senhor exigiu que mantenhamos santificado, temos de chamar uma irmã ao altar e repreendê-la — disse o pastor. — É nosso dever, e ordem do tribunal da igreja.

Alys lançou um olhar de relance para a mãe. Alinor arregalou os olhos para mostrar que não sabia de nada. As duas se empertigaram e aguardaram o que viria a seguir, imaginando quem seria a acusada.

— Uma mulher que tem sido alvo da queixa dos vizinhos, cujo próprio marido diz que não é capaz de governá-la — entoou o pastor. — O ofício dela tem sido desregrado, e há quem diga que é adúltera. Quem deu testemunho contra ela no tribunal da igreja?

— Eu dei. — A Sra. Miller se levantou, ao lado do filho e da filha, no meio da igreja, onde os arrendatários mais prósperos tinham assento.

— Claro que deu — murmurou Alys para a mãe. — Ela fala mal de todo mundo.

— Sou a Sra. Miller, do moinho — anunciou ela sem a menor necessidade, para vizinhos que a conheciam desde a infância.

— E o que a senhora alegou perante este tribunal? — perguntou o pastor. — Relate de forma sucinta — enfatizou.

Todo mundo sabia que, quando a Sra. Miller começava a falar, era difícil ser concisa.

— Eu disse que durante a cata do restolho vi essa mulher sair de trás de uma cerca viva, com um homem desta paróquia, de vestido desarrumado e cabelo solto.

Correu pela igreja um burburinho de especulações sobre quem seria o tal "homem desta paróquia", mas ficou claro que a identidade seria mantida em segredo. A mulher pecadora seria denunciada, mas o parceiro teria a reputação resguardada. Além disso, no caso do homem, nem era pecado; era a natureza dele.

— E, antes disso — prosseguiu a Sra. Miller —, ela caluniou o próprio marido, chamou-o de velho tolo e, no dia do mercado, em Sealsea, tomou a bolsa dele, deu-lhe um bofetão e ainda disse que daria uma lição nele.

— Alguém mais testemunhou contra ela no tribunal? — perguntou Sir William.

— Eu testemunhei. — A esposa de um lavrador da ilha de Sealsea se levantou. — Ela foi até minha casa, em minha noite de fiar com minhas amigas, e me chamou de tola, porque deixo meu marido ficar com o dinheiro que ganho com a fiação. Ela deu um tapa na minha cara e arrancou minha touca quando eu disse que o filho dela não era do marido, algo que todo mundo sabe.

— Eu testemunhei contra ela, senhor. — A cozinheira dos Peachey, Sra. Wheatley, levantou-se por trás dos assentos reservados aos Peachey. — Ela foi até a porta do Priorado levar o dízimo, mas faltavam quatro ovos, e disse que, já que não havia rei nem bispo, então não tinha mais senhorio, e ela não precisava pagar o dízimo; e disse que a gente podia passar sem os ovos.

— E teve a zombaria também — chamou uma voz, do fundo da igreja, onde ficavam os inquilinos pobres. — Não se esqueçam disso!

— Houve uma zombaria pública — explicou a Sra. Miller para Sir William. — Os meninos montaram ao contrário no lombo de um burro e passaram pela frente da casa dela, com um rapaz usando uma anágua na cabeça, para mostrar que ela era adúltera e uma desgraça para nosso vilarejo.

Sir William parecia tão severo que ninguém acreditaria que ele mantinha uma amante cara num apartamento perto de Haymarket, em Londres.

— Isso é péssimo — disse ele.

— E, então, o tribunal da igreja determinou que ela fique de pé diante desta congregação, só de camisolão, segurando uma vela acesa para mostrar seu arrependimento... pelo resto do dia até o pôr do sol — disse o pastor, rapidamente, concluindo o veredicto e preparando-se para aplicar a sentença.

Os guardiões da igreja, entre eles o Sr. Miller, abriram a porta, e a Sra. Whiting entrou pelo pórtico, trajando seu melhor camisolão de linho, segurando uma vela acesa, de pés descalços e cabelo solto para mostrar seu arrependimento. Era uma mulher de meia-idade, com quadris e barriga avantajados, e o cabelo comprido tinha mechas grisalhas. Estava lívida de tristeza.

— Ah, que Deus a proteja — sussurrou Alinor, bem acima dela, na galeria. — Por que tanta humilhação?

— Isabel Whiting, foste trazida perante teus vizinhos e esta congregação para expurgar tua desgraça. Tu te arrependes?

— Sim — disse ela com a voz quase inaudível.

— Juras não voltar a ser lasciva nem violenta no futuro?

— Juro.

— E juras obedecer a Deus e a teu marido, que foi posto pelo próprio Deus acima de ti para ser teu senhor e guia?

Era quase impossível ouvi-la suspirar, tamanho o sofrimento que o pastor impunha.

— Juro.

— Então, deves ficar aqui dentro da igreja até o pôr do sol, quando os guardiões vierem te libertar. Ficarás descalça e serás humilhada, enquanto tua vela arde, e qualquer pessoa poderá te censurar, e não poderás responder nem dizer uma só palavra. Olha dentro de teu coração, irmã, e não voltes a ofender a Deus nem ao próximo.

O pastor se virou para a congregação, abriu os braços e matraqueou a prece introdutória. A mulher permaneceu diante dele, de frente para os vizinhos que a denunciaram, com o semblante sisudo e amargurado, a chama da vela tremendo em sua mão, enquanto, em algum lugar da igreja, o marido, que a espancara, e o homem que a levara para trás da cerca demonstravam impaciência, esperando o momento de ir embora.

Depois do culto, Sir William permaneceu no adro, enquanto seus arrendatários se aproximavam e faziam reverências ou mesuras. Seguindo Ned, Alinor e Alys fizeram suas reverências, e Sir William fez um gesto para Rob, indicando-lhe que se ajoelhasse para a bênção da mãe e se levantasse para ela lhe beijar a testa. Alinor estava pálida e desconcertada, pensando na mulher chamada de adúltera e deixada em penitência, descalça na igreja, vestindo apenas um camisolão de linho e segurando a vela na mão trêmula. Alinor sabia muito bem a extensão do poder dos Miller e da comunidade quando agiam em conjunto, e sabia que agiriam conforme o estado de espírito prevalecente, contra quem desprezassem, e uma mulher não podia falar por si mesma.

— A gente vai navegar! — anunciou Rob para a mãe. — Para o outro lado do mar.

Ela não pôde evitar um olhar de relance para James, mas em seguida voltou os olhos para o encarregado, o Sr. Tudeley.

— Navegar?

— O Sr. Summer levará os meninos para visitar a ilha na semana que vem — anunciou ele. — Eles vão até a ilha de Wight.

— Ah. — Alinor se voltou para o filho, que quase saltitava de empolgação.

— Vamos primeiro para Newport — disse Rob, exultante. — Vamos pernoitar lá. Talvez duas noites.

— Mas por quê? — perguntou Alinor. — Qual é o motivo?

— Aula de geografia — disse Rob com altivez. — E cartografia. O Sr. Summer diz que talvez a gente até veja o rei! Não seria uma baita visão? Sir

William o conhece, mas Walter nunca foi apresentado. A gente não pode falar com ele, é claro. Mas pode vê-lo nas ruas. O Sr. Summer diz que ele anda pelas ruas.

— Pensei que ele estivesse no Castelo de Carisbrooke — observou Alinor, fitando o rosto radiante do filho, sem olhar para o irmão nem para James Summer, sabendo que os dois estavam ouvindo atentamente. — Pensei que ele estivesse preso.

— Sua Majestade será liberada para residir numa casa particular em Newport, onde vai encontrar os cavalheiros do Parlamento e chegar a um acordo com eles — disse o Sr. Tudeley.

— E é provável que a gente o veja! — acrescentou Rob.

— Prefiro que você não vá — disse Alinor, apreensiva, colocando o braço em volta dos ombros de Rob e afastando-o do círculo em torno de Sir William. — Você sabe que seu tio Ned não vai gostar nada disso!

— Tenho de ir com Walter — observou Rob. — Sou o companheiro dele. Tenho de acompanhá-lo!

— Sim, mas...

— E o rei nem está mais em guerra. Ele está em Newport para se encontrar com os homens do Parlamento. Está tudo em paz agora. Eles vão se encontrar em Newport para fazer as pazes, e ele será libertado. Quero ver o rei, agora que está tudo acabado. Imagine só! Eu vendo o rei da Inglaterra!

— Ainda prefiro que você não vá — repetiu Alinor.

De repente, Rob ficou mais atento. Olhou para o rosto pálido da mãe.

— Por quê? Qual é o problema? É alguma de suas visões, mãe? — perguntou ele, baixinho.

Ela balançou a cabeça.

— Não, nada disso. É só que...

— O quê?

— Ah, pobre Sra. Whiting, tendo de ficar diante de toda a congregação...

— Isso não tem nada a ver com a gente — disse ele, com razão.

— Eu a conheço, mas não falei nada em sua defesa — disse ela.

— Não havia nada a dizer. — Alys se aproximou dos dois serenamente. — Todo mundo teria se voltado contra a senhora, contra nós três, se a senhora a defendesse. E, além disso, ela foi mesmo para trás da cerca. Eu vi.

— Sim, mas...

— O que isso tem a ver com minha ida até a ilha de Wight? — indagou Rob.

— Nada! — admitiu Alinor. — Você sabe como eu me sinto, Rob... É que...

— É o mar? — adivinhou ele. — As águas profundas?

— O mar — disse ela, agarrando-se à palavra, como se o medo que tinha do oceano pudesse explicar sua sensação de pavor diante da ida do filho a Newport para ver o rei derrotado. Diante da ida do filho a Newport em companhia do preceptor: um espião do rei.

TERRAS DAS MARÉS, SETEMBRO DE 1648

James Summer, Rob e Walter embarcaram no cais do moinho num navio mercante para oeste com destino à ilha de Wight, Southampton. Richard Stoney, Alys e algumas das jovens que trabalhavam no moinho estiveram presentes à partida. Rob acenou com tal extravagância que era como se estivesse partindo para a América e talvez nunca mais voltasse, enquanto a chalupa de dois mastros descia lentamente pelo canal profundo, com a tripulação disposta em ambos os lados atenta aos bancos de areia e anunciando a profundidade.

James foi a estibordo a fim de tentar avistar um casebre empoleirado na margem do porto, uma construção tão precária que parecia ter sido trazida pela maré alta. A porta estava aberta, e ele se perguntou se Alinor estaria à sombra da soleira, observando o veleiro. Imaginava que ela estivesse insatisfeita com o fato de Rob ir à ilha, mas não lhe pedira que não levasse o menino. Não tinha sequer falado com ele. Nem mesmo depois do culto, quando fez uma mesura a Sir William e, ao se ajeitar, deparou-se com os olhos castanhos de James fitando-a. Ela se comportara — conforme ele tanto pedira a Deus — com uma discrição gélida. Mantivera-se distante, como se não o conhecesse, como se jamais o tivesse abraçado, como se jamais tivesse aberto os lábios para sua boca exigente. Ele orou para se livrar daquela situação, e ela deixou que ele se fosse prontamente, como se nunca tivesse sussurrado que queria estar com ele, que queria estar a sós com ele. Mesmo quando lhe fez uma mesura ela olhou além dele, desviando o olhar. Poderia até pensar que não significava nada para ela, que nunca tinha significado nada para ela. Poderia até pensar que era invisível.

E, obviamente, assim que ela se afastou, ele sentiu vontade de pegar sua mão, pronunciar seu nome, fazer aquele olhar cinzento voltar a contemplá-lo. Na condição de arrendatária mais pobre da propriedade, uma mulher de que ele se dignara a notar a existência, era provável que prestasse atenção ao menor sinal de perdão. Mas era como se ele fosse invisível. Teve de ficar ao lado de Sir William e permitir que aquela mulher, aquela nulidade, lhe virasse as costas como se ele não fosse nada.

Agora, enquanto as velas enfunavam ao vento e o barco avançava, ele buscava o casebre onde ela morava, cuja porta ela lhe abrira como refúgio quando ele não tinha mais aonde ir. Avistou um fio de fumaça saindo pela chaminé, a porta aberta, e até algum movimento no interior, à sombra: um sinal da touca branca. Então, enquanto ele observava, ela saiu e se deteve no degrau de pedra rachada, para que ele pudesse vê-la. Ela ergueu uma das mãos, aquela mão áspera e maltratada, para proteger os olhos. Ele mal podia acreditar: mas ela procurava por ele. E ela o viu; viu o barco que levava seu filho amado para o perigo, usado para despistar uma possível investigação, um álibi na incrível traição que ele estava prestes a cometer. Supôs que lhe desejasse mal, pois estava fazendo aquilo que ela mais temia: levava Rob para águas profundas. Mas, então, ele a viu erguer a mão para o barco, gesticulando uma bênção, assim como a esposa de qualquer marinheiro acenaria para uma vela e sussurraria: "Vai com Deus! E volta com Ele!" James a viu lá, de pé, olhando para ele. Era inconfundível. Ela o amava; o amor que ela sentia era mais profundo e mais vasto que o dele, pois ela o perdoava pela estupidez e pela crueldade e desejava que Deus protegesse sua jornada, embora ele estivesse servindo ao rei e levando seu filho através das profundezas.

Ele pulou na balaustrada do barco, agarrou-se aos cabos da vela, inclinou-se para fora, acima da água escura que corria sob a proa. Ouviu o chiado ameaçador do recuo da maré que os puxava para a entrada do porto, mas queria que ela o avistasse. Estendeu o braço para acenar. Queria que ela soubesse que, no momento em que ele se afastava daquele Lodo Catingoso, o que passava em sua mente não era a causa por ele colocada acima dela, nem o rei que deveria vir antes de tudo, mas ela: Alinor.

NEWPORT, ILHA DE WIGHT, SETEMBRO DE 1648

A cidade de Newport estava tão agitada que parecia um dia de festa; nada semelhante jamais havia acontecido na ilha antes. A chegada do rei à casa de um abastado residente, o Sr. Hopkins, conferiu ao lugarejo provinciano o status de Palácio de Whitehall. Quando os representantes do Parlamento chegassem, Newport estaria no cerne dos assuntos do reino — "do mundo" —, de acordo com os inebriados monarquistas locais. Toda a elite acorreu de cidades e vilarejos vizinhos para se hospedar com amigos e parentes e percorrer as ruelas estreitas na esperança de ver o rei. Compareceram à Igreja de São Tomás e se acotovelaram para ocupar os bancos da frente e se ajoelhar atrás de Sua Majestade em oração; enviaram criados para a porta da cozinha dos Hopkins, a fim de saber o que estava sendo preparado para o banquete real. Nobres, acompanhados de suas damas, navegaram do continente em suas próprias embarcações, ou fretaram barcos para prestar seus respeitos ao rei que, embora derrotado, jamais seria subjugado. Todos os monarquistas que acompanharam o rei em Londres, em Oxford, na vitória e na derrota, agora reapareceram, informados de que ele fora novamente liberto. Não importava o que dissessem, não importava o que ele fizesse, o rei era o rei, e estava evidente para todos que, mais cedo ou mais tarde, ele voltaria a Londres e ao trono.

E ele não haveria de se lembrar dos cavalheiros e das damas que o procuraram em seu momento de angústia? Não haveria de recompensar aqueles que o convidaram para visitas, estendendo os limites de sua liberdade condicional em longas caminhadas pela ilha, enviando-lhe carne de caça abatida em suas propriedades, frutos de suas estufas? Não retribuiria os poucos favorecidos que com ele trafegaram na enorme e pesada carruagem real, enviada por navio, com tamanha dificuldade, e que bloqueava as ruelas da ilha? Quando voltasse a ser Carlos, o rei, não seria obrigado a se lembrar daqueles que o trataram com o máximo respeito quando ele era Carlos, o prisioneiro?

Era tão fácil entrar na casa do Sr. Hopkins quanto na corte real nos velhos e grandiosos tempos de Londres, quando qualquer homem rico era bem-vindo para contemplar seu monarca e a família real. O rei acreditava que sua mesa deveria ficar à vista, no salão de jantar, assim como um altar deve ficar exposto numa igreja. Havia divindade em ambos. Ali em Newport, embora houvesse guardas em cada porta, não se interceptava ninguém: se um homem estivesse bem-vestido, podia entrar. O rei estava livre para ir e vir como desejasse, obrigado apenas por ter dado a palavra de não sair da ilha. A rua diante da casa ficava apinhada de gente o dia todo, simpatizantes em trajes requintados, desfilando para cima e para baixo no calçamento de pedra recém-varrido, comentando em voz alta a simplicidade da cidade e a pobreza dos edifícios, cercados por pessoas comuns querendo vislumbrar o homem que alegava ser semidivino, constantemente cercado por mendigos e doentes. O rei Carlos era famoso pelos poderes de cura de seus dedos brancos e longos. Um homem ou uma mulher doente podiam se ajoelhar diante dele e ser recuperados com um leve toque da mão e uma bênção murmurada. Ninguém tinha acesso negado aos poderes do monarca. Uma jovem já afirmara que ele a havia curado da cegueira com sua graça divina. Todos sabiam que o rei não era mortal. Ele recebera o óleo sagrado em seu santo peito; descendia de reis ungidos; ficava apenas um degrau abaixo dos anjos.

James teve o cuidado de manter os meninos afastados dos indigentes enfermos e pagou uma moedinha a um guarda para permitir que ficassem abaixo da janela em cujo respectivo cômodo, segundo fontes confiáveis, o rei estudava documentos enviados pelo Parlamento. Todos diziam que os comissários do Parlamento chegariam dentro de uma semana e que debateriam as diversas cláusulas de um acordo com o rei, para que ele pudesse retornar ao trono e governar com a anuência das câmaras do Parlamento. Agora que os escoceses tinham sido derrotados, o monarca e o Parlamento teriam de chegar a um consenso: ele perdera a última aposta. Sempre seria rei, mas não poderia mais impor sua vontade ao povo. Enfim, teria de ceder a um acordo. A paz — depois de duas guerras civis — chegaria ao reino e à corte.

Os meninos aguardavam, esticando o pescoço para contemplar a janela; os sinos da igreja de Newport começaram a ecoar por toda a cidade às seis horas. Ouviu-se um burburinho nervoso no meio da multidão, uma das laterais da janela de vidro prensado se abriu, e a cabeça grisalha do rei da Inglaterra apareceu. Carlos olhou para as pessoas que esperavam, abaixo, exibiu um sorriso cansado e ergueu uma das mãos, cheia de anéis.

— É ele? — perguntou Rob, sobrinho de um militar do exército, nascido e criado um cabeça redonda, incapaz de disfarçar o tom de decepção na voz.

— É — confirmou James, tirando o chapéu e olhando para cima, na esperança de sentir um arroubo de lealdade, de dedicação apaixonada, mas não sentindo nada além de nervosismo.

— Sem coroa?

— Só quando ele está no trono, acho.

— Então, como é que a gente pode saber que é ele? — insistiu Rob. — Sem a coroa? Poderia ser qualquer um.

James não disse que, no seminário, os noviços contemplavam retrato após retrato do rosto trágico e sombrio do rei, como incentivo às suas orações pela segurança do monarca. Não disse que sonhava com o dia em que, finalmente, a complicada conspiração se concretizaria, com os monarquistas da ilha, com a frota do príncipe de Gales à espreita no mar e o navio de um capitão leal pronto para zarpar à meia-noite, transportando um passageiro misterioso.

— Acho que simplesmente sei... porque sei — foi tudo o que ele disse. — Ninguém mais acenaria daquela janela.

— Viva! — De repente, Walter começou a pular e acenar. — Viva!

Os olhos pesados se dirigiram àquela súbita alegria, e o rei voltou a erguer a mão, para agradecer a lealdade fervorosa do menino. Então, retirou-se, a janela foi fechada, e as persianas, baixadas.

— Só isso? — perguntou Rob.

— A mesma coisa, todos os dias — respondeu uma mulher ao lado deles. — Que Deus o abençoe. E eu venho todos os dias para ver seu rosto santificado.

— Vamos comer — disse James, antes que os três atraíssem qualquer atenção. — Vamos.

Voltaram para a estalagem Old Bull na rua principal, onde James tinha reservado quartos privativos, e ele pediu uma refeição farta para os dois meninos, permitindo que cada um tomasse uma taça de vinho.

— Vou sair, enquanto vocês comem — disse ele. — Quero dar uma olhada, e procurarei um barco que nos leve para casa amanhã, ou depois de amanhã.

— A gente não pode ir junto? — perguntou Walter. — Também quero dar uma olhada.

— Volto já — prometeu James. — Podemos dar uma volta pelo mercado e pela margem do rio antes de irmos para a cama.

James cobriu o rosto com a aba do chapéu e saiu.

As ruas ainda estavam movimentadas quando ele seguiu pelos becos até o porto e contemplou os barcos balançando no cais. O barulho seco das cunhas nos mastros de madeira lembrou-o de tantos outros ancoradouros, de tantos navios em sua vida ainda jovem e de viagens constantes. Todos os portos tinham os mesmos ruídos de cordame, assim como todas as cidades tinham um carrilhão de sinos a cada hora. Ele pensou que um dia haveria de viver em paz e, ao ouvir o carrilhão, saberia que não estava sendo convocado para realizar trabalhos secretos e perigosos. Tinha esperança de que um dia pudesse ouvi-lo sem temer.

— Tem um barco chamado *Marie* no porto? — perguntou a um homem que passava levando um rolo de corda debaixo do braço.

— Chegou e zarpou — disse brevemente o homem. — O senhor ia se encontrar com ele?

— Não — disse James, mentindo. — Pensei que ele ficasse sempre atracado aqui.

— Porque, se o senhor estivesse esperando pelo *Marie*, eu diria que o capitão falou para todo mundo que não ia mais esperar pelo seu bom amigo, no fim das contas, e foi embora hoje de manhã.

— Ah — disse James.

Uma moedinha saiu do bolso para a mão que a aguardava. O homem levantou o rolo de corda e começou a se afastar.

— Alguma ideia de como posso contratar outro barco?

— Pergunte por aí — disse ele, sem oferecer ajuda, e seguiu em frente.

James ficou parado por um instante, quase com dificuldade para respirar depois da notícia desastrosa. Tudo dependia do barco zarpando à meia-noite, conforme haviam combinado, mas agora a embarcação frustrara o plano. O único alento era que a notoriedade do fracasso provavelmente demonstrava que eles não tinham sido descobertos. O capitão ficou com medo de resgatar o rei da Inglaterra e partiu, mas não havia sido preso. A trama ainda poderia continuar, com outro barco. James precisava encontrar um capitão que fosse tão leal ao rei que concordasse em correr o risco, ou que fosse venal e o fizesse por dinheiro. Correu os olhos pelo cais, de cima a baixo, e deduziu que era impossível saber, impossível até mesmo fazer a pergunta sem se expor a um grande perigo.

Não se atrevia a chamar atenção andando de um lado para o outro pelo cais antes do jantar. Resolveu que seria melhor voltar mais tarde, andar pelas tavernas na orla do ancoradouro e encontrar um jeito de ter uma conversa mais discreta. Fechou os olhos por um instante, para não ver a floresta de mastros. Vivia por um fio havia tanto tempo que mais uma aventura não o entusiasmava. Apenas se sentia exausto. Mais que tudo, queria que aquele resgate fosse bem-sucedido e logo chegasse ao fim. Nem sequer antecipava uma sensação de triunfo na manhã seguinte. Tinha empenhado o coração na libertação do rei, empenhado seu próprio nome em acertos e cartas, e se entregara à tarefa. Era fiel, e acreditava que Deus o guiaria; então, deu as costas ao porto e voltou à casa do Sr. Hopkins. O portão no muro do quintal estava destrancado e sem guardas; James entrou no quintal escuro e seguiu silenciosamente para a porta da cozinha, aberta para deixar entrar o ar fresco da noite.

Lá dentro estava um caos. O rei era um comensal exigente, e sua importância precisava ser afirmada servindo-se vinte pratos diferentes em cada refeição. Era grande a pressão sobre os cozinheiros provincianos, cujas receitas e ingredientes estavam acabando. Havia alguns guardas, que James avistou através da porta aberta do salão de jantar, mas a função deles era seguir o rei quando ele caminhava ao ar livre, não impedir que pessoas entrassem na casa. Os lacaios pessoais do rei ficavam responsáveis por manter seus aposentos livres de estranhos e por admitir convidados nobres, mas a criadagem fora recém-empregada e desconhecia a planta do casarão, assim como desconhecia amigos e estranhos. O rei acrescentara meia dúzia de cortesãos ao seu séquito desde que fora libertado do castelo, e eles tinham seus próprios criados e agregados, que circulavam livremente. Eram tantos os estranhos que ninguém notaria a presença de mais um.

James aguardou um tempo no quintal, observando o serviço desordenado e os serviçais correndo da cozinha, atravessando o salão de jantar e subindo a escada até os aposentos reais. Então, tirou o chapéu, ajeitou a jaqueta e, com bravura, entrou pela porta dos fundos, como se fosse da casa. O ambiente estava sufocante: um assado girava no espeto sobre o fogo, panelas borbulhavam sobre pequenos braseiros de carvão, legumes cozinhavam no vapor à beira da lareira e pão era retirado dos fornos. Criados entravam e saíam, às pressas, exigindo pratos para suas respectivas mesas, às vezes pegando um prato originalmente destinado à mesa do Sr. Hopkins. A cozinheira da casa estava no centro de tudo, tentando manter a ordem, com o avental manchado, o rosto suado de ansiedade e calor.

— Sou o trinchador do rei — apresentou-se James a ela respeitosamente. — Posso ajudar a senhora, cozinheira?

Ela se virou, aliviada.

— Deus do céu! Eu nem sei o que já foi servido para ele. Você ainda não levou o carneiro para ele?

— Estou aqui para fazer isso agora — disse James com calma.

— Leve! Leve! — exclamou ela, apontando para um pernil de carneiro na mesa, sendo enfeitado com punhados de agrião, desajeitadamente, por uma auxiliar de cozinha.

— Isto é para os lordes! — exclamou a auxiliar.

— Leve! — Ela empurrou a travessa para James. — E me diga se está faltando alguma coisa na mesa dele.

James se curvou e cruzou a porta, passando pelo guarda posicionado ao pé da escada e subindo até a porta dos aposentos do rei. Os porteiros reais titubearam, mas James segurou o prato no alto e disse:

— Rápido! Antes que esfrie!

Continuou andando sem hesitar em direção à porta fechada, e os porteiros a abriram para ele.

A porta foi fechada, e James, sem vacilar um instante sequer, entrou na sala de jantar do rei e colocou a travessa na mesa diante dele.

O lacaio que estava atrás da cadeira do rei, o pajem que segurava suas luvas, o copeiro encarregado do vinho e seu companheiro com a água mal deram atenção a James, que pegou uma faca comprida e afiada, trinchou fatias finas de carne de carneiro e as dispôs no melhor prato de prata que os Hopkins possuíam. James se curvou e colocou o prato diante do rei, inclinando-se por cima do ombro dele. Com o rosto tão próximo da orelha do monarca que podia sentir o roçar dos cachos grisalhos e o cheiro de uma pomada francesa, James sussurrou:

— Meia-noite, hoje. Deixe sua porta aberta.

O rei não virou a cabeça e não deu o menor sinal de ter ouvido algo.

— Clarim. — James pronunciou a senha que recebera da França, a senha que dizia que a trama partira da própria rainha, Henriqueta Maria.

O rei baixou a cabeça, como se estivesse dando graças, e sua mão, escondida sob a mesa, fez um pequeno gesto de assentimento. James foi de costas até a porta, fez uma reverência profunda e se retirou.

De volta à estalagem Old Bull, James encontrou os meninos comendo ameixas açucaradas e quebrando nozes, e eles deram um pulo quando o viram entrar.

— Tem algum festival acontecendo? — perguntou Rob. — Está tão barulhento.

— Tem uma feira livre e alguns atores mambembes — disse James. — Podemos sair e ver o que está acontecendo.

Surpreendeu-se sorrindo abertamente, quase gargalhando de alívio porque o primeiro estágio, obter acesso ao rei, tinha sido tão fácil. Havia feito planos detalhados, com homens ilustres, avaliando cada passo, mas, no fim das contas, simplesmente fora até uma porta e o porteiro a abrira. Quase não se importava com o fato de não dispor de um barco. Se a sorte estivesse do seu lado, continuaria com ele até o alto mar e o encontro com a frota do príncipe.

— O rei aparecerá de novo esta noite? — perguntou Walter.

— Não, ele só acena daquela janela antes do jantar, depois as persianas ficam fechadas durante a noite. Mas talvez possamos vê-lo amanhã. Acho que ele sai para caminhar pela manhã — disse James, sabendo que o rei estaria no navio do príncipe ao amanhecer. — Ele costuma ir à igreja.

— Ele tem liberdade para ir aonde quiser? — perguntou Walter.

— Quando o Parlamento decidiu fazer um acordo, foi preciso libertá-lo para que ele pudesse assinar os documentos como um homem livre. Agora ele pode ir aonde quiser na ilha, mas deu sua palavra de que não partiria.

— Nessa feira tem um urso dançarino? — indagou Rob. — Nunca vi um urso dançarino.

— Acho que não — respondeu James. — Esta cidadezinha é muito religiosa, ou pelo menos costumava ser. Mas podemos passear pela feira e você pode comprar uma prenda para sua mãe. Talvez algumas fitas para o cabelo dela. — James notou que sua garganta ficou subitamente seca quando pensou naqueles cabelos loiros.

— Não, ela sempre usa touca — respondeu Rob. — Mas, se tiver alguma moedinha antiga à venda, eu compro. Ela gosta de moedas velhas. Vamos.

Os dois meninos andaram pela feira, olhando as barracas e rindo de um cachorrinho treinado para pular através de um arco e ficar de pé nas patas traseiras, atendendo ao comando "Soldado de Cromwell!". As barracas seguiam pelas ruelas em direção ao porto, onde o rio Medina serpenteava pela cidade e os barcos balançavam no cais. James corria os olhos pelas embarcações recém-chegadas, ou que pareciam prontas para zarpar, quando Rob exclamou de repente:

— Papai! Meu pai!

James deu meia-volta e viu um homem de rosto moreno e cabelo castanho-escuro erguer a cabeça ao ouvir a voz familiar. Chegou a ter um vislumbre da fisionomia estranha, exprimindo perplexidade. Então, o homem virou de costas e mergulhou na multidão.

— Aquele era meu pai! Aquele era meu pai! — gritou Rob. — Papai! Sou eu! Rob! Espere por mim! — O menino saiu em disparada, abrindo caminho na multidão, e, embora a cabeça escura do homem seguisse em frente, Rob foi mais rápido. Quando James e Walter o alcançaram, ele havia segurado o homem e se atirado em seus braços. — Sou eu! — anunciou, alegremente, certo de ser acolhido. — Sou eu! Sou eu, pai! Rob.

Os olhos culpados do homem encontraram o olhar de James acima da cabeça do filho.

— Rob — disse ele, dando um tapinha nas costas do menino. — Ah, Rob.

Rob estava feliz feito um cachorrinho.

— Onde o senhor esteve? — disse ele. — A gente não sabia onde o senhor estava! A gente ficou esperando e esperando! Pensamos que o senhor tinha morrido afogado!

James viu que o estranho lhe dirigia um olhar de certo desespero, de homem para homem, naquele terrível fracasso de paternidade.

— Achavam que o senhor tinha sido obrigado a se alistar na marinha — informou James.

— Ah! Eu fui. Fui mesmo! — disse o homem, subitamente irritado. Abraçou o filho e deu um passo para trás para ver seu rosto. — Eu não o reconheci; você cresceu tanto! E está tão bem-vestido! Dá para ver que vocês se viraram muito bem sem mim!

— Nada disso! Onde o senhor esteve? — insistiu Rob.

— É uma longa história — disse o homem. — Um dia eu conto tudo.

— Por que o senhor não voltou para casa?

— Por que eu não voltei para casa? Ora! Porque eu não podia voltar para casa, foi por isso!

— Mas por que não?

— Porque fui recrutado, filho. Fui arrancado de meu barco pelos recrutadores da marinha e levado para servir no lado do Parlamento. Servi como um marujo comum, e depois fui promovido, porque eu conhecia o mar desde a ilha de Sealsea até a região dos Downs.

— Mas por que o senhor não mandou uma mensagem para minha mãe?

— Só Deus sabe! Eles não deixam a gente desembarcar! Não temos feriado nem dia de folga! Eu ficava no navio e não falava com ninguém, a não ser com os outros patifes infelizes que foram recrutados comigo.

James viu o filho de Alinor, criado para amar e confiar, esforçando-se para acreditar no pai.

— O senhor não podia nem nos mandar uma mensagem? Porque a gente esperou um tempão, e o senhor não voltava, e minha mãe ainda não sabe se o senhor está vivo ou morto. Vou contar para ela, quando voltar para casa. Ela não vai acreditar! Ela tem esperado. Todos nós temos esperado a volta do senhor para casa!

— Ah, ela sabe. — Ele aquiesceu prontamente. — É conveniente para ela agir como se não soubesse. Mas você conhece sua mãe, filho. Uma mulher como ela... sabe de tudo. No fundo. Ela não precisa de mensagem nenhuma para saber o que está acontecendo. O vento e as ondas contam tudo para ela. A lua sussurra para ela. Os pássaros na cerca viva são seus mensageiros. Só Deus sabe o que ela sabe e o que não sabe, e você não precisa se preocupar com ela, nunca.

Um suor gelado de puro ódio percorreu o corpo de James quando ele viu o menino tentando entender aquelas palavras, o cenho confuso naquele semblante jovem, o pai herege dizendo-lhe que sua mãe também era uma herege.

— Acho que ela não sabe — disse Rob, hesitante. — Ela teria nos contado, quando perguntamos onde o senhor estava.

— Bem, dá para ver que você está se virando muito bem — disse o pai alegremente. — Boas roupas e bons amigos. — Ele se dirigiu a James. — Sou Zachary Reekie — disse. — Capitão do navio mercante de cabotagem *Jessie*.

— James Summer — disse James, sem estender a mão. — Preceptor de mestre Walter Peachey aqui e de seu filho, que é criado pessoal e companheiro de Sua Senhoria.

— Na casa dos Peachey? — perguntou Zachary ao filho. — Eu não disse que não havia motivo para se preocupar com sua mãe? O que ela teve de fazer para você entrar lá? Acho que sei! O Sr. Tudeley ainda é o encarregado de lá?

Rob enrubesceu.

— Minha mãe cuida da despensa do Priorado — balbuciou ele.

— Fui eu que pedi que Rob acompanhasse mestre Walter — disse James, tomando o cuidado de manter a raiva fria longe do tom sereno. — A Sra. Reekie foi sábia em aceitar o posto para ele. Ele está empregado e é pago por trimestre, e, quando mestre Walter for para a universidade, espero que Rob se torne aprendiz de algum médico. Ele é hábil com ervas e medicamentos e estuda latim comigo.

— Ah, muito bem, então é assim, não é? — disse Zachary de má vontade. — Fico feliz que tudo tenha saído tão bem para todos nós. — Ele se virou, como se achasse que o deixariam seguir adiante, mas Rob o segurou pelo braço.

— Mas o senhor voltará para casa agora, pai? Agora que não está mais na marinha?

— Não posso, não agora — disse ele, olhando novamente para James em busca de apoio. — Eu saí quando a marinha passou para o lado do príncipe. Quando os navios passaram para o lado do príncipe Carlos, caí fora. Eu não poderia olhar na cara de seu tio Ned se servisse o rei! Poderia? Mas tive de me comprometer com o *Jessie*, e assim sou obrigado a trabalhar nele por mais um ano. É um navio mercante de cabotagem, e percorre toda a Inglaterra e toda a França. Nunca fico em terra. Nunca paro de navegar. Mas, assim que cumprir meu tempo, voltarei para vocês, com certeza.

— Mas o que é que eu direi para minha mãe? — insistiu Rob.

— Diga o que eu acabei de falar! Peça a esse seu preceptor que explique. O senhor entende a situação, certo?

— Muito bem — disse James com serenidade.

Rob o encarou com esperança no olhar.

— O senhor entende?

— Eu entendo que seu pai estava comprometido com a marinha, e agora está comprometido com um navio mercante. Isso é bastante comum. Ele poderá voltar para casa quando o compromisso terminar, mas podemos dizer para sua mãe que ele está vivo e bem e que retornará.

— Se for do agrado dela — disse Zachary. Então, virou-se para James e, sem que o filho visse, deu uma piscadela.

James engoliu o desprazer.

— Mas o senhor precisa aceitar uma bebida conosco e aproveitar para conversar com seu filho, agora que tivemos a sorte de encontrá-lo — disse James, motivado. — É uma oportunidade e tanto! Nós só viemos a Newport para conhecer os atrativos da ilha e ver o rei e acabamos encontrando o senhor.

Walter não se empolgou muito, mas Zachary se animou com o convite para tomar um trago.

— Podemos entrar aqui — disse ele, indicando uma das tavernas no cais. — Tenho conta aqui, e não me importaria de trazer alguma clientela para eles — disse Zachary, e deu outra piscadela para James. — Clientela da elite — disse. — Clientela que anda de carruagem. Eles ficarão surpresos.

— Perfeito — disse James com cordialidade, então entrou no recinto, passando os olhos pelo lugar para garantir que, embora fosse um estabelecimento modesto, servindo pescadores e comerciantes do porto, não era indecente nem inseguro para os meninos.

Walter e Rob sentaram-se a uma mesinha no canto, e os homens foram até a porta da cozinha para pedir suas bebidas. Zachary entrou numa breve discussão murmurada com o taverneiro, mas James interrompeu o debate dizendo:

— Diga a ele que eu pago seu débito.

— É muita gentileza sua — disse Zachary, imediatamente desconfiado.

— Talvez eu tenha um trabalho para o senhor — disse James.

— Será um prazer ajudar um amigo dos Peachey. Ou o senhor é amigo de minha esposa?

James se manteve impassível diante da indireta envolvendo Alinor.

— É algo que diz respeito aos Peachey — disse ele. — Acho que posso arrumar um serviço para o senhor.

— Ah, sim — disse Zachary, cordato. — Meninos, vocês aceitam uma fatia de carne e pão? Sei que meninos estão sempre com fome.

Walter, desconcertado, fez que não com a cabeça.

— Acabamos de comer — explicou James. — Eles aceitarão uma caneca de cerveja de mesa e depois voltarão para nossa estalagem.

— Justo — disse Zachary. — Aceito um trago, já que o senhor está pagando. — E assentiu para o taverneiro, que serviu a bebida de uma garrafa escura que estava embaixo do balcão. Zachary ergueu uma caneca de cerâmica e brindou ao filho. — É bom ver você, meu garoto — disse ele com afeto. — Ainda mais com essa bela aparência!

Os meninos estavam meio sem jeito à mesa. Rob não tirava os olhos do rosto do pai, mas não fez mais perguntas. Depois de um tempo, James disse que eles podiam voltar à estalagem e ir para a cama.

— Combinarei algumas coisas com seu pai — prometeu ele a Rob.

— Vai mesmo, senhor? — Os olhos castanhos de Rob o fitavam, esperançosos. — A gente voltará a vê-lo amanhã?

— Vou convidá-lo para fazer o desjejum conosco.

— Obrigado, senhor, porque... eu tenho de perguntar a ele... eu tenho de saber o que é que eu vou falar para minha mãe.

James pensou na pobreza de Alinor e no grande abalo à reputação dela desde que aquele homem abandonara a ela e aos filhos.

— Falarei com ele — prometeu James, e sentiu vergonha da própria duplicidade quando o rosto do menino se mostrou aliviado.

Os homens esperaram os meninos saírem e a porta se fechar.

— O que você quer comigo? — disse Zachary, sem rodeios. — Não queira me enganar.

— Preciso de seu barco — disse James. — Eu tinha combinado com um navio de cabotagem que me encontrasse aqui, mas ele me deixou na mão. Preciso contratar uma viagem em mar aberto.

— Para que lado? — perguntou Zachary com sarcasmo. — Porque isto aqui é uma ilha. Tem mar aberto para todo lado.

— Para o sul, em direção à França.

— É o que eu faço, uma vez por semana.

— Você é o capitão do navio? — quis saber James. — Pode zarpar quando e para onde quiser?

— Desde que eu tenha uma carga e possa lucrar — disse Zachary. — O dono do barco confia os negócios a mim.

— Quero que você se encontre com um navio no mar e transfira algumas mercadorias — disse James. — Você não precisa saber mais que isso.

— Contrabando? — perguntou Zachary em voz baixa. — Pode ser feito, mas é caro.

— Eu pago — prometeu James. — Eu pago bem.

— Seria um barril de mercadorias? Ou um baú? Ou uma pessoa? — perguntou ele.

— Você não precisa saber — disse James. — Tudo o que precisa saber é que será bem pago e que partirá alguns minutos depois da meia-noite. Vou junto. Mas os meninos não vão.

— E quanto é que ganharei por essa excursão noturna? Com Vossa Graça de contramestre. E essas tais mercadorias.

— Vinte coroas quando sairmos, vinte coroas no cais, quando voltarmos; e sem maiores explicações — disse James.

Zachary inclinou a cadeira para trás e apoiou as botas no barril que servia de mesa.

— Não, acho que não aceitarei — disse ele, sorrindo para James por cima da caneca. — É demais para um contrabando comum, e não sou contrabandista, devo confessar. E é pouco para tirar o rei daqui da ilha. Se for essa sua intenção, você acabará sendo enforcado.

— É o valor que seria pago ao outro barco — disse James friamente. — É o preço justo.

— Não, não é. Porque... Viu só? Ele não quis fazer o trabalho pelo preço. Seu amigão não apareceu. Você não sabe por quê, não é? — Só de olhar de relance para o rosto de James ele percebeu que aquele rapaz bonito não sabia por que seu barco o tinha deixado na mão. — Então, se ele não quis fazer o serviço por esse valor, acho que também não vou fazer.

— Acho que você vai, sim — disse James. — Porque eu posso chamar a guarda para prendê-lo, e posso dizer ao magistrado que você abandonou a esposa e deixou os filhos nas costas da paróquia de Sealsea. Posso dizer que você desertou da marinha do Parlamento e que é contrabandista. Posso dizer que é adúltero, e talvez bígamo. Posso dizer que está sendo procurado na ilha de Sealsea e talvez em outros locais. Seu próprio filho testemunharia que a mãe dele o está esperando voltar para casa e que os guardiões da igreja em Sealsea o estão procurando para cobrar o dízimo.

— Ela não está! — Zachary deu um tapa na mesa. — Ela não está me esperando! Você que se dane, mas não me diga isso. Ela não sente minha falta, não me quer. O menino talvez quisesse me encontrar, mas ela não quer.

— Eu sei que ela quer — disse James com firmeza, pensando na mulher de rosto pálido esperando que o fantasma daquele homem falasse com ela na véspera do solstício de verão.

Zachary se inclinou para a frente, a fim de fazer uma confidência.

— Não quer, não, porque ela é uma prostituta — disse ele com franqueza. — Falando de homem para homem: ela é prostituta e bruxa. Eles me casaram com ela, embora eu tivesse minhas dúvidas, mas a mãe dela, outra bruxa, queria meu barco e minhas redes, e o produto de minha pescaria, e pensou que eu poderia garantir a segurança da menina dela em tempos difíceis. Pensou que eu faria fortuna. Talvez eu tenha jurado que seria assim. Talvez eu tenha feito um monte de promessas. Eu estava louco por ela... e quem não estaria, não é mesmo? Construí nossa casa ao lado da casa da mãe dela, que morava na casa da balsa, para que as duas pudessem continuar trabalhando como curandeiras juntas, e fingi que não via o que faziam. Eu trazia os peixes para casa, a mandava até o mercado e pegava o dinheiro que ela trazia. Eu tinha planos de comprar outro barco, mas dei azar algumas vezes. Fui um marido tão bom quanto qualquer outro da ilha. Eu não sabia dos ardis que elas armariam contra mim. Minha esposa e a mãe dela, que Deus as amaldiçoe.

"Tivemos nossa primeira criança: uma menina tão bonita que parecia filha de fadas. Eu sei lá! Só sei que elas trocaram minha filha por uma fada desde que vi aquela menina pela primeira vez. Depois veio Rob... Olha só para ele! Quando começou a andar, já sabia ler, e eu não sei nem escrever meu nome. Já entendia de ervas no dia em que entrou no canteiro dela. Sabia identificar as ervas pelo cheiro. Quem conhece erva pelo cheiro, se não for filho de fada? Eles não são meus filhos. Ninguém diria que são meus filhos! Olhe bem para eles!

— Então, são de quem? — indagou James, firme.

— Pergunte a ela! Só ela sabe com quem se encontra quando sai na lua cheia, quando sai na véspera do solstício de verão, quando sai para dançar nas noites mais escuras do inverno. Só ela sabe onde arrumou essas crianças. Mas juro que não foi comigo.

James contraiu os ombros com o calafrio de superstição que sentiu. Forçou-se a falar com confiança:

— Isso é bobagem. Você está querendo me dizer que a abandonou por um motivo desses?

— Ela que se dane! Foi ela que me abandonou! — exclamou Zachary. — Posso até ter sido arrancado de uma taverna e levado à força para a marinha, mas foi ela que me abandonou, muitos anos antes. Ela acabou com minha hombridade; é capaz de fazer isso com um simples olhar. Eu não conseguia fazer nada na presença dela. Uma vez, a agarrei à força, mas minha mão ficou fraca e meu sangue ficou parecendo gelo. Eu ia obrigá-la a cumprir seu dever comigo... Você sabe do que estou falando, um homem tem direitos sobre a esposa, ela querendo ou não... mas não consegui. O olhar dela pareceu lançar uma maldição, e fiquei mole que nem um peixe morto. Juro, ela estava me matando. Eu não podia fazer nada com ela: não conseguia bater nela, nem trepar com ela. Ela estava me matando do pênis para cima.

— Estava mesmo?

— Ela sugou minha vida, é o que posso dizer. Eu não conseguia ser um marido para ela, e, quando saía com alguma puta, não conseguia fazer nada, porque ficava pensando nela. O que é isso, senão uma maldição para cima de mim? E depois que a mãe dela morreu ficou pior. Pensei que quando a mãe morresse os poderes dela acabariam, mas foi como se ela tivesse somado os poderes daquela velha bruxa aos dela. Eu era um bebê em minha própria casa. Mais bebê que Rob, com menos voz que Alys. Os recrutadores me levaram, mas, por Deus, foi um alívio ir embora!

— Você voltaria para casa? — perguntou James.

— Nunca! Nunca! Prefiro morrer a voltar para ela. Prefiro me afogar. Ela é prostituta, eu garanto. Prostituta de senhores das fadas. É bruxa, eu garanto. É capaz de gerar filho sem homem, de evitar filho mesmo estando com um homem. É capaz de matar uma criança no útero e derrubar o pênis de um homem com um sopro gelado.

— Deus do céu! O que você está dizendo? — James não conseguiu mais esconder o receio diante das palavras do sujeito. Eram as piores coisas que um homem podia ouvir: uma mulher capaz de privá-lo da potência e matar seus filhos. — Eu a conheço! Isso não é possível para uma mulher como ela. Não é possível para nenhuma mulher mortal!

— Você pode dizer isso, padre — disse o homem em voz baixa. — Você pode dizer isso porque nunca a viu nua, nunca tocou naquela pele quente, nunca desejou estar com ela. Mas o gosto da boca daquela mulher é como chá de beladona: ela o deixa sedento por mais, e mais, e então o deixa louco.

— Não sou padre — apressou-se em dizer James, ignorando o que o marido de Alinor afirmara sobre a mulher que ele amava.

Zachary fez cara de desdém.

— Como quiser — disse ele friamente. — Mas tem algo fedendo a incenso aqui, e não sou eu.

Houve silêncio entre os dois.

— Enfim — disse James, tentando recuperar a autoridade, tentando tirar da cabeça a imagem de Alinor se prostituindo com algum senhor das fadas —, não tenho tempo para esse tipo de bobagem. Estou oferecendo uma viagem ou a prisão. O que você escolhe?

— Vinte coroas para levar a mercadoria para o mar, para um encontro que você vai definir. Vinte coroas para trazer você de volta?

— Isso mesmo — disse James.

— E nunca mais falamos disso, e você leva aquele menino de volta e não conta nada para ela que me viu?

— Não posso fazer o menino mentir, mas posso inventar uma desculpa.

— Para que ela não me procure?

— Ela não viria procurá-lo.

— Ela é vidente, seu tolo. Ela pode me ver, se quiser, a menos que haja um mar profundo entre nós. Ela não pode me ver através de águas profundas, eu sei disso. Ela tem medo porque não tem poderes sobre água profunda. Mas, se um dia eu voltar à terra das marés, o lodo vai ferver debaixo da quilha de meu barco e me vomitar feito alga marinha diante da porta dela, e ela vai me destruir com um olhar.

— Você fala como um louco.

— O que você acha que matou a cunhada dela? — indagou o homem de repente.

— O quê? — James, mais uma vez, perdeu o rumo. — Que cunhada?

— Está vendo como você não a conhece direito?

Ele se virou e gritou por cima do ombro, pedindo mais um trago. Em silêncio, o taverneiro trouxe a bebida, e, em silêncio, James esperou que ele a servisse e que Zachary, pensativo, tomasse um gole.

— Continue — disse James, entre os dentes.

— Então, você também não sabe disso! A cunhada dela. A mulher de Ned. Aquela de quem ela não gostava. O que foi que a matou, você sabe?

— Eu nem sabia...

— Pois é. Você não sabe de nada. Ela matou a cunhada por inveja. Para que a pobre mulher mortal não gerasse um filho no útero.

— Ela nunca faria uma coisa dessas.

— Ela fez. Eu sei que fez. Porque o filho era meu.

— Você engravidou a esposa de Edward Ferryman?

— Engravidei, e minha mulher a matou só de raiva.

Houve um longo silêncio. Zachary esvaziou a caneca e a empurrou para James, querendo mais.

James respirou, trêmulo, ao ouvir tais horrores e afirmou em tom casual:

— Pare com essa calúnia. Isso não significa nada para mim. Não conheço essa gente, e pouco me importo com eles. Estamos aqui para fazer um trato: você navegará para mim.

— Você está aqui para fazer um trato. Eu estou aqui para beber.

James acenou com a cabeça sobre os ombros para que o taverneiro servisse mais uma caneca.

— Vai navegar ou não para mim? — indagou ele, falando bem baixo.

— Vou, sim.

— E, se eu concordar em dizer a ela que você nunca voltará, você jura que não volta?

— De bom grado. Você não me ouviu? Jamais voltarei para ela.

Zachary estendeu a mão suja. Com relutância, James aceitou o aperto. Quando aquela palma da mão morna e cheia de cicatrizes antigas roçou na sua, ele se lembrou, com um choque, da pele de Alinor.

— Ah, você já tocou nela — adivinhou Zachary com uma satisfação maliciosa, enquanto James empalidecia. — Você já tocou nela, e sua alma já virou escrava também.

James voltou para a estalagem Old Bull e subiu a precária escada até o quarto de pé-direito baixo dos meninos. Estavam de camisolão, deitados lado a lado na cama de casal.

— Rezei por meu pai — confidenciou Rob.

— Muito bem — disse James. — Nós vamos revê-lo amanhã. Ele vem aqui para o desjejum. Agora, vão dormir.

Ele os observou: Walter esparramado, os braços abertos, um pé em cada canto da cama, e Rob todo encolhido. Então, em silêncio, James saiu do quarto e desceu a escada até a sala de jantar privativa.

Dois homens estavam sentados, um de cada lado do fogo. Quando James entrou, levantaram-se e trocaram apertos de mão com ele, mas nenhum nome foi mencionado.

— Esteve com ele?

— Sim. Eu disse a ele que era à meia-noite. E me encontrei com o barqueiro e combinei o preço — confirmou James. — Vocês subornaram o guarda?

— Foi fácil — disse o outro. — Aqui, ele não está guardado como estava em Carisbrooke. Foi esse o acordo com o Parlamento, e eles mantiveram o combinado. Concordaram que aqui ele estaria livre para ir e vir, limitado apenas por sua palavra. Eles acham que um acordo é a única esperança dele: tolos.

— Se eu ficar detido na casa dos Hopkins, não esperem por mim. Levem-no embora a toda a velocidade. O navio é o *Jessie*, no atracadouro, pronto para zarpar.

— Mas não seria o *Marie*?

— O capitão do *Marie* me deixou na mão. É o *Jessie*.

— Já fez o pagamento?

— Vinte coroas na ida, vinte quando voltarmos em segurança.

— Irei com ele para a França — disse o primeiro homem —, se ele o permitir. Não pretendo voltar.

— Tenho de voltar com o barqueiro, para terminar minha missão aqui — disse James. Em seguida, enfiou a mão no bolso e entregou ao segundo homem uma bolsinha pesada. — Mas você pode guardar isso para mim. Esteja no cais para pagar o *Jessie* assim que ele voltar.

— Não vai levar o dinheiro?

James fez que não com a cabeça.

— Não confia nele? Acha que ele pode roubar o dinheiro e atirá-lo ao mar? — indagou o homem, horrorizado. — Que tipo de camarada é esse? Numa empreitada como essa?

James ficou em silêncio por um instante.

— Não confio em ninguém — respondeu ele, ouvindo o toque da verdade nas próprias palavras. — Não confio em ninguém neste solo que é mar, nestes portos que não são seguros, nestas terras das marés.

— Como assim?

— Seja como for, se eu não aparecer no cais, embarquem com segurança a pessoa que viemos buscar e paguem o barqueiro.

— Como assim, se não aparecer no cais?

— Se eu for pego — disse James sem rodeios. — Se eu estiver morto.

Cinco minutos antes da meia-noite, os três homens enfiaram os chapelões na cabeça e cobriram os ombros com um manto pesado. James supôs que fosse o ar úmido que o fazia tremer e querer ficar junto ao fogo por mais um minuto, só mais um minuto.

— Irei na frente — disse ele. — Você vem atrás de mim e fica esperando debaixo da janela dele, e você aguarda lá no cais.

— Conforme o combinado — disse o primeiro homem, nervoso e com medo. — Pelo amor de Deus, vamos logo com isso?

Todas as janelas estavam às escuras na casa dos Hopkins. Não havia nenhum guarda à vista, mas James suspeitava de que o comandante do Castelo de Carisbrooke, um militar experiente, tivesse designado homens para vigiar as portas, a despeito das promessas feitas pelo Parlamento quanto à liberdade de o rei ir e vir. O porteiro da porta da frente dos Hopkins tinha sido subornado para desviar o olhar à meia-noite, mas era impossível saber se havia espiões escondidos à sombra dos batentes ou encostados nas paredes igualmente sombrias. James saiu da rua principal e, demonstrando confiança, entrou pela porta do quintal, andou pela horta e pelos canteiros de ervas e se dirigiu à cozinha. A porta estava destrancada, para receber as entregas da madrugada. James girou a maçaneta e entrou na cozinha silenciosa.

O menino responsável pelos assados se levantou do catre junto à lareira.

— Quem está aí?

— Xiu, sou eu — disse James, denotando intimidade. — Eu não sabia se alguém tinha se lembrado de levar pão e vinho para ele.

— O quê?

— O rei. Ele come pão e bebe vinho à meia-noite. Alguém já levou?

— Não! — exclamou o menino. — Deus do céu! Esse tipo de coisa sempre acontece. E os criados dele já foram para a estalagem, e a cozinheira já foi dormir.

— Eu levo — resmungou James. — Tudo sobra para mim.

— O senhor tem a chave da adega? Devo acordar o encarregado da adega, o Sr. Wilson?

— Não. O rei não bebe da adega de vocês. Ele bebe o vinho dele, lá mesmo no quarto. Eu tenho a chave. Pode voltar a dormir. Eu o sirvo.

James pegou uma taça e uma jarra no armário do corredor e subiu a escada. A porta do quarto do rei ficava trancada por dentro, mas, quando James se aproximou atravessando o assoalho rangente, ouviu o relógio da Igreja de São Tomás bater meia-noite e, ao mesmo tempo, o som de um ferrolho bem lubrificado sendo aberto. Teve uma sensação de completo júbilo. Estava diante do quarto do rei, o rei estava abrindo a porta, o barco estava à espera. "Eis o triunfo", pensou James. "Eis a sensação da vitória."

O rei abriu a porta e espiou.

— Clarim. — James pronunciou a senha e caiu de joelhos.

— Levanta — respondeu o rei com indiferença. — Não irei.

James ergueu o rosto incrédulo para o rei.

— Vossa Majestade?

O rei voltou para o quarto e o chamou, indicando-lhe que fechasse a porta. Sua fisionomia estava iluminada: um homem encurralado que ria por último.

— Não esta noite.

— O porteiro foi removido da porta. Vosso filho, Sua Alteza Real, está a sua espera com a frota dele. Tenho um homem abaixo da janela e outro no cais, e um navio para levar Vossa Majestade ao encontro do príncipe. Podemos partir com segurança agora...

Sua Majestade dispensou tudo isso.

— Sim, sim. Muito bom, muito bom. Mas faremos isso outro dia, se necessário. Eu os botei para correr, bem o sabes. Estão me trazendo um acordo.

James sentiu a cabeça girar de consternação, então se lembrou do homem assustado que aguardava abaixo da janela do rei.

— Preciso despachar alguns homens — disse ele. — Homens que estão em perigo, esperando Vossa Majestade. Não posso ficar aqui, se Vossa Majestade não vier. Mas imploro, Vossa Majestade. Esta é a oportunidade...

— Eu crio minhas próprias oportunidades. — O rei já lhe dera as costas. — Podes ir.

— Eu imploro — repetiu James. Ele ouviu a própria voz tremer e enrubesceu, envergonhado diante do rei. — Por favor, Vossa Majestade... Foi Sua Majestade, a rainha, quem enviou o dinheiro para eu contratar o navio. Fui contratado para resgatar Vossa Majestade. Estou aqui sob ordens dela.

O rei se virou para ele, e seu sorriso desapareceu.

— Não preciso ser resgatado — disse ele, irritado. — Sou o melhor juiz de meus próprios atos. Sei o que está acontecendo. Sua Majestade conta apenas com seu discernimento de mulher: ela não tem como saber. Eles estão vindo me procurar, de joelhos, com belas propostas. A invasão dos escoceses ensinou-lhes que têm de fazer um acordo comigo, ou eu atiro os irlandeses em cima deles. Já viram que o reino se insurge por mim. Começam a constatar meu poder, que é interminável, eterno. Eles podem vencer mil batalhas, mas eu ainda tenho o direito. O Parlamento sabe que não pode governar sem um rei. Sem mim.

James sentiu transbordar uma raiva traidora. Teve vontade de agarrar o homem e arrastá-lo para um lugar seguro.

— Perante Deus, Vossa Majestade, juro que deve vir agora, então poderá negociar de um local seguro, ao lado de sua esposa e de seu filho. O futuro deles depende de Vossa Majestade, assim como o de todos nós. Por melhor que seja a oferta, seja qual for a promessa do Parlamento, seria mais seguro negociar da França.

O rei se levantou.

— Nunca deixarei meu reino — disse ele com determinação. — Meu reino nunca me deixará. Deus ordenou que eu seja rei. Isso não pode ser esquecido. Vamos chegar a um acordo, meus súditos e eu. Voltarei a Londres, e Sua Majestade, a rainha, há de se juntar a mim, em meu palácio em Whitehall. Não fugirei como se fosse um ladrão, no meio da noite. Diga isso a ela.

Ele fez um gesto com a cabeça indicando a porta, como se o dispensasse.

— Não posso ir sem Vossa Majestade! Fiz um juramento!

— É meu comando.

— Vossa Majestade, por favor!

Carlos fez um leve gesto com a mão, um gesto de interrupção. Não havia nada que James pudesse fazer além de ir embora: andou de costas, como exigia o protocolo real, jamais virando de costas para o monarca, seguiu até sentir a argola de metal da porta nas costas, e parou.

— Vossa Majestade, eu arrisquei a vida para vir buscá-lo — disse ele, em voz baixa. — E um homem leal espera no cais para levá-lo até a França. Ele deixará família e reino. Acompanhá-lo-á ao exílio, e não sairá de seu lado até que esteja em segurança. Temos um barco, e levá-lo-emos ao encontro de seu próprio filho. Ele o aguarda, com uma frota, em alto-mar. Sua segurança e liberdade o aguardam. Seu futuro... o futuro de todos nós... depende de sua ida agora.

— Agradeço por teu serviço — disse o rei, já sentado e atento às suas cartas. — Sou grato. E, quando voltar ao poder que me cabe, hei de recompensar-te. Podes ter certeza disso.

James, pensando que nunca mais na vida teria certeza de nada, nunca mais mesmo, curvou-se e saiu do recinto. Quando estava no patamar sombrio, ouviu a porta fechar silenciosamente às suas costas e o ferrolho correr. Pensou que se tratava do som mais terminal que já ouvira, qual o baque seco do machado de um carrasco cortando um pescoço e batendo no cepo.

Lá embaixo, na rua, o sujeito anônimo se encolheu feito um cão assustado quando viu a figura sair pelo vão escuro da porta.

— Vossa Majestade — suspirou ele e caiu de joelhos.

— Levante-se, sou eu. — James ergueu a aba do chapéu, para mostrar o rosto. — Ele não vem.

— Mãe de Deus!

— Vamos — sussurrou James. — Vamos voltar para a estalagem.

Seguiram rapidamente, por um trajeto tortuoso, passando por becos escuros e depois ao longo do cais, para buscar o companheiro escondido no vão de uma porta. Os três entraram pela porta da frente, que estava destrancada, e foram até a sala de jantar. Assim que a porta foi fechada, James tirou o chapéu e jogou a capa no chão. Então, desabou numa cadeira e cobriu o rosto com as mãos.

— Por que você não o fez vir? — indagou um dos homens.

— Como?

— Jesus! Você deveria ter contado tudo para ele.

— Eu contei.

— Ele não sabe do perigo que está correndo? Que nós estamos correndo? Como é que ele pôde deixar a gente passar por tudo isso, só por causa dele, e depois não vir? A gente vem planejando isso há semanas!

— Meses. Ele acha que chegarão a um acordo.

— Por que você não insistiu?

— Ele é o rei. O que é que eu poderia dizer?

— E se eles não chegarem a um acordo, quando o Parlamento vier?

— Ele tem certeza de que chegarão — disse James, entre os dentes. — Eu implorei a ele que viesse. Eu o adverti. Fiz tudo o que podia. Ele estava irredutível. Só peço a Deus que esteja certo.

— Mas por que ele não veio? Por que fugiu da prisão em Hampton Court, desonrando a própria palavra e os termos da liberdade condicional, mas não quer fugir daqui? Quando temos um navio à espera e seu filho o esperando no mar?

— Em nome de Deus, não sei! — exclamou James, desesperado. — Eu não estaria aqui se não achasse que fosse a coisa certa, a coisa mais segura, a única coisa que ele poderia fazer. Mas como eu poderia obrigá-lo a vir? Como?

O segundo homem não havia tirado o chapéu, nem mesmo desabotoado a capa.

— Para mim chega — disse ele, enfurecido. — Não me meterei mais nisso. Não tentem me encontrar nem me chamar. Não peçam minha ajuda. Não farei mais o que fiz nesta noite. Foi a última vez. Desistirei da causa. Ele me perdeu. Não posso mais servi-lo. Fui avisado de que ele era volúvel e falador feito uma mulher. Mas nunca pensei que deixaria amigos, homens jurados pela causa dele, no meio da rua, correndo perigo mortal, e ele optando por não se incomodar.

James aquiesceu, calado, enquanto o homem partia; ouviram seus passos atravessando calmamente o corredor e a porta da frente ser aberta e fechada.

— Você vai voltar? — perguntou o primeiro homem, desalentado. — Fará outra tentativa?

— Se receber ordens, tenho de obedecer. Mas não deste jeito, não de novo. Nunca mais deste jeito. Forçando homens a servi-lo, jurando-os pela causa dele. Cheguei a expor dois meninos ao perigo, só para despistar a trama. Coloquei minha vida em risco, a sua, até a daquele mau elemento lá no *Jessie*. Fiz papel de tolo e arrisquei a vida por um homem que não quer meu serviço, que nem sequer perguntou meu nome, que nem me deu uma mensagem para a esposa, uma mulher que vendeu as joias para pagar por tudo isso. Serei obrigado a voltar e dizer a ela que ele não quis vir. Falhei. Falhei com ele, e falhei com ela, por causa dele.

— Boa noite — disse o homem abruptamente. — Rogo a Deus que nunca mais nos encontremos. Jurarei que nunca nos conhecemos e jamais tocarei neste assunto com ninguém. Se for capturado, negarei tudo isso, e você fará o mesmo.

— Amém — disse James, afundado na cadeira.

O homem parou à porta.

— Mesmo se o queimarem vivo, confio que não revelará meu nome; e eu não revelarei o seu. Não quero morrer em vão.

— De acordo — disse James com amargura, como se tudo fosse em vão, como se a lealdade fosse em vão, como se a morte na fogueira fosse em vão.

O homem saiu noite afora.

James sentou-se em silêncio, junto ao fogo agonizante, debilitado pela coragem que lhe fora drenada. Percebeu que suas mãos tremiam e que, enquanto contemplava as brasas, enxergava tão somente o rosto triunfante e sombrio do rei, com seus olhos tristonhos. Concluiu que era um tolo, por ter dedicado a vida àquele homem, àquela fantasiosa teia de conspirações.

O rei, a quem ele havia jurado servir, não queria sua lealdade, e a mulher que ele desejava era prostituta de senhores das fadas e tinha assassinado a esposa e o bebê de um mortal. Constatou que estava muito longe de Deus, muito longe da graça e muito, muito longe de casa.

Ao amanhecer, quando já seria aceitável ver alguém acordado e andando pela rua, James foi até o cais. O ar estava frio e recendia a sal na brisa leve. O céu estava rosa-pêssego. Seria um lindo dia. Se tivessem zarpado durante a noite, conforme planejado, teriam contado com um bom vento em popa e o sol nas costas. Teriam atracado num cais pacífico, pago o dinheiro devido a Zachary e seguido para suas respectivas casas. Ninguém perceberia que o rei se fora até que servissem o desjejum, no fim da manhã. O monarca estaria fazendo sua refeição matinal na França, a monarquia dos Stuart estaria em segurança no exílio, resolvida a invadir a Inglaterra; a rebelião de Cromwell estaria condenada. James contemplou as nuvens rosadas a leste e pensou que nunca na vida se sentira em meio a tanta escuridão diante de um sol nascente.

Zachary estava dormindo, enrolado embaixo de uma vela na popa do pequeno barco mercante. Ele abriu os olhos e sentou-se ao ouvir no cais de pedra o som das botas de montaria usadas por James.

— Abortado — observou ele. — Como os bebês que ela diz que trará ao mundo e nascem mortos. Frustrado... como é sempre o caso com ela.

— Sim — disse James, curto e grosso. — Mas não sei de nada sobre bebê nenhum.

Zachary pigarreou e cuspiu para o lado.

— As mãos dela estão sujas — disse ele com naturalidade. — Ela tem o cheiro deles: de bebês mortos. Não percebeu? Mas, enfim, o que aconteceu com você? Nada de bom. Foi pego? Fazendo seja lá o que for que estava fazendo?

— Não.

— É provável que metade da ilha já saiba de tudo — disse Zachary, pessimista. — Ele não tem fama de ser discreto, seu mestre. Todo mundo que conheço já recebeu uma carta dele e foi informado do tal código supersecreto.

— Acho que não.

— Bem, pode me pagar as quarenta coroas por meu silêncio — observou ele.

— Vinte — disse James categoricamente.

Ele tirou as moedas do bolso e as jogou para Zachary, que as agarrou e guardou entre as dobras da jaqueta esfarrapada.

— Então, você fracassou — disse Zachary com crueldade. — Sua missão foi um fracasso, e você é um fracasso.

— Fracassei — disse James. — Mas ninguém ficou sabendo, e nenhum mal foi cometido.

— Mas eu fiquei sabendo. Sei de você e de onde você veio. Da parte de quem você veio. Onde você mora. Acho que vai constatar que isso é um mal.

— Você sabe de mim — concordou James. — Mas eu sei de você; então, estamos quites. Você fará o desjejum na estalagem e verá seu menino hoje de manhã?

Zachary negou, balançando a cabeça.

— Eu não.

— O que direi a ele?

— Diga que saí ontem à noite e me afoguei.

— Não posso fazer isso.

— Então, fale qualquer mentira. Porque é óbvio que você não está casado com a verdade. Você quebrou os votos e mente para quem confia em você. Mente para seus anfitriões e para os criados deles. Se você tem uma amante, e acho que nós dois sabemos o nome dela... — ele fez uma pausa e riu ao pensar em Alinor — ... então, com certeza, você mente para ela, porque ela não é monarquista. Ela não pode ser fiel a causa nenhuma, nem a mortal nenhum. Você não é melhor que eu. Na verdade, é pior que eu, porque eu corri para fugir de uma bruxa, mas você está correndo de volta para ela. E ela devorará sua alma mentirosa e roubará seu filho.

— Não estou correndo de volta para ela!

— Então, você está mentindo para si mesmo também.

— E não há filho nenhum.

— Haverá, se ela quiser.

James fez uma pausa e cerrou os dentes, com raiva.

— Não vou ajudá-la a encontrá-lo, de jeito nenhum, e direi a seu filho que foi levar uma mensagem para mim e ainda não voltou.

Zachary assentiu com indiferença.

— Zarparei com a maré, ainda hoje de manhã — disse ele. — Ficarei embarcado durante alguns dias, semanas. Se o menino vier me procurar, não vai me encontrar.

— Adeus — disse James brevemente.

— Vá com Deus, padre — disse Zachary, inserindo um tom de ameaça na última palavra, no momento em que James se virou e se afastou.

James passou o dia atordoado. Os meninos queriam ver o rei a caminho da igreja, mas James não suportaria ver aquele rosto funesto outra vez; então, deixou que fossem sozinhos, e eles voltaram empolgados, contando que o rei tinha saudado a multidão de simpatizantes, que alguém havia levantado a voz contra ele, que alguns monarquistas começaram uma briga, que o rei apenas riu e voltou para dentro de casa; depois, acenou da janela, e todos disseram que os representantes do Parlamento chegariam na semana seguinte para lhe devolver a coroa.

— Vocês querem ir até Cowes? — perguntou James. Para ele, cada minuto em Newport era insuportável. — Podemos pegar um navio, de Cowes até Portsmouth, e depois contratar montarias para cavalgar até em casa.

— Podemos? — disse Walter, exultante. E deu um tapinha na cabeça de Rob. — Diga sim!

— Sim! Sim! — exclamou Rob. — Mas o senhor não falou que meu pai vinha fazer o desjejum com a gente? Posso vê-lo antes que a gente vá embora?

— Ele levou uma mensagem minha para Southampton e ainda não voltou — mentiu James com facilidade. — Ele disse que talvez fosse demorar. Talvez possamos encontrá-lo em Cowes. Talvez, não. Mas receio que ele não volte para sua mãe, Robert. Ele disse que não voltaria para casa. Sinto muito.

— Mas o que é que ela vai fazer? — indagou Rob. — E se ele nunca mais voltar? Ela não pode viver das ervas e do trabalho de parteira. Ele falou que mandaria dinheiro? E ainda tem Alys; ela precisa de um dote. O pai deveria dar um dote para ela, senhor.

James engoliu sua própria sensação de desespero.

— Falarei com sua mãe — disse ele. Sabia que queria falar com ela. — Se conseguirmos empregar você como aprendiz, o pagamento será bom. Você pode se sair bem, Robert. Poderá ajudá-la. Se sua irmã conseguir um bom casamento, os gastos de sua mãe em casa vão diminuir. Ela agora tem o barco; pode garantir o próprio sustento. Ela não depende de seu pai. É habilidosa, e, quando consegue trabalho, é bem paga.

— As mulheres não querem uma parteira que não seja esposa nem viúva — disse Rob, corando por completo. — Acham que dá azar.

— Não sabia disso — disse James calmamente, percebendo o quanto não sabia sobre Alinor e sua rotina. — Quem sabe ela não se muda para o interior, onde as pessoas não a conhecem, onde ela poderia passar por viúva?

— Por que ele não pode voltar para casa e fazer o que tem de ser feito? — O grito escapou do menino como se tivesse sido arrancado.

James não foi capaz de olhar nos olhos dele.

— São problemas entre marido e mulher — disse ele debilmente. — Sinto muito por você e por sua mãe. Mas, se seu pai se recusa a cumprir o dever dele, não posso obrigá-lo. Nem você, Robert. E a culpa não é sua.

— Os guardiões da igreja poderiam obrigá-lo!

— Poderiam, mas ele não voltará para enfrentá-los.

— Ela será humilhada — disse o menino, pesaroso. — E me chamarão de bastardo.

Cavalgaram até Cowes, Walter bastante empolgado, mas Rob muito silencioso. Então, pernoitaram numa estalagem à beira do cais e pegaram um barco para cruzar o Solent. A travessia foi tranquila e, quando desembarcaram em Portsmouth, contrataram montarias e seguiram pela estrada costeira, cavalgando para o leste, passando por campos e vilarejos com belas igrejinhas à beira-mar. Pernoitaram em Langstone, numa antiga estalagem utilizada por pescadores. James acordou com o cheiro do mar e o guincho das gaivotas e pensou que pelo resto da vida ouviria aquele chamado triste, como se fosse o toque da derrota. Depois, seguiram em frente, sempre para leste, através das terras alagadas de Hampshire, e atravessaram a fronteira do condado, entrando em Sussex. Quando desceram pela estrada que levava para o sul, dando acesso à balsa do irmão dela e ao alagadiço, James semicerrou os olhos contra o sol baixo, procurando Alinor onde a avistara anteriormente.

A maré vazava, e a água cintilava no estuário. Chegou a pensar que ela estaria à sua espera, o rosto alvo e brilhando de alegria ao vê-lo. A luz refletida na superfície da água estava tão intensa, e ele tinha tanta certeza de que ela viria encontrá-lo, que a avistou, com o capuz sobre a touca branca, olhando por cima do alagadiço em sua direção. Mas era uma miragem, uma visão falsa na névoa das águas, uma quimera. Foi o irmão dela que saiu da casa da balsa, seguido pelo cachorro, trouxe a balsa até eles e ajudou a embarcar os cavalos alugados.

— Você pode ir pelo barranco para ver sua mãe, se quiser — disse James calmamente para Rob, enquanto Ned puxava o cabo da balsa, mão após mão. — Walter e eu vamos direto para o Priorado. Eu levo seu cavalo.

Rob fez que sim.

— Ora! Qual é o problema? — indagou Ned, detectando o desânimo na voz de James e vendo Rob cabisbaixo. — Você está doente, Rob? Algum problema, Sr. Summer?

— Só cansaço — disse James. Ele não sabia que o peso que sentia no estômago estava refletido no rosto. — Acho que estamos todos cansados.

— Quer dizer que a visão do rei não animou vocês? — comentou o balseiro. — O toque dele não curou vocês de todos os males?

James lembrou a si mesmo que ninguém ali sabia que ele falhara em sua missão e que o propósito de sua vida fora desperdiçado.

— Não. Os meninos gostaram de vê-lo.

— Você agora é monarquista, Rob? — indagou o tio, quando a balsa tocou na margem.

— Não, tio — respondeu Rob com serenidade. — Mas gostei de ver o rei pessoalmente.

— E o manto dele! — interveio Walter. — Você precisava ter visto o chapéu dele!

Os meninos conduziram os cavalos para fora da balsa, até a terra firme.

— Parece que ele negociará por um tempão com os representantes do Parlamento — disse Ned, dirigindo-se a James. — Mas acho que o exército terá algo a dizer sobre qualquer acordo. Ele não conseguirá enganar o exército, por mais que engane o Parlamento. Os soldados não perdoarão o rei por ter recomeçado a guerra, depois que todos pensamos que estivéssemos em paz. O reino se voltou contra ele como nunca antes por causa disso. Ninguém o perdoará agora.

— Não sei — disse James, desanimado, pisando na terra e puxando o cavalo pelos arreios. — Só Deus sabe qual será o resultado e o que isso custará para todos nós.

— Não pronuncie o nome do Senhor em vão em minha balsa — repreendeu-o Ned.

— Desculpe-me — disse James através dos lábios frios, levando o cavalo até o bloco de montaria, subindo na sela e tomando as rédeas do cavalo de Rob. — Mande lembranças a sua mãe, Rob.

Alinor seguia para o jardim da casa da balsa pela trilha do barranco para colher amoras, quando avistou, contra o céu da tarde, a silhueta do filho amado subindo pelo estuário. Ele não saltitava feito um potro no campo, mas andava como se os pés estivessem pesados, de cabeça baixa, como se estivesse combalido.

— Ei! — gritou ela, e correu até ele.

Assim que o abraçou, percebeu que havia algo errado. Farejou-o, como um animal que fareja doença: as diversas casas onde ele se hospedara, a fumaça de diversas cozinhas no cabelo, uma goma diferente no colarinho, o odor de mar e sal do porto no casaco. Então, ela deu um passo atrás, contemplou-o e notou que estava cabisbaixo e de ombros caídos.

— O que foi, meu filho? — perguntou ela com delicadeza. — O que o aflige?

— Ah, nada, nada — disse ele, inexpressivo.

— Vem para casa, entra.

Ela o guiou de volta até o casebre sem dizer mais nada, entendendo vagamente que ele não falaria a céu aberto, com as gaivotas guinchando e o mar quebrando no barranco, como se avançasse litoral adentro e transformasse o mundo inteiro em terras das marés.

— A senhora estava indo a algum lugar? — perguntou ele.

— Só colher amora. Posso ir mais tarde.

Não fechou a porta do pequeno cômodo, porque assim podia ver o semblante do filho à luz brilhante da tarde. Ele desabou na banqueta. Costumava se sentar ali quando era menino, chorando por ter se machucado. Ela queria abraçá-lo naquele instante, como fazia no passado.

— Cadê Alys? — perguntou ele.

— Foi jantar na Fazenda Stoney, com os Stoney, e pernoitará lá. Ela está bem. Mas o que há com você?

— Eu... É que ... Nós encontramos...

Por dentro, ela amaldiçoou o padre que havia tirado seu menino de casa, levando-o através das águas, e o trouxera de volta mudo e angustiado.

— Está com fome? — perguntou ela, dando-lhe tempo.

— Não! — exclamou ele, pensando que ela não deveria desperdiçar pão com ele, pois seria difícil, para ela, ganhar o pão de cada dia quando todos soubessem que era uma esposa abandonada.

— Tome uma caneca de cerveja, então — disse ela, gentilmente, pegando a jarra e servindo duas canecas. Então, sentou-se ao lado dele e juntou as mãos no colo para se manter imóvel. — Pode falar, Rob. Não pode ser algo tão ruim assim. Nunca é tão ruim...

— É ruim — insistiu ele. — A senhora não sabe.

— Então, fale — disse ela com firmeza. — Para que eu fique sabendo.

— Vi meu pai — disse ele em voz baixa, o rosto abatido. — Lá em Newport, na ilha. Ele tinha um barco; é capitão de um navio mercante de cabotagem. O nome do barco é *Jessie*. — Ele olhou de relance para o rosto dela. — A senhora sabia?

— Não, claro que não; eu teria contado para vocês.

— Ele poderia ter voltado para casa meses atrás — disse Rob. — Mas não voltou.

Ela deu um leve suspiro.

— Isso não me surpreende — afirmou ela. — E nem me magoa.

— Eu o vi e chamei o nome dele; e ele me viu e correu de mim — disse Rob com a voz ligeiramente trêmula. — Na hora, não entendi, mas agora acho que ele me reconheceu e fugiu de mim. Mas fui atrás dele, que nem um tolo, e Walter e o Sr. Summer me seguiram.

Agora ela enrubesceu, um rubor profundo e humilhado, que subiu pelo pescoço até a fronte.

— Mestre Walter e o Sr. Summer também estavam lá?

— Claro que estavam! Eles o conheceram.

— Ah, não!

— Sim — aquiesceu ele. — Foi horrível. A gente foi com ele até uma taverna, um lugarzinho sujo onde ele tinha conta. Acho que o Sr. Summer pagou tudo. E ele disse que tinha sido recrutado pela marinha, a marinha do Parlamento, e que tinha fugido quando a marinha passou para o lado do príncipe, então ele conseguiu uma passagem num navio mercante costeiro. Ele falou que ia fazer o desjejum conosco no dia seguinte, mas não apareceu. Foi levar uma mensagem, a pedido do Sr. Summer, e não voltou mais. A gente pensou que poderia se encontrar com ele em Cowes, mas, quando fui até o ancoradouro, ele não estava lá, e ninguém tinha visto o barco dele. O Sr. Summer falou que ele não voltará para cá.

Enquanto cobria os olhos com uma das mãos para não ver o rosto dela, ele estendeu a outra mão, e ela a segurou com firmeza.

— Eu nem sei se existiu mesmo a tal mensagem — disse ele, tapando os olhos com a palma da mão. — Vai ver eles mentiram para mim, pensando que sou criança, pensando que sou tolo. Talvez ele tenha fugido, e o Sr. Summer mentiu por ele.

— Você não tem culpa nenhuma. — Ela teve vontade de chorar de dor por alguém ter fugido de Rob, pelo próprio pai ter fugido dele. — O problema é o tipo de homem que Zachary é, não o menino que você é. Ele não consegue viver comigo: talvez a culpa seja minha. Mas você não tem culpa de nada. Qualquer pessoa sentiria orgulho de ter um filho como você, e qualquer pessoa amaria ter Alys como filha. Zachary não pode viver comigo, nem eu com ele. Mas a culpa é nossa. A culpa não é de vocês dois.

— A senhora pensou que ele voltaria?

— Não sei — confessou ela. — Com o passar dos meses, eu achava cada vez menos provável, mas não sabia. Nesse último solstício de verão, fui até o cemitério, caso o fantasma dele estivesse perambulando, para ter certeza de que ele estava morto. Que Deus tenha misericórdia de mim, Rob, mas eu tinha esperança de que ele estivesse mesmo morto, para a gente não precisar mais pensar nele. Quando não vi o fantasma, concluí que ele devia estar vivo e que preferia não voltar para casa. Mas você não tem culpa de nada, Rob.

Sentiu uma pontada de vergonha ao lembrar que havia encontrado o padre no cemitério quando deveria estar em vigília pelo fantasma do marido, e agora ele conhecera Zachary e os dois conversaram sobre ela. Não conseguia imaginar o que Zachary poderia ter dito. Se tivesse repetido as acusações ensandecidas que costumava fazer — que ela aceitava ouro de fada para se prostituir no outro mundo, que praticava feitiçaria e acabara com sua virilidade —, Alinor se sentiria humilhada diante de James Summer para sempre. Se Zachary tivesse convencido James de que a esposa de Ned morreu porque ela foi negligente, ou pior, uma assassina, então poderia ter de enfrentar um inquérito. Fechou os olhos, pensando na vergonha e no perigo que Zachary ainda poderia representar. Permaneceram sentados, lado a lado, ambos cegos de angústia por um instante.

— Você não tem culpa nenhuma, Rob — repetiu ela, mais uma vez. — E muita coisa também não é culpa minha.

— O que é que a gente vai fazer? — perguntou Rob, ansioso. — Se ele não voltar? A senhora tem o barco agora, mas não pode vender peixe para os pescadores, e, quando Walter for para a universidade, eu terei de achar outro trabalho, que não pagará tão bem. E Alys não pode se casar sem dote.

— Não sei direito o que a gente vai fazer — disse ela, tentando parecer animada. — Mas tenho as ervas e os bebês. Fui paga pelo fazendeiro Johnson. As mulheres continuarão tendo filhos, Deus as abençoe. E, se vierem tempos de paz e o bispo voltar para o palácio dele, então receberei minha licença, poderei cobrar mais e serei chamada por mais casas.

— Não quando eles souberem que meu pai abandonou a gente — contrapôs Rob. — Não quando souberem que a senhora não é viúva, nem esposa. A senhora nunca conseguirá a licença. Mesmo se o bispo voltar. Não terá boa reputação. Nem mesmo deixarão a senhora entrar na igreja; a senhora terá de ficar no pórtico. Não deixarão a senhora entrar para comungar.

— Talvez as pessoas não se importem muito. Ninguém gostava de Zachary.

— E me chamarão de bastardo! — exclamou ele, em meio ao choro.

— E estarão errados — disse ela com firmeza. — E você não precisa responder.

Ele ficou calado por um instante.

— Será que a gente deve ir embora? — perguntou ele. — Para algum lugar onde a senhora possa dizer que é viúva, e Alys e eu possamos encontrar trabalho, e as pessoas não saibam de nada?

— Nenhuma paróquia nos aceitaria! — Ela tentou sorrir, mas ele pôde ver a dor estampada em seu rosto. — Nenhuma paróquia admitiria uma viúva com dois filhos! Eles teriam medo de que a gente se tornasse um peso financeiro. A Sra. Miller já tem esse medo, e a gente nasceu e cresceu aqui, nossa família paga o dízimo há várias gerações. E, além disso, o fuxico nos seguiria e soaria ainda pior para estranhos, pessoas que não conheceram Zachary e não sabem como ele é.

— Eu não consigo encarar essa situação aqui.

— Sim, eu entendo. Eu entendo, Rob. Mas, pelo menos, aqui a gente tem nossa horta e o barco, e seu tio. Eu tenho minha despensa e minha leiteria, e a cervejaria na casa da balsa. Eu trabalho na horta com seu tio. Sempre há trabalho no moinho. Eles o valorizam no Priorado, e a Sra. Wheatley, a cozinheira, é uma boa amiga. A gente só precisa tomar a decisão de dizer a todos que Zachary me abandonou, para acabar de uma vez por todas com essa conversa sobre se ele está vivo ou morto. Será ruim por um mês ou dois; mas então acontece alguma outra coisa, e todo mundo se acostuma com a ideia. — Ela tentou sorrir, tranquilizando-o. — Você vai ver. Alguma pobre mulher pulará a cerca e será humilhada na igreja diante de todos nós. Eles encontrarão outra coisa para fuxicar; falarão mal de alguma outra pessoa.

— Eles culparão e menosprezarão a senhora, e a senhora não fez nada errado! — disse ele, furioso.

Ela assentiu, pesarosa.

— Sim, talvez. Mas eu tenho a boa reputação de mulher trabalhadora e habilidosa, e isso não mudará. Zachary não era muito benquisto, e ninguém sentirá falta dele. Eu nem senti falta dele, a não ser por causa do barco e do dinheiro que ele ganhava.

Ele fez que sim.

— A senhora terá de viver sem marido pelo resto da vida. E a senhora não tem nem... sei lá... 30 anos?

Ela sorriu.

— Eu tenho 27 anos. Sim, serei uma mulher solteira pelo resto da vida; mas isso não é sacrifício para mim. Tenho você e Alys, e não quero mais nada.

— A senhora ainda pode encontrar alguém e se apaixonar — disse ele timidamente. — Alguém pode encontrar a senhora.

— Ninguém jamais me encontrará aqui. — Ela indicou a porta aberta, os terrenos lamacentos e a água salobra que recuava lentamente lá fora, no momento em que o estrondo seco do moinho espocou qual um trovão e um súbito jato de água esverdeada invadiu o estuário. — Ninguém jamais encontrará uma mulher como eu num lugar como este.

James se encontrou com Sir William na biblioteca depois que Walter foi dormir. As velas haviam derretido em seus candelabros, e o cão de caça dormia diante do fogo. Sir William estava em sua poltrona, ao lado da lareira, e James do outro lado, numa cadeira menor. Ambos bebiam conhaque francês, contrabandeado por comerciantes que atracavam no cais do moinho em noites escuras e na maré alta e iam embora sem acender nenhuma luz. James se sentia cansado, explicando o plano do rei de enganar o Parlamento e sua recusa em deixar o reino.

— Ele não quis ir embora? Nem mesmo quando ouviu a senha? — repetiu Sir William, incrédulo.

James balançou a cabeça.

— Não, senhor, não quis mesmo.

— Você o advertiu sobre o que poderia acontecer?

— Adverti, e disse que o plano era da esposa dele, e que o filho o esperava em seu navio, no mar. Eu implorei. Ele não quis partir.

— Que Deus o proteja, é um erro lamentável! — Sir William ergueu a taça num brinde. James brindou com ele e se recostou na cadeira.

— Você está doente? — Sir William ergueu uma sobrancelha diante do rosto pálido do homem mais jovem.

— Talvez um pouco de febre. Nada grave.

— Então, você acha que há alguma chance de ele estar certo? De que o Parlamento chegue a um acordo?

— Newport está cheia de monarquistas que se gabam de que não importa o que ele assinar. Dizem que ele assinará qualquer coisa, e que, quando voltar ao palácio, vingará seus conselheiros executados pelo Parlamento, restaurará a rainha e trará de volta para Londres a família real. Recuperará o poder e destruirá os inimigos. Todos dizem que não importa o que ele assinar agora... Ele voltará ao trono.

— Duvido. Duvido de verdade. Os homens do Parlamento não são tolos. Custou muito para eles chegarem até aqui. Eles também perderam filhos e irmãos. Não jogarão tudo fora num acordo vazio, quando ele já deu todos os motivos para nunca se confiar nele. Nem meu balseiro confia nele! Tudo o que eles oferecerem vai ter uma contrapartida. Vão amarrá-lo com juramentos. Não lhe entregarão o tesouro e o exército por um punhado de promessas.

— Disseram-me que ele não se contentaria com nada menos que isso — disse James, esmorecido.

— Impossível! — disse Sir William, mordaz. — Além disso, o exército nem é mais dele. É o Novo Exército Modelo; são todos homens de Cromwell. Jamais servirão a um rei; eles têm ideias próprias! São um poder paralelo, e pensam de forma independente. Se nem o Parlamento é capaz de controlar o exército, como ele seria?

James segurou firme os braços entalhados da cadeira, tentando conter uma onda de tontura.

— Sim, senhor. Mas essa é a razão pela qual o Parlamento terá de concordar com ele: para evitar as imposições do exército. O ódio de alguns membros do Parlamento ao exército é maior que a dúvida que sentem em relação ao rei. Alguns preferem um rei tirânico a um exército tirânico... Quem não haveria de preferir? Eles estão divididos, enquanto ele está decidido...

O mais velho concordou.

— É uma aposta — disse ele. — Uma aposta de rei. Ele é digno de admiração.

James, longe de expressar admiração, tomou um gole de conhaque.

— Não sei como ficamos agora — disse ele. — Não sei como eu fico agora.

— Esperarei até ser convocado novamente para servi-lo — falou Sir William por si mesmo. — Mas nunca mais colocarei meu filho em perigo. É difícil aceitar que ele nos tenha deixado chegar até a porta antes de se negar a colaborar. Será que não pensou no perigo que corremos? E você? Terá de voltar ao seminário para receber novas ordens?

— Imagino que sim. — James levou a mão à testa e constatou que estava molhada de suor. — Eles jamais entenderão como eu falhei. Recebi ordens para soltar um leão; nunca pensei que ele se negaria a sair da jaula. De tudo que eu temia que pudesse dar errado, nunca pensei nisso.

Estou perplexo. Minha missão era levá-lo são e salvo até o navio do filho e depois ir para Londres. Eu tinha ordens de me apresentar em Londres, assim que ele estivesse solto e em segurança. Imagino que agora eu tenha de voltar e dizer que ele ficou, que eu falhei. Terei de voltar à rainha e lhe contar que gastei sua fortuna por nada.

— Você é muito bem-vindo aqui. A capela precisa de um capelão. Walter precisa de um preceptor. Ninguém duvida de você. Aqui, você está seguro.

— Agradeço se puder pernoitar, mas estou sob juramento. Amanhã mesmo preciso ir para Londres.

— Você não me parece nada bem.

James sentiu os ossos doerem.

— Tenho de me apresentar. Haverá novos planos. Haverá mais viagens por caminhos secretos. Haverá outra missão para mim: e jurei obedecer.

— Bem, queira Deus que eles não exijam mais de você do que ficar quieto e aguardar tempos melhores. Já faz meses que você convive com o perigo, está com um aspecto bastante doente.

— Foi um trabalho exaustivo — admitiu James.

— E se o mandarem de volta para ele, para fazer tudo de novo?

— Jurei servir — repetiu James, sentindo as palavras azedarem na boca e o coração martelar no peito. — Rezo pela paz.

— E todos nós também — disse Sua Senhoria. — Mas que seja sempre em nossos termos. Vamos rezar agora?

— Matinas? — sugeriu James, olhando para o relógio francês que marcava a hora na prateleira em cima da lareira de pedra. Já passava da meia-noite.

— Sim — disse Sir William, levantando-se. — E partirá amanhã?

— Ao amanhecer — disse James, pensando nos dois meninos sob seus cuidados, nos planos que tinha para eles, planos que já não se concretizariam, e na mulher que jurou que nunca mais veria e que agora não veria mesmo.

James, de camisa branca e calções de montaria, mas com a estola santificada em volta do pescoço, andou em silêncio pela capela particular, acendendo as velas. Sir William se ajoelhou diante de sua cadeira, de olhos fechados, o rosto enterrado nas mãos. Virando as costas para a congregação de apenas um fiel, James preparou o pão e o vinho para a missa no velho altar de pedra, na extremidade leste da igreja, e fez suas preces em latim, a voz nunca se elevando acima de uma discreta salmodia. Sir William não precisava ouvir com clareza. Ele se juntou ao credo e à consagração da hóstia em latim, sabendo todas as palavras desde a infância vivida numa família que jamais se rendera em sua fé, nem durante os anos de Elizabeth, nem durante os anos de Eduardo, nem durante os anos de Henrique.

A sensação de desespero que James sentiu ao constatar que havia passado meses preparando a fuga de um rei que se recusara a colaborar se esvaiu, enquanto suas mãos se moviam habilmente entre os cálices e a âmbula, viravam uma página, derramavam o vinho, partiam o pão. Virando-se, encontrou Sir William ajoelhado nos degraus da capela e lhe ofereceu o pão sagrado e um gole do vinho santificado. Ele sabia, sem dúvida, que, naquele momento, Jesus Cristo, o Senhor ressuscitado, estava no pão e no vinho, que eram o corpo d'Ele e o sangue d'Ele, sabia que ele e Sir William participavam da última ceia e derrotavam a própria morte. Sabia que era um pecador, atolado na dúvida, mas ainda assim sabia que estava redimido e salvo.

James murmurou a oração final em latim.

— Esteja conosco, ó Senhor.

E ouviu Sir William murmurar a resposta.

— Pois a noite não tarda, e o dia já se foi.

— Assim como os vigias buscam a manhã...

— Nós buscamos a Ti, ó Cristo.

— Vem com o amanhecer do dia...

— E faze-Te presente na partilha do pão.

James sentiu algo no peito que achou que fosse o coração partido, assim como o coração de Cristo se partiu na cruz. Tinha desistido da mulher que amava por causa do monarca que deveria salvar, mas não conseguira salvá-lo e dela passara a duvidar. Nunca mais veria seu rei; nunca mais veria a mulher. Deixaria a mulher na pobreza e o rei na prisão. Tinha apenas 22 anos e falhara em tudo que seu dever e seu coração o levaram a fazer.

— Que Deus tenha misericórdia de mim — disse ele e, sem mais uma palavra, tombou no chão, pois seus joelhos se dobraram e ele perdeu a consciência.

Mandaram Stuart, o criado, buscar Alinor, e ele deu uma volta de cinco quilômetros na estrada, porque desconhecia as trilhas do outro lado do porto e temia que a maré subisse e o afogasse, assim como que fantasmas de afogados nadassem atrás dele. Mas, quando esmurrou a porta do casebre, deparou-se com Alinor e Rob, à meia-luz da lareira fumegante, horas depois que bons cristãos deveriam estar na cama. Stuart recuou de medo ao ver a curandeira acordada àquela hora escura, com o filho ao lado.

— Não estão dormindo? — perguntou ele, temeroso. — Acordados a noite inteira?

Alinor se levantou.

— Tem alguém doente?

— É o preceptor — respondeu ele. — Sir William falou que é para ir agora mesmo.

Rob entregou a Alinor a cesta de medicamentos, já abastecida com óleos e ervas, pôs o gorro e o casaco e liderou o caminho através do alagadiço até o Priorado, seguindo pela praia, pelo barranco e pela trilha secreta iluminada por uma meia-lua que refletia nas águas que subiam. Chegaram ao charco salobro diante do Priorado no momento em que a lua surgia por trás de nuvens, fazendo brilhar as águas a leste do porto, então atravessaram a horta sob aquela luz enigmática.

A capela estava fechada e silenciosa, o ouro e as velas devidamente escondidos pelo Sr. Tudeley e por Sua Senhoria. Haviam levado James de volta à biblioteca, removido sua estola e o deixado no tapete diante do fogo, com medo de carregá-lo escada acima.

— Ele falou alguma coisa antes de perder os sentidos? — Alinor mal conseguia olhar para James de tão mortalmente pálido que estava, esparramado no tapete da lareira, assim como se esparramara na cabana de pesca quando pernoitara sob seu teto e ela o achara tão belo quanto um anjo caído.

— Ele falou: "Que Deus tenha misericórdia de mim" — disse Sir William. — Mas não poderia estar possuído por demônios. É um homem devoto, e estava na... estava em estado de graça.

De relance, aquele olhar cinzento lhe disse que ela sabia o que ele e o padre extenuado estavam fazendo à meia-noite.

— Ele reclamou de febre ou calafrios? — perguntou ela, colocando a mão áspera e quente no rosto frio e suado de James.

— Sim, e estava exausto — disse Sir William. — E melancólico.

Alinor tinha um bom palpite sobre a causa do cansaço e da tristeza.

— Posso fazer uso de sua despensa?

— Claro. Pegue o que precisar. A senhora sabe o que tem lá dentro. Mas, Sra. Reekie, a senhora acha que pode ser a peste?

Era a única pergunta que Alinor temia, pior que se um bebê estava atravessado no útero ou se era malformado. Se fosse a peste, seria quase certamente fatal para todos naquela sala, para metade dos residentes da casa, para a maior parte do vilarejo. A sentença de morte já teria sido lavrada e não poderia ser revogada. Não havia nada que ela pudesse fazer contra a peste. Decerto, ela própria seria a primeira a morrer. Era sempre assim. Todos sabiam disso.

— Não sei — disse ela. — Só saberei depois que procurar as marcas no corpo dele.

— Mas pode ser? — indagou Sir William, posicionando-se atrás da cadeira. — Ele esteve em Newport. Meu bom Deus! E levou meu Walter... a Newport e Cowes.

— E meu Rob — lembrou Alinor.

— Eles podem ter tido contato com alguém. Ele pode ter pegado a peste de algum navio. Os três podem ter pegado. Voltaram para casa de navio por Portsmouth.

— Preciso examiná-lo — disse ela, escondendo o próprio medo. — Só depois poderei dizer.

Sir William não correria o risco de manter aquele homem em sua casa nem mais um instante.

— Leve-o para os estábulos. — Ele se dirigiu ao Sr. Tudeley. — Leve-o neste tapete, para que ele não se machuque. Deixe o tapete lá. Vamos mantê-lo confinado até descobrirmos. — Virou-se para Alinor. — Sra. Reekie, tenho de lhe pedir: a senhora pode acompanhá-lo e cuidar dele até ele se curar?

— Não posso — disse Alinor sem rodeios. — Tenho um filho e uma filha. Vou examinar, mas, se ele tiver os sinais, não posso me isolar com ele. Nunca cuidei de vítimas da peste.

— Eu suplico — disse ele. — E pago bem, muito bem. Vá com ele agora e o examine. Se ele estiver contaminado, e que Deus não permita que esteja, mando buscar de Chichester uma enfermeira que trabalhe com vítimas da peste, para ficar confinada com ele, e a senhora pode ir embora antes que ela chegue, antes que anunciemos a doença, e pode ir para seu casebre e ficar quieta até tudo terminar. Se ele não estiver contaminado, ainda assim, pago três xelins por dia, para a senhora cuidar dele até que melhore.

Ela hesitou.

— A senhora não vai querer que ele fique na cama dele, no quarto dos meninos — frisou Sir William. — Não com seu filho e o meu. Será melhor para todos nós se a senhora cuidar dele no mezanino do estábulo.

Ela olhou para o rosto lívido de James, para o cabelo castanho e encaracolado, para os cílios pretos acima das faces pálidas, para o queixo e o lábio superior escurecidos, que não o marcavam como anjo, mas como qualquer mortal. Notou que o peito dele arfava, e que um suor frio nublava os cachos em sua testa. Sabia que não suportaria deixá-lo. Não suportaria entregá-lo aos cuidados insensíveis de uma estranha.

— Dez xelins. — Sua Senhoria aumentou a oferta, pela segurança de seu próprio lar. — Dez xelins por dia, até a enfermeira chegar. Por dia.

— Eu aceito — decidiu ela. — Rob pode me ajudar, buscando o que preciso na despensa do senhor, mas depois ele terá de ficar longe.

O mezanino do estábulo, desocupado às pressas pelos cavalariços, era claro e arejado, com janelas ligeiramente estriadas, não de vidro, mas feitas de chifre transparente, posicionadas nas extremidades dos beirais. Lá embaixo, os cavalos utilizados na caça se agitavam e bufavam em suas baias, e o ambiente tinha um odor aconchegante e cálido de palha limpa, feno e da aveia consumida pelos animais. Stuart e dois cavalariços carregaram James, ainda embrulhado no tapete, escada acima e o deitaram na cama.

— Enviarei comida — disse o Sr. Tudeley, mantendo distância, no meio da escada. — A senhora pode puxar a comida pela corda.

— E um balde de água quente, para lavar, e uma jarra de água fria. Uma jarra grande de cerveja de mesa e pratinhos, para minhas misturas. Precisarei de pão fresco, queijos e carne, para quando ele acordar, e ao meio-dia alguém precisa trazer uma refeição — instruiu Alinor. — E precisarei de um balde, para servir de penico, e de ervas, para espalhar pelo ambiente.

— Claro, ele será servido como um convidado de honra, e a senhora também, Sra. Reekie — disse o Sr. Tudeley. — Seu menino dormirá aqui com a senhora?

— Não — disse ela com firmeza. — Ele ficará na casa com mestre Walter. Passarei a noite com o Sr. Summer e, se Deus quiser e ele estiver bem amanhã, ele pode voltar para a casa de Sir William, e eu, para a minha. Isso é só por uma noite.

— A senhora vai nos avisar imediatamente — disse o encarregado, nervoso.

Recusava-se a pronunciar a palavra "peste".

— Eu aviso, assim que aparecer alguma marca, e os senhores chamam outra enfermeira, e eu o entrego para ela — garantiu Alinor.

— Enviarei tudo o que a senhora pediu — prometeu o Sr. Tudeley, então desceu a escada e fechou a portinhola do mezanino.

Alinor esperou um instante, depois trancou a portinhola por dentro, para que ninguém pudesse entrar pela escada de forma inesperada. Ela e James ficaram totalmente a sós.

Foi até onde o deixaram, desfalecido qual um cadáver no tapete, e o desembrulhou, como quem desembrulha um pacote precioso. Quando o tapete caiu, ele arfou, como se sentisse falta de ar. Alinor lhe levantou um pouco a cabeça e os ombros e colocou uma almofada embaixo dele. Ele respirou com mais facilidade, e surgiu um pouco de cor nas faces. Ela se surpreendeu olhando para aquela boca pálida e lembrando-se de como ele a beijara.

Desabotoou a camisa de linho fino. Os botões eram de madrepérola. Ela tocou cada botão, notando o brilho, depois abriu a camisa, para lhe examinar o peito e o abdome.

Os ombros eram largos; o peito e o abdome, retos. Era bastante musculoso, parecendo um homem que cavalga e corre todo dia. Uma linha de pelos castanhos descia do abdome até os calções, e Alinor, que mais de uma vez havia despido o marido bêbado, desamarrou o cadarço dos calções, sem hesitar, e afastou a braguilha. Pela primeira vez, ela o viu nu. Viu a sombra dos pelos escuros e espessos, a força do pênis adormecido, a linha musculosa dos quadris. Olhou para ele por não mais que um instante e sentiu desejo, como se ela própria estivesse febril. Com cautela, baixou-lhe os calções, curvando-se sobre ele e sentindo seu cheiro morno, limpo e másculo; teve de se conter para não lhe beijar o abdome e encostar a face naquela pele cálida.

Baixou os calções até as botas, então afrouxou os cadarços das botas e as removeu; depois, retirou-lhe as meias finas. Ele estava deitado diante dela, nu, exceto pela camisa aberta e a jaqueta.

Não havia marcas vermelhas na pele. Ela levantou um braço, depois o outro, e apalpou as axilas. Não havia inchaços dos bubões, o que seria sintoma certo da peste. Não havia o menor sinal, em lugar nenhum de sua pele macia e sedosa, de algo errado, exceto o calor: estava ardendo em febre.

Delicadamente, ela o levantou mais na almofada e o sentiu se aninhar em seus braços, dando um leve gemido, como se sentisse dor. Abotoou a camisa de novo, para protegê-lo do frio, e sentiu uma ternura apaixonada ao fazê-lo, como se estivesse cuidando de Rob ou Alys quando eram bebês. Deixou-o no belo tapete e o cobriu com um dos cobertores da outra cama. A maioria dos médicos amontoava cobertores sobre um paciente febril e ainda acrescentava uma panela cheia de brasas, para "queimar" a febre. Alinor tratava seus pacientes como tratara os filhos, mantendo-os numa temperatura fresca e quietos. Mais uma vez, tocou-lhe a testa. Quase sentia o calor pulsando através das veias azuis nas têmporas. Inseriu dois dedos dentro do colarinho da camisa dele, junto ao pescoço, e sentiu as batidas do coração.

Alguém chamou do quintal; ela foi até a janela, abriu-a e se deparou com Stuart, o criado, trazendo roupa de cama e cerveja, um balde de água quente e algumas tigelas, toalhas de linho e uma caixa de ervas e óleos selecionados por Rob na despensa. Acima da janela havia uma polia e uma corda, para suspender sacas de grãos. Alinor baixou o gancho, e Stuart fez subir uma cesta carregada com uma terrina de sopa, pão e queijos em travessas, depois todos os outros itens que trouxera, então disse "Isso é tudo, Sra. Reekie?", como se Alinor fosse uma convidada, e não uma serviçal igual a ele.

— É, sim — disse ela. — Diga a Rob que venha aqui depois do desjejum. Falarei com ele daqui de cima. Mas ninguém pode entrar aqui até eu saber o que aflige o preceptor.

— Desculpe-me, Sra. Reekie, mas a senhora acha que pode ser a peste? — sussurrou Stuart, com medo.

— Não há sinais agora — disse ela com cautela. — Ficarei examinando-o hoje, para ver se aparece algum sinal. Ainda não há marcas nele. Espere aí. — Ela foi até a cesta de ervas, pegou um raminho de sálvia seca e jogou para ele. — Queime isso no fogo da cozinha — disse ela —, e depois apague e me traga de volta, ainda fumegando.

Ele se foi e voltou instantes depois, com o raminho fumegando dentro de uma tigela de barro. Alinor baixou a corda, ele colocou a tigela no interior da cesta e ela a puxou para cima.

— Isso invoca espíritos? — sussurrou ele. — A senhora está invocando espíritos?

Alinor balançou a cabeça.

— Isso limpa o ar — disse ela com firmeza. — Não trabalho com espíritos nem com nada parecido. Apenas com ervas e óleos, como qualquer outra pessoa.

Ele fez que sim, mas não acreditou.

— É só isso — disse Alinor, pensando que, por mais que os negasse, os boatos de magia pesavam sobre ela e sobre todas as mulheres de sua família, como a névoa pesava sobre o alagadiço.

— Que Deus abençoe a todos nós — disse Stuart, ofegante, e correu para a porta da cozinha.

Alinor pegou os talos da sálvia fumegante e andou pelo ambiente, sacudindo as folhas ardentes, de maneira que o perfume antisséptico penetrasse cada canto. Então devolveu o raminho à tigela e o deixou fumegar. Abriu a sacola de medicamentos para ver o que Rob lhe enviara. Havia um pauzinho de canela, um frasco com um limão em conserva de óleo e outro com manjericão destilado, tudo obtido na despensa dos Peachey. Alinor achava que James poderia estar com febre terçã, doença que grassava no alagadiço, acometendo visitantes e afligindo-os pelo resto da vida, reincidindo três vezes por ano, daí chamada terçã. O primeiro surto era sempre o pior, muitas vezes fatal; os outros exauriam o paciente, que ficava febril e delirante. A maioria das famílias da região do Lodo Catingoso contraía a doença na infância: Rob fora acometido quando criança, e Zachary padecia de febre quartã todo ano. A mãe de Alinor acreditava que a doença era causada pela picada das moscas que zumbiam nos ouvidos das pessoas enquanto estas dormiam e aconselhou a filha a plantar malmequer e alfazema nas janelas e portas, para manter os insetos do lado de fora. Não foi surpresa para Alinor que o homem que ela amava se contaminara por moscas que viviam nas águas em volta de sua casa. Isso comprovava que ele jamais deveria ter vindo; e que, depois que partiu, nunca deveria ter voltado. Era um sinal para os dois.

A febre não cedeu a noite toda. Banhou-o com água e o óleo de alfazema que ela própria fazia. Acrescentou óleo de limão e canela ralada à sopa e o alimentou com colheradas, mas ele permaneceu meio inconsciente, num sono febril, virando a cabeça de um lado para o outro e pronunciando palavras, palavras em latim, que ela não conseguia entender e que receava que fossem heresia ou magia, ou ambas.

Ele só se acalmava quando ela o segurava, com o braço em volta dos ombros, e o ajudava a beber a cerveja, na qual acrescentava mais óleo de limão. Era só nesses momentos que ele se aquietava, como se o toque dela o refrescasse; e assim, enquanto a noite se esgotava no amanhecer, ela o abraçava, encostada na parede de madeira tosca, com a cabeça quente dele em seu ombro. Ele roçava a cabeça no pescoço dela, como se desejasse sentir no rosto o toque fresco daquela pele, e por fim adormeceu.

Quando as espessas janelas com painéis de chifre deixaram entrar uma luz nublada, ele gemeu de dor, cambaleou, levantou-se e colocou as mãos na barriga. Ela sabia o que estava por vir, então enfiou o balde embaixo das nádegas dele, e ele evacuou, curvado de agonia.

— Está tudo bem, está tudo bem — disse ela, como se ele fosse um de seus filhos e estivesse doente, e o lavou com água purificada que trouxera de sua casa. Usando a polia, baixou o balde fedorento, então chamou o menino do estábulo para esvaziá-lo no monte de esterco, lavá-lo e devolvê-lo. Então, lavou as próprias mãos na água purificada, acomodou-se o melhor que pôde, encostando-se nas tábuas da parede de madeira, e, mais uma vez, tomou-o nos braços e apoiou a cabeça dele no ombro.

Alinor cochilou e teve sonhos incoerentes de amor: um homem que falava de "uma mulher como você num lugar como este", um mundo onde as mulheres não eram condenadas na igreja diante de homens tão pecadores quanto elas, que com elas haviam pecado. Sonhou com Alys e seu amado, Richard Stoney, com Rob e a vida que ele poderia levar se não fossem pobres e não tivessem nascido para ser pobres, com Zachary navegando para longe e dizendo, aos ventos do sonho, como um dia lhe dissera, cheio de amargura: "Seu problema é que nada do mundo real a satisfaz."

Acordou à luz do dia, dolorida e com uma sensação de derrota. Todo o orgulho que sentira por sua paixão noturna havia desaparecido. Pensou que Zachary estava certo, que ela havia enganado a si e aos filhos, e que ele falara a verdade; não quando dizia que ela dançava com senhores das fadas, mas que desejava estar com eles. A vida inteira desejara mais do que a vida para a qual nascera; mas naquela manhã sabia que tinha se rebaixado demais: uma mulher pobre, prestes a ser desonrada perante os vizinhos, trabalhando como a mais reles criatura, como enfermeira de vítimas da peste, quase uma papa-defunto, apenas um degrau acima de um carroceiro que transporta um carrinho cheio de cadáveres de vítimas da peste, pedindo às pessoas que trouxessem seus mortos. Ela não conhecia trabalho inferior ao de uma enfermeira da peste, e seu desatino e seu amor a levaram àquela situação: trancafiada com um moribundo, um perjuro, um homem que jamais dissera que a amava.

Ainda assim, ela o abraçava, sabendo que fazia papel de tola e com vergonha da própria loucura. Mas, então, percebeu que James estava morno em seus braços, não frio e rígido, nem suando, nem morrendo. Estava morno e exalava um cheiro adocicado, como um homem que sobreviveria, e seus olhos estavam se abrindo, e sua cor melhorava.

— Alinor — murmurou ele, como se pronunciasse o nome dela pela primeira vez.

— Você está melhor? — perguntou ela, incrédula.

— Mal consigo falar. Não sei. Sim.

— Não fale. Você esteve muito mal.

— Pensei que fosse morrer.

— Você não vai morrer. Não é a peste.

— Graças a Deus. Eu agradeço a Deus.

— Amém — disse ela.

Zonzo, ele olhou ao redor.

— Estamos de volta à cabana de pesca?

— Não! No palheiro do Priorado. Você ficou doente. Você se lembra?

— Não. Não me lembro de nada. — Ele franziu o cenho. — Eu trouxe os meninos para casa de Cowes.

— Trouxe, sim. Eles estão em segurança. Depois você teve um febrão.

Ele se esforçou para recordar as mentiras que tinha de sustentar, mas não conseguia se lembrar delas. Já não tinha certeza do que era verdadeiro ou falso.

— Estou com muita sede.

Ela lhe ofereceu cerveja e ele bebeu agradecido, mas ela permitiu apenas uma caneca.

— Vai com calma, vai com calma, mais tarde você bebe um pouco mais.

— Não sei bem o que eu disse, o que posso ter falado enquanto dormia...

— Nada que fizesse sentido — tranquilizou ela. — Sir William me chamou depois da meia-noite. Ele não me disse o que era. Você estava deitado num tapete diante do fogo. Ele só disse que você tinha desmaiado. Quando cheguei aqui, você estava delirando de febre.

Ele aquiesceu.

— Não consigo me lembrar de nada.

Imaginou que ele passasse a vida tentando se esquecer de boa parte do que vivia e falasse de ainda menos, e agora o esquecimento o dominara, qual um agouro em resposta a um desejo.

— Sua Senhoria me chamou e pediu que ficasse aqui com você, para ter certeza de que não era a peste.

— Você veio ficar comigo... embora tivesse dito que...

— Vim — disse ela, convicta. — O senhor de terras me chamou. Eu tinha de vir.

— Mas você concordou em cuidar de mim.

— Sua Senhoria pediu. Eu tinha de concordar.

— Você veio ficar comigo — insistiu ele. — Você decidiu vir.

Ela exibiu o sorriso mais doce, mais generoso.

— Eu vim ficar com você — confirmou ela.

— E você me despiu.

— Eu precisava ver se você tinha marcas de varíola ou da peste.

— E passou a noite comigo.

— Para vigiar sua febre.

— E me abraçou.

— Só assim você ficava quieto, sem se debater e se descobrir.

— Eu fiquei nu em seus braços.

Ela estreitou os lábios.

— Foi para o seu próprio bem.

Ele ficou em silêncio por um instante.

— Meu Deus, eu gostaria de poder ficar nu em seus braços novamente.

— Xiu — disse ela, perguntando-se se era possível ouvi-los do estábulo abaixo. — Xiu.

— Não vou me calar — sussurrou ele. — Tenho de falar. Alinor, eu pensei que iria embora sem vê-la novamente, pensei que nunca mais nos encontraríamos. Perdi minha fé, meu Deus, cometi perjuro de muitas maneiras. Perdi meu rei, meu Deus e a mim mesmo. Mas achei que ainda haveria algum sentido em minha vida, se eu pudesse revê-la... e agora você está aqui.

— Não sou a fé, nem Deus, nem o rei — disse ela, solenemente. — Nem sequer sou uma mulher de boa reputação. Sei que você conheceu Zachary em Newport. A menos que a febre tenha feito você esquecer, ele deve ter lhe contado que sou uma mulher nociva: nem viúva nem esposa.

— Ele jurou, acusando-a de todo tipo de coisa medonha. Não prestei atenção — prometeu James. — Não dei ouvidos, e não acreditei nele. Não me lembro de nada do que ele falou. — James nem sequer sabia que estava mentindo para ela. — Eu achei que nunca mais a veria, tenho ordens para me afastar daqui, para deixar o Lodo Catingoso, e agora aqui estamos, trancados juntos, quase como se fosse a vontade de Deus que nunca nos separemos. Juro em nome d'Ele que não quero estar em nenhum outro lugar. Eu perdi tudo, menos você. Pensei que estivesse morrendo e, em meu momento mais sombrio, a única coisa que eu queria era você. Não conseguia falar, não conseguia pensar, não conseguia rezar: tudo o que queria era você. Pensei que estivesse sonhando que você me abraçava. Pensei que fosse um sonho febril de desejo. Eu não teria voltado à vida se não fosse por seu toque.

Ficaram em silêncio por um instante diante da enormidade do que ele tinha falado.

— Quando eu disser que você está bem, estará livre para sair daqui — advertiu-o ela. — E terei de ir embora. Você será transferido para seu quarto, no Priorado, para descansar e recuperar as forças; eu vou para casa e volto amanhã, para ver se você continua bem. Talvez Sir William chame o médico de Chichester.

— Então, diga-lhes que não tem como saber até amanhã — respondeu ele na mesma hora, e, quando ela hesitou, insistiu: — Alinor, eu imploro. Não temos chance, nós dois. Não temos chance de ficarmos juntos no mundo, mas podemos ter o dia e a noite de hoje; se você disser essa pequena mentira, poderemos ficar juntos. Diga que está esperando para ver a febre ceder, ou as marcas surgirem, ou seja lá o que for que possa aparecer. E nos dê o dia e a noite de hoje e amanhã aqui sozinhos. Nada mais. Não peço nada mais. Mas isso eu imploro.

Ela hesitou.

— Você não precisa se deitar comigo, se não quiser — ofereceu ele. — Não peço nada além de ficar aqui ao seu lado. Você está vendo que não estou em condições de forçar nada. — Enquanto falava, ele percebeu que sua virilidade estava incapacitada, como Zachary previra. Balançou a cabeça para se livrar do pensamento maligno. — Não forçarei nada. Você não será constrangida. Nem sequer tocarei em você se não permitir. Mas, Alinor, dê-me um dia e uma noite juntos, antes que eu saia para um mundo em que perdi tudo, menos você.

Sem responder, ela se levantou da cama e desamarrou os laços da frente do camisolão de linho, de modo que ele viu, pela primeira vez, a curva de seus seios. Desamarrou a faixa, deixando a saia cair no chão, e se mostrou nua, exceto pelo camisolão aberto, por baixo do qual ele viu o contorno de seus quadris e coxas.

— Se você quiser, teremos o dia e a noite de hoje — concordou ela, como uma mulher que se preparava para se afogar em águas profundas. — O dia e a noite de hoje. — E, seminua, caiu em seus braços.

Ao meio-dia, Rob chegou ao quintal embaixo da janela. Alinor se inclinou, sorriu para o filho e disse que tinha certeza de que não era a peste, mas que ficaria para cuidar do Sr. Summer até a febre ceder. Elogiou o filho pelas ervas selecionadas e disse que não precisava de mais, apenas outro frasco de óleo de limão, para combater a febre. Disse-lhe que pedisse à Sra. Wheatley mais cerveja de mesa e a Stuart que entregasse o almoço numa cesta. Disse também que o Sr. Summer estava dormindo, ainda febril, mas não pior.

— Mas como você está, Rob? Teve febre?

— Estou bem — disse Rob, olhando para ela. — E Walter também. Eu toquei nele, para ver se estava quente, e olhei a garganta dele. Sem inflamação, sem marcas nas costas, nem no peito. Seja o que for que aflige o Sr. Summer, acho que Walter e eu não pegamos.

— Deus seja louvado — disse Alinor. — E, Rob — chamou, baixando a voz enquanto ele se aproximava da parede e olhava confiante para ela —, não se preocupe com seu pai. O Sr. Summer não vai dizer que se encontrou com ele, e nós também não precisamos falar nada. Não fale de Zachary até eu sair daqui e podermos combinar o que dizer. Acima de tudo, Rob... não fique triste por causa dele. Ele fez a escolha dele, e vai viver a vida que escolheu. Nós vamos viver a nossa. Você deveria estar feliz. Você tem muita coisa boa pela frente.

Ele fez que sim com os olhos cravados no rosto dela.

— E diga a Alys que passe a noite na casa da balsa — instruiu ela. — Volto para casa amanhã. E não conte nada para ela ainda.

Ela lhe mandou um beijo; ele baixou a cabeça, encabulado, acenou e foi embora pelo quintal.

James, em sua cama improvisada, observou-a fechar a janela e dar um passo atrás, para não ser vista do quintal lá embaixo.

— Está tudo bem com ele? — perguntou James.

— Deus seja louvado — disse ela.

Ele descobriu que não conseguia dizer: "Amém." Achava que já não conseguia falar com seu Deus.

— Acho que arrumarei sua cama com lençóis limpos — disse ela. — E devo pedir a Stuart que traga água para você se lavar?

— Sim — disse ele. — E teremos o dia todo e a noite toda — continuou. — Isso parece um sonho, como se eu ainda estivesse com febre.

Imediatamente, com as costas da mão, ela tocou-lhe a fronte.

— Não — disse ela. — Sem febre, e não é um sonho.

— E amanhã...

— Não pensemos no amanhã até sermos obrigados — sussurrou ela, e ele a puxou para perto, deitado na cama, pressionando-a em seu corpo.

As horas passaram despercebidas. Em duas ou três ocasiões, Stuart chamou, do quintal abaixo, e Alinor se vestiu e jogou a corda pela janela. Ele fez subir comida, água para lavar e cerveja para beber, mas eles mal notaram a frequência com que ele veio nem o que trouxera. Alinor arrumou a cama com lençóis limpos, e os dois se deitaram, nus, fizeram amor, adormeceram, acordaram e fizeram amor outra vez. Pela janela oeste, viram o sol se pôr sobre o charco salobro e viram a lua baixar. A noite inteira cochilaram, acordaram, fizeram amor e dormiram, como se não existisse nem noite nem dia e não precisassem de luz, a não ser a tremulação da vela, que fazia brilhar seus corpos em movimento.

— Eu nunca soube que era assim — confessou James. — Quando os irmãos falavam do amor de uma mulher, no seminário, eu pensava que era algo mais bruto e penoso.

— Foi sua primeira vez? A primeira mesmo? — perguntou Alinor, sentindo uma pontada de culpa, como se tivesse pecado contra James e roubado sua inocência.

— Já me senti tentado — disse ele. — Quando vivia escondido, viajando de casa em casa. Teve uma mulher em Londres, e outra numa casa em Essex; eu sabia que sentia desejo, mas sempre parecia pecado, e consegui resistir; mas isso aqui parece certo.

Alinor imaginou que aquele padre jovem e bonito tivesse sido desejado por mais de uma mulher que o recebera e escondera em casa, deliciando-se com o segredo. Riu ao pensar nisso, e, imediatamente, o rosto dele se iluminou.

— Você deve me achar um tolo — disse ele. — Ser virgem na minha idade!

— Não — garantiu ela. — Aprendi a desprezar um homem que esteve com muitas mulheres e não amou nenhuma. Zachary foi o único homem com quem estive e era um marido difícil. Estavam certos quando o instruíram no seminário. Bruto, sofrido e... ingrato. — Encontrou, então, a expressão mais verdadeira. — Era uma tarefa ingrata ser esposa de Zachary.

Ele pegou uma mecha brilhante do cabelo dela e a enrolou no dedo do meio, como se fosse um anel.

— E você não teve homem nenhum depois dele?

Alinor olhou para James.

— Ele disse o contrário?

Ele assentiu.

— Ele disse coisas terríveis — acrescentou James. — Não estou perguntando por causa das mentiras dele, mas porque não posso acreditar que ninguém a tenha cortejado.

— Eu não sentia desejo — disse ela. — Ninguém fala dessas coisas no Lodo Catingoso, mas, se alguém me perguntasse, eu diria que era uma daquelas mulheres que não sentem desejo. Para mim, sempre foi dor e brutalidade. Zachary dizia que, para ele, eu era fria que nem gelo, e pensei que não houvesse outra maneira de ser. Nunca soube que poderia ser assim.

Ele sorriu para ela e tocou-lhe a face morna com o dedo.

— Às vezes, quando eu fazia um parto e a mulher perguntava quando poderia voltar a se deitar com o marido, eu nunca entendia por que ela haveria de querer isso. Eu dizia que ela precisava esperar dois meses, até poder primeiro ir à igreja, e me perguntava por que ela reclamava que era tempo demais.

— Parece tempo demais para você agora?

— Um dia parece tempo demais agora.

— Então, agora entende o amor?

— Pela primeira vez. — Ela sorriu para ele. — Então, de certa forma, para mim também é a primeira vez.

Ele beijou-lhe a mão.

— A mulher de gelo se derreteu?

— Eu me tornei uma mulher de desejo.

Tarde da noite, acordaram famintos e devoraram o restante do pão e do queijo, pão de trigo, de qualidade, assado no forno do Priorado, e queijo suave e curado, com casca salgada, preparado na leiteria do Priorado.

— Teve uma coisa que Zachary falou — disse James, hesitante, com receio de que ela lhe dirigisse um olhar sombrio e se afastasse.

— Ah, aquele lá nunca parava de falar — disse ela com um sorriso. — Esbravejava feito as pedras do moinho na maré.

— Ele falou que Ned tinha uma esposa... — começou James.

As palavras soaram como um golpe. Arrancaram o sorriso dela. Imediatamente, Alinor ficou pálida de culpa.

— Desculpe-me. Não quis dizer... Não diga nada — implorou ele. — Você não precisa dizer nada. Eu só...

— Você acreditou nele? Você repetirá para Sir William... o que ele disse? O que quer que ele tenha dito? Por causa de seus votos, você será obrigado a contar tudo para o pastor da Igreja de São Wilfrid?

— Não, eu jamais contaria. Eu não queria falar nada agora, mas...

— Mas ele o fez pensar — disse ela lentamente. — Apesar de todo o seu conhecimento, dos idiomas que você domina, de sua sabedoria... apesar de sua fé!... ele o fez pensar. Ele o fez... ter medo.

— Não tenho medo! — reagiu ele com um sobressalto, mas ela tocou-lhe o ombro com delicadeza.

— Se o mundo fosse do jeito como Zachary enxerga as coisas, todos teríamos medo — disse ela gentilmente. — Pois, sendo um pobre tolo, ele povoou o mundo com monstros para assustar a si mesmo. Ele fala de mim como uma mulher que se deita com senhores das fadas. Ele renega os próprios filhos. Diz que lancei um feitiço que acabou com a virilidade dele. Diz que matei a pobre coitada da minha cunhada, Mary. Você sabia que, se o povo daqui acreditar em apenas uma dessas coisas, eles me testarão, para ver se sou bruxa?

Ele balançou a cabeça, negando as terríveis acusações contra ela.

— As pessoas devem saber que você é inocente!

— Você não sabia.

— Eu sabia! Eu sei!

— Você sabe o que eles fariam comigo?

— Não sei, não. — Ele nem queria saber.

— Há uma banqueta no cais de Sealsea onde amarram a mulher sentada com cordas, feito um gato que alguém quer afogar. O banco fica na ponta de uma grande viga, feito um balanço, e o ferreiro, em geral é o ferreiro, baixa o outro lado. A mulher fica bem no alto, onde pode ser vista por todo mundo; então, ele baixa a mulher na água, debaixo da água. Daí, esperam um bom tempo, até achar que já deu para fazer o teste, e suspendem a mulher, para dar uma olhada nela. Se ela estiver vomitando água do mar, dizem que o diabo a protegeu e a mandam para Chichester, para ser julgada no tribunal diante de juízes que ouvirão as evidências e podem sentenciá-la à morte por enforcamento. Mas, se ela aparecer branca que nem a espuma do mar, de lábios e unhas azuis, de boca aberta por ter gritado debaixo da água, as mãos feito garras de tanto tentar arrancar a corda, eles concluem que era inocente e enterram a mulher em solo consagrado no cemitério da igreja.

— Já ouvi sobre essas coisas, mas...

— A lei obriga que toda paróquia tenha uma banqueta de mergulho. Você deve saber disso.

— Eu achava que fosse só um mergulho...

Ela deu um sorriso discreto.

— Sim, é assim que chamam. Faz a coisa parecer leve, não é? E algumas mulheres são apenas mergulhadas. Mas, é claro, outras se afogam.

— Sir William deveria se certificar de que seja apenas um mergulho.

Ela deu de ombros.

— Deveria. Quando está aqui. Mas é melhor para Sir William que mergulhem uma bruxa de vez em quando e culpem alguma pobre mulher por suas desgraças do que perguntarem de que lado ele estava na batalha de Marston Moor, o que fez em Newbury... e por que devem pagar o dízimo a ele.

— Isso não tem nada a ver! Ele pagou a multa por servir ao rei. E foi perdoado pelo Parlamento.

— Nós nunca vamos perdoá-lo — disse Alinor, falando pelo irmão, por todos os homens que esperavam uma vida melhor sem um lorde. — Ele levou uma dúzia de rapazes de Sealsea, com a roseta do rei no chapéu, e só trouxe sete de volta para casa.

— Mas isso não tem nada a ver — explicou ele pacientemente. — E ele é um homem civilizado... Ele impediria um julgamento de bruxa. É um juiz de paz: ele defenderia a lei. É um homem culto, um advogado. Não faria mal a uma mulher inocente.

Ela sorriu, como se James fosse uma criança.

— Nenhuma mulher é inocente — observou ela, e suas palavras o fizeram estremecer, como se fosse Zachary falando. — Nenhuma mulher é inocente. A Bíblia culpa a mulher por levar o pecado ao mundo. Tudo é nossa culpa: o pecado e a morte estão à nossa porta, de agora até o Dia do Juízo Final. Sir William não vai pôr em risco a própria autoridade, interferindo para salvar do afogamento uma vagabunda qualquer.

James sentiu um calafrio diante do cinismo dela, e não queria mais ouvi-la. Queria tê-la de volta em sua cama, ardente e receptiva. Ela fora amargurada pelas vicissitudes da vida que levara, e ele a queria doce e se derretendo.

— Mas isso não importa para nós — sugeriu ele. — E aposto que nada do que Zachary falou sobre sua cunhada tem fundamento, certo?

— Mary morreu sob meus cuidados — disse ela com franqueza. — E todo mundo sabia que a gente brigava feito cão e gato, todo dia, desde que Ned a trouxe para a casa da balsa para ocupar o lugar de minha mãe. Eu não gostava dela, e ela me detestava. Mas, mesmo assim, cuidei dela da melhor maneira possível. Eu não sabia o que fazer com o caso dela; acho que ninguém saberia. O bebê chegou cedo demais, e a morte dele foi uma tristeza para todos nós. Depois, eu não consegui parar o sangramento. Mary morreu em meus braços, e não fui capaz de salvá-la. Eu nem sei o que causou as mortes: a dela e a da criança. Não sou médica, sou apenas parteira.

— Zachary falou que o filho era dele e que você ficou com ciúme — disse ele e, no mesmo instante, arrependeu-se.

Ela lhe dirigiu um olhar frio e direto. Cobriu os ombros com o lençol, como se fosse uma estola de seda.

— Foi isso que ele lhe disse? — De repente, ela pareceu fria. — Bem, você vai ter de julgar aquilo que ouve. Nunca me defendi contra as mentiras de Zachary, e não vou responder às palavras nojentas dele em sua doce boca. Mas, se o filho era dele, como ele sempre se gabava para mim depois que ela já tinha morrido e não podia dizer nada, eu duvido que ela tivesse cedido por livre e espontânea vontade.

Ele estremeceu de repugnância. Sentiu que não podia suportar o horror que era a vida daquelas pessoas, naquele litoral isolado, com seus amores e ódios vazando e enchendo feito a maré lamacenta, com sua ira rugindo feito a água na valeta do moinho, com seus rancores e medos tão traiçoeiros quanto o poço sibilante. Zachary estuprando ou seduzindo a cunhada, forçando conjunção carnal com a esposa sem consentimento, o irmão dela tolerando a situação e, em vez de interferir, indo embora para lutar contra o rei, o marido de Alinor negando a paternidade dos filhos dela! James sentiu um calafrio que lhe dizia que não se envolvesse com aquelas pessoas. Desejou voltar ao convívio de sua própria gente, onde a crueldade era secreta, a violência era disfarçada e as boas maneiras importavam mais que o crime.

Timidamente, ele se esticou para ela; queria que Alinor fosse a amante de seu sonho febril, não a mulher que padecia naquele mundo sórdido.

— Eu acredito em você. Eu acredito em você, Alinor.

A fisionomia que ela virou para ele era cálida e confiante, com os olhos cheios de lágrimas.

— Pode acreditar — disse ela simplesmente, e ele sentiu que estava caindo no pecado mais profundo, enquanto lhe beijava os lábios macios e os cílios molhados que descansavam em sua bochecha.

Depois disso, os dois cumpriram a promessa de não pensar no mundo fora do mezanino do estábulo, de não pensar no amanhã; mas no alvorecer, fazendo amor mesmo antes de estarem totalmente acordados, com as pálpebras trêmulas de prazer, ela viu a luz fraca na janela e falou, baixinho, com tristeza:

— Ai, meu amor, já é manhã.

— Ainda não — disse ele, movendo-se lentamente sobre ela. — É o reflexo do luar.

— Não. Está amanhecendo. E eu tenho de voltar para minha casa hoje, e precisamos dizer a Sir William que você está bem.

Ele descansou a cabeça no ombro dela, enquanto se movia dentro de seu corpo.

— Não aguento.

— Não aguenta o prazer, ou não aguenta a despedida?

— Ambos. Não podemos dizer que ainda estou doente? Não podemos pedir mais um dia? Alinor, meu amor, não podemos roubar mais um dia juntos?

— Não. Você sabe que não podemos. Nenhum de nós pode levantar suspeita.

— Não deixarei você ir embora.

Ela se esticou para um beijo, e seu belo cabelo escorreu pelo rosto.

— Deixe-me beijá-lo mais uma vez — disse ela —, e depois vou me levantar e me vestir.

Ele queria abraçá-la, mas ela balançou a cabeça, ele então rolou de lado e se deitou, mantendo as mãos na nuca para não agarrá-la; ela se inclinou sobre ele, beijou-o ardentemente na boca e depois descansou a testa em seu peito, inalando seu cheiro, como se ele fosse uma rosa embaixo de seus lábios. Em seguida, desprendeu-se dele, como se estivesse se desprendendo da própria pele, virou para vestir o camisolão de linho por cima da cabeça, o tecido áspero escondendo-a.

— Não posso — disse ele baixinho. — Realmente não posso me separar de você.

Ela não disse nada, mas vestiu a saia e amarrou os laços na cintura meticulosamente, depois se sentou num banco lateral para calçar as meias de lã.

— Alinor — disse ele, expirando.

— Deixe-me me vestir! — disse ela com voz embargada. — Não consigo me vestir e falar. Não consigo ouvir sua voz e pensar. Deixe-me me vestir.

Ele sentou-se na cama, em silêncio, enquanto ela prendia o cabelo e ajeitava a touca branca, agora amassada. Quando voltou a se virar para ele, era, mais uma vez, a respeitável parteira da ilha de Sealsea; e a amante enfeitiçada da noite estava escondida embaixo daquelas roupas volumosas e sem forma.

— Agora você — disse ela.

Ele avançou, mas ela estendeu a mão para detê-lo.

— Não me toque — implorou ela. — Apenas se vista.

Ele vestiu a camisa de linho. Pela primeira vez na vida notou o linho fino que costumava usar, e pensou que a primeira coisa que faria, tão logo estivesse bem, seria ir a Chichester comprar para ela algumas belas combinações, sedosas como sua pele impecável. Calçou as meias, vestiu os calções, enfiou os pés nas botas de montaria e se virou para ela.

— Estou vestido — disse ele. — Está satisfeita?

Os olhos castanhos dela no rosto pálido eram enormes.

— Não — falou ela baixinho. — Já o desejo de novo. Mas temos de nos aprontar para enfrentarmos o mundo e o dia.

Ele ouviu o eco das palavras de Zachary no fundo da mente: que ela era uma mulher que nenhum homem jamais conseguiria satisfazer. Balançou a cabeça.

— Para onde você vai? — perguntou ele, como se ela tivesse algum outro lugar para ir além do casebre de pescador.

— Para casa.

— Ficarei aqui mais alguns dias; depois, tenho de ir para Londres, e em seguida para meu seminário — disse ele, confiando-lhe seus segredos assim como lhe confiara seu pecado. — Mas, Alinor, meu amor, tudo mudou para mim. Perdi minha fé e fracassei em minha missão. Preciso dizer isso a eles, e terei de confessar; e, então, suponho, terei de ir embora. Terei de implorar que me dispensem.

Ela parecia alarmada.

— Você tem de confessar? Tem de falar sobre o que aconteceu?

Ele franziu o cenho.

— São pecados mortais. Quebrei muitos de meus votos. Tenho de confessar. Minha perda de fé é pior que isso, mas também tenho de confessar o que aconteceu aqui e enfrentar meu castigo.

— Eles me punirão também? — perguntou ela.

Ele quase riu da ignorância dela.

— Não revelarei seu nome — garantiu ele. — Eles não vão nem saber onde você mora. Não podem denunciá-la.

— Você tem de falar sobre nós?

— Tenho de fazer uma confissão completa, pecados grandes e pequenos.

Ela se perguntou qual seria o grande pecado e qual seria o pequeno. Mas não indagou. Não queria insinuar sua própria importância.

— Se você confessar, eles não vão mantê-lo no seminário?

— Acho que não vão me querer mais — disse ele, desolado. — Falhei em tudo o que me mandaram fazer. E ainda perdi minha fé.

— Mas, mesmo assim, eles não podem mantê-lo lá? Não podem obrigá-lo a ficar lá? Não podem prendê-lo?

— Eles não me manteriam contra minha vontade, sei disso. Mas dificultarão minha saída. Precisam ter certeza de que estou decidido. Nunca poderei voltar. Se eu sair, nunca mais poderei regressar. Eles verão isto como uma traição ao meu dever e à minha fé. E, para mim, eles foram pai, mãe e mestres, além de meu caminho para Deus. Sentirão muito, como eu sinto muito.

Ela parecia muito séria.

— Você está arrependido?

— Mas eu vou voltar para você.

O rubor no rosto dela lhe dizia o quanto aquilo significava, mas ela balançou a cabeça.

— Não volte por mim — disse ela em voz baixa. — O que aconteceu significou tudo para mim, mas você não deve voltar aqui por mim. Não estou à sua altura. Não poderia viver em seu mundo, e você nunca viveria no meu.

— Mas nós dois nos amamos como se o mundo estivesse acabando!

— Mas o mundo não está acabando — disse ela com sensatez. Exibiu um leve sorriso. — Lá fora, tudo continua. Preciso voltar para minha vida, você precisa voltar para a sua, seja ela qual for agora. Com ou sem fé. Com ou sem rei. E, mesmo que tudo tenha mudado para você, nada muda para mim. Nada nunca muda para mim.

— Não significo uma mudança para você? — indagou ele. — Você não é agora uma mulher de desejo, como disse? Voltará a ser de gelo?

Ela desviou o olhar.

— Não morrerei para mim mesma novamente — prometeu ela. — Não voltarei a ser de gelo. Mas eu não sobreviveria por muito tempo em meu mundo, como uma mulher que sente desejo. Preciso resistir, ou alguém me destruirá.

— Minha família está no exílio — disse ele, falando bem baixinho. — Minha mãe e meu pai estão no exílio, nossas terras e casas foram confiscadas... Você sabe o que isso significa?

Ela balançou a cabeça.

— Meu pai foi nomeado pelo rei para aconselhar o príncipe de Gales — disse ele. — Quando o príncipe foi para o exílio, meu pai e minha mãe foram com ele. Nossas terras foram confiscadas... ou seja, tomadas pelo Parlamento, como punição. Meu pai e minha mãe estão agora na corte da rainha, em Paris. Mas, se abandonarmos a corte real, fizermos um acordo com o Parlamento, nos rendermos a eles e pagarmos uma multa, assim como Sir William fez, poderemos recuperar nossas terras, como ele recuperou. Posso morar na casa de minha família. Fica em Yorkshire, bem longe daqui... uma bela casa e terras férteis. Posso recuperar a propriedade; minha mãe e meu pai poderiam voltar para a Inglaterra.

— Eles querem voltar? — perguntou ela. — Eles gostariam de viver com um novo pastor na igreja e novos homens no poder? Governados por um Parlamento, e não por um rei?

Com um gesto, ele descartou a objeção dela.

— O que estou dizendo é que eu poderia recuperar nossa casa, eu poderia voltar para casa. Eu estaria de volta à Inglaterra, nem exilado, nem espião, nem escondido.

Ela tentou sorrir.

— Gostaria de pensar em você morando em sua casa, cercado por suas terras. Eu olharia para a lua e saberia que estaria brilhando em você, como brilharia em mim. Eu pensaria em você na beira da água, na maré vazante, enquanto eu estivesse na marca da maré no Lodo Catingoso.

— Seria uma maré diferente e, de qualquer maneira, nossas terras ficam no interior — disse ele, disperso com a ignorância dela. — Mas não é isso que quero dizer. Quero dizer que não vou deixá-la aqui. Eu não voltaria para minha casa sem você. Vou levá-la para lá, para minha casa.

Ela o olhou como se ele estivesse falando latim, como se fosse absolutamente incompreensível.

— O quê?

— Você viria comigo para Yorkshire? Você se casaria comigo?

— Casar? — indagou ela, imaginando a situação. — Casar?

— Sim — disse ele com firmeza. — Por que não? Se não há rei no trono nem bispos nos palácios, se não há realeza nem igreja, se tudo está no mesmo nível e não existe mais mestre nem servo, como dizem os radicais, então por que não posso me casar com você?

Ela estendeu as mãos, para lhe mostrar a aspereza das palmas de uma mulher comum. Ela abriu a saia marrom, esfarrapada e com a barra manchada de lama.

— Olhe bem para mim — disse ela em tom sombrio. — Você pode ver que os radicais estão enganados. Ainda existem mestre e servo. Você não pode me levar até sua mãe e pedir que ela me aceite como nora. Não posso acompanhá-lo e ser uma dama em sua casa. A mulher que será sua esposa está muito acima de mim. Você não pode me colocar no lugar dela.

Ele estava prestes a retrucar, mas ela prosseguiu:

— E você esqueceu? Eu nem posso me casar... Sou casada com Zachary, e nós dois sabemos que ele ainda está vivo. Não poderíamos comparecer diante de um altar e trocar votos. Tenho dois filhos, e eles conhecem o pai. Eu não poderia ir para sua casa como uma mulher decente, uma viúva.

Não sou uma mulher decente. Acabo de ser sua vagabunda, aqui; acabo de ser sua prostituta. Fui para a cama com você, sem nenhum compromisso. E não exijo nenhum compromisso agora. Eu nem poderia ser sua amante. Não estou à altura nem disso.

Ele enrubesceu, como se escaldado pela vergonha dela.

— Não diga tais coisas! Você não é vagabunda! Você não é prostituta! Eu nunca amei alguém como te amo! Isso foi sagrado! Sagrado! Foi a primeira e a última vez para mim.

— Eu sei! Eu sei! — As palavras de amor a acalmaram. Por um instante, ele notou nela o vislumbre de um sorriso. — Para mim também. Ah, James... Para mim também. E isso vai ser um alento, quando você for embora e eu ficar aqui.

— Não posso deixar você aqui — disse ele. — Tenho de ficar com você.

Ela deu de ombros, como se o mundo estivesse cheio de decepções incompreensíveis e aquela fosse apenas mais uma.

— Eu gostaria que fosse diferente — foi tudo o que ela disse.

Ele se aproximou, e ela lhe estendeu a mão, mas não buscava seu toque; apenas tentava afastá-lo delicadamente. Ela lhe tocou a face com as costas dos dedos. Ele pegou sua mão e a pressionou nos lábios.

— Não me abrace — disse ela baixinho. — Não conseguirei ir embora se você me abraçar. Não consigo me afastar de você. Acho que morrerei se tiver de empurrá-lo para longe de mim. Por favor, não me abrace. Preciso deixá-lo agora.

— Vou ao seu casebre hoje à noite — sussurrou ele. — Não podemos dizer adeus assim.

— Não sirvo para você. Nossos mundos estão muito distantes.

— Vou procurá-la. Hoje à noite.

— Então, será só um novo adeus.

— Quero um novo adeus. Esta não pode ser a última vez que a vejo.

— Hoje, depois que escurecer — concordou ela com relutância. — Mas vou ao seu encontro. A maré vai estar alta, e a trilha não é segura para você. Vou ao seu encontro no charco salobro, diante do Priorado, onde nos despedimos antes.

— Hoje à noite — repetiu ele quando ela se virou, destrancou a portinhola e desceu a escada para o pátio do estábulo, onde os cavalariços, sonolentos, banhavam e escovavam os cavalos.

Ficou observando-a se afastar com a cesta no braço, a touca branca na cabeça. Viu-a saudar os cavalariços com um afável "bom dia" e os viu se virar para observá-la enquanto ela atravessava o quintal e seguia para casa. Pelas costas dela, um dos rapazes fez um gesto obsceno, movendo os quadris para imitar o coito, mas o outro fez pior: juntou saliva na boca, cuspiu nas pegadas dela e prendeu o polegar dentro do punho, um velho gesto de proteção contra bruxas.

— Sua Senhoria quer falar com a senhora — disse a Sra. Wheatley a Alinor, quando esta entrou na cozinha. — Bom Deus! Sra. Reekie! Nunca vi a senhora tão bonita. A senhora está toda rosada!

— É sua boa comida — disse Alinor casualmente. — Eu comi melhor nestes últimos dois dias do que há semanas. Vou querer voltar aqui para cuidar de doentes no Priorado, se puder.

— Que Deus nos poupe de doenças — disse a Sra. Wheatley.

— Amém — respondeu Alinor condignamente. — Sua Senhoria está bem?

— Sim, mas pediu que a senhora passasse no paiol dele antes de ir embora hoje de manhã. A senhora já pode ir. Stuart vai junto.

— Por que ele quer falar comigo? — hesitou Alinor.

— Só pode ser para agradecer-lhe — respondeu a cozinheira. — A senhora salvou todos nós de uma grande preocupação, e talvez tenha salvado a ilha de alguma doença. Pode ir, a senhora não tem nada a temer.

— Obrigada — disse Alinor, passando pela porta da cozinha e entrando na casa.

— Volte por aqui, para eu dar um pedaço de pão para a senhora manter essas bochechas coradas — disse a Sra. Wheatley.

Alinor sorriu e seguiu Stuart pelo corredor para a porta do jardim até o paiol de Sua Senhoria.

Sir William estava sentado à mesa, limpando a espingarda de pederneira. Ele ergueu o olhar e assentiu com a cabeça quando Alinor bateu, entrou e se apresentou.

— Sra. Reekie, sou grato à senhora — disse ele, examinando o cano. — Graças a Deus não foi pior do que uma febre.

Ela fez que sim. Ele teve o cuidado de prestar atenção à arma e não olhar para a curva dos seios dela sob a jaqueta volumosa.

— Seu filho, Robert, se saiu muito bem lá na despensa. É um rapaz inteligente. Ele pegou tudo o que a senhora precisava?

— Sim, ele sabia o que era preciso para febre — disse ela, e achou que sua voz soara um tanto nervosa, como se a luz estivesse muito forte e Sir William falasse muito alto.

— Ninguém precisou lhe dizer o que pegar. Ele escolheu tudo sozinho?

Com um pedaço de estopa, ele poliu o belo guarda-mão esmaltado.

— Ele me observa desde que era bebê. Tem jeito com as ervas e seu uso.

— James Summer disse há algum tempo que ele estava em condições de trabalhar para algum médico, ou de ser aprendiz de boticário.

Alinor baixou a cabeça.

— Acho que sim, mas não temos como pagar o registro inicial.

Sua Senhoria colocou a estopa e o óleo de lado, devolveu a arma ao suporte e se recostou na cadeira. Olhou para Alinor de cima a baixo e, novamente, lamentou-se por se tratar de uma mulher respeitável e irmã de um devoto.

— Vou lhe dizer uma coisa, Sra. Reekie; farei isto pela senhora. Ele é um bom rapaz, uma dádiva para a senhora. Tem sido um bom companheiro para mestre Walter, e a senhora tem sido de grande valia para mim e para minha casa. Agora mesmo, com o preceptor doente... e sei o que aconteceu antes.

Por um instante, ela ficou sem palavras.

— Sua Senhoria!

Ele assentiu.

— Pedirei ao Sr. Tudeley que providencie que ele se torne aprendiz, aprendiz de boticário, para que possa obter um treinamento e um ofício. Em Chichester, ou talvez Portsmouth, penso eu.

O impacto foi tamanho que ela ficou sem ar.

— Sim. — Ele voltou a assentir, pensando novamente que ela era uma linda mulher. Se ao menos a ilha de Sealsea não fosse um antro maldito de fuxico e tão carola, ele poderia trazê-la para dentro de casa, na condição de governanta, e usá-la como sua amante.

— Sinto muito, mas não posso aceitar. Não posso pagar nem pelas roupas de que ele precisaria — disse ela. — Não tenho nenhum dinheiro guardado...

— Tudeley se encarregará disso — disse ele, descartando a objeção. — Que tal: providenciamos alguns trajes para ele e pagamos pelo aprendizado, em troca de sua... ajuda. Que tal?

O rosto dela se iluminou.

— O senhor faria isso?

Sua Senhoria achava que faria mais, muito mais, se ela estivesse disposta. Mas apenas aquiesceu.

— Ele ficará tão feliz. Sei que trabalhará duro. — Ela gaguejou nos agradecimentos. — Teremos para com o senhor uma dívida de gratidão... para sempre... Não tenho como agradecer...

— Providenciarei tudo — concluiu Sir William. — Estes são tempos difíceis para todos nós, a senhora sabe.

Ela concordou, sincera, imaginando o que ele insinuava agora.

— E tempos perigosos para alguns.

— Sim, senhor.

— Suponho que, na febre, o preceptor não tenha falado nada.

Alinor sustou os agradecimentos ofegantes e olhou de relance para o senhor de terras, por baixo da aba da touca branca, ciente de que aquela questão era o momento mais importante de toda a conversa.

— Falado? Senhor?

— Enquanto estava febril. Os homens dizem coisas estranhas quando suas mentes são afetadas por doença, não é? Ele não disse nada, disse? Algo que eu não gostaria que fosse de conhecimento geral. Ou do conhecimento de ninguém. Algo que eu não gostaria que fosse repetido. Nem mesmo aqui e agora.

— Ele não disse nada que eu tenha ouvido. — Ela escolheu as palavras com cuidado, sabendo que o assunto era importante, sentindo-se perigosamente despreparada para lidar com um homem poderoso como o lorde. — Senhor, pessoas com febre costumam dizer coisas fantasiosas, coisas que não diriam se estivessem lúcidas. Nunca presto atenção, nunca repito nada. Não falo sobre o que vejo e ouço no quarto de um doente. Ser surda faz parte de meu ofício. Ser muda faz parte de ser mulher. Não quero nenhuma encrenca. Sobre o dia que passei cuidando dele, não falarei com ninguém.

Ele assentiu, medindo-lhe a confiabilidade.

— Nem com seu irmão, hein?

Ela encontrou o olhar dele com total compreensão.

— Especialmente com ele — confirmou ela.

— Então, estamos entendidos. A senhora pode considerar seu filho aprendiz de um boticário de Chichester.

Ela baixou a cabeça e juntou as mãos.

— Obrigada, senhor.

Ele enfiou a mão no bolso e tirou um punhado de xelins. Fez com as moedas uma torrezinha e a deslizou pela mesa.

— Seu pagamento por ter cuidado dele. Dez xelins por dia. Eis uma libra. E meus agradecimentos.

Ela pegou as moedas com um leve aceno de cabeça e as guardou no bolso do avental.

— Obrigada.

Ele se levantou e deu a volta na mesa. Ela ficou diante dele, e ele pôs a mão em seu braço.

— Você pode voltar aqui hoje à noite? — disse ele, incapaz de resistir, olhando para o camisolão de linho e para a curva do seio dela. — Para me visitar.

Ele apertou mais e puxou Alinor, mas, para sua surpresa, ela não se mexeu. Não cedeu; tampouco recuou. Ficou firme, como se estivesse enraizada no solo.

— O senhor sabe que não posso fazer isso — disse ela. — Se eu fizesse isso, não poderia aceitar meu pagamento: seria ouro de prostituta. Não poderia erguer a cabeça, não poderia deixar o senhor ser patrono de Rob. Eu deixaria de ser uma boa arrendatária para um bom lorde. Não quero isso.

O aperto dele diminuiu, como se os dedos se tornassem frios e impotentes. Ainda assim, ela se manteve firme, como se estivesse plantada ali, qual um espinheiro, e ele não conseguiu puxá-la para mais perto. Ela ficou rígida qual uma rocha e lhe dirigiu um olhar frio, com uma expressão confiante e sombria, até que ele se sentiu constrangido e ridículo e se lembrou do boato de que ela era capaz de congelar o pênis de um homem com um simples olhar.

— Sim — disse ele. — Acho que tem razão.

Seguiu-se um breve silêncio. Ela não parecia chocada; não se sentia lisonjeada nem assustada. Simplesmente ficou parada, esperando que ele afastasse a mão e a soltasse. Imaginou que os homens a desejassem o tempo todo, e que ela considerava um toque no seio, um aperto na cintura, apenas um contratempo, qual uma chuva inesperada.

— Ah, tudo bem — disse ele, soltando-a e retornando ao seu lugar atrás da mesa, como se quisesse restaurar a autoridade. — Então, quanto ao seu rapaz, ele pode iniciar o aprendizado quando Walter for para a universidade.

Ela fez que sim.

— E quando será isso, senhor? — perguntou ela calmamente, como se ele não a tivesse importunado, como se fosse apenas mais uma coisa que ela jamais ouvira e jamais repetiria.

Apesar de constrangido, ele sorriu diante da elegante serenidade que ela demonstrava.

— Ele vai na Quaresma — disse ele. — Depois do Natal.

Alinor seguiu às pressas pelas trilhas escondidas que atravessavam o alagadiço do Priorado até sua casa. A maré vazava e, à medida que adentrava o porto pelos caminhos secretos, Alinor ouvia o chiado das ondas que relutavam em deixar de escoar sobre a terra, tanto quanto seus próprios medos relutavam em deixar de seguir seus passos. Quando passou da cabana de pesca, ouviu o rugido do moinho sendo acionado e viu o fluxo de água irromper na valeta, vindo diretamente em sua direção.

Ela se afastou da orla da água, subiu a trilha de acesso ao casebre, abriu a porta e passou os olhos ao redor. De repente, o recinto parecia pequeno e pobre em comparação com o mezanino do cavalariço no Priorado. Até os servos mais humildes viviam melhor que ela. Guardou o pão que ganhara no Priorado e constatou que o fogo estava escuro e frio. Levantou a pedra da lareira e encontrou a bolsinha em que escondia seus trocados, guardada em segurança. Retirou do bolso do avental os vinte xelins ganhos por ter cuidado de James e os enfiou na bolsinha, produzindo um alegre tilintar de moedas. Depois, encaixou de volta a pedra da lareira e espalhou as cinzas.

Então, levantou-se, sacudiu as cinzas do vestido e foi até porta. Por um instante, correu os olhos pelo recinto apertado, o pé-direito baixo, o piso de terra batida. Em seguida, deu as costas à sua vergonha e à sua pobreza e saiu, fechou a porta e seguiu pelo barranco em direção à balsa.

A porta da casa da balsa estava fechada e a balsa tensionava o cabo de atracação sob a força da maré vazante. O alagadiço estava quase seco; Alinor levantou a saia, andou pela água fria e desceu pela ruela que dava acesso ao moinho.

Alys atravessava o pátio do moinho, carregando um balde cheio de ovos. Agora que a colheita terminara, ela fazia todo o serviço doméstico para a Sra. Miller, mantendo a horta e o canteiro de ervas, alimentando e cuidando das galinhas e dos patos, colhendo e armazenando as frutas, defumando presunto e curando carne. Também trabalhava na leiteria e na produção de cerveja. Se precisassem de mão de obra no moinho, ela ajudava a pesar e ensacar farinha. Às vezes, a Sra. Miller mandava que ela auxiliasse no trabalho do forno do moinho, e sempre havia a interminável tarefa de esfregar, enxaguar, escaldar e secar as ferramentas utilizadas no preparo de laticínios e cerveja, além dos utensílios de cozinha.

Alinor viu quando Richard Stoney, amado de Alys, saiu correndo do moinho e tentou carregar o balde de ovos para ela. Ela o afastou, mas ele pegou sua mão e lhe deu um beijo. Alys ergueu os olhos e viu a mãe, enquanto Richard deu um leve aceno com a cabeça e correu de volta para o moinho. A menina foi até o portão do pátio, baixou a cabeça para receber a bênção da mãe e, então, esticou-se e a beijou.

— Nada de peste, então — disse ela, sabendo que a mãe jamais continuaria com as mesmas roupas que tinha usado enquanto cuidava de um paciente acometido pela peste. Sempre que voltava para casa depois de tratar de um morto, Alinor lavava as mãos e cortava os cabelos, para que a má sorte não a seguisse.

— Não, Deus seja louvado. Eles ficaram satisfeitos lá no Priorado. Foi o preceptor, James Summer, e eles devem ter ficado com medo de que mestre Walter se contaminasse. — Ela sorriu para Alys. — Vejo que o jovem Richard Stoney está ansioso para trabalhar.

Ela pensou que Alys fosse rir, mas a menina enrubesceu e baixou o olhar.

— Ele não gosta de me ver fazendo trabalho pesado aqui. Ele quer uma vida melhor para mim. Para nós dois.

— Ele quer? — perguntou Alinor. — Vocês tiveram uma noite agradável na fazenda dele?

— Tivemos, sim; eles foram bons para mim, e nós fomos... — Ela parou e seu semblante parecia iluminado. — A senhora sabe o que quero dizer.

— Entendo — disse Alinor, em voz baixa.

— Então, qual foi o problema com o Sr. Summer?

— Algum tipo de febre. Cedeu durante a noite. Mas, Alys...

— Posso voltar para casa hoje à noite, então?

Não havia motivo para manter a filha longe de casa. Sentindo-se culpada, percebeu que pela primeira vez desejava estar sozinha em seu casebre.

— Sim, claro — disse ela. — Ganhei um pão do Priorado para o seu jantar.

— Trarei um pouco de queijo coalhado — prometeu Alys. — Jane Miller e eu faremos queijo hoje à tarde. A Sra. Miller vai me dar uma fatia.

— Ela está aí? — perguntou Alinor.

— Na cozinha, azeda feito um limão — disse Alys, baixinho.

— Ela está com dor nas costas?

— Na bunda — disse Alys, vulgar, e Alinor lhe deu um tapinha na touca.

— É melhor você falar como uma boa esposa, se quiser que eu vá conversar com os pais de Richard Stoney.

Imediatamente, o rosto da jovem se iluminou.

— A senhora falará com eles?

— Se ele se comprometeu com você, e se você está de acordo, é melhor eu falar com os pais dele.

— Ah, mãe! — A jovem mergulhou no abraço da mãe. — Mas por que agora? Por que a senhora acha que podemos perguntar a eles? Sua Senhoria pagou bem para a senhora cuidar do doente?

— Pagou, sim, um dinheirão. E tem algo ainda melhor que o pagamento. Ele falou que vai mandar Rob para ser aprendiz de um boticário em Chichester. É como se ele tivesse me dado dez libras. Agora que eu sei que Rob já tem futuro, posso usar todas as minhas economias em seu dote.

Nem por um instante Alys pensou que, se a mãe usasse todas as economias, ficaria sem nada diante de qualquer imprevisto. Pensou apenas que agora poderia se casar com o jovem que amava.

— Quanto a senhora tem? — indagou ela.

— Uma libra e quinze xelins — disse Alinor com orgulho. — O fazendeiro Johnson me pagou bem pelo parto do filho, e o barco só custou três xelins. Uma libra inteira e quinze xelins, no total. Sir William me deu uma libra por eu ter cuidado do preceptor. Isso é mais do que eu já ganhei na vida toda.

— Como foi que a senhora conseguiu juntar esse dinheiro?

— Os ordenados de Rob. — Alinor não mencionou o dinheiro ganho por ter conduzido James ao Priorado no verão. — E mais o que ganhei do fazendeiro Johnson, e por ter cuidado do Sr. Summer agora, e com as ervas e a pesca, especialmente as lagostas.

— Mas ainda não será suficiente.

— Trinta e cinco xelins agora e mais no futuro? — indagou Alinor. — Eles ficarão surpresos por termos tanto. A gente pode falar que Rob será aprendiz de boticário. Ele ganhará bem no futuro. E poderá oferecer parte dos ganhos.

— Não será suficiente. Eles acham que podem conseguir uma moça que vai herdar terras. Eles querem a filha de um vizinho dono de terras perto da propriedade deles. Richard jurou que não aceitará a moça. Ele disse que se casará comigo. A gente só precisa que os pais dele concordem.

— Faremos o melhor possível — disse Alinor em voz baixa. — Diga a Richard que passaremos por lá a caminho do mercado amanhã.

— Mãe! — exclamou Alys, ofegante, o rosto iluminado, e se virou e atravessou o pátio saltitante até o moinho enquanto Alinor batia à porta da cozinha e entrava.

A Sra. Miller estava debruçada sobre a mesa da cozinha, sovando e abrindo massa com um rolo. Alinor imaginou que a massa ficaria tão dura quanto o coração daquela mulher.

— Sra. Reekie — disse ela de má vontade, quando Alinor entrou. — Alys me falou que a senhora estava cuidando de um doente lá no Priorado.

— Foi o preceptor do lordezinho que ficou doente — disse Alinor. — Aquele que estava na festa da colheita, o Sr. Summer.

Nenhuma das duas se referiu ao olhar ciumento que a Sra. Miller tinha lançado, através da mesa, à bela mulher mais jovem, nem ao fato de o preceptor ter ido falar com Alinor assim que a mesa foi removida, e de ela ter ido embora subitamente da festa da colheita, deixando Alys sem supervisão, para dançar a noite inteira com Richard Stoney.

— Ele está doente? — perguntou a Sra. Miller. — Ele pegou alguma doença em Newport? Eu não ficaria surpresa. Sempre tem febre lá na ilha no verão.

— Sim, ele teve febre — disse Alinor. — Repentina, um febrão, mas já está melhor agora.

— A senhora cuidou dele?

— Sir William insistiu. Ele me chamou imediatamente, para ter certe za de que não era a peste.

— Deus nos livre!

— Amém.

— E não era?

— Não. Eu não estaria aqui se houvesse algum risco. Eu não traria doença à sua porta, Sra. Miller.

— Nem me fale isso — disse ela depressa e bateu na mesa de madeira, como se Alinor pudesse trazer alguma doença apenas por mencioná-la.

Alinor bateu também, em contraponto à superstição.

— Não, claro que não. Só vim para saber se a senhora quer que eu colha e destile algumas ervas de seu canteiro. Prepararei um punhado para mim, e um pouco para a casa da balsa.

— Preciso de um pouco de óleo de manjericão e de confrei — disse a Sra. Miller. — É claro que Alys pode folgar amanhã. Não tenho trabalho suficiente para mantê-la ocupada. Ela fica sempre no pátio, conversando com os homens. Tenho de dizer, Sra. Reekie, que ela passa o dia inteiro atrás daquele Richard Stoney.

— Peço desculpas. — Alinor resistiu à tentação de defender a filha. — Falarei com ela. Mas sei que ela está aprendendo muito com a senhora. Nos laticínios e na padaria.

— É bem verdade que posso fazer mais numa cozinha grande do que a senhora em seu casebre. — A Sra. Miller se enterneceu diante da bajulação. — Reconheço que minha cozinha tem o dobro do tamanho da casa da balsa. Vocês vão ao mercado de Chichester?

— Vamos. A senhora quer que eu compre alguma coisa?

— Nada, nada. Não posso me dar ao luxo de desperdiçar dinheiro com besteira. Mas, se a senhora encontrar uma peça de renda que dê para enfeitar uma gola e um avental, nada muito espalhafatoso, nem muito chique... a senhora sabe o tipo de coisa de que eu gosto... pode comprar para mim, se não for muito caro. E uma pecinha de renda para Jane também. Para eu pôr na gaveta do enxoval dela.

— Compro, sim — prometeu Alinor. — Se eu encontrar alguma coisa bonita.

— Darei o dinheiro para a senhora — disse a Sra. Miller. — Se não encontrar nada de bom, a senhora traz de volta.

— Ah, eu levo meu dinheiro, e a senhora me paga depois se eu encontrar alguma coisa.

— Não, pesará demais em seu bolso — disse com presunção a mulher mais velha. — Quero algo que custe pelo menos três xelins e sei que a senhora não tem esse dinheiro. Vire de costas que vou pegar minha bolsa.

Obediente, Alinor virou o rosto para o aparador, onde eram orgulhosamente exibidos os utensílios de estanho polido e a travessa de prata dos Miller. Atrás dela, Alinor ouviu a Sra. Miller ir até a gaveta da grande mesa da cozinha, abri-la e retirar sua bolsa, e ouviu também um muxoxo de irritação quando a mulher constatou que não tinha dinheiro suficiente ali.

— Espere um minuto — disse ela. — Só um minutinho.

— Sem pressa — disse Alinor com amabilidade, seus pensamentos distantes da bolsa da Sra. Miller, conscientes apenas do calor nos próprios lábios, da ânsia no corpo e do desejo por James.

— Só um minuto — repetiu a Sra. Miller, mas agora ela estava bem atrás de Alinor, sua voz estranha e ecoando.

Assustada, Alinor ergueu a cabeça e viu, nitidamente refletida na travessa de prata, a esposa do moleiro diante da parede da lareira, por trás das brasas incandescentes, retirando uma bolsinha de couro vermelho de dentro de um buraco na chaminé de alvenaria. A mulher se virou, com os dedos sujos de fuligem, e, tensa, encarou a imagem refletida de Alinor. Obviamente, Alinor tinha descoberto seu esconderijo. Alinor baixou a vista e ouviu o raspar do tijolo sendo enfiado de volta ao seu devido lugar.

— A senhora já pode se virar — disse ela, irritada. — É o dote de Jane. Estou com pouco dinheiro na outra bolsa. Pegarei emprestado do dote de Jane.

— Claro — disse Alinor com frieza, virando-se e olhando para o chão, não para a lareira.

— Esse dinheiro é meu — disse a mulher, meio sem jeito. — Fui eu que juntei esse dinheiro para ela. É claro que posso pegar emprestado um dinheiro do dote de minha filha, se fui eu que juntei para ela desde que era bebê, certo?

— Eu entendo — disse Alinor. — E não vi nada.

— É igual à bolsa que sua mãe comprou de um mascate. Nós compramos juntas, anos atrás. De couro vermelho.

— Não sabia — disse Alinor. — Não vi nada.

— Sei que a senhora não viu — mentiu a Sra. Miller. — E não me importaria se a senhora visse. Não quero deixar esta bolsa com o ourives. Prefiro que ela fique onde eu possa ver. De vez em quando, guardo mais dinheiro. Sempre faço isso. Claro, não me importo que a senhora saiba onde escondo. Não conheço a senhora desde que era uma menininha? Não foi sua mãe que me trouxe ao mundo?

— Foi — concordou Alinor.

A Sra. Miller depositou três xelins de prata na mão de Alinor.

— Pronto. Se a senhora encontrar alguma renda fina, nada muito extravagante, para uma gola e um aventalzinho, pode pagar até três xelins.

As moedas estavam quentes por serem guardadas atrás do fogo. Alinor pensou que quem as tocasse adivinharia, imediatamente, onde ficava o esconderijo. Mas apenas disse, casualmente:

— Procurarei uma renda para a senhora, e trago aqui amanhã à tarde.

— Muito bem — disse a Sra. Miller. — Alys pode ajudá-la a colher as ervas agora, e depois pode ir para casa, se a senhora quiser. Não preciso dela para mais nada hoje.

— Obrigada — disse Alinor, e foi buscar a filha para irem até o canteiro colher confrei e manjericão para a Sra. Miller.

Em seu quarto no Priorado, James colocava dentro do alforje uma camisa e um par de calças limpas, além de uma Bíblia e uma bolsinha com moedas de ouro, tudo o que restara do dinheiro cedido pela rainha para a compra da liberdade do marido. Parado junto à janela, Sir William olhava para o pomar abaixo.

— Pode deixar seus objetos sagrados aqui — disse ele. — Vou guardá-los em segurança até você voltar para buscá-los.

— Obrigado — disse James. — Se eu não voltar, o senhor pode ter certeza de que outro padre virá. — Ele tentou sorrir. — Meu substituto. Rezo para que ele se saia melhor que eu.

— Não fique tão chateado — disse Sir William. — Você cumpriu com suas ordens. Chegou até ele com um bom plano e um navio à espera. Não escapuliu. Não roubou o ouro, não o traiu. Metade das pessoas que ele emprega o teria vendido a nossos inimigos. Se ele quisesse, estaria livre agora, e você seria o salvador do reino.

— Sim — disse James. — Mas ele não quis, e eu estou muito longe de ser o salvador do reino. Não sou ninguém. Pior que isso: sou um joão-ninguém, sem casa, sem família e sem fé. E sem rei também.

— Ah! Leva-se tudo muito a sério quando se é jovem. Mas ouça o que lhe digo: você vai se recuperar. Você ainda não está bem; esteve acamado até há pouco. Quando voltar para a França, diga aos padres que precisa de um tempo. Descanse, alimente-se bem, e só então fale com eles sobre suas dúvidas. Tudo parece melhor quando a pessoa se sente bem. Confie em mim. Tudo parece diferente depois que a pessoa dorme bem e faz uma boa refeição. Estes são tempos difíceis para todos nós. Temos de dar um passo de cada vez. Em alguns momentos recuamos, em outros avançamos. Mas seguimos em frente. Você vai seguir em frente.

James se levantou depois de apertar as tiras do alforje e olhou para Sir William. Até o senhor daquelas terras, um homem alegre e despreocupado, abalou-se diante da desolação estampada naquele semblante jovem e pálido.

— Gostaria de poder acreditar nisso, mas sinto como se tudo o que sei, e tudo o que sou, tivesse sido arrancado de mim. E agora só posso rezar para conseguir permissão para fazer alguma outra coisa e viver outra vida, completamente diferente.

— Ah, talvez seja esse seu caminho, quem sabe? Estes são tempos de grandes mudanças. Quem sabe o que acontecerá? Mas você sempre será bem recebido aqui. Se o enviarem de volta à Inglaterra, pode voltar aqui, como preceptor de Walter até ele ir para Cambridge, e como um convidado bem-vindo, a qualquer momento depois que ele for.

— O que será do jovem Robert?

— Já cuidei disso. Nós temos uma dívida para com a Sra. Reekie, você não acha? Ela veio assim que chamei e tratou de você quando não sabíamos que mal o acometera. Achávamos que ela ficaria confinada com um desenganado. Ela se arriscou a ser contaminada pela peste, e só Deus sabe qual teria sido o desfecho de tal situação. Ela cuidou bem de você, não foi?

James se virou e abriu uma porta do armário para esconder o rosto.

— Muito bem — disse ele, dirigindo-se às prateleiras vazias.

— E ela deixou claro que vai ficar de bico calado. A mulher nunca disse uma palavra sequer sobre o encontro de vocês, quando você chegou aqui. Ela é confiável. Prometi a ela que o filho terá um aprendizado. O Sr. Tudeley providenciará tudo. Com um boticário em Chichester. Não é barato, mas vale a pena pelo silêncio dela, e vai mantê-la em dívida conosco, e em silêncio, para sempre.

— Fico feliz com isso! — disse James, voltando-se para Sir William. — É muita bondade de sua parte, senhor. É uma mulher que merece um pouco de sorte. Não lhe contei, mas me deparei com o marido dela em Newport. Ele me disse que jamais voltará para casa, jamais voltará para ela.

— Zachary Reekie. — Exprimindo uma aversão aristocrática, Sua Senhoria identificou o arrendatário desaparecido. — Não se trata de uma perda, se quer saber. Melhor para ela se ele se afogasse.

— Talvez, mas ela fica numa posição embaraçosa.

— Não fica, não. Não se ela não o encontrar, e ninguém o encontrar. Se ninguém relatar tê-lo visto, em sete anos ela pode declará-lo morto e se declarar viúva.

— Sete anos?

— Esta é a lei.

— Será que ela sabe disso?

— Não! Como saberia? Duvido que saiba ler.

— Ela sabe ler. Mas duvido que conheça a lei. Eu não conhecia. Se ninguém o vir em sete anos, ela estará livre?

— Exatamente. — Sua Senhoria levou um dedo em riste à boca, pedindo que guardasse segredo. — Sete anos a partir do momento em que ele desapareceu. Então, quando foi mesmo que ele desapareceu? No inverno passado, acho, quando a marinha ainda estava sob o comando do Parlamento, antes de recuperarmos os navios. Ele fugiu para servir ao

Parlamento, como qualquer vagabundo como ele faria, e nunca voltou. Então, ele se foi há quase um ano, pelo menos. Em seis anos ela estará livre e pode ter outro marido. É uma mulher jovem. Se conseguir passar seis anos com o nome limpo, ainda terá uma vida inteira pela frente. Mais de um homem ficaria feliz em tê-la para si. Acho que mais de um até se casaria com ela.

— Ela poderia se casar de novo?

Sir William deu uma piscadela lenta.

— Desde que ninguém tenha visto Zachary vivo. Lembre-se disso. Se quiser fazer um favor a ela, lembre-se disso.

— Ninguém o viu — confirmou James. Seu estado de espírito deu um salto diante da ideia de ela poder se ver livre, de ele ser dispensado dos votos, de que, a despeito do que ela dissera, eles poderiam ter um futuro juntos. — Ninguém o viu. Ele está morto, e ela pode se declarar viúva em seis anos.

— É assim mesmo — disse Sir William. — Mulher bonita. É uma pena desperdiçá-la à beira desse alagadiço.

— Na verdade, eu não reparei — disse James com cautela.

— Você deve ter reparado! — exclamou Sua Senhoria. — Ela é conhecida, daqui até Chichester, como a mulher mais bonita de Sussex. Um tolo escreveu uma canção sobre ela alguns anos atrás: "A Bela de Sealsea". Eu mesmo teria trepado com ela, se não fosse a presença de Walter em casa, e a mãe dele falecida há pouco tempo, e todo mundo nesta maldita ilha não tivesse se tornado tão fuxiqueiro e ainda por cima tão carola.

James voltou a se sentir um tanto constrangido diante dos problemas que pareciam perseguir Alinor até mesmo ali, entre seus superiores hierárquicos.

— É melhor deixá-la em paz — apressou-se em aconselhar. — E então ela poderá arrumar um bom casamento e mudar de sorte.

— Ah, sim — admitiu Sir William. — E o irmão dela é um homem do exército, e tão descarado ao emitir suas opiniões quanto um cachorro mijando, e os tempos estão muito incertos. Não é como antes, quando se sabia onde se estava pisando. Meu pai levava a esposa de um arrendatário para trás do palheiro e ninguém dizia nada, a não ser "Obrigado, Vossa Senhoria!".

— Pois é — disse James num tom repressivo. — Não é mais como nos velhos tempos.

— De qualquer forma, dizem que ninguém consegue forçá-la — confidenciou Sir William. — Dizem que um tolo tentou agarrá-la contra sua vontade, quando ela voltava do mercado, e ela sussurrou algo que acabou com a virilidade dele. Ele disse que seu pau ficou mole e seu sangue congelou. Disse que ela o arruinou, antes que ele a arruinasse.

— Foi mesmo?

— Fuxico. O tipo de fuxico que cerca uma bela mulher. Ainda mais no caso de uma mulher esperta. Dizem que ela pode fazer de tudo. Passaram a chamá-la de encantadora de paus depois do que aconteceu; dizem que ela é capaz de derreter um homem feito gelo ou endurecê-lo feito rocha. Confesso que eu bem gostaria de saber.

James ficou enojado diante da repetição das estranhas habilidades de Alinor.

— É provável que ela tenha apenas dito algo religioso, e o sujeito tenha perdido a vontade — disse ele.

— Vai saber do que ela é capaz.

— É certo que ela só lida com ervas medicinais — insistiu James.

— Talvez. As pessoas acreditam em todo tipo de bobagem nesta ilha. A mãe dela era meio bruxa, sem dúvida. Mas está morta e sepultada em solo consagrado, e ninguém chegou a julgá-la. A cunhada morreu num parto; mas é claro que o irmão abafou tudo. De qualquer forma... não faz diferença para nós. A mulher, seja lá o que ela for, nos prestou um serviço, e nós pagamos. E você sabe que é bem-vindo aqui a qualquer momento. E pode ficar aqui agora, se quiser.

— Partirei amanhã — disse James, contente por mudar de assunto. — Tenho de ir a Londres, e depois pegarei um navio para a França. Vou ao meu seminário, tenho de me confessar. Se me liberarem, talvez eu possa voltar à Inglaterra. Talvez da próxima vez que nos encontrarmos eu tenha resgatado meu antigo nome e minha antiga casa.

— Espero que sim, por Deus, espero que sim. Você merece — disse Sir William em tom severo. — Lembre-se de que você não teve culpa. Sua Majestade escolheu o próprio caminho. Oremos a Deus que tenha feito a escolha certa, a escolha que o leve ao trono. Oremos a Deus que você e ele voltem para casa em segurança.

Alinor e Alys deixaram suas melhores toucas e roupas íntimas de molho numa bacia de água e urina assim que voltaram do canteiro de ervas da casa da balsa. Deixaram as roupas alvejando até tarde da noite, enxaguaram-nas com a água fria da lagoinha e depois as penduraram numa corda, ao lado das ervas, para secar.

— Não vou conseguir dormir — disse Alys.

— Você precisa dormir — alertou Alinor. — Não quero levar uma moça de cara desbotada para visitar a família do noivo.

— Desbotada! — objetou Alys.

— Cheia de olheiras, que nem a velha bêbada da Joan.

— Tudo bem, eu vou dormir, juro.

— Vou passar na casa da balsa, para falar com seu tio. Não demorarei.

— Tudo bem — disse Alys.

Ela tirou a saia e a jaqueta de trabalho e as colocou em cima das cobertas. Apenas de camisolão de linho e com os cabelos trançados, ela se enfiou embaixo das cobertas e as puxou até os ombros. Parecia uma menininha de novo, e Alinor voltou até a cama, para beijá-la na testa.

— Você está mesmo decidida? Parece jovem demais para já estar falando em casamento.

O sorriso de Alys era radiante.

— Estou decidida, mãe. Tenho certeza absoluta. E estou com a idade que a senhora tinha quando se casou com meu pai.

— Não foi uma decisão muito boa — disse Alinor em voz baixa.

— Mas eu tenho a idade que a senhora tinha naquela época.

— Sim.

— A senhora acha que ele vai voltar para casa? — perguntou ela. — Meu pai. Se alguém falar para ele que me casarei, será que ele volta para casa, para meu casamento?

Alinor hesitou.

— Alys, eu acho que ele nunca mais vai voltar.

Alys levou as mãos aos ouvidos imediatamente.

— Não diga uma coisa dessa! — implorou ela. — Os Stoney sabem que meu pai está ausente, e só me toleram porque acham que ele pode voltar para casa rico. Se eu falar que ele fugiu, eles nunca me aceitarão para Richard; para eles eu serei quase uma pedinte.

Alinor removeu as mãos de Alys dos ouvidos e as segurou, com suas palmas surradas pelo trabalho.

— Tudo bem, não falarei nada. E você pode dizer que não tem certeza de nada.

— E isso é verdade — assentiu Alys. — Esta é a terra das marés, aqui não existe certeza.

Alinor colocou a capa, pois a névoa da noite soprava pelo porto, úmida e fria; saiu pela horta do casebre e virou à esquerda, como se estivesse indo para a casa da balsa, conforme dissera a Alys, mas, quando chegou ao topo do barranco, virou de novo e pegou a trilha escondida que corria por trás do casebre, em direção ao Priorado e ao mar. A maré estava alta, e o ar recendia a sal marinho, trazido pelas faixas de névoa. Quando olhou para a direita, para o interior, contemplando as terras baixas atrás do barranco, Alinor viu a silhueta branca de uma coruja caçando ao longo da cerca viva, silenciosa qual um fantasma, com grandes olhos que enxergavam na escuridão.

Alinor se manteve na trilha da maré alta e desceu para atravessar a estreita faixa de praia seca, logo acima das marolas; então, subiu os degraus enlameados até o topo do barranco e avançou pelo caminho de pedra, onde um terreno pantanoso fluía em direção ao alagadiço: pedras cinzentas posicionadas no lodo cinzento sob um céu cinzento. Contornou o promontório, onde a torre do sino parecia uma placa apontando para o céu escuro, então virou para o interior, diante de uma estaca de atracação, fincada em águas profundas e coberta de algas verdes. Atravessou a faixa litorânea, com as botas esmagando uma camada de conchinhas, e subiu o barranco até o charco salobro que ficava diante do Priorado. Quando chegou aos degraus tortos, olhou para cima e o viu imediatamente. Ele estava de pé, à sombra de um monte de feno, fora do campo de visão das janelas do Priorado, de frente para a trilha que vinha do mar, procurando por ela.

Sem dizer uma palavra, ela caiu em seus braços, e ficaram agarrados.

— Alinor — foi tudo o que ele disse, então a beijou.

Alinor se recostou no monte de feno, sentindo uma fraqueza nos joelhos como se fosse cair no chão. Fez um leve movimento, e ele a soltou.

— Aqui não — foi tudo o que ela disse.

— Aqui não. Quer vir até o Priorado?

— Não me atrevo.

— Podemos ir para sua casa?

— Alys está em casa.

Ele ficou calado.

— Não há nenhum lugar aonde possamos ir? Você não conhece o bosque, o charco, as trilhas?

— Não poderia me deitar com você no charco. — Ela reagiu com um leve tremor e, imediatamente, ele a abraçou e a cobriu com sua capa. — Não com a maré alta — disse ela. — Seria como se afogar. Não podemos ir à capela? Não podemos ficar sentados no pórtico?

Ele balançou a cabeça.

— Eu perdi a fé, mas isso seria demais. Eu não conseguiria... Perdoe-me, meu amor... mas, não posso.

— Claro — disse ela, pensando que ele haveria de considerá-la uma vagabunda depravada pela simples sugestão. — Não quis dizer...

— Eu quero tanto você que acho até que meu coração vai parar de bater — disse ele. — Vamos a qualquer lugar, qualquer lugar!

— Acho que não há lugar para nós — disse ela calmamente, então ficou abalada pelas próprias palavras. — Ah, é verdade. Você não percebe?

Não há lugar para nós, nem na ilha de Sealsea, nem em toda a terra das marés, nem no mundo.

— Tem de haver!

— E, além disso, não estamos aqui para nos despedirmos?

— Não suportarei dizer adeus a você, mais uma vez, neste mesmo charco!

— Na última vez você voltou, como prometeu — lembrou ela timidamente.

— Na última vez, recebi ordens de voltar. Na próxima vez, hei de voltar um homem livre. Hei de voltar por você.

— Acho que isso nunca será possível.

— Será, sim. Serei dispensado de meus votos. Irei ao encontro de meus pais, comprarei de volta nossa casa em Yorkshire e virei buscá-la.

As mãos dela se torceram dentro das dele, e ela tentou se afastar.

— Você sabe...

— Não, me escute. Posso confessar meus pecados e ser dispensado do sacerdócio. — Ele aumentou a pressão nas mãos dela enquanto ela balançava a cabeça. — Esta é minha decisão. É o que quero.

— Mas você arriscava a vida por sua fé! Você me disse que a fé vinha antes de tudo.

— É verdade. Mas isso foi antes de Newport. Meu amor, eu fracassei em minha missão e perdi a fé. Perdi a fé em tudo: no rei e em Deus. Deixarei o sacerdócio, aconteça o que acontecer, e nunca mais voltarei à Inglaterra como espião. Não servirei ao rei de novo... Deus o abençoe, e que ele tenha melhores servos que eu. Falhei com ele, e não aguentarei falhar novamente. Esta parte de minha vida acabou.

— Mesmo assim...

— Alinor, não mudarei de ideia. Eu perdi a fé; perdi tudo. Existe agora uma escuridão onde antes existia uma luz ardente. A única coisa com a qual me importo agora é você.

— Ai, meu amor — sussurrou ela. — Não é assim que se escolhe uma esposa.

— Mas o que você não sabe, e que eu acabei de saber... a notícia é boa... é que você vai se livrar de seu marido. Jamais contarei que o vi. Robert também deve ficar calado. Já falei com Walter. Em seis anos, se ninguém o vir nem disser à paróquia que o viu, seu casamento será anulado, como se nunca tivesse acontecido. Ele será tido como morto e você será considerada uma mulher solteira.

Ela não sabia dessa possibilidade. Levantou os olhos, nublados de dúvida.

— Isso é verdade? Mesmo? Isso pode ser verdade? Seis anos e fico livre?

— São sete anos por lei, e o primeiro ano já passou.

— Isso é lei?

— É, sim. O próprio Sir William me falou. Você ficará livre, Alinor, juro. Ficará livre para se casar comigo. E eu estarei livre para me casar com você.

— Só temos de esperar seis anos?

— Você vai esperar? — indagou ele.

— Eu esperaria sessenta! — Ela pressionou o corpo no dele. — Eu esperaria seiscentos anos. Mas você não deveria...

Ele a abraçou, pressionou as costas dela no monte de feno e, silenciando-a com um beijo, a fez gemer de prazer, aninhando a cabeça na curva de seu pescoço, até que ela o ouviu ofegar:

— Eu juro. Eu juro.

Alys e Alinor se levantaram cedo, à primeira luz. Alys estava decidida a parecer tão elegante e asseada quanto uma jovem da cidade. As duas mulheres pegaram um frasco cheio de tintura de saponária e um pouco de óleo de alfazema e foram até a casa da balsa, pouco antes do amanhecer. Ruivo, o cachorro, saltou à porta para cumprimentá-las e farejar o frasco.

— Vocês acordaram cedo — observou Ned, sentado à mesa da cozinha diante de um pão e uma caneca de cerveja.

— Viemos nos banhar. Vamos visitar os Stoney — explicou Alinor. — Antes de irmos ao mercado de Chichester.

— E por que eles merecem um banho? — Sorrindo, Ned olhou de relance para Alys e a viu corar profundamente. — Ah, já entendi. Vou buscar a tina.

Ele se levantou e foi até a copa buscar a grande tina de ferro usada para lavar a roupa suja na casa da balsa uma vez por mês. Em seguida, passou o velho bastão pelas duas alças utilizadas para o transporte da tina e, junto com Alys, ergueu-a sobre a lareira da cozinha, enquanto Alinor pegava dois baldes e ia até o poço, perto da porta dos fundos. Depois de eles posicionarem a tina sobre o fogo, Alinor despejou os baldes de água dentro da tina e foi buscar mais.

— Vocês querem comer alguma coisa, enquanto a água esquenta? — ofereceu Ned, cortando duas fatias de pão.

— Eu não consigo comer nada! — disse Alys, embora pegasse e comesse uma fatia, enquanto vigiava a água.

Ned ergueu uma sobrancelha, olhando para a irmã.

— É o mal do amor — sussurrou ela. — Queira Deus que cheguemos a um acordo sobre o dote. Ela está apaixonada por ele.

Ned aquiesceu.

— Ele tem acompanhado Alys até a balsa toda noite desde a festa da colheita. Ficam sentados no cais, conversando e conversando, como se houvesse alguma novidade por aqui. Ele só vai embora quando aviso que é a última travessia do dia.

— Já está quente — interrompeu Alys. — Com certeza, já está quente!

Alinor e Ned enfiaram o bastão de volta nas alças, levaram a tina pesada até a copa e a depositaram no piso de tijolos.

— A gente se vê mais tarde — observou Ned. — Podem deixar a água dentro da tina para mim. Não me lembro de quando tomei um bom banho, e a água de vocês é muito boa.

Ele fechou a porta; as duas se despiram, lavaram o cabelo uma da outra e depois se revezaram, derramando, uma sobre a outra, jarra após jarra de água. A tintura de saponária tornou a água turva e escorregadia feito sabão, e o óleo de alfazema perfumou todo o ambiente. Ambas tremiam de frio quando saíram para se secar, descalças no piso de tijolos gelados, depois secaram a cabeça com toalhas, vestiram roupas íntimas limpas e trajes escovados e saíram pela cozinha com o cabelo úmido caído sobre os ombros.

Ned estava sentado no banco do lado de fora da porta, pitando seu cachimbo e vendo a água brilhante batendo no cais. A maré subia rapidamente, lavando as pedras do caminho sobre o alagadiço e formando espuma no estuário ao se chocar com a água que fluía do rio.

— Vai ser um dia agradável — comentou ele. — Vocês parecem novas em folha!

Alys e Alinor, suspendendo as saias para que nenhum pingo de lama sujasse as barras, andaram com cuidado pelo barranco e desceram os degraus até o casebre. Suas toucas de linho estavam secas e estiradas em cima do guarda-fogo de barro. Uma trançou o cabelo úmido da outra, então colocaram a touca.

— Como estou? — perguntou Alys, virando-se para a mãe.

Alinor olhou para a filha, para a pele perfeita da jovem, uma pele tingida por um rubor crescente, o cabelo dourado escondido pela touca branca, os grandes olhos azuis e o sorriso travesso.

— Você está linda — disse ela. — Acho que está irresistível.

— É com a mãe dele que estou preocupada. O pai dele é muito gentil comigo, mas ela tem um coração de gelo. Mãe, a gente terá de convencer a mãe dele. A senhora não pode levar uma poção ou algo assim?

— Uma poção do amor? — Alinor riu da filha. — Você sabe que não mexo com esse tipo de coisa.

— Ela tem de concordar com nosso casamento — disse Alys novamente. — Ela tem de concordar.

— Ele é filho único; querem o melhor para ele. Mas todo mundo diz que ele sempre consegue convencer os pais. Será que ele avisou aos pais de nossa visita hoje?

— Avisou, sim; e deve ter explicado o motivo. Ele disse que eles servirão um desjejum. A gente não pode se atrasar.

— Não convém chegar ao amanhecer. Não queremos parecer ansiosas.

— Mas eu estou ansiosa! — insistiu Alys.

Alinor teve um lampejo de lembrança do toque de James, do gosto de sua boca, das batidas de seu coração enquanto ele a pressionava no monte de feno.

— Entendo sua ansiedade — disse ela, afastando-se. — Entendo mesmo. Mas primeiro temos de cuidar das ervas e do óleo, além de alimentar as galinhas e cobrir o fogo.

— Eu sei! — disse Alys, impaciente. — Eu sei. Eu cuido das galinhas.

Enquanto Alys enxotava as galinhas porta afora, catava dois ovos nos ninhos e os colocava dentro de uma tigela de barro, Alinor colocou óleo de linhaça numa grande jarra de vidro, cheia de manjericão fresco, e o fechou bem com uma rolha. Preparou outra jarra, cheia de confrei, e deixou ambas numa prateleira fora do casebre, onde ficariam expostas ao sol, que as aqueceria o dia inteiro, até que a essência vertesse no óleo. Então foi ao armário de canto, onde destilava óleos e secava ervas, pegou uma dúzia de frasquinhos e os colocou dentro de uma cesta.

— A senhora está pronta? — perguntou Alys. — Já pegou tudo? Podemos ir agora?

— O fogo está coberto?

— Sim, sim!

— E as marcas contra incêndio?

Alys se inclinou diante da lareira, pegou um graveto e rabiscou as runas contra incêndio.

— Pronto!

— A gente quer ver tudo no mesmo lugar... — começou Alinor.

Alys completou a frase, rindo:

— Quando aqui voltar.

— Eu sei! Eu sei! — Alinor admitiu sua instrução previsível. — Mas era o que minha mãe sempre dizia, e será sempre verdade.

— Estará tudo perfeito. Até a Sra. Miller ficaria admirada. Vamos.

As duas mulheres andaram uma atrás da outra pelo barranco que levava até a casa da balsa. A maré estava alta, e um fazendeiro desembarcara seu potro da balsa e montava na sela, valendo-se do bloco de montaria.

— Indo para o mercado de Chichester, Sra. Reekie? — cumprimentou ele.

— Sim. Como vai o senhor, fazendeiro Chudleigh? — respondeu ela.

— Vou bem — disse ele. — E vou agradecer à senhora aquela gordura de ganso, quando o frio travar meus velhos joelhos.

— Levarei um pote para o senhor — prometeu ela.

— Vocês duas parecem moedas recém-lavradas — elogiou Ned. — Estão brilhando de tão limpas!

Alys deu uma risadinha e levantou a saia para se esquivar das marcas enlameadas dos cascos de animais ao longo do ancoradouro.

— Não estão levando lã para o mercado? — perguntou Ned à sobrinha, segurando a balsa com firmeza junto ao cais.

— Hoje não — disse ela. — Minha mãe comprará renda para a Sra. Miller, se encontrar alguma bonita, e venderá um pouco de óleo.

— Fitas para você? — perguntou ele.

— Vaidade é pecado, tio — disse ela com um movimento de sua bela cabeça que o fez rir.

A maré subia, lenta e suavemente, mas mesmo assim Alinor agarrou firme a lateral da balsa, e, quando Ruivo, o cachorro, pulou na balsa ao seu lado, ela deixou escapar um leve suspiro de medo.

— Aquele preceptor, James Summer, foi para o norte no meio da noite — observou Ned. — Seguiu pelo alagadiço, no segundo melhor cavalo de Sir William, sob a luz da lua. Ele não me chamou, mas vi quando passou. A caminho de Londres, imagino. Não pediu luz. Não parou para conversar. Ele não fala muito. E também não ensina muito, não é?

— Não sei de nada — disse Alinor.

— Rob sabe quando ele volta?

— Ele não me disse.

— Ele parecia melhor que quando chegou. Estava doente feito um cão sarnento, não é?

— Febre — disse Alinor, sucinta, mantendo os olhos fixos no horizonte.

— Você compra um queijo de ovelha para mim no mercado?

— Compro — disse Alinor. — Estaremos de volta antes da hora do almoço.

Ele a ajudou a desembarcar do outro lado.

— Vocês podem conseguir uma carona de carroça. Podem esperar aqui por alguém que atravesse.

— Vamos começar andando — disse Alinor, e ela e a filha pegaram a estrada, enquanto Ned puxava a balsa de volta à ilha para aguardar clientes que se dirigissem ao mercado de Chichester.

Logo adiante, as duas mulheres viraram à esquerda, saindo da estrada para Chichester, e seguiram pelo caminho de Birdham. O solo era pantanoso, mas a trilha não demarcada corria pelo alto dos barrancos, pela orla dos campos e por pedras que cruzavam os córregos. Transpondo escadinhas que cruzavam cercas vivas entre baixios pantanosos, chegaram ao vilarejo, um punhado de casas agrupadas à margem da estrada.

Ambas pararam na borda gramada do caminho estreito.

— Estou arrumada? — perguntou Alys, nervosa.

Alinor endireitou a touca da filha e lhe ajustou a capa nos ombros.

— Muito bem — disse ela. — Vamos limpar nossas botas.

Apesar de toda a cautela, a barra das saias tinha se sujado na caminhada, e as botas estavam cobertas de lama. Com cuidado, levantaram as saias e limparam as laterais e o bico das botas na relva.

— Estou suada — disse Alys, nervosa. — E cheia de lama. Maldito lugar! Estou sempre cheia de lama. Ele nunca me viu de blusa limpa!

— Você está linda — tranquilizou-a Alinor. — E ele já a viu muito pior.

A Fazenda Stoney ficava longe da estrada, e um muro baixo de pedra lascada separava a casa da via de acesso, para impedir que animais fugissem. Uma trilha coberta de relva levava à porta da frente através de um pequeno pomar, com macieiras cujos galhos se curvavam com o peso dos frutos maduros e onde se via o escadote de algum catador que fora deixado ali.

Era uma casa de bom tamanho, uma das melhores da pequena paróquia, dois quartos e um cômodo para armazenar lenha, logo abaixo de um telhado de palha de junco, e no andar inferior uma cozinha e outros dois cômodos: um usado como sala de visita, e o outro, como depósito. A cozinha ocupava os fundos da casa, de um lado ao outro, a cervejaria e a leiteria ficavam do outro lado do pátio de pedra, de frente para a porta da cozinha, e o celeiro e os estábulos formavam o quarto lado do pátio. Enquanto as duas mulheres se dirigiam à porta, Richard Stoney, num traje marrom-escuro e de botas de montaria sujas da lama do estábulo, apareceu saltitando pelo canto da casa e correu até elas.

— Vocês vieram! Ah, vocês vieram! — Ele escorregou e precisou se agarrar em Alys para não cair. Então, fez uma leve reverência para Alinor. — Sra. Reekie, obrigado por ter vindo. Alys... — Ele dirigiu à jovem um cálido olhar de cumplicidade. — Bom dia, Alys.

Assim que viu o olhar íntimo e ardente trocado entre o rapaz e Alys, Alinor percebeu o segredo que guardavam, tão claramente como se o tivessem lhe confessado. Teve certeza de que eram amantes, que Alys havia desafiado todas as suas advertências, todos os ensinamentos da escola e da igreja, tinha se evadido do olhar desconfiado da Sra. Miller, seguindo o coração e não a cabeça, e se deitado com aquele jovem.

Agora Alinor entendia por que Alys estava tão determinada que o noivado seguisse adiante. Se Richard não convencesse os pais a concordar com o casamento, ele e Alys teriam de se separar, e os pais provavelmente o afastariam do moinho, para garantir que o casal nunca mais se encontrasse. Alys ficaria conhecida como uma jovem que perdera o homem que escolhera, e seu eventual casamento seria por todos considerado uma espécie de prêmio de consolação. Caso se tornasse público e notório que havia perdido a virgindade, seria difícil encontrar um rapaz respeitável com quem pudesse se casar, e a Sra. Miller teria o direito de dispensá-la do trabalho. A maioria dos noivados do vilarejo começava com uma promessa e um ato de amor, mas os tempos haviam mudado, e pessoas religiosas e famílias emergentes condenavam relações precoces como algo ímpio e nada lucrável.

— Ah, não... — sussurrou Alinor.

— Qual é o problema? — Alys colocou a mão no braço de Richard Stoney e se virou para a mãe.

Corajosamente, ela enfrentou o olhar de reprovação da mãe, e, diante da felicidade da filha, Alinor não pôde sentir raiva. Os dois formavam um belo casal, combinando muito bem em altura e aparência; ela não podia culpá-los por não esperarem pelo consentimento relutante dos pais dele. Ele tinha olhos castanhos, a tez amarronzada feito uma avelã, e cachos castanho-escuros lhe caíam sobre a gola branca. Ao lado dele, Alys parecia alva e delicada, seu cabelo de um ouro mais pálido que o da mãe, escondia-se recatadamente embaixo da touca branca, e seus traços eram tão marcantes e harmoniosos como os de um bibelô de porcelana.

— Nada — disse Alinor. — Não tem problema nenhum.

Alys trocou um olhar com a mãe e enrubesceu, como se percebesse que a mãe adivinhara seu segredo.

— Mãe? — disse ela, incerta.

— Mais tarde a gente conversa — determinou Alinor.

Alys corou ainda mais e se aproximou de Richard, como se o reivindicasse para si.

— Mãe, este é o homem com quem me casarei — anunciou.

Richard corou feito um menino, mas se mostrou orgulhoso.

— Se a senhora permitir — disse ele, educadamente. — Eu me comprometi. Dei minha palavra. Estamos noivos.

— Veremos o que seu pai diz — respondeu Alinor com cautela.

De mãos dadas com Alys, Richard tomou o caminho de casa. Alinor seguiu, pensando, com um sentimento de culpa, que Ned devia estar certo e que a impetuosidade que o irmão sempre constatou nela fora herdada por sua filha. Ela não fora capaz de controlar a luxúria que existia em todas as mulheres desde Eva, tampouco fora capaz de ensinar Alys a se conter.

A porta se abriu com um rangido, indicando falta de uso, e a Sra. Stoney surgiu na soleira, seguida pela criada.

— Bom dia, Sra. Reekie — disse ela, formalmente.

— Bom dia, Sra. Stoney — respondeu Alinor, esforçando-se para manter a serenidade.

A mulher se virou para o filho.

— Vai buscar seu pai — disse ela. — Ele está no celeiro.

Richard parecia não querer sair de perto de Alys, mas foi, obedientemente, enquanto a Sra. Stoney conduzia mãe e filha até o melhor cômodo da casa. O recinto era esparsamente mobiliado, com móveis escuros e pesados; um armário grande, cheio de utensílios caros de estanho, ocupava toda uma parede. Havia uma grande cadeira, com o espaldar e os braços forrados de tecido, obviamente destinada ao senhor da casa, e uma segunda cadeira ao lado. Alinor deixou a cesta de óleos no chão, perto da porta, e se dirigiu com discrição a uma cadeira menor, ao lado da mesa de madeira escura, coberta com uma pequena tapeçaria ancorada por uma pesada tigela de estanho. A Sra. Stoney sentou-se na segunda melhor cadeira; Alys ficou de pé ao lado da mãe e nem sequer foi convidada a sentar-se.

Ouviram os homens entrando pela porta dos fundos e o barulho do Sr. Stoney batendo a lama das botas. Então, ele entrou na sala. Era um homem de baixa estatura, espontâneo, de rosto corado, sorriso fácil e com um aperto de mão pronto para Alinor, que se levantou para cumprimentá-lo.

— Como vai a senhora? — disse ele. — Como vai? — Então, virou-se para Alys. — E como vai a moça mais bonita de Sussex?

Alys fez uma mesura e foi até ele para receber um beijo estalado em cada bochecha.

— A senhora aceita uma caneca de cerveja, Sra. Reekie? — ofereceu ele.

— Bess já foi buscar — disse a esposa.

— E imagino que os jovens possam dar uma volta pelo pomar — disse ele.

Bess entrou com uma bandeja de canecas de estanho, e Richard e Alys escapuliram.

— Ele adora caminhar com ela pela fazenda — confidenciou Stoney. — Para ele é motivo de orgulho. É nosso único filho, a senhora sabe.

— Eu sei. — Alinor pegou uma caneca e tomou um gole. Era cerveja de mesa, feita na fazenda, e a Sra. Stoney a adoçara com maçãs colhidas em seu pomar. Alinor sentia o sabor da fruta. — A cerveja está muito boa, Sra. Stoney.

A mulher sorriu diante do elogio educado. Alinor notou que era presunçosa e se perguntou se seria uma boa sogra para Alys, que haveria de residir com eles naquela fazenda e compartilhar uma casa com aquela mulher pelo resto da vida.

— Então, nossos jovens querem se unir — disse o fazendeiro Stoney, dirigindo-se a Alinor. — Richard veio a mim, depois da festa da colheita, e disse que havia se comprometido, sem me dizer uma palavra sequer antes. — Ele riu, balançando a cabeça. — Coisa de menino, certo? E a trouxe aqui em casa algumas vezes, e gostamos muito dela. Mas, na verdade, eu deveria estar conversando com o pai dela.

— Como o senhor sabe, meu marido está no mar — disse Alinor, com cautela. — Ele se foi há quase um ano. Todas as providências cabem a mim.

— Seu irmão não age pela senhora? — perguntou a Sra. Stoney.

— Eu decido sobre meus próprios filhos — disse Alinor com calma e dignidade. — Meu irmão me aconselha quando preciso.

— Ele sabe que a senhora está aqui hoje? — indagou a Sra. Stoney.

— Sabe, sim.

— Bem, a senhora não é tola, sei disso — disse o homem vigorosamente. — E deve saber que podemos buscar algo muito bom para Richard. Ele é nosso único filho e vai herdar tudo isto aqui, quando a gente se for. Não há dívida na fazenda. Herdei de meu pai, fiz melhorias e deixarei a fazenda por inteiro. É uma herança sem ônus.

— Eu sei — disse Alinor. — É uma bela fazenda. Mas Alys gostou de seu filho antes mesmo de saber quem ele era, quando o viu pela primeira vez no moinho. Ela nem pensava em tudo isto aqui.

A Sra. Stoney fungou, como se dissesse que duvidava.

— Seria uma união por amor — prosseguiu Alinor. — Mas, é claro, ela trará um dote.

— Ela já tem o próprio enxoval? — perguntou a Sra. Stoney.

— Não — disse Alinor, pensando no canto do casebre, na caixinha de tesouros que não continha nada além do contrato do arrendamento e uma bolsinha de couro vermelho cheia de bugigangas. — Ainda não. Mas, na ocasião do casamento, serei capaz de mandá-la com alguns lençóis... — Ela viu o olhar de desaprovação no rosto da mulher. — E um pouco de lã — acrescentou Alinor.

— Eis o resultado de o termos mandado para a fazenda dos Miller — reclamou a Sra. Stoney, de lado, para o marido. — Você o mandou para aprender a trabalhar na moagem, mas ele só aprendeu a desobedecer.

— Ele é capaz de fazer as próprias escolhas — retorquiu o marido. — É uma menina bonita, e sabe tudo o que é preciso saber para ser esposa e companheira de trabalho de um fazendeiro. Não é verdade, Sra. Reekie?

— Ela faz de tudo lá no moinho — confirmou Alinor. — A Sra. Miller é ótima dona de casa, e Alys aprendeu muitas prendas domésticas lá. Ela trabalha com laticínios, ordenha vaca, faz cerveja, assa pão, sabe cozinhar, sabe fiar, e, claro, sabe costurar. E eu lhe ensinei sobre ervas e seus usos. Ela sabe ler e escrever. O senhor verá que ela é bastante competente na leiteria e na produção de cerveja, na padaria e até em trabalhos externos.

— Ela traria seu livro de receitas? — indagou a Sra. Stoney.

Alinor se encolheu. Possuía um livro de receitas herdado da mãe, com tratamentos para todas as doenças e lesões conhecidas, instruções sobre usos adequados, sobre cultivo e destilação de ervas. Era seu maior tesouro e a base de sua prática de curandeira.

— Eu faço uma cópia — prometeu ela. — Eu faço uma cópia para ela. E, é claro, se alguém ficar doente, eu viria cuidar, de graça, como família.

A Sra. Stoney parecia achar a oferta insuficiente.

— E o dinheiro? — perguntou ela. — Que dote ela trará?

— Já tenho trinta e cinco xelins — disse Alinor com um orgulho discreto. Mas, é claro, o valor era insuficiente; a mulher apenas ergueu as sobrancelhas. — Terei mais dez até o casamento, se eles se casarem na Páscoa — acrescentou Alinor. — E meu filho Rob receberá o pagamento trimestral do Priorado na ocasião da Festa da Candelária. São mais quinze xelins.

Alinor tentou falar com serenidade sobre essas vultosas somas, muito mais do que já ganhara na vida, mas viu o olhar dirigido pelo Sr. Stoney à esposa e a mulher balançar a cabeça, com determinação, a boca expressando desaprovação.

— Não podemos desperdiçar nosso filho — explicou ele.

— Posso acrescentar meus ganhos, ao longo do tempo — disse Alinor. — Faço quase todos os partos na ilha de Sealsea. Eu poderia prometer um pagamento mensal no primeiro ano do casamento, por exemplo, a partir de meus ganhos.

A Sra. Stoney franziu os lábios.

— Meu filho será aprendiz de um boticário em Chichester — disse Alinor com a voz contida, mas o coração batendo forte. — Ele vai na Quaresma, quando mestre Walter for para a universidade. Sei que ele gostaria de ver a irmã bem casada...

Um boticário? — perguntou a Sra. Stoney e, quando Alinor começou a explicar, ela interrompeu: — Mas que serventia isso tem para nós?

— Ela e Rob herdarão o direito de operar a balsa e usar a casa da balsa...

— Sinto muito — disse o Sr. Stoney, por fim —, mas estamos procurando um dote maior, a ser pago à vista no dia do casamento. Talvez com um pouco de terra, talvez um de nossos vizinhos. Não moedas no futuro. Não "talvez" e "quem sabe", Sra. Reekie. É uma pena a senhora não ter um marido para provê-las. Uma grande pena. Mas não podemos desperdiçar Richard. Por mais que ela seja uma menina querida, e por mais que a gente goste dela. Ela teria sido nossa escolha, se o dote estivesse a contento. Nós pensamos que a senhora dispusesse de mais, para ser franco. Sinto muito. Pensamos que a senhora tivesse uma condição melhor.

Alinor cerrou os dentes para não gritar que no passado tivera mais posses: a herança da mãe, o próprio dote, guardado na bolsinha de couro vermelho da mãe, mas Zachary tinha ficado com tudo, por direito, como marido, e esbanjara tudo, como só um marido é capaz de fazer, e agora Zachary já não estava presente para responder por seus atos, e a bolsinha de couro vermelho continha tão somente moedas velhas.

— Mas ela tem o próprio ganho — insistiu Alinor, mais ansiosa. — Se os senhores quiserem que ela continue trabalhando com os Miller, ela poderia contribuir com o pagamento. E ela sabe fiar.

— Neste caso, ele poderia muito bem se casar com nossa criada, Bess! — objetou a Sra. Stoney. — Pagamento de criada doméstica como dote! Não, não, ela é uma menina querida, mas se só dispõe de trinta e cinco xelins e dos ganhos de trabalhadora de uma fazenda... Espero mais que isso para meu filho.

O Sr. Stoney parecia lamentar o tom ríspido da mulher.

— Com todo o respeito — disse ele.

— Que quantia os senhores têm em mente? — perguntou Alinor. — Porque meu irmão talvez...

— Nada menos que oitenta libras — disse a Sra. Stoney, com vigor. — Eu não aceitaria nada menos.

— Oitenta libras! — Alinor engasgou ao pensar na quantia inimaginável.

— Teremos de recusar — disse gentilmente o Sr. Stoney. — É uma pena, mas...

— Eu tenho sessenta libras! — interrompeu Alys repentinamente, diante da porta. Entrou na sala, lívida, seguida por Richard, que segurava sua mão. — Eu tenho — afirmou. — Eu tenho dinheiro guardado que minha mãe não sabe. — Um olhar cortante para Alinor a advertiu de que não falasse nada.

— Vocês estavam ouvindo atrás da porta? — perguntou o Sr. Stoney ao filho, franzindo a testa.

— Estávamos passando pela janela e ouvimos — respondeu o filho. — Não estávamos atrás da porta, senhor, mas minha mãe estava falando com muita clareza. Nós temos de nos casar. Nós nos amamos.

— Quanto você tem? — perguntou a Sra. Stoney à jovem.

— Sessenta libras — disse Alys com coragem. Do bolso do vestido, ela retirou uma bolsinha de couro vermelho e a colocou na mesa de madeira escura, diante da mãe. — Sessenta libras — disse ela em tom de desafio. — Sessenta libras agora, e o restante depois. É suficiente?

Com uma pontada de pavor, Alinor reconheceu imediatamente a bolsinha de couro vermelho que a Sra. Miller havia retirado do esconderijo atrás de um tijolo na chaminé da lareira: era o dote de Jane Miller. Ela abriu a boca, mas descobriu que não conseguia falar.

— É suficiente? — perguntou Alys com a voz trêmula. — É suficiente?

— É uma surpresa — observou o Sr. Stoney com ar grave. — Como é que uma mocinha como você pode ter mais dinheiro guardado que a própria mãe? — Ele se virou para Alinor. — Como é que vocês conseguiram tamanha fortuna? A senhora sabia desse dinheiro?

— Meu pai me deu — disse Alys, depressa, antes que a mãe pudesse responder. — Foi uma gratificação da marinha. Ele ganhou servindo na marinha, e, quando veio para casa da última vez, ele me deu o dinheiro para o dote. Sempre fui a preferida dele. Ele me deu o dinheiro para o dote, caso eu quisesse me casar antes que ele voltasse.

— Suponho que sua mãe poderia ter usado esse dinheiro muitas vezes, ao longo do ano passado — disse a Sra. Stoney, desconfiada. — Todos sabem o quanto ela trabalha duro. Você não deveria ter contado a ela? E dado o dinheiro a ela?

— Meu pai e minha mãe nem sempre concordavam — disse Alys, destemida, ignorando Alinor, mantendo os olhos fixos na expressão sombria da Sra. Stoney. — Meu pai me pediu que guardasse o dinheiro dele até que voltasse, e só usar o dinheiro se fosse para meu dote. Tenho de obedecer ao meu pai, não é?

Ela se virou para o Sr. Stoney, certa de que ele apoiaria a autoridade masculina. Solenemente, ele assentiu.

— Uma ordem de seu pai? Sim, tinha de obedecer.

— Ele não abandonou a senhora, ou abandonou? — A Sra. Stoney se dirigiu a Alinor. — Ele abandonou a senhora? Se ele deu à filha o dote antes de ir embora. Ele estava pensando em nunca mais voltar?

Imediatamente, Alys percebeu que havia exagerado. Antes que Alinor pudesse responder, ela falou:

— Ah, não! Meu pai jamais abandonaria a gente! Ele prometeu voltar para casa. Só deixou o dinheiro comigo, caso eu quisesse me casar antes que ele voltasse. Ele é um marinheiro em período de guerra e sabia que poderia ficar bastante tempo longe de casa. Não havia como saber quanto tempo a viagem poderia durar. Ele só queria fazer o melhor por mim.

— Mas você disse que eles nem sempre concordavam?

Alinor, mesmo sabendo que a Sra. Stoney já devia tê-la visto no mercado de Chichester de olho roxo e face machucada, balançou a cabeça.

— Não tenho queixa dele, e sei que ele voltará para casa — disse ela com firmeza. — Às vezes a gente discorda, assim como tantos outros casais... mas nada fora do comum. Zachary foi contratado para uma viagem num barco mercante costeiro, e depois a gente ficou sabendo que ele tinha sido recrutado pela marinha. Então, a marinha passou a apoiar o príncipe.

Mas eu não tenho dúvida de que, quando a paz voltar, os marinheiros e os soldados serão dispensados, com o devido soldo e as gratificações. Não tenho dúvida de que ele voltará para casa.

Ela manteve a fisionomia impassível e se lembrou de ter prometido a James que diria a todos que Zachary não voltaria para casa e que era viúva, e agora ali, no dia seguinte, já afirmava o contrário. Mas não havia nada que pudesse fazer naquele instante, enquanto Alys batia o pé no meio da sala, mentindo feito uma charlatã.

— E quanto ao soldo dele — acrescentou Alys —, quem sabe quanto dinheiro ele trará quando voltar? Se capturar um navio, ficará rico!

— Então, ele agora está servindo junto ao príncipe? — O Sr. Stoney se agarrou a outro problema. — Nós aqui em casa defendemos o Parlamento.

Alys balançou a cabeça.

— Não sabemos em que navio ele está. Pode ser que esteja em algum navio que permaneceu leal ao Parlamento. Meu pai apoia o Parlamento, assim como meu tio Ned. Os senhores conhecem meu tio Ned!

— Em minha casa também defendemos o Parlamento. — Alinor se esforçou para entrar na conversa, tentando desviar os olhos da velha bolsinha de couro vermelho.

— Então, o casamento não deveria ser adiado até ele voltar? — disse o Sr. Stoney, dirigindo-se a Alinor. — Considerando que ele voltará para casa quando a guerra acabar, e que o Parlamento já está dialogando com o rei?

— Pode ser...

— Não! — apressou-se em dizer Alys. — Isso não seria certo. Meu pai me deu o dinheiro que ele tinha guardado para eu usar em meu dote, para que eu não precisasse esperar por ele! Ele me disse que não adiasse meu casamento. E não há como saber quando o rei aceitará a paz.

Alinor assentiu, mas constatou que não conseguia falar.

— Então, é suficiente? — Richard pressionou o pai. — Se nós dois trabalharmos sem pagamento na fazenda e entregarmos a vocês qualquer outro ganho que tivermos? É suficiente como dote? Como o dote oferecido por Zachary Reekie?

O fazendeiro olhou para o filho e decidiu em seu favor.

— É suficiente — determinou. Ele pegou a bolsa, sopesando-a para julgar o valor com base em sua longa experiência de vida. Depois, abriu o cordão e espiou dentro, contemplando as moedas de ouro e prata. — Sessenta libras... eu não esperava; mas sim, é suficiente.

— Nós poderíamos ter conseguido mais — lembrou-lhe a Sra. Stoney, com rigidez.

— Poderíamos. — Ele sorriu para o filho. — Mas prefiro vê-lo feliz. — E entregou a bolsa a Alys com um sorriso afetuoso. — Agora, eu lhe devolvo isso — disse ele —, como deve ser feito. E vai oferecer o dote à Sra. Stoney, na porta da igreja no dia do casamento, com o dinheiro guardado por sua mãe e com seu pagamento, de hoje até o dia das bodas, e Richard lhe dará um anel e a palavra dele. Está combinado. Terá sua parte da fazenda, quando ele morrer, e seu assento diante desta lareira pelo resto da vida. E seu filho herdará a fazenda depois de Richard, e o filho dele depois.

Alys caiu em prantos; Richard a puxou para seus braços e a beijou. O Sr. Stoney se pôs de pé e beijou primeiro Alinor, depois a jovem, que ainda chorava. A Sra. Stoney tocou a cabeça do filho, abençoando-o, depois beijou Alys.

— Então, é isso — disse ela a Alinor de má vontade. — Ele se apaixonou por ela, e ela tirou do bolso um dote com o qual ninguém jamais sonharia. Parece até que ele foi alvo de um encantamento.

— Sim, sim... — As palavras faltavam a Alinor, ainda atordoada com a visão da bolsinha contendo o dote de Jane Miller nas mãos de Alys, que a enfiou de volta no bolso, sem olhar para a mãe.

— E seu filho está indo tão bem! — disse a Sra. Stoney, permitindo-se um pouco de amabilidade. — Aprendiz de um boticário em Chichester! Que começo para um rapaz!

— Sim — disse Alinor. E percebeu que apenas acenava com a cabeça, ainda sem palavras. — Sim.

— Como foi que ele arrumou uma posição dessas? — A Sra. Stoney a convidou a se explicar.

— Gostam dele lá no Priorado. — Alinor percebeu que seus lábios estavam tão rígidos que ela mal conseguia formar as palavras. — Ele tem servido de companheiro para mestre Walter, e eles custearam o aprendizado dele. Ele começará quando Walter for para a universidade. Vai ser na Quaresma.

— Vamos tomar uma taça de vinho? E vocês aceitam um desjejum conosco? — insistiu o Sr. Stoney, hospitaleiro. — Agora que vamos ser uma só família? Mostrarei os celeiros e os pomares, Sra. Reekie, e acredito que a senhora queira ver o canteiro de ervas.

— Quero, sim, por favor — disse Alinor em voz baixa. — Eu gostaria, sim. Eu gostaria. Obrigada.

As duas mulheres se despediram da família Stoney e andaram juntas, em silêncio, pela estrada de Chichester. Alinor sentia uma forte dor no estômago, que pensava ser causada pelo medo, e um gosto azedo na boca, que sabia ser resultado do pavor.

Já não dava mais para ver a fazenda, que estava quase um quilômetro atrás delas, quando Alys falou:

— Diga algo. Por favor, diga alguma coisa.

— Você enlouqueceu, Alys?

— Eu sei! Eu sei! Devo ter enlouquecido!

Deram mais alguns passos em silêncio; então, Alinor sentiu a mão fria de Alys envolver a sua.

— Ajude-me, mãe.

— Como?! Esse crime é punido com a forca. É roubo.

— Eu sei. Eu sei.

— É o dote de Jane Miller, não é? Na bolsinha de couro vermelho que pertence à mãe dela?

— Sim. É claro.

— O que é que você vai fazer agora?

— Devolver a bolsa. Eu só tinha de mostrar. Não vou roubar. Vou ganhar o dinheiro que preciso para o dia do casamento. Eu nunca roubaria.

— Só faltam seis meses! Nunca ganharemos o suficiente. Não ganharíamos o suficiente nem em seis anos. E se a Sra. Miller for ao esconderijo e der falta do dote de Jane, ela vai virar o moinho de cabeça para baixo e acusar todo mundo. Você e eu primeiro. Alys, como pôde fazer uma coisa dessa?

— Devolverei a bolsinha ao esconderijo antes que ela perceba. Mas tenho de me casar com ele.

— Porque vocês já são amantes?

A moça suspirou, o que era uma confissão em si.

— Porque eu o amo muito. Prefiro ser enforcada como ladra na Páscoa a perder Richard agora.

— Eu não! — gritou Alinor. — Passei a vida toda zelando por sua segurança, e agora você se deita com um homem antes do casamento, e rouba... — Ela parou de gritar e sussurrou, embora estivessem sozinhas a céu aberto e a estrada vazia se estendesse ao norte diante delas.

— Não roubei. Peguei emprestado. Ele me ama. E ela não vai me pegar. Vale a pena o risco.

— Isso é o que você pensa agora... mas pensará diferente mais tarde.

— De fato, é isso que penso agora. Então, agi agora.

— Você mudará de opinião. Olhará para trás, e isso parecerá loucura. E achará que eu estava louca por não impedi-la. Errei em não impedi-la. Eu deveria ter pegado a bolsa no momento em que você a tirou do avental. — Alinor engasgou com a bile que lhe subia à boca. — Pensei que fosse minha bolsa! Minha bolsinha de couro vermelho, que não tem nada além de minhas moedas velhas! Pensei que estivesse ficando louca.

— Neste caso, eu o teria perdido. A senhora ouviu o que eles disseram.

— Mesmo assim. Melhor perder o rapaz que...

— Eu sabia que a senhora não ficaria contra mim, mãe. Eu sabia que a senhora nunca me decepcionaria.

— Eu não deveria tê-la apoiado. Isso dá forca, Alys. Se você for pega com essa bolsa, será enforcada como ladra.

— Não serei pega. Devolverei a bolsa. Mas juro para a senhora que eu morro se não puder me casar com ele. Se a senhora me proibir, eu fujo. Se ele me deixar, eu me afogo na barragem do moinho.

Alinor concluiu que haveria de ser a última mulher em Sussex a argumentar contra um desejo que era mais forte que a própria vida. Como poderia culpar a filha por fazer algo tão terrível quanto o que ela própria fizera? Alinor havia arriscado a vida, trancando-se no mezanino do estábulo com James, e desde então mentira para todos.

— É melhor a gente voltar agora para o moinho e devolver logo essa bolsa. Se eu chamar a Sra. Miller ao pátio, você corre para dentro da casa...

— Não. Eu já sei como fazer, de verdade. Já sei quando. Ela sempre sai ao entardecer, todo dia, para recolher as galinhas. Ela gosta de recolher as galinhas pessoalmente. Tem medo de que eu pegue os ovos do dia. Ela é muito má. Ela sai ao entardecer, e nunca tem gente na cozinha nessa hora. Posso devolver a bolsinha nessa hora.

— Como é que você descobriu o esconderijo?

— Eu estava no pátio quando os vendedores de grãos chegaram, e ela vendeu para eles grãos que eram destinados aos pobres da paróquia. Eles pagaram o dobro do preço, e os pobres passaram fome. É dinheiro sujo, mãe. Toda vez que fecha um negócio que ela sabe que o Sr. Miller não vai gostar, ela não conta nada para ele e guarda o dinheiro na bolsinha do dote de Jane. De vez em quando, ela pega um pouco, para comprar alguma coisa especial para ela, ou para o enxoval de Jane. Uma vez, ela pediu que eu comprasse umas correntes douradas de um vendedor ambulante no portão, e as moedas estavam quentes, e os dedos dela, sujos de fuligem. Eu não sabia direito onde ela guardava a bolsinha, mas sabia que só podia ser na chaminé. Simplesmente cutuquei os tijolos até encontrar o que estava solto.

— Você está correndo um risco terrível.

— Eu sei. Mas eu tinha de arriscar, mãe. Eu tinha de impedir que os Stoney dissessem não hoje. Eles não faltarão com a palavra, mesmo que eu não consiga o dinheiro. Richard vai me ajudar, e o Sr. Stoney gosta muito de mim... Ele vai deixar a gente se casar. Devolverei a bolsinha, e a Sra. Miller não saberá de nada; e, quando chegarmos ao mercado, pegarei mais lã para fiar. Ganharei o máximo que puder até o dia do casamento, e entregarei tudo o que tiver na porta da igreja. Não vai chegar a sessenta libras, mas aí será tarde demais. Eles não cancelarão o casamento. Eu digo a eles que fico devendo o restante.

Alinor balançou a cabeça diante dessa solução.

— É uma negociação desonesta, Alys; é ruim para nós sermos vistas como trapaceiras. Se você enganar os Stoney no dia do casamento, eles jogarão isso na sua cara em todas as brigas que vocês tiverem. Eles nunca mais confiarão em você.

— Richard nunca vai usar isso contra mim.

— A mãe dele vai.

Alys deu de ombros.

— Quem se importa? Depois que estivermos casados, ela pode falar o que quiser. Não ligo. É com ele que me casarei, não com ela. E vale a pena roubar por causa dele, trapacear por causa dele. Ele vale qualquer coisa.

Alinor levou a mão aos olhos, como se o sol da manhã estivesse demasiado ofuscante. Em sua imaginação, nitidamente, ela via Alys na porta da igreja, oferecendo uma bolsa com conteúdo insuficiente, e via o ressentimento dos Stoney e seu próprio vexame.

— Isso não é maneira de começar um casamento — disse ela, lamentando. — Não é assim que você deveria estar no dia de seu casamento.

Alys a pegou pelo braço, com afeto.

— Mãe, eu sei que isso é terrível para a senhora, e sinto muito. Sinto muito, mas não posso ficar presa aqui, sem chegar a lugar nenhum. Eu tenho de me casar com Richard. Tenho de ficar com ele. Sou jovem, quero uma vida! Não posso ser paciente com a infelicidade como a senhora foi. Não posso ficar esperando meu pai voltar para casa, como se isso fosse melhorar as coisas, quando sabemos que seria pior! Não posso rastejar, toda humilde, esperando que os vizinhos sejam gentis na minha frente, enquanto me chamam de mendiga e filha bastarda de senhor das fadas pelas costas.

— Eles não dizem isso!

— É exatamente o que dizem. Veja como a senhora tem de bajular a Sra. Miller. Veja como a senhora se rebaixa diante da Sra. Wheatley. Veja como a senhora se encolhe toda com o Sr. Tudeley e com aquele preceptor detestável! Estamos quase dependendo da caridade da paróquia, o tempo todo. Estamos sempre sugando a boa vontade de alguém. Não aguento mais. Prefiro ser ladra a pedinte. Tenho de me arriscar agora. Tenho de viver a minha vida agora!

— Ah, não diga isso dele!

— O Sr. Tudeley é um monstro!

Alinor silenciou sua resposta, envergonhada por causa da própria filha, e olhou para Alys, mas não conseguiu encontrar palavras para repreendê-la.

— Não sou covarde — disse ela, murmurando. — Não me encolho. Não fico sugando ninguém.

— Sim, a senhora faz tudo isso — disse Alys, sem piedade. — Qualquer um pode dizer qualquer coisa para a senhora, contanto que compre um pote de ameixa.

— Não sabia que você se sentia assim.

— Eu sempre odiei ser pobre.

— Rob também?

— Rob não importa! — explodiu Alys. — A questão aqui não é seu filhinho precioso, pelo menos não desta vez.

O ciúme e o ressentimento de Alys ficaram expostos para Alinor pela primeira vez, como se ela estivesse vendo a desolação do Lodo Catingoso pela primeira vez, toda aquela vastidão, e sentindo o cheiro daquele lodaçal.

— Não posso me arriscar a ofender quem quer que seja — disse Alinor em voz baixa, como se as palavras estivessem sendo arrancadas dela. — Se quiser ganhar o suficiente para colocar comida na mesa para vocês dois, não posso ser orgulhosa.

— Eu sei — disse Alys.

— E Rob não é mais precioso que você. — As palavras a deixaram de voz embargada. — Nada no meu mundo é mais precioso que você.

— Eu sei — repetiu Alys. Ela envolveu a mãe num abraço. — Sei que a senhora fez muito por nós. Não sei nem da metade do que a senhora sofreu... por nós. A senhora tem sido mãe e pai para nós, eu sei. E seria demais para qualquer mulher fazer tudo o que a senhora fez sozinha. Sou grata... de verdade. Mas só estou dizendo que não posso ser como a senhora. Não posso fazer o que a senhora faz. Não posso me dobrar. Não aguento. Prefiro arriscar tudo a me contentar com uma vida pobre, como a senhora vive.

— Você acha que eu me acomodei na pobreza?

— Acho — disse Alys com a crueldade direta dos jovens.

— Entendo — disse a mãe, em voz baixa. — Sei o que é querer ter orgulho próprio, estar apaixonada, ser impulsiva.

— A senhora entende?

Ela fez que sim, contraindo os lábios selados em seu segredo. Na noite anterior orgulhara-se de seu desejo, praticara seu amor e agira impulsivamente.

— Eu entendo — repetiu ela.

Elas se detiveram por um instante, abraçadas, então andaram lado a lado pela estrada de Chichester.

— Sinto muito — disse Alys em voz baixa. — A senhora sabe do amor que sinto pela senhora. Eu não queria dizer tudo o que disse.

— Eu sei.

Andaram mais alguns minutos em silêncio, então Alinor falou:

— Eu não queria esta vida para mim. Não é o que minha mãe queria para mim. Ela sabia que Zachary tinha o próprio barco e achou que ele se daria bem na vida. Pensou que seríamos vizinhas, que trabalharíamos juntas, e ele daria uma vida melhor para mim. Pensou que Ned herdaria a balsa e teria uma boa esposa e um filho, e que eu poderia contar com o dinheiro de Zachary e que moraríamos ao lado de meu irmão, em nossa casa. Ela não tinha como prever que Mary morreria e que seu pai não prestava.

Andaram em silêncio por um tempo, até ouvirem um chamado vindo de trás; então, viraram-se e avistaram um fazendeiro numa carroça cheia de peles de ovelha, a esposa sentada ao lado dele com cestas de queijos.

— Indo para o mercado? — perguntou ele, quando as duas pararam ao lado da estrada e se viraram. — Ah, Sra. Reekie, não a reconheci longe de casa, na estrada para Birdham. A senhora está indo para o mercado de Chichester?

— Sim — disse Alinor, exibindo um sorriso largo. — E esta é minha menina, Alys.

— Ela deu uma espichada — disse ele. — Eu me lembro de quando você era uma pirralha. Querem uma carona?

— Suba e sente-se no banco, ao meu lado — disse a esposa, dirigindo-se a Alinor. — Alys pode ir na carroça, em cima das peles de ovelha, se não se importar.

— Obrigada — agradeceu Alinor, enquanto a esposa se inclinava e oferecia a mão para ajudá-la a subir na boleia, e Alys apoiava um pé no eixo, o outro num dos aros da roda, e subia.

— A senhora vai vender seus óleos? — perguntou a mulher, olhando para a cesta de Alinor.

— Vou, sim — disse Alinor. — E vou comprar renda para a Sra. Miller, se encontrar algo que valha a pena.

— Que coisa horrível, querida — disse a esposa do fazendeiro. — Eu me pergunto por que ela não faz a própria renda.

Alinor, sabendo que qualquer coisa que dissesse seria repetida, sorriu e não fez nenhum comentário.

— Mas suponho que eles estejam tão bem de vida que ela pode comprar — disse a mulher.

— Eu não saberia dizer — observou Alinor.

— Ah, a senhora não esteve lá para a festa da colheita? Aquela não era a melhor safra de trigo que já tiveram? E eles não venderam metade da safra, com bom lucro, e despacharam o trigo para o condado inteiro? E ela tagarelando durante o banquete inteiro com o preceptor de mestre Walter, que veio de Cambridge, como se fosse do nível dele? Como se tivesse alguma coisa a lhe dizer que ele quisesse ouvir!

Alinor voltou a sorrir.

— Ainda assim, ela não conseguirá nada lá. Ouvi dizer que ele voltará para Cambridge junto de mestre Walter. Levará o jovem lorde para lá, para aprender direito, ou seja lá o que for que eles aprendem por lá.

— Eu não saberia dizer — repetiu Alinor.

— Um homem tão bonito!

— Não reparei — disse Alinor, pensando que as batidas de seu coração soavam tão alto em seus ouvidos que poderiam ser audíveis para a mulher sentada ao seu lado.

— A senhora deve ter percebido! Ele foi até falar com a senhora, depois do banquete. Todos ficamos imaginando o que ele tinha para falar com a senhora.

— Ele veio me falar de Rob. Meu menino está tendo aulas junto de mestre Walter. É criado do mestre.

— A senhora tinha esperança de que eles mandassem Rob para Cambridge, como companheiro do mestre? — especulou a mulher. — Foi por isso que a senhora se afastou dele, durante o banquete, sem nenhuma mesura? A senhora pediu para Rob ir junto e o preceptor negou?

— Não, não — disse Alinor. — Nada disso! Eu não estava me sentindo bem. Fiquei com medo de passar mal diante dos convidados. Precisei ir embora. Pedi desculpa a ele e corri para casa.

— Ela não sabe curar o presunto direito, por mais que se orgulhe — disse a esposa. — Eu também fiquei enjoada.

— O que a traz a esta estrada, Sra. Reekie? — O fazendeiro interrompeu a esposa. — A senhora vai querer uma carona de volta, por esse mesmo caminho, depois do mercado?

— Não, nós voltaremos pelo caminho de sempre — respondeu Alinor. — Só viemos por aqui porque fizemos uma visita.

— Uma visita a quem? — perguntou a esposa, curiosa.

— À Fazenda Stoney — respondeu Alinor.

— Ah! — A esposa ficou empolgada por conseguir, finalmente, extrair uma pepita de fuxico. — Vi os dois dançando na festa da colheita. Formam um belo par. Vamos ouvir os proclamas?

— Sim — aquiesceu Alinor. — Sim. Alys e Richard se casarão.

— Na nossa igreja em Birdham?

— Na nossa. São Wilfrid.

— Ora, que bom partido para você! — disse ela, involuntariamente grosseira. — O herdeiro dos Stoney! E aquela linda fazenda. Ainda bem que ela herdou sua aparência, já que a senhora não tem mais nada a oferecer.

— Acho que eles serão muito felizes — disse Alinor, reprimindo-a. — Será uma união por amor.

— É o melhor tipo de união — disse o homem.

— Imagino que a Sra. Stoney não esteja muito satisfeita, pois tinha em mente um casamento lucrativo para o filho, desde o dia em que ele nasceu.

— Ela foi muito acolhedora — disse Alinor, rezando para que Alys, na carroça, entre as peles de ovelha, não ouvisse nada. — Estamos todos muito felizes.

Chegaram a Chichester dentro de uma hora e saltaram da carroça, agradecendo.

— Velha ridícula! — disse Alys, sorrindo e acenando, enquanto a carroça se afastava rangendo no calçamento de pedra. — E agora estou fedendo a ovelha.

— Xiu — disse Alinor.

Alys riu.

— Quem se importa com o que ela pensa? Vamos comprar a renda primeiro?

— Não, primeiro venderei meus óleos.

Alinor seguiu em frente, em direção a uma barraca especializada em ervas secas, pedras de cristal, óleos, pomadas e amuletos. Conhecia bem o vendedor, e ele a cumprimentou com um sorriso malicioso.

— Ah, Sra. Reekie, eu estava esperando ver a senhora hoje. Trouxe algo de bom?

— Uma dúzia de frascos de óleos mistos — disse Alinor.

Ela colocou a cesta na barraca e examinou o estoque do vendedor, enquanto ele pegava cada um dos frascos e lia o rótulo manuscrito.

— Muito bom, muito bom. Eu não sabia que a senhora tinha acônito. A senhora nunca me trouxe antes.

— Encontrei algumas mudas silvestres — disse Alinor. — E resolvi preparar um pouco de óleo. É um remédio bastante útil, mas duvido que haja muita necessidade de proteção contra lobos nas terras das marés.

— É um veneno muito potente — observou ele. — Que estranho ver uma curandeira vendendo veneno em plena luz do dia!

— É uma cura para febre também. Uma gota num canecão de cerveja é um bom tratamento para a febre. E pode ser usado em picada de escorpião.

— Não temos muitos escorpiões em Chichester — disse o homem com sarcasmo.

Alinor deu de ombros.

— Eu levo de volta, se o senhor não quiser. Posso usar para baixar a febre.

— Não, não, eu compro. É bom ter isso em estoque, mesmo que não tenha muita procura. Quanto a senhora vai querer pela água de acônito e os outros óleos?

— Seis xelins — disse Alinor com coragem.

— Ora, ora, eu tenho de pagar o aluguel da barraca e um empregado para cuidar de tudo. Não posso pagar tanto assim. Mas eu pago quatro xelins por tudo.

— Seis xelins — insistiu Alinor. — Pelos doze frascos. E os frascos e as rolhas têm de ser devolvidos.

— A senhora sabe barganhar — admitiu ele. — Como convém a uma linda mulher.

Alinor desembalou os frascos, deixando-os na barraca, e ele entregou frascos vazios, guardados numa cesta nos fundos.

— Pronto, darei para a senhora alguns frascos e rolhas a mais — disse ele. — Por conta do acônito.

— Obrigada.

— Pode me trazer mais no mercado do mês que vem — disse ele. — Também comprarei ervas secas a peso.

— Tenho ervas secando neste momento.

Ele se inclinou, aproximando-se dela.

— A senhora pode me preparar algo para restaurar a virilidade? — sussurrou ele. — Tenho um cliente que ficaria bem feliz.

— Não tenho receita para isso — disse ela, desanimando-o.

— Tem, sim; eu sei que a senhora tem. Com capim barba-de-bode, pênis de touro, gengibre e coisas assim, tudo fervido junto.

Ela balançou a cabeça.

— Não tenho receita para isso. Não tenho como conseguir ingredientes desse tipo e, se conseguisse, não o faria — disse ela. — Não faço esse tipo de coisa.

Ele bufou, incrédulo.

— Não me diga que a senhora despreza um bom negócio?

— Desprezo, sim — disse ela, com firmeza. — Eu preparo remédios com ervas porque sei o que elas fazem. A bondade, a bondade de Deus, está na planta, um presente do próprio Deus. Mas qualquer coisa com palavras de encantamento é quase magia. Minha mãe nunca mexeu com nada disso, e eu tampouco. Ela me ensinou a usar as ervas que todos conhecemos, e a não brincar com coisas que são mistérios... se é que funcionam.

— Mas a senhora é parteira! — disse ele num tom grosseiro. — Não vejo por que se coloca acima desta questão. A senhora tira o bebê para fora, por que não pode ajudar o pai a enfiar o bebê lá dentro?

— Porque preciso de minha licença — disse Alinor. — E, se o bispo voltar um dia, não verá com bons olhos uma mulher da ilha de Sealsea que vende poções do amor e realize encantamentos. Sou parteira e herbalista e não faço nada além disso. Preciso preservar minha reputação: é tudo o que tenho.

— Então a senhora não tem muito, minha cara. Sua reputação quase não tem valor! Olha, eu reúno os ingredientes e pago à senhora para que vá até minha despensa e prepare a poção para mim. A senhora não precisa contar para ninguém. Ficará só entre nós dois. Nosso segredinho. Imagino que a senhora não vá recusar cinco xelins.

Alinor sentiu uma pontada de culpa, pensando nos cinco xelins para o dote de Alys, mas não conseguia se livrar do medo de lidar com qualquer coisa que parecesse magia.

— Sinto muito — disse ela novamente. — Mas só trabalho como herbalista, com as ervas que conheço. Não me meto com mistérios.

Ele riu para esconder a irritação, e ela percebeu imediatamente que o remédio era para ele próprio. Sua risada nervosa era a de um homem sem confiança; o tom de intimidação decorria da fraqueza. Toda a conversa sobre um tal cliente era para disfarçar a própria necessidade.

— Ah! Se a senhora quer recusar bons negócios com um bom cliente...

— Sinto muito — disse ela gentilmente. — Mas não posso ajudar o senhor.

— Não é para mim — apressou-se em dizer. — Mas a poção teria uma ótima saída.

— Então, com certeza o senhor encontrará alguém que a prepare — disse ela.

Ele fez careta.

— Suas ervas são muito boas... são as melhores. Eu queria as suas. As pessoas sempre pedem os óleos da bela bruxa do Lodo Catingoso.

— Espero que não me chamem assim — disse Alinor com frieza.

— Só de brincadeira.

— Não é brincadeira para mim.

— É o que a senhora diz, é o que a senhora diz. Eu lhe desejo um bom dia, e, se a senhora tiver o bom senso de mudar de ideia, pode voltar a me procurar.

Alinor acatou a dispensa, embolsou o dinheiro e pegou a cesta que estava na barraca. Ele gesticulou para que ela fosse embora, e Alinor cerrou os dentes, sorriu e se despediu. Ele não se deu ao trabalho de responder; apenas se virou para um cliente e a deixou ir embora, sem mais uma palavra. Mãe e filha seguiram pelo meio da pequena multidão, dirigindo-se para a área norte da Cruz do Mercado, onde ficava a barraca do vendedor de lã.

Havia uma pequena aglomeração em volta da mesa, mulheres trazendo lã fiada e cobrando seus pagamentos e mulheres comprando sacos de lã crua para fiação. Alinor comprou um xelim de lã acondicionada dentro de um saco. O vendedor pegou o dinheiro com uma palavra de agradecimento.

— Bom dia, Sra. Reekie. Eu mesmo posso buscar o fio, se a senhora trabalhar depressa. Vou até a ilha de Sealsea no mês que vem.

— Deixo o fio com meu irmão, na balsa — prometeu Alinor. — E, se o senhor deduzir o preço de outro saco de lã de meu pagamento, eu fio mais.

— Trabalhando duro? — perguntou ele, piscando para ela. — Guardando dinheiro para alguma coisa?

— Nada especial — disse Alinor, discretamente, embora Alys sorrisse, corasse e baixasse os olhos.

Elas saíram da barraca, tentando não esbarrar nas pessoas, e seguiram pela rua apinhada de gente, levando o saco volumoso.

— E agora? — perguntou Alys.

— Preciso comprar um pouco de sal para salgar peixe — disse Alinor, olhando em volta.

— O que tem de errado com o sal que a gente faz?

— Não consigo fazer o suficiente para um barril de peixe — disse Alinor. — E o trabalho é pesado demais, ficar mexendo as panelas e mantendo o fogo aceso o dia todo, para um resultado tão pequeno.

Ela seguiu à frente até uma barraca onde dois brutamontes, usando pás, transferiam sal de grandes sacas para sacos menores.

— Vou levar dois — disse Alinor, e entregou as moedas.

No momento em que ela pegou os sacos e se virou, Alys disse:

— Olha lá a rendeira.

Era uma idosa, sentada sozinha numa banqueta, diante de um pano estirado no chão, onde exibia suas amostras de renda. Mantinha uma almofada nos joelhos, e seus dedos inchados trabalhavam com os bilros, enquanto a renda crescia a partir do centro da almofada. Ela retirava um alfinete e fincava outro, formando o desenho, enquanto os bilros giravam e batiam uns nos outros, como se fossem um pequeno exército lutando num campo nevado.

— Bom dia, senhora — disse Alinor educadamente.

— Bom dia para a senhora — respondeu ela, sem desviar o olhar do trabalho.

— Estou procurando renda para uma gola para a Sra. Miller, lá do moinho da maré — disse Alinor.

— Tudo o que a senhora vê aí está à venda — disse a idosa. — E será um prazer atender a senhora. Eu me sustento, sem depender da caridade da paróquia, com meu trabalho, a senhora sabe?

Alys conteve uma risadinha ao ouvir a voz esganiçada da velhota, e Alinor franziu o cenho, repreendendo-a. As duas se ajoelharam e examinaram as amostras de renda, até Alys dizer:

— Esta é a mais bonita, mãe. Olhe só para isso. — Ela ergueu uma larga fita de renda que poderia ser usada para enfeitar uma gola. O trabalho tinha um padrão de asas de borboleta. — Bonita — disse Alys, então acrescentou, baixinho: — Bonita até demais para ela.

— Quanto é esta renda? — perguntou Alinor à idosa.

— Dois xelins o metro — disse ela.

— A senhora não pode fazer por menos? — perguntou Alinor. — Eu não tenho autorização para comprar se for muito caro.

— Minha querida, a única coisa que me separa da caridade da paróquia é um metro de renda — confidenciou a mulher. — A senhora é bonita demais para saber o que é ser uma mulher pobre e um fardo para os vizinhos. Mas, se eu passar uma semana sem vender, eles não abrem as portas para mim, com medo de que eu peça um pedaço de pão, ou um litro de leite, apesar de terem um rebanho inteiro de vacas. Se eu passar um mês, eles já pensam em me despachar para outra paróquia. Começam a me perguntar pelos meus filhos, e por que não vou visitá-los. Querem me forçar a ser um fardo para os meus filhos. É uma amargura envelhecer pobre. Peça a Deus que poupe a senhora.

— Amém — murmurou Alinor.

A rendeira fitou o semblante chocado de Alys.

— Pode acreditar! Podem se virar contra a gente num instante. Basta uma palavra enviesada, e eles convocam o caçador de bruxas e chamam a gente de bruxa, para se livrar da gente de uma vez por todas! É crime ser pobre neste condado; é pecado ser velho. Nunca é bom ser mulher.

Alinor sentiu um calafrio na espinha ao ouvir tais palavras.

— Só tenho três xelins para a renda — disse ela às pressas. — Desculpe-me por importunar a senhora.

— Eu lhe vendo dois metros por três xelins — disse a idosa. — E ficarei grata se a senhora comprar de mim novamente. — Pegou a fita de renda, dobrou-a com delicadeza, mais de uma vez, e a amarrou com um fio de seda cor-de-rosa. — Belo trabalho — disse ela. — Duas semanas de trabalho e ganho três xelins. Peça a Deus que a senhora nunca fique sozinha e tenha de prover o próprio sustento. O mundo é difícil para uma mulher sozinha.

— Amém — repetiu Alinor. — Sei disso.

Elas se afastaram da barraca.

— Velha miserável! — disse Alys com indiferença. Em seguida, olhou mais de perto para a mãe. — Não se preocupe com o que ela disse! A senhora ganha o suficiente. E não é igual a ela. A senhora tem as ervas e o trabalho de parteira, e agora tem o barco e a pesca. E ainda tem o trabalho no moinho, e seu próprio trabalho no canteiro e na casa da balsa. Se pedirem à senhora que volte ao Priorado para trabalhar na despensa, pagarão bem. E em breve serei esposa de um fazendeiro jovem e rico e Rob será boticário. Nós dois vamos mandar dinheiro para a senhora!

— E ela ganha o suficiente com suas rendas por enquanto — disse Alinor. — Mas e quando estiver velha demais para trabalhar? Você viu as mãos dela... O que acontecerá quando ela não puder mais dobrar os dedos? O que acontece na semana em que ela fica doente? O que ela come? Com quem ela consegue lenha? Com os vizinhos, como ela disse, e eles se voltarão contra ela se ela pedir qualquer coisa.

Alinor teve de levantar a voz diante da algazarra crescente, e as duas olharam em volta, para ver o que fazia as pessoas gritarem e xingarem. Era um jovem monarquista, de pé nos degraus da Cruz do Mercado, desafiando a multidão que o cercava.

— Teremos paz e o rei de volta ao trono no Natal! — bradou ele.

— Então teremos guerra de novo na Páscoa! — retorquiu alguém. — Porque seu rei é um mentiroso!

Houve gritos e gargalhadas, mas a maior parte da multidão queria ouvir o que o jovem monarquista tinha a dizer.

— Vamos embora — disse Alinor, nervosa, mas Alys se demorava, querendo ouvir.

— Os membros do Parlamento sabem que precisam concordar com o rei, e estão indo até a ilha de Wight para se encontrar com ele — afirmou o jovem. — Ele não será coagido; ele será devolvido ao trono.

— Cerveja grátis para todos!

— Eles exigirão que ele dispense a milícia real e aceite a legitimidade do Novo Exército Modelo. — O jovem fez uma pausa com imponência. — Ele jamais concordará com isso. Eles exigirão uma igreja sem bispos. Os senhores já sabem qual é o resultado disso! — Mais uma vez, ele encarou a multidão. — Onde está o bispo de Chichester hoje?

— Em Slough — disse alguém prestativamente. — Você queria falar com ele? Porque ele meteu sebo nas canelas.

Com altivez, o jovem ignorou o espectador inoportuno.

— Estou falando da Igreja de Henrique VIII — declarou ele, mais alto que as gargalhadas. — Da Igreja da rainha Elizabeth. O herdeiro legítimo, o rei Carlos, nunca há de abandoná-la. Ele vai restaurar a Câmara dos Lordes, os bispos...

— Não se esqueça do bispo de Roma! — gritou alguém do fundo. — Porque a rainha obedece a ele, e não ao marido!

— Vamos embora — disse Alinor à filha. — Já, já, vai ter pancadaria.

— Nosso rei jamais concordará com essas exigências! — O jovem levantou a voz, enquanto as duas mulheres se afastavam. — Não podem forçá-lo, e devemos defender seu direito de ser rei. Nós deveríamos dizer ao nosso representante no Parlamento...

— Eles podem mesmo forçar o rei a ceder tudo? — perguntou Alys à mãe enquanto desciam pela rua Sul em direção à estrada para a ilha de Sealsea.

— Não sei — respondeu Alinor. — Suponho que sim. Visto que o rei está sob a custódia deles. Mas talvez não se possa prender um rei.

— Meu tio falou que o rei deveria ser julgado por traição. Por ter recomeçado a guerra e convocado os escoceses. Disse que isso foi ao povo da Inglaterra.

— É fácil dizer isso — observou Alinor. — Mas tem gente que diz que um rei não pode errar, pois é rei.

— Quem pensa assim?

Alinor pensou no homem que amava.

— Tem gente que diz isso.

— Bem, isso é besteira! — declarou Alys, com firmeza.

As duas voltaram andando para casa, revezando-se para carregar o saco de lã e os sacos de sal. Um carroceiro a caminho do moinho da maré passou por elas na estrada e deixou que se sentassem na parte de trás da carroça, em cima de sacas de grãos. O céu estava dourado com a luz da tarde quando a carroça desceu pelo caminho estreito de acesso ao moinho. As águas batiam no cais, uma brisa eriçava as ondas no porto, fazendo as águas parecerem uma peça de seda cinza franzida.

Alys saltou para abrir o portão do pátio, permitindo a entrada da carroça, depois caminhou à frente. A eclusa da barragem do moinho estava aberta, a maré vertia enchendo a barragem e os pássaros corriam pela orla, alimentando-se com o que as águas traziam. O Sr. Miller saiu do celeiro ao ouvir o barulho das rodas no pátio calçado com pedras, e a Sra. Miller surgiu à porta da cozinha a tempo de ver Alinor descendo da carroça.

— Ei-la! — disse a Sra. Miller a Alinor. — E voltou para casa sem ter de andar, graças a um de nossos clientes.

— Pois é — disse Alinor. — A gente teve sorte.

— Ah, tem sempre um homem disposto a ajudar a senhora — disse a Sra. Miller.

— Bem, a gente teve sorte hoje — concordou Alinor. — E veja o que comprei para a senhora.

O moleiro e o carroceiro descarregaram as sacas de grãos, empilhando-as diante das portas do celeiro, prontas para serem içadas quando a barragem enchesse e a água vertesse para girar a roldana e fazer a grua funcionar. Alinor entregou o pacote de renda e viu a Sra. Miller abri-lo.

— Mas isto é coisa muito fina! — disse ela com rara satisfação. — Muito boa. Não venha me dizer que a senhora conseguiu tudo isso por três xelins?

— Consegui, sim! — disse Alinor com prazer. — Eu esperava que a senhora achasse que tinha sido uma boa barganha. Acredito que foi mesmo. Veja só a delicadeza do desenho!

— No mercado de Chichester! — disse a Sra. Miller. — Quem diria que haveria algo tão bom assim no mercado de Chichester! Eu achava que seria preciso ir a Londres para encontrar um trabalho assim.

— Era uma idosa. Estava fazendo renda, sentada numa banqueta no meio do mercado. Não tinha sequer uma mesa — disse Alinor. — Mas tudo dela era lindo.

— Bem, sou grata à senhora — disse a Sra. Miller com uma amabilidade fora do comum. — E a senhora vendeu seus óleos?

— Vendi, sim — disse Alinor, mostrando-lhe a cesta com os frascos vazios. — E comprei um saco de lã para fiar, e um pouco de sal para salgar peixe; então, tive um dia muito bom.

De repente, Alys apareceu ao lado da mãe e fez uma mesura à Sra. Miller.

— E você teve um dia e tanto! — repreendeu-a a mulher imediatamente. — Passando o dia todo fora, passeando no mercado em dia de trabalho.

— Fomos à Fazenda Stoney primeiro — disse Alinor, sabendo que a Sra. Miller teria de tomar conhecimento do fato e que ficaria profundamente ressentida se elas ocultassem a notícia e ela ficasse sabendo por alguma outra pessoa. — Alys e Richard ficaram noivos. Vão se casar na Páscoa.

— Não é possível! — exclamou a mulher, mudando logo de humor.

— Eu tinha certeza de que a senhora ficaria satisfeita — acrescentou Alinor. — Pois eles se conheceram enquanto trabalhavam para a senhora, e foram rei e rainha de sua festa da colheita. Eu sabia que a senhora ficaria feliz por eles.

A Sra. Miller tentou reprimir o sentimento de inveja da felicidade alheia.

— Não haveria motivo para não ficar feliz — disse ela, irritada. — Não é como se eu tivesse colocado algum obstáculo no caminho deles. Não é como se eu o quisesse para Jane.

— Não, isso mesmo — confirmou Alinor. — Não há motivo para a senhora não ficar feliz por ela.

— Mas... bem, é um belo partido para sua menina. A Fazenda Stoney! Richard Stoney! A senhora terá sorte se as pessoas não disserem que ela o iludiu.

— Ninguém seria tão cruel — afirmou Alinor. — É obvio que Richard a ama muito, e ela o ama também.

— É só que ele é um partido e tanto para ela — resmungou a Sra. Miller.
— Sair do casebre de um pescador e ir diretamente para a Fazenda Stoney!

— Não há como negar que é um bom partido para ela — concordou Alinor. — Mas ela será uma boa esposa para ele. Ela aprendeu tantas tarefas domésticas com a senhora!

— Hoje ela não aprendeu nada, só aprendeu a passear pelo mercado e gastar o dinheiro dos outros.

— Ela compensará o dia perdido — prometeu Alinor, pegando na mão fria de Alys. — E agora a gente precisa ir.

— Felicidades — disse a Sra. Miller de má vontade. — Desejo que vocês sejam muito felizes.

— Eu sei que é esse o seu desejo — respondeu Alinor, e pegou os sacos de sal, enquanto Alys pegava o saco de lã e atravessava o pátio ao lado da mãe. Ela deixou o portão do pátio aberto, para o carroceiro sair, e seguiram juntas em direção à balsa.

— Coloquei a bolsa de volta — disse Alys casualmente.

O coração de Alinor deu um pulo.

— Pensei que você fosse fazer isso no fim da tarde, quando ela fosse recolher as galinhas.

— Sim, mas quando vi que ela saiu ao encontro da senhora, para olhar a renda, percebi que era um bom momento. Corri até a cozinha, puxei o tijolo, enfiei a bolsinha e recoloquei o tijolo num segundo. Ela nunca vai saber que a bolsinha saiu de lá.

Alinor quase cambaleou de alívio.

— Então, está feito, e você se safou.

Alys sorriu para ela.

— Está feito, e eu me safei.

— E você nunca mais fará isso — ordenou Alinor. — Prometa, Alys. É um risco muito grande. Nunca mais pegue nada dela. Nem mesmo emprestado. Você não deveria ter feito isso, nem desta vez. Prometa que nunca mais fará isso. Pense no perigo!

A moça riu como se nenhum perigo pudesse ameaçá-la.

— Prometo que nunca serei pega — disse ela alegremente. — Prometo não acabar na forca. Uma tola como a Sra. Miller jamais vai me pegar, e em breve terei muito mais dinheiro que o dote de Jane Miller. Espere até eu ser a Sra. Stoney, da Fazenda Stoney, em Birdham! Eu é que não vou guardar meu dinheiro numa chaminé. Terei minha própria caixa na oficina do ourives de Chichester! Hei de ser uma mulher de recursos!

TERRA DAS MARÉS, SETEMBRO DE 1648

Alinor nada soube de James durante todo o mês de setembro, mas não esperava receber notícias dele, e passou os dias empoeirados do fim do verão com uma lânguida sensação de paz. Descobriu que confiava nele, acreditava que ele iria para o tal lugar — o tal lugar inimaginável e misterioso — que ele chamava de lar, e acreditava também que os homens que ele chamava de irmãos o dispensariam dos votos. Alinor, criada num reino onde os católicos foram banidos havia quase um século, não conseguia imaginar os rituais e os juramentos que James teria de suportar para se ver livre do passado blasfemo. Supunha que os irmãos o assustariam com ameaças de purgatório eterno, e o encharcariam com vinho, como se fosse sangue, e o forçariam a comer carne crua. Seus olhos se encheram de lágrimas quando ela pensou nele sendo obrigado a enfrentar o terrível domínio de Roma. Mas confiava que fosse corajoso e devoto naquele mundo que era um mistério para ela. Ele prometera; ela sabia que ele a amava, e acreditava que ele os convenceria de que precisava ser dispensado.

Alinor tinha mais receio da influência da família dele, especialmente da mãe, pois conseguia imaginar muito bem o que uma nobre senhora diria ao filho único e adorado quando ele lhe informasse que estava deixando o sacerdócio sem maiores ambições do que se casar com uma esposa abandonada, uma herbalista, uma viúva de pescador que ganhava a vida presa num porto lamacento, na terra das marés, na Inglaterra. Se os Stoney — pequenos fazendeiros — desprezavam Alys, o que os aristocráticos Summer não diriam de sua mãe medíocre?

Os pais de James com certeza o proibiriam de voltar para ela. Eles o deserdariam antes de permitir que se entregasse a uma mulher que acusariam de ser pouco mais que uma bruxa interiorana: pouco mais que uma indigente. Mas então ela se lembrou de que eles também estavam sem terras, também se agarravam ao que lhes restara, após seis anos de guerra civil, longe da bela residência, no exílio com uma rainha derrotada. Eram papistas e monarquistas, e irremediavelmente condenados. Não podiam voltar à Inglaterra: tanto sua fé religiosa quanto sua lealdade política eram consideradas criminosas. Estavam muito acima dela quando o rei ocupava o trono e a fé por eles professada era aceita, mas não agora. O abismo inimaginável entre ela e o filho deles fora destruído para sempre com a destruição dos altares, com o rompimento do contrato entre rei e povo, com o fim da deferência. Se o rei podia ser capturado por uma simples cornetada do exército e acabar numa casa plebeia em Newport, na ilha de Wight, Alinor e James já não estavam em extremos opostos da sociedade, separados por um abismo tão intransponível quanto o alagadiço. Os pais dele deviam saber, assim como todos agora sabiam, que o mundo havia mudado, que o povo humilde da Inglaterra se insurgira e que os governantes já não estavam em seus palácios. Se um agricultor como Oliver Cromwell podia governar a Inglaterra, por que a viúva de um pescador não podia subir no mundo e aspirar a algo melhor?

— O príncipe foi derrotado no mar e empurrado de volta à Holanda. Já soube? — perguntou Ned a ela, num fim de tarde, sentado diante da porta do casebre e pitando o cachimbo, para manter longe do rosto as moscas que picavam. Seu cachorro se deitara à sombra do banco e ofegava no calor.

Alinor trouxe para o irmão uma caneca de cerveja de mesa e sentou-se ao lado dele, para saborear a própria cerveja. Prendeu no cinto o cabo do fuso da roca, de modo que o novelo de lã ficasse à altura de sua cabeça, e, sentada ao lado do irmão, puxava e torcia o fio com a mão livre, mantendo a roda em movimento constante, com leves toques do pé. O novelo estava morno e gorduroso por causa da lanolina.

— Não soube, não. Mas não estive com ninguém desde que fui ao mercado de Chichester. Não saí da cervejaria, nem da despensa, nem da cozinha. O que foi que aconteceu?

— Você e Alys têm trabalhado o tempo todo. Você conseguiu um bom preço para o barril de peixe salgado?

— Vinte xelins! Do navio graneleiro. Mas o que foi que aconteceu com o príncipe?

— Eu mesmo acabei de saber. A gente demora a saber das coisas por aqui. É como se a gente estivesse embaixo das águas do porto, não diante dele. Mas a esposa do fazendeiro Gaston tem um primo que chegou de Londres, e ele me deu a notícia enquanto a gente atravessava o estuário. Você sabia que o príncipe de Gales estava no comando de uma frota?

— Sim, disso eu sabia — confirmou Alinor, lembrando-se do homem que lhe falara da frota de prontidão, das chances do príncipe.

— Nossa marinha, a frota do Parlamento, o expulsou do Tâmisa e o perseguiu até a Holanda. Ele não ficará mais de prontidão em nosso litoral. — Ned riu. — É provável que ele esperasse que o pai escapasse de Newport e pudesse ser resgatado no mar e levado para a França. Eles devem ter pensado que o rei descumpriria a liberdade condicional e fugiria de novo. Mas isso tampouco aconteceu. Os navios do rei se foram, e ele está preso em Newport; os homens do Parlamento estão lhe dizendo como tudo deve ser, e a ele só resta concordar.

— Os navios do rei não o apoiaram? — perguntou ela.

— Foram escorraçados para a Holanda. Ele agora não tem para onde ir — disse Ned com satisfação. — Terá de concordar com o Parlamento e voltar com eles para Londres. E vou te contar: ele não será muito bem recebido por lá.

— Mas o que acontecerá com o rei? E com toda aquela gente que ficou do lado dele? Aquela gente que está na França e na Holanda, que foi para o exílio com a rainha?

— Quem se importa com eles?

— É só que... o que acontecerá com eles, eu me pergunto.

— Sabe, acho que limitarão o poder do rei — disse Ned, pensativo. — Acho que o levarão para Londres e farão dele um rei como ninguém nunca viu, um rei que tem de trabalhar com o Parlamento e a Igreja, e que não está acima de tudo e de todos. Acho que devolverão a casa dele, mas não o trono. Talvez o transformem em Sr. Rei! — Ele riu da própria piada. — Apostaria um xelim que não devolverão o rei ao trono e, com certeza, ele nunca mais comandará o exército. Ele não é confiável. Todo mundo agora já sabe: ele não é confiável.

— Então, a rainha voltará para casa para ficar com ele? Ela passará a ser a Sra. Rainha? E o príncipe? E os lordes e as damas, e toda aquela gente que seguiu a rainha até Paris? O que é que eles farão?

— Todos terão de pedir perdão ao povo da Inglaterra — declarou Ned solenemente. — Isso é o que eu exigiria deles. Que pedissem perdão. Que pagassem uma multa, jurassem nunca mais portar armas contra ingleses e fossem obrigados a levar uma vida reclusa, discreta. Devíamos tratar todos eles tão mal como se fossem papistas: devem ser multados e impedidos de ocupar cargos públicos. Poderiam viver na Inglaterra, mas sem direitos, e calados: como esposas e filhos, como os loucos que são. Podem trabalhar, mas não comandar.

— Mas eles poderão voltar para casa? — insistiu ela.

— Se quiserem viver mal — previu Ned. — Mas nunca mais será o mesmo para eles. Nem para nós. Nada será o mesmo, nunca mais.

Alys surgiu pela porta com um novelo de lã crua em seu fuso. Então, sentou-se ao lado deles, girou a roda com o pé e começou a fiar.

— Você tem fiado noite e dia — comentou o tio.

— É para o dote — disse ela, breve.

Ele assentiu.

— Vou lhe dar alguns xelins no dia — prometeu ele. — Dez.

— Ficarei grata — disse ela com delicadeza. — Obrigada, tio.

E não olhou para a mãe, nem Alinor ergueu os olhos do trabalho.

— Nós duas ficaremos gratas — acrescentou Alinor. — Para falar a verdade, tivemos de prometer mais do que temos.

— É uma bela fazenda — admitiu ele. — Eles podem exigir um bom pagamento. Quando será o casório?

— Depois da Páscoa — disse Alinor.

— Talvez antes — acrescentou Alys. — Se a gente conseguir o dinheiro mais cedo. Talvez na Noite de Reis. Eu adoraria me casar na Noite de Reis.

O tio balançou a cabeça.

— Não existe Noite de Reis na Bíblia — disse ele. — E uma Noite de Reis não tem nenhuma serventia numa igreja devota.

— E é cedo demais! — protestou Alinor. — A gente nunca vai conseguir o dinheiro até lá.

Alys deu de ombros.

— Algum dia mais tarde, em janeiro, então. Ou em fevereiro. Um dia comum.

— Então você terá de fiar mais depressa — disse Ned. — Ou fiar ouro, como a jovem do conto de fadas.

— Qual é a pressa? — perguntou Alinor à filha. — Com mau tempo e tardes escuras? Por que não esperar pela primavera?

A bela jovem deu seu sorriso mais travesso.

— Porque quero uma cama quentinha com o mau tempo e as tardes escuras.

Alinor franziu o cenho e meneou a cabeça para o irmão, para lembrar à filha que cuidasse da língua.

— O casamento é um contrato sério, a ser firmado pela glória de Deus — disse Ned solenemente. — Não pelo capricho da luxúria dos jovens. Melhor seria você se colocar na posição de serva do Senhor e orar até que Ele diga que chegou o momento.

— Sim — concordou Alys com uma expressão séria no belo rosto. — Mas quanto tempo devo esperar, tio Ned? Pois o senhor ficou sozinho, e minha mãe ficou completamente sozinha aqui. Sei que somos uma família com sangue-frio, de barata, mas mesmo assim...

Não se contendo, o tio riu e se inclinou para dar um tapinha na cabeça do cachorro.

— Nós nunca vamos conseguir o dinheiro do dote se você antecipar o casamento — advertiu Alinor.

— Vamos, sim — disse Alys, com confiança. — Porque Richard vai completar a quantia pra mim.

— O quê? — indagou Ned. — O noivo vai pagar o dote que é para ele mesmo?

Alys se mostrou radiante de tanto orgulho.

— Ele me ama muito — disse ela. — E não quer que eu me preocupe.

— Ele tem dinheiro guardado? — perguntou Alinor. — Ele tem esse dinheirão todo?

— Do avô Stoney. Pelo testamento, é dele. É tudo dele. E ele vai me dar. Ele prometeu completar a quantia, se faltar para a gente.

Alinor moveu os ombros, como se um peso de ansiedade fosse removido.

— Graças a Deus — disse ela. — Eu estava tão...

— Eu falei para a senhora que tudo ia acabar bem.

— Você está bem confiante — observou Ned.

Alys ergueu o olhar para ele.

— Estou confiante nessa questão — disse ela.

DOUAI, FRANÇA, SETEMBRO DE 1648

James despertou antes das matinas, com o toque do grande sino, La Joyeuse, e sabia que estava na segurança de sua casa, onde tinha sido criado e educado, onde era conhecido e amado. Ali podia usar o nome que Deus lhe dera, podia falar dos pais; ali podia rezar por seu rei. Ali pertencia a uma comunidade fervorosamente religiosa, ferozmente patriótica, uma comunidade de espiões prontos para retornar a qualquer momento aos seus lares ingleses, para levar o reino de volta a Deus. Ao despertar, seu pensamento era de um alívio glorioso: ele havia sobrevivido à missão na Inglaterra, onde tantos jovens, educados, conhecidos e amados, tanto quanto ele, não sobreviveram. Mesmo antes de abrir os olhos, agradeceu a Deus por ter sido poupado, por não ter sido denunciado por falsos amigos, nem traído inadvertidamente por si mesmo. Não tinha enfrentado nenhum tribunal, nem pena de morte na fogueira. Agora podia admitir para si mesmo o quanto temera. Isso o fez pensar em Alinor e na proteção incondicional que ela lhe oferecera. Alinor decidira escondê-lo no exato momento em que se conheceram; arriscara a vida para cuidar dele. Concluiu que ela fora guiada por Deus para fazer a coisa certa e, embora se tratasse de uma herege, servira a Deus quando o salvara.

Assim que o olhar sombrio e grave de Alinor entrou em sua mente, todos os demais pensamentos se foram, e ele se perdeu por um bom tempo na lembrança daquele perfil, no jeito como ela inclinava a cabeça, no movimento daquele cabelo. No mesmo instante, ele voltou ao mezanino do estábulo, sentindo os lábios dela em sua pele, mas então as paredes alvas da cela do claustro refletiram a candeia do irmão que passou e bateu em sua porta, chamando "*Pax Vobiscum*", e por todo o corredor ecoou a resposta — "Amém", "Amém", "Amém" — enquanto os irmãos e os seminaristas sentavam-se em suas pequenas camas e acolhiam a dádiva de mais um dia.

Mas James sentia que a bênção não era para ele, não lhe era concedida conscientemente. Os irmãos e os superiores na universidade e na abadia não sabiam que ele havia fracassado e, se soubessem, não o teriam abençoado. James temia que o culpassem e sabia que teriam razão em fazê-lo. Sua alegria ao despertar desapareceu, assim como o confiante agradecimento a Deus. Ele se levantou da cama, com os pés descalços no piso frio de pedra, lavou o rosto e as mãos, as axilas e a virilha numa tigela de água fria, com uma barra do melhor sabão de Castela. Vestiu o camisolão de linho, a batina, e amarrou o cinto de corda. Enfiou os pés úmidos nas novas sandálias de couro, abriu a porta da cela e se juntou à fila de rapazes encapuzados, com os olhos cravados no chão, dirigindo-se ao Ofício das Matinas na abadia. Absorvidos em suas próprias orações, nenhum deles olhou para James, nem o cumprimentou, e James sentiu que um abismo o separava daqueles que eram seus companheiros de infância.

— Que Deus tenha misericórdia de mim — sussurrou ele, enquanto andava cercado por jovens que louvavam a Deus, confiantes no mundo em que haveriam de ingressar, certos de que restaurariam a humanidade à verdadeira fé. — Que Deus tenha misericórdia, que Deus tenha misericórdia, que Deus tenha misericórdia de meus pecados.

Durante todo o ofício, ele parecia orar com autêntica penitência, murmurando as respostas conhecidas, entoando os salmos. Mas sabia que não era um penitente, sabia que estava em guerra consigo mesmo. Falhara em sua missão; falhara diante de seu rei, e falhara diante de seus votos. Não poderia incluir Alinor entre seus pecados. Com ela, tinha sido verdadeiramente autêntico, como jamais fora desde a infância. Com ela, tinha vislumbrado uma vida devota no mundo, não no claustro. Achava que poderia ser melhor marido que sacerdote; sabia, de qualquer forma, que sua vocação estava em crise. A paixão que sentia por ela conferia sentido à sua vida; caso contrário, estaria perdido. Era um pensamento revolucionário para um jovem dedicado à Igreja desde a infância, mas James não podia evitá-lo. Sentia uma convicção absolutamente inusitada: não queria estar ali, escondendo-se atrás de muros altos, no norte da França; não queria ter fé num rei incapaz de governar; nem sequer queria restaurar a verdadeira religião na Inglaterra. A única coisa que de fato queria era ir para a casa de sua família, em Yorkshire, levar consigo a mulher amada e viver lá como um inglês, em paz em seus próprios campos.

Assim que a liturgia terminou, os irmãos foram até o refeitório para o desjejum num silêncio enfatizado pela leitura silenciosa, em latim, do evangelho do dia. Então, um dos irmãos mais velhos se levantou e anunciou as tarefas do dia, o trabalho esperado dos noviços, o nome daqueles que estudariam, cuidariam da horta, cultivariam os campos, fariam a limpeza e cozinhariam, ou serviriam nas oficinas da igreja. James recebeu ordens para procurar o irmão superior nos aposentos. Alguns dos jovens seminaristas olharam com inveja para ele, desejando também ser enviados à Inglaterra, ansiando por uma vida secreta, a fim de espionar o sistema e servir aos fiéis católicos perseguidos. James não lhes deu atenção. Pensou que eram tolos por buscar o martírio. Não desejariam isso se soubessem o que era ficar num cais escuro, avistar um ponto de luz e não saber se era amigo ou inimigo. Não desejariam isso se a vitória mais triunfante da guerra tivesse lhes escapado por um triz, vendo-a jogada fora por mero capricho. James evitou os olhares, baixou a cabeça em obediência e prosseguiu sozinho até os aposentos do padre superior.

Foi recebido por um funcionário e encontrou o Dr. Sean sentado à sua mesa, trajando a estola de ofício, escarlate, por cima da batina preta, o solidéu preto na cabeça, o rosto magro, pálido e seco. Ele se levantou da cadeira, contornou a mesa para cumprimentar James e o abraçou, beijando-o nas duas faces, à maneira francesa, então fez o sinal da cruz e o abençoou.

— Senta-te — disse ele, afetuosamente. — Senta-te, meu filho, e conta tudo.

James, certo de que não poderia contar tudo, sentou-se na ponta da cadeira, enquanto o superior sentava-se e pegava uma pena de tinteiro para fazer anotações.

— Voltaste ontem à noite? E não falaste com ninguém sobre tua viagem?

— Com ninguém — confirmou James.

— Deixaste o rei no cativeiro?

— Que Deus tenha misericórdia de mim, deixei.

— Diz, como foi isso? Não recebeste ordens para levá-lo a um barco? E conduzi-lo ao navio e à segurança do filho?

— Sim, padre superior.

— Então por que falhaste?

Hesitante, envergonhado, James explicou a viagem até a ilha de Wight, falou dos aliados que com ele se encontraram, sobre os meninos que serviram para despistar sua missão, o barqueiro que o enganara, e o substituto: Zachary. Contou que a casa do Sr. Hopkins estava totalmente desprotegida e que o rei poderia tê-lo acompanhado, mas se recusou.

O superior sentou-se, com os dedos unidos, como se estivesse rezando.

— Por que ele não quis ir embora contigo?

— Ele não se explicou.

— Mas se recusou a partir?

— Ele riu — disse James, amargurado. — E então se irritou com o fato de alguém duvidar de que ele fosse capaz de salvar a si mesmo. Estava confiante de que chegaria a um acordo. Ele me disse que voltasse no futuro, se ele precisasse de mim. Eu o adverti que era perigoso para mim, e para outros indivíduos, e que talvez não conseguíssemos voltar, mas ele não me levou a sério. Fui incapaz de fazer com que nos levasse a sério.

— Disseste que estavas obedecendo à esposa e ao filho dele? Que o plano era deles?

— Eu disse a senha, e disse que eles tinham pago minhas despesas e me dado dinheiro para subornar o barqueiro. O rei disse que não obedeceria às ordens deles.

Era difícil para James transmitir a petulância do monarca e manter o devido respeito ao líder ordenado por Deus na terra.

— Mas voltaste à companhia de Sir William sem que ninguém percebesse?

— Tenho certeza de que sim.

— E então, ficaste doente?

James enrubesceu. O superior pôde perceber o intenso rubor no colarinho da batina.

— Fiquei, sim. Uma febre que grassa naqueles pântanos. Não durou muito.

— Foi apenas uma doença do corpo? Ou foi da fé, meu filho?

James baixou a cabeça. O homem mais velho mal conseguiu ouvir as palavras murmuradas, declarando a fé abalada e, deveras, perdida.

— Isso não é surpresa — disse o Dr. Sean com delicadeza. — És jovem e estavas muito sozinho, e com a vida em perigo, durante várias semanas, antes mesmo de chegares à ilha. Confiamos a ti a maior tarefa que alguém deste seminário já recebeu, e falhaste.

— Sinto muito — murmurou James. — Estou envergonhado.

— Parece que ninguém poderia ter convencido o rei. Se ele não queria vir, não poderias tê-lo obrigado. Acredito que fizeste o teu melhor, e acho que ninguém poderia ter feito mais.

Houve silêncio.

— Poderias ter feito mais, meu filho?

— Eu já me questionei — admitiu James. — Não sei o que mais poderia ter feito. Gostaria de ter conseguido levá-lo. Acho que, se ele tivesse vindo comigo, eu o teria conduzido com segurança. Até sonho com isso. Repito a cena várias vezes na mente. Mas não há como saber, ao certo. Não há como saber o que teria acontecido no mar, ou mesmo no cais. Acho que não poderia ter feito mais, não sem o consentimento dele. Mas receio... receio que deveria ter insistido. Mas como eu poderia insistir com ele?

— Um revés pode abalar a fé, mas não há de quebrá-la — observou o experiente superior. — Teus votos permanecem intactos?

Houve um longo silêncio no recinto ensolarado e pacato.

— Não, eles não permanecem — confessou James com um sussurro. — Padre, eu pequei. Conheci uma mulher e me apaixonei. Sinto muito, padre superior. Afundei no pecado.

O homem mais velho aquiesceu.

— Todos estamos em pecado. Nascemos em pecado e pecamos todos os dias. Mas o Senhor é misericordioso. Ele nos perdoa, se confessarmos e retornarmos a Deus. Vais confessar e voltar a Deus.

James levantou a cabeça.

— Peço para ser dispensado de meus votos — disse ele com calma. — Vou me confessar, e pagarei qualquer penitência que me for imposta, é claro. Mas rogo para ser dispensado. Padre superior, eu amo essa mulher. E quero estar com ela.

O sino da abadia tocou a hora, e na cidade, através da janela, os sinos das outras igrejas badalaram também. James ouviu a competição entre os carrilhões, todos anunciando a hora da oração naquela cidade devota. Quando o último sino silenciou, o Dr. Sean olhou com benevolência para o jovem.

— Vai até a igreja e confessa teus pecados, e voltamos a conversar na semana que vem.

— Na semana que vem! — exclamou James.

O homem mais velho sorriu pacientemente.

— Sim — disse ele. — Claro. Achaste que poderias ir embora amanhã? Voltaremos a conversar na semana que vem. E, enquanto isso, só vais falar deste assunto no confessionário, ao confessor que eu designar. Em nenhum outro lugar, com mais ninguém, e não escreverás a ninguém. Ainda estás sob teu voto de obediência, meu filho, e assim vais passar tua semana.

James se levantou, curvou-se e foi para a porta. O Dr. Sean inclinou a cabeça sobre um papel, sabendo que James hesitaria na porta.

— Padre superior, eu dei minha palavra de que voltarei para ela. Ela está me esperando.

Lentamente, o homem mais velho ergueu a cabeça, com a pena na mão.

— Meu filho, ela terá de aprender a ter paciência, assim como tu. Nós servimos a um Deus eterno, não a um Deus que conta os minutos. Deus demorou uma semana para criar o mundo; agora Ele pede que consideres essa escolha importante por um tempo semelhante. Não creio que possas contrariá-Lo.

James, perplexo, inclinou a cabeça.

— Não posso — concordou ele.

— Se ela for uma boa mulher, estará rezando. Ela vai precisar de tempo para avaliar a própria situação.

— Ela é uma boa mulher — disse ele, lembrando-se de seu rosto pálido no pórtico da igreja, esperando por um fantasma. — Não é de nossa fé, não comunga de nossas crenças, mas é uma boa mulher.

— É a tua fé que nos preocupa agora — disse o Dr. Sean com firmeza. — Medita sobre isto. Entrega ao nosso Pai.

— Mas ela...

— Ela não nos preocupa agora. Deus te abençoe, meu filho.

— Amém.

TERRA DAS MARÉS, OUTUBRO DE 1648

Mesmo com as duas mulheres fiando, e as duas colhendo as últimas ervas que ainda cresciam ao sol do fim de outubro, mesmo com Alinor vendendo seus óleos preparados no verão, fazendo todos os partos e secando as ervas que ainda cresciam, mesmo com Alys trabalhando todas as horas que os Miller se dispunham a pagar, o dinheiro entrava devagar e saía depressa. O casebre continuava autossuficiente: comiam o que cultivavam, faziam a própria cerveja, pescavam, confeccionavam e consertavam tudo o que fosse necessário, e nunca compravam nada novo. Mas, à medida que o inverno se aproximava, o preço de tudo subia: sebo para sabão e velas, carne de qualquer tipo, queijo e leite, trigo ou centeio. Até mesmo coisas que eles costumavam catar — cardo, para feltragem, galhos de salgueiro para varrer — demoravam mais para ser encontradas. Alinor passava cada vez mais tempo procurando restos de madeira para fazer fogo, andando pela praia, cuja areia começava a estalar com o orvalho congelado, à medida que os dias frios se tornavam mais curtos e as noites mais escuras.

Como se o inverno não causasse problemas suficientes, Alinor adoeceu, sentindo-se exausta antes de começar o dia, e enjoada antes de sair da cama que compartilhavam. Não conseguia comer antes do meio-dia, não tolerava o cheiro de queijo ou toucinho defumado, e, quando certa noite Ned trouxe uma lagosta cozida que recebera de um pescador de Sealsea como pagamento pelo uso da balsa, ela não pôde sequer se sentar à mesa, enquanto ele, Rob e Alys se refestelavam.

— O que há de errado com a senhora? — perguntou Alys, irritada, com a boca cheia de lagosta.

Ned estava sentado diante de Rob, que tinha vindo do Priorado para fazer uma visita e trouxera um pedaço de pão de trigo, com os cumprimentos da Sra. Wheatley. Alinor, de frente para Alys, tinha nas mãos uma fatia de pão e uma caneca de cerveja de mesa. Ruivo, o cachorro, embaixo da mesa, olhava para ela com seus olhos castanhos, como se achasse que ela haveria de lhe jogar a casca do pão.

— Não sei — disse Alinor. — Pensei que fosse a febre terçã, mas não tenho sintomas; acho que já vai passar. Talvez seja algo que comi.

— Já faz semanas — ressaltou Alys. — Com certeza já teria passado se fosse leite rançoso ou carne estragada.

— Não — disse Alinor, levando as costas da mão à boca. — Nem me fale nisso.

Ned deu uma breve risada.

— Ela sempre foi chegada a enjoos — disse ele sem compaixão. — Você precisava ter visto quando ela estava grávida. — Ele inclinou a cabeça e quebrou uma das patas da lagosta. — Tome, Rob — disse ele. — Experimente isto.

O jovem e o tio morderam a carne.

— Muito bom — disse Rob. — A pata é sempre a melhor parte.

— Você come lagosta no Priorado?

— Não — disse Rob.

— As pessoas desdenham lagosta, como carne de gente pobre, mas eu gosto mais do que de carne de vaca — disse Ned com a fala abafada porque estava de boca cheia.

Alinor os ouvia como se estivessem distantes. As palavras displicentes do irmão ecoaram repetidas vezes em sua mente. Ela ouviu um ruído dentro da cabeça, como o fluxo das águas na valeta do moinho, enquanto erguia o olhar e encarava os olhos azul-escuros de Alys, e ouviu uma voz distante dizer "Mãe?" no momento em que mergulhou na escuridão.

Acordou na cama, no casebre, com Alys ao lado. Ergueu-se, apoiada no cotovelo, e Alys segurou uma caneca de cerveja diante de seus lábios.

— Cadê Rob?

— O tio Ned foi com ele até o Priorado. Eu disse que estava tudo bem com a senhora. Disse que a senhora daria notícia amanhã. Disse que era problema de mulher. — Alys examinou o rosto da mãe. — É isso mesmo, não é?

Emudecida, Alinor fez que sim.

— Do pior tipo? A senhora está grávida?

Alinor engoliu em seco.

— Acho que sim.

— A senhora acha? — Alys ficou pálida e furiosa ao mesmo tempo. — A senhora deve saber se foi para a cama com algum homem ou não. Ou vai me dizer que foi forçada por algum senhor das fadas? Deus nos proteja... a senhora esteve dançando com senhores das fadas de novo?

Um rubor profundo e envergonhado subiu do estômago de Alinor até suas faces quentes.

— Claro que eu sei. O que não sei é se estou grávida. Eu não tinha pensado nisso até Ned dizer... o que ele disse.

— E a senhora diz que eu devo tomar cuidado com a forca!

— Eu cometi um erro — confessou Alinor àquela nova filha, autoritária. — Um erro enorme.

Alys se levantou da cabeceira da cama e deu um passo em direção à porta, escancarando-a como se quisesse convocar a brisa gelada do mar para soprar as palavras para longe do casebre.

— A senhora deve ter enlouquecido — disse ela com amargura. — Depois de tudo o que a senhora falou para mim!

Alinor inclinou a cabeça, envergonhada.

— Como a senhora pôde fazer uma coisa dessas?

— Eu sei, Alys. Não brigue comigo.

— E a senhora se atreve a deixar meu tio me dizer que devo esperar meses para me casar, se a senhora não esperou nem um ano desde que nosso pai foi embora?

— Já faz um ano. Faz quase um ano.

— Quem foi? O Sr. Miller?

— Não! — exclamou Alinor.

— Aquele homem medonho da barraca de medicamentos no mercado de Chichester?

— Não, claro que não.

— O Sr. Tudeley, que vai conseguir fazer de Rob um aprendiz? Foi por isso que Rob teve essa oportunidade?

— Não! Não! Alys, não vou ser interrogada desse jeito!

— A senhora vai, sim! — A menina se virou para a mãe. — Isso aqui não é nada! A senhora não acha que a paróquia fará um baita interrogatório, assim que sua barriga começar a aparecer? A senhora não acha que terá de dizer quem é o pai, e depois ficar diante da congregação, só com as roupas de baixo, na sua vergonha? Não acha que o Sr. Miller fará um interrogatório, que todos os clérigos exigirão que a senhora fale, e que trarão uma parteira de Chichester, para meter as mãos sujas em sua barriga e espiar suas partes íntimas, como se a senhora fosse uma prostituta com suspeita de alguma doença?

Alinor balançou a cabeça, e seu cabelo dourado caiu sobre o rosto lívido.

— Não, não.

— Eles vão insistir e insistir, até a senhora revelar o nome dele e, então, encontrarão o sujeito e farão com que ele pague uma multa à paróquia. E a senhora terá de ir para uma casa de correção e trabalho, e, quando o bastardo nascer, eles o tirarão da senhora e mandarão a senhora de volta para cá, vista como prostituta.

— Não — disse Alinor. — Não, Alys, não diga essas coisas.

— De volta para cá! — Alys gesticulou, ensandecida, apontando o interior do casebre e a vastidão do alagadiço desolado. — De volta para cá, vista como uma prostituta. E quem vai querer dar a Rob a condição de aprendiz? Quem vai querer se casar comigo? Quem vai querer comprar qualquer coisa da senhora, a não ser feitiços e poções de amor?

— Vou passar mal — anunciou Alinor.

Ela tropeçou, levantou-se e chegou à porta, que estava aberta. Vomitou diante da própria porta, soluçando com a dor do estômago vazio e revirado.

Como uma bênção, sentiu um pano frio e perfumado com óleo de alfazema sendo colocado, delicadamente, em sua nuca.

— Obrigada — disse ela, e limpou o rosto e as mãos. Deu um passo atrás e sentou-se na cama, olhando para Alys como se a filha fosse sua juíza.

— A senhora foi forçada, mãe? — perguntou a jovem, mais docilmente. — Foi isso que aconteceu?

Alinor se afastou da tentação de uma mentira.

— Não.

— Eles não vão parar de perguntar. A senhora vai ter de contar. A senhora não pensou nisso?

— Eu não pensei... até este exato momento... que estivesse grávida. Eu não pensei... — Ela parou.

Não havia como explicar àquela nova Alys, tão questionadora, que ela pensara que seu mal-estar resultasse da saudade que sentia do amado, que sua inapetência fosse causada pela ânsia por estar com o homem que amava, que ela aceitava o desconforto, qual uma penitência, assim como ele também talvez jejuasse como castigo pelo amor que sentia. Pensara que os dois estavam tomando providências para ficarem juntos, ele jejuando em Douai, e ela ali, na orla do alagadiço, sofrendo por ele também, comendo apenas pão e cerveja de mesa, doente de amor.

— Então, pense agora! — disparou Alys. — Pense agora, pois a vida da senhora está arruinada. Assim como a minha. A senhora arruinou minha vida. Porque Richard não pode se casar comigo se minha mãe é vista como prostituta. Eles não vão querer nosso dinheiro se pensarem que a senhora o ganhou deitada atrás de um monte de feno. Não aceitarão um pai desaparecido e uma mãe sem-vergonha. Já foi difícil para eles aceitarem uma esposa abandonada; uma prostituta grávida será demais. A senhora está arruinada, e eu estou arruinada também.

— Alys, eu nunca faria nada para prejudicar você — disse Alinor.

— A senhora arruinou minha vida! A senhora não poderia ter feito nada pior.

— Não deixarei que essas coisas aconteçam.

— Já aconteceram.

— Alys, eu vivi a vida inteira por vocês. — Alinor tropeçou nas próprias palavras. — Tentei manter Zachary longe de você e de Rob. Apanhei, para que ele não levantasse a mão para vocês. Eu não queria nada mais além de uma vida boa para vocês dois. Fiz tudo o que pude para melhorar o padrão de vida de vocês. Eu não prejudicaria vocês.

— Bem, a senhora arruinou minha vida. — A jovem desabou ao pé da cama, diante da mãe, ofegante e desesperada. — A coisa é ainda pior do que a senhora imagina. Porque eu também estou grávida. Ao contrário da senhora, posso apontar meu amante, e estamos comprometidos com nosso casamento. Não esperamos para ir para a cama até nossa união ser oficial. E foi por isso que decidi me casar em janeiro, antes da chegada da criança, em maio.

— Em maio? — perguntou Alinor, chocada.

— Sim. Não é vergonha estar grávida no altar. Nós já estávamos noivos. Nós íamos contar aos pais dele e ao pastor no mês que vem. Mas, se a senhora for provada uma prostituta, Richard não pode se casar comigo, e a família dele nunca me aceitará! Então, minha vida também estará arruinada.

— Alys! — Alinor estendeu a mão para a filha amada, mas Alys deu um tapa na mão da mãe, atirou-se na cama, virou-se para a parede de madeira e se recusou a falar.

Alys chorou até pegar no sono, enquanto Alinor permaneceu insone, com a porta do casebre escancarada para o céu claro da noite, as estrelas brilhando como gelo. A maré subia, soprada por um vento leste, o mais frio dos ventos. O barulho das marolas invadia o casebre, como se a maré fosse subir pelo barranco, arrastar as duas mulheres e transformar o mundo inteiro numa terra das marés.

À meia-noite, Alinor se levantou, cobriu os ombros com o xale, ignorou o cacarejo de protesto das galinhas sonolentas e saiu, indo sentar-se no banco tosco, encostado na parede do casebre, depois de fechar a porta diante da filha adormecida. Viu a lua no meio do céu, refletindo um caminho prateado na água do porto, e pensou que seria um convite para ela, uma mensagem dos antigos deuses da costa saxônica, que não temiam a morte, mas a abraçavam como sua derradeira jornada. Pensou que talvez o melhor que poderia fazer pela filha, pelo filho, por si mesma e pelo homem que amava era descer até a praia, encher os bolsos com pedras e seguir aquele caminho brilhante, cada vez mais frio, cada vez mais encharcado, até que as águas gélidas se fechassem sobre sua cabeça e o som da água corrente nos ouvidos abafasse os guinchos das gaivotas despertas.

Em silêncio, levantou-se, atravessou o portão do jardim e parou, com a mão apoiada na velha estaca da cerca. Olhou para o casebre caindo aos pedaços, depois subiu o barranco até a trilha mais alta. Através do túnel de espinheiros, andou ao luar e à sombra, ao longo do barranco, até chegar à praia de conchas brancas, embaixo dos galhos pendentes de um carvalho. O barranco fora construído como um dique, anos atrás, séculos atrás, e o mar havia desgastado a base e revirado as pedras da fundação — pedras de rio, arredondadas pela ação da água — espalhadas na praia de conchas brancas. Alinor pegou uma pedra e a enfiou num bolso do vestido, e outra, no outro bolso. Sentiu o peso das pedras. E pegou outra — maior, mais pesada — para segurar com firmeza e adentrar a água gelada, que batia cada vez mais próxima. Pensou que durante toda a vida tivera medo de águas profundas, e agora, em seus últimos instantes, enfrentaria e venceria tal medo. Pensou que a água pesaria na velha saia do vestido, esfriaria seu corpo quente, alcançaria a barriga e as costelas, que ela estremeceria quando a água atingisse as axilas mornas, o pescoço, e que, por fim, ela afundaria a cabeça, sentiria o gosto de sal e saberia que estava mergulhando nas profundezas lamacentas, sem protesto e sem medo.

Alinor não se mexeu. Ficou na beira do mar, a pedra pesando nas mãos, e contemplou o reflexo rajado da lua, prateado na água escura, enquanto as ondas subiam pela praia, cada vez mais próximas. Ouviu a água bater em seus pés, deteve-se no momento em que a maré virou e a ouviu começar a retroceder. Mas não se mexeu. Não seguiu pelo caminho prateado da lua, não entrou na água. Permaneceu em silêncio, na calada da noite, e foi tomada por uma certeza.

Não chorava por si mesma, nem por Alys, nem mesmo por Rob. Não ansiava que James a resgatasse, não pensava nele a não ser com amor. Ela o amara e com ele se deitara; confiava e ainda acreditava nele, mas não esperava que a ajudasse naquela noite escura. Não achava que tudo se iluminaria com a alvorada, não rezava para um Deus misericordioso, pois não esperava que Ele ouvisse uma mulher como ela num lugar como aquele.

Não tinha fé em seu propósito, nem em sua coragem. Não tinha fé em si mesma, enquanto as águas frias e turvas batiam em seus pés. Mas, aos poucos, descobriu que tinha uma crença — apenas uma crença: sobreviveria àquela noite, sobreviveria a qualquer noite que estivesse por vir. Sabia que não haveria de se afogar. Sabia que não seria derrotada por aquele infortúnio terrível, assim como não tinha sido derrotada pela crueldade de Zachary ou pela perda da mãe. Pensou em algo que aprendera naquela vida de tantas agruras e poucas alegrias: aprendera, pelo menos, a sobreviver. Sabia que era capaz de resistir. Pensou que sua vida — depois de ser criada por uma mulher corajosa sob circunstâncias adversas, abusada por um marido violento, amando dois filhos e criando-os na pobreza — havia lhe ensinado esta lição: como sobreviver. Pensou que era a única coisa que realmente sabia fazer. Pensou que encontrara no coração, feito uma estaca fincada e afundada num banco de lodo, uma grande determinação de viver.

Alys acordou de manhã com o rosto renovado feito o de uma criança, os olhos límpidos e a beleza intacta apesar da noite de choro. Encontrou a mãe fazendo mingau e colocando as tigelas na mesa como se fosse um dia comum.

— Mãe?

— Sim, Alys?

— O que é que a senhora vai fazer?

— Eu vou fazer minha refeição matinal, e você também.

— Mas...

— Coma primeiro, depois a gente conversa. Você tem de comer. Especialmente agora.

Alys puxou a banqueta, sentou-se à mesa e comeu, conforme instruída. Quando terminou e empurrou a tigela, disse.

— E agora, me diga o que a senhora vai fazer. A senhora não pode deixar ninguém descobrir seu pecado.

— Mas você pode?

— Não é a mesma coisa. Richard e eu nos unimos sob os olhos de Deus. Ele se casará comigo. Os pais dele não se oporão se eu entrar na casa deles com um filho e herdeiro a caminho. Eles me acolherão. Nos velhos tempos, metade das meninas da paróquia se casava com um barrigão, a senhora bem sabe disso. E só as pessoas mais severas ainda se importam, mesmo hoje em dia. Todo mundo fica feliz em ver que a noiva é fértil. Não tem comparação com a senhora e seu adultério.

Alinor baixou a cabeça.

— Você tem certeza de que os pais dele não se oporão?

— Eles não são puritanos, e sabem que não sou leviana. Nós dois éramos virgens quando nos deitamos, e estávamos noivos. Eles sabem que estamos namorando há meses. Meu bebê terá um bom nome e uma bela fazenda como lar... — Ela interrompeu o que dizia. — Pelo menos, teria. Até agora. Até isso acontecer. Agora, só Deus sabe. Ninguém vai querer o trabalho da senhora, ninguém vai nem sonhar em ter a senhora como parteira. A senhora nunca conseguirá uma licença, e nenhum lugar respeitável aceitará Rob como aprendiz. — Ela cobriu o rosto com as mãos e esfregou os olhos. — Mãe! Pense bem! Nem mesmo o tio Ned agirá como seu amigo, ou como seu irmão quando souber. Ele rejeitará a senhora. E como é que a senhora sobreviverá aqui sem um irmão? Como é que a senhora comerá, se não puder usar a horta da casa da balsa?

Alinor ficou calada.

— A senhora não poderá ficar aqui! Vão torturar a senhora. A Sra. Miller e todos os amigos dela, o conselho paroquial, o tribunal da Igreja...

— Eu sei — disse Alinor em voz baixa.

— Ninguém comprará suas ervas. Só vão procurar a senhora para conseguir poções de amor e veneno.

— Eu sei.

Como se a serenidade de Alinor tornasse Alys ainda mais obstinada, ela se levantou e olhou para a mãe sentada.

— A senhora não pode ter essa criança — disse a menina em voz baixa. — A senhora sabe que ervas deve usar; sabe como a coisa é feita. A senhora terá de se livrar disso. A senhora sabe como. A senhora terá de se livrar disso.

Alinor olhou para o rosto sério da filha.

— Não faz muito tempo, certo? — perguntou a jovem. — Faz poucas semanas que a senhora tem sentido enjoo, não é?

Alinor fez que sim, constatando que não conseguia falar.

— Então, pode ser feito, e ninguém ficará sabendo. Trabalharei no moinho agora. E voltarei para casa à tarde, dizendo que estou doente. A senhora pode tomar o que for preciso ao meio-dia, e eu cuido da senhora quando voltar. Faço o que for necessário. Eu cuido da senhora, mãe; prometo. A senhora me diz o que precisa comer e beber, e eu não saio de seu lado até que tudo se acabe. Troco sua roupa e cuido da senhora, enquanto a coisa acontece.

Alinor não disse nada.

— A senhora tem de se livrar disso — pressionou Alys. — Richard não poderá se casar comigo se a senhora for exposta a essa desonra, e isso vai partir meu coração e o dele, e nosso filho nasceria fora do casamento. A senhora terá um filho bastardo e um neto bastardo. Nós não vamos conseguir sobreviver a isso. Esse seu filho é a ruína de todos nós: da senhora, minha e de Rob. A senhora tem de acabar com isso. Eu nunca lhe pedi nada, mãe, mas estou pedindo isso.

A mãe ficou em silêncio, com o semblante lívido.

— Sua desonra é minha desonra — insistiu a jovem. — Quando os Stoney souberem que a senhora está grávida, eles me descartarão. Nunca mais verei Richard. Então, nós duas ficaremos presas aqui, nós duas, com nossos bastardos, sem maridos. A senhora não vê que eles nos expulsarão, com nossos barrigões? A senhora não vê que a Sra. Miller e as senhoras como ela vão nos expulsar da paróquia, antes que sejamos um fardo para eles? E todos os maridos gritarão que devemos ser expulsas, para mostrar que não são os pais?

Dois bebês — foi tudo o que Alinor pôde dizer.

— Dois bastardos — corrigiu a filha. — Bastardos e pobretões. Morrerão juntos no abrigo dos pobres. Ninguém nos deixará criar nossos filhos.

— Vou pensar. — Alinor respirou fundo. — Vou pensar, e lhe dou uma resposta hoje à noite.

— A senhora deveria ter pensado antes — disse a filha rispidamente.

Alinor se encolheu, como se tivesse levado um golpe.

— Eu sei — disse ela em voz baixa. — Eu sei o quanto isso é sério.

— Se a senhora não acabar com isso aqui hoje, minha vida estará arruinada. A de Rob também. — Alys fez a mãe se sentir cada vez mais culpada. — Ninguém o aceitará como aprendiz, se a mãe dele é uma libertina que mantém uma casa de libertinagem no alagadiço. Ninguém se casará comigo, eu com meu filho bastardo e minha mãe com o dela. Seremos prostitutas arruinadas. O tio Ned não nos deixará nem subir na balsa. Jamais conseguiremos sair da ilha na maré alta. E, quando vierem nos expulsar, ninguém nos salvará. Rob será obrigado a ver as pessoas atirarem pedras, lama e tripas de peixe em nossas costas.

Alinor assentiu. Conseguia imaginar o reflexo de tochas na água, quando a boa gente da ilha de Sealsea se juntasse, ao entardecer, para se livrar de duas vagabundas sem amigos.

— Eu sei.

— Prepare as ervas — ordenou Alys. — Voltarei para casa mais cedo, e a gente faz a coisa hoje à noite.

Ela colocou a jaqueta, pegou o fuso, o novelo de lã, a roca e saiu porta afora, fiando e subindo o barranco em direção à balsa, para ir até o moinho, onde trabalharia tanto quanto qualquer homem para ganhar o dinheiro para o dote do casamento que estava decidida a concretizar.

Deixada sozinha, Alinor começou a trabalhar nas tarefas diárias: enxotando as galinhas para fora do casebre, recolhendo ovos, varrendo o chão, lavando as duas tigelas de madeira em que servira o mingau e enxaguando as canecas de cerveja. Varreu as brasas embaixo do guarda-fogo de barro e fez as marcas contra incêndio nas cinzas da lareira. Depois, amarrou a capa nos ombros e saiu para catar lenha. Então, ficou contemplando o porto, como se jamais o tivesse visto, olhando para o horizonte cinzento e imaginando se voltaria a avistar um navio surgindo pelo canal de águas profundas, na esperança de que trouxesse a bordo o homem que ela amava.

Havia tanto tempo que Alinor se angustiava com a falta que sentia de James, sempre confiando que ele haveria de retornar, que agora não conseguia mudar o ritmo dos pensamentos. Não conseguia entender que não estava mais esperando pacientemente; agora, vivia uma crise. Não conseguia encarar o problema e resolvê-lo. Desabou no banco e, enquanto o céu escurecia com um imenso bando de gansos fugindo do inverno e ela ouvia os guinchos altos e queixosos das aves e as batidas das grandes asas, sem que percebesse, por baixo da capa, sua mão fria deslizou até o ventre achatado, como se pretendesse segurar o bebezinho lá dentro, em segurança.

Mais tarde naquela mesma manhã, Alinor estava rastelando cevada na cervejaria da casa da balsa. Quando se apoiou no ancinho e inalou o cheiro morno dos grãos de cevada, um rapaz enfiou a cabeça na porta e disse:

— A senhora é a curandeira?

Alinor, sentindo-se um tanto inapta, respondeu:

— Sou. Quem pergunta?

— Uma pescadora de ostras — disse ele. — Lá de East Beach.

— Foi o marido dela que mandou me chamar? — perguntou Alinor, juntando e amontoando os grãos de cevada com a pá rapidamente para que pudessem continuar aquecendo.

— Ele está no mar. Foi a mãe dele que mandou chamar a senhora. Ela me deu isto. — O garoto entregou uma moeda de prata.

— Vou agora mesmo — disse Alinor, menos apreensiva por perceber que haveria dinheiro para pagar seus serviços. Os pescadores de East Beach eram notórios: numa ilha pobre eles eram pobres. — Só preciso pegar minhas coisas.

— Tenho ordens para acompanhar a senhora e ajudar a carregar — disse o jovem.

Estava pálido de medo por ter de ajudar uma curandeira. Alinor era conhecida em East Beach como uma mulher versada em artes misteriosas. Os pescadores de East Beach bebiam com Zachary, no tempo em que ele se gabava dos estranhos poderes da esposa. E então Zachary foi embora, e seu navio partiu, sem motivo, num dia claro; um ou dois disseram que ela o despachara naquele navio, e que seu amante, um senhor das fadas, dançara nos cordames da embarcação, transformado em fogo de santelmo.

— Vamos atravessar o alagadiço, até a Igreja de São Wilfrid, e de lá vamos até East Beach — decidiu Alinor.

Ele ficou boquiaberto.

— Pelas águas?

— A maré está baixa. Conheço o caminho.

O rapaz engoliu o medo e seguiu os passos de Alinor, enquanto ela fechava a porta da cervejaria e gritava uma explicação para Ned, que trançava uma nova corda para a balsa no cais; então, ela seguiu pelo barranco até o casebre, pegou ervas e óleos dos quais precisaria e os colocou dentro da sacola que costumava levar em caso de parto. Alinor andou pelo barranco, à frente do rapaz, desceu até a praia de cascalho branco e se embrenhou pelo porto, seguindo as trilhas ocultas, ouvindo o menino correr logo atrás, às vezes chapinhando nas poças deixadas pela maré vazante.

Cortaram caminho pela esquina perto da igreja, atravessando o cemitério, e passaram diante dos grandes portões de ferro do Priorado. Alinor, olhando para a entrada, viu Rob e Walter cavalgando pela alameda. Ela acenou para eles, mas não diminuiu o passo, e ficou feliz quando Rob esporeou o cavalo e veio ao seu encontro.

— Mãe!

— Que Deus te abençoe, meu filho.

— A senhora foi chamada? — perguntou ele, reconhecendo a sacola de itens e o passo determinado.

— Fui. Lá em East Beach.

— Nós podemos levar vocês — disse ele prontamente. E olhou para Walter. — Não podemos? Podemos levar minha mãe e esse rapaz para onde eles têm de ir?

— Por que não? — disse Walter com tranquilidade. — Aqui, Sra. Reekie, a senhora vem comigo?

Alinor relutava em cavalgar com Walter, mas seu filho já estava freando o cavalo e estendendo a mão para o rapaz.

— Não sei se consigo subir — disse ela, olhando para o baita cavalo caçador de Walter.

— Chegarei perto daquele muro ali — disse ele. — E, se a senhora subir no muro, poderá montar. O cavalo é manso; não se assustará.

Alinor não podia dizer que não queria sacudir a criança em seu ventre.

— Estou com minha sacola de medicamentos. Ele marcha tranquilo?

— Prometo que ele tem um passo suave. A senhora pode montar em minha garupa e segurar em mim.

Alinor subiu e se equilibrou no muro de pedra lascada, e Walter se aproximou com o cavalo. Ela pisou no estribo e jogou uma perna, montando na garupa.

— Todos a bordo? — perguntou Walter quando Alinor lhe agarrou a cintura, com a preciosa sacola de óleos enfiada com firmeza entre os dois.

— Sim.

— Agora podemos prosseguir — disse ele, tocando o animal a passo lento. — A senhora quer ir mais rápido? — perguntou ele por cima do ombro.

— Não muito rápido — disse Alinor, um tanto nervosa.

Walter colocou o cavalo num trote controlado e suave. Alinor se agarrou a Walter enquanto o animal ossudo subia pela alameda, pegava a trilha que levava a Sealsea e depois virava à esquerda, seguindo por um caminho arenoso e pedregoso, até o vilarejo de East Beach.

— Pode me deixar aqui — disse ela, ofegante. — O rapaz vai me guiar até o casebre.

Walter freou o cavalo, desmontou, recebeu Alinor em seus braços e a colocou no chão.

— A senhora quer que eu vá junto, para ver se é preciso buscar alguma coisa? — ofereceu Rob.

— Se mestre Walter puder dispensar você — disse ela.

— Ah, agora a gente não faz nada além de se divertir — disse Walter. — Nosso preceptor, o Sr. Summer, foi embora e só voltará para me levar para Cambridge, na Quaresma.

— Foi embora? — perguntou Alinor com um interesse doloroso. — Ele não voltará antes disso?

Percebeu que estava olhando atentamente de um menino para o outro, que estava demasiado ansiosa pela resposta. Faltava muito até a Quaresma. Ela já estaria grávida de quase seis meses na ocasião.

— Não — disse Walter casualmente. — Só mesmo em fevereiro.

— A senhora está bem, mãe? — perguntou Rob, olhando para o rosto pálido de Alinor. — A senhora está doente de novo?

— Ah, estou com um pouco de febre terçã — disse ela, sem expressar preocupação. — Mas estou bem o suficiente para cuidar de uma boa mulher em sua hora. Se você esperar aqui, Rob, mando...

— Jem — disse o rapaz com relutância, como se não quisesse que aquela mulher estranha e aqueles cavaleiros que tinham aparecido do nada soubessem seu nome.

— Mando Jem procurar você, se precisar de algo. Se ele não aparecer em alguns minutos, pode seguir com sua cavalgada.

— A gente pode sair no barco da senhora de novo? — perguntou Walter. — Aquele foi um dia feliz, não é?

Ela sentiu o rosto pálido corar com a lembrança.

— Foi um dia bom — disse ela, com a voz inalterada. — Mas agora só poderemos sair na primavera. O vento está forte, e na maioria dos dias o porto fica agitado demais para mim. E está frio. Sairemos novamente quando fizer sol e o mar estiver calmo.

Os dois jovens esperaram em seus cavalos enquanto Jem guiava Alinor pelas vielas entre os casebres dos pescadores. Cada casinha tinha ao lado uma cabana de pesca, algumas tinham choças onde velas eram guardadas ou confeccionadas, e algumas tinham meias-águas, onde era possível defumar o que viesse na rede, ou salgar peixe em barris. Alguns trechos em linha reta eram ladeados por cordas que serpenteavam para cima e para baixo, amarradas a um poste em cada extremidade, trançadas com três ou cinco cabos. Era um amontoado de moradias. As casas tinham muros feitos de madeira catada e barro, os telhados pareciam colchas de retalhos confeccionadas com velas e redes velhas, cobertas de bodelha seca. O cheiro de peixe podre, a salmoura das redes e a brisa suja que soprava do lixo incinerado preenchiam o ar. Nem mesmo o vento marinho conseguia limpar a atmosfera. Jem conduziu Alinor a uma das melhores casas, construída com a lateral voltada para o mar, as ondas batendo nos seixos da praia abaixo e um jardinzinho cercado com troncos. A casa tinha um bom telhado de ardósia, uma chaminé de tijolos e paredes pintadas de branco, resistentes e construídas com madeira de navio e argamassa.

— É a Sra. Auster — disse ele. — Lá dentro. — E apontou para a porta da frente.

Alinor entrou. A casa tinha dois cômodos no térreo, na frente: um onde eram feitas as refeições e todo o trabalho doméstico, e o outro, dividido por uma parede de grossas tábuas de convés, era o quarto. Uma meia-água na parte de trás servia de copa, e uma escada dava acesso ao andar superior, onde outros membros da família dormiam na despensa. Descendo a escada, apareceu a Sra. Grace.

— A senhora veio rápido — disse ela em tom de aprovação.

— Meu filho me trouxe a cavalo — disse Alinor. — Ele está esperando para buscar qualquer coisa extra que eu precise.

— A senhora vai querer examiná-la — disse a mulher mais velha, e abriu uma portinha para que Alinor pudesse entrar no quarto do térreo.

A jovem estava encostada na parede, as mãos no rosto e a barriga protuberante sob a camisola. Ela não virou a cabeça quando Alinor entrou, mas se encolheu ao ouvir o rangido da porta.

— Quero o Joshua — murmurou ela.

— Aqui está a Sra. Reekie, para ajudá-la em sua hora.

— Eu quero o Joshua — foi tudo o que a jovem disse. — Mãe, estou me sentindo desenganada.

Alinor se sentiu reconfortada pela própria competência. Ali, ela não era uma mulher assustada que arruinara a própria vida e a vida dos filhos; ali, era a única pessoa que sabia o que deveria ser feito, que testemunhara e fizera muitos partos. Em silêncio, aproximou-se da jovem e tocou-lhe o semblante corado com as costas da mão fria, observando com que rigidez ela se mantinha.

— Sua cabeça está doendo? — perguntou ela. — O pescoço?

Os olhos da jovem, de pupilas dilatadas e escuras, fitaram-na uma vez e em seguida se fecharam, enquanto ela recostava a cabeça na parede de tábuas.

— Mal consigo me aguentar — disse ela.

Calada, Alinor saiu do quarto e encontrou Jem, esperando do lado de fora da porta da frente.

— Vá até meu filho e diga a ele que colha matricária para mim — disse ela. — Uma boa quantidade. E então, diga que posso lidar sozinha com o restante, e ele pode ir embora.

Jem assentiu e saiu correndo pela estrada de terra. Alinor voltou para dentro da casa, sorriu para a Sra. Grace e pegou as mãos geladas da jovem.

— Agora — disse ela com confiança —, vamos cuidar de você.

Durante todo o dia, foi um vaivém de jovens esposas e de matronas, com ofertas de cerveja e pão, maçãs e queijo, mantas e touquinhas guardadas com ramos de alfazema, mulheres que ficavam fuxicando diante da lareira e enviavam seus melhores desejos para o quarto da parturiente, todas na esperança de lá serem admitidas. Alinor manteve a porta fechada e Lisa Auster em silêncio. Serviu a Lisa goles de chá feito de folhas secas de framboesa e lhe ofereceu salada de matricária. Foi só quando a febre abrandou e a dor de cabeça cessou que Alinor permitiu a entrada das fuxiqueiras que vieram ver a parturiente, e apenas duas por vez, até que as contrações se tornaram mais frequentes e Alinor concluiu que estava chegando a hora. Então, com a mãe e a sogra, e suas duas melhores amigas para lhe segurar as mãos e elogiar sua bravura, Lisa andou pelo quarto e, por fim, acomodou-se na cama, enquanto eram acesas as luzes de óleo fumegante. Um forte cheiro de óleo de peixe recendeu pelo quarto. Alinor lavou as mãos.

— Lavagem? — observou a Sra. Grace, ansiosa.

— Sim — disse Alinor, em voz baixa, então se aproximou da jovem, que estava ajoelhada e apoiada na cama, e a convenceu a se agachar sobre uma tigela, para que Alinor pudesse lavá-la com água limpa e fria, acrescida de alfazema e tomilho.

— Ela não é uma novilha esperando para parir! — protestou a Sra. Grace.

— Se eu tiver de ajudar o bebê, é melhor — disse Alinor em voz baixa.

— Ela vai pegar um resfriado e morrer! — alertou a mulher.

A jovem estava ficando agitada, e seus gemidos de dor eram cada vez mais frequentes.

— É agora? — perguntou ela a Alinor.

— Falta pouco — confirmou Alinor. — Você quer se ajoelhar em cima da cama?

— Sim. Não. Sei lá...

— Veja onde você se sente melhor — aconselhou Alinor, e acompanhou a jovem, que se movia pelo quarto, às vezes inclinando-se sobre a cama, às vezes deitando-se.

Por fim, sentou-se no piso de madeira, com as costas apoiadas na cama, e as mulheres mais velhas lhe deram um pedaço de madeira descascada para morder e lhe ofereceram uma corda para puxar na hora do nascimento. Alinor se manteve afastada, até que elas começaram a discorrer sobre a provação que estava por vir, e que aquilo poderia durar horas, até dias, e o quanto elas próprias tinham sofrido. Então, ela deu um passo à frente.

— O bebê está chegando — disse ela à jovem. — É só deixá-lo vir. Não há necessidade de puxar a corda. Todo o trabalho será em sua barriga. — De olhos arregalados, a jovem viu o rosto de Alinor irradiando serenidade e convicção. — Este vai ser nosso melhor dia de trabalho, desde sempre — disse Alinor. — Deixe o bebê vir.

A jovem se agachou, segurando a coluna da cama, de barriga inchada, todos os músculos rígidos, e gemeu. Alinor se ajoelhou diante dela, observando seu rosto assustado, acalmando-a com uma das mãos em seu ombro. Conseguiu ver a barriga estufar durante uma contração e lhe pediu que fizesse força, no sentido de expelir, e depois descansasse.

— Estou sentindo! Estou sentindo...

As mulheres choraram, formando um coro sem palavras.

— Isso mesmo — disse Alinor, observando com atenção a jovem. Então, finalmente, ela disse: — Espere, espere, já estou vendo a cabeça! — Ouviu-se um suspiro de júbilo e emoção no quarto, e todas se aproximaram. — Pronto! — disse Alinor com a voz cheia de alegria.

Segurava com delicadeza a cabeça do bebê e os ombros escorregadios, e, movendo-se no ritmo da mãe, seguindo-lhe a cadência, trouxe a criança ao mundo. Com habilidade, segurou-a pelos pés, qual um peixe que se contorcia, deu-lhe um tapinha nas costas para liberar o fôlego, aproximou-se dela, sugando o nariz e a boca do bebê, e cuspiu no chão o líquido e o sangue. Houve um breve momento de silêncio, um silêncio de expectativa, e todas ouviram a tosse abafada, depois o choro, quando o recém-nascido respirou pela primeira vez.

— Uma menina — disse Alinor. — Uma menininha. — O cordão ainda pulsava, e a bebê abriu a boca e chorou. Alinor examinou as mãos perfeitas, a pele enrugada e manchada de cera branca e sangue, o cabelo escuro grudado na cabeça minúscula e o rostinho corado, zangado. Sentiu lágrimas brotando em seus olhos e mordeu o lábio, para não chorar de compaixão e alegria. — Uma menina — repetiu ela. — Uma menina preciosa, um presente do próprio Deus.

— Sra. Reekie, a senhora está bem? — perguntou alguém, e Alinor, lembrando-se de seu trabalho, virou-se para a mãe e, com a mão ainda no cordão pulsante, concluiu o parto. A Sra. Grace estendeu o xale que guardara para a neta, e Alinor envolveu a bebezinha e a entregou para a avó; em seguida, a jovem mãe subiu na cama e Alinor lhe esfregou as partes íntimas e as amarrou com musgo, as mãos se movendo com habilidade, enquanto a cabeça girava com a constatação de que aquela bebê era uma preciosa dádiva da vida, que todo bebê era mais precioso do que se podia imaginar, que nenhum bebê deveria ser perdido se pudesse ser salvo, se pudesse ter uma vida em que fosse amado e valorizado.

As mulheres se aglomeraram, passando a bebê, de uma para a outra, admirando-a e dizendo-lhe palavras de ternura. Quando a bebê voltou para Alinor, ela amarrou o cordão, aparou-o com cuidado e entregou a bebê à mãe.

— Tome — disse ela. — Sua menininha. — Foi como se a criança tivesse chegado às mãos de Alinor para lhe trazer uma mensagem, como um tordo cantando em sua cerca, ou gaivotas guinchando acima do casebre. — Deus a abençoe, e a faça saudável e forte — disse Alinor, observando a cabecinha minúscula, e o modo como os olhos azuis se abriam para ver o mundo pela primeiríssima vez.

A jovem Lisa Auster estava corada e orgulhosa, recostando-se nas roupas de cama amontoadas, cercada das vizinhas que queriam vê-la e beijá-la.

— Vamos colocar a bebê no peito — sugeriu Alinor, esperando que a jovem mãe e a bebê se aconchegassem, e tocando, delicadamente, o braço da Sra. Grace, para impedi-la de interferir.

— É assim mesmo? — perguntou a jovem mãe. — Não sei se é assim mesmo.

Então ela fez uma careta quando a bebê a abocanhou.

— Assim mesmo! — disse Alinor com uma alegria inexplicável. — E doerá mais antes de doer menos, mas você sentirá o colostro descer e verá que a bebê está sugando.

Ela observou as duas por um momento, então se deu conta de que estava paralisada, sorrindo em silêncio, como se tivesse constatado algo de grande importância na cabeceira da cama daquela pobre mulher de pescador, algo que nunca tinha percebido antes.

— É uma dádiva — sussurrou ela. — Vida. Preciosa.

— Eu tinha esperança de que o bebê viesse com a membrana fetal — disse a Sra. Grace. — Todas nós, mulheres de pescadores, gostaríamos que nossos bebês nascessem com a membrana fetal, para proteger contra afogamento.

Alinor fez que sim.

— Eu sei.

— Se a senhora tiver uma membrana, ou mesmo parte de uma membrana, eu compro.

— Não, eu não vendo essas coisas.

— Mas a senhora não é curandeira, não lida com ervas e coisas misteriosas?

— Só com ervas — disse Alinor, séria. — Não com coisas misteriosas.

— Não lida com ouro de fadas? Ouvi dizer que a senhora tinha ouro de fadas.

— Eu cato moedinhas e conchas bonitas, quando encontro. Nada além disso. São só lembranças, nada importante.

— Achei que uma mulher pudesse procurar a senhora com todo tipo de necessidade.

— Eu tenho uma necessidade. A senhora bem que podia arrumar uma poção para meu velho! — interrompeu alguém, causando gargalhadas indecentes.

Alinor sorriu, como se achasse graça, embora estivesse cansada dessa pergunta.

— Sinto muito, mas só tenho ervas para doenças. Vendo ervas e faço partos e, às vezes, trabalho com enfermagem. Tenho de tomar cuidado, Sra. Grace. A senhora sabe. Tenho de zelar por meu nome.

A mulher aquiesceu, incrédula.

— Mas dizem que a senhora pode fazer todo tipo de coisa. Dizem que a senhora se comunica com o outro mundo. E que os seres do outro mundo ajudam a senhora.

Alinor balançou a cabeça.

— Não posso fazer nada melhor do que o que fiz aqui — insistiu ela, olhando mais uma vez para a jovem exausta, deitada na cama, com o semblante iluminado de alegria e a bebê mamando no peito. — Acho que não há nada melhor que isso no mundo inteiro. Neste mundo... eu não sei nada sobre nenhum outro.

— Ela está bem? — perguntou Lisa. — Está mamando bem, não é?

Alinor sorriu.

— Ela está muito bem, e, quando seu marido chegar, vai amar vocês duas. E agora... — Alinor começou a recolher os frascos de óleo e a caixa de musgo, colocando tudo na sacola. — Agora eu vou para casa, para meu casebre. E, se você quiser, volto amanhã, para ver como você está.

— Jem pode acompanhar a senhora com uma lanterna — ofereceu a Sra. Grace, pegando seis moedas. — E pago mais um xelim quando a senhora vier amanhã. Sou grata, Sra. Reekie. Nós duas somos. Espero poder contar com sua boa vontade. Espero que a bebê conte com seus bons votos.

— É minha alegria. Louvado seja Deus — disse Alinor, mal assimilando a declaração esquisita. Desejou boa noite às outras mulheres, pegou a sacola, embrulhou-se na capa, colocou o capuz na cabeça e seguiu a luz trêmula de Jem pelas vielas de East Beach.

Estava escuro demais para atravessar o porto com a maré subindo; então, seguiram pelo caminho mais longo, pela estrada de Chichester, no sentido norte, até enxergarem a luz da janela da casa da balsa. Jem ia à frente, erguendo a lanterna para iluminar o caminho, como se tivesse medo de andar ao lado de uma curandeira. Só parou quando chegaram à beira do estuário e o reflexo da lua, prateado na água, fez com que a luz da lanterna parecesse amarelada e fraca.

— Estou segura a partir daqui — disse Alinor. — Conheço o caminho, mesmo no escuro. Você pode voltar para casa.

Ele baixou a cabeça e, embora ela estendesse uma moedinha, ele lhe deu as costas.

— Tome — disse ela. — Isto é para você. Obrigada por me levar até a Sra. Auster e por me trazer de volta para casa.

— Não tenho coragem de aceitar — disse ele, recuando e sacudindo as mãos nas costas.

— Como assim? — disse ela, e manteve a moeda estendida.

— É ouro de fadas, eu sei! — exclamou ele. — Estou feliz que Vossa Senhoria tenha gostado de meu serviço. Mas já vou indo, se Vossa Senhoria permitir. — Ele parecia prestes a sair correndo.

— Do que você me chamou? Garoto... Jem... você sabe que não sou nada mais que a viúva do pescador Zachary Reekie — disse Alinor. Você sabe que trabalho como parteira. Não faço mais nada. Não tenho ouro de fadas. Não tem por que me chamar de Vossa Senhoria!

Ele andava para trás, sem desviar os olhos assustados, com uma fisionomia fantasmagórica à luz da lanterna, ávido por fugir dela.

— Disseram-me — murmurou ele — que a senhora sabe coisa que nenhuma mulher mortal sabe. Que o filho da senhora vive que nem um lorde no Priorado, e que sua filha vai se casar com o fazendeiro mais rico de Sussex.

— Bem, não... — começou a dizer Alinor.

— Dona, a senhora assobiou para chamar a tempestade que levou seu marido para longe?

Alinor tentou rir, mas o medo do menino era contagioso.

— Isto é bobagem — disse ela com a voz instável. — E a Sra. Grace sabe que é bobagem, pois ela mandou que você buscasse uma parteira boa e honesta, e eu fui.

— Não. — Ele balançou a cabeça. — Não foi ela. Elas ficaram com medo de ter de mandar buscar alguma outra pessoa, caso a senhora nos desejasse mal. Então fui buscar a senhora com meus dedos cruzados, aí a senhora foi a cavalo, que nem uma rainha, e deu ordens para o próprio filho de Sir William. Boa noite, Sra. Reekie, Vossa Senhoria. Boa noite.

Alinor deixou que ele partisse, abalada demais para insistir em que aceitasse a moeda, assustada demais diante do medo e dos olhos arregalados do menino para rir e fazê-lo raciocinar com clareza. Quando, no início do casamento, Zachary acusou-a de conluio com os poderes do além, ela interpretara a atitude como exagero típico de alguém enamorado; à medida que o casamento azedava, ela concluiu que tudo era resultado do ódio que ele sentia. Mas jamais sonhara que ele semearia uma calúnia tão perigosa entre seus parceiros de bebida, e que a calúnia floresceria naquelas fantasias invejosas.

É claro que as pessoas se perguntariam sobre a boa sorte de Rob e o noivado de Alys, mas Alinor não imaginara que seriam capazes de relacionar o ódio supersticioso de Zachary à sobrevivência dela, criando um conto de fadas que mesclava a desgraça do marido com a vingança da esposa. Era uma nota obscura no fim de um dia que iniciara com ideias de afogamento e águas turvas. Com dificuldade, ela andou pelo barranco, com a lama congelada rangendo sob suas botas gastas, abriu a porta e entrou.

O casebre estava escuro, as brasas embaixo do guarda-fogo, as velas apagadas. Alys dormia em seu lado da cama, e Alinor sentiu tão somente alívio por não precisar falar mais nada até a manhã seguinte.

DOUAI, FRANÇA, OUTUBRO DE 1648

James passou uma semana em silêncio penitente, insone, com sentimentos conflitantes de culpa e desejo. Todos os dias se encontrara com seu confessor e, passo a passo, reconstituíram o primeiro encontro com Alinor, quando ela o salvara, pois, sem ela, teria se perdido na terra das marés não mapeada. Alinor tinha sido para ele uma salvadora.

— Mas ela não é tua salvadora — disse o padre Paul, em voz baixa, os dois de joelhos lado a lado na capela, olhando para o altar, de onde o Cristo crucificado olhava para eles, com seu rosto pintado e abatido. — Ela não é um anjo. É uma mulher terrena e naturalmente propensa ao pecado.

James inclinou a cabeça. Não podia negar que Alinor era propensa ao pecado. Ele falou da tarde no barco, e falou do desejo que ela sentia. Falou da cor do cabelo dela, e de como um cacho escapara da touca e roçara em seu rosto. Falou de suas mãos marcadas e da roupa íntima de linho rústico.

— Ela nasceu na pobreza, estabelecida em seu lugar por Deus. Não compete a ti desafiar Deus e resgatá-la. Ela lhe pediu que fosse batizada na verdadeira fé?

— Não — disse James em voz baixa.

— Não tens mais nada a oferecer a essa mulher.

Com a voz baixa e envergonhada, James falou da sensação da boca de Alinor na sua, da força do corpo dela sob as roupas volumosas. Falou do sorriso e do leve suspiro de desejo dela. Disse que, quando lhe tocou a mão, a cintura, o seio, sentiu pela primeira vez que era um homem. Que se tornara ele mesmo, ao amá-la.

— Uma mulher não propicia esse tipo de conhecimento — corrigiu-o o padre Paul. — Não tens como conheceres a ti mesmo por meio de um contato com ela. Tudo o que ela te ensinou é conhecimento carnal; é tudo que ela sabe.

— Mas isso foi, de fato, tudo! — disse James simplesmente. Ele não falou do mezanino acima do estábulo, nem da beleza da mulher à luz da manhã, quando ela estava tão nua quanto Eva e tão inocente quanto o Paraíso. — Eu a amo, padre. Pecado ou não.

— É pecado — respondeu o padre com firmeza. — Não diz "pecado ou não", como se não tivesses recebido uma formação, como se Deus não tivesse te concedido raciocínio. É pecado, e tens de te livrar disso.

James sentou-se nos calcanhares, o rosto pálido.

— Abandoná-la seria romper com a minha palavra. Eu a pedi em casamento.

— Não tens liberdade para pedi-la em casamento.

— E ela não tinha liberdade para consentir — admitiu James. — Falam mal dela...

— O que as pessoas dizem?

— Nada, bobagens supersticiosas, maldade, tudo maldade. O próprio marido disse que ela era prostituta de senhores das fadas. — James tentou rir. — Bobagem ignorante, aquela gente interiorana e tola...

O confessor não riu com ele.

— Meu filho, de longe, tu e eu não sabemos do que estão falando. Não podes afirmar que seja bobagem, pois não sabes o que ela fez. Teríamos de averiguar. Um caçador de bruxas teria de visitar e fazer perguntas. Isso é muito sério. Ela tem marcas no corpo?

— Não! — James ficou horrorizado.

— Ela teme a palavra de Deus na igreja, ou as obras de Deus, assim como águas profundas ou penhascos? — James hesitou, pensando no horror dela pela água. — Possui algum animal que se comunica com ela?

Ele pensou nas galinhas que cacarejavam em volta dos pés dela e dormiam no canto do casebre; em Ruivo, o cão; nas abelhas; e no tordo em seu jardim:

— Mas isso faz parte da vida dela...

— Não é provável que o marido a conheça melhor que tu, que foste seduzido por ela? E se for bela porque Satanás lhe conferiu formosura? E se fizer feitiços, tanto quanto medicamentos? Disseste que ela pretendia se comunicar com um morto? E se não for uma pobre mulher indefesa, mas uma mulher maligna?

TERRA DAS MARÉS, OUTUBRO DE 1648

Alys acordou com o som familiar da cerveja de mesa sendo servida e da colher de pau raspando o fundo da panela de ferro cheia de mingau. Levantou-se, afastou dos olhos o cabelo caído, tirou o camisolão pela cabeça e vestiu a saia casualmente, sem olhar.

Alinor puxou a banqueta até a mesa e baixou a cabeça, dando graças, enquanto Alys sentava-se do outro lado e disse:

— Amém.

Comeram em silêncio, então Alys se levantou e foi buscar o pente, para pentear o cabelo. Sem falar nada, entregou o pente à mãe e sentou-se a seus pés, como se ainda fosse uma menininha. Delicadamente, Alinor desfez a trança comprida e loira da filha e lhe desembaraçou o cabelo, desfazendo todos os nós e retirando eventuais fragmentos de galho ou de palha.

— O que raios você andou fazendo? — perguntou ela, e jogou uma folhinha no fogo.

— Colhendo ameixa silvestre — respondeu Alys. — Desde que ficou sabendo que Richard e eu vamos nos casar, a Sra. Miller tem me mandado trabalhar no campo. Como se pudesse impedir a gente de se ver! Como se ganhasse alguma coisa me colocando para fazer trabalho humilde.

Alinor penteou o cabelo farto e dourado, observando a luz refletir nas ondas grossas, então começou a trançar a partir da frente, para que a trança desse a volta na bela cabeça de Alys.

— A senhora já se decidiu? — perguntou Alys calmamente, erguendo o olhar com confiança para o rosto da mãe. — Eu voltei cedo para casa para ajudar a senhora, e o tio me disse que a senhora tinha sido chamada em East Beach. Eu falei para a Sra. Miller que estava doente. Ela não está contando comigo hoje. Posso ficar em casa e ajudar a senhora a se livrar disso aí.

— Já me decidi. — Alinor respirou fundo. — A decisão chegou a mim ontem quase como uma visão, Alys, quando eu trouxe ao mundo a bebê de Lisa Auster. Segurei a bebê nos braços. Ela não era muito maior que um gatinho, e vi como era preciosa, um milagre. Tudo nela era perfeito; era uma pessoazinha, os cílios e as unhas tão minúsculos quanto as conchinhas da praia de Wittering, e os olhos eram azul-escuros, como os seus quando você nasceu. Pude ver a luz do mundo naquela bebezinha. Não posso destruir uma coisa tão perfeita, Alys. Seria como quebrar o ovinho de um melro. Entendi o que é sagrado, pela primeira vez na vida. Esta criança veio a mim quando eu pensei que nunca teria outra. E não vou matá-la.

— Mas a senhora saberia como fazer? — persistiu Alys.

— Eu sei, sim — disse Alinor em voz baixa.

— A mãe da senhora já fez isso?

— Sim, fez. Quando ela achava que era melhor para a mãe, ou melhor para a criança, coitada, mal concebida, abortada, infeliz. Ela fazia para poupar o sofrimento. Eu faria para poupar o sofrimento de alguém. Acredito que é certo fazer isso... para evitar sofrimento. Se dependesse de mim, uma mulher poderia escolher: conceber, sofrer, ter ou não o filho. Os homens não deviam decidir isso; trata-se da vida da própria mulher e da criança dela. Mas não farei isso com meu bebê. Prefiro sofrer a perder o bebê.

— São ervas?

— Ervas primeiro, e, se o bebê não sair, você pega um fuso, ou a agulha de um curtidor de couro, uma faca comprida e fina, ou um punhal, e enfia dentro da mulher, para furar o bebê, enquanto está dentro da barriga dela, todo encolhido — disse Alinor com firmeza, enquanto Alys ouvia horrorizada, tapando a boca com as mãos. — A pessoa enfia a agulha seis vezes, sem saber se está perfurando a cabeça, um olho, uma orelha ou a boca do bebê, ou se está só furando o corpo da mulher. É tão selvagem quanto carnear um bezerro. Pior. É tudo completamente às cegas: a pessoa não sabe o que está fazendo. A mulher pode sangrar até a morte por dentro, ou o bebê pode morrer, sem sair, e apodrecer dentro dela. Ou ela aborta, mas morre de febre. É morte para o bebê e, às vezes, morte para a mãe. Você quer isso para mim?

Alys se inclinou, apoiando-se no joelho da mãe, e fechou os olhos.

— Claro que não.

— Você quer pegar a agulha de um curtidor e furar o rosto de sua irmã, que ainda nem nasceu e cresce dentro de mim?

— Claro que não — sussurrou a moça, falando tão baixo quanto a mãe.

— Nem eu — disse Alinor. — Não posso fazer isso. Não consigo me forçar a fazer isso.

— Mas o que é que a gente vai fazer, mãe? Isso vai arruinar minha vida, a da senhora e a de Rob.

— Eu sei — disse Alinor. — E o vexame é meu, não seu, nem de Rob. Pensarei num jeito de assumir tudo sozinha.

Alys se recostou nos joelhos da mãe.

— Não tem jeito. A não ser que a senhora vá embora, imediatamente, agora, antes que alguém saiba, mas aí o que vai ser de Rob e de mim? Somos jovens demais para perder mãe e pai. A senhora nos transformaria em órfãos. E para onde a senhora iria? E como é que posso me casar sem a senhora? Como é que posso ter meu bebê sem a senhora?

— Sinto muito — disse Alinor, humilhada diante da filha. — Sinto muito, de verdade, Alys. Rezarei pedindo orientação, e farei o que for possível. Qualquer coisa, menos matar essa criança.

— De quem é a criança? — Alys se virou e olhou para a mãe. — De quem é a criança? É de Sir William? Se for, ele pode pagar para a senhora ir embora. Todo mundo sabe que ele...

— Não é de Sir William — interrompeu Alinor. — E não posso dizer de quem é. O segredo não é meu, Alys. Cometi um erro terrível, mas não vou piorar, traindo tanto a ele quanto a mim mesma.

— Foi ele quem traiu a senhora — disse a menina, ressentida. — Ele arruinou a vida de nós três. Ele não é melhor que meu pai.

Ela parou ao ver a mãe se retrair.

— Não diga isso, Alys. Você não sabe...

— Ele é pior que meu pai — persistiu ela. — Nosso prejuízo seria menor se ele tivesse batido na senhora, como meu pai costumava fazer. A senhora protegia a Rob e a mim de nosso pai. Eu vi a senhora levar uma surra que pensei que fosse matar a senhora. A senhora ficava entre meu pai e a gente. Mas não poderá salvar a gente agora. O que vai acontecer... se a senhora não salvar a gente agora?

DOUAI, FRANÇA, NOVEMBRO DE 1648

James sentia como se estivesse andando sob uma redoma de vidro, sendo observado e silenciado, com um eco na cabeça, e respirando um ar rarefeito e estranho de falta de fé. Rezava para que algo puro, inaudito e potente estivesse sendo exalado em consequência de sua constante provação diária; mas não sentia que estava sendo purificado; sentia-se sendo destilado, reduzido a nada.

Certa manhã, o Dr. Sean foi ao seu encontro na pequena capela lateral onde James costumava rezar após a confissão e disse:

— Trago uma notícia que há de te livrar de um fardo, irmão James.

— Será, para mim, um alívio — respondeu James, levantando-se.

— O rei precisa escapar de seus captores. As propostas que o Parlamento colocou diante dele são demasiado acanhadas para sua divina grandeza, e o perdão oferecido aos seus seguidores é demasiado mesquinho. Ele informou aos captores que não pode concordar e escreveu, em segredo, que está pronto para se juntar à rainha e ao filho, o príncipe Carlos, no exílio.

James sentiu uma familiar sensação de medo.

— O senhor quer que eu vá até ele? — perguntou. — Devo retornar e levá-lo embora?

Sua voz não vacilou, mas ele pensou que, com certeza, dessa vez estaria sendo enviado para a morte.

— Não, não, uma pessoa da região deverá levá-lo. Um homem de Newport. O rei tem permissão de sair, tomar ar, até cavalgar. Eles não suspeitam de nada. Acham que ele está avaliando a oferta. Mas cavaleiros irão ao seu encontro e galoparão com ele até a costa. Um navio estará à espera. Ele será levado ao mar e transportado a Cherbourg. Com a graça de Deus, talvez até já esteja lá. A carta que recebi foi escrita alguns dias atrás. Se Deus tiver piedade de nós, talvez o vejamos aqui.

James fez o sinal da cruz.

— Amém — murmurou ele. — Amém. — Ficou envergonhado, pois sentia-se meio zonzo, tamanho era seu medo. — Mas não é tão fácil assim. Eles têm confiança no navio? O capitão é confiável? E o rei vai querer embarcar? A quantas pessoas ele revelou o plano?

— O sujeito da região fez todos os arranjos — repetiu o superior. — Graças a Deus, o rei está pronto para partir, enfim.

— Mas eles precisam ter um navio confiável, e um ponto de encontro seguro no mar. Não é fácil...

— O rei ordenou. Ele escolheu o capitão de seu navio. Deus o guiará.

— Amém — disse James outra vez, silenciando as próprias dúvidas, sabendo que seus medos decorriam de sua própria experiência. Talvez alguém obtivesse sucesso onde ele, infelizmente, havia falhado. Talvez agora fosse bem diferente. — Amém.

TERRA DAS MARÉS, NOVEMBRO DE 1648

Alys e Alinor andaram juntas pelo barranco até a casa da balsa, com o solo duro feito ferro e congelado sob seus pés, e se despediram com um beijo, sem falar, quando chegaram ao cais. Com uma fisionomia radiante e o cachorro ao lado balançando o rabo felpudo, Ned trouxe a balsa para transportar a sobrinha.

— Bom dia — disse ele alegremente. — E hoje é um bom dia para mim e para todos os amantes da liberdade.

— O que aconteceu? — perguntou Alinor, enquanto Alys embarcava na balsa. Alinor balançou a cabeça diante da mão estendida de Ned. — Não, não atravessarei. Eu vim para começar a rastelar a cevada.

— O exército vai capturar o rei, juro — disse ele, triunfante.

— Por quê? Como é que você sabe?

— O vendedor de lã apareceu... deixou mais lã para você fiar, está lá no depósito... e me disse que a notícia estava correndo lá em Chichester. Os representantes do Parlamento não chegaram nem perto de um acordo com o rei. E agora parece que Sua Majestade estava prestes a desonrar sua palavra de rei, a desrespeitar a liberdade condicional e fugir. O governador do Castelo de Carisbrooke, o coronel Hammond, foi convocado ao quartel-general para responder pela questão. Os conspiradores foram presos. O exército está farto dessa situação, e agora será responsável pela custódia do rei.

— Mas como é que um vendedor de lã de Chichester sabe que o rei estava planejando escapar? — perguntou Alys, cética.

— E quem foi preso? — interrompeu Alinor, ofegante, ansiosa por causa de James. — Quem foi pego... ajudando o rei?

— Os guardas dele no castelo; mas a ilha inteira já sabia — disse Ned com desdém. — Meia dúzia de homens participava da trama. Ele deve ter escrito cartas para todo mundo que conhecia, dizendo que não concordava com o Parlamento e que estava pronto para fugir.

Tonta de medo, Alinor se apoiou na estaca de atracação.

— Só os guardas foram presos?

— Sim, dois deles. Alinor, está tudo bem com você? — perguntou Ned.

— Tio, eu tenho de ir trabalhar — disse Alys, torcendo a corda-guia para distraí-lo da palidez de sua mãe. — O senhor pode me atravessar? Mãe, a gente se vê hoje à noite. Hoje é dia de assar no moinho. Trarei um pão para casa.

— Sim, sim, Deus te abençoe — disse Alinor, absorta, e se virou, desviando-se do olhar do irmão e seguindo para a cervejaria.

A paz no interior da cervejaria a tranquilizou assim que ela pegou o ancinho de rastelar cevada, cujo cabo ficara liso em consequência de décadas de uso. O quartinho de pé-direito baixo estava quente comparado com o frio invernal lá fora e perfumado com o aroma doce da cevada. Os grãos formavam uma pilha íngreme, feita com uma pá, esquentando e começando a rachar. Ned tinha deixado um balde de água limpa, retirada da lagoinha da casa da balsa e protegida da geada noturna. Alinor espalhou os grãos de cevada pelo chão, depois os misturou. Uma vez espalhados, ela pegou uma escova feita de gravetos, molhou-a na água e espargiu os grãos; em seguida, rastelou-os novamente e, com uma pá larga, voltou a empilhá-los. Não havia nenhum sinal de que cada semente estivesse cheia de vida, mas ela sabia que o milagre da vida estava ali, às centenas, aos milhares, aos milhões. Era uma vida secreta, uma centelha tão diminuta que podia viver em cada semente de cevada, e tão poderosa que era capaz de fazer a semente rachar e germinar. Ela se apoiou no cabo da pá e pensou na própria situação: rastelando cevada, colhendo ervas, cuidando de um recém-nascido, com o milagre da vida feito uma vela acesa escondida dentro dela; e longe dali, em algum lugar, talvez na ilha de Wight, talvez em seu seminário na França, James estaria pensando nela, vindo ao encontro dela, com o milagre de sua paixão dentro dele.

Antes, ela não sabia se ele era um homem de palavra, se voltaria para ela. Mas agora confiava nele; sabia que viria. E, quando ele chegasse, ela diria que estava grávida, que a vida crescia irremediavelmente dentro dela. Não voltaria a recusá-lo; iria com ele para sua casa no distante condado de Yorkshire, para Londres, para a França, para onde ele quisesse.

Encostou a pá na parede, empurrou a porta e a abriu, como se estivesse prestes a avistar as velas do barco dele. Adiante, a maré subia, as gaivotas guinchavam acima das ondas espumantes. A água estava reluzente e azul, o poço sibilante, ao longe, emitia seu sussurro familiar, o sol invernal se mostrava firme e luminoso. Alinor pensou que tudo no mundo seria possível: o rei poderia escapar, James poderia recuperar sua casa e vir buscá-la e ela teria seu filho. Por que não, neste mundo novo onde tudo podia acontecer?

— Quero conversar — disse Alinor à filha, pondo um fim a dias de um silêncio infeliz.

Estavam preparando o casebre para a noite, varrendo as brasas incandescentes para baixo do guarda-fogo de barro, tocando as galinhas para seu canto, despindo-se e ficando apenas de camisolão de linho e, finalmente, apagando as velas. O cheiro desagradável da fumaça expelida pelo sebo recendia no pequeno recinto qual toucinho rançoso. O casebre estava sombrio, iluminado por barras de luar brilhando através das persianas.

— Finalmente — disse Alys, irritada. — Eu estava me perguntando quanto tempo levaria antes de a senhora falar. A senhora já tem alguma ideia do que vai fazer?

Alinor baixou a cabeça.

— Alys, tudo o que posso dizer é que sinto muito. Mas tenho algumas esperanças.

A jovem sentou-se na cama.

— Diga uma.

— O pai da criança é um homem bom. Ele me pediu em casamento, e, quando eu puder, me casarei com ele.

— A senhora não pode; a senhora é casada com meu pai.

— Posso dizer que ele está morto, e daqui a seis anos estarei livre para casar. É a lei. Quando um homem está desaparecido há sete anos.

— Dizer que ele está morto? — Alys ficou chocada. — Declarar nosso pai um homem morto?

— Não está desejando mal a ele! — exclamou Alinor.

— Está, sim! É bem isso! A senhora dirá a todo mundo que ele morreu... Como? Afogado? E se declarar viúva?

— Alys, seu pai nunca mais vai voltar — disse Alinor em voz baixa. — Ele disse isso a Rob, que esteve com ele em Newport. Ele nunca mais vai voltar para casa.

— O quê? Rob esteve com ele?

— Seu pai fugiu dele, e não apareceu para um segundo encontro. Ele não queria ser encontrado. Ele falou para o preceptor que não voltará.

— E ninguém me contou?

— Não... Você se lembra? Você não queria saber. Você queria ir à fazenda dos Stoney sem ter de mentir.

— Meu pai não vai voltar? Nunca mais?

— Não. Ele disse que não.

Alys colocou a mão sobre os olhos.

— É isso? E ninguém me falou nada?

— Sinto muito, Alys — disse Alinor, espalmando as mãos maltratadas pelo trabalho. — Tem havido tanta... — Ela parou de falar quando viu a filha esfregando ferozmente os olhos com o xale. — Sinto muito, Alys. Ele não foi um bom pai para você e para Rob. E não foi um bom marido. Ele não é um homem bom. Você disse que não se importava. Disse que não queria saber. — Ela fez uma pausa. — Você está chorando por causa dele?

A jovem exibiu um semblante emburrado, mas desprovido de lágrimas.

— De jeito nenhum.

Alinor prosseguiu:

— Então, veja bem, eu não preciso esperar para sempre, até ele voltar para casa.

— Pelo jeito a senhora não esperou nada — disse Alys com desdém.

Alinor baixou a cabeça diante da acusação.

— Mas em seis anos eu posso me casar com o pai de meu filho.

— Quem falou que a senhora pode fazer isso?

— É a lei.

— Quem falou?

Alinor desviou os olhos do olhar inquisidor da filha.

— Foi o preceptor de Rob que me falou.

— Todo mundo sabe disso, menos eu? O tio Ned?

— Não! Só o preceptor, porque ele conheceu seu pai, pois estava com Rob em Newport.

— E a lei diz que a senhora pode se casar sete anos depois que meu pai desapareceu?

— Sim, e vou me casar.

A fisionomia tensa de Alys não demonstrava alívio.

— Isso vai ser bom para seu bastardo de seis anos. Mas a gente ainda vai ter de passar pelos seis anos.

Alinor rangeu os dentes.

— É por isso que não vou dizer nada, e ninguém há de saber de minha gravidez até que você esteja bem casada. Então, quando você estiver feliz na Fazenda Stoney, eu vou embora.

— Vai me abandonar — disse a jovem secamente. — E abandonar Rob.

A fisionomia de Alinor estava tão serena quanto a imagem esculpida de uma santa, mas seus olhos se encheram de lágrimas.

— Para poupar vocês dois, sim — disse ela. — Não é o que você quer?

A jovem suspirou e ergueu a cabeça.

— Nada de bom pode sair disso — previu ela. — Se é isso o que acontece quando uma mulher fica livre para fazer as próprias escolhas, minha opinião sobre a nova Inglaterra do tio Ned não é das melhores.

— Isso não tem nada a ver com seu tio Ned — disse Alinor, assustada. — Nada a ver com a nova Inglaterra.

— Ele diz que homens e mulheres podem escolher o próprio destino, que não devem ser comandados por superiores. Mas o que aconteceu é que a senhora optou por cometer um erro terrível, e a gente sofrerá mais do que quando a senhora era uma pobre viúva que morava à beira-mar, com um senhorio inútil comandado por um rei perverso. Porque nada mudou de verdade. Podemos ter nos livrado do rei, mas não do domínio dos homens. A vida da senhora ainda está arruinada, e o tal sujeito está livre para ir e vir como bem quiser. E se ele nunca mais voltar para a senhora?

Alinor balançou a cabeça, como se quisesse se livrar da infelicidade estampada no rosto lívido da filha.

— O homem que eu amo voltará para me ajudar — prometeu ela. — Ele se casará comigo assim que puder. Não serei humilhada, nem você. Vamos em frente, até seu casamento, e, quando você estiver casada, vou embora, para dar à luz meu filho, e em seis anos também estarei bem casada.

— Há muita esperança nisso — disse Alys com amargura. — E nossa família não tem tido sorte com esperanças. Se fosse eu dizendo isso, a senhora bateria em mim.

Pela primeira vez, Alinor sorriu para a filha amada.

— Eu nunca bateria em você.

— A senhora ficaria furiosa comigo.

— Você não está furiosa comigo?

Alys não retribuiu o sorriso. Virou o rosto.

DOUAI, FRANÇA, NOVEMBRO DE 1648

James bateu à porta do quarto de hóspedes do Seminário de Douai e se preparou para o confronto quando ouviu a voz de sua mãe dizer "*Entrez!*" e, em seguida, se corrigir:

— Entre! Entre!

Ele entrou enquanto a mãe se virava diante da janela que dava para a pracinha do mercado, e ela correu para ele de braços abertos.

— Meu filho! — disse ela afetuosamente. — Meu filho!

James se ajoelhou para a bênção, sentiu o toque na cabeça, então se levantou e lhe deu um beijo em cada face. Ela cheirava a perfume e seda limpa. Seu pai se levantou de uma cadeira diante da mesa, onde folheava um manuscrito com belíssimas iluminuras, e James se ajoelhou diante dele também. Em seguida, levantou-se, e as três ficaram se entreolhando, como se mal pudessem crer que estavam reunidos.

— Você esteve em casa? — perguntou o pai sucintamente, com um olhar cortante que avaliava a aparência sombria do filho: do rosto pálido às sandálias.

— Estive — disse James. Por hábito, olhou para trás, a fim de ver se a porta estava fechada. — Na Inglaterra, sim... não em nossa casa.

— Soube que houve problemas.

O jovem assentiu; seu pai sentou-se na cabeceira da mesa de refeitório, confeccionada com madeira escura, e gesticulou para que o filho sentasse. A mãe ocupou um assento na extremidade oposta. James lembrou que fazia três anos desde que seus pais se sentaram frente a frente, diante de sua grande mesa, em sua própria casa; fazia três anos que viviam do arrendamento que conseguiam receber de sua propriedade inglesa, três anos que viviam à custa da corte real, três anos de exílio no exterior.

— Como foi que o senhor soube? — perguntou James. — Porque, na verdade, ninguém deveria saber de coisa nenhuma.

— É este reino maldito — disse sua mãe, cansada. — Todos sabem de tudo. Nada é privado, ninguém é discreto. Todos fazem intrigas e inventam coisas.

— Isso me coloca em perigo — apontou James. — E coloca em perigo todos os que vão à Inglaterra para servir à fé ou ao rei. As pessoas não percebem? E isso coloca nossa causa em perigo também. Elas não entendem que devem servir em segredo? Manter o sigilo?

— Você correu perigo, *cheri*? — perguntou sua mãe.

— Sim — disse James categoricamente. — Claro. Todos os dias.

A mãe empalideceu.

— Mas você não se feriu, não é? — Ela colocou a mão alva sobre a dele e lhe examinou o rosto, como se pudesse detectar um ferimento oculto e mortal.

— Você esteve com Sua Majestade? — perguntou o pai. — Tem permissão para me responder?

— Sim, estive com ele. Planejei uma fuga para ele, e suponho que vocês já saibam, já que a corte da rainha sabe, suponho que toda Paris saiba. Mas ele não veio. Ele se recusou.

— Ele se recusou a fugir? — perguntou o pai, incrédulo.

— As fuxiqueiras não lhes contaram?

— Só fiquei sabendo que o plano tinha dado errado. Sinto muito, pensei que...

— A falha tinha sido minha? — interrompeu James com amargura. — Não. É verdade que meu plano de fuga falhou. Mas foi porque ele se recusou a sair pela porta aberta, até o barco que eu tinha deixado esperando, ao encontro dos homens que arriscaram a vida para protegê-lo.

— O plano não era seguro?

— Claro que era o mais seguro possível! Eu jamais o teria colocado em perigo — disse James, irritado. — Eu providenciei tudo, mas ele se recusou. Ele achava que conseguiria enganar o Parlamento. Jogá-lo contra o exército. Ameaçá-lo com os irlandeses, ou com uma invasão francesa.

O pai fez um gesto rápido com a mão.

— Não haverá invasão francesa. Não há dinheiro, e Deus sabe...

James olhou para o pai.

— Deus sabe...? — perguntou ele.

Agora foi o homem mais velho que olhou de relance para a porta, a fim de ver se estava devidamente fechada.

— Não há liderança — disse ele em voz baixa. — Não há bom senso na corte da rainha, não há disciplina na corte do príncipe. Não se pode confiar em ninguém com um alfinete, muito menos com um exército. É uma corte de protegidos, de calúnias e intrigas intermináveis, rixas fúteis e escândalos. Homens bons desperdiçando o que resta de suas fortunas em planos desesperados. Gente sonhando com um futuro e jurando vingança. Nada é confiável. Não se pode confiar em ninguém. Recompensas prometidas, subornos distribuídos. É repugnante.

A mãe de James se levantou da mesa e olhou pela janela novamente, como se a pracinha do mercado naquela cidadezinha provinciana tivesse algo que pudesse lhe interessar.

— Não fale assim — disse ela em voz baixa. — Não enquanto James estiver arriscando a vida.

— Ele conseguiu fugir? — perguntou James ao pai em voz baixa. — Soube que ele ia escapar, que havia um navio à espera. Ele está em segurança?

Seu pai balançou a cabeça.

— Não aconteceu. A trama foi descoberta.

— Não é de surpreender — disse James, pesaroso.

A mãe se afastou da janela.

— Não se torne amargo — disse ela baixinho. — Não se deixe contaminar por esses tempos.

— Já estou contaminado — confessou James. — Perdi a fé. Perdi a fé na causa e em Deus. Mas suponho que já saibam disso também. Suponho que o Dr. Sean tenha mandado chamar vocês. É por isso que estão aqui?

O pai era um homem honesto demais para mentir para o único filho.

— Mandaram nos chamar assim que você chegou — disse ele. — Disseram que você estava muito abatido. É sua fé no rei e em Deus que está abalando você, ou há uma mulher também?

James hesitou, mas sua mãe se aproximou e apoiou a mão alva na mesa, a bela renda do punho refletida na madeira encerada.

— Pode falar na minha frente — disse ela. — Tenho certeza de que ouvi coisas piores nos últimos anos. Faz tempo que vivemos no exílio, numa corte de gentalha, cuja moral se compara à de gatos de rua; portanto, posso ouvir de tudo.

— A senhora está contaminada? — perguntou James com um sorriso torto.

— Fiquei mais fria — admitiu ela. — Você não pode me dizer nada que eu já não tenha escutado.

— Há uma mulher — confessou ele. — Uma serviçal, não uma dama, mas é muito bonita, e muito corajosa, e muito... — Ele tentou pensar numa descrição que fizesse jus a Alinor. — Interessante — disse ele. — Ela é interessante. É herbalista, mas sem instrução formal. É uma mulher simples, mas sabe o que quer; tem pensamentos próprios. Ela vive... — Ele parou, pensando que não poderia descrever o casebre na orla do Lodo Catingoso, a casa da balsa e o irmão que servira no exército. — Ela vive de maneira muito simples — disse ele, evitando uma descrição da pobreza de Alinor. — Mas salvou minha vida na noite em que me conheceu e me escondeu.

— A família dela? — perguntou a mãe.

— Ela tem dois filhos: um menino e uma menina.

A expressão apavorada da mãe lhe disse que cometera um erro.

— Não foi isso que quis dizer! Eu queria perguntar: ela é de boa família?

— Ela tem filhos? É viúva? — perguntou o pai.

James respondeu à mãe primeiro.

— Ela tem certo prestígio no vilarejo, junto aos vizinhos. Há fuxicos... mas sempre há fuxicos nesses povoados pobres, os senhores sabem disso!

O marido dela sumiu. É provável que esteja morto. É gente pobre. — Ele hesitou, olhando de um para o outro. — Não estou sabendo explicar direito. Eles não têm terra, nem família, nem nome. — Ele olhou para a mãe, como se quisesse que ela visse o alagadiço como ele via, um lugar de estranha beleza, e Alinor como uma nativa, igualmente estranha e bela. — Não são gente como nós — tentou explicar.

— Mas, pelo menos, ela teve um marido? Foi casada uma vez? Não é uma...

— Não! Os pais dela são falecidos, mas ela tem um irmão. Ele é um homem bom.

— O marido dela morreu na guerra? — perguntou a mãe. — Do nosso lado?

— Bem, não... — disse James, sem jeito. — Ele está desaparecido.

— Ela é uma esposa abandonada? — perguntou a mãe. — Largada?

— São proprietários? — perguntou o pai, esperançoso. — Esse irmão? É dono da própria terra? Ou é arrendatário?

James balançou a cabeça, forçando-se a ser honesto.

— Ele opera uma balsa. Eles têm o arrendamento da balsa e da casa da balsa, e cultivam legumes e criam galinhas num terreno nos fundos da casa. E vendem cerveja. É gente pobre, senhor, numa terra pobre, nos confins da Inglaterra, à beira-mar. É um alagadiço, é a terra das marés, nem terra nem mar. E a verdade é que ela não possui quase nada. Ela recebeu alguns xelins por me salvar e usou o dinheiro para comprar um barco. — James não percebeu que sorria ao pensar no barco e na coragem da mulher amada. — O barco significa tudo para ela. Ela pesca de barco e vende o que consegue pegar. Ela disse que... — Ele parou quando se deu conta de que não poderia contar que, de brincadeira, ela dissera que salvá-lo tinha o mesmo valor que pegar um salmão gordo. — Ela cultiva ervas e prepara medicamentos. É curandeira e parteira no vilarejo. É um vilarejo de pescadores, muito pobre.

A mãe ficou lívida de pavor.

— Uma pescadora? — repetiu ela. — Curandeira? Feito uma benzedeira?

— Sim — disse ele com firmeza. — Nada mais que isso. — E se virou para o pai. — Mas ela me salvou quando eu não tinha para onde ir. E então, mais tarde, cuidou de mim quando eu estava à beira da morte, quando qualquer outra pessoa teria trancado a porta e me abandonado, por medo da peste. Mas ela escolheu ficar comigo, se confinar comigo. E eu a pedi em casamento.

A mãe soltou um gemido abafado e colocou a mão sobre a boca, fechando os olhos. O rosto do pai ficou sombrio.

— Não foi isso que planejamos para você — disse ele em poucas palavras.

— Senhor, sei disso. Mas tampouco planejamos um mundo como este.

— Estamos exilados e quase sem um tostão. Estamos derrotados neste mundo, mas não nos rebaixamos a ponto de você romper os votos feitos à Igreja e se casar com uma parteira interiorana, com um casal de filhos sem berço.

— Sinto muito, senhor. Sinto muito, senhora minha mãe.

Ela sacudiu a cabeça com a mão protegendo os olhos, como se não tolerasse olhar para ele.

— Nós permitimos que você se dedicasse à Igreja — disse o pai, ressentido. — Não foi nada fácil para nós. Desistimos das esperanças de netos e de uma nora. A escolha foi sua. Você disse que tinha sido chamado e nós acreditamos. Foi a coisa mais difícil que fiz na vida... ceder meu único filho à Igreja. E agora você nos diz que foi tudo em vão? E temos de ceder você mais uma vez? Mas agora por algo sem valor nenhum? Por uma mulher que, de acordo com sua própria descrição, não tem valor?

James ouviu o volume crescente da raiva do pai.

— Eu sei. Eu sei. Foi bondade sua permitir que eu me dedicasse à Igreja. Naquele momento, eu queria muito estar na Igreja. Eu tinha certeza. Mas... ao voltar à Inglaterra e ver a derrota de tudo em que acreditamos, e o rei...

— O que tem o rei? — interrompeu a mãe com uma fúria contida. — Tudo isso... Tudo isso porque você descobriu que o rei é um tolo? Eu poderia ter lhe dito isso dez anos atrás! — O marido fez um gesto com a mão para silenciá-la, mas ela prosseguiu: — Não! Eu vou falar. O menino precisa saber. Ele já sabe! Sim! O rei é um tolo e um fantoche, e o filho dele, um vilão, dos pés à cabeça. Mas ainda é rei. Isso nunca muda! E você é padre, e isso nunca muda. Se ele é um bom rei ou um mau rei, isso nunca muda. Se você é um bom padre ou um mau padre, isso nunca muda! Assim como seu pai é e sempre será Sir Roger Avery, de Northside Manor, Northallerton. Isso nunca muda. Quer moremos lá, em nossa casa, ou não, quer a propriedade seja invadida pela ralé ou não, quer você more lá ou não. Ainda é nosso nome, ainda é nossa casa. A Inglaterra nunca muda, e você tampouco mudará.

Houve silêncio no pequeno quarto. Sir Roger olhou do filho para a esposa.

— A mulher aceitou sua proposta? — perguntou ele, como se fosse uma questão de interesse secundário.

— Por que não haveria de aceitar? — indagou Lady Avery, com raiva. — Você acha que ela prefere ficar onde está? Naquele fim de mundo? Quase afogada na terra das marés?

James levantou a cabeça.

— Não, ela não aceitou. Ela disse que não era apropriado.

— Ela tem razão!

— Ela disse isso, de verdade? — perguntou o pai, interessado.

James assentiu.

— Sim, eu disse a vocês que ela é uma pessoa fora do comum. Mas eu disse que seria dispensado de meus votos, que perguntaria ao senhor se podemos pagar a multa ao Parlamento e voltar a Northside, e que pediria sua permissão para me casar com ela e a levaria para nossa casa como minha esposa. Ela precisa esperar até poder ser declarada viúva.

— Pagar a multa ao Parlamento e viver sob o comando deles? Negar nosso serviço ao rei?

— Sim — afirmou James. — Ele não quer meu serviço. Eu não quero oferecê-lo nunca mais.

— Trair seu juramento de lealdade a ele?

— Rompê-lo.

Lady Avery retirou um lenço bordado da manga enfeitada com renda e o colocou sobre os olhos. O marido encarou o rosto cabisbaixo do filho.

— Ela nem sequer sabe seu sobrenome? — perguntou ele.

O jovem ergueu o olhar e, pela primeira vez, o pai viu seu sorriso de menino.

— Não — disse ele. — Ela me conhece como padre James. Sou conhecido como um preceptor chamado Sr. Summer. Ela arriscou tudo por mim, e nem sequer sabe meu sobrenome.

TERRA DAS MARÉS, NOVEMBRO DE 1648

Alinor bateu à porta da leiteria na Fazenda do Moinho e entrou ao ouvir o grito irritado da Sra. Miller. Richard Stoney também entrava, trazendo mais baldes de leite, e a criada seguia à frente dele com o jugo no ombro.

— Vim buscar dois baldes de leite, se a senhora tiver para vender — disse Alinor.

— A gente tem mais leite do que precisa para hoje — disse a Sra. Miller. — O bezerrinho da Bessy caiu na vala e quebrou o pescoço. E a Bessy ainda está com leite.

— Ah, coitadinho — disse Alinor.

A Sra. Miller lhe dirigiu um olhar enviesado.

— Coitada de mim — disse ela. — Perdi um bom bezerro. Terei de carneá-lo, pois é tudo vitela.

— Sim — concordou Alinor, que nunca na vida tinha se dado ao luxo de provar essa carne. — Pensei em fazer queijo para vender no mercado de Chichester.

— Eu levo o leite até a casa da balsa para a senhora, Sra. Reekie — disse Richard educadamente.

A Sra. Miller fez careta.

— Ela ainda não é sua sogra — disse ela com frieza. — E você trabalha é para mim.

O jovem corou.

— Desculpe-me — disse ele brevemente.

— Eu mesma levo, se puder pegar o jugo emprestado — disse Alinor. — A senhora pode descontar esse leite do pagamento de Alys?

— A senhora está pedindo crédito? — disse a Sra. Miller num tom desagradável.

— Posso pagar agora, se a senhora preferir — disse Alinor com firmeza.

— Não, não, pode ficar com seu trocado. Eu desconto do pagamento dela no fim da semana.

— Obrigada. — Alinor sorriu, colocou o velho jugo de madeira nos ombros, suspendeu os dois baldes cheios e firmou a postura para encontrar o ponto de equilíbrio. Richard abriu a porta da leiteria para ela.

— E você pode entrar logo no moinho — ordenou a Sra. Miller a Richard. — Tem moagem hoje de manhã, e a maré não vai esperar, nem mesmo por gente como você.

Richard baixou a cabeça e atravessou o pátio correndo. Enquanto andava devagar, com o jugo nos ombros, cuidando do leite que respingava dos baldes, Alinor ouviu o moleiro gritar para Richard, ordenando-lhe que abrisse a comporta. Ela parou por um instante no portão do pátio, vendo o rapaz correr com agilidade pelo muro da barragem até a grande manivela de ferro para abrir a comporta. A água da barragem verteu pela valeta e, lentamente, a roda do moinho começou a girar. Ouviu-se um rangido de madeira enquanto o fluxo da água forçava a roda, depois o barulho da água caindo do outro lado do cais do moinho, feito uma cachoeira, dentro do porto, irrompendo qual uma maré de espuma verde no estuário lodoso. Alinor foi até a trilha do alagadiço, com a cabeça virada para a direção de onde a água vertia furiosa, enquanto o moleiro engatava as pedras de moagem dentro do moinho, então houve um estrondo ensurdecedor de pedra contra pedra. Alinor seguiu pelo caminho encharcado, contornando as poças de água gelada, até a casa da balsa do outro lado.

Ned estava derrubando uma velha macieira no jardim, nos fundos da casa da balsa. O tronco era grosso e nodoso. Sem camisa, Ned tinha afiado o machado e golpeava os galhos de maneira que caíam longe da casa. Ele ergueu a mão para Alinor quando ela surgiu por trás da casa e entrou pela porta dos fundos da leiteria.

— O caldeirão já está fervendo na lavanderia para você! — gritou ele.

— Obrigada! — gritou ela, e entrou na leiteria.

O ambiente estava gelado, e o chão, ainda úmido, pois tinha sido lavado. Alinor esvaziou um balde de leite, depois o outro, dentro da tina de madeira, então entrou e saiu da lavanderia, transportando jarros de barro cheios da água fervente. Colocou os jarros próximos ao leite, para o leite aquecer, depois acrescentou uma pequena medida de coalho. Lá fora, ela ouvia a batida ritmada da lâmina na madeira, e uma pausa ou outra quando Ned se apoiava no cabo do machado para recuperar o fôlego.

Aos poucos, o leite aquecido se separava em coalhada e soro, solidificando-se. Alinor pegou uma concha, uma das conchas limpas que sua mãe usava para testar a espessura da coalhada e do soro do leite. Mexeu na superfície e, quando constatou a firmeza do ponto, arregaçou as mangas e enfiou as mãos, com os dedos estendidos feito garras, na mistura espessa. A coalhada estava ficando sólida. Estava na hora de coar.

O odor do leite e do coalho deixou Alinor de estômago embrulhado, e ela precisou abrir a porta da leiteria para respirar o ar frio de fora. Ruivo, o cão, sentou-se, e parecia esperançoso de entrar na leiteria e roubar um pouco de creme de leite.

— Você está enjoada? — gritou Ned do quintal. — Enjoada de novo? Está branca que nem o soro do leite!

— Estou bem — mentiu Alinor, e voltou ao trabalho.

Como estava na parte da frente da casa, ela ouviu o barulho da barra de metal batendo na ferradura que ficava pendurada quando um viajante, do outro lado do estuário, chamou a balsa.

— Alinor, você pode fazer a travessia? — perguntou Ned, gesticulando para sua própria seminudez e para a árvore derrubada pela metade. — A maré está baixa. E não tem nenhuma correnteza.

Alinor balançou a cabeça.

— Desculpe-me, irmão — disse ela. — Você sabe que não consigo.

— Você é que nem gato com medo de água — reclamou ele, enfiando a camisa. — E deveria ser como gato de navio, que aprende a se manter seco, mas que não tem medo de ir para o mar.

— Desculpe-me — repetiu Alinor. — Mas estou fedendo a soro de leite.

Ned deu a volta na casa e foi até o estuário, com Ruivo nos calcanhares; Alinor não pôde resistir, e o seguiu para ver o viajante. Ela avistou um cavalo encilhado do outro lado do estuário e um homem parado ao lado do animal. Alinor levou uma das mãos ao ventre, a outra subiu até o coração disparado. Mas, no instante em que sussurrou o nome de James, viu que não era ele. Era um pregador itinerante, com uma capa surrada, acompanhado de um cavalo velho que James nunca montaria — um homem devoto que vinha para pregar aos puritanos da ilha de Sealsea. Em silêncio, ela deu meia-volta e retornou à leiteria. Não se permitiu nenhum sentimento de decepção. Sabia que ele viria quando pudesse. Confiava que ele viria ao seu encontro.

DOUAI, FRANÇA, DEZEMBRO DE 1648

Os pais de James estavam deixando a casa de hóspedes em Douai. Os cavalos, esperando do lado de fora no frio úmido do início de dezembro, pisoteavam o chão e bufavam no ar congelante. Lady Avery saiu da casa envolta numa capa de viagem, o capuz forrado de pele, e o filho a ajudou a subir os degraus do bloco de montaria e a alçá-la sobre seu cavalo de passo firme. Ela montou de lado e ajeitou o traje de equitação, confeccionado em lã verde, de modo que caísse sobre as botas de couro. Em seguida, ele próprio subiu no bloco, para que ficassem na mesma altura, frente a frente, e ela pudesse ouvir seu murmúrio penitente.

— Eu imploro seu perdão, senhora minha mãe — disse ele, mas ela nem sequer olhou em seus olhos. Desviou a cabeça e acariciou a crina do cavalo. — Não posso ficar longe dessa mulher. Ela se apoderou de meu coração. De verdade. Voltarei para vê-la, e me casarei quando ela estiver livre. Eu imploro seu perdão e permissão para trazê-la até a senhora como sua filha.

Ela lhe voltou o rosto e, a julgar pela fisionomia pálida e contraída, bem como pelas pálpebras vermelhas, passara a noite em claro.

— Rezarei por você e por mim — foi tudo o que ela disse. — Mas eu não trouxe você ao mundo, nem o cedi à Santa Igreja, para que durma com uma vendedora de peixe.

Ele inclinou a cabeça para a bênção e mal sentiu o toque da mão dela em sua farta cabeleira.

— Perdoe-me — disse ele. — Estou comprometido com ela.

— Você se comprometeu com a Igreja — disse ela sem rodeios. — Comprometeu-se comigo e com seu pai, e nós proibimos essa união.

— Escreverei para a senhora — ofereceu ele.

— Não, se for escrever sobre ela — disse a mãe com firmeza.

A porta da casa de hóspedes se abriu e Sir Roger saiu, rapidamente, com sua capa grossa pesando nos ombros. O Dr. Sean o seguia, afobado, com uma folha de papel na mão.

— Surgiu um imprevisto — disse Sir Roger, sendo breve, ao filho — Tudo mudou. — Ele se aproximou do cavalo da esposa, pegou as rédeas e disse em voz baixa: — Não podemos partir agora. Desmonte e entre.

— É o rei? — perguntou ela, desmontando de imediato.

Ele fez que sim, mas seu olhar sombrio a advertiu de que não era a notícia de uma fuga bem-sucedida da ilha de Wight que o Dr. Sean tinha em mãos. Prontamente, sem mais uma palavra, ela estendeu a mão a James, desceu do bloco de montaria, e eles correram para dentro de casa.

— O que foi? — indagou ela, quando o Dr. Sean fechou a porta depois de os quatro entrarem.

— O exército ocupou o parlamento — disse ele. — Acabei de receber a notícia de um de nossos espiões em Londres. Um dos coronéis mais radicais, mais cruéis, bloqueou a porta da Câmara dos Comuns com seu regimento e só deixou entrar os membros do Parlamento que juraram fidelidade a Cromwell e que estão inteiramente nas mãos dele. Tal Parlamento jamais firmará um acordo com Sua Majestade. Os verdadeiros membros foram expulsos; o exército capturou a Câmara dos Comuns.

Lady Avery se virou para o marido.

— Isso é para forçar um acordo com o rei?

— Só Deus sabe que crueldade eles planejam! — exclamou o Dr. Sean.

Sir Roger aquiesceu.

— Minha querida, é melhor voltarmos à corte. A rainha e o príncipe de Gales não permitirão que o rei caia nas mãos do exército. Isso é pior que quando ele fugiu de Hampton Court. Naquela ocasião, ele estava sob a custódia do exército, mas pelo menos o Parlamento podia defendê-lo. Agora não há ninguém para falar por ele. Nada parecido aconteceu no mundo antes. Um Parlamento que comanda um rei? É como se fosse o fim dos tempos.

— Pode ser pior. Eles podem estar pensando num julgamento — advertiu James.

O pai se virou para ele.

— Um julgamento? Como assim?

— Quando eu estava em Sussex, conheci um homem, um veterano do exército de Cromwell, que disse que os radicais entre eles acreditavam que o rei deveria responder por ter recomeçado a guerra.

— Isso não pode ser feito! — disse o pai, franzindo a testa. — Como é possível homens dessa laia acusarem um rei?

— Quem era esse sujeito? — indagou a mãe de modo incisivo. — Algum amigo dela?

James enrubesceu de vergonha.

— Você pode voltar à Inglaterra e nos manter informados? — perguntou o Dr. Sean bruscamente. E apontou para o papel que tinha em mãos. — O jovem que me enviou isto já está voltando para cá. Ele estava escondido com um dos membros do Parlamento que acaba de ser barrado. Ele já saiu de Londres; isto aqui veio de... — ele interrompeu o que dizia — ... de outro porto. Ele voltará para nós assim que conseguir uma passagem.

James sentiu um profundo pavor. Correu os olhos de sua mãe para seu pai e depois para o superior.

— Vocês sabem que perdi minha fé — disse ele. — Não posso ir.

— Essa é uma questão do rei, não de Deus — disse o pai sem rodeios. — Você pode cumprir seu dever com o rei. Esses são, Deus bem sabe, problemas mundanos. Nós temos de saber o que eles planejam. E, se você estiver certo, se houver a possibilidade de um julgamento, precisamos tirar o rei de lá.

— Eu não consegui tirá-lo de lá da última vez — lembrou James. — Eu falhei. Ele se recusou a me acompanhar.

— Ele virá agora — previu o Dr. Sean. — Ele sabe que não pode cair nas mãos do exército. Além disso, tudo o que você precisa fazer é ocupar o lugar desse nosso jovem: entregar um valor em dinheiro e uma carta, e escrever, nos mantendo informados.

— É seguro para ele voltar à Inglaterra? — perguntou Lady Avery, virando-se para o filho. — E se essa mulher trair você?

— Ela não vai a Londres. Ela nunca sai de Sussex.

— Você só precisa ir a Londres, entregar o dinheiro, comunicar as ordens, descobrir o que está acontecendo e escrever para Haia — disse o Dr. Sean.

— Não vá ao encontro dela — acrescentou a mãe. — Não enquanto estiver tratando de um assunto do rei, não enquanto estiver em perigo. Não confio nela.

— Eu já vou lhe entregar as cartas, o endereço de onde encontrará um lugar seguro para ficar em Londres e as moedas de ouro. — O Dr. Sean correu até seu quarto particular. — Terei tudo pronto dentro de uma hora.

— Pode levar meu cavalo — disse o pai de James. Então, aproximou-se do filho e lhe deu um abraço forte. — Deixe o cavalo na estalagem em Dunquerque. Tome, leve minha capa também. O dia está frio, e será pior no mar. Vá, meu filho, tenho orgulho de você. Cumpra seu dever com o rei, e depois veremos o que nos aguarda. Você é jovem, e os tempos atuais mudam a cada maré. Não prometa nada a ninguém. Não sabemos onde estaremos no próximo ano! Volte em segurança.

James sentiu a capa pesada do pai nos ombros como um fardo a ser carregado e viu o rosto aflito da mãe.

— Volte — foi tudo o que ela disse. — Não vá ao encontro dela.

TERRA DAS MARÉS, DEZEMBRO DE 1648

Alinor e Alys foram em silêncio até a balsa, de cabeça baixa e coberta com um xale para se protegerem do vento gelado que soprava do alagadiço. Pareciam dois animais encapuzados, arrastando-se por um deserto encharcado. Cada uma se curvava sobre uma grande cesta cheia de pequenos frascos de óleo e rolinhos de papel encerado contendo ervas. Ao chegar à casa da balsa, Alinor abriu a porta lateral, entrou na despensa e encheu mais uma cesta, esta com potes de ameixas, maçãs secas, groselhas secas e amoras em calda.

Ned apareceu à porta, seguido de perto por Ruivo.

— Vou com vocês — disse ele abruptamente. — Eu carrego essas coisas para vocês. Estou a caminho de Londres.

— O quê? — perguntou Alinor. Seu primeiro pensamento foi que, de algum modo, ele soube que ela estava grávida e as estava abandonando. — O que é isso, Ned? Como assim? Você não pode ir embora!

— O coronel Pride ocupou a Câmara dos Comuns — disse ele, gaguejando de emoção. — Deus o abençoe. É um dos melhores homens do comandante; então, a ocupação deve ter sido ordem dele. Só pode ser. É guerra contra o Parlamento, como foi guerra contra o rei.

— De quem foi a ordem?

— Do próprio Cromwell! Do próprio Noll Cromwell!

— O que foi que ele fez agora? — Alys apareceu ao lado da mãe, afastando o lenço do rosto frio.

— Ocupou as Casas do Parlamento, como se fossem um palácio real... e eram! Eram mesmo! Os membros do Parlamento nunca mais desprezarão uma vitória do exército. O exército bloqueou a porta aos cavaleiros do rei, expulsou os traidores. Não permitirão um acordo com o rei à nossa revelia! Eles não colocarão o rei de volta no trono, não com um juramento que ele há de quebrar assim que puder. Nós, homens do exército, percebemos as mentiras dele desde o começo, nós que estávamos lá, nós que estávamos em Marston Moor, nós que estávamos em Naseby.

Alinor largou a cesta e pegou as mãos frias do irmão, tentando fazer com que ele se acalmasse.

— Calma, Ned. Não estou entendendo. Você não pode ir para Londres. Quem vai ficar com a balsa?

— Você — disse ele sem rodeios. — Olha, eu imploro. Desculpe-me, mas tenho de ir. Não posso ficar fora disso. O coronel Pride ocupou as Casas do Parlamento, Deus seja louvado! O exército apontará seus próprios homens, e eles votarão contra todos esses acordos vazios firmados com o rei! Tenho de estar lá. Se precisarem de um velho soldado, tenho de estar com eles. Tenho de estar presente. Não posso ficar aqui, na beira deste alagadiço, recebendo notícias com três semanas de atraso e imaginando o tempo todo o que está acontecendo. Não posso ficar preso no Lodo Catingoso feito um carneiro congelado na lama durante os últimos dias de minha guerra. Alinor! Esta será a batalha final. Aqueles dias de luta foram os melhores de minha vida. E estes são os últimos dias do reino. Tenho de estar lá. Eu estava lá no começo, preciso testemunhar o fim.

Alinor fechou os olhos para não ver o rosto corado do irmão.

— Não posso ficar com a balsa — disse ela. — Não posso. Você sabe que não posso.

— Ninguém vai querer a balsa nos dias antes do Natal — mentiu ele. — Depois do mercado de Natal em Chichester, ninguém sai da ilha de Sealsea. Deus sabe, ninguém virá para cá. Todo mundo ficará em casa por causa do fim do ano.

— Virão! Virão, sim! — Alinor estava cada vez mais angustiada. — Ninguém quer passar pelo caminho do alagadiço no inverno. Todos vão querer ir de balsa, mesmo na maré baixa, e na maré alta vão embarcar cavalos. Não posso, irmão. Não com a água fria. Não com as marés de inverno. Não me obrigue! Não posso... Juro que não posso.

— Mas eu posso — disse Alys, de repente, atrás dela. — Eu cuido da balsa para o senhor, tio Ned.

— Você?

— Sim, mas o senhor terá de me pagar. O senhor sabe que eu ainda não tenho todo o valor de meu dote. Eu cuido da balsa para o senhor por cinco xelins. Quero dizer, cinco xelins além do dinheiro que o senhor me prometeu de presente. Cinco xelins, e eu fico com todos os ganhos da balsa.

— Você não pode... — Alinor se virou para a filha. — Você não pode ficar na água. Eu não aguentaria. E você não tem força suficiente para manejar a balsa na maré alta...

— Ela pode, sim — disse Ned. — Que mal isso pode causar a ela? E Rob pode vir do Priorado e ajudar.

Alinor fechou os olhos ao pensar nos filhos nas águas turvas do alagadiço em pleno inverno.

— Por favor — disse ela em voz baixa. — Por favor, não faça isso. Você sabe que não posso ficar sem eles.

— Cinco xelins para meu casamento — barganhou Alys. — E fico com todos os ganhos.

Ned estendeu a mão.

— Feito. — Para a irmã, ele disse: — Desculpe-me; eu tenho de ir. Sei que o exército levará o rei para Londres. Rezo para que eles o acusem de traição contra nós, o povo. Ele é culpado, e quero vê-lo responder por seus crimes. Ele destruiu a paz na Inglaterra e causou a morte de milhares de homens bons... Tudo terá sido em vão, a menos que possamos nos ver livres dele. Quero ver o rei punido assim como gostaria de ver uma bruxa afogada. É o fim dos tiranos na Inglaterra; é o começo de nosso novo reino. Preciso estar lá para ver o rei humilhado. Irmã, eu tenho de estar lá.

Alys, com a fisionomia radiante e impassível, entregou a cesta de óleos ao tio.

— O senhor pode carregar isso para a mãe — disse ela —, já que seguirão juntos até Chichester. E eu ficarei aqui. Começarei a trabalhar hoje mesmo.

Ele sorriu feito um rapaz.

— Então, pode nos atravessar — disse ele.

— Meia moeda por vocês dois — disse ela, estendendo a mão e enfiando no bolso do vestido a moeda que o tio lhe deu. Ned pegou o braço de Alinor e a ajudou a embarcar na balsa; com as mãos maltratadas, ela se agarrou à balaustrada de madeira.

— Não tema — disse ele. — A água não fará mal nenhum a ela. Que mal poderia ser feito? Não há o que temer, a não ser seus pesadelos de afogamento. E eu logo estarei de volta.

— Quando? — indagou ela.

— Quando tudo acabar — disse ele, exultante. — Quando o rei tiver pedido perdão ao povo da Inglaterra.

Alinor e Ned se despediram diante da Cruz do Mercado, no centro de Chichester, onde a cruz de pedra marcava as estradas que corriam para norte e sul, leste e oeste. Ned pretendia ir andando para o norte, em direção a Londres, confiante de que alguém lhe ofereceria carona, pois as carroças deslizavam com facilidade nas estradas congeladas.

— Haverá muitos velhos soldados indo para Londres, por causa das notícias — disse ele, resoluto. — Muitos de nós esperamos por isso há anos.

— Mas você voltará quando tudo isso acabar? — perguntou Alinor, tocando-lhe a manga. — Não se alistará de novo, certo? Nem mesmo se os irlandeses atacarem, ou os escoceses invadirem novamente? Você não marchará com o exército de Cromwell, não é?

— Isso acabou — disse ele, assertivo. — Não haverá mais guerras, não haverá mais rebeliões. O rei terá de jurar pela própria vida que há de viver em paz, e todos os pobres que marcharam de um lado ou de outro poderão voltar para casa, e as mulheres valentes que defenderam suas casas contra os inimigos poderão enfim viver em paz.

— Pergunto porque tenho alguns problemas que não lhe contei — disse Alinor, escolhendo as palavras com cuidado. — Precisarei de você em casa, irmão. Precisarei de sua ajuda.

Imediatamente, ele ficou alerta.

— Zachary voltou? Teve notícias dele?

— Não, Deus seja louvado, não! — disse ela rapidamente. — Mas tenho de casar Alys, e tenho de cuidar do futuro de Rob, e estou com uma dificuldade, uma dificuldade própria. Precisarei de sua ajuda.

Ele colocou a mão grande e áspera sobre a dela.

— Alys já está trabalhando pelo dote — tranquilizou ele. — Não precisa temer por ela. E Rob já tem o posto prometido, e os Peachey arcarão com os custos do aprendizado dele. Voltarei, mas você não tem nada a temer. Está doente? É isso?

Ela se forçou a sorrir.

— Conto-lhe quando voltar — disse ela. — Dá para esperar.

Só mesmo a empolgação que ele sentia pôde fazê-lo ignorar a palidez da irmã.

— É melhor você ficar na casa da balsa enquanto Alys estiver operando a travessia.

— Sim, a gente vai para lá.

— Cuidem do cachorro. Ele está ficando velho. E sente frio.

— Vou deixá-lo dormir junto ao fogo.

— E, quando eu voltar, você pode continuar na casa da balsa. Não faz sentido voltar para o casebre sozinha quando Alys estiver casada e Rob morando longe. Vamos dizer que Zachary não vai mais voltar para casa, e que você vai cuidar de minha casa para mim. Você poderá voltar para seu antigo lar.

Como se fosse uma visão, Alinor imaginou a casa de sua infância como sua própria casa mais uma vez, e o homem que ela amava cavalgando pela estrada em direção à balsa, exatamente como tinha feito antes. Pensou que ele a veria, parada no portão do jardim da casa da balsa, diante das águas profundas, e saberia que ela era uma mulher livre, à espera dele. Pensou que, quando ele atravessasse na balsa e pegasse em suas mãos, ela lhe diria que carregava seu filho no ventre.

Ned ficou deslumbrado com o sorriso da irmã, tão brilhante quanto o sol de inverno.

— Está bem — disse ela. — Muito bem.

LONDRES, DEZEMBRO DE 1648

James embarcou da França numa manhã fria de dezembro, com um vento oeste enfunando as velas da barcaça do Tâmisa que o levou até Londres. Desembarcou com papéis que o identificavam como comerciante de vinho, interessado em negociar com a Companhia dos Vinicultores de Londres. Teve o desembarque autorizado por um coletor de impostos cuja principal preocupação foi verificar o porão do navio e que não tinha tempo a perder com quem não trouxesse boatos sobre as extraordinárias cortes reais no exílio na França e nos Países Baixos.

— Não, não ouvi nada — falou James com um leve sotaque francês. — O que importa, hein? O senhor pode me dizer onde fica a sede dos vinicultores?

— Atrás da eclusa, no Cais dos Três Guinchos — disse o homem, gesticulando.

— E como é que eu reconheço o Cais dos Três Guinchos?

— Pelos três guinchos — disse o homem, quase sem paciência.

James, satisfeito por ter convencido o coletor de impostos de que era, de fato, um comerciante francês de vinho, suspendeu a sacola no ombro e subiu os degraus ao pé do muro do cais de Queenhithe. O píer estava lotado de mascates, além de estivadores e vendedores ambulantes. James desapareceu entre as pessoas que tentavam lhe vender coisas que ele não queria e seguiu pela Trinity Lane, subindo a colina, e, depois de uma rota tortuosa, chegou ao seu destino: uma pequena casa de contagem na Bread Street. Quando se viu diante da porta com a argola de formato estranho, bateu duas vezes e entrou.

Na penumbra, viu uma mulher de meia-idade se levantar da mesa onde pesava moedinhas sob a luz fraca da janela protegida por barras.

— Bom dia, senhor. Posso ajudá-lo? — perguntou ela.

— Sim — respondeu ele. — Eu me chamo Simon de Porte.

— Seja bem-vindo — disse ela. — Tem certeza de que ninguém o seguiu desde as docas?

— Tenho certeza — disse ele. — Virei várias esquinas, parei e voltei duas vezes. Não havia ninguém.

Ela hesitou, como se receasse confiar nele.

— Você já fez isso antes? — perguntou ela, então percebeu como ele parecia cansado. Seu belo rosto jovem estava estriado por linhas de fadiga; era evidente que ele já havia feito aquilo muitas vezes.

— Já — disse ele, sendo breve.

— Pode deixar a sacola no porão — disse ela, gesticulando para uma portinhola no piso, debaixo da cadeira em que estava sentada.

Juntos, empurraram a mesa para o lado, e ela lhe deu uma vela para iluminar a descida pela escada de madeira. Ao pé da escada, havia uma pequena cama, uma mesa e outra vela.

— Se houver uma invasão, tranque a portinhola por dentro. Tem uma passagem secreta para a adega ao lado, atrás da prateleira de vinho — disse ela. — E de lá, na parede oposta, tem uma portinha para entregas, que dá acesso a uma viela. Se aparecer alguém e você precisar escapar, saia por ali, depressa e em silêncio, e talvez consiga fugir.

— Obrigado — disse ele, olhando para aquele rosto sofrido, emoldurado com mechas grisalhas presas embaixo da touca. — O Sr. Clare está em casa?

— Já vou chamar — disse ela. — Ele está lá na oficina.

James subiu a escada, ela fechou a portinhola, e juntos empurraram a mesa de volta ao lugar. James percebeu que ela estava trajada com simplicidade, um vestido cinza com um avental de tecido rústico, bem diferente dos ricos monarquistas que o esconderam no passado.

— Uma caneca de cerveja? — ofereceu ela.

— Eu ficaria grato.

Ela serviu a cerveja de um jarro no aparador, depois colocou o xale em volta da cabeça.

— Já vou buscar o senhor — disse ela. — Pode esperar aqui.

James sentou-se à mesa, com a estranha sensação de que o piso se movia sob seus pés, como se ainda estivesse cavalgando em direção ao litoral, ou ainda subindo e descendo nas ondas do mar. Era só o enjoo da viagem, mas ele pensou que duraria para sempre: o chão jamais voltaria a ser firme sob seus pés. Então, a porta se abriu e entrou um homem franzino, usando o traje modesto de um comerciante de Londres. Ele cumprimentou James com um aperto de mão firme.

— Você não ficará aqui por muito tempo.

Foi uma afirmação, não uma pergunta.

— Não — prometeu James. — Sou grato ao senhor pelo refúgio. — O homem aquiesceu. — O senhor não é da antiga fé? — perguntou James, sondando.

— Não — disse o homem. — Sou presbiteriano, embora pense, como Cromwell, que um homem deve ser livre para praticar a própria religião. Mas, ao contrário dos radicais, acho que o reino é mais bem governado por um rei e por lordes. Não vejo como um sujeito possa ser lavrador de dia e legislador de noite. Cada um tem seu próprio ofício, e a ele se deve ater.

— O rei foi competente na guilda da monarquia? — perguntou James, sorrindo levemente.

— Não muito — disse o homem com franqueza. — Mas se meu ourives faz um trabalho defeituoso, eu reclamo e peço que ele faça tudo de novo. Não ponho meu padeiro no lugar dele.

— Tem muita gente que pensa como o senhor em Londres?

— Não muita — disse o homem. — Não o suficiente para seus propósitos.

— Meu propósito é obter informações para a rainha e para o príncipe e entregar uma carta para os aliados deles — disse James, cauteloso. — Só isso.

— Isso é só metade do trabalho. Seu propósito deveria ser levar o rei de volta ao trono e conseguir voltar para sua própria casa, onde quer que ela fique. Cada um de nós no lugar onde nascemos. Cada um de nós desempenhando o ofício para o qual fomos criados.

James fez que sim.

— No fim das contas, é claro... — Por um instante, ele pensou em sua casa e no canteiro de ervas da mãe e em seu sonho com Alinor de pé no portão. — Tenho esperanças — admitiu ele. — Mas, por enquanto, tenho é de descobrir o que está acontecendo.

— Levarei você até Westminster — disse o anfitrião. — Você pode ver a situação com seus próprios olhos. Uma cena espantosa, que nunca pensei que veria. O exército ocupando o portão das Casas do Parlamento e o rei sob as ordens deles.

TERRA DAS MARÉS, DEZEMBRO DE 1648

Nos dias frios e escuros de dezembro, Alys operou a balsa, puxando-a para o lado norte assim que ouvia o barulho da barra de ferro batendo na ferradura, e atendendo a cada batida à porta ou grito na estrada. Era gentil e alegre com todos os viajantes e, por causa de seu belo sorriso, mais de um carroceiro lhe deu uma moeda de gorjeta, além das três moedas cobradas pela travessia. As duas mulheres se mudaram para a casa da balsa imediatamente. Era o único jeito de Alys poder cuidar da balsa depois que escurecesse, e ambas ficaram contentes por estar numa casa maior e mais aquecida, quando o vento leste trazia a geada através do porto e a chuva virava granizo.

Alinor, despertando na mesma cama em que dormira na infância, vendo mais uma vez as vigas pintadas no teto caiado, tinha a sensação de jamais ter se casado e jamais ter saído de casa para morar com Zachary no casebre. Às vezes, acordava e pensava que sua mãe estava no quartinho ao lado e que seu irmão, Ned, roncava na cama ao lado da dela, mas então sentia a criança se mexer no ventre e se lembrava de que já não era uma menina; dera à luz dois filhos e agora esperava um terceiro.

As duas mulheres trabalhavam lado a lado durante grande parte do dia, capinando a horta cultivada no inverno, fazendo cerveja e vendendo-a pela janela da cozinha para pessoas que faziam travessias na balsa, assando pão com fermento obtido da espuma da cerveja, fazendo vela de cera de abelha e selecionando sementes para a primavera. Foi fácil esconder a gravidez de ambas. A curva crescente da barriga de Alinor ficava escondida debaixo da volumosa saia e dos aventais de inverno, e Alys passava o dia embrulhada na capa de lona do tio Ned, para se manter aquecida e seca enquanto operava a balsa.

Havia pouco trabalho árduo a ser feito na Fazenda do Moinho nos meses de inverno. Os homens se encarregavam da manutenção das cercas vivas e das valetas. Os trabalhos de arar e sulcar o solo só teriam início na primavera. Alinor ocupou o lugar da filha no moinho, trabalhando na cozinha e na leiteria, fazendo pão, cerveja e queijo.

Todas as manhãs, antes do nascer do sol, e ao pôr do sol, em todas as tardes de inverno, Richard Stoney vinha pela trilha do moinho para se encontrar com Alys, na cozinha da casa da balsa, ou para operar a balsa, de modo que ela pudesse ficar dentro de casa, fiando. Certa vez, Alinor os surpreendeu, abraçados, quando já era hora de Richard ir para casa.

— Em breve vocês dois não precisarão mais se despedir — disse ela.

— E então, nunca mais nos afastaremos um do outro — prometeu Richard.

Alinor estava cozinhando o almoço, um ensopado de peixe preparado com o que Alys capturou no Grande Estuário, quando ouviu um latido agudo de Ruivo e uma batida forte à porta dos fundos da casa da balsa. Seu primeiro pensamento foi James, mas, quando abriu a porta, era um dos lavradores da ilha de Sealsea parado no degrau do batente.

— É minha mãe — disse ele. — A vovó Hebden. Ela está nas últimas.

— Deus a abençoe — disse Alinor imediatamente.

— A gente quer que a senhora fique ao lado dela, e depois... todo o resto.

— Ela está doente? — indagou Alys por cima do ombro da mãe. — Está com febre?

— Eu vou — falou Alinor. E, dirigindo-se à filha, disse: — Não está na época da peste, mas tenho de dar uma olhada. Ela é idosa, provavelmente deve estar perto do fim.

— Não posso correr o risco de a senhora trazer doenças para cá — disse Alys, teimosa. — A senhora sabe por quê.

— Também não posso me arriscar — respondeu Alinor com um leve sorriso. — Você sabe por quê!

— Pegarei sua cesta — disse Alys e, enquanto a mãe colocava um xale e a capa, ela pegou a cesta de ervas e óleos. — Deixo para a senhora um pouco do ensopado.

— Talvez eu nem volte hoje — advertiu Alinor. — Não é melhor você ir até o Priorado e chamar Rob?

— Richard fica comigo — disse Alys, confiante.

Alinor saiu na escuridão. O rapaz tinha uma lanterna feita de chifre, e a segurou diante deles. No momento em que ela fechava a porta, Ruivo escapuliu, determinado a acompanhá-la.

— O cachorro vai comigo — avisou Alinor.

Com o cachorro no encalço, o caminho iluminado pela luz oscilante, Alinor e o jovem se apressaram pela trilha que seguia para o sul. O solo estava congelado, com sulcos brancos causados pela geada, e a lua de inverno fora envolvida por uma neblina amarelada no céu sem nuvens. O caminho estava perfeitamente visível. Seguiram num ritmo acelerado, com a respiração formando nuvenzinhas, até chegarem a um portão e o lavrador dizer:

— Chegamos. — Ele guiou Alinor pelo pomar até uma casinha.

Ele abriu a porta e entraram numa saleta da casa da fazenda.

— Espere aqui, Ruivo — disse Alinor, e o cachorro se deitou no batente.

Alinor foi até a lareira, onde uma idosa, curvada sob o peso da idade, encolhida ao tamanho de uma criança, estava sentada numa banqueta ao lado do fogo. A esposa do lavrador se levantou da banqueta do outro lado da lareira de pedra.

— Como ela está? — perguntou o lavrador à esposa.

— Na mesma.

— Trouxe a Sra. Reekie, para dar uma olhada nela.

— Duvido que ela a reconheça.

— Falarei com ela — disse Alinor gentilmente. — Deixem que eu fale com ela.

Alinor se ajoelhou no chão de pedra diante da idosa e esperou que os olhos leitosos se voltassem para ela e a senhora sorrisse.

— Ah, Alinor, minha querida. Por que eles chamaram você?

— Olá, vovó Hebden. Disseram-me que a senhora não está muito bem.

A velha senhora estendeu as mãos.

— Ah, não, minha querida, eles estão errados, como sempre. Estou muito bem: apenas morrendo.

— A senhora?

— Sim. Mas eu quero ir aqui, diante da lareira, quentinha. Moro nesta casa há mais de oitenta anos, sabe.

— É mesmo? — perguntou Alinor com delicadeza.

Percebeu que a idosa não estava com febre: o rosto não estava corado e as mãos estavam frias. Mas tinha dificuldade para respirar, dando um leve soluço cada vez que inspirava.

— Ou mais. Eles não fazem ideia.

— É claro que não — sussurrou Alinor. — Eu me lembro de que, quando era menina, vinha aqui com minha mãe, para visitar a senhora.

— E com sua avó. Ela trouxe você quando caí da macieira e quebrei a perna. Três gerações de curandeiras na sua família, e sangue de fada, sem dúvida. Sua filha é vidente?

— A gente não fala dessas coisas hoje em dia.

Uma careta mostrou o que a velhinha pensava daquela geração medrosa.

— Dons de fada é uma ótima coisa para se ter na família. Mas hoje em dia... bem, nada é permitido, não é?

— É o pastor quem deve nos guiar — disse Alinor, com tato.

A velha senhora sacudiu os ombros, irritada.

— O que é que ele sabe? — perguntou ela. — Ele nem padre é. E nem missa reza.

— Quieta, avó — disse Alinor, conferindo-lhe o título de cortesia cabível a uma idosa. — A senhora sabe que o pastor é designado para nos guiar. E o resto é contra a lei agora.

— Acho que posso falar o que quiser em meu último suspiro.

— Sua respiração incomoda? — perguntou Alinor.

— Sinto uma pressão na barriga há muitos anos — disse a idosa. — Isso está acabando comigo.

— Por que a senhora não me chamou antes?

— O que você poderia ter feito, minha querida?

Alinor aquiesceu. Se a mulher tivesse um tumor na barriga, nada poderia ser feito. Um médico poderia arriscar cortar um homem ou uma mulher de coragem para retirar um cálculo biliar, um barbeiro-cirurgião poderia cortar uma língua presa, ou abrir uma gengiva para extrair um dente podre. Certa vez, a própria Alinor cortou o ventre de uma mulher morta e tirou um bebê vivo de dentro; mas um tumor na barriga de um paciente vivo era intocável.

— Eu poderia ter dado algo para aliviar a dor.

— Eu tomo um pouco de conhaque — disse a idosa com uma dignidade simplória. — E às vezes tomo um pouco do uísque dos escoceses. E então, nos piores dias, tomo os dois juntos.

Alinor sorriu para ela.

— A senhora quer umas ervas para aliviar a dor agora?

— Aceito um pouco de conhaque — assentiu ela. — Com água quente. E com suas ervas. E você pode perguntar a essa garota... como é mesmo o nome dela?... se o pastor aparecerá qualquer dia desses, e se estão rezando pelos desenganados, porque acho que estou pronta.

— Vou perguntar à Sra. Hebden, sua nora — lembrou Alinor a ela.

— Sim, é esse o nome — concordou a idosa. — Pergunte a ela o que o pastor faz por quem está desenganado, se ele ainda faz alguma coisa hoje em dia. Ou se isso também mudou.

Alinor se levantou e constatou que William Hebden estava à espreita na porta da copa.

— Ela quer um pouco de conhaque com água quente — disse ela.

— A gente tem um pequeno barril de conhaque — disse ele. — Foi presente. Não foi comprado.

Alinor entendeu imediatamente que se tratava de contrabando: conhaque contrabandeado.

— Não faz a menor diferença para mim — tranquilizou-o Alinor. — E ela quer saber se o pastor pode vir, para rezar por ela nos momentos finais.

— Não por gente como nós — disse ele secamente. — Não somos importantes para ele. O dízimo que pagamos não é suficiente para ele vir rezar por nós. O capelão do Priorado, o Sr. Summer, ele viria. Ele veio de graça, veio duas vezes.

Alinor enrubesceu ao ouvir o nome.

— Ele veio? — perguntou ela. E pensou que qualquer pessoa seria capaz de detectar o amor em sua voz. — Ele veio ver pessoas de graça?

— Ele veio e rezou com ela. — William mudou o pé de apoio. — Preces antigas — disse ele. — Aquelas de que ela gosta. É provável que não sejam permitidas hoje em dia. Mas ela estava tão mal...

— De qualquer forma, o Sr. Summer foi embora — disse Alinor.

— Sim. Mas ele deixou o breviário aqui. Ele falou que ela poderia segurar o livro, se não houvesse ninguém para ler as preces. Disse que era para esconder o breviário, mas que ela podia segurá-lo, se isso a confortasse.

— Ele disse isso? — Ela foi tomada pelo desejo de ver qualquer coisa que pertencesse a James.

— Ele falou que qualquer pessoa poderia ler as orações para ela. A senhora é parteira; a senhora pode ler as preces, não é? Não seria o mesmo que um pastor?

— Posso ler as preces — ofereceu Alinor. — Posso ler do breviário dele. Não seria tão bom quanto ele, mas seriam as preces dele.

Ela voltou até a lareira com um pouco de conhaque numa caneca de barro, adicionou uma tintura de erva-doce e completou com água quente retirada de uma panela sobre um tripé perto do fogo.

Avidamente, a idosa pegou a bebida, envolvendo a caneca com os dedos frios.

— Agora — disse ela. — Agora estou pronta.

Alinor pegou o breviário de James e começou a ler cuidadosamente as belas palavras antigas, em latim, sem saber o que significavam, mas ouvindo a melodia, sabendo que ele as conhecia de cor, sabendo que eram a fé e o Deus dele, acreditando que o filho dele em seu ventre talvez pudesse ouvi-las e sentindo-se mais perto dele agora, lendo o ofício da agonia diante de uma velha senhora, do que se sentira ao longo de todas as semanas em que ele estivera ausente.

LONDRES, DEZEMBRO DE 1648

James, sem saber que suas preces eram sussurradas pela mulher que amava, seguia silenciosamente pelas vias escuras da cidade de Londres, mantendo-se no centro da rua, preferindo esquivar-se do esterco e do lixo congelados a se arriscar andando perto das portas sombrias. Diante de um grande portão, virou-se e meneou a cabeça para o vigia silencioso; em seguida, seguiu pela lateral da casa, onde pendia uma única lanterna de um prego torto do lado de fora de uma porta estreita.

A porta se abriu com facilidade quando ele girou a argola da maçaneta, e James entrou num corredor com piso de pedra, que de um lado conduzia à cozinha, e do outro, ao salão principal. À frente havia uma pequena despensa, com uma vela acesa numa mesa. Ele entrou e sentou-se à mesa.

— Você é John Makepeace? — O homem entrou tão na surdina que James não ouvira seus passos.

— Sou.

— Senha?

— Vá com Deus.

— Deus não nos falhará — respondeu o homem. — Você vem da parte da rainha?

— Venho. Trouxe isto. — James entregou uma carta volumosa.

O homem rompeu o lacre.

— Está codificada — disse ele, irritado. — Você sabe o que diz?

— Sei. Recebi ordens de memorizar o conteúdo, caso precisasse destruir a carta. São instruções para o senhor ir até o rei e levá-lo a Deptford. Há um navio esperando por ele, um mercante costeiro, que o levará até a França. O navio se chama *Dilly*. Se o senhor me informar quando será, posso enviar uma mensagem à frota de Sua Alteza, de modo que vocês sejam recebidos pela frota, para lhes garantir uma travessia segura.

— E quanto aos dois herdeiros reais?

— Não tenho instruções para eles.

Assustado, o homem ergueu os olhos da carta antes lacrada.

— Como? Será que eles não entendem que o exército nunca deixará as crianças saírem do reino se ele fugir? Que ele nunca mais vai vê-las? Elas devem ser abandonadas entre os inimigos? Devemos, simplesmente, abandoná-las?

— Essas são as instruções — disse James com firmeza.

O homem desabou numa cadeira e olhou para James.

— Ele deveria ter fugido de Newport.

— Sei disso.

— O plano falhou.

— Ninguém sabe disso melhor que eu.

— E do Castelo de Hurst.

— Hurst?

— Sim, de lá também. O plano de lá também fracassou. E em Bagshot ele teria, supostamente, o cavalo mais rápido da Inglaterra, mas o animal ficou coxo no dia exato da fuga, e ninguém tinha um segundo cavalo. Nem um segundo plano.

James se esforçou para não revelar seu desprezo diante desses ardis medíocres.

— O senhor fala como se não houvesse esperança.

— Acho que não há. Minha esperança se esvaiu mês após mês. Ninguém decide o que fazer, e ninguém faz nada. Tudo o que podemos fazer agora é rezar para que lhe deem um julgamento justo, e escutem o que ele tem a dizer. E para que ele saiba se defender de tudo o que fez.

— E depois?

— Só Deus sabe. Essa é a loucura de não termos conseguido resgatá-lo. Não sabemos o que eles pretendem, nem mesmo se têm alguma intenção além de humilhar o rei. Será que limitarão o poder dele, como bem quiserem? Ou será que ele concordará em entregar o trono ao príncipe Carlos? Será que ele passará a levar uma vida discreta e deixará o filho governar? O príncipe Carlos ficará sob o jugo deles? E será que o rei e o príncipe jurarão nunca mais recrutar um exército, seja fora ou dentro do reino? O Parlamento não aceitará nada menos que isso.

— O intento é desfazer o poder real. Para ele... e para os filhos. Para todos os reis, em todo e qualquer lugar?

— Acho que ele não tem escolha. O exército está no poder agora, não o Parlamento, e eles têm má vontade com o homem que matou seus camaradas, rendeu-se e depois voltou a fazer guerra. São homens de ação, não de palavras. O exército é uma coisa completamente diferente. Eles falam uma língua diferente e vêm de mundos diferentes.

— Suas ordens são para resgatá-lo — insistiu James. — A despeito das circunstâncias. O senhor pode decodificar e ler as instruções, mas são o que estou dizendo. Preciso de uma resposta. O que devo dizer a eles, em meu relato?

— Diga que tentarei — disse o homem, desanimado. — Mas não informarei a você o momento da ação. Não marcarei uma data. Quanto menos homens souberem, melhor.

— Mas o senhor não arriscará levá-lo ao mar sem a proteção de uma frota, não é?

— Que proteção? Que frota? Quem pode garantir que os marinheiros do príncipe não o sequestrariam e voltariam diretamente a Londres, para reivindicar o prêmio pago pela captura? Eles mudaram de tom uma vez; podem fazer isso de novo, não?

James recuou diante do cinismo amargo do homem.

— O senhor não confia na frota real? Sob o comando do príncipe de Gales?

— Você acha que é o único homem na Inglaterra que perdeu a fé?

— Eu nunca disse que tinha perdido a fé!

— Está na sua cara e em cada passo que dá — disse o homem com desprezo. — Seu aspecto é igual ao de todos nós: de derrota.

TERRA DAS MARÉS, DEZEMBRO DE 1648

No Natal, Alys e Alinor andaram pela margem do barranco até a igreja, enquanto, do lado direito, uma geada forte conferia ao charco um tom branco como neve, e do outro lado jazia o porto congelado e duro feito ferro. As duas usavam diversas camadas de roupas de inverno, mas não tinham fitas ou adornos presos às capas. O novo Parlamento havia decidido que o Natal não deveria ser marcado por qualquer tipo de festividade ou comemoração e que seria um dia como outro qualquer. Ruivo corria à frente delas e depois dava meia-volta, a única criatura alegre.

Alinor olhou para o sol de inverno, lançando sombras que sublinhavam todas as croas e poças, e os aglomerados de junco no porto encharcado. Ela se perguntou se James estaria com a família, se estaria pensando nela. Esperava que ele estivesse em algum lugar quente e alegre. Amava-o tanto que lhe desejava felicidade, mesmo sem ela.

A igreja estava fria e desprovida de qualquer ornamentação, e não havia hinos religiosos nem cantigas natalinas. O pastor pregou um sermão anunciando que era o nascimento de Jesus Cristo e que o dia precisava ser preenchido com uma reflexão tranquila, que festejos e cervejadas de Natal, bem como pratos especiais e assados não passavam de exibicionismo e ganância mundana. O nascimento de Nosso Senhor deveria ser comemorado com recato e respeito. Obras piedosas poderiam e deveriam ser realizadas, mas não era um feriado para se visitar, dançar e festejar. Como poderia o nascimento de Deus ser honrado por pessoas em pecado? Como o Senhor deveria ser saudado, se não por serena reflexão e trabalho constante?

As orações pelos paroquianos doentes ou agonizantes demoraram vários minutos; o tempo frio era sempre cruel para os pobres da ilha de Sealsea. Alinor baixou a cabeça e agradeceu a Deus por ela e Alys estarem bem alojadas na casa da balsa e por Rob residir no conforto do Priorado. O pastor orou pela alma da Sra. Hebden, cujo corpo jazia no solo congelado, e invocou a ajuda de Deus para outros homens e mulheres que não sobreviveriam à estação fria e que passavam fome para fazer durar suas provisões de inverno. A igreja estava gelada, o culto se arrastou indefinidamente, mais demorado que nunca, e, quando a congregação foi enfim liberada e saiu pelo pórtico, começou a nevar.

— O cachorro está procurando pela senhora — queixou-se o pastor quando Alinor passou por ele. — Ele fica sentado no pórtico, procurando pela senhora.

— Ele não faz mal; é um cachorro bonzinho. É de meu irmão.

— As pessoas comentam — disse ele.

— Isso não tem nenhum significado especial — disse Alinor rapidamente. — É só um cachorro com saudade do dono.

— É profano o modo como ele segue a senhora — reclamou o homem.

— Vou deixá-lo em casa no domingo que vem. Peço desculpas. Ele sente falta de meu irmão.

— Edward ainda está em Londres? — perguntou o pastor.

— Está sim, senhor — disse ela, contente por mudar do assunto perigoso: um animal fiel, um espírito que acompanha uma bruxa.

— Ele queria estar com seu antigo regimento nesses tempos importantes, suponho.

— Era esse o plano dele.

— Ato piedoso — disse ele. — Testemunhar até o fim dos dias.

— Sim — disse Alinor. — Ele é muito devoto. O Senhor seja louvado.

Ela fez uma reverência para o pastor e então se aproximou dos integrantes da casa do senhorio. Alinor fez uma reverência para Sir William e Walter, depois deu um beijo em Rob.

— Feliz Natal — sussurrou para ele.

— É melhor vocês virem conosco até o Priorado — convidou a Sra. Wheatley. — Teremos uma bela ceia: Natal ou não Natal.

— Vamos, mãe — complementou Rob.

— É melhor não — disse Alinor. — Meu irmão não gostaria. E Alys tem de cuidar da balsa.

— Venham só para a ceia — insistiu Rob. — Volto com vocês e cuido da balsa na maré noturna.

— Vamos — disse Alys.

— Ah, muito bem — concordou Alinor. — Mas temos de voltar para a balsa na maré alta, no fim da tarde. Vocês sabem que o Natal não é mais feriado.

— Vai ser no Priorado — sussurrou Rob para ela. — Lá a gente mantém os velhos hábitos. A senhora precisa ver o que a Sra. Wheatley está preparando!

Alinor pegou o braço dele e andaram lado a lado, seguindo os Peachey, em direção à mansão, com Ruivo correndo atrás, sacudindo o rabo como se fosse um estandarte.

— Este vai ser meu primeiro e último Natal no Priorado — lembrou Rob. — No ano que vem, estarei em Chichester.

— E eu estarei casada — disse Alys alegremente, andando ao lado da mãe.

Alinor, feliz por estar entre os dois filhos, apertou o braço de Rob, pegou a mão de Alys e se perguntou onde ela própria estaria no ano seguinte e se haveria de entrar na igreja, ao lado de James, carregando o filho deles.

HAIA, PAÍSES BAIXOS, DEZEMBRO DE 1648

James passou o Natal em Haia com os conselheiros do príncipe de Gales, tentando convencê-los de que não deveriam confiar que o rei fugiria para escapar de um julgamento.

— Por que não? É o desejo dele — disse um dos lordes, impaciente, dirigindo-se a James.

Havia dez deles sentados ao redor de uma grande mesa de madeira. Era gente demais, pensou James: dez homens que passariam adiante cada palavra daquela conversa, para suas esposas, seus criados, suas amantes e seus filhos. Eles já haviam governado um reino: não resistiriam à oportunidade de demonstrar sua importância.

Um deles se inclinou para a frente.

— Houve um momento em que Sua Majestade acreditou que nossos inimigos pudessem ser levados a aceitar um acordo. Agora sabemos que são completamente falsos; então, ele está pronto para escapar. Você comunicou nossas instruções? Nossos homens estão trabalhando juntos, preparando a fuga?

— Não se trata de expedir instruções — disse James, disfarçando a impaciência. — Entreguei as mensagens, mas o homem não confiou em mim. Não confiou em mim nem em ninguém. Ele não quis trabalhar comigo nem com os outros agentes dos senhores. Já não restam muitos deles. Em Londres, todos os amigos conhecidos de Sua Majestade estão sendo vigiados. Muitos desistiram da causa. Seis meses atrás eu já encontrava homens que não queriam mais abrir a casa para mim.

— Sir William Peachey? — indagou um dos homens.

James olhou para a porta.

— Não mencionarei nomes — disse ele.

— Bem, você sabe de quem estou falando. Ele não ajudaria? Ele tem um belo portinho em suas terras, não tem?

— Nada mais que um cais na maré alta — disse James, pensando no casebre de Alinor, voltado para o moinho, do outro lado do alagadiço. — De qualquer forma, ele já fez muito.

— Você tem dinheiro. — Um dos homens apontou para ele com aspereza. — Já nos humilhamos pedindo dinheiro. Você não pode contratar alguém?

— Eu fiz o que os senhores me pediram. Já informei onde Sua Majestade está alojado e já falei sobre as providências para o julgamento. Entreguei o ouro dos senhores para o homem que disse que tentaria um resgate. Mas estou avisando que talvez ele não obtenha sucesso. Sua Majestade está bem vigiado, e os homens que o vigiam não são venais. Soldados comuns costumavam respeitar a realeza, mas isso não acontece mais. Acho que eles não aceitarão suborno. Então, não sei se os senhores conseguirão que ele escape. Suplico aos senhores que comecem a negociar com o governo de Cromwell. É a única maneira de termos certeza de que Sua Majestade será libertado.

— Libertado? Mediante um acordo com eles? — disse um homem, incrédulo. — Você está esquecendo que ele é o rei da Inglaterra? Não negociarei com criminosos!

— Negociar com Cromwell? — Um dos lordes ergueu uma sobrancelha muito bem aparada. — Com Cromwell? Oliver Cromwell de Ely?

Outro homem riu, debochando.

— Onde eles haveriam de aprisionar o rei? Na Torre de Londres? Aquilo é um palácio real! Você está esquecendo que estamos falando de majestade. No momento em que se encontrarem cara a cara, cairão de joelhos.

James assentiu, contendo-se.

— Mas e se não fizerem isso? Eles podem muito bem aprisioná-lo. Isso já foi feito antes. Os jornais e os folhetins escandalosos em Londres estão cheios de histórias de Henrique VI e Eduardo II, que foram presos, e seus tronos, tomados.

— Henrique VI! — Um dos homens riu. — Quem se importa com Henrique VI?

— Se decidirem mandar o rei para a Torre, será muito difícil resgatá-lo — insistiu James.

— Pelo amor de Deus! — Um dos homens que estavam à mesa deu um salto, pondo-se de pé. — Será que precisamos de um padre para nos dar uma lição de história? Você! Summers, ou Avery, ou seja lá qual for seu nome, pedimos que viesse aqui para nos desanimar?

James se levantou também.

— Lamento não poder trazer notícias melhores — disse ele, controlando a crescente indignação. — Eu me ofereci para esse trabalho, que é uma tarefa ingrata. Se os senhores me dispensarem, vou embora, sem mais uma palavra. Tudo o que peço é que não falem de mim, nem toquem em meu nome, nem no nome daqueles com quem trabalhei.

— Não, não vá, não vá — disse o primeiro conselheiro. — Não se precipite. Não se ofenda. Estamos todos trabalhando, assim como você, pela segurança de Sua Majestade. É seguro mencionar nomes aqui. Este é nosso palácio; todos os criados são leais. Você não está entendendo nossa situação. Estamos fazendo tudo o que podemos. Atendendo às suas sugestões, a rainha está falando com todos os seus parentes coroados, inclusive o rei francês; e o príncipe Carlos está convocando todos os reis da Europa a proteger Sua Majestade. Estamos exigindo a libertação das crianças reais também: a princesa Elizabeth e o príncipe Henrique. Sobretudo, precisamos tirar o príncipe da Inglaterra.

— Isso vale para ambos — disse James com obstinação. — Eles jamais deveriam ter sido deixados para trás. Ela tem apenas 13 anos e vive como prisioneira, tentando cuidar do irmãozinho. Ambos precisam ser levados para a companhia da mãe.

— Apenas o príncipe importa. E se enfiarem a coroa na cabeça dele, e o fizerem um rei fantoche? Não se pode confiar que ele não queira o trono do pai. Na verdade, você deveria procurar o príncipe Henrique e dizer que ele deve recusar qualquer proposta...

— Ele tem 8 anos! — exclamou James. — O senhor acha que pode dar ordens a um menino de 8 anos? O que o senhor espera de uma criança? Ele nunca deveria ter sido deixado nas mãos deles.

— Nós estamos fazendo o máximo que podemos aqui — repetiu o conselheiro sênior. — E também estamos preocupados com as crianças, é claro. Primeiro, a fuga do rei, depois a deles. Queremos que você vá até lá e nos mantenha informados.

— Prometi ir até lá, entregar o ouro, me encontrar com o contato dos senhores e lhes trazer um relato. Não estou obrigado a mais nada — disse James friamente.

Houve um breve silêncio.

— Desculpe-me — disse o homem que o chamara de Summers ou Avery. — Eu não deveria ter mencionado seu nome, e não deveria ter reclamado do que você fez. Porque, a bem da verdade, não temos mais ninguém. Ninguém que possa ir. Precisamos que você volte lá.

— Você não foi identificado como espião? — perguntou o conselheiro sênior.

— Não — disse James sem vontade. — Acho que não.

— Então, precisamos pedir que você nos faça isso. Será a última vez.

James olhou em volta da mesa para os rostos ansiosos e sentiu a mescla já conhecida de frustração e desespero.

— Muito bem.

— Volte a Londres e nos mantenha informados. Precisamos saber onde eles o estão alojando e o que pretendem fazer com ele. Entregaremos suas mensagens diretamente ao príncipe, e ele as levará ao rei da França. Planejaremos um resgate baseado no que você nos informar.

James inclinou a cabeça.

— Muito bem. Eu vou, e mantenho os senhores informados.

Ele se pôs de pé.

O conselheiro sênior se levantou, deu a volta na mesa, colocou a mão no ombro do jovem e foi com ele até a porta.

— Sou grato. Você será recompensado. O príncipe Carlos saberá seu nome e o que você está fazendo pelo pai dele.

James olhou de soslaio, com o semblante tenso e fechado.

— Agradeço, mas prefiro que ninguém mencione meu nome — disse ele. — Não enquanto eu estiver na Inglaterra passando por francês, ou alemão, ou qualquer coisa que o valha. É mais seguro para minha mãe e para meu pai, e para nossas terras também, se meu nome for mantido em segredo.

— Muito bem. Mas nos mantenha informados. Diariamente, se necessário. E nos alerte no momento em que você achar que a situação vai mal para o lado dele, sim?

— Ah, isso eu posso fazer prontamente — disse James com amargura. — O momento é agora. A situação vai mal para o lado dele agora.

TERRA DAS MARÉS, JANEIRO DE 1649

Nos primeiros dias frios de janeiro, uma raposa entrou no celeiro da casa da balsa e atacou três galinhas antes que o cacarejo desesperado das aves convocasse Alinor, que chegou correndo, descalça e de camisolão. No instante em que ela escancarou a porta, uma mecha de pelo castanho saiu em disparada. Uma galinha estava morta no chão e outra agonizava — Alinor a pegou e lhe torceu o pescoço —, mas a terceira estava apenas machucada e suja de sangue; Alinor a colocou numa cesta, levou-a para dentro de casa, lavou-lhe as marcas de dentes no peito e a manteve junto à lareira, dentro da cesta. As galinhas botavam menos ovos naqueles dias frios e escuros, então Alinor não chegou a perder a renda dos ovos esparsos, mas ainda assim era uma perda para a pequena propriedade. Mesmo que a família pudesse prescindir de três galinhas, Alinor ainda ficaria triste. Conhecia cada ave pelo nome e se orgulhava de sua saúde exuberante.

— Sei que é tolice chorar por causa de uma galinha, mas não posso perdoar aquela raposa — disse ela para Alys.

— Mostre o rastro para os caçadores dos Peachey — disse Alys. — Eles ficariam felizes com uma boa caçada e um abate.

— Ah, eu não poderia trair um animal, levando-o a ser caçado.

Alys riu.

— Então, até a ressurreição e a vida eterna a senhora ficará triste porque algum animal foi morto por outro. Mal posso esperar para comer essa galinha. A senhora fará um ensopado?

— Sim, claro — disse Alinor. — Não sou tão tola a ponto de dispensar carne fresca em pleno inverno, ainda mais gratuitamente. Mas você é muito insensível com a pobre Sra. Lupulinha.

— Estou com fome — disse Alys. — Sinto fome o tempo todo. A senhora não?

— Sim — disse Alinor, notando que a filha, pela primeira vez em cinco meses, estava disposta a compartilhar sinais de gravidez. — E sinto vontade de fazer xixi toda hora.

A jovem riu.

— Queria que estivéssemos no verão — disse ela. — Falei para Richard que não me importaria de ir até o monte de estrume, se não estivesse tão frio.

— Então ele já sabe? — perguntou Alinor. — Você contou para ele?

— Contei assim que tive certeza — disse a jovem. — Ele ficou feliz.

— Será que ele vai contar para a mãe e para o pai? — perguntou Alinor, apreensiva, pensando na mulher ferina que seria sogra de Alys.

— Ele já contou — disse Alys com confiança. — E o pai dele é da moda antiga. — Ela fez uma careta desdenhosa. — E fez piada. Ele gosta de uma noiva fértil. Disse que era bom saber que eu daria continuidade à família... disse que só se compra uma vaca se estiver prenha.

Alinor riu da expressão ofendida visível no rosto de Alys.

— Bem, pelo menos eles não fazem objeção.

— Desde que eu tenha meu dote. É só com isso que ela se importa. — Alys fez uma pausa. — Eles disseram que a senhora pode ficar comigo, quando eu estiver perto de parir. A senhora terá de estar do meu lado, mãe, quando eu tiver meu bebê.

— Espero que sim — disse Alinor lentamente. — Rezo por isso, Alys. Tenho esperança e rezo por nós duas o tempo todo.

— Por que a senhora não manda uma mensagem para esse homem? Por que ele não vem e resolve tudo, se ele ama a senhora, conforme a senhora mesma diz?

— Ele virá — disse Alinor, firme. — Não preciso mandar chamar. Ele virá o mais rápido que puder.

De manhã, Ruivo, o cão da casa da balsa, não saiu de seu canto para sentar-se no cais e ficar observando a balsa, como costumava fazer.

— E nós fomos atacados por uma raposa — repreendeu-o Alinor. — Você está ficando preguiçoso?

O cachorro a encarou com seus olhos cor de cerveja e desviou o olhar. Alinor colocou a mão na cabeça dele.

— Essa não, Ruivo — disse ela em voz baixa. — Qual é o problema?

Ele suspirou, como se quisesse falar com ela. Alinor lhe firmou a cabeçorra entre as mãos e olhou para ele como faria com um de seus pacientes.

— Você não vai esperar até Ned voltar para casa? — sussurrou ela.

Ele abanou o rabo peludo, girou três vezes e se deitou. Alinor lhe acariciou a testa macia, onde o cenho franzia os pelos, e deixou que ficasse deitado.

Alys puxou a corda gelada da balsa para que Alinor atravessasse o alagadiço na maré baixa e fosse trabalhar no moinho. Fazia muito frio, e o solo estava escorregadio por causa da geada. As croas de areia no meio do alagadiço estavam brancas feito neve.

— Volte para dentro de casa, para o calor — disse Alinor à filha. — E cuidado com a água durante a travessia.

O rosto de Alys estava lívido de frio, enquanto suas mãos enluvadas seguravam a corda.

— Estou bem — disse ela. — Cuidado para não escorregar.

Com o tempo ruim, a Sra. Miller organizara o trabalho na fazenda de modo que ela, o filho, Peter, e a filha, Jane, ficassem dentro de casa, e despachou a criada e Alinor para trabalhar no frio. Alinor começou no celeiro, onde as vacas aguardavam pacientemente em suas baias. Pegou um banquinho de três pernas que estava pendurado num gancho e o colocou ao lado da primeira vaca, encostando a testa ao flanco morno, conversando baixinho com o animal enquanto puxava as tetas, alternando as mãos, o leite silvando no balde. Fazia tanto frio no celeiro que o leite fumegava, e Alinor sentia o cheiro intenso e cremoso, ávida por beber. Carregou o balde pesado até a leiteria e despejou o leite numa tigela, para preparar manteiga mais tarde.

— Agradeço se a senhora puder ver se há ovos no pombal — disse a Sra. Miller, enfiando a cabeça pela fresta da porta da leiteria gelada. — E depois disso pode ir para casa. Não precisarei da senhora hoje à tarde.

Alinor voltou a cobrir a cabeça com o xale, pegou a cesta pesada e retornou ao quintal.

Richard Stoney, que manuseava uma pá, enchendo de trigo uma panela que pendia da viga de pesagem, avistou-a pela porta do celeiro enquanto ela andava com cuidado pelo quintal congelado.

— Jogarei um pouco de palha no chão, para a senhora não escorregar — disse ele, dirigindo-se a Alinor.

Ela se virou, o xale na cabeça já enrijecido por causa de sua respiração gelada.

— Não faça isso — disse ela, taxativa. — Eles nunca jogam palha no quintal. Só se as vacas estiverem saindo.

— Quer dizer que as vacas não podem escorregar e cair, mas a senhora pode! — exclamou ele. — Então, apoie-se aqui em meu braço.

Ela balançou a cabeça.

— Ela está olhando pela janela. Pode deixar que eu faço meu trabalho, Richard. Não vou congelar nem cair.

— A senhora não subirá nessa escada!

Antes que Alinor pudesse responder, a porta da cozinha se abriu e a Sra. Miller gritou, voltada para o quintal:

— Richard Stoney, você está pesando grão ou passeando?

— Vá — disse Alinor. — Volte ao trabalho.

— Posso dar uma passadinha na casa da balsa a caminho de casa? Está tudo bem com Alys hoje? — sussurrou ele com urgência, enquanto acenava para indicar que tinha ouvido a Sra. Miller.

— Ela está bem. Claro que pode! — exclamou Alinor, enquanto ia até o pombal.

Uma vez dentro da torre circular, Alinor enfiou a mão por baixo da jaqueta de pele de carneiro e enrolou o cós da saia, suspendendo-a acima dos joelhos, para não tropeçar na barra quando subisse a escada. Apoiou as mãos no degrau e olhou para o alto, para o interior do pombal. A subida parecia longa, e a escada era velha e instável, mas ela viu uma pomba sentada num ninho. Alinor moveu a escada em direção à pomba, verificou se a base estava apoiada com firmeza, prendeu a cesta no braço e começou a subir. Os degraus estavam congelados e escorregadios, por causa da geada. Ela continuou subindo, passo a passo, sem olhar para baixo e sem prestar atenção ao rangido sinistro da madeira velha. Em alguma parte de sua mente, pensou que uma queda e um aborto espontâneo resolveriam todos os seus problemas. Então, sorriu para si mesma ao constatar que só de pensar em perder a criança se agarrara com mais força à escada e pisara com toda a cautela nos degraus. Sentia-se totalmente comprometida com a própria vida e com a vida do filho, como se sentira naquela primeira manhã fria, quando jurou que não seria vítima da tristeza e que traria aquele bebê ao mundo e conquistaria um lugar para ele.

Havia, de fato, uma pomba aninhada que não se mexeu quando Alinor subiu e se aproximou. Delicadamente, Alinor introduziu a mão embaixo do peito morno e macio da ave.

— Desculpe-me, Sra. Pomba — disse ela em voz baixa. — Mas me mandaram pegar estes ovos. Pode botar outros para ficar com eles para a senhora.

Ignorando as bicadas raivosas da ave nas mãos frias, Alinor pegou todos os ovos, exceto um, e os colocou cuidadosamente dentro da cesta. Eram ovinhos brancos, aquecidos pelas penas do peito da mãe. Com cautela, Alinor desceu a escada e, lá de baixo, olhou para cima, a fim de ver se havia outra ave em algum ninho. Quatro vezes, ela moveu a escada e subiu e desceu para pegar ovos; depois, sempre com cuidado, voltou para casa com uma dúzia de ovos na cesta. A Sra. Miller abriu a porta e lhe ofereceu um sorriso amarelo.

— Pensei que a senhora fosse mandar Alys fazer o trabalho num dia frio como hoje — disse ela. — Ela ficou importante demais para catar ovo de pomba agora, não é? Agora que vai se casar com um bom partido, não é? Fazendo papel de grande dama.

— Ah, não — disse Alinor de bom grado. — É só que ela ainda está cuidando da balsa para Ned.

— Quem vai fazer a travessia neste clima frio? Ouvi dizer que o rio congelou em Londres, e que as pessoas estão atravessando a pé. Vocês não ganharão nenhum dinheiro se isso acontecer aqui!

— O frio está mesmo de congelar — concordou Alinor. — E a água doce no estuário já congelou; mas a maré ainda flui.

— E Ned ainda não voltou? Estou surpresa que ele tenha tempo e dinheiro para passear em Londres.

— É muito importante para ele.

— Não é da conta dele — disse a Sra. Miller num tom azedo.

Alinor sorriu.

— Com certeza não é da minha — disse ela.

A Sra. Miller recuperou um pouco do bom humor ao retirar os ovos da cesta e colocá-los num pote.

— Sim, acho que não é mesmo. A senhora não se interessa pelo assunto?

— Eu me interesso — disse Alinor com cautela. — Mas não tomo partido.

— Não são muitos os que acham que o rei não deve ser punido pelos pecados que cometeu — declarou a Sra. Miller. — Fazer guerra contra o próprio povo! E os impostos! A senhora quer dois ovos para seu jantar?

— Obrigada — respondeu Alinor, pensando que, como já não havia um desconhecido atraente e nobre no Priorado, a Sra. Miller voltara a ser uma cabeça redonda invejosa. — Muito obrigada pelos ovos.

Quando Alinor chegou ao estuário, andando ao lado da esposa de um lavrador da ilha de Sealsea, a balsa estava à sua espera.

— Ruivo sumiu — disse Alys, enquanto Alinor embarcava, com todo o cuidado, pois a balsa sacolejava na maré vazante. — Ele não veio até o cais hoje de manhã, e não estava no cantinho dele ao meio-dia.

— Sim, eu sei — disse Alinor, sem refletir. — Coitado do Ruivo. Eu me despedi dele hoje de manhã.

— A senhora sabia que o cachorro ia desaparecer? — indagou a esposa do lavrador. — Como é que a senhora sabia?

— Ela não sabia — interrompeu-a Alys rispidamente. — É só um cachorro velho que estava com preguiça de se levantar hoje de manhã. Ela não sabia de nada. — Alinor ergueu o olhar, surpresa com o tom ríspido de Alys. — Não tem como ninguém saber esse tipo de coisa — determinou Alys.

A esposa do lavrador comentou que, às vezes, ela própria tinha premonições e que a mãe dela tinha sonhos impressionantes.

— E, é claro, sua avó era vidente... — lembrou ela a Alys.

— Mas nós, não — declarou Alys com objetividade, aproximando a balsa do cais enquanto Alinor desembarcava e se virava para ajudar a mulher. — A gente não acredita nesse tipo de coisa. Boa noite! — exclamou ela. — Até amanhã.

— Mas eu sabia o que estava acontecendo com o Ruivo — comentou Alinor com ternura, enquanto Alys atracava a balsa e começava a subir os degraus.

— Eu sei que a senhora sabia, mas não podemos falar esse tipo de coisa — disse Alys bruscamente. — Nem mesmo para a Sra. Bellman. De qualquer forma, acho que ele está enfiado embaixo de alguma cerca viva por aí — disse ela.

— Vamos procurá-lo — prometeu Alinor. — E tenho um ovo para você comer com o chá. Um ovo de pomba.

— Deus do céu! Ela se superou! — exclamou Alys. — Como somos sortudas! Dois ovos minúsculos! Ela está nos mimando. A senhora vai por ali; eu vou por aqui. A gente vai encontrá-lo.

O cão não estava longe da casa. Ele se fora em silêncio, como fazem os cães velhos e sábios, para morrer sozinho. Foi Alinor quem o encontrou, como ela própria bem sabia, enrolado como se estivesse dormindo, mas o pelo e o focinho estavam frios, e os olhos, fechados.

— O solo está duro demais para a gente enterrá-lo — disse Alys. — O que é que a gente vai fazer? Não parece certo queimar o corpo, nem colocar no monte de esterco.

— Cavarei um buraco na lama macia do alagadiço — disse Alinor. — Pode começar a preparar o jantar. Não demorarei.

Ela pegou uma pá guardada na meia-água do pomar e saiu por uma das trilhas de cascalho que levavam à parte funda do alagadiço. O local ficaria inundado na maré alta, mas agora, enquanto a lua surgia e o vento frio soprava sobre a água, estaria seco o suficiente para ela andar e cavar um buraco fundo na lama macia ao lado da trilha.

Quando o buraco estava largo e profundo o suficiente, ela pegou o corpo rígido, que agora parecia pequeno e leve, e o colocou no fundo da cova. Sabia que Ned perguntaria se seu cachorro tinha sido devidamente enterrado e que confiaria nela. Ela encheu o túmulo com cascalho da trilha, para manter o corpo fixado no lodo movediço do fundo do porto.

— Adeus, Ruivo — disse ela gentilmente. — Você foi um bom cachorro.

Jogou uma pazada de lama e já ia pisoteá-la quando um brilho de prata chamou sua atenção, cintilante como uma estrela no céu noturno. Alinor ajoelhou e encontrou uma moeda minúscula, raspada e fina, mas brilhando intensamente na lama. Era ouro de fada, uma moeda dos anciãos, dos tempos antigos, com uma insígnia de um lado e uma coroa do outro, manuseada e gasta demais para ser decifrada, velha demais para ser identificada, leve demais para ter algum valor.

— Obrigada — disse Alinor a Ruivo. Ela aceitou sem questionar que aquilo era o pagamento pelo trabalho de coveira, enviado por Ruivo do além, de um lugar tão distante e enevoado quanto o ponto extremo do alagadiço. — Deus te abençoe, bom cachorro. Vai com Deus.

Alinor colocou a moeda no bolso, a pá no ombro e, com esforço, subiu a trilha de cascalho congelado, até onde as luzes da casa da balsa brilhavam sobre as águas frias.

PALÁCIO DE WESTMINSTER, LONDRES, JANEIRO DE 1649

Os dois homens atravessaram as ruas movimentadas, pulando sarjetas sujas no calçamento de pedra, seguindo por vielas enlameadas, até que as grandes muralhas do palácio surgiram diante de seus olhos, e eles viram os soldados do Novo Exército Modelo montando guarda em frente aos portões. Havia uma pequena aglomeração do lado de fora, olhando para os muros de pedra cinzelada e para a neve acumulada no telhado de ardósia.

— Onde é que o rei está alojado agora? — perguntou James, mantendo a voz baixa.

— No Palácio de Saint James. Convocaram cento e trinta e cinco juízes a Londres, para compor um tribunal superior que o julgará. Mas juro que metade deles não se atreverá a vir. E, mesmo se vierem, ele não atenderá à intimação. Como é que eles podem levar o rei a um tribunal?

— Mas e se eles vierem, e se ele atender...

O homem não identificado o interrompeu.

— Ele não atenderá — insistiu ele. — Com que direitos eles podem fazer essa intimação? Não se pode intimar um rei. Ninguém nunca intimou um rei. O pai dele, o rei Jaime, atenderia ao apito do Parlamento? A rainha Elizabeth obedeceria e iria correndo? Nenhum reino no mundo jamais intimou um rei a comparecer a um tribunal. Nenhum monarca inglês jamais obedeceu ao Parlamento.

James assentiu; era incrível que o conflito entre o monarca e o Parlamento, que deveria ter sido resolvido no primeiro campo de batalha, ou pelo menos em Newport, houvesse chegado tão rapidamente àquele estado inimaginável.

— Mas suponhamos que ele atenda — disse ele. — Eles já definiram o dia e a hora?

— Amanhã.

— O quê?

— Isso mesmo.

— Posso ter acesso ao nome dos juízes?

— Você pode ter acesso à lista dos que foram convocados. Mas ninguém sabe quem virá. Os próprios juízes não sabem. Haverá muito juiz perdendo o sono hoje à noite, tentando decidir o que fazer.

— É possível que nenhum deles venha e o julgamento seja cancelado?

O guia de James escarrou na sarjeta congelada.

— Só o diabo sabe. É ideia dele, com certeza. Mas acho que Noll Cromwell estará lá, não acha? E homens que são fiéis a ele, e aqueles que andam atrás dele?

— O julgamento será aberto ao público?

— Será, mas não pense que poderá sair da multidão para salvá-lo. Ele estará muito bem vigiado, e ninguém poderá se aproximar. Estão na expectativa de uma tentativa de resgate. Não correrão riscos.

— O melhor momento para resgatá-lo seria quando ele saísse de seus aposentos, no Palácio de Saint James, para vir para cá, em Westminster. — James estava pensando em voz alta. — Com certeza, por barcaça...

O homem baixou a cabeça.

— Não me diga, eu não quero ficar sabendo. E não tenho nada a declarar.

— Nem eu — disse James. — Só estou pensando em voz alta. Vamos pegar o nome dos juízes.

TERRA DAS MARÉS, JANEIRO DE 1649

Ao amanhecer, um amanhecer tardio e gélido de janeiro, Alinor acordou ouvindo o estalar do gelo e o chapinhar de cavalos nas águas frias, enquanto uma carruagem derrapava pelo caminho do alagadiço e atravessava a maré vazante. Ela esfregou as marcas de gelo do lado de dentro da janela do quarto e olhou para a esquerda, fixando a vista. Na penumbra, avistou a massa pesada do coche dos Peachey.

— Alys! A carruagem dos Peachey está vindo pelo caminho do alagadiço — disse ela à jovem, que ainda dormia na cama atrás dela.

— Não faz diferença — respondeu Alys sem se mexer. — Ele não paga.

— Será que Rob está com eles? Para onde devem estar indo?

— Para Londres, acho, atrás do rei, como todo mundo.

— Então, eles devem ter deixado Rob no Priorado — disse Alinor. — Com certeza, não haveriam de levar Rob, não é? — Uma batida à porta respondeu à pergunta. — Deve ser ele! — disse Alinor com alegria. E chamou escada abaixo: — É você, Rob?

— Sim, mãe — gritou ele, todo feliz. — Ficarei com a senhora até a Festa da Candelária, e depois o Sr. Tudeley me levará para Chichester. Vou para a casa do Sr. Sharpe, o boticário de Chichester. Meu aprendizado com ele vai começar.

Alinor amarrou o xale em volta da cintura cada vez mais volumosa e desceu a escada. Abraçou Rob e deu um passo atrás para admirá-lo.

— Juro que você já cresceu de novo.

— Nas três semanas desde o Natal? — disse ele em tom de brincadeira.

— Você está se tornando um homem — disse ela. — Imagine! Será aprendiz!

Ele caiu de joelhos, para receber a bênção da mãe, e, quando se levantou, perguntou:

— A senhora já fez a refeição matinal?

— Claro que não. Alys ainda nem acordou. Está com fome?

— Morrendo de fome — disse ele.

— Sente-se aí então, que acenderei o fogo.

Alinor o fez sentar na cadeira junto à lareira, levantou o guarda-fogo que cobria as brasas e colocou um pouco de lenha e alguns gravetos no brilho incandescente.

— Sir William vai a Londres por causa do rei? — perguntou ela.

— Vai, sim; foi chamado para ser juiz. E levará Walter para Cambridge.

— O rei será mesmo submetido a um julgamento?

— É o que todo mundo está falando, mas acho que Sir William não comparecerá ao tribunal. Ele verá se consegue ser dispensado.

— Como é que o rei terá um julgamento justo se os únicos juízes serão homens do Parlamento? — perguntou Alys, descendo a escada.

— Essa é a questão — disse Rob. — Ele não terá.

— Não? — repetiu Alinor.

— Ele não terá um julgamento justo — previu Rob. — É isso que Sir William diz. Se eles arrumarem um jeito de levar o rei a julgamento, não haverá justiça para ele.

— Então, os monarquistas não estarão presentes? — perguntou Alinor, pensando em James.

— Eles ficarão longe.

LONDRES, JANEIRO DE 1649

James, ao ler a lista dos indivíduos convocados como juízes e vendo o nome de Sir William, dirigiu-se, com a aba do chapéu baixada para encobrir o rosto, à Cruz Dourada, em Charing Cross, a estalagem predileta da nobreza de Sussex em suas visitas a Londres. O senhorio, afobado com a chegada de tantos cavalheiros provenientes do interior, gritou:

— Sim! Ele está lá em cima, na saleta particular! — E se foi, sem olhar duas vezes para James ou perguntar seu nome. James pôde subir a escada e bater à porta sem que ninguém o notasse.

— Deus seja louvado! — disse Sir William logo que James entrou. — Não pensava que fosse vê-lo aqui. — Ele olhou para a porta fechada. — Tem certeza de que não foi seguido? Estes são tempos terríveis. Todo homem é um espião.

— Tenho certeza de que não estou sendo seguido. Nesta viagem, estou passando por um preceptor francês, e não fui visitar nenhum de nossos velhos amigos. Estou apenas recolhendo notícias nas ruas. A esposa dele e os aliados dela... o senhor sabe de quem estou falando... querem saber o que está acontecendo.

— Duvido que alguém saiba. Eles sabem? — perguntou Sir William. — Ah, sente-se, sente-se; vamos tomar um trago. Walter saiu com meu encarregado; foi conhecer a cidade. Estamos sozinhos.

— O senhor trouxe Robert Reekie?

— Não, deixei o rapaz na ilha de Sealsea com a mãe.

— O senhor a viu?

— Não — disse Sir William, surpreso com a pergunta. — Não, por que quer saber?

— Por nada. — James tentou se recompor. — Só esperava que ela não tivesse pegado minha doença.

— Acho que não. Eu teria ouvido falar. — Sir William abriu a porta e gritou escada abaixo, pedindo uma garrafa de vinho tinto e duas taças. — Agora — disse ele, fechando a porta com cuidado —, você sabe o que acontecerá com o rei?

— Acho que só um homem sabe: Cromwell — respondeu James. — Ele está por trás de tudo. E, a menos que alguém faça algo para detê-lo, acho que tudo seguirá o curso que ele quiser.

— Ele é um homem justo, Cromwell. Não seria injusto.

— Ele acha que isso é justiça. E ele tem de satisfazer o exército, assim como o Parlamento.

— Será que ele consegue reunir um número suficiente de juízes para condenar o rei?

James fez que sim.

— Essa deve ser a intenção dele. Ele convocou mais de cem cavalheiros. O senhor não se disporá?

— Como eu poderia fazer? Consta que virei a casaca. Agora estou do lado do Parlamento. Paguei minha multa e prometi ao meu filho que a herança dele está segura. Não posso agora virar a casaca novamente e voltar para o lado do rei. Tenho muito a perder.

Uma batida à porta foi seguida pelo servente da estalagem com uma garrafa de vinho e duas taças. Os homens ficaram em silêncio enquanto ele colocava as taças e a garrafa em cima da mesa e se retirava.

— Mas e se eles o condenarem? — perguntou James calmamente, certificando-se de que a porta estava fechada.

— Por qual motivo? — disse Sir William em tom de deboche. — E se o condenarem? Vão exilá-lo? Duvido que os franceses queiram aceitá-lo; os escoceses o devolveram da última vez. Vão prendê-lo em algum lugar? De volta ao Castelo de Carisbrooke? Como isso acabaria com a lama em que estão metidos? Eles lutaram contra o rei durante seis anos e o mantiveram preso durante dois... Eles precisam mudar tudo, se quiserem mudar qualquer coisa!

— Eu não sei — disse James, pegando uma das taças de vinho. — Eu realmente não sei.

Sir William ergueu a taça.

— À Sua Majestade, o rei — disse ele em voz baixa, e os dois brindaram e beberam. James se deu conta de que o brinde foi tão discreto e solene como seria num velório.

— Senhor, tenho certeza de que ninguém sabe o que acontecerá, exceto Cromwell. Mas é evidente que ele está planejando um julgamento, e deve estar contando com uma condenação. Por qual outro motivo ele realizaria o julgamento?

— O julgamento jamais acontecerá — previu Sir William com firmeza. — E eu não tomarei parte nisso. Nem sequer testemunharei. Levarei Walter a Cambridge, para iniciar os estudos na Quaresma. Não testemunharei nem julgarei. E nenhum homem honrado testemunhará nem julgará; portanto, eles não terão o julgamento que querem, pois não terão seus mandatários. Nenhum inglês pode julgar seu rei. Você deveria ir a Cambridge conosco e ser professor de Walter lá.

— Tenho de ficar — disse James em voz baixa. — A esposa e os aliados dela me enviaram para que eu possa mantê-los informados.

— Não vai ter o que informar — afirmou Sir William. — Não haverá julgamento. Mas me procure quando tudo isso acabar. Pode fazer uma visita ao Priorado antes de voltar ao exterior?

James hesitou, pensando na promessa que fizera à mãe, de não procurar Alinor.

— Sou obrigado a voltar diretamente a meu seminário.

— Pode partir do cais do moinho — assegurou Sir William. — Não pode embarcar num costeiro francês lá, se quiser nos fazer uma visita?

— Sim — disse James. Ansiava por rever Alinor. — Posso, sim.

James abriu caminho na multidão, entrou em Westminster Hall e pagou por um assento no mezanino, para poder ver por cima da cabeça dos guardas com alabardas, que formavam um quadrilátero no meio do salão. O teto abobadado ecoava a algazarra das pessoas que se empurravam, discutiam e se acotovelavam no local destinado aos que ficariam de pé. Acima, nas galerias, os presentes ocupavam seus assentos, pedindo uns aos outros que abrissem espaço nos bancos. No centro do espaço livre havia uma grande mesa coberta por uma tapeçaria, com uma espada e uma clava montadas diante do lorde presidente do Conselho, que conduziria o tribunal. Atrás dele ficavam os bancos dos juízes, sessenta e oito deles, sentados e sisudos, compondo um tribunal extraordinário, embora mais que uma centena tivesse sido convocada e se recusara a comparecer, ou se escondera. Diante do lorde presidente, sozinha, qual uma ilhota de prepotência, havia uma poltrona de veludo vermelho, com uma mesa lateral equipada com papel, pena e tinta, isolada por uma divisória de madeira entalhada. James não conseguia acreditar que o monarca, outrora dono de toda a Inglaterra, seria trazido àquele tribunal composto por seus inimigos como um homem comum. Embora os juízes já estivessem sob juramento, as testemunhas arroladas e a sala de audiências preparada, metade dos presentes esperava que a sessão fosse cancelada.

O barulho aumentou de súbito, e, em seguida, um silêncio reverente emanou dos juízes, que viraram a cabeça, todos de uma vez, como atores atuando em uma mascarada, e olharam para a porta. De repente, o falatório ensurdecedor no salão de pedra foi interrompido, e todos se inclinaram para a frente e esticaram o pescoço para ver a porta de entrada. Carlos, o rei, estava diante da grande porta, como um dançarino que faz uma pausa antes de entrar em cena, todo de preto, com uma gola do mais refinado linho branco enfeitada com renda. Entrou devagar, como se quisesse impor sua presença, o chapéu na cabeça, a bengala na mão, foi até a poltrona no centro da divisória e parou. Esperava que alguém abrisse a porta para ele; passou os olhos pelo salão: encarou os juízes, o lorde presidente, os soldados, o público de pé, a galeria e o mezanino. Houve uma pausa demorada e constrangedora, e, como ninguém se mexeu para abrir a portinhola, ele mesmo abriu e sentou-se, sem esperar por um convite, na poltrona de veludo, aparentemente calmo e relaxado como se estivesse em sua grande suíte de banquetes em Whitehall. Não tirou o chapéu diante do tribunal. Não tiraria o chapéu diante de ninguém. Manteve-o na cabeça, como se fosse sua coroa.

Imediatamente, James percebeu uma diferença entre o homem sentado com tamanha serenidade perante os juízes que o fitavam e o homem a quem ele havia implorado que fugisse de Newport. O monarca envelhecera. Seu cabelo farto e escuro tinha fios de prata, seu rosto estava mais abatido e cansado, profundamente marcado por rugas. Já não se mostrava descontraído, feito um homem que confiava ser mais esperto que seus inimigos. Agora parecia um santo, honrado por sua própria perseguição. O rei, que se aprouvera em ludibriar os membros do Parlamento, que se gabara de trapaceá-los, havia concluído sua tosca peça teatral. Agora, amargava a derrota. A comédia acabara; ele aguardava a tragédia.

— Que Deus nos ajude — disse James baixinho, reconhecendo os sinais de um homem que ansiava pela mórbida relevância do martírio.

Ouviu-se um burburinho de alarme quando, de repente, o rei se pôs de pé, como se fosse se retirar. James e todos ao seu redor se levantaram, de acordo com o respeito habitual. James pensou que, se o rei saísse tão altivamente como havia entrado, ninguém se atreveria a detê-lo. O julgamento terminaria antes mesmo de começar.

Mas o monarca virou as costas para o banco e observou o salão, as pessoas no mezanino, os juízes, os que pagaram por seus assentos, alguns que tinham se levantado quando ele entrou, e agora se levantavam novamente, constrangidos. Olhou para todos, como se estivesse inspecionando uma guarda de honra. James baixou a cabeça enquanto aquele olhar escuro e sombrio percorria o salão. Receava que o rei deixasse escapar uma exclamação de reconhecimento. Não confiava no monarca, de forma alguma.

O rei virou para a frente e voltou a sentar-se, e todos os que haviam se levantado com ele e tirado seus chapéus voltaram à posição anterior.

Um homem se levantou para se dirigir ao tribunal.

— Quem é esse? — perguntou James à pessoa ao lado, um próspero comerciante de Londres.

— John Cook — veio a resposta murmurada. — O promotor.

Cook se pôs de pé e começou a ler uma lista de acusações, de frente para o lorde presidente e para a mesa coberta com a fina tapeçaria, as costas voltadas para o rei.

— Um momento — disse o rei.

Carlos jamais estivera sentado atrás de ninguém, desde a morte do pai, Jaime, o rei anterior. A etiqueta na corte exigia que todos se apresentassem diante do monarca para fazer a reverência e andassem de costas, curvando-se mais uma vez à porta. Fazia vinte e três anos que ele não via a nuca de ninguém. O próprio James, humilhado e temeroso, caminhara de costas para a porta ao sair daquela sala em Newport. Ele corou com a lembrança e se deu conta de que deve ter parecido ridículo. Toda vez que alguém deixava a presença de Carlos, o rei era lembrado da inferioridade do indivíduo e de sua própria grandeza. Naquele momento, o mais humilhante de sua vida, o rei ainda exigia deferência.

— Um momento — disse o rei, elevando a voz atrás de Cook.

Decidido a se manter surdo diante do maior homem do mundo, Cook prosseguiu com a leitura das acusações, um tanto sem fôlego, como se ansiasse por chegar logo ao fim. James se deu conta de estar trincando os dentes, enquanto o promotor teimava em ignorar o rei e insistia em que o monarca, com perfídia e malícia...

— Um momento. — O rei voltou a interromper, então, para espanto geral, inclinou-se para a frente, levantou a bengala preta de ébano e cutucou o promotor, com força, nas costas.

— Não, meu Deus... — disse James consigo mesmo.

Cook prendeu a respiração e prosseguiu com as acusações; o rei o cutucou mais uma vez, e mais uma vez; então, como no lento desenrolar de um pesadelo, a ponteira de prata da bengala caiu no chão, provocando um baque seco, e rolou até parar. Cook não prestou atenção à bengala em seu ombro, nem à interrupção provocada pelo rei, mas, quando a ponteira de prata parou de rolar, ele ficou tão imóvel quanto a própria ponteira, como se tivesse receio de olhar em volta para ver o que o rei faria a seguir. Então, inspirou, como se pretendesse continuar a ler a acusação. Mas não falou.

Ninguém se mexeu. James percebeu que estava agarrado ao assento de madeira, contendo-se para não se levantar e pegar a ponteira de prata para o rei. Metade do público presente se continha para não se trair, levantando-se para servir o homem que nunca havia precisado fazer nada para si mesmo. Ninguém mais prestava atenção ao promotor. Todos olhavam da ponteira brilhante da bengala, no chão, para o rei, que nunca na vida se abaixara para pegar alguma coisa.

A ponteira de prata jazia no piso, perto dos sapatos lustrosos do promotor, que se mantinha qual uma estátua ao lado do objeto. O banco dos juízes ficou imóvel, o lorde presidente, paralisado. Ninguém sabia o que fazer, e todos sentiam que o momento era misteriosamente importante.

Devagar, no longo silêncio que se impôs, o próprio Carlos se levantou da poltrona, abriu a portinhola do espaço privativo, saiu, curvou-se, pegou a ponteira pesada e a enroscou de volta no belo bastão. Em seguida, olhou do lorde presidente para o promotor, como se não pudesse entender por que não tinham interrompido tudo para servi-lo. Durante toda a sua vida, alguém sempre se curvara para pegar algo e levar o objeto até ele, mas ali, com mais de mil súditos no recinto, ninguém se mexera. Ele exibiu um leve sorriso, inclinando um pouco a cabeça, como se tivesse aprendido algo importante e desagradável, depois voltou à poltrona, em meio a um silêncio tão profundo que James pensou que fosse algo como uma sentença de morte.

James deixou o salão no fim da audiência, com dor de estômago decorrente de falta de comida e do que tinha ouvido e visto. Voltou para o refúgio e, com a cabeça latejando, escreveu seu relatório, traduziu-o para o código combinado e levou a carta até Queenhithe. O capitão de um navio esperava por ele.

— Zarparemos com a maré — avisou ele.

— Zarpe agora — disse James. — É tudo o que tenho para enviar. Alguém estará esperando quando o senhor atracar. Pedirão a papelada de Monsieur St. Jean.

— Aposto que as notícias não são boas — disse o capitão, olhando para o semblante sombrio de James.

— Apenas entregue esta carta — disse James, cansado, e deu as costas ao rio, aos navios que balançavam na água e ao seu próprio desejo de zarpar.

O irmão de Alinor, Ned, estava na multidão que se acotovelou para entrar em Westminster Hall no primeiro dia do julgamento, mas não viu James. James tampouco percebeu a presença do balseiro, pois mantivera a cabeça baixa e o chapéu cobrindo o rosto. Os dois, sem saber, compartilharam uma vigília, ambos incrédulos de que o julgamento fosse em frente, ambos duvidosos da possibilidade de um veredicto condenatório. O veterano cabeça redonda duvidava de que os juízes se mantivessem intrépidos por tempo suficiente para condenar seu rei culpado de traição. E, mesmo se o fizessem, Ned tinha certeza de que não ansiariam por uma sentença de morte. Como poderiam os súditos decretar uma sentença de morte ao seu rei? Todos os tribunais do reino eram formados por nomeação real, obrigados a obedecer às leis do monarca. Quem tinha poder para julgar o legislador? Pela primeira vez na vida, naquele dia frio de janeiro, Ned viu seu rei em sua encarnação semidivina, sentado na almofada de veludo, com o chapéu alto parecendo uma coroa na cabeça, e pensou, confuso, que um homem tão arrogante a ponto de ser levado ao tribunal por ter se recusado a falar com seus semelhantes e por não ter mantido a palavra merecia que agissem contra ele. Mas, ao mesmo tempo, não conseguia parar de pensar que um homem com dedos tão finos, tão bem-trajado, dotado de uma beleza tão melancólica, talvez fosse mesmo, como ele próprio afirmava, semidivino e inteiramente acima da justiça.

> *Sábado — É improvável que uma tentativa de o resgatar à força possa ter sucesso. Ele foi levado pelo rio a uma residência particular antes de entrar em Westminster, fortemente vigiado. Penso que a única chance de liberdade seria por insistência dos príncipes da Europa, sobretudo se ameaçarem guerra contra esse Parlamento desalentado e esvaziado. Muitos deputados foram excluídos do Parlamento, menos da metade dos juízes*

convocados está presente, e o povo não pede a condenação do rei. A decisão do tribunal não é previsível, em absoluto; o rei se recusa a responder, e afirma que o tribunal não tem autoridade. Acredito que o julgamento possa ser adiado, sem veredicto, se outros monarcas e parentes do rei assim exigirem. Se o julgamento prosseguir, existe o perigo concreto de um veredicto de "culpado" e, embora um veredicto não seja uma sentença, Sua Alteza Real, o príncipe de Gales, agirá por bem se exigir uma garantia de que eles não passarão do veredicto a uma sentença de exílio ou prisão.

Testemunhas serão convocadas a prestar depoimento sobre o fato de Sua Majestade ter desrespeitado tratados de paz, desonrado a liberdade condicional, negado a própria palavra e mentido para o Parlamento; e isso só pode provocar mais sentimentos negativos. O clima no salão fica cada vez mais sombrio. Foi um erro fatal aconselhar o rei a se manter calado. Visto que ele não oferece explicação nem defesa, parece carecer de defesa. Pior, parece estar saboreando as acusações. Mas isso não os detém. Dispomos de apenas uma vantagem agora: o fato de eles terem suspendido a sessão até segunda-feira. Há tempo para os senhores imporem exigências e interromperem o julgamento.

A carta codificada contendo conselhos foi confiada por James à escuridão, às mãos do capitão de um navio que atravessaria os mares tempestuosos do canal da Mancha no inverno. Não obteve resposta, mas não esperava nenhuma. Não havia razão para que os lordes no exílio lhe garantissem que estavam tomando medidas para salvar o monarca. No domingo, foi à igreja participar do culto sem sentido que era a comunhão protestante e rezou fervorosamente em seu quarto. Desceu três vezes até Queenhithe, para o caso de algum navio ter chegado com uma carta para ele. Nem mesmo seu pai havia escrito.

Na segunda-feira, voltou a escrever para os superiores em Haia, informando que o tribunal se reunira, e que o rei insistia em não responder ao inquérito.

Amanhã reunir-se-ão sem a presença de Sua Majestade, para ouvir testemunhas. É essencial que alguém refute os depoimen-

tos. Algum dos senhores, lordes ou cavalheiros, pode comparecer para interrogar as testemunhas? Se disserem que o rei é um mentiroso, não importa que o tribunal seja inconstitucional — é algo que jamais deveria ser dito. Se não questionarmos isso, estaremos dizendo ao povo da Inglaterra que é permitido fazer qualquer tipo de afirmação.

À medida que os dias se passavam, James enviava relatórios diários, mas, como não obtinha nenhuma resposta, nem mesmo qualquer acusação do recebimento da correspondência, sentia que ele e o rei tinham sido esquecidos e que ambos seguiriam para sempre naquela vida estranha, em que cada palavra proferida era questão de vida ou morte, cada palavra era uma maldição, e sentia também que o tédio e a banalidade da rotina diária no salão de Westminster, com testemunhas enumerando desatino após desatino, eram tão dolorosos quanto um dente podre.

Ned, apurando ao máximo os ouvidos, encurralado ao fundo do salão, achou incompreensível que os juízes pudessem criar coragem para julgar o rei, mas não para obrigá-lo a responder. Enquanto aquele janeiro gelado chegava ao fim, ele receava que o rei escaparia da justiça pelo simples expediente de negar que alguém tivesse o direito de julgá-lo. O monarca lhes negava o direito de falar sobre ele, o direito de ouvi-lo e o direito de existirem.

— É como se nenhum de nós estivesse lá — queixou-se Ned naquela noite à senhoria na pequena estalagem lotada. — É como se nada estivesse acontecendo. Ele nem dá ouvidos às evidências contrárias. Ele nem está mais presente. Deixaram-no se ausentar do próprio julgamento. Ele... bem, sei lá o que ele está fazendo. Jogando golfe no parque de Saint James?

— A gente não é nada para eles — disse ela.

— Eu sou alguém — disse Ned, incerto. — Em minha balsa, em meu alagadiço. Eu sou alguém lá.

Na noite de sábado, 27 de janeiro, James escreveu sua última carta codificada e a enviou ao homem não identificado que lhe pedira que fosse mantido informado, mas não lhe dissera o que fazer em caso de desastre. Agora, o desastre tinha ocorrido, e James escreveu devagar, sentindo que o momento de agir havia passado e que ou eles dispunham de um plano de fuga que não se deram ao trabalho de lhe explicar, ou tinham ignorado os alertas por ele encaminhados. De qualquer maneira, seu purgatório de sofrimento fora totalmente em vão.

> *Lamento informar que ele foi considerado culpado e, a partir de tal veredicto, a sentença foi de morte. Ficou registrado que o rei foi considerado tirano, traidor, assassino e inimigo público dos bons indivíduos da nação, a ser executado por meio da separação entre cabeça e corpo.*
>
> *Se os senhores têm alguma influência em prol de misericórdia ou indulto, ou se dispõem de um plano de fuga, a medida deve ser posta em prática agora. Ainda não definiram a data da execução, mas ele visitará os filhos, a princesa Elizabeth e seu irmão mais novo, o príncipe Henrique, na segunda-feira. A execução será iminente, a menos que os senhores a impeçam.*

James fez uma pausa, querendo acreditar que sua parte nos eventos carecia de importância, que o tempo todo algum conspirador de nome ilustre, ou algum homem dotado de grande fortuna, ou o embaixador francês, ou o próprio príncipe de Gales houvesse se reunido com os juízes, ou com Oliver Cromwell, e um acordo tivesse sido firmado em favor da segurança do rei. Talvez, naquele exato instante, alguma porta secreta no Palácio de Whitehall estivesse sendo aberta, conduzindo à escada de acesso ao rio, e algum barco estivesse içando velas e levando-o embora.

> *Acredito firmemente que pretendem executá-lo dentro de poucos dias. Decerto, imploro aos senhores que o salvem e evitem esse terrível martírio. Enviem-me ordens sobre o que posso fazer. Os senhores poderiam, ao menos, acusar o recebimento desta carta?*

TERRA DAS MARÉS, FEVEREIRO DE 1649

A batida da barra de ferro na ferradura soou alto, e Alys se levantou da mesa, limpou a boca com as costas da mão e foi até a porta. O ar frio do inverno entrou rodopiando enquanto ela batia a porta ao sair.

— Deus do céu! É o senhor, tio Ned? — Alinor ouviu-a chamar. — Pensei que o senhor nunca mais voltaria para casa!

Alinor abriu a porta da frente, protegendo os olhos do sol brilhante do inverno que ardia baixo, começando a surgir sobre o porto. Contra a luz branca e incandescente ela enxergou a silhueta de um homem, com uma bolsa nas costas, chapéu na cabeça e botas de soldado, e reconheceu o irmão quando ele embarcou na balsa, beijou a sobrinha e, depois de pagar solenemente pela travessia, deixou-a operar a corda.

— Bem-vindo de volta à sua casa, irmão — disse Alinor, quando Ned pisou em terra. Ela se rendeu ao abraço morno da capa dele. Ele recendia a Londres, a estábulos estranhos, a camas úmidas, a cerveja escura, a fogo de carvão, não de lenha. — Já faz bastante tempo que você se foi. Não tivemos notícias. O que aconteceu? O julgamento acabou? Só ouvimos dizer que tinha começado.

— Sim, acabou — respondeu ele, sentando-se na banqueta e arrancando as botas.

— Não me diga! — exclamou Alys. — Eu jurava que eles não se atreveriam.

— Eles se atreveram a muito mais — disse Ned, pensativo. — No caminho de volta para casa, vim pensando no assunto. Fizeram mais que acusar o rei de traição; eles o acusaram de traição, com uma sentença de morte. E já foi feito. Ele está morto, e somos um reino sem rei.

Alinor se sobressaltou, levou a mão à base do pescoço e verificou a pulsação.

— Como? É verdade? Ele está morto? O rei está morto?

— Está. Você reagiu como todo mundo a quem contei ao longo da estrada de Londres. Todo mundo reage como se fosse um choque, mas ele foi julgado por um tribunal, à vista do povo, e a situação dele já estava definida desde Nottingham. Por que alguém deveria se surpreender que o tempo dele chegou ao fim?

— Porque ele é o rei — disse simplesmente Alinor.

— Mas mesmo assim, não está acima da lei, como se vê, ao contrário do que ele achava.

— Como foi que eles fizeram? — perguntou Alys com curiosidade.

Alinor foi até o pé da escada e gritou por Rob, para acordar e descer, pois seu tio estava em casa; em seguida, serviu um copo de cerveja para o irmão e sentou-se ao lado dele. Ela mal suportava ouvir, sabendo o que aquilo significava para James. Mas precisava saber: um reino sem rei era uma charada que o povo da Inglaterra teria de decifrar. E como um povo tão diversificado quanto o pastor, a Sra. Wheatley, ou o boticário de Chichester haveria de concordar acerca do modo como seria governado? Ou seria tudo decidido por pessoas como Sir William, e, na realidade, nada mudaria?

— Tudo foi feito legalmente — respondeu Ned à sobrinha. — Num tribunal legítimo, embora ele tenha negado a autoridade do tribunal até o fim.

— Eu queria saber da execução. Nós sabíamos que ele estava sendo julgado. Mas ninguém achava que seria executado. Demos uma olhada num cartaz de notícias, após o primeiro dia, e depois não vimos mais nada.

Ele suspirou.

— Fiquei satisfeito em ver a coisa feita, e tinha de ser feita, e o que foi feito foi justo. Mas, Deus sabe, é sempre triste ver um homem morrer.

Rob, amarrando os laços dos calções, desceu a escada, cumprimentou o tio e sentou-se à mesa para ouvir.

— Cadê o Ruivo? — perguntou Ned de repente, olhando embaixo da mesa, sentindo uma ausência onde o cachorro deveria estar.

Alinor colocou a mão sobre a dele.

— Sinto muito, Ned — disse ela. — Ele morreu. Não sentiu dor. Estava muito cansado de manhã e, à noite, morreu dormindo.

Ele balançou a cabeça levemente.

— Ah — disse ele —, meu cachorro.

Ficaram em silêncio por um instante, e Alinor cortou uma fatia de pão para Ned e a colocou numa travessa de madeira diante dele.

— E o rei? — perguntou Rob.

— Cortaram a cabeça dele? — indagou Alys.

— Cortaram a cabeça dele. Foi rápido e certeiro, numa manhã gelada. Ele saiu por uma porta de vidro tão alta e larga que parecia do Palácio de Whitehall. Ou seja, ele nunca esteve numa cela, embora fosse considerado culpado. Nunca ficou acorrentado, embora fosse apontado como criminoso. Falou um pouco, mas ninguém conseguiu ouvir... havia milhares de nós lá, amontoados na rua... então ele se deitou e o carrasco decepou a cabeça dele. Bastou um golpe. Foi bem certeiro. Ele não perdoou o carrasco, o que foi triste. Disse que era "um mártir do povo". Eu ouvi, o idiota. — Ned tossiu e escarrou no fogo. — Morreu com uma mentira na boca, bem do jeito dele. Nós é que fomos os mártires dele. Ele mentiu até o fim.

— Que Deus tenha misericórdia dele — murmurou Alinor.

— Eu jamais terei — disse Ned, resoluto. — Assim como qualquer homem que lutou contra ele, tantas vezes, e que continuou lutando, mesmo depois que ele declarou o armistício e admitiu que estava vencido. Tantas vezes. Esquecer... jamais.

— Que Deus tenha misericórdia dele — repetiu Alinor.

— Então, o que acontece agora, tio? — perguntou Rob. — Será que tudo mudará para todos nós?

— Essa é a questão — disse Ned. — Tudo mudou, tudo deve mudar. Mas será que vai mesmo? E como?

LONDRES, FEVEREIRO DE 1649

James esperou um dia e uma noite, para o caso de haver instruções, mas, como não recebeu mensagem de Paris, nem de Haia, nem do espião a quem se reportava, nem do superior do seminário, nem do pai, deduziu que seu trabalho estava concluído e que não havia mais nada para ele fazer. Amargurado, concluiu que nunca houve nada para ele fazer, exceto enterrar o rei, e que havia outros indivíduos habilitados a fazê-lo. Rancoroso, pensou que alguém poderia, ao menos, ter acusado o recebimento das cartas e agradecido por seu serviço; mas então se lembrou de que sua mãe lhe dissera que o rei não passava de um tolo, o príncipe, um ladino, e que servir à realeza era tarefa ingrata, mas que não se podia evitar.

James andou pela cidade silenciosa, que parecia um povoado de luto, uma família em estado de choque. Pegou uma balsa para o lado sul do rio, contratou um cavalo em Lambeth e desceu pela longa estrada até Chichester e a ilha de Sealsea.

O cavalo era velho e estava cansado daquela estrada, e James gostou de seguir em marcha lenta. Gostou de se ver distante do terror daqueles dias imprevisíveis, quando palavras não puderam salvar o rei, e palavras não puderam ser pronunciadas, e de refletir em silêncio sobre seu próprio futuro, sobre sua vida naquele novo mundo no qual todos os ingleses haviam esbarrado. Nunca mais confiaria nas palavras. Sabia que tudo tinha mudado para ele. Tudo tinha mudado desde aquele dia em Newport, quando o monarca se recusara a fugir, embora houvesse um barco à sua espera, além da frota do filho no mar aberto.

Afastou-se do sonho de uma vitória, um devaneio alentador em dias de derrota. Receava que o ato de sonhar mantivesse os monarquistas presos no exílio, esperando para sempre por tempos melhores, para sempre discutindo erros antigos. Em vez disso, tentou pensar no que essa nova Inglaterra poderia significar para ele, para seus pais e para Alinor. Duvidava de que os pais permanecessem na corte da rainha agora que ela nunca haveria de receber uma mensagem do marido triunfante, agora que nunca haveria de retornar vitoriosa. Duvidava de que os pais transferissem sua lealdade para o príncipe Carlos, que poderia se autodenominar Carlos II, embora fosse difícil antever como poderia ser coroado na Abadia de Westminster, tão perto de Westminster Hall, onde seu pai fora condenado à morte. Decerto, a Inglaterra ficaria sem monarca para sempre. Será que os pais de James saberiam que tinham sido derrotados? Será que voltariam para casa, em vez de sonhar e alimentar esperanças? James achava que sim. Pessoas que juraram lealdade e arriscaram vidas e fortunas em nome do rei não haveriam, necessariamente, de transferir tal compromisso para o filho, sobretudo um homem que nada possuía além do charme de um príncipe exilado, cercado por protegidos, por conselheiros corruptos e mulheres levianas, e que espalhava promessas vazias que ele próprio sabia que nunca poderia cumprir. Agora que ele era um monarca à espera, sua corte se tornaria ainda mais desesperada, ainda mais fatalista. Somente aqueles que não tinham esperança de nada melhor o apoiariam. Somente os desabrigados seriam seus companheiros de viagem.

James pensou que havia pouca chance de sua mãe, Lady Avery, se juntar a uma corte para servir a um rei sem coroa. Seu pai jamais concorreria a cargos ou funções com aventureiros corruptos, e, se não fossem prestigiados pelo rei no exílio, por que haveriam de permanecer exilados? Voltariam para casa, pensou James. Haveriam de retornar para casa, para Northallerton, em Yorkshire, e James poderia voltar com eles para seus próprios campos, para a casa de sua infância, e novamente sentir os ventos frios que sopravam da charneca e ouvir o pio do abibe precipitando-se de asas abertas no céu claro.

Apresentaria Alinor aos pais como a mulher que amava e com a qual pretendia se casar, e certamente eles concordariam que os dois morassem juntos, numa casa nova que ele haveria de construir, talvez no campo abaixo da casa principal: talvez uma casa pequena, com um canteiro murado para o cultivo de ervas, com um pomar. Ele a apresentaria ao vilarejo e à paróquia como sua esposa, admitindo que ainda não podiam se casar legalmente, mas chamando-a de noiva e exigindo para ela o mesmo respeito digno de um Avery na mansão de Northside. E tinha certeza de que, embora as pessoas fuxicassem, embora sua mãe desaprovasse, num mundo de mudanças tão radicais em que tudo estava de cabeça para baixo e um fazendeiro comum de Cambridgeshire governava o reino, o fato de que a futura Lady Avery ainda não era a esposa oficial do filho e herdeiro logo haveria de se tornar notícia velha.

Tudo o que precisava fazer, pensou James enquanto a estrada serpenteava sobre as colinas de South Downs, tão pálidas, cinzentas e enevoadas naquela manhã gelada, era convencer Alinor a deixar seu casebre de pescadora, a deixar a filha amada e o filho adorado, e seguir para o norte com ele. Confiante, James achava que seria capaz de persuadi-la. Ela poderia levar a filha e o filho, se quisesse, se esse fosse o preço a ser pago pela aquiescência dela. Ou os filhos poderiam visitá-la. Ou qualquer coisa, James pensou apaixonadamente, disposto a aceitar qualquer condição que ela estabelecesse. Desde que o acompanhasse.

TERRA DAS MARÉS, FEVEREIRO DE 1649

Ned, Rob, Alinor e Alys andaram pelo barranco ao lado do porto, passaram pelo antigo casebre de Alinor e pela cabana de pesca, atravessaram o espinheiro em formato de túnel, desceram até a praia de cascalho, baixando a cabeça sob os galhos pendentes do carvalho, depois subiram os degraus toscos construídos no quebra-mar e pegaram a trilha da igreja. O estrondo das pedras do moinho através do alagadiço e a corrida da água pela valeta reverberavam no ar frio, e Alinor olhou para trás, como se temesse que as águas estivessem no encalço deles. Ned ajudou as duas mulheres a transpor o escadote que dava acesso ao cemitério, e juntos seguiram, em silêncio e fila única, pelo caminho que serpenteava entre as lápides. Ned e Alinor pararam diante da pedra lisa que marcava o túmulo de seus pais.

— Eu queria que ele tivesse vivido para testemunhar o dia de hoje — disse Ned, referindo-se ao pai. — Ele nunca teria acreditado.

Alinor baixou a cabeça em silêncio.

— Sinto falta dela — foi tudo o que ela disse.

Os quatro se viraram e se encaminharam para a igreja; Alys e Alinor subiram a escada em silêncio até a galeria de madeira, onde ficavam as trabalhadoras da paróquia, e Ned e Rob se posicionaram à esquerda da nave, onde os homens esperavam, de chapéu na mão, até que os Peachey e sua criadagem entrassem e Sir William ocupasse seu assento. Somente depois que a nobreza chegava era iniciado o culto a Deus. Ned murmurou para Rob que nada mudaria na terra das marés, a despeito do que acontecesse em outros locais.

Havia apenas uma cadeira, a de Sua Senhoria, posicionada diante dos degraus da capela-mor, qual um trono. Walter estava em Cambridge, e não havia hóspedes no Priorado para ocuparem os bancos a eles reservados. Os criados dos Peachey ficavam de pé, atrás dos assentos vazios. Alinor, olhando da galeria para o belo chapéu de feltro escuro de Sua Senhoria enfeitado com uma bela pluma escura e um alfinete de prata enquanto ele avançava lentamente pela igreja, se perguntou se ele sentia falta do filho, ou se teria alguma notícia do antigo preceptor do menino. Ela sabia que jamais poderia lhe dirigir tal pergunta, nem a ninguém da mansão. Ela ajustou o xale grosso de inverno sobre a barriga redonda e viu o pastor dar um passo em direção ao púlpito, curvar-se diante de Sua Senhoria e dar início ao culto.

O novo culto, conforme definido pelo Parlamento e praticado pela Igreja obediente, avançou pelas orações e leituras habituais. Mas, quando chegou ao sermão, o pastor olhou para os homens que estavam ao fundo da igreja e disse:

— Edward Ferryman, estás aí?

— Presente! — respondeu Ned com a prontidão de um velho soldado na chamada.

— Podes nos relatar o que testemunhaste em Londres, para que todos possamos saber o que aconteceu ao rei que traiu seu povo?

Os homens de ambos os lados de Ned abriram caminho para ele poder se dirigir aos degraus da capela-mor. Ele avançou com cautela.

— Não fiz parte de nenhum conselho ou debate — disse ele. — Só posso contar o que vi.

— A visão de um homem honesto. O relato de um homem honesto é tudo o que queremos — garantiu o pastor, e alguns dos paroquianos mais devotos disseram:

— Amém.

Alinor se deu conta de que estava comprimindo as mãos escondidas pelo xale. Não sabia o que Sir William pensaria sobre o relato de Ned; receava que Ned, diante do incentivo do pastor, ultrapassasse a linha da deferência. Rob ergueu os olhos por cima do ombro, para a galeria onde sua mãe estava, e ela sabia que ele pensava o mesmo. O aprendizado do menino em Chichester só teria início no dia seguinte. A oportunidade dele poderia ser arruinada antes mesmo de começar.

Ned foi até o pastor, depois se voltou para as pessoas na igreja. Fez uma leve reverência para Sir William, que gesticulou, autorizando-o a falar.

— O rei Carlos foi julgado durante oito dias — disse ele. — Estive presente do primeiro ao último. Eu estava lá no primeiro dia, em Westminster Hall, quando ele foi trazido.

Alinor viu Sir William se agitar um pouco no assento.

— Havia mais de sessenta juízes sentados para ouvir como o rei responderia às acusações de tirania e traição ao povo — prosseguiu Ned.

A porta da igreja se abriu para um retardatário, mas ninguém se virou, apesar da rajada de ar frio. A congregação estava inteiramente atenta ao relato de Ned.

— O rei não falou enquanto as acusações eram lidas, e, quando falou, recusou-se a se declarar culpado ou inocente.

— Por quê? — gritou alguém. — Por que ele não falou?

— Ele falou — esclareceu Ned. — Ele falou, sim. Mas se recusou a se declarar culpado ou inocente.

— Por que não?

— Não sei ao certo — admitiu Ned. — Era estratégia de advogado.

Ouviu-se um leve burburinho de desaprovação.

— Mas por que eles não deixaram o rei responder?

— Foi ele que não quis falar. Chamaram testemunhas para depor contra ele numa saleta, mas ele nem sequer compareceu. Eram homens que o tinham visto no campo de batalha brandindo armas contra o próprio povo. Eram muitas as testemunhas desse ato. Eu mesmo vi.

— Posso falar?

Todos no interior da igreja se viraram para a porta a fim de ver o retardatário, mas ele estava parado embaixo da galeria, e nem Alinor nem Alys puderam ver quem era.

— Eu também estive no julgamento. Eu também acabo de chegar de Londres.

Alinor reconheceu a voz imediatamente, e apertou o punho na própria boca para não gritar, mordendo os dedos para conter uma sensação de desmaio.

— Quem é? — Alys cutucou a mãe.

— Não sei — sussurrou Alinor.

Ele subiu pela nave central da igreja, com uma capa escura de viagem, cuja gola quadrada caía pelos ombros e cuja barra roçava a parte superior do cano das botas polidas. Alinor, olhando da galeria, via apenas o chapéu, mas, quando ele o tirou, ela pôde ver a cabeleira escura e encaracolada. Não conseguia ver nada além das passadas firmes em direção aos degraus da capela-mor e o movimento da capa requintada.

— É o senhor, Sr. Summer? — perguntou o pastor.

James fez uma reverência a Sir William, depois se apresentou diante do pastor.

— Sou eu, James Summer, preceptor do filho de Sir William, Walter. Eu estava em Londres a trabalho e assisti ao julgamento do rei. Agora estou aqui para uma breve visita a Sir William. Será uma satisfação para mim apresentar meu depoimento e acrescentar meu testemunho ao de Edward Ferryman.

O pastor fez um gesto, convidando James a depor. James se virou para a congregação e dirigiu a Ned um meneio de cabeça. Pela primeira vez, Alinor viu seu rosto. Estava pálido. Uma expressão obstinada fazia com que parecesse mais velho do que quando ela o vira da última vez, inebriado de desejo, perdidamente apaixonado. Ela colocou a mão sobre o ventre e sentiu a criança mexer, como se soubesse que o pai tinha vindo por ela.

— Foi exatamente como Edward Ferryman disse — confirmou James. — O rei não quis se declarar por duas razões. Ele afirmou que o tribunal não era legítimo: não cabia ao Parlamento designar tribunais. Apenas monarcas os designavam. E disse que nenhum tribunal poderia julgar um rei ungido por Deus. — James fez uma pausa. — Do ponto de vista legal, acho que o argumento dele era válido. Mas isso significaria que nenhum rei poderia ser julgado por seu povo; e o Parlamento e os juízes estavam convencidos de que o rei precisava ser responsabilizado.

— Ele tinha feito guerra contra nós — interrompeu Ned. — E, quando prometeu paz, quebrou a promessa. Ele trouxe os escoceses para nos atacar, e estava planejando trazer os irlandeses também. O que os senhores acham que a esposa dele, a esposa papista, está fazendo em Paris, se não tentando convencer os franceses a nos invadir? O que os senhores acham que o filho dele está fazendo em Haia, se não se encontrando com nossos inimigos? São todos inimigos dos ingleses! Digam-me uma coisa: se ele estava em guerra com os ingleses, aliado aos nossos inimigos, comandando nossos inimigos, como é que poderia ser nosso rei?

Ouviu-se um murmúrio na igreja em apoio a Ned. Todos tinham sofrido durante as guerras, muitos perderam pais, irmãos e filhos que seguiram Sir William para aquele desastre em Marston Moor.

— Eu acho que é uma tragédia — disse James, sendo franco. — Acho que ele foi mal aconselhado desde o início, mas, no fim, eu queria que ele tivesse se declarado culpado e sido exilado.

— Sim, mas será que ele teria ficado no exílio? — indagou Ned com irritação. — Ele ficou na prisão durante anos, e não se contentou em ficar preso.

James baixou a cabeça e ergueu os olhos, encarando o olhar furioso de Ned.

— Talvez não — disse ele com calma. — Mas o que eu sei é que ele perdeu homens bons quando perdeu a lealdade de homens como você.

— Isso não tem nada a ver comigo! — Ned sacudiu os ombros, dispensando o elogio. — Não tem nada a ver com o que o senhor pensa de mim, ou com o que pensa dele. É errado um rei ser tirano de seu povo, e nós tivemos de pará-lo. De agora em diante, nunca mais um tirano governará os ingleses. Seremos livres.

James assentiu e não disse nada. Sir William mudou de posição na cadeira e inclinou a cabeça, como se estivesse pensando.

— O momento final dele foi de devoção? — perguntou o pastor.

Ned olhou para James, mas respondeu pelos dois.

— Foi, sim. Havia milhares de pessoas assistindo, na rua, do lado de fora do palácio, e disseram que o rei passou a noite em oração. Ele se apresentou com coragem, colocou a cabeça no cepo e sinalizou que estava pronto. O carrasco o decapitou com um só golpe.

Ouviu-se um suspiro por toda a igreja. Em algum lugar da galeria, uma mulher chorava.

— Deus o julgará agora — disse James. — E esse é o tribunal ao qual todos devemos comparecer.

— Amém — disse o pastor. — E agora tenho de chamar os proclamas, para um casamento, pela terceira e última vez.

Os dois homens, o irmão e o amante de Alinor, viraram-se, sem olhar um para o outro; Ned assumiu seu lugar ao fundo da igreja, entre os trabalhadores, e James ficou ao lado da cadeira de Sir William.

— Solicito proclamas para o casamento de Alys Reekie, solteira desta paróquia, e Richard Stoney, solteiro de Sidlesham — anunciou o pastor.

Alinor sentiu a mão de Alys se enfiando na sua, apertou-a e esboçou um sorriso para a filha.

— Esta será a terceira e última vez.

Houve uma pequena onda de interesse e contentamento por parte da congregação, e o jovem Richard Stoney, presente à Igreja de São Wilfrid para ouvir os proclamas, virou-se, olhou para a galeria das mulheres e piscou para Alys.

— Se alguém aqui presente tiver conhecimento de alguma causa ou de algum motivo justo que impeça que esses dois indivíduos se unam em santo matrimônio, deve agora se pronunciar.

— Já aconteceu de alguém se levantar e declarar um impedimento? — sussurrou Alys para a mãe.

— Não — respondeu Alinor. — Quem tentaria fazer um casamento bígamo na ilha de Sealsea, onde todo mundo conhece todo mundo e sabe da vida de todo mundo?

— O casamento ocorrerá no próximo domingo — declarou o pastor.

Ao deixarem a igreja, Alinor sabia que deveria cumprimentar Sir William e falar com James, diante dos olhares curiosos de toda a congregação.

Com Alys e Rob ao lado, e Ned relutantemente atrás, ela andou pela relva congelada e fez uma mesura ao senhor de terras, mantendo os olhos fixos em sua fisionomia inexpressiva.

— Sra. Reekie — disse ele, apenas acenando a cabeça para ela e para Ned, mas sorrindo para Rob. — Como vai, Robert?

— Vou bem, senhor. Vou para Chichester amanhã.

— Tudo combinado, não é? — Sir William olhou por cima do ombro para o Sr. Tudeley.

— Sim, o menino é esperado, e vou pessoalmente pagar a inscrição dele amanhã, depois que a mãe assinar a tratativa.

— Estamos muito agradecidos — disse Alinor.

— E aqui está seu paciente. A senhora acha que ele está bem?

Alinor fez uma mesura para James e enfim o encarou. Ela se sentiu fisicamente abalada com o calor do sorriso e a intensidade do olhar que ele lhe dirigiu. Sentiu-se congelada, como se fosse incapaz de dar um passo em direção a ele sem cair em seus braços, tampouco de fugir. Engoliu em seco, mas não conseguiu falar. Sentia o filho dele pesado no ventre, e não podia acreditar que ele não sabia que era pai de um bebê que ela carregava. Envolveu-se no xale, como se quisesse proteger a barriga saliente, e disse:

— Fico feliz em ver o senhor tão bem, Sr. Summer.

— Olá, Sra. Reekie — disse ele. — Fico feliz em revê-la. E como vai meu pupilo?

Rob sorriu.

— Sigo estudando meu latim — disse ele. — Sir William me deixa pegar livros emprestados da biblioteca dele. O senhor esteve com Walter?

— Ele agora está muito importante, frequentando Cambridge. — James riu. — Mas pretendo visitá-lo depois do início das aulas.

— E você se casará? — disse Sua Senhoria, saudando Alys. — Um rapaz da paróquia de Sidlesham?

Alys se virou e acenou para Richard, que se aproximou e fez uma reverência respeitosa para Sir William. Alinor notou a deferência cuidadosamente estabelecida: Richard Stoney era filho de um proprietário de terra, não era arrendatário dos Peachey, e jamais esqueceria tal diferença.

— Desejo felicidade a vocês — disse Sir William sem muito interesse. Fez um gesto de cabeça para o Sr. Tudeley, indicando-lhe que desse um xelim a Alys, então se voltou para Rob. — Pode vir jantar.

Acintosamente, ele não estendeu o convite a Alinor ou Alys, desconsideradas por serem mulheres de uma casa cujo chefe era um cabeça redonda. Ficou óbvio que nem sequer se dirigiria a Ned, que ficou de lado, com o chapéu na mão, recusando-se a se curvar.

— Obrigado — disse Rob com desenvoltura. — E escreverei para o senhor quando começar a trabalhar em Chichester.

Sua Senhoria assentiu e se virou, ignorando Ned. James olhou para trás, a fim de lançar um olhar para Alinor, depois seguiu Sua Senhoria, enquanto a congregação, liberada da deferência, aglomerou-se em volta de Ned para perguntar mais sobre o julgamento, sobre a execução, sobre o Parlamento e sobre Londres também, que era agora uma cidade real sem rei.

Alinor e Alys retornaram à casa da balsa pelo barranco do porto, seguidas por Ned, que vinha acompanhado por pessoas que lhe pediam mais detalhes sobre o julgamento e a execução. Ned respondeu a todos pacientemente. Um sentimento de orgulho por ter testemunhado grandes eventos o deixava feliz em poder contar sua história várias vezes. Nada semelhante tinha sido ouvido na terra das marés. Nada semelhante tinha sido ouvido na Inglaterra. Era o fim de um tipo de mundo e o começo de outro.

A maré estava subindo; portanto, as pessoas que residiam no continente e que, a caminho da igreja, tinham atravessado a pé o alagadiço congelado, agora queriam pegar a balsa até o outro lado do estuário, e Alys deixou Ned receber o dinheiro dos usuários e operar a balsa.

— O senhor ainda se lembra de como operar a balsa? — provocou ela. — Será que suas mãos ficaram finas demais para puxar a corda?

— Juro que tinha esquecido o frio que faz aqui — respondeu ele.

Ned entrou em casa soprando as mãos em concha para aquecê-las e ficou parado diante do fogo, enquanto Alinor puxava as brasas e colocava uma grande tora de madeira catada na praia.

— Antes de eu ir embora — disse ele baixinho para que Alys, no quarto do andar de cima, não ouvisse — você falou que precisaria de minha ajuda e que me diria quando eu voltasse.

Alinor não sabia o que dizer. Evidentemente, precisava falar com James. Juntos, decidiriam o que fazer e como revelar a notícia.

— É Alys — disse Alinor. — Ela está grávida.

Ned não ficou chocado. No interior do reino, em especial em regiões remotas como a terra das marés, muitos casais se casavam à moda antiga: uma promessa de casamento, seguida por um longo período de namoro e relações sexuais, enquanto buscavam uma casa ou economizavam para o casório. Muitas noivas exibiam um barrigão no dia do casamento. Algumas tinham uma criança, ou até duas, andando atrás delas até o altar.

— Eles se comprometeram um com o outro diante de Deus? Observaram o rito das mãos atadas e oraram juntos? É uma união abençoada? Ela não foi leviana? Ele não a forçou?

— Ah, não — garantiu Alinor. — Eles confiam um no outro; estão totalmente comprometidos. E ele deu um anel a ela. Só estão esperando pelo dote. Esta é minha preocupação. Os pais dele insistem na questão. É por isso que a gente tem se apressado para juntar dinheiro.

— Por que a pressa?

— Alys quer ter o bebê na Fazenda Stoney, que ele deve herdar. Ela gostaria que ele nascesse na família, com o nome do pai.

— Sinto muito não ter voltado para casa mais rico — disse Ned. — É um lugar muito caro, Londres. Mas ela recebeu o dinheiro da balsa. Ela pode juntar tudo e nos dizer se ainda falta. Vou com você amanhã até a Fazenda Stoney, e podemos conversar com eles, se você precisar de mim. E o jovem Richard não prometeu contribuir com a herança dele?

— Prometeu. Eu preferiria não aceitar, mas ela diz que Richard nos ajudará.

Ned riu.

— Deus do céu! Que garota! Está pedindo ao próprio noivo um empréstimo para o dote?

— Foi o único jeito que ela encontrou. Eles pediram uma fortuna. A gente juntou todo o dinheiro que conseguiu. Ele completará a diferença. Ela está decidida a realizar o casamento no domingo que vem.

Ele sorriu.

— Bem, é bom mesmo que a gente tenha uma nova vida, neste novo mundo que estamos criando. Se for menino, poderia se chamar Oliver, em homenagem ao velho Noll!

— Talvez — concordou Alinor, pensando que James jamais concordaria.

— Você está gostando de morar em sua antiga casa?

— Claro que sim — confirmou Alinor. — Mas, se você encontrar uma esposa e quiser trazê-la para cá, eu volto para meu casebre, ou para algum outro lugar, com prazer.

Ele riu dela.

— Eu não! E, em todo caso, para onde você iria?

Alinor sorriu.

— Ah, não faço ideia.

James pensou que a maneira mais fácil de ver Alinor seria voltar acompanhado de Rob, depois do jantar, pelas trilhas escondidas do porto, enquanto o céu escurecia no crepúsculo precoce do inverno. Disse que precisava de ervas para impedir o retorno da febre.

— Ela não venderá ervas no domingo — lembrou Rob.

— Posso dizer a ela do que preciso, e ela pode levar as ervas até o Priorado quando estiver passando por lá — inventou James.

No alto, acima das espessas nuvens cinzentas, ele ouvia os bandos de gansos vindo pousar nas croas de cascalho do porto e, em dado momento, ouviu o ruído sobrenatural de asas de cisnes. Estava escuro demais para enxergar qualquer coisa além da trilha sob seus pés e do eventual relance de uma lua fina entre as nuvens enredadas. Rob seguiu com passadas firmes pela tortuosa trilha já conhecida, mas James precisou acompanhá-lo com cautela. Nem sequer conseguia enxergar o caminho que o menino estava seguindo.

— E sua mãe vai bem? — perguntou ele, tentando acompanhar as passadas do menino.

— O inverno é sempre difícil no alagadiço — respondeu Rob. — E Alys precisou trabalhar na balsa todos os dias, mesmo nos mais frios, e minha mãe ficava apavorada sempre que Alys estava no estuário. Quando eu substituía Alys, era ainda pior. Ela morre de medo de águas profundas. Mas ela vai bem. É mais confortável morar na casa da balsa que no velho casebre.

— Elas estão na casa da balsa? Por que se mudaram do casebre?

Rob desviou o olhar do preceptor, com vergonha da deserção do pai.

— Falaremos para todo mundo que achamos que meu pai está morto — disse ele. — Depois do casamento de Alys. Mas, por causa do trabalho e da reputação, minha mãe não pode ser vista como uma mulher que mora sozinha. — Ele tropeçou, parou e se virou para o preceptor. — É melhor para ela ser vista como viúva, protegida pelo irmão, ainda mais depois que Alys e eu sairmos de casa. Lamento ter de mentir, senhor. Mas é uma necessidade.

James apoiou a mão no ombro curvado de Rob.

— Vocês estão fazendo o certo — disse ele. — Não é vergonha para você, nem para ela, que seu pai tenha resolvido não voltar para casa. Não é mentira dizer que vocês não esperam que ele retorne. E não direi a ninguém que o vi em Newport. Ele está morto para mim também.

Rob se alegrou visivelmente.

— A ilha é muito pequena. Ela não pode viver aqui com má fama.

— E Alys se casará? — James mudou de assunto, para não constranger mais o menino, e voltaram a andar.

— Domingo que vem. Ela teve de economizar cada moeda para o dote.

— Sua mãe deve estar feliz por ela.

— Todo o dinheiro que ela guardava foi embora.

James pensou que era um tolo por não ter enviado dinheiro. Mas como ela explicaria isso? E ele estaria desviando recursos que lhe foram entregues para seu trabalho em prol do rei. Não dispunha de recursos próprios. Como poderia roubar da causa que jurara defender, em favor da mulher que estava proibido de amar? Mas a ideia de Alinor ter passado dificuldades o fez corar de vergonha.

— Seu tio Ned nunca deveria tê-la deixado por tanto tempo — disse ele, irritado.

— Foi Alys quem cuidou da balsa. A mão não tocaria nela. O senhor acredita mesmo que meu pai não voltará para casa?

James ficou contente ao subir o barranco que conduzia ao estuário e avistar a casa da balsa, ainda que na escuridão.

— Foi o que ele disse. E será melhor para sua mãe se ele não voltar, você não acha?

— Melhor para Alys também. Os Stoney nunca a aceitariam se meu pai ainda estivesse aqui.

— E melhor para você?

Rob enrubesceu.

— O boticário não me aceitaria como aprendiz se conhecesse meu pai.

— Sua mãe será uma mulher livre dentro de seis anos — disse James.

— É tanto tempo! — disse Rob, como diria qualquer jovem, e James, ele próprio um jovem de 22 anos, não poderia discordar.

Chegaram à porta da casa da balsa. Rob girou a trava e a porta cedeu.

— O Sr. Summer veio comigo — disse ele, enquanto entrava, seguido por James.

Depois da escuridão do porto, o ambiente estava iluminado, embora a única luminosidade proviesse da lareira e das velas. Ned estava sentado à mesa, afiando um canivete; Alinor e Alys, em ambos os lados do fogo, fiando, com seus respectivos fusos apoiados lateralmente e os eixos das rocas girando a seus pés. Quando James entrou, Alinor se sobressaltou e o fuso foi parar longe.

— O senhor é muito bem-vindo — disse ela, recompondo-se.

— Quis acompanhar Robert — disse James meio sem jeito. — Pensei em pedir à senhora algumas ervas para minha febre... se ela voltar. Não quero incomodar vocês.

Ned mal levantou os olhos do trabalho, mas acenou com a cabeça, esboçando um cumprimento.

— O senhor aceita uma caneca de cerveja? — perguntou Alinor. — Por favor, sente-se. — Ela gesticulou para sua própria banqueta à beira da lareira.

— Obrigado, e depois voltarei pela estrada.

— A noite está escura — observou Ned.

— Sim, de fato.

Fez-se silêncio quando Alinor foi aos fundos da casa, que estava mais frio, serviu canecas de cerveja para James e Rob e trouxe outra para Ned. Rob sentou-se ao lado dela, no banco encostado na parede.

— É estranho estar de volta em casa? — perguntou James a Ned.

Ned deu de ombros.

— Não é a vida que escolhi, mas nenhum de nós pode viver a vida que escolhe. — Ele fez uma pausa. — Talvez o senhor possa — disse ele. — Talvez Sua Senhoria possa.

— Não mais — disse James honestamente. — Nunca pensei que isso aconteceria, e nunca pensei que acabaria assim.

Ned guardou o canivete com todo o cuidado na velha bainha de couro e empurrou de lado a pedra de amolar.

— É pena o senhor não ter pensado — disse ele com rispidez. — Isso tudo poderia ter sido impedido anos atrás.

— Concordo — disse James, tentando encontrar um terreno comum. — Faz tempo que penso que deveríamos ter encontrado um caminho sem ir à guerra. Que deveríamos ter chegado a um acordo, para que pudéssemos encontrar um meio de acabar com nossas diferenças e viver juntos.

— Bem, agora encontramos — disse Ned, dando um leve sorriso. — Embora, talvez, não seja o acordo de que o senhor gostaria. O senhor é capaz de viver nesta nova Inglaterra?

— Espero que sim — disse James. — Espero recuperar minha residência, e espero morar lá, com minha família, e ajudar...

— Ajudar o quê?

— O comando e o governo do reino... do país.

Ned levantou a cabeça e encarou James, como se não pudesse crer naquelas palavras tão serenas.

— E por que o senhor, e pessoas como o senhor, deveriam nos comandar e governar, quando perturbaram nossa paz durante quase dez anos?

James engoliu em seco.

— Porque sou inglês, e quero viver em paz.

— Tenho certeza de que todos queremos paz — interrompeu Alinor.

Ned sorriu para ela.

— Sim. Eu sei que você quer, irmã. E espero que agora tenhamos paz. Qual é sua opinião sobre como o país deve ser governado?

Alinor corou um pouco.

— Ah, Ned, você sabe que só conheço meu ofício. Acho que parteiras devem ser licenciadas, e que mulheres devem ir à igreja depois do resguardo. Quanto ao resto... O que eu sei?

James teve uma súbita lembrança da astuta previsão da mãe, que guiara a família através de anos de mudanças; ela conhecia o mundo tão bem quanto o marido, e era capaz de avaliar vantagens políticas mais rapidamente que qualquer homem.

— Você seria a favor de um governo feminino? — perguntou James a Ned, tentando sorrir.

— Prefiro ser governado por mulheres de bom coração que por todos esses monarquistas que agora voltarão para suas casas derrotados.

James corou de raiva.

— Não posso concordar com você — disse ele brevemente. — Acho que teremos de divergir.

Ned se levantou da mesa.

— Já divergimos — disse ele. — É como eu pensava. O senhor é como eu pensava. Se o senhor não estava fazendo algum trabalho de monarquista, ou de papista, era alguma outra coisa secreta e ruim. Quanto a mim, pouco me importa o que o senhor fazia no passado, desde que pare de fazer agora.

— O Sr. Summer foi meu preceptor — falou Rob em defesa. — Eu não teria a chance de um aprendizado sem o ensino dele.

Ned assentiu e colocou a mão no ombro do menino sentado.

— Eu sei. Eu sei que ele ajudou você. — Ele fez uma pausa. — Vou dormir — disse ele. — Alguns de nós temos de trabalhar amanhã cedo. E esse rapaz tem de começar em Chichester amanhã de manhã, e isso é um ótimo começo para ele. Deus ajuda quem cedo madruga.

— Sim. — James ficou de pé. — Eu já vou. Só vim para encomendar algumas ervas para febre. Lamento não podermos concordar.

— Eu acompanho o senhor até lá fora — disse Alinor, dirigindo-se depressa à porta da frente. — Levarei o senhor até a estrada.

— Não deixe que ele caia no estuário e se afogue — observou Ned com um sorriso tão azedo que suas palavras pareciam mais uma ameaça que uma piada. — Seria uma perda para o futuro governo. Boa noite, Sr. Summer. Ou o senhor adotará outro nome, quando assumir suas terras? Esse é mesmo seu nome?

James se virou para Ned e estendeu a mão.

— Terei outro nome, e lamento ter usado uma identidade diferente. Perdi minha fé algum tempo atrás, e ambos testemunhamos a morte de meu rei. Eu estava esperando para fazer a paz com todos os meus compatriotas e com você. Espero que um dia perdoe meus pecados, assim como eu perdoo os seus.

Ned se surpreendeu ao apertar a mão do homem.

— Sim, tudo bem — disse ele. — E nenhuma enganação no futuro?

— Nenhuma — disse James. — A guerra acabou para nós dois e para o rei.

— Sim — disse Ned com discreta satisfação. — Sem dúvida acabou para ele.

Alinor estava esperando na porta com um xale na cabeça.

— Vou guardar as galinhas — avisou ela, voltando-se para o ambiente iluminado pelo fogo.

Quando saíram no ar frio, James pôde ver o contorno pálido do rosto dela e os olhos castanhos à luz da lua em formato de foice. Pensou que nunca tinha visto na vida algo mais belo que aquela mulher, naquela paisagem incolor, com a água do porto brilhando como uma chapa de estanho atrás dela, e aquela lasca de lua branca feito gelo no céu.

— Não está com frio? — perguntou ele, e passou o braço pelos ombros dela, como se pretendesse lhe endireitar o xale, mas, na verdade, abraçando-a com tal desenvoltura e naturalidade que era como se nunca tivessem se separado. Ela cedeu ao abraço, mas, de imediato, ele notou uma diferença. Através de camadas de tecido rústico podia sentir o corpo dela, mas havia algo estranho. Algo naquele toque o horrorizou, como se ela fosse um ser capaz de mudar de forma em alguma história assustadora, e ele se contraiu, deu um passo para trás e olhou para ela. E notou que a palidez no rosto dela não decorria apenas do luar.

— J-James — disse ela, gaguejando o nome dele.

— Meu amor?

— Você voltou para mim?

— Como prometi, no minuto em que pude.

Ela suspirou, e ele percebeu que Alinor estivera prendendo a respiração desde o momento em que ele tinha passado pela porta. A ansiedade da mulher o deixou ainda mais alarmado. Ele olhou de volta para a porta escura, e ela o pegou pela mão, levou-o pela lateral da casa e através do portão, até a horta que ficava ao longo da estrada deserta.

— Tenho uma coisa para lhe falar — disse ela.

Ao som da voz de Alinor, as galinhas, aquecidas no galinheiro, saudaram-na com cacarejos sonolentos. Ela se curvou e trancou a porta do galinheiro, passando um ferrolho na parte superior e outro na parte inferior.

— Tenho uma coisa para lhe falar primeiro — disse ele rapidamente. — Eu me encontrei com meus pais, com minha mãe e meu pai. Falei para eles sobre você. Disse que pagarei a multa ao Parlamento e recuperarei nossa casa. E levarei você para lá, e daqui a seis anos, quando você for declarada viúva, nós nos casaremos.

Ele viu os lábios pálidos dela tremerem e teve receio de que ela fosse contestar algo. Mas, para sua surpresa, ela consentiu imediatamente.

— Sim — disse ela em voz baixa. — Sim, eu me caso com você, e vivo onde você quiser. Sim. E eu tenho uma coisa para lhe falar.

— Você vai comigo? — Ele mal pôde crer nas palavras dela.

— Eu vou. Mas tenho uma...

— Meu amor! Meu amor! Você vai comigo!

— Tenho uma coisa para lhe falar.

— Qualquer coisa! Qualquer coisa!

As galinhas voltaram a cacarejar, ouvindo as vozes.

— Fale mais baixo! — disse ela, afastando-o do galinheiro. — Tenho de lhe falar...

Ele pegou a mão dela.

— Claro. O que é, meu amor?

Ela respirou fundo, como se não conseguisse falar. Então, as palavras foram pronunciadas num tom de voz tão baixo que ele precisou se inclinar para ouvi-las.

— Estou esperando um bebê — disse ela.

Por um instante, ele não entendeu o que ela disse; não conseguiu ouvir as palavras. Separadamente, as palavras tinham significado, mas juntas não faziam nenhum sentido, e ele não conseguia entender.

— O quê?

— Estou esperando um bebê.

— Como? — perguntou ele tolamente.

Ela conseguiu esboçar a sombra de um sorriso.

— Como costuma acontecer. Quando estivemos juntos no celeiro.

— Mas como? — perguntou ele novamente. — Como isso pôde acontecer?

— O que poderia ter impedido?

— Pensei que você pudesse impedir! — respondeu ele, falando perigosamente alto.

— Fale mais baixo — disse ela outra vez, e o levou para mais longe pelo caminho até o portão dos fundos, para não serem ouvidos da casa.

Numa reflexão totalmente sem sentido, de repente, ele pensou o quanto detestava uma horta no inverno, tão escura e lamacenta, e nada crescendo. Pensou como era desolada, e como era feia. Pensou o quanto lhe desagradava o fato de as galinhas reconhecerem a voz de Alinor e cacarejarem em resposta. A futura Lady Avery não deveria colher nabos e alimentar as próprias galinhas; e o toque da mão dela na dele era áspero.

— Você tem certeza?

Agora ela sorriu.

— Claro que tenho certeza.

O sorriso o enfureceu, como se ela o considerasse um tolo.

— Entendo perfeitamente — retrucou ele. — Não é que eu não saiba como foi. Só achei que você, uma mulher casada, uma curandeira, saberia evitar o que aconteceu.

Ela balançou a cabeça; estava tão serena que chegava a irritar.

— Não faço esse tipo de trabalho.

— Não é trabalho quando é para você mesma! — argumentou ele como um jesuíta. — Seria trabalho e pecado se você estivesse impedindo a concepção da criança de outra mulher: pecadora ou adúltera. Mas para você não seria pecado ingerir algumas ervas ou beber alguma poção, assim que soube do fato. Ou melhor ainda, antes que cometesse o ato!

— Cometesse o ato? — repetiu ela, como se não entendesse as palavras.

— Então, não haveria pecado nenhum, pois não haveria intenção. Você entende? Se não há má intenção, não há pecado. Por que você não ingeriu ervas na manhã em que nos despedimos?

— Eu não estava pensando em nada além de nós, em nada além de nós e daquele celeiro, como se fosse um tempo fora do tempo — admitiu ela. — Eu ansiava pela noite, quando eu veria você de novo. Então você se foi, e ficou apenas o anseio. — Ela apertou o xale sobre a barriga arredondada. — É claro que, logo que eu soube, fiquei pensando no que fazer. Passei a noite em claro, pensando. Foi uma noite longa e fria...

Alinor interrompeu o que dizia. Queria falar sobre o brilho intenso da praia de conchas ao luar, sobre as pedras pesadas que havia escolhido, a ideia de entrar no alagadiço, a certeza da morte por afogamento e sobre a revelação de que a vida da criança era uma alegria para ela.

Então, viu o semblante dele sisudo e irritado.

— Mas eu nunca faria isso. Eu não usaria ervas para envenenar nenhum bebê. Eu nunca envenenaria meu bebê. E prefiro morrer a envenenar nosso bebê.

Ela viu os ombros dele se contraírem, com imediata repulsa.

— Ainda não é um bebê — disse ele. — Não segundo a lei. Não até que se mexa. Não aos olhos de Deus. Já se mexeu? Sim ou não?

Um tanto surpresa, ela desviou a atenção dos olhos carrancudos dele para a boca rígida.

— Já — disse ela calmamente. — É claro. Nós concebemos o bebê em setembro. Eu o senti se mexer no Natal. Sei que existe vida nele. Ele dorme e acorda dentro de mim; eu sinto. Talvez ele até sonhe.

— Não me diga que é um menino!

Mais uma vez ela olhou para ele com um olhar firme e sombrio.

— É claro que ninguém pode saber com certeza. Mas existe uma criança, e acredito que seja um menino.

— Não é. Não é nada. Não é tarde demais para...

— Tarde demais para quê?

— Para você tomar a erva, ou a bebida, ou seja lá o que for. Não é tarde demais para isso.

— Não é tarde demais para eu enfiar um punhal na minha barriga e matar o bebê dentro do útero — observou ela.

Ele engoliu em seco.

— É claro que eu não gostaria que você fizesse isso. Mas, Alinor...

— Sim?

— Alinor, eu quero levar você para minha casa; eu quero que você viva lá como minha esposa. Você será a próxima Lady Avery.

Imediatamente, a atenção dela foi desviada.

— É esse seu sobrenome?

— Sim, sim, e daí? Isso não vem ao caso. O que estou dizendo é que não posso levá-la à presença de minha mãe e de meu pai se você estiver grávida, sendo que você ainda é a esposa de outro homem. Se você permitir que a criança nasça, ela terá o sobrenome de Zachary. Não posso criar um filho de sobrenome Reekie em minha própria casa! Já não basta minha mãe ter Alys e Robert como netos? Não posso, Alinor. Entenda, não posso. Seria uma vergonha para você, para mim e para meu sobrenome.

— Eu não sabia que esse era seu sobrenome — repetiu ela. — Avery! Você é o lorde Avery?

— Não. Meu pai é baronete. Não que isso importe.

— Mas eu pensei em você esse tempo todo como James Summer. Seu nome não é James? Como chamarei você por outro nome?

A reação foi tão ridícula, tão frívola, que ele a agarrou pelos ombros e, imediatamente, ela recuou para evitar uma pancada, seguindo a velha lição de que uma sacudida era seguida por um golpe, e que, se caísse no chão, levaria um chute na barriga ou no rosto. Prontamente ele a soltou, horrorizado, retirando as mãos dos ombros dela e abrindo-as, como se quisesse mostrar que não estava armado.

— Não! — disse ele. — Pelo amor de Cristo, não! Não sou aquele brutamontes. Eu jamais machucaria você. Perdoe-me, perdoe-me! Mas não estou conseguindo fazer com que você me escute! Alinor, você precisa me ouvir.

— Estou ouvindo — disse ela, recuperando-se mais rapidamente que ele. — Estou ouvindo. Mas não posso fazer o que você me pede.

— Perdoe-me... — Ele tentava acalmar as batidas furiosas do coração. — Foi um mês terrível, um ano terrível. No momento exato em que me encontrei com meus pais... e eles ficaram muito irritados... soubemos da prisão do rei. Então, não pude sair do seminário, como pretendia fazer, e fui obrigado a voltar ao serviço real. Desde então, estive em Londres e em Haia, e depois voltei a Londres, tentando desesperadamente... você não faz ideia... me encontrando com homens que não tinham esperança, pedindo dinheiro a indigentes, pedindo que agissem, e eles sem coragem de agir, enviando mensagens sem obter respostas, e agora, que Deus tenha misericórdia de nós, agora ele está morto, e tudo acabou, e nossa derrota foi a pior de todas, e tenho de ouvir as provocações de seu irmão...

— Ned não provocou você.

— Provocou, sim. Você não entende. Foi coisa de homem. Foi sobre nosso país, nossa guerra.

— Minha guerra também — observou ela. — Meu país também.

Ele deu um rápido passo, afastando-se dela, em direção ao portão, como se quisesse correr e pegar a estrada, enfurecido.

— Isso não vem ao caso! Você não está me ouvindo!

Ela ficou parada e em silêncio, feito um cervo que fareja perigo, mas não sabe o que está por vir. Ficou imóvel, inocente feito um cervo, atenta feito um cervo que fareja o vento. Ele voltou a se aproximar dela, com os punhos cerrados, e lutou para encontrar palavras para se explicar.

— Você me deu um choque terrível. Não sei o que dizer.

Uma coruja avantajada, com uma grande envergadura de asas brancas, voou ao longo da cerca viva que marcava o caminho, vindo na direção deles, evitou se chocar com os arbustos e desapareceu no campo do outro lado da horta. James notou que Alinor observava a coruja, como se a ave a alertasse de algo, e pensou que era impossível para um homem como ele — um homem letrado, um homem espiritual — entender uma mulher como aquela, num lugar como aquele.

— O que foi? — indagou ele, e ela voltou o olhar para ele.

— Eu só olhei para a coruja — disse ela, em voz baixa, sabendo que ele estava irritado, mas sem saber por quê. — Eu estava prestando atenção em você. Só dei uma olhada para ela.

— Você está com frio — disse ele, mas foi ele próprio quem estremeceu. — E Ned se perguntará por onde você anda.

— Ele sabe onde estou. Eu disse a ele que ia cuidar das galinhas.

Irritado, James mordeu o lábio.

— O que quero dizer é que não podemos conversar agora. Não podemos conversar aqui. Temos de conversar amanhã. Precisamos nos encontrar amanhã, em algum lugar, e conversar. Onde você pode me encontrar?

— Tenho de levar Rob para Chichester amanhã.

Mais uma vez, ele mordeu o lábio e sentiu gosto de sangue.

— Edward não pode levá-lo?

— Ah, não! — Ela ficou espantada com a sugestão. — Quero conhecer o mestre de Rob e a casa dele, e ver onde Rob trabalhará. O Sr. Tudeley fará o pagamento. Eu tenho de assinar a tratativa. Eles aceitarão a assinatura de uma mulher. Tenho um bom nome em Chichester.

Ele tentou manter a calma.

— Sim, de fato. Então, vou a Chichester e encontro você lá.

Ela assentiu, sem falar nada, e abriu o portão para ele sair. Ele ficou perplexo com a serenidade dela.

— Alinor, precisamos ficar juntos, precisamos voltar a ser amantes. Farei de você minha esposa. Vou lhe dar meu sobrenome... meu sobrenome verdadeiro. Você se acostumará! Eu te amo, eu te quero. Mais que qualquer coisa no mundo. Você é tudo o que me resta! Eu perdi tudo o mais. Você é tudo o que resta para mim.

Ela aquiesceu, sem dizer nada.

Ele achou a serenidade dela nada natural, enquanto ele transpirava, com um misto de raiva e desejo frustrado.

— Onde podemos nos encontrar?

— Na Cruz do Mercado? — perguntou ela. — Antes do meio-dia?

— Estarei lá. Ninguém sabe disso, sabe? — Ele apontou para a barriga dela. — Você não contou para ninguém?

Ela mentiu, pela primeira vez, sem refletir.

— Ninguém.

— Então, vai ficar tudo bem. — Ele tentou tranquilizá-la, embora fosse ele que parecesse estar em pânico. Ela se mostrava tão serena quanto a lua em formato de foice.

— Vai ficar tudo bem — concordou ela, com os lábios pálidos, fechando o portão e voltando à horta congelada.

Enquanto se afastava, ele a ouviu falar baixinho com as galinhas, no mesmo tom suave que empregara para acalmá-lo.

Alys queria ir a Chichester com a mãe e Rob, conhecer o novo mestre de Rob, pegar mais lã para fiação e talvez até comprar uma fita para enfeitar seu vestido de noiva.

— Hoje é segunda — disse Alinor, tentando desmotivá-la. — A barraca de fitas tem muito mais opção no sábado. E o vendedor trará lã aqui em casa, quando ele vier na próxima semana.

Alys fez careta.

— De qualquer forma, acho que devo trabalhar no moinho — disse ela.

— Deve mesmo — concordou Alinor.

— Quase prefiro trabalhar na balsa a passar o dia com a Sra. Miller.

— Você não quer pedir a seu tio Ned que substitua você lá na leiteria? — Sem querer, Alys riu. — Ah, ela não é tão má assim — acrescentou Alinor. — E hoje é dia de assar. As outras mulheres estarão por lá na hora em que o forno for aceso, e você pode assar um pão para a gente.

Alys enrolou um xale nos ombros e apertou o avental na cintura larga.

— Vou até a Fazenda Stoney depois que sair do trabalho. Jantarei lá, e mais tarde eu volto — disse ela.

— Sim, sim — disse Alinor, distraída. Então foi até o pé da escada, chamou Rob e ouviu seu grito de resposta. — Ajude-me a levar a tina até a copa para Rob.

As duas mulheres enfiaram o bastão nas alças, ergueram a tina cheia de água quente e a levaram até o centro da sala; então, Alinor beijou a filha e acompanhou-a até a porta, virou-se para o pé da escada e, mais uma vez, gritou por Rob.

Ele desceu a escada só de camisa, despiu-se e se lavou, usando um sabão cinzento enquanto Alinor derramava jarras de água quente nos ombros e na cabeça do menino.

Com pernas compridas qual um bezerro, Rob saiu da tina, pisou num tapetinho que Alinor havia colocado diante dele e se esfregou com um lençol de linho. Em seguida, sentou-se embrulhado no lençol numa banqueta perto do fogo enquanto Alinor lhe aparava a vasta cabeleira castanha e a esfregava, aplicando sua própria mistura de azeite e vinagre de maçã, depois passava um pente fino para pegar piolhos. Rob vestiu a roupa limpa que lhe fora doada no Priorado e os calções que herdara de Walter Peachey.

— Coma alguma coisa — insistiu Alinor, e colocou um pedaço de pão e uma caneca de cerveja de mesa à frente do menino na mesa da cozinha.

Quando terminou, ele ajudou a mãe a levantar a tina e carregá-la de volta à copa.

— Quer que eu esvazie a tina? — perguntou ele. — É pesada para a senhora.

— Lavarei o chão com essa água, mais tarde — disse ela. — Pode deixar.

Alinor havia comprado um bom par de calções compridos de segunda mão no mercado de Chichester, e os sapatos que Rob ganhara de Natal, no

Priorado, ainda cabiam, apesar de estarem apertados nos dedos. Ele tinha também uma jaqueta que pertencera a Walter.

Alinor acariciou a lã grossa da manga.

— Coisa fina — disse ela.

— Não é nada. É a jaqueta velha dele, a de reserva. Ele usou veludo para ir para a universidade.

— Sinto muito... — começou a dizer.

Rob sorriu.

— A senhora sente muito porque eu não tenho uma jaqueta de veludo? Porque não posso participar de um banquete em Cambridge? Mãe, eu é que sinto muito porque não poderei mais contribuir com o que ganho no Priorado, porque Alys não conseguirá todo o dinheiro que precisa para o dote, e porque a senhora tem de trabalhar de sol a sol. Sei que tive muita sorte. Sei como fomos abençoados. E, assim que ganhar meu primeiro salário, entregarei tudo para a senhora.

Alinor lhe estendeu os braços, e ele baixou a cabeça e deixou que ela o abraçasse, mas já não se agarrava à mãe como costumava fazer quando era seu menininho.

— Você está crescendo — disse ela com tristeza.

— Já sou um aprendiz! — disse ele com orgulho.

— Tenho a sensação de que estou perdendo você — disse ela. — Como se você estivesse indo embora, para longe de mim.

— É só Chichester — lembrou ele. — Não estou indo para o mar.

— Não, e agradeço a Deus isso, ao menos — disse ela. — Visitarei você quando for ao mercado, e você voltará para casa, para o casório de Alys, no domingo, e depois, para a Festa da Anunciação.

Delicadamente, ele se apartou do abraço dela.

— Claro. A senhora me verá daqui a uma semana.

— Já está pronto para ir? — perguntou ela, meio que esperando que ele dissesse não, e eles pudessem dispor de mais tempo juntos.

— Vou pegar minha sacola — disse ele.

Ele subiu a escada até o quarto que ficava no mezanino e voltou carregando a pequena sacola contendo algumas peças de roupa limpas, uma colher, uma caneca, uma faca, um segundo par de calções e — presente de Sir William — um caderno com páginas em branco, para ele começar a compilar o próprio livro de receitas e remédios que aprenderia com o boticário. Ele tinha sua própria pena, uma faca para apará-la e um potinho de tinta, lembranças da sala de aula do Priorado.

— Está tudo aí? — perguntou Alinor.

— Sim.

— Bem, se você precisar de alguma coisa, é só mandar um recado.

Saíram de casa, fechando a porta com cuidado. Ned estava do outro lado do alagadiço, pendurando a ferradura que servia como sineta, mas, quando os viu, trouxe a balsa e a manteve firme enquanto Alinor embarcava.

— Tudo pronto? — perguntou ele a Rob. — Você é o primeiro de nós, Ferryman, a ter um aprendizado. O primeiro que vai fazer um trabalho limpo. O primeiro a fazer serviço interno.

— Estou pronto — disse Rob.

— Nossa mãe teria morrido de orgulho — disse Ned a Alinor. — Isso mostra o que o estudo pode fazer... e o favor de alguém — acrescentou ele.

— Rob sempre foi inteligente, mesmo quando era bebê — disse Alinor. — Nossa mãe viu isso nele, embora jamais pudesse sequer sonhar com o dia de hoje. E ele fez por merecer o favor dos Peachey, com muita justiça. Aprendeu o suficiente na escola para acompanhar os estudos de mestre Walter. E eles viraram amigos, amigos de verdade.

— Nasceu para ser lorde? — brincou Ned com ela, enquanto firmava a balsa e segurava a mão da irmã para ajudá-la a desembarcar.

— Claro que não — disse ela. — Mas basta saber que ele e mestre Walter estavam estudando juntos, e que agora Walter será advogado ou, de qualquer forma, um cavalheiro.

— Basta saber que sempre há lugar para um apadrinhado, e nada muda — disse Ned.

— Tudo está mudando — disse Rob para a surpresa de todos, pulando da balsa ao cais e ajudando Alinor a pisar em terra firme. — Tudo está mudando. Temos um Parlamento em vez de um rei. Podemos falar com nossos mestres de pé, não precisamos nos ajoelhar. Ganharei um bom salário, não serei pago em moedinhas. Nunca mais vamos passar fome. — Ele se virou para o tio, e os dois se abraçaram. — Obrigado, tio Ned — disse Rob. — Volto no domingo.

— Enquanto isso, guarde isto aqui — disse o tio, enfiando uma moeda na mão dele. — Guarde, você pode precisar. Talvez não alimentem você muito bem, então pode comprar uma torta, ou um pão. E, se não tratarem você bem, deve nos dizer. Você tem razão: não somos tão pobres que as pessoas possam fazer o que quiserem conosco. E não vamos apanhar de ninguém.

— Ficarei bem — prometeu Rob.

Alinor pegou o braço dele, e juntos seguiram pela estrada, afastando-se do alagadiço e da trilha do moinho, em direção à via que levava a Chichester.

— Vá com Deus, sobrinho! — exclamou Ned. — Vá com Deus.

Pegaram uma carona com um carvoeiro que trabalhava na floresta da ilha de Sealsea e transportava carvão para as cozinhas de Chichester. Ele permitiu que os dois sentassem na boleia, ao lado dele, para não sujarem as roupas limpas nos sacos cobertos de fuligem. O carvoeiro os deixou na Cruz do Mercado e se dirigiu ao Portão Leste, onde ficavam os fornos dos fabricantes de agulhas.

Alinor e Rob seguiram pela rua Norte até a casa do boticário. A exemplo de muitos comerciantes, ele usava o cômodo da frente da casa como loja, com persianas de madeira nas janelas que eram erguidas para servir de toldo quando a loja estava aberta. Nos fundos da loja, atrás do balcão, ele mantinha alguns pequenos frascos, vidros de destilação e um forno de secagem para ervas e especiarias. A esposa, com touca branca e avental asseado, atendia os clientes, chamando o marido para consultas, separando pílulas e preparando poções. Ela preparava e servia doses de elixires. Numa cervejaria no quintal, fazia cerveja com sabores especiais, usando ervas e especiarias para ajudar na digestão, para aquecer, ou prevenir fadiga.

Alinor bateu à porta e entrou. Rob a seguiu, piscando os olhos, porque o recinto estava escuro comparado com a luminosidade da rua lá fora.

— Ah, Sra. Reekie — disse o boticário.

— Bom dia, Sra. Reekie — disse a esposa. — E esse é seu garoto?

Alinor deu um passo atrás, mas não precisou empurrar Rob para a frente, como teria sido o caso um ano antes. Ele se adiantou, com a confiança que havia adquirido no Priorado, e fez uma pequena reverência para a dona da casa e para seu novo mestre.

— Eu sou Robert Reekie — disse ele. — Obrigado por me aceitarem como aprendiz.

Alinor viu a Sra. Sharpe sorrir diante da boa aparência e das boas maneiras de Rob, e o Sr. Sharpe estendeu a mão para cumprimentá-lo. O sininho da loja tocou, e o Sr. Tudeley, o encarregado do Priorado, entrou.

— Ah, bom dia, bom dia — disse ele. — Que bom que chegaram na hora, Sra. Reekie, Robert. Bom dia, Sr. e Sra. Sharpe. Vocês têm em mãos o contrato de aprendizado do Robert?

— Bem aqui. — O Sr. Sharpe apresentou o contrato de aprendizado relativo à sua guilda, com os nomes de Robert e dele próprio já escritos em caligrafia oficial.

Firmou os cantos do pergaminho com pesos de latão usados na balança de produtos secos, para que todos pudessem ver o imponente documento, com selos vermelhos e fitas na parte inferior. Rob se aproximou da mesa e pegou a pena. Alinor testemunhou, amando-o, enquanto ele assinava o nome sem hesitação nem nenhum borrão de tinta, e sem riscar um "X" na página, como teria feito seu pai analfabeto. Então, o Sr. Tudeley assinou como patrono de Robert, e o Sr. Sharpe assinou como mestre e profissional que apresentaria Rob à Guilda dos Boticários de Chichester, depois que ele cumprisse o tempo de aprendizado previsto na tratativa.

Alinor deu um passo à frente e assinou como Viúva Reekie, genitora e guardiã de Rob, e registrou sua ocupação como parteira.

— Está feito — disse o Sr. Tudeley. — Robert, espero que faça jus à confiança do Priorado e de sua mãe.

— Farei, Sr. Tudeley — disse Rob. — Por favor, agradeça a Sua Senhoria por ter me dado essa grande oportunidade na vida.

— Sem dúvida a senhora vai querer ver o quarto dele — disse a Sra. Sharpe, dirigindo-se a Alinor.

— Eu ficaria agradecida — disse Alinor.

A dona da casa conduziu Alinor e Rob pela escada até os dois cômodos acima da pequena loja. No patamar, havia outra escada, que levava ao sótão, onde a criada dormia num lado, e um quartinho, que seria de Rob, embaixo dos beirais, do outro lado.

Os três se amontoaram no pequeno espaço, e Alinor se abaixou para olhar pela janela, vislumbrando a rua abaixo.

— Ele comerá em nossa mesa — disse a senhora. — E um domingo por mês ele tem a tarde de folga.

— E eu posso visitá-lo? — perguntou Alinor. — Quando vier a Chichester, para o mercado?

— A senhora pode entrar na loja se ele não estiver ocupado servindo. Mas ele não pode sair para se encontrar com a senhora. Já tivemos meninos aprendizes antes. Eles precisam se acostumar com a nova vida.

— Ele já morou longe de casa — tranquilizou-a Alinor. — No Priorado, nos dois últimos trimestres. Mas fico agradecida por vocês o deixarem ir para casa no domingo que vem, para o casamento da irmã.

— Ela se casará com o filho dos Stoney, certo?

— Isso — disse Alinor.

— O Sr. Tudeley me disse quando veio tratar do aprendizado de Rob. A senhora deve se orgulhar de seus dois filhos!

Desceram as duas escadas e voltaram à pequena loja. O Sr. Tudeley já havia ido embora, levando consigo um sachê de pétalas de rosa como presente. Alinor fez uma reverência para o Sr. Sharpe e beijou a Sra. Sharpe nas duas faces; Rob a acompanhou até a porta da loja e saiu um instante para se despedir.

Alinor encarou o filho, ainda tão jovem. A cabeça dele chegava ao ombro da mãe. Ela pensou que ele ainda era seu garotinho, amarrado ao seu avental, enrolado nos cordões de seu coração, mas, ao mesmo tempo, já era quase um rapaz: ela constatou a largura dos ombros dele e a confiança de sua postura. Ele já possuía conhecimentos livrescos que ela jamais possuiria, e já exibia boas maneiras que ninguém ensinara a ela. Rob subiria na vida, longe dela, e Alinor deveria estar feliz em vê-lo partir. Sua tarefa como mãe agora já não era mantê-lo seguro e perto do coração, mas libertá-lo e deixá-lo voar, como se ela fosse uma falcoeira, soltando um belo falcão na natureza.

— Deus te abençoe, Rob. — Sua voz estava embargada de emoção. — Você sabe ser um bom garoto, e me diga sempre como você está. Mande um recado, para dizer que está tudo bem.

— Não se preocupe comigo — disse ele com alegria. — Estarei em casa no domingo para o casamento!

Rob ficou esperando, e os Sharpe, dentro da loja, também esperavam que ela partisse. Alinor sabia que não podia fazer nada além de ir embora. Ainda assim, seus pés não se mexiam.

Rob lhe deu um beijo.

— Pode ir — disse ele, mais como um homem que como seu garotinho. — Pode ir, mãe. Vai ficar tudo bem. A senhora vai ver.

Alinor esboçou um sorriso trêmulo, virou-se e foi embora.

A Cruz do Mercado ficava no centro da cidade, e as ruas estavam lotadas de homens e mulheres, pessoas entregando mercadorias, comerciantes em barracas, ou com cestas nos braços, ou com itens espalhados pelo chão, anunciando seus artigos. Alinor, com o rosto escondido pelo capuz, dirigiu-se aos degraus da cruz e logo se deparou com James Summer, parecendo surgir do nada.

Ele pegou a mão dela, sem dizer uma palavra, e a levou até a sala da frente de uma estalagem próxima. Ela hesitou na porta.

— Não posso entrar aí — disse ela, chocada. — E se alguém me vir?

— Não é uma taverna — esclareceu ele. — É uma estalagem. Senhoras em viagem podem se alimentar e beber aqui. É totalmente...

— Ninguém me tomaria por uma mulher decente me vendo aqui com você.

— Nada disso! Veja... — Uma família desceu de uma carruagem e atravessou o pequeno saguão, seguindo para uma sala de jantar privativa, sem olhar para ela. — Minha própria mãe costuma comer em estalagens — disse ele. — É totalmente decente.

— Eu nunca botei os pés num lugar assim — resistiu ela.

Ele se deu conta de que uma mulher pobre e interiorana jamais teria visto o interior de uma estalagem, não entenderia a diferença entre uma cervejaria suja de vilarejo e uma respeitável estalagem de uma pequena cidade como Chichester. Ele se deu conta de que precisava aprender a ser paciente com ela e apresentá-la, gradualmente, ao seu mundo.

— Alinor, por favor, precisamos ir a algum lugar onde possamos conversar. Venha. Prometo que ninguém vai vê-la e que não haverá problema nenhum se isso acontecer. Você tem de confiar em mim. Tomarei decisões por você agora e no futuro.

James a pegou pela mão e a levou até uma mesa por ele reservada no canto da sala de jantar, com uma jarra de cerveja morna para os dois e um prato de pão e carnes.

Ela sentou, nervosa, na beira da cadeira que ele puxou, e olhou em volta. Ele conteve sua irritação diante do fato de que aquela Alinor não era a estranha mística que conhecera no cemitério, nem a camponesa livre que assara peixe em gravetos. Ali, ela era uma mulher pobre, com receio do julgamento de terceiros.

— Robert começou a trabalhar? Você ficou satisfeita com o lugar onde ele vai morar?

Ele percebeu que estava falando alto, como se conversasse com alguém com dificuldade de audição, ou que fosse bastante simplório.

Ela pegou a caneca de cerveja morna e a envolveu com as mãos frias.

— Sim, sim — disse ela. — Acho que ele se sairá muito bem lá. Eles têm um bom comércio, e a senhora da casa produz a própria... — Ela interrompeu o que dizia ao ver o ar sombrio no rosto dele, e percebeu que ele não tinha nenhum interesse verdadeiro no trabalho de Rob. — Você não está interessado nisso.

— Temos de decidir o que faremos.

Ela assentiu, largou a caneca e cruzou as mãos no colo. Não tomara um gole sequer, e ele achou que sua indiferença em relação a Rob a magoara, e agora ela adotava uma serenidade como se fosse uma capa nos ombros.

— Você está decidida a não se preocupar?

— Claro que estou preocupada. — Ela esboçou um leve sorriso. — Tenho pensado em você dia e noite. Se eu pudesse, teria enviado uma mensagem. Perdi o sono imaginando o que você pensaria. Não pretendia dar a notícia de supetão, mas o que mais poderia fazer? Eu estava aguardando cheia de esperança que você voltasse.

— Meu amor, minha amada... — Agora que se deparou com aquela beleza luminosa, brilhando em contraste com as roupas pobres, tão fora de lugar ali como na terra das marés, ele perdeu as palavras que havia juntado durante a noite, nas horas insones em que rezara pedindo orientação, sabendo que as próprias orações eram um pecado. — Imagino meu futuro com você; mas não com uma criança. Não pode ser.

Ele a viu inalar lentamente o significado de suas palavras. Por um instante, ela não respondeu. Seu olhar cinzento e sombrio baixou até os próprios sapatos velhos e depois voltou ao rosto dele.

— Sem a criança? Então, o que você quer que eu faça?

Ele sentiu um intenso constrangimento.

— Não é possível você tomar algo que faça a criança desaparecer?

— Não — disse ela simplesmente. — Não há nada no mundo que possa fazer um bebê desaparecer.

— Você sabe o que quero dizer.

— Eu sei que não vou brincar com as palavras.

Ele pegou a caneca de cerveja e tomou um gole da doçura morna a fim de disfarçar o crescente mau humor.

— Não estou brincando com as palavras. É só que...

— É uma coisa terrível de dizer. Pior ainda seria fazer — disse ela como se concordasse com ele.

— Mas ainda há tempo para fazer alguma coisa?

Com uma expressão grave, ela meneou a cabeça.

— Nunca é tarde demais para fazer alguma coisa.

— O que você quer dizer?

— Tem mulher que sufoca o bebê ao nascer, e diz que nasceu morto. É isso que você quer que eu faça?

— Não! — Ele levantou a voz e olhou em volta, envergonhado. Ninguém os havia notado. — Mas você faria algo agora? Por nós? Por nossa vida juntos?

— Se eu fizesse, será que teríamos uma vida juntos?

Ele mal podia crer que vencera tão rapidamente.

— Juro. Eu vou com você agora até a catedral e juro lá dentro.

— Você quer a criança morta.

Ele olhou para o rosto dela.

— Só para poder estar com você.

Ela inspirou, trêmula, e lentamente balançou a cabeça, como se seus lábios pálidos não pudessem falar.

— É uma barganha terrível. Não. Não. Eu não posso.

— Mas é porque você acha que é pecado? Posso explicar...

— Não — interrompeu ela. — Porque eu não suportaria. Seja pecado contra Deus ou não. Você pode falar o que quiser. Seria... — Ela procurou a palavra. — Seria uma ofensa contra mim. — Ela lhe lançou um olhar rápido. — Seria uma profunda ofensa contra mim, contra mim mesma.

— Não importa...

— Importa para mim. Eu importo: nesta questão, minha vontade importa.

— Nós teremos outros filhos.

— Nós não — contradisse ela. — Nenhuma criança entrará em meu ventre se eu envenenar o irmão.

Ele tentou rir.

— Isto é superstição e bobagem! Isto é loucura!

A risada dele desapareceu quando ela não respondeu, e ficaram em silêncio, um esperando o outro falar.

Então, ele usou a pior ameaça possível contra ela:

— Você sabe o que está dizendo? Você não será minha, não será meu amor e minha esposa? Você prefere isso... esse nada... a mim? Prefere isso à vida que teríamos, ao que poderíamos fazer por Rob e Alys? Você permitirá que eles sejam taxados de filhos de pai desaparecido, ou coisa pior, quando poderiam ser enteados de um baronete? Você prefere esse nada a eles? E a mim?

Ele pensou que ela fosse desmaiar de tão pálida, mas acreditava que precisava ser cruel com ela para salvar a ambos.

Mas a subestimou. Quando ela falou, sua voz estava firme, e ela estava longe de desmaiar.

— Sim, se for preciso.

Os dois ficaram em silêncio diante da enormidade do que ela disse. Ele pensou que nem mesmo quando o rei morrera sentira uma descrença tão infeliz.

— Alinor, não posso levar uma criança que tem o sobrenome de seu marido para dentro de meu lar honrado. Mesmo que eu quisesse. Não poderia assumir você como esposa.

Ela fez que sim. Ele a viu esticar a mão para pegar a caneca de cerveja e percebeu que lágrimas a cegavam, mas ela manteve a cabeça baixa, para ele não ver. O sofrimento dela apenas o tornou mais implacável.

— Recuperarei minha casa, e morarei lá sem você, e nunca mais verei você. Você me condena a ficar sozinho, e eu pensava que seríamos felizes juntos. E você seria minha esposa.

A mão de Alinor encontrou a caneca, e ela a agarrou, até que seus dedos ásperos ficaram ainda mais brancos.

— Eu te amei mais que tudo no mundo, e passarei o resto da vida sem você — disse ele.

Emudecida, ela assentiu.

— E me casarei com alguém, para dar continuidade à minha linhagem, para ter um filho. Mas nunca amarei nenhuma mulher como te amei, e passarei o resto da vida sentindo sua falta.

A mão dela tremia tanto que a cerveja morna respingou na saia do vestido.

— É esse seu desejo? — perguntou ele, incrédulo. — É isso que você quer para mim? Essa infelicidade?

A criada da estalagem veio até eles.

— Está tudo certo por aqui? — perguntou ela, falando alto, quebrando o encantamento que ele tecia em torno dela. — Querem mais uma jarra de cerveja?

— Não, não — disse James, dispensando-a com um gesto. — Diga que você se casará comigo — sussurrou ele. — Diga que me ama como eu te amo... mais que tudo no mundo.

Finalmente, Alinor o encarou, e ele viu que os olhos dela estavam sombrios com lágrimas não derramadas.

— Eu não me rebaixaria casando com um homem capaz de matar o próprio filho — disse simplesmente ela. — Não é uma honraria o que você me oferece. Se você é capaz de destruir o próprio bebê no ventre da mãe, então não é o homem que pensei que fosse, e não é o homem para mim.

Ele ficou tão abalado quanto se ela tivesse lhe dado um tapa no belo rosto.

— Não se atreva a me julgar! — explodiu ele.

Ela balançou a cabeça, sem medo.

— Não o estou julgando. Estou apenas dizendo que concordo com você. Você não me quer com a criança que carrego; e não vou com você sem a criança. Nós dois somos perdedores, eu acho.

Ela se levantou e, imediatamente, ele se pôs de pé e colocou a mão no braço dela.

— Você não pode ir assim!

— Eu não posso ficar — respondeu ela em voz baixa.

— Quero dizer...

Ele queria dizer que não podia acreditar que ela o desafiasse, que pudesse recusar sua riqueza, seu sobrenome e seu amor. Não podia acreditar que pudesse recusá-lo e preferir uma coisinha tão ínfima — que ainda nem era um bebê —, um homúnculo que mal se mexia. Era um nada, um nada, menor que o ovo de galinha que ele comia no desjejum, e ainda assim ela estava colocando aquilo entre os dois. Não era possível imaginar que ela optasse por uma vida de pobreza e vergonha, com uma criança sem pai, em vez do conforto e da riqueza que ele poderia oferecer, além do sobrenome, do orgulho e do sobrenome dele.

— Mas eu te amo! — explodiu ele.

Havia um mundo de tristeza no sorriso que ela lhe dirigiu.

— Ah, e eu te amo — respondeu ela. — Sempre vou te amar. E isso há de ser meu consolo, quando você for embora para sua linda casa e eu ficar aqui sozinha.

Sem dizer mais nada, ela se virou e se afastou, como se ele não fosse um jovem cavalheiro, filho de um homem ilustre, como se não fosse a maior perspectiva de sua vida: um marido com riqueza e posição inimagináveis, capaz de salvá-la da vergonha. Afastou-se dele sem olhar para trás. Afastou-se dele como se nunca mais fosse voltar, e o deixou sozinho à mesa, com a refeição matinal servida na melhor estalagem de Chichester.

Alinor voltou para casa como se estivesse num sonho, arrastando os pés. Não pediu carona a nenhuma carroça. Só uma passou, mas ela não a viu nem ouviu. Enquanto andava, começou a nevar, pequenas partículas de neve branca feito poeira girando ao seu redor, e ela puxou o capuz da capa e o deixou cobrir a cabeça e os ombros. Não sentia frio; nem sequer notou que nevava.

Olhava para os próprios pés, calçados nas botas surradas, seguindo para o sul pela estrada, passando pelo vilarejo de Hunston, subindo pela

Street End, e sentiu a já familiar fricção da bota esquerda folgada no calcanhar. Segurava a capa com firmeza em volta da cintura e mudava a cesta de uma das mãos congelada para a outra, mal percebendo o peso nem o quanto as costas doíam.

Sentou-se num marco da estrada para recuperar o fôlego depois de uma hora de caminhada e viu a neve cair no vestido, pontos brancos na lã marrom. Quando se levantou, bateu a neve e sacudiu a capa, voltou a se embrulhar e seguiu em frente. Não percebeu que suas mãos estavam tão frias que pareciam brancas como a neve e que as unhas aparadas tinham ficado azuis.

A balsa de Ned estava amarrada do outro lado do estuário, na frente da casa; então, Alinor bateu na ferradura pendurada e viu o irmão abrir primeiro a metade superior da porta da casa da balsa, depois sair, com um pedaço de pano cortado de um saco cobrindo a cabeça e os ombros. Ele puxou a corda, alternando as mãos, até a balsa chegar ao lado dela, e firmou a embarcação na maré vazante quando ela entrou.

— Trouxe a neve junto — comentou ele.

— Por todo o caminho — disse ela, enquanto entrava na balsa, que sacolejava levemente.

Ele notou que ela não pegou a mão dele nem se agarrou na lateral como costumava fazer. Achou que estivesse angustiada com a partida de Rob.

— Como está nosso rapaz? Está tudo bem por lá?

— Tudo bem — disse ela. — São boas pessoas.

— Ele ficou bem quando você veio embora?

— Tudo bem — repetiu ela. E exibiu um sorrisinho tristonho. — Não se agarrou a mim nem implorou para que eu não fosse embora.

— É um bom rapaz — disse ele. — Ele se sairá bem.

— Não duvido.

De mão em mão na corda congelada, Ned puxou a balsa de volta para a ilha e a segurou no cais enquanto ela desembarcava com cuidado. Ele atracou a balsa, e juntos entraram pela porta entreaberta. Ela tirou a capa, sacudindo a neve do lado de fora, e a pendurou no gancho. Em seguida, largou a cesta e aqueceu as mãos no fogo. Cada ação era tão habitual que ela se movia sem pensar, como se tivesse decidido não pensar.

— Quer que eu esquente um pouco de cerveja? — ofereceu ele, olhando para o semblante contido da irmã, perguntando-se se ela iria chorar, ou se estava tão serena quanto parecia.

— Seria bom — disse ela. — Estou gelada.

— Não conseguiu carona? — perguntou ele, pensando que ela poderia estar exausta em consequência da caminhada.

— Não. Não vi ninguém seguindo na mesma direção que eu.

— Então você deve estar cansada.

Ele esperava algum comentário, mas ela não falou nada.

O atiçador de brasa chiou quando Ned o mergulhou na jarra de cerveja; em seguida, ele serviu uma caneca de cerveja morna para a irmã e uma para si.

— Isso devolverá um pouco de cor às suas bochechas — disse ele um tanto incerto.

Ela não falou nada, mas envolveu a caneca com as mãos frias e tomou um gole, os olhos pregados nas chamas que saltavam no fogo.

— Alinor, tem algum problema? — perguntou ele.

Ela suspirou, como se fosse lhe contar tudo. Mas tudo o que disse, enquanto sorria através do vapor da cerveja, foi:

— Nada grave.

Richard e Alys foram andando da Fazenda Stoney para casa tarde da noite na segunda-feira, e na terça de manhã Alys estava sonolenta quando a mãe a despertou. Durante o desjejum, ela ficou em silêncio, de cabeça baixa sobre a tigela de mingau, e fez careta para o tio quando ele disse que esperava que ela não tivesse perdido as marés do amanhecer no período em que trabalhara como balseira.

— A senhora vai comigo para o moinho hoje? — perguntou Alys à mãe. — Ela vai lavar roupa.

Os dias de lavar roupa no moinho eram notórios pelo mau humor da Sra. Miller.

— Deus do céu! — disse Alinor, sorrindo. — Não me surpreende que você queira uma acompanhante.

— E ela vai querer comprar ovos de nós. Está faltando ovo lá. Nem as galinhas que ela cria conseguem suportá-la.

Ned sentou-se na banqueta à cabeceira da mesa.

— E você já tem o dote? — perguntou ele.

— Quase tudo — disse Alys.

— Tenho os cinco xelins que prometi — ofereceu ele. — E acrescentarei mais um.

— Eu aceito! — Ela sorriu. — E no sábado a gente receberá o pagamento da semana.

— Você está ficando com o pagamento de sua mãe, além do seu?

— Tio, eu preciso — disse Alys, falando sério. — E ela receberá tudo de volta. Quando eu for a Sra. Stoney, da Fazenda Stoney, darei um presente a ela todo dia.

— Óleo de rosas. — Alinor mencionou o único ingrediente que nunca podia comprar do herbalista no mercado de Chichester. — Tomarei banho com óleo de rosas.

— Ah, vocês duas... uma é tão maluca quanto a outra — disse Ned. — Vamos, eu faço a travessia até o outro lado.

Na quarta, o rapaz que estava aparando a cerca viva adoeceu, e as duas mulheres cortaram e alinharam a cerca, passando a maior parte do dia de pé na lama espessa, ou na vala fria e salgada, dobrando e quebrando as hastes teimosas, com as mãos sangrando de uma centena de arranhões.

Alys se ajeitou, fazendo uma careta de dor.

— Minhas costas estão doendo — disse ela.

— Descanse — impeliu Alinor. — Eu acabo essa última parte.

— A senhora não está cansada?

— Não — mentiu Alinor. — Nem um pouco.

— Vou terminar — disse Alys, um tanto soturna, e se inclinou novamente para torcer e arrancar galhos.

Sexta-feira era dia de fazer queijo no moinho, e Alinor passou o dia todo na leiteria gelada, batendo manteiga, desnatando leite e espremendo queijo, enquanto Alys fazia o pesado serviço externo. Tudo precisava ficar pronto até sexta à noite, e a Sra. Miller levaria os produtos ao mercado de Chichester no sábado de manhã, pessoalmente.

Quando terminou as tarefas matinais externas, Alys entrou e trabalhou ao lado da mãe na leiteria, ambas com as mãos vermelhas e esfoladas por causa do frio. Ao meio-dia, quando a Sra. Miller tocou a sineta no pátio, elas entraram na cozinha e sentaram-se à mesa para comer: pão assado no forno do moinho e queijo coalhado. Ambas esfregaram as mãos e as enfiaram embaixo dos braços, para devolver o tato aos dedos dormentes, enquanto o Sr. Miller dava graças pelo bom almoço. Richard Stoney e o outro rapaz que trabalhava no moinho sentaram-se diante delas com o rosto contraído de frio. A Sra. Miller, sentada à cabeceira da mesa, comia pão de trigo e requeijão, com a filha Jane de um lado e o pequeno Peter do outro. O Sr. Miller sentava-se calado, na outra ponta da mesa, diante de um pernil. Logo depois de comer, ele saiu, para se certificar de que lá fora os trabalhadores não estavam estendendo o período de descanso. Richard piscou para Alys, saudou a Sra. Miller e Alinor com um meneio de cabeça e seguiu o Sr. Miller, junto ao outro rapaz.

— A senhora fará cerveja para o casamento? — perguntou a Sra. Miller a Alinor.

— Coarei para servir amanhã — disse Alinor. — Acho que ficará muito boa. O Sr. Stoney pegará a cerveja a caminho da igreja no domingo de manhã.

— A mesa é farta lá na fazenda dos Stoney. Você é uma moça de sorte — disse a Sra. Miller a Alys, que se forçou a sorrir e fazer que sim. A Sra. Miller se virou para Alinor. — Duvido que eles tivessem concordado com o casamento se ela não trabalhasse aqui há tanto tempo. Os Stoney sabem que eu ensinei bastante coisa a ela.

— Os dois não teriam nem se conhecido se ela não trabalhasse aqui — disse Jane, fazendo coro.

— Sim. — Alinor encostou o ombro suavemente no ombro de Alys, para induzi-la a se manter calada. — Nós duas somos gratas.

— Os Stoney não teriam confiado Richard a mais ninguém — acrescentou ela. — Nenhum outro moinho em Sussex está à altura deles.

— Sempre me lembrarei de sua festa da colheita — disse Alinor, mudando de assunto. — Daquele momento em que os dois trouxeram juntos os frutos da colheita! Aquele foi um dia feliz.

Alinor pretendia desviar a atenção da Sra. Miller, elogiando a festa da colheita em sua casa, mas inadvertidamente invocou lembranças vívidas de James Summer e de sua própria indignação quando ele disse que ela não deveria dançar.

Baixou a cabeça, como se estivesse dando graças pelo alimento; mas, na verdade, estava escondendo uma dor tão aguda que era como se seu coração estivesse partindo. Respirou fundo e voltou o pensamento para os laticínios e o trabalho que ainda tinham de realizar. Prometera a si mesma que não pensaria no fato de ter perdido James, nem em como resolveria a própria situação sem ele. Não pensaria em nada até depois de domingo, dia do casamento de Alys. Só então, quando Alys estivesse casada e segura, ela se permitiria olhar com clareza para a ruína que provocara em sua vida.

— Sempre dou uma boa festa da colheita — disse a Sra. Miller, um tanto presunçosa. — Sir William sempre diz isso. Ele diz que prefere vir à minha festa da colheita que a qualquer outra do condado. A senhora se lembra, ele trouxe o preceptor, não foi? O Sr. Summer?

— Foi — disse Alinor com firmeza. — O Sr. Summer. A senhora não quer dar uma olhada na manteiga antes que eu coloque na forma?

A Sra. Miller se levantou da mesa, deixando Jane e Alys encarregadas da arrumação.

— Vocês podem lavar os pratos — disse ela por cima do ombro, e entrou na leiteria com Alinor.

Ela fechou a porta, para manter a temperatura baixa no interior da leiteria, embora o local já estivesse tão frio quanto a câmara fria do Priorado.

— Está com bom aspecto — disse ela, olhando para a tina, onde a manteiga estava alva e cremosa e começando a se separar do leitelho. — O ponto da manteiga sempre chega tão rápido para você, Alinor.

Alinor sorriu. Sabia que era porque ela batia mais forte e mais rápido que a Sra. Miller, mas a mulher jamais admitiria isso.

— Eu falo para meu marido que você deve murmurar alguma simpatia para o leite — disse a Sra. Miller. — Uma simpatia inofensiva, é claro. Eu jamais insinuaria qualquer...

— O leite é de boa qualidade — disse Alinor com naturalidade. — Não há necessidade de simpatia. Se a senhora estiver satisfeita com a manteiga, posso enformar tabletes para o mercado.

— Não faça tabletes muito grandes — disse a Sra. Miller. — Só meio quilo cada um. Não faz sentido desperdiçar.

— Exatamente — disse Alinor, paciente.

— Ficar um pouco abaixo do peso é melhor que acima. Eles não pesam no mercado.

— Com certeza. E embrulharei os tabletes.

— E você vem no sábado de manhã para carregar a carroça para mim?

— Venho — disse Alinor. — E Alys também vem. A senhora precisará da gente o dia todo?

— Podem cuidar da fazenda e do moinho enquanto estivermos no mercado. A maré estará baixa na hora do almoço, mas não chegarei ao ponto de pedir que vocês abram a eclusa e façam a roda girar.

Alinor sorriu da piadinha enquanto a porta da cozinha era aberta.

— A senhora quer que eu dê uma olhada nos ovos das galinhas? — perguntou Alys.

— Você ainda não fez isso? — perguntou a Sra. Miller, irritada. — Faça isso agora mesmo, moça preguiçosa.

Sábado de manhã, Alinor acordou de madrugada para coar e envasar a cerveja para o casamento. Alys ajudou a mãe, e as duas sentiram o intenso aroma do fermento.

— Vai ficar boa — disse Alinor com satisfação.

Ned enfiou a cabeça no vão da porta da pequena cervejaria.

— Espero que não fique forte demais.

— É cerveja de casamento — respondeu Alinor. — Vai ficar como tem de ser.

— Não quero bebedeira nem brincadeiras obscenas — especificou Ned.

— Que tipo de mulher você acha que eu sou? — indagou Alinor.

— Do tipo que gosta dos velhos costumes, e você sabe muito bem disso. Mas esse casamento há de ter cunho religioso, há de ser tranquilo e comedido.

— Sem cerveja? — perguntou Alinor. — Você quer que eu despeje essa cerveja no estuário?

— Bem, sem vinho — especificou ele. — E sem aguardente.

— Neste caso — disse Alinor, pesarosa —, terei de implorar à Sra. Stoney que fique sóbria, pelo menos desta vez.

Ned não conseguiu se controlar e deu risada. A Sra. Stoney já o impressionara com seu puritanismo sisudo.

— Ela é uma mulher devota — disse ele, repreendendo a irmã. — Não se deve debochar dela.

— Eu sei! — respondeu Alinor e mexeu pela última vez a cerveja do casamento, antes de vestir a capa e seguir para o moinho.

Quando Alinor e Alys entraram no pátio do moinho, a carroça estava diante da porta, com palha limpa no fundo. Um chuvisco de neve tornava a temperatura fria o suficiente para que os tabletes de manteiga fossem transportados nas cestas sem amolecer. Alinor, Alys e Jane encheram cestas com queijos redondos e ovos, então a Sra. Miller saiu de casa, embrulhada em peles até os olhos, como se estivesse indo para a Rússia, e ocupou seu assento na carroça. Peter e Jane subiram ao lado da mãe.

O Sr. Miller se apressou em assumir as rédeas. Sabia que a esposa não toleraria atraso.

— Bom dia! — disse ele a Alinor, e sorriu para Alys. — Vocês agora ficarão no comando! Voltaremos perto da hora do almoço!

Trabalhar no moinho sem as críticas constantes da Sra. Miller e os olhos de cão de guarda do marido era como trabalhar no próprio quintal. Richard e o lacaio do moleiro limparam as baias onde os bois que puxavam o arado ficavam abrigados, e Alys e Alinor se encarregaram de alimentá-los e lhes dar de beber. As mulheres soltaram os cavalos no pasto congelado por algumas horas enquanto os homens removiam esterco dos estábulos. Alinor bombeava água para baldes, e Alys os carregava. Rastelaram os canis e os galinheiros, o cercado dos gansos e as baias das vacas. As duas mulheres ordenharam as vacas e carregaram os baldes até a leiteria. Recolheram ovos no galinheiro e vasculharam os cantinhos quentes pelo celeiro onde as galinhas às vezes botavam seus ovos, mas a Sra. Miller tinha saído de madrugada e levado para o mercado todos que pôde encontrar. Sempre que passavam por um galho caído, catavam-no, levavam-no para o quintal e o jogavam numa pilha, para que o lacaio o quebrasse em gravetos ou o rachasse em toras.

Acenderam o forno para os moradores que quisessem trazer pão ou qualquer alimento para assar no fim da tarde, e Alys sovou massa para fazer o próprio pão. Trabalharam o dia todo, até o sol começar a afundar no alagadiço a oeste, e Alinor disse, aliviada:

— Hora de ir para casa.

— Não sem nosso pagamento — disse Alys. — Precisarei desse dinheiro amanhã.

— Alys, quanto de seu dote você já tem, exatamente? Porque não pode faltar dinheiro amanhã. Eles não cancelarão o casamento se faltar um xelim, mas não queremos parecer que estamos passando a perna em ninguém, na porta da igreja, no dia de seu casamento.

— Richard me dará o que estiver faltando. Mas quero contribuir com o máximo que puder. Quero meu ganho de hoje, pois trabalhamos muito. E Richard me dará o que ele ganhar.

Alinor estava prestes a responder quando ouviram um grito no portão e o barulho de rodas. Alys correu para abrir e chamou pela mãe:

— Olha quem eles trouxeram de Chichester!

Por um instante, Alinor levantou a cabeça, na certeza de que era James Summer, ali presente para se declarar a ela perante todos.

— Quem?

— É o Rob!

Alinor correu até o portão.

— Ah, Rob! Ah, Rob!

— Ora, ora! — disse o Sr. Miller com amabilidade. — Parece até que ele está voltando da África. Ele passou só uma semana ausente.

— Mas é que eu achei que ele só viria para casa amanhã de manhã, para o casório da irmã! — exclamou Alinor. — Como vai você, filho? Como foi sua primeira semana?

Rob, elegantemente vestido e sorridente, saltou da carroça do moinho, abraçou a mãe, curvou-se para receber a bênção e deu um beijo na irmã.

— A Sra. Miller veio até nossa loja para comprar veneno para rato, perguntou se podia me dar uma carona para casa, e eles deixaram que eu saísse mais cedo — disse ele. — Preciso estar de volta ao trabalho segunda às oito da manhã; então posso ficar para o casamento e pernoitar.

— Foi gentileza da senhora. — Alinor se virou para a Sra. Miller com o rosto brilhando de felicidade. — Gentileza de vizinha mesmo. Agradeço.

— Ah, tudo bem — disse a mulher com incomum generosidade. — Ele é um bom rapaz, e um orgulho para a senhora. Está tudo bem por aqui?

— Ah, sim — disse Alinor. — E a gente assou uma torta de carne para o almoço da senhora. Eu não sabia o que iam trazer do mercado.

— Ele comeu muito bem — disse a Sra. Miller, indicando com a cabeça o marido, cujo rosto vermelho e sorriso alegre indicavam uma longa estadia na taverna do mercado, enquanto a esposa e os filhos vendiam queijos, manteiga e ovos. — Mas será um prazer comer algo.

— Para mim, será um prazer comer uma torta preparada pela Sra. Reekie — disse o Sr. Miller, radiante. — Ninguém faz uma torta de carne como a Sra. Reekie.

Alinor balançou a cabeça depreciativamente quando a Sra. Miller passou por ela, entrando na cozinha. Alys e Alinor soltaram o cavalo da carroça, levaram-no até o estábulo e penduraram no gancho o peitoral pesado e os arreios, enquanto Richard e o lacaio empurravam a carroça até o lugar onde ela ficava guardada e descarregavam as mercadorias. A Sra. Miller havia trazido sacos de lã para fiação, uma nova banqueta para ordenha, algumas tigelas de madeira e duas almofadas de penas.

— Ela gastou tudo o que ganhou — confidenciou o Sr. Miller a Alinor.

— Não diga isso! — disse Alinor em demonstração de lealdade. — A Sra. Miller é uma das melhores donas de casa da ilha.

— E sua menina? — perguntou o Sr. Miller, dando um tapinha na bunda de Alys. — Ela será uma boa dona de casa para Richard Stoney?

— Espero que sim — disse Alinor, puxando Alys para perto e afastando-a do Sr. Miller.

— Você guardou o cavalo? — gritou a Sra. Miller da porta da cozinha.

— Sim! — gritou o Sr. Miller em resposta. — Já fiz todo o meu trabalho do dia. E elas já fizeram o delas. É hoje que elas recebem o pagamento?

A Sra. Miller desapareceu dentro de casa e ressurgiu com o pagamento, um xelim para as duas.

— Muito obrigada — disse Alinor, enquanto a Sra. Miller voltava para dentro de casa, e Alys e Alinor se dirigiam ao portão do quintal.

— Está certo isso? — perguntou o Sr. Miller de repente. — Um xelim por um dia inteiro de trabalho, quando vocês fizeram tudo na fazenda hoje?

— Está certo — disse Alinor com altivez.

Ela poderia ter acrescentado "é pouca generosidade para uma jovem que se casará amanhã", mas não disse uma palavra. Rob, ao lado dela, esboçou uma reação, mas ela lhe tocou o antebraço com uma leve pressão.

— Não está certo — disse o Sr. Miller com ressentida persistência, típica de um homem ligeiramente embriagado. — Ei! Betty Miller! Volte aqui!

— De verdade — disse Alinor —, está certo, Sr. Miller. Um xelim por dia, pelo dia todo, porque paramos ao pôr do sol. — Ela deu um empurrãozinho em Rob, em direção ao portão do quintal.

A Sra. Miller saiu apressada pela porta da cozinha.

— E quem está gritando meu nome como se eu fosse uma ordenhadeira? — inquiriu ela.

Rob acenou com a cabeça para o Sr. Miller.

— Obrigado pela carona, Sr. Miller — disse ele. — Boa noite, Sra. Miller.

Com tato, ele foi até o portão do quintal e esperou pela mãe onde não conseguia ouvir os adultos, enquanto a Sra. Miller se posicionava, com as mãos nos quadris e os olhos arregalados para o marido e Alinor.

— O que foi? — indagou ela.

Alinor balançou a cabeça.

— Nada — disse ela. — De verdade, nada.

— Você pagou mal às Reekie — disse o Sr. Miller, um tanto indeciso. — À mãe e à moça.

— Paguei seis moedas para cada uma, como sempre fiz.

— Elas fizeram tudo sozinhas! — disse ele. — Elas fizeram tudo sozinhas! Elas fizeram tudo sozinhas na fazenda hoje; então, é como se fossem um capataz. Ou um bailio. Tudo sozinhas. Trabalho de homem. Trabalho de dois homens.

— Você quer pagar uma mulher e uma moça o mesmo que pagaria a dois capatazes? — perguntou a Sra. Miller com ironia.

— Não — disse ele —, claro que não. Mas elas deveriam ganhar... e a moça bonita vai se casar...

Alinor notou o deslize fatal, ele ter chamado Alys de "bonita" diante da esposa feiosa.

— Quem é que faz os pagamentos? — perguntou a Sra. Miller de repente, avançando e pegando-o pela gola de linho, como se fosse sufocá-lo.

— Ora! Você!

— E quem vigia o trabalho, e mantém tudo na linha, e conserta os erros e toda a bagunça que os lacaios fazem?

Alinor desviou o olhar do rosto desolado do Sr. Miller para o céu rosado e leitoso acima do porto; olhou para o filho, Rob, esperando no portão, e desejou estar em casa naquele momento, com os filhos na mesa de jantar.

— Você — disse o Sr. Miller, emburrado.

— Então, acho que é melhor deixar isso entre mim e eles, não é? Sem homem nenhum se metendo e querendo pagamento extra para "moça bonita", não é?

Fazia vinte anos que o Sr. Miller fora derrotado pela prepotência e pelo mau humor crônico da esposa.

— Eu só estava falando...

— É melhor não falar nada — aconselhou a Sra. Miller com severidade.

— Darei de comer para o cavalo — disse ele, como se falasse consigo mesmo, e se virou para o estábulo.

— E nós temos de ir — disse Alinor delicadamente.

— Velho tolo... é isso o que ele é — disse a Sra. Miller.

— Boa noite, Sra. Miller. Nos vemos amanhã na igreja — disse Alinor.

— Boa noite, Sra. Reekie — respondeu ela, recuperando o bom humor, agora que havia vencido. — E Deus te abençoe amanhã, Alys.

Alinor e os dois filhos seguiram pela trilha até o local da travessia de balsa, e Rob correu à frente, como o menino que era, para fazer soar a ferradura.

TERRA DAS MARÉS, FEVEREIRO DE 1649

O casamento era para ser simples. Alys e Richard se casariam diante da congregação que costumava se reunir nas manhãs de domingo na Igreja de São Wilfrid, Alys trajando seu melhor vestido, com o novo avental branco e a nova touca de linho branco. Richard usaria sua melhor jaqueta, e Ned conduziria a noiva ao altar. A cerimônia deveria seguir o novo estilo, conforme determinado pelo Parlamento: Richard faria promessas sucintas, e Alys afirmaria seus próprios votos. Após o casamento religioso, todos atravessariam o estuário, fariam um brinde no moinho e depois iriam para a Fazenda Stoney, onde seria oferecido o banquete. Haveria boa comida, muitos brindes e, finalmente, os jovens iriam para o quarto nupcial sob o telhado de palha.

Alys não dormiu até que o galo cantou no celeiro para informar que a noite estava quase no fim; então, virou-se de lado, suspirou com ansiedade e dormiu profundamente.

A manhã do dia do casamento estava bastante fria, mas clara, o gelo no porto estava tão branco que as gaivotas girando acima reluziam contra o céu azul, então ficavam invisíveis na paisagem embranquecida. Alys, acordando tarde e cambaleando pela escada para comer mingau à mesa da cozinha, jurou que não usaria capa e que entraria na igreja apenas com o vestido, além do avental e da touca novos.

— Você vai congelar — disse a mãe. — Você terá de usar a capa, Alys.

— Deixe-a congelar — aconselhou Ned. — É o dia do casamento dela!

Alinor concedeu a única liberdade que Alys havia reivindicado.

— Ah, tudo bem. Mas é isso o que acontece quando se casa no inverno. E não há flores para o buquê; só um ramo de ervas secas!

— Desde que eu possa usar meu avental novo — afirmou Alys.

— Ah, use mesmo! — disse Alinor. — Mas você terá de colocar a capa quando for para casa, de carroça, até a Fazenda Stoney.

— Eu coloco! Eu coloco!

Rob desceu a escada do sótão usando a nova jaqueta de trabalho e calçando os sapatos do Natal.

— E como você está bonito, rapaz! — disse Ned, dando-lhe um tapinha nas costas. — Hoje é um dia de orgulho para os Ferryman.

Os filhos não mencionaram o nome do pai, e Alinor, apertando a capa em volta da cintura alargada, pensou que, se não precisasse de um sobrenome para seu bebê, talvez nunca mais ouvisse as palavras Zachary Reekie.

— Está tudo bem, mãe? — perguntou Rob, carinhosamente.

Ela sorriu para ele.

— Tudo bem.

— Ela está sentindo falta de Alys antes mesmo de nos livrarmos dela — sugeriu Ned, mas os olhos castanhos de Rob estavam fixos no rosto pálido da mãe.

— Está tudo bem com a senhora, de verdade?

Alinor prendeu a respiração. Desde a infância, Rob demonstrava uma capacidade de enxergar além da superfície das coisas, inclusive doença e tristeza. Ela se perguntou se ele era capaz de ver seu coração partido, se poderia sentir a presença do bebê, seu meio-irmão.

Ela balançou a cabeça e sorriu.

— É como seu tio falou — mentiu ela. — Estou vendo você e Alys saírem de casa, os dois, na mesma semana, e me sinto como uma galinha chorona com todos os ovos roubados.

— Vou trabalhar no moinho com a senhora amanhã — observou Alys. — A senhora me verá já na primeira luz do dia. E Rob virá para casa na Festa da Anunciação.

— Eu sei, eu sei — disse Alinor. — E eu não poderia estar mais feliz por vocês dois. Agora, venha, Rob, e coma alguma coisa. Alys, você já comeu?

— Não consigo — disse ela imediatamente. — Estou sem apetite.

— Não vá desmaiar de fome no altar — advertiu Ned.

— Tome um pouco de cerveja e coma um pedaço de pão — insistiu Alinor. — E eu tenho ovos também.

Obedecendo às ordens, Alys sentou-se à mesa, entre o tio e o irmão, e sorriu para a mãe.

— Minha última refeição aqui — disse ela. — Minha última refeição como Alys Reekie.

Pare com isso — apressou-se em aconselhá-la Ned. — Ou vai perturbar de novo sua mãe.

O Sr. Stoney, com a esposa e o filho na carroça, fez soar o chamado da balsa no momento em que a família terminava o desjejum, e Ned saiu para trazê-los através da maré alta. Quando eles chegaram do lado da ilha, Alinor rolou os barris da cerveja preparada especialmente para o casamento, e os dois homens os colocaram na carroça. Alinor tinha duas grandes rodas de queijo e dois pães assados no forno do moinho.

— E você está pronta? — perguntou o Sr. Stoney a Alys. — Suas coisinhas estão todas arrumadas?

— Estou pronta, estou pronta! — disse ela, sem fôlego.

Richard pulou da parte de trás da carroça, com o rosto rosado de frio e timidez. Pegou as mãos de Alys, beijou-as e, em seguida, beijou-lhe os lábios.

A Sra. Stoney desceu do assento na boleia, e Alys fez uma mesura e deu um beijo na sogra; e, enquanto os adultos se cumprimentavam, ela pegou na mão morna de Richard Stoney.

— Vou buscar as coisas dela — disse Ned a Alinor. — Está tudo pronto?

Alinor e Ned entraram em casa e trouxeram uma pequena pilha de boas roupas de cama de linho, as melhores que havia na casa da balsa, e uma bolsa contendo os itens pessoais de Alys. Os olhos da Sra. Stoney faiscaram diante da pequena bagagem, mas ela não disse nada. Richard deu a mão a Alinor, a fim de ajudá-la a subir na parte de trás da carroça, e ergueu Alys no ar, embarcando-a também.

— Nós vamos a pé pelo alagadiço — disse Ned, referindo-se a si e a Rob. — A gente se vê na porta da igreja!

— Não demorem! — advertiu Alys. — E não sujem os sapatos... Deem a volta pelo barranco!

— Não vou ser levado pelas sereias — provocou Rob. — A gente vai chegar lá antes de vocês!

O Sr. Stoney tocou a parelha de cavalos e a carroça seguiu para o sul. Então, Ned cobriu o fogo, fechou a porta dos fundos e, seguindo pelas trilhas do porto alagado pela maré, foi andando com Rob até a igreja.

A paróquia inteira compareceu para testemunhar o casamento da bela jovem Reekie com o filho do fazendeiro rico, muita gente estava feliz em ver a filha de Alinor casando-se tão bem, algumas pessoas murmurando que era uma pena que ela fosse deixar a ilha. Todos na ilha de Sealsea conheciam Ned em virtude de seu longo tempo de serviço na balsa, e do pai antes dele, e a maioria das mulheres havia consultado Alinor em questões de saúde ou de parto. O casamento era um salto extraordinário para uma família que trabalhava na balsa da ilha desde sempre, mas todos admitiram que, se havia uma moça que podia fazer um bom casamento por causa de sua aparência, essa moça era Alys.

Houve muitos comentários sobre Rob, quando ele tomou seu lugar nos bancos reservados aos homens, nos fundos. Algumas pessoas que o viram no verão indo até a frente da igreja ao lado dos Peachey ficaram contentes em vê-lo retornar a um lugar humilde. Mas os jovens, principalmente as jovens, comentaram sobre a diferença entre Rob, o ex-companheiro de folguedos, o filho do pescador desaparecido Zachary Reekie, e aquele novo Rob, com o domínio do latim, o aprendizado em Chichester e a jaqueta com bom corte.

Ninguém comentou em voz alta que os dois rebentos dos Reekie tinham sido abençoados com oportunidades extraordinárias, uma vez que nasceram no casebre de um pescador, sendo a mãe filha de um balseiro, e o pai, um vadio desaparecido. Ninguém disse que a boa sorte só poderia ser algo além do acaso, além de charme pessoal ou competência. Ninguém repetiu a velha história de que os filhos tinham sido gerados por algum senhor das fadas, conforme as juras do próprio pai, e que a bela aparência e a boa sorte eram dádivas da mãe — concubina de algum senhor das fadas, amada pelo mundo invisível e por ele guiada. Mas quase todos pensavam: de que outra maneira os rebentos dos Reekie poderiam ser tão desmerecidamente abençoados? De que outra maneira a mãe poderia sair de um casamento violento, sem mácula e de cabeça erguida? De que outra maneira o sumiço de Zachary haveria de se mostrar tão conveniente? Ninguém falaria esse tipo de coisa no dia do casamento de Alys, mas várias pessoas assim pensavam e se entreolhavam, e percebiam que outros pensavam do mesmo modo.

Alys estava prestes a entrar na igreja, e Alinor, prestes a segui-la, quando a Sra. Stoney as deteve no pórtico.

— Você trouxe o dote? — perguntou ela. — Você tem de me entregar o dote aqui.

Alinor parou e se virou para a filha. Alys enrubesceu um pouco e enfiou a mão no bolso do vestido debaixo do avental.

— Se estiver faltando dinheiro, é melhor me dizer agora — disse a Sra. Stoney com rispidez. — Antes de dar mais um passo.

— Não está faltando — disse Alys.

Alinor tentou assentir, como se estivesse confiante de que Alys dispusesse do valor total. Tinham trabalhado todas as horas possíveis no moinho, além de fiar, mas, mesmo levando em conta o dinheiro que ganharam na balsa e os pagamentos de Rob, ela concluiu que Richard haveria de ter doado toda a sua herança.

Triunfante, Alys entregou a bolsa; a Sra. Stoney a sopesou, depois a abriu e espiou dentro. O rosto de Alys parecia uma escultura em pedra quando ela olhou para a sogra. A mulher derramou as moedas na mão: coroas de ouro, xelins de prata, nada de moedinhas, nada de meros cobres: uma fortuna.

— Você conseguiu — disse ela, como se ainda não pudesse acreditar.

— É claro — disse Alys.

— É claro — repetiu Alinor.

A Sra. Stoney enfiou a bolsa na capa.

— Então, podemos entrar — disse ela. — Colocarei isto no cofre da Fazenda Stoney hoje à noite.

Ela se virou e entrou na igreja, passando pelo lugar onde os trabalhadores comuns ficavam de pé, ao fundo, e sentou-se num dos bancos da frente, enquanto o indivíduo que costumava ocupar aquele banco abria espaço, emburrado. Alys pegou a mão da mãe e ficou de pé, ao fundo da igreja, aguardando para ser chamada ao altar. Richard esperava lá na frente.

— No domingo que vem, estarei ali — sussurrou Alys para a mãe, indicando com a cabeça a direção da Sra. Stoney, que, resoluta, ocupava um dos bancos da frente. — E a senhora se sentará ao meu lado. Valeu a pena juntar umas moedinhas, não é? A gente terá nosso próprio banco.

— Não foram moedinhas — disse Alinor, ainda atordoada com o fato de Alys ter uma bolsa com o valor total do dote.

A filha sorriu para ela.

— Foi Richard — sussurrou ela. — Eu falei para a senhora que ele não se arriscaria a me perder.

A porta da igreja atrás delas se abriu, e Sir William andou pela nave, cumprimentando os arrendatários com um gesto de cabeça, à direita e à esquerda, sem exibir o menor sinal de luto pela perda do rei e pela derrota da causa. Sua fisionomia estava marcada pelos traços habituais de serena indiferença. Seus olhos correram pelos homens que estavam de pé na parte posterior da igreja, e ele ignorou Ned e outros cabeças redondas conhecidos. Atrás dele, como sempre, em ordem de precedência, vinham seus familiares e criados; diante destes vinha o convidado: James Summer.

Alinor, de pé ao lado de Alys e incógnita ao fundo da igreja, fechou os olhos. Ficou tão rígida quanto uma barra de ferro numa bigorna. Não imaginara que James ainda estivesse no Priorado. Não lhe ocorrera que ele viesse à igreja para o casamento de Alys. Alinor agarrou o encosto do banco para resistir à sensação de desmaio. Ela mordeu o lábio. Contraiu-se como se fosse algo frágil que poderia se quebrar e se dissolver, como se pudesse ser exalada caso não prendesse a respiração.

O pastor anunciou o primeiro hino, a paróquia tropeçou na melodia um tanto desconhecida, com os músicos maltratando um pequeno tambor e uma rabeca. Alinor abriu os olhos, conseguiu se recompor e abriu e fechou a boca, como se estivesse cantando também.

Seu coração batia de alívio por não ter confidenciado com Alys, que olhou sem interesse para os integrantes da comitiva do Priorado. Alinor pensou que, se a filha soubesse que James era o pai da criança que ela carregava no ventre e o visse passar sem trocar um simples olhar, sua vergonha e humilhação teriam sido insuportáveis. Alinor virou um pouco a cabeça para desviar a visão do banco ocupado pelos residentes do Priorado. Talvez aquilo fosse um castigo por ela ter confiado cegamente num jovem que falava em amor inestimável, mas vivia num mundo requintado; que se dizia louco por ela, mas que era demasiado apreensivo quanto ao próprio futuro. Alinor se deu conta de que o hino havia terminado e caiu de joelhos, para fazer suas orações. Não tinha como impedir que o homem que a desiludira testemunhasse o casamento de sua filha. O máximo que podia fazer era tentar compartilhar o contentamento de Alys naquele dia, e não permitir que sua própria infelicidade interferisse. Alinor fechou os olhos e baixou a cabeça. Não conseguia encontrar palavras para orar; só desejava ser capaz de aguentar firme durante a cerimônia e os festejos do casamento da filha e ver o dia chegar ao fim sem trair a si mesma.

James, na frente da igreja, sentia a presença de Alinor atrás dele e teve de lutar contra a tentação de olhar para ver se ela o procurava. Achava que não suportaria passar diante dela; achava que não suportaria chegar ao fim do demorado culto religioso. Ele havia esquecido que era o casamento de Alys, e o fato não tinha importância para Sir William. A cozinheira, Sra. Wheatley, poderia ter mencionado o casamento e o fato de ter assado um grande bolo para levar à Fazenda Stoney, para o banquete das bodas, mas não sabia que ele tinha interesse em Alinor. Nem sonhava que ele tremia de desejo enquanto se ajoelhava, apoiava a cabeça nas mãos e rogava a Deus que o livrasse do pecado e do desatino.

Quando o culto enfim terminou, o pastor, contrariando seu hábito, não se dirigiu ao fundo da igreja, a fim de cumprimentar ou repreender os paroquianos. Impacientemente, James esperou pelo momento em que os residentes do Priorado se retirassem da igreja e o libertassem daquela vigília — mas então percebeu que eles não estavam se retirando.

— Hoje comemoramos um casamento — disse o pastor. — Aqueles que não pretendem assistir à cerimônia podem sair. Por favor, não demorem no cemitério e não deixem as crianças brincarem nas lápides.

Correu um rápido burburinho entre os guardiões da igreja, que concordavam com o pastor, que considerava o uso habitual feito pelos paroquianos da igreja como ponto de encontro algo profano.

— E aqueles que pretendem testemunhar o casamento, por favor, aproximem-se — disse ele.

James se surpreendeu; olhando em volta, captou de relance o rosto pálido de Alinor e se lembrou, com um sobressalto, de que era o dia do casamento da filha dela. Ansiava pelo momento em que Sir William conduzisse seus familiares e criados para fora da igreja, mas, no instante seguinte, constatou, com pavor, que Sua Senhoria se mantinha sentado na grande cadeira, prestigiando a cerimônia com sua presença.

Richard Stoney foi até seu lugar ao pé dos degraus da capela-mor, diante da mesa do altar, agora sem nenhum enfeite, apenas envernizada e bloqueando o caminho entre a balaustrada de pedra e a ala leste da igreja, no momento, vazia.

Alinor se concentrou no casamento, apagando da mente todo e qualquer pensamento sobre James. Ela sorriu para Alys carinhosamente.

— Deus te abençoe — disse ela. — Vai em frente.

Ned veio da área masculina da igreja e ofereceu o braço para Alys, tão formal quanto um lorde. Alys, muito pálida mas sorrindo, alisou o avental novo sobre a barriga saliente e colocou a mão no braço do tio. Alinor, carregando a capa de Alys, foi atrás dos dois, subindo a nave em direção à mesa da comunhão. Ned e Alys pararam diante do pastor, e Alinor, de pé atrás deles, ficou exatamente ao lado de James, no banco destinado aos membros do Priorado. Era quase como se os dois estivessem na frente da igreja no dia de seu próprio casamento. James manteve o olhar fixo à frente, mas seus olhos sequer enxergavam o púlpito de madeira sobre o qual havia uma Bíblia. Alinor fitava a parte de trás da touca da filha, onde o pequeno laço tremia.

O pastor leu as palavras recém-aprovadas do culto do casamento, e Richard e Alys afirmaram seus votos. Ned cedeu a mão delicada de Alys a Richard, que colocou a aliança de casamento no dedo da jovem. Estava feito. Sob o escudo da capa de Alys, mantida diante da barriga, Alinor relaxou a pressão que mantinha nos dedos. Um alívio fluiu por seu corpo. Estava feito, e Alys era agora a Sra. Stoney, uma mulher casada. A despeito do que acontecesse com a mãe, Alys teria seu bom nome preservado, seu futuro garantido. Alinor sentiu lágrimas mornas nos olhos: Alys era uma mulher casada; era a Sra. Stoney, da Fazenda Stoney. Alys estava em segurança.

— Amém — disse Sir William, em voz alta, e todos repetiram.

Richard beijou a noiva, e todos avançaram para parabenizar o jovem casal. Alys, rosada e sorridente, beijou a todos. Richard levou tapinhas nas costas e recebeu congratulações. Eles pararam diante de Sir William, que deu um beijo na noiva. James expressou suas congratulações com um sorriso e trocou um aperto de mão com Richard. Então, de repente, surgiu um espaço no meio da aglomeração que cumprimentava os noivos, e James se viu encarando Alinor. Ela sentiu como se estivessem completamente a sós, num mundo silencioso.

— Desejo felicidade à sua filha, Sra. Reekie. — Ele constatou que mal conseguia falar, como se tivesse levado um soco na boca e a face estivesse dormente.

— Obrigada.

Ele mal podia ouvi-la acima do falatório das pessoas que parabenizavam o jovem casal, além do rangido da porta da igreja e do ruído dos paroquianos que saíam em direção ao cemitério congelado, exclamando sobre o frio. Ele tentou pronunciar outras palavras de bons votos, mas não conseguiu falar. Ela olhou para ele uma vez e baixou o olhar.

— Vamos comparecer ao banquete do casamento — anunciou Sir William de forma jovial. — Já estávamos mesmo indo a Chichester.

— Será um prazer! — disse a Sra. Stoney, dando um passo à frente, corando com orgulho. — Será uma satisfação para nós.

Alinor não olhou para James a fim de insinuar que ele recusasse o convite. Era como se nunca tivesse existido nada entre eles, nenhum segredo, nenhum amor, e como se ele jamais pudesse entender por que ela não desejava sua presença na festa de casamento da filha. Era como se tudo estivesse esquecido, como se fossem estranhos, conforme ele dissera que deveriam ser. Ela fez uma mesura ao senhorio e ao homem antes adorado, virou-se sem dizer mais nada e seguiu Alys em direção ao sol frio do inverno.

Ned e Rob já haviam se retirado, a fim de operar a balsa para as muitas pessoas que seguiriam a pé até a Fazenda Stoney. O fazendeiro Stoney estava esperando na carroça, do lado de fora do portão do cemitério.

— Foi um bom dia de trabalho, Sra. Reekie — disse ele, satisfeito, quando Alinor atravessou o portão.

— Sim, de fato — disse Alinor, sorrindo.

— Nunca pensei que vocês fossem conseguir o dote — disse ele com um brilho no olhar. — Vocês devem ter vendido o jovem Rob para trabalhar na Virgínia, em vez de fazer dele um aprendiz.

Alinor tentou rir.

— Ela é uma boa menina — disse ela. — Trabalhou todos os dias e passou as noites fiando.

— Mesmo assim — disse ele —, sei que não teria sido suficiente. Espero que vocês não tenham se endividado.

— Alys contou com o presente do pai, e meu irmão ajudou — disse Alinor, ocultando o montante oferecido por Richard.

— Pode subir, então — disse ele, estendendo a mão para ajudá-la a embarcar na carroça. — E aqui está nossa noivinha.

Alys ocupou o assento de honra, ao lado do Sr. Stoney, na boleia. A Sra. Stoney se espremeu ao lado dela, Alinor e Richard sentaram-se na parte de trás, e alguns vizinhos dos Stoney embarcaram, para escapar da caminhada. A Sra. Wheatley chegou do Priorado, com o lacaio, Stuart, carregando um grande bolo de frutas; foi embarcada na carroça e apoiou o bolo nos joelhos.

— Todos a bordo? — disse o Sr. Stoney, então tocou o cavalo.

Alinor, olhando para trás, viu que James já estava montado em seu cavalo, mas alguém detinha Sir William. Este, igualmente montado, conversava com um de seus arrendatários, que lhe apresentava sinceras explicações com o gorro na mão. A curva da estrada os fez desaparecer do campo de visão. Alinor tinha esperança de que Sir William e James ficassem detidos e decidissem não mais ir à festa. Ela não sabia se sobreviveria ao banquete das bodas de Alys caso James estivesse presente, sem olhar para ela, sem falar com ela, como se não fosse sequer um estranho para ela; pior que um estranho — um homem que optara por se livrar dela e não demonstrava nenhum sinal de arrependimento.

A maré vazava no caminho do alagadiço, já baixa o suficiente para permitir que o Sr. Stoney conduzisse a carroça pela água, e as pessoas que seguiam a pé fizeram a travessia de balsa, com Ned puxando a corda. Como era o dia do casamento de Alys, ele não cobrou de ninguém, e foram muitas as piadas de que cobraria em dobro para trazer os viajantes de volta para casa. Ned operaria a balsa até que todos os convidados tivessem atravessado o estuário, então ele e Rob seguiriam a comitiva da noiva até o moinho.

— Até mais tarde! — disse Alys a ele. — Não se atrasem!

Ned acenou e puxou a balsa de volta para a ilha, enquanto a carroça seguia em direção ao moinho. O Sr. Miller estava de pé diante do portão de cinco ripas que dava acesso ao pátio.

— Entrem! Entrem! Um brinde à noiva! — exclamou ele. — E temos um pernil para o banquete de casamento de vocês.

— Sou grato — disse o Sr. Stoney, entrando no pátio do moinho com os cavalos.

— Não podemos demorar muito — advertiu a Sra. Stoney, descendo da carroça. — Temos de chegar à Fazenda Stoney antes de Sir William, que está a caminho de nossa casa, para o banquete das bodas.

— Vocês verão quando ele passar — garantiu o Sr. Miller. — Ele fará uma parada aqui também, para tomar uma caneca de minha cerveja; não duvido. Ele nunca passa por minha porta sem parar.

Richard Stoney entregou as rédeas dos cavalos do pai ao cavalariço. Com todo o cuidado, a Sra. Wheatley deixou o bolo na parte de trás da carroça e desembarcou.

— Não acho que a cerveja deles seja tão boa assim — disse ela em voz baixa, dirigindo-se a Alinor. — Acho que Sir William não precisa sair de casa para tomar uma boa cerveja.

— É claro que não — respondeu Alinor lealmente, mal sabendo o que dizia. — Mas estou feliz que a Sra. Miller tenha brindado à sorte de Alys. Ela exige tanto de Alys!

— Ela é um borralho esfumaçado — sussurrou a Sra. Wheatley, aludindo à velha descrição de uma senhora rabugenta.

Alinor sorriu. Ela sentiu a criança se mexer no ventre; por um instante, encostou-se no batente da porta, percebendo o quanto estava cansada e pensando no longo dia que tinha pela frente.

— Está tudo bem com você? — perguntou a Sra. Wheatley.

— Ah, sim — disse Alinor, radiante. — Estou feliz por Alys; mas tem sido cansativo, a senhora sabe, não é?

As duas entraram pela cozinha e foram até a sala, onde Alinor só tinha estado antes para limpar e polir. Mas naquele dia a sala estava aberta, e os convivas do casamento eram bem-vindos. A mesa redonda de madeira estava posta com copos e biscoitos, e a Sra. Miller usava seu melhor avental e a touca branca. O Sr. Miller aqueceu a cerveja na lareira, e Jane serviu uma pequena caneca a cada um dos presentes.

— Cadê o Peter? — perguntou Alinor a Jane.

— Foi brincar com os meninos da família Smith — disse ela.

— Um brinde à saúde da noiva, a nova Sra. Stoney! — disse o Sr. Miller, erguendo a caneca de estanho. — E à felicidade do jovem casal!

— Saúde! — responderam todos, levantando as canecas. — Saúde e felicidade!

Alys, com a mão apoiada no braço de Richard, sorriu para todos.

— Obrigada — disse ela.

— Que Deus abençoe a todos nós — acrescentou Richard.

O Sr. Miller, animado com a possibilidade de fazer uso da palavra, visto que a Sra. Miller tinha ido à cozinha, começou:

— Eu bem me lembro do dia de meu próprio casamento... — Então todos ouviram berros vindo da cozinha.

— Ladroes, ladrões — gritava a Sra. Miller. — Ladrões em minha... — Ela irrompeu na sala segurando a bolsinha de couro vermelha, a bolsinha do dote de Jane, com os dedos sujos da fuligem dos tijolos da chaminé e o rosto lívido em consequência do choque.

— Deus nos ajude! — disse a Sra. Wheatley. — Sente-se, Sra. Miller. Sente-se. Qual é o problema?

A Sra. Miller a tirou do caminho.

— Vejam! — disse ela, segurando a bolsa. — Vejam!

— O que é isso, minha querida? — disse o Sr. Miller. — Com certeza, não...

— A bolsa de minhas economias — balbuciou a Sra. Miller. — O dinheiro do dote de Jane. Eu peguei a bolsa agorinha mesmo, para dar meia coroa à menina, no dia do casamento. Não que eu deva nada a ela. Mas eu queria dar um presente a ela no dia do casamento... e...

— Não me diga que foi roubada! — indagou o marido.

Em resposta, ela sacudiu a bolsa para ele. Ouviu-se um alentador tilintar de moedas; havia um peso na bolsa. Estava, evidentemente, cheia de moedas.

— Não está faltando nada — argumentou ele, pegando a bolsinha e sentindo o peso. — Deve ter quarenta, talvez cinquenta libras aqui dentro — disse ele. — Dá para perceber pelo peso e pelo chacoalhar das moedas. A gente conhece...

— Não fui roubada — disse ela, furiosa. — Não roubada. Eu preferiria ter sido roubada... Fui enfeitiçada.

Ouviu-se um assovio de medo supersticioso entre todos os que estavam na saleta.

— O quê? — perguntou o Sr. Miller.

— O quê? — ecoou a Sra. Wheatley. — Aqui, Sra. Miller, sente-se. A senhora não sabe o que está dizendo.

A Sra. Wheatley ajudou a Sra. Miller a sentar-se numa cadeira. Alinor se adiantou e lhe tocou a fronte, verificando se estava febril, e captou um olhar enviesado de Alys. A noiva estava pálida como se tivesse visto um fantasma. De lábios entreabertos, virou-se, como se quisesse falar com a mãe, mas não disse nada.

Alinor sentiu que estava ficando gelada. Sua mão desceu da fronte da Sra. Miller.

— O que aconteceu? — disse ela calmamente. — O que aconteceu, Sra. Miller?

— Mãe... — sussurrou Alys.

Sem dizer mais nada, a Sra. Miller arrancou a bolsinha da mão do marido e a abriu.

— Está vendo isto? Olhe o que tem aqui dentro! Olhe para isto. Vou lhe mostrar!

Ela fez um gesto em direção a Alinor, que, sem pensar, juntou as mãos em concha, e a Sra. Miller despejou ali o conteúdo da bolsa. As moedas estavam quentes, por causa do esconderijo, e estranhamente leves. Alinor aparou com as mãos dois punhados de ouro de fada, as moedas velhas e lascadas que ela costumava colecionar, o dinheiro perdido pelos antigos, as velhas moedas da costa saxã. Dentro da bolsa elas tilintavam feito moedas, pesavam feito moedas, mas ali, despejadas nas mãos de Alinor, eram flagrantemente falsas. Com as mãos cheias de sua própria coleção de moedas, Alinor contemplou o horror vazio estampado no semblante da filha e, de imediato, deu-se conta do que a jovem tinha feito.

— Ouro de fada — disse a Sra. Miller, temerosa. — Em minha casa. Tesouro de alguma criança trocada por uma fada. Eu tinha uma bolsa aqui cheia de ouro e prata, o dote de Jane. É raro eu mexer nesta bolsa. Guardo-a na segurança de minha chami... em meu esconderijo. E alguma bruxa trocou meu dinheiro por ouro de fada. Para que eu não desse falta de nada! Se eu pegasse a bolsinha e sentisse o peso dela na mão, pensaria que estava tudo bem. Fui enfeitiçada e nem percebi. Alguma bruxa levou tudo. Todo o meu dinheiro!

— Eu falei uma centena de vezes: aquele esconderijo era tolice — interveio o Sr. Miller.

— E a arca? — Ela se voltou contra ele. — A arca debaixo da cama?

Ele empalideceu, deu meia-volta e saiu da sala em disparada. Todos puderam ouvir seus pés pesados subindo a escada até o quarto, o rangido da porta, dois passos rápidos no piso de madeira, então o barulho da arca sendo arrastada do vão embaixo da cama.

Alinor, com as mãos cheias de ouro de fada, ficou quieta, assim como todos os demais, ouvindo.

— Deus nos ajude, Deus nos livre — sussurrou a Sra. Miller na saleta silenciosa. — É tudo o que temos no mundo. Vamos ficar arruinados se isso também foi enfeitiçado.

Todos ouviram o Sr. Miller manusear as chaves e o rangido da tampa. Todos ouviram o suspiro de alívio e o tilintar das moedas sendo revolvidas. Então, ouviram-no bater e trancar a tampa e descer devagar a escada enquanto enfiava as chaves no bolso do colete.

— Graças a Deus, está tudo lá — disse ele com a fisionomia abatida, diante da porta. — O dinheiro do moinho está em segurança. Só suas economias se foram. O dote de Jane. Quanto tinha na bolsa?

Mesmo premida pelo terrível prejuízo, a Sra. Miller não revelaria ao marido o montante que havia guardado ao longo dos anos.

—- Eu tinha... libras — disse a Sra. Miller, furiosa. — Mais de quarenta libras. Como é que eu vou recuperar o dinheiro, se foi levado por uma bruxa?

— Pode ter sido algum ladrão de passagem por aqui — aventou a Sra. Wheatley. — Alguém que entrou pelo pátio.

— Que ladrão deixaria punhados de ouro de fada? Ninguém veio aqui; ninguém sabe onde eu escondo meu dinheiro. É bruxa. Tem de ser bruxa. Uma bruxa roubou minhas economias com um feitiço e deixou para mim o dinheiro dela. Isso aqui é dinheiro de bruxa. Isso é trabalho de bruxa.

A sala ficou silenciosa. O silêncio engrossou, talhou. Lentamente, tão lentamente quanto um pensamento que surge, todos se viraram para Alinor. Todos olharam para Alinor, que trabalhava para a Sra. Miller desde menina, que era conhecida como uma mulher esperta, dotada de habilidades que não eram deste mundo. Alinor, que precisava de ouro para o dote da filha, para custear a aprendizagem do filho, que segundo seu próprio marido era prostituta de senhores das fadas. Lentamente, todos olharam para Alinor, de rosto pálido e mãos cheias de ouro de fada.

— Você me viu pegar a bolsinha na chaminé, naquele dia em que foi ao mercado e comprou minha gola de renda — disse a Sra. Miller.

Alinor se lembrou de ter virado a cabeça e visto a imagem da Sra. Miller pegando a bolsa, refletida numa travessa de prata polida.

Ela engoliu em seco.

— Isso foi há meses — disse ela. — No outono. No ano passado.

— Mas você sabia do esconderijo dela? — perguntou a Sra. Wheatley.

Alinor se virou para a amiga.

— Sabia. E muita gente sabia, acho eu.

— Mas você sabia, Alinor?

— E você precisava de dinheiro — observou a Sra. Stoney. — Eu nunca pensei que vocês conseguiriam juntar o dinheiro do dote.

— A gente trabalhou. — Alys desandou a falar. — Todo mundo viu. Nós duas trabalhamos. Feito burras de carga. Aqui no moinho; todo mundo viu a gente trabalhando aqui, e a gente fiou, e eu trabalhei na balsa. E meu pai me deu... e meu tio emprestou...

— Eu nunca pensei que seria o suficiente — acrescentou o Sr. Stoney. — Pensei que vocês tinham pedido emprestado de alguém.

— Não! — disse Alinor com orgulho, mas em seguida pensou que deveria ter dito sim.

— Eu ajudei Alys — interrompeu Richard, e recebeu da mãe um olhar enfurecido.

— Você não tinha nada que se meter — disse ela bruscamente.

— Mas, mesmo assim — disse o Sr. Stoney —, você só tinha seu salário.

— E a herança dele? — disse Alinor com as mãos trêmulas, o ouro de fada reluzindo.

— Que herança? Ele não tem herança nenhuma — disse o Sr. Stoney.

Alys olhou para a mãe de olhos arregalados no rosto lívido e balançou a cabeça em silêncio. Não havia herança.

— Sra. Reekie, diga que não é nada disso! — falou o Sr. Miller em voz baixa. — Eu conheço a senhora há anos. Diga que não é nada disso.

— Claro que não é nada disso! — repetiu Alinor.

Mesmo em seus próprios ouvidos sua voz soou fraca, a negativa não era convincente. Ela estendeu as mãos para o corpanzil bonachão do Sr. Miller, como se pretendesse lhe entregar o ouro de fada.

— Não, eu não quero isso! — disse ele, recuando e sacudindo as mãos às costas. — Eu não quero isso em minha casa.

— Então me deixem jogar isso porta afora! — Alinor se virou para a cozinha e para a porta aberta diante do pátio. Mas a Sra. Miller, subitamente, barrou o caminho.

— Pode parar — disse ela. — Você terá de responder por isso. Nada de sair correndo. Você ficará com isso aí até provar que não é seu!

— E cadê meu dote? — indagou Jane.

Alinor tentou rir com as mãos grudentas de ouro de fada.

— Sra. Miller, fui sua vizinha por toda a minha vida. Minha mãe trouxe a senhora ao mundo...

— E todo mundo dizia que ela era bruxa.

— Não dizia, não.

— Ela sabia fazer encantamentos. Era uma mulher esperta. Sabia encontrar coisas. Sabia fazer coisas desaparecerem — lembrou a Sra. Miller. — Sabia enfeitiçar...

— Mas eu, não. A senhora sabe que não.

— Suas mãos estão cheias de ouro de fada! De onde veio isso?

— Não peguei o dinheiro da senhora! — exclamou Alinor. — Não transformei seu dinheiro nisto aqui!

— Agarrem-na! — disse a Sra. Miller com urgência, como se o tom de voz elevado de Alinor alterasse toda a situação. — Ela está amaldiçoando a gente. E você — ordenou ela ao marido —, vá chamar o outro guardião da igreja ou o pastor. Ela tem de ser acusada.

— Nós vamos voltar para a igreja?

— Você vai bater boca comigo? — gritou a Sra. Miller com ele. — Uma bruxa dentro de nossa casa, com as mãos cheias de ouro de fada, e você fica aí, batendo boca comigo?

O Sr. Miller lançou um olhar incrédulo para Alinor, saiu da sala, dirigiu-se à cozinha e colocou a capa de inverno. Ele abriu a porta de acesso ao pátio, e todos ouviram o som de um cavalo.

— É Sir William — disse o Sr. Miller com evidente alívio. — Sua Senhoria está chegando. Ele é magistrado. Ele saberá decidir o que deve ser feito.

Todos na sala se amontoaram em torno de Alinor e a levaram pela cozinha até o pátio do moinho, para cumprimentar o cavaleiro solitário. Mas não era Sir William. Era James Summer.

— Sua Senhoria está a caminho. — Ele sorriu, mas logo se calou ao ver Alinor com as mãos em concha e cheias de moedas, cercada por pessoas assustadas. — O que significa isto? O que está acontecendo aqui?

— É a Sra. Reekie, acusada de bruxaria — disse a Sra. Wheatley sem rodeios, aproximando-se da cabeça do cavalo e olhando para James. — A Sra. Miller aqui teve o dinheiro dela transformado em ouro de fada, e ela acusa Alinor Reekie, que ainda não apresentou nenhuma defesa.

— O quê? — indagou James, incrédulo.

Alinor não conseguia encará-lo, não conseguia se dirigir a ele.

— Não é verdade — disse Alys, avançando. — É claro que não é verdade.

— Então, como é que meu dinheiro se transformou em ouro de fada, e cadê as moedas verdadeiras? — indagou a Sra. Miller. — Quem faria isso, se não uma bruxa? Quem poderia fazer uma coisa dessas? E todo mundo não sabe que Alinor sempre gostou de ouro de fada? Desde quando era menina, ela não encontrava e guardava ouro de fada?

— Eu não roubei o dinheiro da senhora! É claro que eu sabia onde o dinheiro estava escondido. Eu sei há vários meses... É provável que todo mundo saiba. Mas não roubei nada. Não roubei da senhora nem de ninguém! Eu passei a vida inteira entrando e saindo de seu pátio e de sua casa. Eu entro na casa das pessoas o tempo todo. São poucas as casas na ilha de Sealsea onde nunca entrei, e nunca levei nada. Sou uma parteira licenciada...

— Não tem licença agora — observou um homem, fazendo Alinor interromper o que estava dizendo e olhar para ele.

— Não é culpa minha! — disse ela. — Como é que o senhor pode dizer uma coisa dessa contra mim?

— E a esposa e o bebê de Ned?

Alinor ofegou.

— Ela perdeu o bebê. Eu fiz tudo o que pude...

Mais convidados do casamento haviam seguido James até o pátio. Alinor olhou em volta, contemplando vários vizinhos, e viu fisionomias perplexas e apavoradas.

— Vocês me conhecem. Vocês todos me conhecem. Eu nunca... — Alinor mal conseguia falar, mesmo em sua própria defesa.

— Bem, alguém é culpado — disse o Sr. Miller, pesaroso, erguendo o olhar para James, ainda no cavalo e congelado pela indecisão, enquanto todos se viravam para ele, esperando que decidisse o que deveria ser feito. — O que o senhor acha?

— A Sra. Reekie precisará comparecer perante um magistrado, para preservar sua reputação — disse James, relutante.

— Sir William está vindo atrás do senhor? — perguntou o Sr. Stoney.

— Sim — disse James. — Ele está a caminho.

— Ele é magistrado. A atuação dele basta. Sir William poderá ouvir a acusação contra ela assim que chegar — disse o Sr. Miller, guardião da igreja e conhecedor da lei. Ele se aproximou de James e pegou as rédeas do cavalo. — Não queremos que ela seja levada para a prisão em Chichester — murmurou ele rapidamente. — É uma boa mulher. Não queremos que seja julgada e acusada de roubo. Será enforcada se faltarem três libras, e havia cinquenta libras naquela bolsa. É melhor manter isso aqui, no vilarejo. É melhor Sua Senhoria decidir aqui mesmo, onde a gente pode manter a coisa entre nós. É melhor agir logo, senhor, para ninguém pensar em levá-la para Chichester.

Diante disso, James reagiu. Desmontou, e o cavalariço conduziu o animal até o celeiro.

— Vou recolher as provas aqui mesmo — disse ele, alto o suficiente para todos ouvirem. — Sir William e eu vamos deliberar assim que ele chegar.

Tentou trocar um olhar com Alinor, mas ela não estava olhando para ele, e sim para a filha. Alys estava lívida. Agarrada ao braço de Richard, ela encarava a mãe.

— Onde está o irmão da acusada? — perguntou James, pensando que Edward teria uma voz forte naquela comunidade assustada.

— Não precisamos dele — interrompeu a Sra. Miller. — Ele não tem o menor controle sobre ela. Ela faz o que quer. Ele não foi capaz nem de salvar a própria esposa. Ela não tem pai e agora diz que não tem marido, embora Zachary Reekie não tenha sepultura.

— Ele sumiu — disse alguém na parte de trás da multidão. — Falou mal dela um dia, e no dia seguinte sumiu.

— O balseiro é uma testemunha importante — afirmou James, rejeitando tais alegações. — Mandem chamá-lo.

A voz calma de James, seu tom de autoridade, começava a aplacar a sensação de pânico. O Sr. Miller, olhando para as pessoas que lotavam seu pátio, sentiu que a ânsia por emoção, por violência, diminuía.

— Sim, é melhor mesmo. Vá buscar o balseiro, rapaz — disse ele ao cavalariço. E se voltou para James. — O senhor precisará de mesa e papel — disse ele, com calma e deferência. — É melhor trabalhar na cozinha, se o senhor não se importar. É o cômodo mais espaçoso, e lá temos a mesa e a cadeira com braços.

James assentiu. O Sr. Miller seguiu à frente até a cozinha, ordenou que a grande mesa fosse arrastada até os fundos do recinto, colocou a cadeira de espaldar alto atrás da mesa, indicou que James deveria sentar-se na posição do juiz, enquanto o próprio Sr. Miller ficaria de pé, ao lado dele, improvisado no cargo de secretário do tribunal.

— Não tenho autoridade — murmurou James para ele, enquanto ocupava seu assento.

— O senhor sabe latim?

— Sim, claro.

— Então já basta.

James sentou-se na cadeira e colocou as mãos à frente, na mesa, enquanto todos se aglomeravam na cozinha, arrastando Alinor, que ainda segurava as moedas antigas. A Sra. Miller colocou uma folha de papel diante de James, e Jane trouxe um tinteiro e uma pena. Como se estivessem assistindo a um auto religioso medieval, os convidados do casamento encheram o recinto, empurrando Alinor para a frente, isolada diante da mesa. Alys teria ido até ela, mas Richard pegou sua mão, delicadamente, puxando-a para perto de seu pai e sua mãe, na lateral da cozinha.

— Eu quero... — sussurrou ela para ele.

— É melhor esperar aqui — sussurrou ele. — Vamos ver como a coisa se desenrola. Por que ela achou que eu tinha uma herança?

— Ah, não sei — disse Alys, calando-se em seguida.

James mergulhou a pena na tinta, esperando que Ned chegasse em breve e Sir William viesse logo atrás dele. Tudo o que queria agora era ganhar tempo.

— Nome — disse ele, como se fosse um estranho.

Ouviu-se um leve suspiro de satisfação. O pavor terrível à bruxaria estava agora sob o controle de uma autoridade. Os presentes já não precisavam buscar um meio de se proteger contra os poderes desconhecidos do outro mundo: um cavalheiro que sabia latim estava assumindo o comando.

— O senhor sabe meu nome — respondeu Alinor, acabrunhada.

Ouviu-se um murmúrio contrário àquela atitude desafiadora.

— Ela é a Sra. Alinor Reekie — interrompeu a Sra. Miller. — Irmã de Edward, o balseiro, que mora na casa da balsa.

James baixou os olhos e escreveu o nome da amante na parte superior da folha de papel.

— Idade? — perguntou ele.

— Tenho 27 anos — respondeu Alinor.

— Ocupação?

— Sou curandeira e parteira licenciada.

— Sem licença — alguém lembrou a todos dos fundos da cozinha.

Alinor ergueu a cabeça.

— Sou parteira e curandeira — corrigiu ela. — De boa fama.

— E a acusação?

A Sra. Miller deu um passo à frente, tremendo de raiva, com a voz baixa e intensa.

— Eu sou a Sra. Miller, da Fazenda do Moinho. Guardo meu dinheiro, o dote de minha filha Jane, num esconderijo em minha cozinha. — Com um tom dramático, ela apontou para a lareira. — Ali! Bem ali! Atrás de um tijolo solto na chaminé.

Todos olharam para a chaminé de onde o tijolo fora removido e de volta para o rosto pálido de Alinor.

— Meses atrás, no outono, em setembro, ela fez um serviço para mim, no mercado de sexta em Chichester. Confiei nela para comprar uma coisa para mim. Confiei nela! — Ouviu-se um comentário abafado sobre a famosa natureza desconfiada da Sra. Miller. Ela prosseguiu: — Mandei que ela se virasse de costas, enquanto eu tirava minha bolsinha do esconderijo. De meu esconderijo secreto. Mas ela me viu. Ela estava de costas para mim, mas mesmo assim me viu!

Ouviu-se uma onda de espanto.

— Como isso é possível? — indagou James, cético, com a pena detida.

— Ela me viu com sua visão especial, mesmo com a cabeça desviada. Quando ela se virou, vi na cara dela que ela sabia de meu esconderijo. Percebi logo. Ela me viu, com seus olhos de bruxa.

Ouviu-se um burburinho. Todos, exceto a Sra. Wheatley e a família Stoney, concordavam com a validade das evidências. O Sr. Miller balançou a cabeça.

— A senhora não pode chamá-la de bruxa até ser comprovado — repreendeu-a James com uma voz serena que prevalecia sobre o falatório. Ele se virou para Alinor. — A senhora viu esse esconderijo?

— Eu vi o reflexo na travessa — disse ela, sucinta, e gesticulou para a travessa de prata exibida de maneira ostensiva no grande aparador de madeira. — Ela mandou que eu me virasse para a travessa, e vi o reflexo, como se fosse um espelho. Eu não queria ver, mas vi. Mas muita gente sabe que ela guardava o dinheiro ali. Às vezes, ela pagava com moedas quentes e os dedos sujos de fuligem. Não era mistério para ninguém.

Alguns catadores de restolho murmuraram afirmativamente, sinalizando que tinham sido pagos com moedas quentes.

— É esse o caso? — inquiriu James, um tanto ávido. — O esconderijo era de conhecimento geral?

— Só mesmo uma bruxa poderia ter visto aquele reflexo — disse a Sra. Miller com firmeza. — Ninguém mais teria enxergado minha imagem.

A Sra. Wheatley abriu caminho através do recinto lotado, aproximou-se do aparador e olhou para a travessa de prata.

— Dá para enxergar — informou ela a James. — Dá para enxergar nitidamente.

— Por que a senhora não mudou o esconderijo? — perguntou James. — Se achava que tinha sido descoberto?

A Sra. Miller hesitou.

— Não mudei — admitiu ela. — Não mudei. — As palavras caíram um pouco mal, e ela tentou recuperar a credibilidade. — Porque fui enfeitiçada! — declarou ela. — Eu esqueci tudo... até agora. Eu simplesmente esqueci tudo... até agora, e confiei nela esse tempo todo, porque eu tinha esquecido que ela me viu. O que é isso, se não um feitiço?

— A senhora nega a acusação? — perguntou James a Alinor, mas ela não estava olhando para ele.

Ela olhava para o outro lado da cozinha, fitando o rosto lívido de Alys, percebendo que Richard Stoney a mantinha longe. Alinor mal ouvia James; contemplava a filha, sua amada filha. Pensava no que poderia fazer para garantir a segurança de Alys.

— A senhora precisa me responder — insistiu James.

Ela virou a cabeça e olhou para ele com indiferença.

— Sim, eu vi o reflexo dela — confirmou Alinor. — Mas não me aproveitei disso. Não sou ladra. Pouco me importa onde ela guarda o dinheiro dos ovos.

— Dinheiro dos ovos! Havia mais de quarenta libras lá dentro! — exclamou a Sra. Miller.

— Meu dote! — lembrou Jane a todos.

Alinor deu de ombros, tão desdenhosa quanto uma dama da corte.

— Eu não sei de nada. Nunca vi o que havia dentro da bolsa. Nunca nem toquei na bolsa. Não sei quanto pesava, nem o montante que a senhora tinha guardado. Só vi a bolsa em sua mão, quando a senhora me deu dinheiro para comprar renda. Eu nunca toquei naquela bolsinha, não é?

O desdém de Alinor foi demais para a Sra. Miller.

— Não duvido que você tenha transformado meu dinheiro em ouro de fada sem tocar nele! Sem tirar a bolsa do esconderijo! — berrou ela. — Não duvido nem um pouco! Não duvido que você nunca tenha tocado no dinheiro, mas fez tudo à meia-noite, no meio do lodaçal, onde está sempre sozinha, perambulando ao luar, por caminhos que ninguém mais segue, e falando sozinha!

Alinor recuou ligeiramente diante do veneno contido na voz da mulher.

— Ela não pegou o dinheiro! — exclamou Alys, elevando a voz acima do falatório crescente, avançando um passo e afastando-se do novo marido. — Sei que ela não pegou!

Alinor levantou a cabeça e trocou um olhar com a filha.

— Alys, não diga nada — ordenou ela. E olhou além da filha, para Richard, cujo semblante se mostrava tenso. — Leve Alys embora — disse ela calmamente. — Hoje é o dia do casamento dela. Ela não deveria estar aqui. Leve Alys para casa. Para o novo lar.

Ele assentiu, com uma expressão de susto em seu rosto jovem, e tentou conduzir Alys até a porta, mas ela resistiu.

— Não vou — disse ela.

— Então, fique em silêncio — disse Richard. — Como sua mãe mandou.

Alys se virou para a mãe.

— Mãe — disse ela, em desespero —, a senhora sabe...

— Sim, eu sei — concordou Alinor. — Eu sei. Mas agora vá, Alys.

— Vejam, tramando! — exclamou a Sra. Miller. — Então são as duas!

Aliviado, James viu Ned entrar na cozinha e olhar em volta, estupefato. Rob entrou atrás dele.

— O que significa tudo isso? — perguntou Ned. — O que é que está acontecendo?

— A Sra. Reekie foi acusada de roubar as economias da Sra. Miller, valendo-se de bruxaria e deixando ouro de fada no lugar do dinheiro — disse James.

Ned foi até a mesa, esbarrando na multidão.

— Deus do céu! Que gente! — disse ele com desprezo. — Vocês não são capazes de ir a uma festa de casamento sem parar para uma briga? — Ele foi para o lado da irmã, que se virou para ele, com as mãos cheias de moedas; imediatamente, Ned ficou paralisado ao vê-las. — O que é isto? — disse ele com uma voz diferente. — O que é que você está fazendo com suas moedas, Alinor?

— Essas moedas são dela? São as moedas dela? Você conhece essas moedas? — indagou a Sra. Miller com a voz cheia de emoção.

— Você reconhece essas moedas? — perguntou o Sr. Miller.

— Sim — disse Ned objetivamente. — Acho que sim. Mas, para mim, todas se parecem iguais. Não tenho o menor interesse nelas. Alinor, o que é que está acontecendo?

Rob foi para o lado da mãe, que tentou sorrir para acalmá-lo, embora suas mãos estivessem cheias de evidências condenatórias.

Todos se viraram para James. Ninguém tinha dúvidas sobre a acusação agora. Ned propiciara a confirmação absoluta da culpa da irmã.

— Sra. Reekie, como suas moedas foram parar na bolsa da Sra. Miller? — perguntou James com calma.

Em silêncio, Alinor balançou a cabeça. Ned tirou o chapéu e ela despejou as moedas ali dentro. Duas eram pratas tão gastas e leves que ficaram grudadas na palma das mãos suadas, e ela precisou removê-las. Ouviu-se um leve suspiro de pavor, como se ela estivesse descamando ouro de fada da própria pele. Ned colocou o chapéu na mesa, diante de James, como se fosse uma prova que ele não quisesse tocar.

— Não sei — disse Alinor com firmeza. — Não faço ideia.

— Acho que devemos esperar a chegada de Sir William — disse James.

Alys lhe lançou um olhar desesperado.

— O senhor já está aí; o senhor deve decidir — disse ela. — Trata-se de um equívoco, obviamente. Deixe minha mãe ir para casa. Vamos todos para a festa de casamento.

— Silêncio, Alys — sussurrou Alinor para ela.

— Minha mãe não tem culpa nenhuma, senhor — disse Rob, meio sem jeito. — Por favor, limpe o nome dela.

— Ah, pelo amor de Deus — disse a Sra. Wheatley baixinho. — Essas pobres crianças...

— O ouro de fada pertence a ela — disse a Sra. Miller sem rodeios. — Como o irmão já falou. Foi transformado de minhas moedas. Por alquimia. Ouro verdadeiro transformado em lixo. O que mais isso poderia ser se não feitiço? Ela só pode ser bruxa.

— Espetem-na — falou alguém, do fundo do recinto, e todos falaram ao mesmo tempo:

— E procurem marcas no corpo dela.

— Tirem a roupa dela.

— Mandem as mulheres examinarem...

— Marcas do diabo...

— Testem com uma Bíblia!

— Procurem verrugas na pele dela...

— O diabo sempre deixa suas marcas.

Alinor estava tão branca quanto a gola do vestido, absolutamente paralisada.

— Senhor — disse Rob, nervoso, dirigindo-se a seu preceptor —, eles não têm esse direito. Não deixe que eles a prendam. Não deixe que eles...

James tentou se impor acima da algazarra crescente.

— Ainda estou recolhendo provas aqui — afirmou ele. — E tomarei uma decisão.

— Por escrito — apoiou o Sr. Miller. — Uma decisão por escrito.

— Atirem-na dentro da água! — disse alguém, e houve um consenso imediato. — Atirem-na dentro da água!

— Esse é o único jeito!

— Examinem o corpo dela, e depois atirem-na dentro da água!

Pela primeira vez, Alinor olhou para James. Os olhos dela estavam fundos de pavor.

— Não posso — disse ela sem rodeios. — Isso eu não posso fazer.

— Ela tem muito medo de água — falou Ned rapidamente, dirigindo-se a James. — Muito medo. Ela tem medo até em minha balsa. Ela não sabe nadar.

— Parem com isso! — exigiu Alys com uma voz esganiçada, em pânico. — Parem com isso!

— Senhor? — O semblante jovem de Rob estava angustiado. — Sr. Summer?

James se pôs de pé.

— Este não é o momento nem o lugar — decidiu ele. — Decretarei a prisão dela...

— Ela já está presa! — gritou alguém do fundo da cozinha. — A gente quer que ela seja posta à prova!

— Posta à prova agora!

— Na água!

A multidão avançou, e Ned e Rob se viram espremidos por mãos numa grande massa de corpos. Ned tentou abraçar Alinor e puxá-la para perto, e Rob enfrentou as pessoas, que se amontoavam cada vez mais perto. Ele começou a desferir tapas nas mãos que tentavam alcançar sua mãe e fez de tudo para ficar entre ela e os que a cercavam, mas vinha gente de todos os lados, e ele não conseguia impedir o avanço geral. Richard Stoney segurou Alys, puxando-a para longe da mãe, afastando-a, seguindo sua mãe e seu pai, que já estavam saindo, abrindo caminho através da multidão, seguindo em direção ao pátio, até a carroça que servira ao casamento, com medo do que estava acontecendo.

— Parem com isso! — gritou James, mas sua autoridade se derretia em meio ao ardor crescente da multidão. — Eu ordeno que parem com isso!

Ned pegou Alinor pela cintura e a arrastou para longe da multidão que se espremia na cozinha, levando-a para dentro da casa, em direção à porta da sala. Com a fisionomia pálida e assustada, Alinor, com pessoas puxando seu vestido, agarrando seu avental, arrancando sua touca, descabelando-a, lutava para acompanhar o irmão, para se manter protegida em seus braços e seguir em direção à sala. James, vendo o que estavam fazendo, saiu de trás da mesa, abriu a porta da sala, agarrou Ned pela jaqueta e o puxou para trás, de modo que os três ficaram frente a frente; então, de súbito, James viu Ned recuar:

— Você está barriguda!

Alinor, branca feito leite desnatado, já sem a jaqueta, que lhe fora arrancada dos ombros, a touca perdida, o avental puxado para o lado, expondo a todos sua gravidez, encarou o irmão em meio à balbúrdia e disse:

— Sim, que Deus tenha misericórdia de mim.

— Uma barriga?

— Agora não — disse James rapidamente, mas era tarde demais: alguém na frente da multidão tinha ouvido.

— O filhote da bruxa! — exclamou alguém.

— Não! — gritou a Sra. Wheatley. Ela empurrou a multidão e se colocou ao lado de Alinor. Um olhar para o rosto empalidecido e o corpo abaulado confirmou a culpa. — Ah! Alinor! Que Deus tenha misericórdia de ti. O que você fez?

— Prenha? — indagou o Sr. Miller, incrédulo. — Alinor Reekie?

Todos ficaram atônitos, mudos, paralisados. Alinor se virou e viu olhares chocados e hostis. Rob olhava para a mãe em total perplexidade.

— O que é isso? Mãe?

— É filho de quem? — inquiriu a Sra. Miller com uma voz esganiçada, expressando um medo renovado. — É isso que quero saber! Quem é o pai? O que o pai faz na vida? O que foi que ela aprontou agora?

No silêncio assustado, ouviu-se Sir William cavalgando pelo pátio e o som de quando ele desmontou e se aproximou da porta da cozinha.

Ele apreendeu a cena num rápido olhar: Alinor protegida entre o irmão e James Summer, sem touca, descabelada, com o avental rasgado e a barriga protuberante, marcada no tecido do vestido. Ninguém disse nada.

— Sr. Summer — disse Sua Senhoria com frieza — Venha até aqui e me diga o que diabos está acontecendo.

Todos falaram ao mesmo tempo, mas Sir William ergueu uma das mãos para silenciá-los.

— Sr. Summer, por gentileza.

James lançou um olhar angustiado para Alinor, soltou-a e saiu; a multidão se apartou, em silêncio, para deixá-lo passar. Ned ficou entre a irmã e os vizinhos, mas já não havia necessidade de protegê-la; ninguém queria tocar nela. Ninguém se mexia, nem sequer falava. Todos apuravam os ouvidos para escutar a conversa em voz baixa entre os dois homens, no batente da porta, então Sir William estalou os dedos, convocando o lacaio do moleiro, e deu para ouvir os cascos da montaria de Sir William sendo levada para o estábulo. Alinor fixou o olhar no chão. Um longo tempo se passou, uma abelha fora de estação zumbiu na janela da sala. Alinor, distraída com o barulho, virou a cabeça e fez um leve gesto, como se pretendesse soltar o inseto.

— Deixe isso para lá — ordenou Ned, conciso.

Sir William apareceu na porta da sala.

— Minha boa gente, não fiquem aí se espremendo. Não há necessidade de vocês se esmagarem aqui dentro. É melhor todos saírem para o pátio — disse ele.

Todos foram para o pátio, acotovelando-se, debaixo de um sol a pino de inverno. A maré vazava e as gaivotas guinchavam acima do lodaçal. As comportas da barragem do moinho eram fechadas, sob o impulso das águas profundas da própria barragem. Um filete de água transbordava pelas eclusas.

— Sra. Reekie, essas boas mulheres terão de examiná-la, a senhora sabe disso — ordenou Sir William. Alinor baixou a cabeça para o senhorio. — Sra. Wheatley, escolha três mulheres para levar a Sra. Reekie até um local fechado dentro da casa e examiná-la, atentamente, em busca de marcas de bruxa, e peçam a ela que aponte o pai de seu filho e diga quando espera parir.

A Sra. Wheatley, com lábios contraídos, deu uma olhada na multidão de vizinhos, velhos amigos e alguns velhos inimigos. A Sra. Stoney recuou, encostando-se na carroça. Sutilmente, a Sra. Wheatley a ignorou.

— Sra. Jaden, Sra. Smith e Sra. Huntley — disse ela, nomeando uma prima, uma amiga e uma mulher que trabalhava como parteira no sul da ilha.

Sir William indicou o interior da casa, e as quatro mulheres entraram, com Alinor andando lentamente entre elas.

— Não admito que ela entre em minha casa! — disse a Sra. Miller, enfurecida. — O senhor deveria mandar fazer isso no pátio. Despindo-a aqui fora!

— A senhora há de convir comigo, Sra. Miller, tenho certeza — disse Sua Senhoria —, que não somos pagãos inveterados.

Ele se virou e confabulou com James, em voz baixa. Alys tentou se aproximar para ouvir, mas Richard Stoney a segurou com firmeza. Segurou-a como se a estivesse salvando de um afogamento, enquanto sua mãe e seu pai se mantinham a uma pequena distância, olhando para o rosto lívido da nora que sempre consideraram inferior ao filho.

A Sra. Stoney se virou.

— O dote — cochichou ela com calma — está aqui no meu bolso. Será que a gente deveria...

— Fique quieta — sussurrou ele. — A gente confere isso quando voltar para casa, depois que tudo acabar. Eles estão casados, e ela trouxe o dote. Você viu, eram moedas verdadeiras. Deixe a coisa como está por enquanto.

Ela fez que sim e aguardou em silêncio, a exemplo de todos os vizinhos. Depois de um quarto de hora, as mulheres saíram do interior da casa com Alinor entre elas, sem touca, com o cabelo loiro embaraçado, como se elas tivessem passado os dedos pelos fios em busca de sinais. Havia um arranhão fino na lateral do pescoço de Alinor, e uma gota de sangue escorria da orelha até o colarinho branco, que fora rasgado.

Rob exclamou:

— Mãe! — E ela lhe dirigiu um olhar cansado.

— Não é nada. — Ela tentou tranquilizá-lo. — Nada.

A Sra. Wheatley foi até o mestre e parou diante dele.

— Examinaram a Sra. Reekie? — perguntou ele.

— Examinamos.

— Ela está grávida?

— Está, sim, senhor. Ela acredita que vai parir no mês de maio.

Ouviu-se uma exclamação abafada por parte dos Stoney. Richard olhou para Alys, como se quisesse perguntar alguma coisa, mas, diante de uma faísca que partiu dos olhos azuis da jovem, não disse nada.

— Então a criança foi concebida...?

— Em agosto ou setembro, senhor.

— Ela apontou o pai de seu filho?

James pigarreou, como se pretendesse falar, mas a Sra. Wheatley prosseguiu com o relatório.

— Não, senhor, ela é teimosa. Quando imploramos, pelo amor de Deus e pela sua própria reputação, que revelasse o nome dele, ela não falou nada.

Sir William assentiu.

— O filho é do marido desaparecido? — sugeriu ele.

A Sra. Wheatley foi rápida.

— Ninguém vê Zachary, o pescador, há mais de um ano, senhor. Mas, é claro, ele poderia ter voltado e estado com ela, sem que ninguém soubesse.

— Foi isso que aconteceu? — perguntou Sir William a Alinor, oferecendo uma saída da acusação de prostituição. — Pense bem antes de falar, Sra. Reekie. Pense com cuidado. Foi isso que aconteceu?

— Não — disse ela, sendo breve.

Sua Senhoria olhou para ela por um instante.

— A senhora tem certeza?

Alys sussurrou:

— Mãe!

Alinor olhou para ela.

— Não foi — disse ela novamente.

Sir William voltou a atenção para as mulheres que tinham examinado Alinor.

— As senhoras a arranharam para ver se ela é bruxa?

— Arranhamos — disse a Sra. Wheatley. — Com uma agulha de cerzir que encontramos na caixa de costura lá na sala. — Ela se virou, educadamente, para a Sra. Miller. — Deixamos a agulha em cima da mesa, se a senhora quiser jogar fora.

A Sra. Miller estremeceu exageradamente.

— Podem levar a agulha embora. Está amaldiçoada.

— E ela sangrou? — Sir William prosseguiu em seu inquérito.

— Ela sangrou feito uma mulher mortal e sentiu dor. Não sangrou muito, mas foi sangue vermelho, feito qualquer mulher. — Ela apontou para o arranhão no pescoço de Alinor, que se mantinha qual uma estátua, com os olhos no chão.

— E as senhoras a examinaram em busca de marcas de bruxa?

— Examinamos — respondeu a Sra. Smith. — Não vimos tetas a mais, mas ela tem uma verruga, em formato de lua, muito estranha e muito suspeita, nas costelas.

— Em formato de lua?

— De lua nova. Uma lua em formato de foice. Uma lua de bruxa.

Um profundo suspiro de contentamento emanou da multidão, e Sir William se calou diante daquela evidência incriminadora. As pessoas, fitando Alinor, esperavam que ele falasse, exultantes em esperar por seu veredicto, visto que só poderia haver um veredicto da parte dele. Era como se estivessem aproveitando o intervalo antes do ato final de um auto religioso, a chance de saborear a sentença que seria exarada, na expectativa da violência que eclodiria.

— A bolsa — disse Sir William em voz baixa, dirigindo-se a Alinor. — A senhora roubou o dinheiro? A senhora substituiu as economias da Sra. Miller por suas moedas velhas e sem valor?

— Não — disse Alinor.

— Estas moedas velhas, e lascas de moedas, pertencem à senhora?

Alinor olhou para o chapéu do irmão, entregue por uma das mulheres que a examinaram ao Sr. Miller, que o segurava com os braços estendidos, como se os pequenos discos de prata o queimassem.

— Elas se parecem com minhas moedas.

— A senhora costuma guardá-las na casa da balsa?

Alinor olhou para Ned.

— Costuma, sim — disse ele, desanimado.

— Então, como foi que elas saíram de lá e foram parar aqui?

Alinor engasgou na resposta. Olhou para o céu, acima do rosto pétreo de Sir William, e para o chão, abaixo das botas lustradas do senhorio. Seguiu-se um longo silêncio.

— Sir William... — Alys começou a falar com a voz fina e trêmula. — Sua Senhoria... — Ela se soltou das mãos de Richard e deu um passo à frente.

— Fui eu — Alinor interrompeu a filha.

— Feitiçaria! — exclamou a Sra. Miller. — Do jeitinho que eu falei. Feitiçaria.

— Ah, Alinor, que Deus tenha misericórdia de ti! — interveio o Sr. Miller.

— Ela pretendia dizer que o filho era nosso? — Richard agarrou Alys, com os olhos ardendo de raiva. — Você está mesmo grávida? Essa criança é nossa? Você ia me fazer de corno duas vezes... colocando o filho de algum senhor das fadas em meu berço, uma criança da qual minha esposa não é a mãe?

— O quê? — inquiriu o Sr. Stoney.

Sir William e James trocaram olhares assustados, pois os eventos estavam evoluindo rápido demais para eles.

— Não, não! — disse Alys, tentando se livrar da mão de Richard, mas ele a segurava com força. — Pelo amor de Deus, não!

— Mas você sabia que sua mãe também estava grávida? Tendo concebido na mesma época? Como isso é possível?

Desesperada, Alys olhou para a mãe, cujo rosto estava lívido.

— Isso não tem nada a ver com a gente, Richard. E o dinheiro...

— Calada! — disse Alinor com firmeza à filha. Estava calma agora, como se o arranhão da agulha tivesse feito sangrar toda a vergonha. Ela meneou a cabeça para Richard. — Leve Alys embora — disse ela. — Eu já falei. Leve ela para sua casa. Eu não quero que ela fique aqui.

— Mãe! Eu tenho de falar para eles...

— Nunca — disse Alinor com determinação. — Você não tem nada a dizer que possa me ajudar. Vá embora, só isso.

— Nós não temos de fazer o que a senhora está mandando! — explodiu o Sr. Stoney.

— Por piedade, leve-a embora — disse Alinor apenas, dirigindo-se a ele; então, Richard assentiu e meio que arrastou, ou levantou, Alys, levando-a em direção à carroça. O pai e a mãe o seguiram, divididos entre o desejo de se juntar aos vizinhos no julgamento de uma bruxa e o pavor de que a bruxa fazia agora parte da família.

Estavam subindo na carroça e pondo os cavalos em marcha, quando alguém falou da parte de trás da multidão:

— Vamos afundá-la na água!

— Eu não fiz isso como bruxaria, fiz como troca — falou Alinor rapidamente, dirigindo-se a Sir William. — Foi um empréstimo. Foi por isso que deixei tudo o que tenho, para mostrar que pagaria o empréstimo. Como sinal de que tinha sido eu, e que pretendia pagar.

— Ouro de fada — disse alguém. — Haveria de sumir, se alguém além dela tocasse.

— E quem é o pai do filho dela? — indagou alguém.

— A gente tem de levá-la até Chichester, para o carrasco! — sugeriu alguém.

— O filho é de Satanás. — Ouviu-se um assobio baixo na parte de trás da multidão. — Filho de algum senhor das fadas.

— O marido dela sempre dizia que Rob não era filho dele — lembrou alguém.

Rob olhou apavorado para a mãe.

— Nada disso! — gritou Alinor. — Não é nada disso! Nada disso! Rob é um bom filho de um pai ruim! — Ela se virou para Sir William, tagarelando em sua angústia. — Vossa Senhoria, não permita que falem mal de Rob! O senhor sabe que ele é um bom menino. — E então se virou para Ned. — Leve-o embora — implorou. — Afaste-o daqui.

— Basta! — exclamou Sir William, interrompendo a crescente algazarra, que exigia que Alinor fosse levada para Chichester e enforcada. — Vamos afundá-la na água — ordenou ele em meio ao silêncio súbito e ávido. — Na barragem do moinho. Se voltar viva, é inocente de todas as acusações, e ninguém poderá falar nada mais contra ela. Ela devolve o dinheiro para a Sra. Miller, conforme disse que faria. De acordo? Vamos afundá-la na água, para ver a vontade de Deus! De acordo? Esse é meu julgamento e minha decisão! De acordo?

— Vamos afundá-la na água! — concordou meia dúzia de vozes.

— Muito bem — disseram eles. — Vamos afundá-la.

Alinor, lívida de pavor, voltou-se para o irmão, que não a viu, pois estava olhando para o chão, envergonhado perante todos.

— Ned, leve Rob embora — sussurrou ela. — Ned!

Ele ergueu a cabeça diante do tom urgente na voz dela.

— Leve Rob embora!

O sussurro da irmã o despertou do sentimento de infelicidade dele diante da vergonha dela.

— Sim — murmurou ele. — Vamos lá, Rob. Vamos sair daqui. Isso tudo acabará logo.

— Eles não encostarão nela! — exclamou Rob, enfiando-se entre a mãe e a multidão, embora as mulheres se agarrassem a ela e não permitissem que ele a resgatasse.

James o pegou pelo braço.

— Melhor isso que ela ser acusada de roubo — disse ele com urgência. — Isso logo acabará. Mas, se a levarem a Chichester, eles a enforcarão sob a acusação de roubo.

— Senhor, ela não vai aguentar! A água da barragem é profunda. Ela não vai aguentar! O senhor sabe...

— Eu vou aguentar — interrompeu Alinor. O rosto dela estava branco qual soro de leite, e os olhos, arregalados de medo no semblante pálido. — Mas você vai embora, Rob. Não suportarei que você veja isso.

Algumas pessoas já corriam até o moinho, a fim de pegar cordas para amarrá-la; outras arrastavam os pés, hesitando, sem saber como capturá-la, com receio de tocá-la, empurradas para a frente pelos que estavam atrás. Sir William observava a cena, carrancudo, e meneou a cabeça para Ned.

— Leve o rapaz embora — disse ele. — Isso é uma ordem. Ele não deve ver.

Ned pegou Rob pelo ombro e o forçou a atravessar o portão do pátio, em direção à balsa, que balançava na maré vazante.

— A gente vai esperar aqui, ao lado da balsa — disse Ned com voz rouca. — Depois, a gente volta lá para buscá-la, quando tudo acabar.

— Como é que ela pode estar grávida? — sussurrou Rob para o tio.

Ned balançou a cabeça.

— Vergonha — foi tudo o que ele disse.

— Mas como é que pode?

Ned envolveu o menino nos braços e colou o rosto jovem do sobrinho ao tecido áspero de sua jaqueta.

— Reze — aconselhou ele. — E não me pergunte; eu não aguento. Minha própria irmã! Debaixo de meu teto!

James viu os dois se afastarem.

— Como podemos impedir isso? — indagou ele, desesperado.

— Não podemos — disse Sir William. — Deixe que prossigam. Acabemos logo com essa situação.

Alinor não olhou para nenhum dos dois enquanto a multidão a cercava e amarrava suas mãos às costas e suas pernas, enrolando a corda várias vezes em torno da saia comprida. Em seguida, empurraram-na em direção ao moinho, segurando-a para que não caísse durante a trôpega caminhada, quase carregando-a. Ela seguiu sem resistir, com a fisionomia tão pálida e esverdeada que já parecia meio afogada. A Sra. Wheatley seguia atrás, balançando a cabeça, enquanto a Sra. Miller guiava o caminho.

Chegaram à beira da barragem e contemplaram o fundo verde, tomado por uma vegetação aquática. A represa estava cheia, as comportas acionadas pela maré, devidamente fechadas, impedindo que a água vertesse pelo alagadiço, onde o mar recuava. As comportas roçavam umas nas outras, rangendo com a madeira úmida, pressionadas pela massa profunda de água. A barragem estava límpida, feito uma tigela funda ao lado do porto enlameado. O velho muro de contenção estava escorregadio e coberto de limo, algas pendiam das eclusas feito fios de cabelo. Mas não havia degraus para descer até a água, e a distância entre as duas margens era demasiado ampla, impedindo o uso de uma corda que pudesse puxar Alinor de um lado para o outro. Ninguém queria chegar muito perto da margem: a água em si já era ameaçadora naquela profundeza escura, mortalmente fria no inverno.

— Precisamos de mais corda! — disse alguém.

— É só jogá-la da margem mesmo, do jeito como ela está, amarrada — veio a sugestão. — Vamos ver se ela consegue sair sozinha.

— A roda do moinho — disse a Sra. Miller, inspirada pela raiva. — Vamos amarrá-la na roda do moinho.

Incrédulo, o marido olhou para ela.

— Na minha roda? — indagou ele.

— Dois giros! — falou alguém na parte de trás da multidão. — Vamos amarrá-la e fazer a roda girar duas vezes, na valeta do moinho. É uma prova justa.

— Na minha roda? — repetiu o Sr. Miller. E olhou para Sir William, horrorizado.

— O giro é rápido? — perguntou Sua Senhoria em voz baixa. — Você pode mergulhá-la e trazê-la de volta à superfície?

— Gira depressa se não estiver moendo — disse o homem. — Se a pedra não estiver trabalhando, gira tão rápido quanto a água que entra.

— Dois giros — ordenou Sua Senhoria, elevando a voz acima do burburinho de empolgação. — E, se ela aparecer viva, não é bruxa. Entrega o dinheiro e é liberada. De acordo?

— Sim. É justo, sim. De acordo! — gritaram as pessoas, empolgadas com a perspectiva do julgamento de uma bruxa, olhando da frágil mulher para a roda enorme, imóvel, com as pás inferiores afundadas na água da barragem e as superiores embranquecidas no ar gelado.

Os joelhos de Alinor falhavam sob seu peso, e seu corpo oscilava, enquanto ela quase desmaiava de medo. Perdera a voz. Mal sabia dizer onde estava. James não pôde olhar para ela, pois duas das mulheres que a examinaram agarraram-na pelos braços amarrados, na altura dos cotovelos, e meio que a arrastaram para longe da margem da represa, até a plataforma ao lado da roda do moinho. As mulheres amarraram as mãos de Alinor nas costas e enrolaram a corda várias vezes sobre seus seios e sua barriga grande.

— É melhor que ser enforcada — lembrou Sir William a James, no momento em que pisaram na plataforma ao lado da roda.

— Ela tem pavor de água — sussurrou James.

— Ainda é melhor que ser enforcada.

Os homens precisaram alçá-la, tão mole quanto um cadáver recente, até a roda do moinho.

— Amarrem-na nas pás da roda — sugeriu a Sra. Miller, na vanguarda da multidão. — Amarrem-na direito, para não escorregar.

Sem recorrer a palavras, o Sr. Miller gesticulou para o lacaio do moinho, que manteve a roda imóvel, pisando na engrenagem com os dois pés, retendo as pás esverdeadas e inclinando-se para trás como contrapeso, enquanto Alinor era alçada pelos ombros e pelas pernas e estendida sobre as pás da roda. Em seguida, pegaram outra corda e a amarraram.

— Verifique se ela está bem amarrada — ordenou Sir William. À parte, dirigindo-se a James, disse: — Não queremos que ela caia e fique presa embaixo da roda.

James pôde ver a barriga arredondada de Alinor quando a deitaram de costas sobre uma pá, com outra pá poucos centímetros acima do rosto e o cabelo loiro caindo solto sobre o aro de madeira coberto com algas. Ela não gritou nem pediu socorro; não dissera uma palavra sequer desde que mandara Rob embora. James percebeu que ela estava emudecida de pavor.

— Prossiga — disse Sir William ao Sr. Miller. — Vamos logo com isso.

O moleiro se virou abruptamente.

— Estou abrindo a comporta — falou ele em voz alta, para avisá-la do repentino rugido da água, enquanto fazia girar a grande manivela de metal que abria a eclusa, liberando o acesso da água pela valeta do moinho, por baixo da roda.

A cascata de água vertendo pela valeta forçou um leve soluço por parte de Alinor, mas ninguém além de James ouviu. Agora ela sentia o odor da água gelada subindo rapidamente pela roda, o cheiro da vegetação verde do lodaçal, o hálito frio e rastejante da corrente de água gelada. Alinor sentia a água subindo cada vez mais. Em pouco tempo a valeta estaria cheia e, em seguida, o moleiro abriria a saída para o lodaçal e retiraria a tranca da roda; a água verteria pela valeta, escapando pelo alagadiço, e a roda do moinho haveria de girar, afundando Alinor naquelas águas.

— Pronto! — gritou o Sr. Miller de dentro do moinho.

O lacaio do moleiro retirou da roda seu próprio contrapeso, e a roda girou, lentamente, baixando Alinor em direção à água. Ouviu-se um leve suspiro de expectativa por parte de todos os presentes.

— Continue! — disse alguém.

— Gire a roda! — gritou Sir William para o Sr. Miller, que estava dentro do moinho.

Ouviram a resposta, expressa por meio de um grito.

— Já estou girando!

— Não! — disse James. Ele avançou até as pás da roda, onde o cabelo sedoso de Alinor esvoaçava. — Alinor! — gritou ele.

Pela primeira vez naquele dia, ela virou a cabeça e olhou diretamente para ele, mas naquele rosto desesperado ele percebeu que ela era incapaz de ouvi-lo, incapaz de vê-lo. Amarrada à roda do moinho, enfrentando o grande terror de sua vida, estava às cegas e tampouco ouvia a cascata ou o rangido da roda que começava a girar, içando-a.

Atordoado, James viu a subida inexorável da roda, depois a descida do outro lado. Deu dois passos em direção à parte posterior da roda e confrontou o olhar aterrorizado de Alinor, que já descia para a água corrente.

Ela foi mergulhada na valeta estreita e turbulenta, e ele viu o cabelo girar ao redor daquele rosto alvo no momento em que ela afundou; em seguida, algo apavorante: a roda rangeu e estancou. Parou de girar, mantendo Alinor submersa. Seguiu-se um silêncio, um longo instante.

— É a vontade de Deus — murmurou alguém em reverência. — Deus parou a roda para afogar a bruxa.

— Não! Não! É o peso! — gritou o Sr. Miller de dentro o moinho. — É o peso dela na parte inferior da roda.

Aos pulos, ele saiu de dentro do moinho, enquanto todos se aglomeravam para vislumbrar o cabelo dourado de Alinor em meio à água corrente que passava pela roda em direção ao mar.

James compreendeu e se atirou na parte de trás da roda, agarrando-se, os pés escorregando, puxando, desesperado, as pás para fazer a roda girar. Ele sentiu a roda ceder, e então, lentamente, percebeu que ela voltava a girar, em meio à corrente ininterrupta, erguendo pá após pá. Aos poucos, a mulher que se afogava ressurgiu das profundezas.

Ele deu um passo atrás. A roda agora ganhava velocidade. Alinor subiu novamente e passou por ele, que pôde ver o rosto pálido e coberto de algas, a água escorrendo das roupas, das botas, da boca aberta. Acima do terrível rugido da roda, ele ouviu Alinor se engasgar, vomitar, inspirar novamente e, em seguida, voltou a ser mergulhada nas águas, desaparecendo mais uma vez.

A roda, girando mais rápido na água agitada, trouxe-a à superfície, do outro lado; o lacaio do moleiro fechou a eclusa para reter a água, e o Sr. Miller, dentro do moinho, prendeu a pedra de moer no nicho para firmar a roda com Alinor no meio do giro. Algas pendiam do cabelo dela, água salobra escorria de sua boca aberta, os olhos estavam turvos de pavor e o vestido colara à barriga protuberante. O Sr. Miller saiu do interior do moinho com o semblante fechado e raivoso, retirou um facão da bota e cortou as cordas que prendiam Alinor às pás da roda. Como se ela fosse uma saca de farinha, ele a pegou e a jogou nos ombros, afastando-se da roda. A multidão, espantada, abriu caminho para ele, que a carregou para longe da roda, até o pátio do moinho, onde a descarregou, qual uma saca encharcada, de bruços nas pedras do calçamento.

A Sra. Wheatley trouxe uma manta do estábulo, para envolvê-la, enquanto Alinor arfava e vomitava água suja, diversas vezes, engasgando-se e lutando para voltar a respirar.

— Então, ela não é bruxa — disse Sir William, descendo da plataforma do moinho para ver de perto a mulher, que regurgitava. Em seguida, ele se dirigiu aos arrendatários, expressando-se em seu tom mais magistral. — Ela sobreviveu à provação. Quanto ao roubo: declaro que ela pediu emprestadas as economias da Sra. Miller, pretendendo devolver o dinheiro, deixando suas velhas moedas como promessa. Isso ela fará, e eu garanto. Está provada a inocência da Sra. Reekie diante da acusação de bruxaria. Nós a testamos com uma provação justa, e ela não é bruxa.

— Amém — disseram eles, tão resignados quanto antes estavam assustados.

— E a criança? — inquiriu a Sra. Miller. — Ela, com certeza, é uma prostituta.

— O tribunal da igreja — determinou Sir William sem mais delongas. — Domingo que vem.

O ruído de uma carroça distraiu todos os presentes. Era a carroça dos Stoney, com Alys na boleia, seu irmão Rob ao lado e Ned atrás. Alys conduziu a carroça ao interior do pátio, até onde sua mãe estava estirada, jogada nas pedras, envolta na manta de um cavalo, encharcada, cercada de vizinhos que se recusavam a tocá-la. Alys entregou as rédeas a Rob, pulou da carroça e passou correndo por Sir William, como se ele fosse um joão-ninguém. Ajoelhou-se ao lado da mãe e a levantou. Alinor não conseguiu ficar de pé, mas o Sr. Miller a pegou por um braço e Alys pelo outro. Ninguém mais se mexeu. Juntos, levaram-na, ainda engasgada e vomitando água verde, até a carroça que a esperava, onde Ned estendeu o braço e a embarcou, como se ela fosse um peixe encalhado, deitando-a de lado, para que pudesse vomitar mais água.

— A Sra. Reekie é inocente da acusação de bruxaria — declarou Sir William em voz alta. — Ela é inocente.

Alys olhou para ele e para James, com seus olhos azuis faiscando de raiva.

— De acordo — disse ela, entre os dentes, e então tocou o cavalo e eles saíram do pátio.

Quando cavalgou de volta ao Priorado no início daquele anoitecer de inverno, James viu uma nesga de luz através das persianas fechadas da casa da balsa; ele parou o cavalo, amarrou as rédeas no portão e bateu à porta da cozinha. Alys abriu a porta, segurando uma lanterna feita de chifre.

— O senhor... — disse ela, sendo breve.

— Como está sua mãe?

— Ela parou de vomitar água, mas é claro que pode se afogar mais tarde, quando a água invadir seus sonhos. Talvez ela morra envenenada com aquela água imunda, ou talvez aborte o bebê e sangre até morrer.

— Alys, sinto muito que...

O olhar de ódio que ela lhe lançou teria calado qualquer homem. Ele não disse nada, e então:

— Por favor, diga a ela que desejo sua melhora. Amanhã eu volto e...

— O senhor não voltará, não. O senhor me dará uma bolsa cheia de ouro, para ela — disse Alys em voz baixa. — Ela vai embora daqui. Eu vou junto. Nós vamos para Londres, e montaremos um negócio de transporte por carroça. O senhor comprará para nós um galpão que tenha um lugar para morar. Eu peguei a carroça e o cavalo com a família de meu marido. Nós vamos embora amanhã, ao amanhecer, e vamos abrir um negócio e nos manter.

Ele ficou perplexo com a autoridade da jovem.

— Você abandonará seu marido?

— Isso é entre nós dois. Não devo satisfação ao senhor. Não voltaremos, nunca mais. O senhor nunca mais verá minha mãe.

— Você sabe que o filho é meu.

Ela confirmou com um aceno de cabeça.

— O senhor perdeu os direitos quando deixou que eles amarrassem a mãe de seu filho na roda do moinho e a afundassem na água.

— Tenho de dizer a ela...

— Nada. O senhor não tem nada a dizer a ela. O senhor viu sua amada ser acusada de prostituição e deixou que ela fosse afundada na água, feito uma bruxa. O senhor não tem mais nada a fazer, senão me dar o dinheiro que estou exigindo, ou eu contarei para o mundo inteiro que o senhor é o homem que a forçou. Direi que o senhor é um estuprador, e o senhor será humilhado, como ela foi humilhada. Direi que o senhor é um espião papista, e verei o senhor ser queimado vivo na frente da Catedral de Chichester.

— Era melhor ela ser colocada debaixo da água e acusada de bruxaria que enforcada como ladra!

— Eu é que deveria ter sido enforcada como ladra! — disse ela, fuzilando-o com o olhar. — Devo a ela minha vida, assim como o senhor deve a ela sua honra. Ela guardou meu segredo e o seu, e isso quase custou a vida dela.

Ele respirou fundo ao pensar nos segredos que ela guardara por sua causa.

— Por amor a nós... — disse Alys entre os dentes. — Por amor ao senhor e a mim, ela foi capaz de enfrentar seu maior medo, e quase morreu por nós. Hei de retribuir com meu amor. E o senhor também retribuirá. Terá de pagar pela criança que ela carrega por amor ao senhor, terá de pagar por sua traição e por nosso silêncio. Isso tudo vale uma bolsa cheia de ouro. E o senhor vai agora mesmo buscar esse ouro.

— Preciso vê-la mais uma vez — disse ele em desespero.

A jovem reagiu como uma das Fúrias.

— Eu arrancaria seus olhos e deixaria o senhor cego pelo resto da vida antes de deixar o senhor ver minha mãe mais uma vez — jurou ela. — Vá logo buscar o dinheiro. Deixe o dinheiro na porta e vá embora.

— Não tenho uma quantia dessas.

— Então roube. — Ela cuspiu nele. — Foi o que eu fiz.

Foi um amanhecer frio no porto, a maré subindo rapidamente sobre juncos cobertos de neve e poças congeladas, as gaivotas guinchando, brancas contra a luz cinza. À espreita na cerca viva ao longo do porto, uma coruja branca brilhava, contrastando com a sebe escura, e ficava invisível diante do barranco congelado. Alguns flocos de neve caíam das nuvens cor de estanho, enquanto Alys ajudava a mãe a sentar-se na boleia da carroça e embarcava ao lado dela.

Alinor tremia de frio e tossia sem parar na bainha da capa. Com delicadeza, Alys pegou as rédeas, colocando o outro braço em volta de Alinor, que descansou a cabeça no ombro da filha. Alys estalou a língua para que o cavalo iniciasse o caminho até Londres.

NOTA DA AUTORA

Há alguns anos, percebi que, embora bastante afeiçoada às minhas biografias ficcionais de mulheres célebres e desconhecidas, eu queria escrever um tipo diferente de ficção histórica: na verdade, uma série de livros delineando a ascensão de uma família da obscuridade à prosperidade. Reli a Saga Forsyte e descobri que minhas cenas prediletas eram os poucos e breves momentos em que o protagonista volta para explorar sua residência ancestral. Como leitora, eu queria saber mais sobre a história que precedia a saga; como escritora, entendi que queria escrever uma série de livros de ficção histórica sobre diversas gerações de uma família comum.

Atualmente, muitos de nós estamos pesquisando as histórias de nossas famílias, porque queremos saber quem foram nossos antepassados e o que fizeram. Alguns de nós aprofundamos a investigação, explorando a epigenética. Alguns de nós pretendemos traçar nossas ligações com povos e locais que agora nos são estranhos. Alguns de nós encontramos ecos extraordinários de nossas próprias vidas modernas no passado histórico, como se tivéssemos herdado talentos, habilidades ou preferências. A maioria das famílias é como a minha: os documentos mais antigos mostram uma família humilde e pobre, que, por meio de anos de perseverança e pequenos atos de bravura, em grande parte não registrados, ascende e prospera — e, às vezes, é claro, declina.

Interessante para mim como historiadora é constatar que o destino das famílias reflete, ao seu modo, o destino da nação. Somos todos produtos da história nacional e da história familiar. Interessante para mim como feminista é que tais destinos sejam tantas vezes guiados por mulheres, ainda que tal fato seja imperceptível. Interessante para mim como romancista é verificar a possibilidade de contar uma história fictícia que narre uma verdade histórica: como eram o mundo e a nação à época, o que os indivíduos pensavam, faziam e sentiam, e como as mudanças ocorreram para todos.

É uma grande ambição e, espero, há de ser uma grande série, começando com este romance situado numa área obscura e isolada da Inglaterra durante a Guerra Civil, seguindo a mesma família pela Restauração, pelo Iluminismo e pelo Império. Não sei até onde essa minha família viajará, tampouco sei quando a história terminará. Não sei quantos livros escreverei, nem em quantos países a família há de estabelecer um lar. Mas sei que, quando escrevo sobre pessoas comuns e não sobre a realeza, a história logo se torna mais surpreendente; e, quando escrevo sobre mulheres, envolvo-me com uma história quase sempre ainda não contada.

Nos intervalos entre um e outro romance para esta série, estou trabalhando numa história das mulheres na Inglaterra. Meu interesse mudou, de determinadas mulheres da corte para as milhões de mulheres das cidades e do interior. Estou descobrindo mulheres antes dispensadas por historiadores como "banais", cujas experiências ficaram obscurecidas pelo tempo e perdidas para a história — geralmente consideradas indignas de registro. Mas essas são nossas antepassadas —, interessantes para nós por essa razão, pura e simplesmente. São mulheres que constroem a nação, tanto quanto seus pais, irmãos e filhos, mais visíveis e devidamente registrados. Pensar assim sobre a história das mulheres me levou, inevitavelmente, a querer escrever um tipo diferente de ficção histórica — a ficção de uma história ainda não escrita.

Muitos bons escritores deram esse salto no escuro e criaram ficção a partir da história pouco conhecida. *Down the Common*, de Ann Baer, é um exemplo particularmente interessante: trata-se do relato ficcional de uma trabalhadora que normalmente não entraria para os registros e, portanto, não entraria para a história, e assim não deixaria vestígios para serem desenvolvidos por romancistas. Muito útil para o trecho do presente romance sobre a ilha de Wight foi o livro *To Serve Two Masters*:

Colonel Robert Hammond, the King's Gaoler, de autoria de Jan Toms, excelente exemplo de uma história local detalhada que muito acrescenta à história nacional. Para meu relato sobre Carlos e seu julgamento, recorri sobretudo a duas grandes biografias: *The Life and Times of Charles I*, de D. R. Watson, e *Charles I:* The Personal Monarch, de Charles Carlton, bem como à comovente obra *Going to the Wars:* The Experience of the British Civil Wars, 1638-1651, do mesmo autor. Quanto à história geral, consultei, entre muitos outros, *The English Civil War*: Conservatism and Revolution, 1603-1649, de Robert Ashton. O livro de Lucy Moore, intitulado *Lady Fanshawe's Receipt Book*: The Life and Times of a Civil War Heroine, foi inspirador tanto para as receitas quanto para a história de uma determinada mulher, a exemplo da mãe de James, que se exilou junto à família real. Claro, li muitos outros livros, e sou grata a muitos historiadores excepcionais, e aos funcionários do Arquivo Histórico de West Sussex pela acolhida que me foi dispensada e pelo zelo com que cuidam de seus mapas e documentos locais. Em meio a essa documentação, merecem destaque algumas importantes pesquisas desenvolvidas por grupos que estudam a história local, um lembrete da importância das bibliotecas e da educação de adultos.

O romance se passa na ilha de Sealsea, perto de Chichester, região onde residi durante vários anos na década de 1980. Revisitei a área enquanto realizava a pesquisa para escrever este livro, e mais uma vez encontrei um lugarejo de rara riqueza e beleza. A personagem principal, Alinor, é inteiramente fictícia, mas representativa das trabalhadoras de seu tempo: excluídas do poder, da riqueza e da educação, mas ganhando a vida da melhor forma possível. As mulheres não detinham poder político formal no momento em que o reino como um todo se decidia favorável ou contrário à monarquia, mas, a julgar pelos debates, pelas manifestações públicas, pelos atos de desobediência civil e pelas extensas petições ao Parlamento assinadas exclusivamente por mulheres, elas tinham opinião própria, eram atuantes e se expressavam. Quando homenageamos as mulheres que reivindicaram o voto, exigiram direitos sobre seu próprio dinheiro e seu próprio corpo, devemos lembrar que, antes delas, milhões de mulheres comuns simplesmente arrogavam para si os direitos que almejavam e viveram suas vidas em tácito desafio às leis e às convenções. Os sucessos dessas mulheres são raramente registrados (exceto em estudos especializados) porque elas escolheram discretas vitórias pessoais em vez de reconhecimento. Não foram vitórias feministas exemplares: de uma mulher em benefício de todas as mulheres. Foram triunfos pessoais: de uma mulher em benefício de si mesma e talvez das filhas. Mas vemos nessas histórias individuais um padrão de perseverança e sucesso feminino que, na experiência do dia a dia, desafia e derrota a opressão de seus respectivos tempos. Durante grande parte da história da Inglaterra, as mulheres foram nulidades legais. Mas sempre viveram como se tivessem importância.

Alinor é uma mulher assim. A julgar pela aparência — que, afinal, é tudo o que James é capaz de enxergar —, não existe para ela nenhuma esperança. O máximo que pode almejar é sobreviver sem cair na pobreza, numa época em que os pobres morriam em consequência da fome e do desamparo. Mas, embora pobre e humilhada, Alinor é interessante para si mesma: ela tem esperanças, tem ambição, não é fatalista, tem planos para um futuro melhor. O terrível julgamento ao qual é submetida não era incomum para mulheres de seu tempo — havia, pelo reino inteiro, incontáveis julgamentos de bruxas no século XVII; mais de três mil pessoas foram apontadas como bruxas e executadas na Britânia; muitas outras foram interrogadas e submetidas a provas, principalmente mulheres.

Mas os boatos sobre Alinor não a definem, nem as vicissitudes que ela enfrenta. Ela insiste em seu juízo moral independente e em sua própria liberdade de pensamento e sentimento. Embora dependa dos vizinhos para ganhar a vida e de um homem para garantir sua condição social, ela pensa, sente e vive por e para si mesma. Numa época em que as mulheres nada valiam, ela valoriza a si mesma. Ela é — ainda que apenas para si mesma — uma heroína. Com certeza, ela e todas as outras mulheres da história que construíram para si um caminho através de tempos não registrados e perigosos são heroínas para mim, e *Terra das marés* é a história delas.

Este livro foi composto na tipografia Minion Pro,
em corpo 11,5/16, e impresso em
papel off-white no Sistema Cameron da
Divisão Gráfica da Distribuidora Record.